有爱的青春陪伴者

独占春光

上

北流 著

江苏凤凰文艺出版社

图书在版编目（CIP）数据

独占春光：全2册 / 北流著. -- 南京：江苏凤凰
文艺出版社，2023.12
　　ISBN 978-7-5594-7972-3

Ⅰ.①独… Ⅱ.①北… Ⅲ.①长篇小说-中国-当代
Ⅳ.①I247.5

中国国家版本馆CIP数据核字(2023)第166482号

独占春光：全2册
北流 著

责任编辑	王昕宁
特约编辑	张　磊
责任校对	言　一
出版发行	江苏凤凰文艺出版社
	南京市中央路165号，邮编：210009
网　　址	http://www.jswenyi.com
印　　刷	长沙鸿发印务实业有限公司
开　　本	880mm×1230mm　1/32
印　　张	20
字　　数	762千字
版　　次	2023年12月第1版
印　　次	2023年12月第1次印刷
书　　号	ISBN 978-7-5594-7972-3
定　　价	65.80元（全2册）

江苏凤凰文艺版图书凡印刷、装订错误，可向出版社调换，联系电话025-83280257

目录 /contents

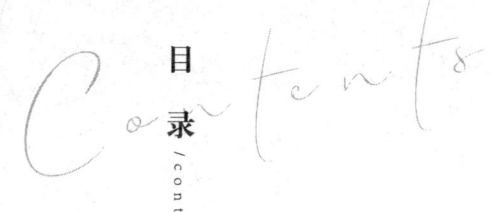

第一章　姜大小姐 / 001

第二章　神秘男人 / 016

第三章　你陪陪我 / 039

第四章　暧昧涌动 / 058

第五章　他的楚楚 / 081

第六章　男女朋友 / 102

第七章　戏精上身 / 124

第八章　宠她入怀 / 147

第九章　他吃醋了 / 171

第十章　不欠姜家 / 198

第十一章　一出好戏 / 217

第十二章　天生般配 / 239

第十三章　得知真相 / 253

第十四章　诱她沉沦 / 267

第十五章　我跟你走 / 291

南城风月　上册

目录

/contents

第十六章　初到京都 / 315

第十七章　温柔的网 / 331

第十八章　暗潮翻涌 / 351

第十九章　实至名归 / 370

第二十章　温家旧事 / 388

第二十一章　订婚仪式 / 407

第二十二章　此生真爱 / 427

第二十三章　故友重逢 / 454

第二十四章　他的弱点 / 472

第二十五章　不离不弃 / 498

第二十六章　疑窦丛生 / 508

第二十七章　狠心放手 / 531

第二十八章　一直都在 / 554

第二十九章　无可取代 / 573

第三十章　和煦春光 / 600

番外　温伶日记 / 625

京都风云　下册

第一章
姜大小姐

南城最贵的咖啡馆,一杯普通美式也能轻轻松松标上三位数的价格,许多人就算想来享受一番,也得衡量一下自己的钱包。

绿植掩映的雅座上,服务生将冒着热气的红茶小心地放到女孩的面前时,忍不住又看了看她。

她长得真是漂亮。

女孩对面的英俊男人不耐烦地挥挥手,让服务生下去。

男人的一双凤眼此刻敛了惯有的风流,带着点讨好,小心翼翼地看着女孩。

"楚楚,周末我带你去度假吧?"

"要不去马场?你不是觉得上次骑马挺好玩的?"

"你上周说过,你一个朋友拍到了安莫拉比的宝石,我去联系她,帮你买过来好不好?"

长时间的拉锯使对面的女孩失去了倾听的耐心。她意兴阑珊地拨弄着自己的指甲,妆容明艳,衣着像是某本杂志封面上的搭配,整个人精致得甚至隐隐有点浮夸。

见她一副漠视到底的架势,男人长长地叹了一口气:"楚楚,早上我只不过是不想你穿这条裙子,你就要跟我分手,是不是太无情了些?"

说着,男人的目光掠过她,眼神微黯。

"而且,我的话,你不是从来没听过。"

他喉结上下滚动了一下的细微动作,没有逃过姜楚楚的眼。

姜楚楚抬起头,突然笑了。

她手肘放在桌前,染着红色指甲的手敲了敲桌面,身子前倾,漂亮的腰背极力拗出一个名模造型。她毫不避讳地打量着对面的男人,声音甜美:"袁珂,你搁我这儿演了一个月体贴男友,都憋坏了吧?"

——话却难听又尖刻。

袁珂顾不上想这些，在她的注视下，一阵电流麻酥酥地流过全身。

他轻咳了一声，收回目光，揉揉太阳穴，语气无奈："楚楚，你非要这么讲话吗？"

姜楚楚摊了摊手，一下三扭地坐回去，带了些厌倦。

"袁家二少，满南城谁不知道，你交往过的女人如过江之鲫，跟你分手，我也是为了你的身体健康着想——实不相瞒，我是个柏拉图恋爱的忠实拥护者。"

话说到这份上，袁珂也看明白了，眼前这个女人是铁了心要分手，说什么都不好使，可是——

他望向一脸无辜的女孩，五官、身段、声音、举止，无一不美，她笑起来仿佛窗外的整个春光都给她做了陪衬，遍寻整个南城，也再找不出一个像她这样的尤物。

他沉默良久，下定决心似的，强制地抓上她的手腕："楚楚，我不在乎你之前有过多少个男朋友，如果你没有安全感，我们可以订婚。"

订婚？袁珂脑子坏掉了吧。

姜楚楚上下打量着一片赤诚的袁珂，毫无疑问，他已经被美色冲昏了头脑。

放眼整个南城，姜楚楚堪称这些富贵公子哥心中最想交往的女人，他们把她捧在手心上怕摔了，含在嘴里怕化了，她一皱眉，他们恨不得将整个南城都买下来，连整个人一起，匍匐在她裙下。

但是要说娶她？

避之不及还差不多。

姜楚楚摇了摇头，这袁珂真不愧为浪荡"二世祖"的楷模，宁可做戏做全套，要娶她这么一个处境尴尬的人。

看着袁珂炙热的目光，其中那种熟悉的占有欲让姜楚楚突然失了兴致，她拉下了脸，那双雾蒙蒙的大眼睛再也不肯施舍给对面的男人哪怕一丝目光。

窗外春光明媚，而她的声音冰冻三尺，没什么诚意。

"不如袁二少回家问问你的父母和哥哥，等你真的能娶我时，我再考虑也不迟。"

这句话过后，无论袁珂再怎么劝说，姜楚楚都一副高贵冷艳的样子，甚至掏出手机刷起微博，尽管演技极为不走心，但胜在主题易懂，袁珂逐渐哑口无言。

袁珂接了个电话，似乎是在催促他处理什么事，他撂下电话叹了口气："楚楚，这件事我们改天再说，我送你回——"

话音未落，对上姜楚楚更加明显的忽视，袁珂终究没抛下全部自尊，再自取其辱下去。

他阴沉着脸离开了。

袁珂走后，姜楚楚舒了一口气，放下手机，视线从侧方的玻璃饰品上扫过，确认自己依旧妆容完美，这才扭头向左看去。

隔着三五米远，另一个角落里，坐着一个男人——温润的气质，五官英俊却没有丝毫的侵略性，只有一双清疏的瞳，透着股内敛与淡漠，让人在遐想与清醒之间，不自觉地沉沦。

一个皮相与气质都是顶尖的男人。

对方已经看了姜楚楚许久，从她和袁珂坐下后不久，这男人就来了。

姜楚楚理所当然地认为这代表着某种信号。

正值春光乍泄，发展一段新的恋情，好像没什么不好。

姜楚楚心思一动，顶着男人若有所思的目光，正要婀娜多姿地起身，一个女人匆匆而来，在他对面落座。

男人于是收回了目光。

原来名草有主啊。

姜楚楚只得将扭了一半的腰肢硬生扳了回来，有气无力地坐回了位置上，不经意地瞥了一眼刚来的女人。

这一瞥，姜楚楚心里那点来不及生出的愁绪，飞快地化作了看好戏的目光。

真是巧了，来人是姜明珠——她的好妹妹。

姜明珠拨弄了一下碎发，由于害羞，小脸微微泛红："温医生，不好意思，我来晚了。"

"不要紧。"

温润的音色，语调却低沉性感。

姜楚楚身体酥麻了一下，直想把他……或者被他扑倒。

她索性歪着脑袋，手托香腮，正大光明地偷听着——反正是男人偷看她在先，姜明珠又沉迷男色选择性眼瞎。

姜明珠礼貌地招来服务生，点了两杯蓝山咖啡，又扭头说道："这里的咖啡很好喝，我同我母亲经常来，温医生也尝尝。"

她的举止在姜楚楚看来做作极了。

姜楚楚眯了眯眼，心里大呼有趣，姜明珠上个月才刚订婚，订婚对象还是她之前的某一任男朋友，也是个帅气的商业精英，姜明珠怎么这么快就耐不住寂寞一枝红杏出墙来？

仿佛全然未觉这里有个偷窥者，咖啡端上来后，男人果真尝了一口，端着咖啡的手放了下来，又闲聊般开口："姜小姐和家人的关系看起来很好？"

姜明珠的视线还落在男人握着杯子骨节分明的手指上，闻言羞涩地点了点头。

这位温医生似乎对姜家的事情很感兴趣,姜明珠自然投其所好,不用他问,自己就一股脑全说出来了。

姜明珠面带羞赧地讲着。

姜楚楚面无表情地听着。

在姜明珠的故事里,她的父亲学富五车,她的母亲温婉贤淑,她的两个姐姐虽平凡,但对她很好,她平时弹弹琴、画点画,他们五个就是幸福快乐的一家……

故事内容引起严重不适,姜楚楚喝了一口冷掉的卡布奇诺缓了缓。

那位温医生却没有任何异常,反而认同地点了点头:"姜三小姐十分优秀。"

"温医生谬赞了。"

姜明珠的脸更红了,姜楚楚毫不怀疑,如果不是他们两人之间隔着一张桌子,姜明珠保准软成泥瘫进男人怀里。

没了听下去的兴致,姜楚楚百无聊赖地收拾包站起来,趁着姜明珠没发现时走了。

推门的时候她心里还想着,这位衣冠楚楚看起来身价不菲的温医生,不是南城人啊。

毕竟姜家这些破事儿,南城没几个不知道的,只是茶余饭后关起门来嘲笑就行了,场面上还是你好我好大家好。

姜楚楚的爸爸姜福生,二十岁的时候还是个山沟里的男青年,因为姜爷爷在外打拼中年发家,他才跟着"水涨船高"地从村里出来,跟着姜爷爷当了大龄富二代。

而姜楚楚的妈妈倒确实是个实打实的名媛,只是不太自重,跟京都来的浪荡公子哥珠胎暗结,怀胎足月的时候,公子哥反悔了,人家家大势大拍拍屁股走了,蒋家惹不起,饶是蒋淑媛哭得昏天黑地,孩子还是生下来就被送走了。

自家姑娘不争气,南城有点头脸的人都不乐意娶,蒋家人一合计,瞄上了根基未深的姜家。

蒋家要面子,姜老爷子要势,两方一拍即合,哪还管一对新人是不是哭着拜了堂、入了洞房。

或许是急于完成家族任务,两人结婚一年就有了姜楚楚,爹是亲爹,妈是亲妈,可她偏偏就是个爹不疼、娘不爱的小可怜。

非但如此,姜福生在娶蒋淑媛之前,在村里有个青梅竹马,他走的时候毫不留恋,但富贵日子过得久了,突然对记忆里那个白月光又起了念想,一打听才知道,白月光在他走后不久就病死了,可人家临死前给他留了一个女儿!

姜福生想接回自己和白月光的女儿,蒋淑媛也对自己那远在天边的女儿想得紧，两人双眼一对上，干脆将各自的女儿接回来，都做了姜楚楚的妹妹，皆大欢喜。

所以——姜家的大小姐姜楚楚，实际上却是三个女儿中年纪最小的。

要说这样尴尬的情况，当事人合该变成大门不出二门不迈的深闺怨妇，或者是隐入人群中做个小透明，可偏偏姜楚楚长得美，多少女人恨她、瞧不起她，就有多少男人想抱她、占有她，南城占据头条的女人换了一批又一批，唯有她一直在风口浪尖上屹立不倒。

没有人比姜楚楚更清楚自己长得有多美。

所以面前这个男人是怎么回事？如果她刚才没有眼瞎加神经错乱的话，这位温医生应该正在咖啡馆里和姜明珠约会，而不是追出来拦在自己面前。

"姜大小姐，我是温九思。"

这是那个男人对姜楚楚说的第一句话。

依旧是令人腿软的低音，姜楚楚却没有任何觊觎兴致了。男人像一堵墙站在她面前，面色极淡，凭借着身高上的优势，垂眸俯视她。

原来是她看走眼了，这位温先生，不是不知道南城姜家，相反，他知道得透彻。

"好名字，君子有九思……色思温。"

姜楚楚轻声慢诵，重音咬在了"色"字上，一句挺正经的话，叫她说出来，就带了点儿意味不明的色彩。

温九思的眼中迅速闪过一丝莫名的光，嘴角小幅度地勾起，令姜楚楚有种小动物被盯上的危机感。如果她有尾巴尖儿，此刻那撮毛一定已经不由自主地乍开了。

为了维持自己阅尽千帆的气场，姜楚楚毫不顾惜身上那件昂贵的大衣，慵懒地靠向身后的墙，长腿交叠，扬了扬下巴。

"这位……温医生，您找我有什么事儿，是不是发现我比姜明珠——"她拉长了音，眨眨眼，"漂亮多了？"

温九思看着她，沉默了一下，伸手松了松领带。

"不知道姜小姐有没有时间，跟我谈谈。"

说着，他递过来一张名片。

姜楚楚的笑容轻蔑了起来，现在的男人都这么直接的吗？

她只瞟了一眼，就看清楚名片上赫然印着"京都云上心理咨询室"。

姜楚楚："嗯？"

敢情不是为了勾搭她，而是扩展业务来了？

将她的惊愕看在眼里，温九思矜持地开口："我看过很多心理学的疑难杂症，初来南城，略听说了一些姜小姐的事情，按照我的判断，姜小姐可能有潜在抑郁症表现，不知道——"

"……去你的疑难杂症。"

姜楚楚哼了一下站直，打断了他，没好气地说："觉得我有病的人那么多，你算哪根葱？"

说完，不待温九思反应，姜楚楚转头就走。

可惜了这么俊俏的男人，竟然是个骗子，要知道，这年头高知神棍的人设已经不吃香了。

温九思转身看着姜楚楚的背影，叹了口气，语调略扬："姜楚楚，其实是一个姓王的男人委托我来的。"

"你说谁？"

姜楚楚蓦地站住回身，面色沉了下来。和方才的调侃不同，她面上真切地浮上愠怒，仿佛这个人是她心里的一个禁忌，旁人都没资格提起。

温九思走了过来，缓和了语调："你听见了，你有一个姓王的叔叔，担心你过得不好，委托我来看看你的状况。"

姜楚楚两三步走回他身边，眼里仿佛潋滟着一汪水，清澈又冷凝。她一手抓上他的领带，那张艳色逼人的脸毫无遮掩地冲进温九思的眼里。

"他人在哪儿？"

温九思喉结微动，控制着自己移开了眼。

"我不知道，我只是通过网络收到了他的委托。"

姜楚楚还想问什么，可张张嘴，不知想到了什么，激动的情绪突然慢慢缓和下来。

"不对……我都联系不到他，你怎么可能找得到他……你在骗我。"

见她一脸认真，仿佛一只莫名被惹火了的猫，随时都会"嗷呜"一口扑上来咬他，温九思垂下眼。

她凑近，细细地观察男人面容上每一个细微的表情，温九思站定了由她看。良久，姜楚楚后退，而后轻声而坚定地说："骗子。"

她又恢复了那副高不可攀的架势。

"知道我一直在找那个人的人，说多不多，说少不少，也有过声称找到了的，但最后无一不是骗我的，你这招倒是新鲜。"

姜楚楚冷笑一声，不再理会他，扬着下巴走了。

如果这还不是今天最倒霉的事情，那么在姜楚楚回到家，一进客厅就看到围坐在沙发上其乐融融的一家人时，心底的躁郁达到了鼎盛。

姜楚楚面无表情地走进去，羊毛地毯有效地减轻了高跟鞋跺地的噪音，令她的出现没那么引人注意，可还是有人立刻就看见了她。

"楚楚，你去哪儿了，回来得这么晚？"

不是姜楚楚的父母，也不是她所谓的两个"妹妹"，出声的是一个年轻的男人，西装笔挺，英俊且风度翩翩。

那是姜明珠的未婚夫，也是她某一个前男友，哦，还是她今天刚分手的那位前男友的哥哥——袁家正经的太子爷，袁呈。

姜楚楚分神去想，这要放到古代，她大概是要被千夫所指的吧。

袁呈跟袁珂那个蒙荫的"二世祖"可不一样。

袁呈是M国名校留学归来的高才生，商场里游刃有余，正在逐步接手家里的事业，姜明珠一旦嫁过去，那就是铁板钉钉的当家太太。也无外乎蒋淑媛一见袁呈稍微对自家热络了点，就急吼吼地把姜明珠打包送上去。

袁呈同意跟姜明珠订婚，惊掉了多少南城权贵的下巴，一夜之间，南城上层的圈子，开怀容纳了这位曾经声名狼藉的贵妇人，结果就是蒋淑媛连续打了一周的麻将，甭管跟谁，都是一把没输过。

蒋淑媛哪里知道袁呈刚回国就跟姜楚楚勾搭上了。袁呈闭口不言，姜楚楚自然也不会讨这个没趣儿，演得跟真的初次见面一样。

姜楚楚这么想着，一抬头看见众人一副不满意的样子盯着自己，她才意识到由于神游，她还没有回复袁呈的问话。姜明珠更是抚额蹙眉，一副对有这么一个没礼仪的姐姐感到尴尬的样子。

察觉到下午喝的那口咖啡开始在胃里翻腾，姜楚楚赶紧移开目光。

蒋淑媛拧着眉头看了她一眼："把鞋换了，像什么样子，这是我新买的地毯。"

姜楚楚满不在乎地"哦"了一声，左脚蹬右脚把鞋子一脱，光着脚上楼去了。临进屋前，她还听见姜福生冷哼了一声："你瞧瞧，你怎么教出这么个东西……"

楼下的热闹持续了很久，到了饭点，没人来叫姜楚楚吃晚饭，她也不在意，悠悠地卸了妆，趿着拖鞋走到床边，掀开盖着白布的画架，在板子上挤了点油彩，漫不经心地勾画起来。

月上梢头，落地窗大开，白窗帘随风有一搭没一搭地扬着，风格浮夸的水晶灯亮着，炫光落在女孩身上，像穿了条流光溢彩的礼裙。姜楚楚身边就是一面全身镜，她偶尔画着画着就瞅一眼，权当欣赏美人，放松一下。

门被有规律地敲响，姜楚楚稍微提高了音量："没锁，进来吧。"

外面的人听见，过了几秒钟，门开了。

"放那儿吧。"

姜楚楚睡觉之前都会喝牛奶，以为是家里的阿姨送上来了，头也没回，手上还勾勒着足够抽象的未知图案。

预料中的应答声没有出现,那人走进来,沉默地站到了她的身后。

鼻端传来了一阵古龙水凛冽的香味,姜楚楚手中的画笔在半空中顿了顿,大红色的油彩滴落下来,落在了显眼的位置,画毁了。

姜楚楚皱了皱眉,也不画了,将笔随意地往画布上一扔,转过身,胳膊搭在扶手上慵懒地靠着,仰视着来人。

"你上来干什么?不怕被他们发现啊……妹夫?"

上来的人是袁呈。

他也不避嫌,一手搭在她的座椅扶手上,将她整个人都笼罩在自己的身影下,就着水晶灯折射的光彩,认真地俯视这一张娇颜。

"听说你马上就要实习了?"

姜楚楚向后避开他的亲近,鼻子里"嗯"了一声。

她逃避的动作令袁呈眼神微眯,停顿片刻后,他站直,理了理袖口,语气自然地说:"来我公司吧。"

姜楚楚觉得很荒谬,甚至有点想笑,她也确实笑出了声。

"妹夫,你开玩笑的吧,即使有个人要去你的公司工作,那也应该是姜明珠,而不是我。"

她低头摆弄了一下自己大红色的指甲,没将袁呈的话放在心上,敷衍地说:"瓜田李下的,我们还是避嫌为好。"

袁呈听了她的话,不怒反笑。他的轮廓棱角分明,嘴角扬着,很有蛊惑人心的味道,以姜楚楚的审美来看,袁呈算得上皮相顶好的那一类,要不然,她当时也不会在机场一眼就看到了他。

袁呈深深地看着她,声音微沉:"这你不必担心,你就不要再找实习单位了,这两天等我消息。"

说完,他不顾姜楚楚的躲闪,伸手将她耳边一绺碎发整理好,又深深地看了她一眼,下楼去了。

谁担心了?姜楚楚皱着眉,看着他笃定的背影。

门开了,姜楚楚还能听见一楼传来姜明珠的嗔怪:"你去哪儿了?这么久不过来。"

袁呈的声音丝毫听不出异样:"去卫生间,走错路了。"

门缓缓关上,将楼上楼下隔绝成了两个世界。

姜楚楚心里隐隐不安,搞什么,装傻充愣不是他们这个阶层的人应该掌握的社交基本技能吗?可是现在怎么看,袁呈都不像是要跟她好聚好散的样子。

这份担心在几天后得到了证实。

姜楚楚下楼时，一向无视她的蒋淑媛突然叫住了她，往日面对她刻薄不耐烦的神情收敛了几分，更惊悚的是，蒋淑媛突然关心起她的实习情况来。

"我学的是油画，准备找个画室，给别人画画商业稿。"

蒋淑媛一听，面上勉强维持的和平登时破裂，指着她的鼻子："我们是缺你吃还是缺你穿了？要你丢人地抛头露面去给别人画画？"

姜楚楚吸了一口气，慢慢复述了一遍："给别人画画？我不画了，姜明珠可怎么办……她不是要办画展吗？你问问她——"姜楚楚面上挂上讥诮的笑意，无视蒋淑媛越来越难看的面色，凑到她耳边，红唇勾起，"就凭她，画得出来吗？"

蒋淑媛仿佛被激怒了，拿起沙发上的小靠垫不由分说地砸向姜楚楚。靠垫柔软，生生砸到姜楚楚头上，不太疼，只是弄乱了她的头发，口红也被蹭去一角，整个人显得有几分狼狈。

原本只是气极，没想到真的砸中了姜楚楚，蒋淑媛的目光中闪过一丝心虚，随后抱着肩，看也不看姜楚楚，飞快地说："袁呈好心，在他公司留了个职位给你，你收拾一下过两天就去吧。"

姜楚楚平缓了呼吸，看蒋淑媛就像看个精神病："不去，是你疯了还是我疯了？一个女儿还不够，非得让我也凑上去？"

"你没有资格说不。"

"我就说了又怎么样？"

"你这个——"蒋淑媛扬起了手，却停在半空中，迟迟不敢落下。

姜楚楚眼中嘲讽的意味十分明显，蒋淑媛怒极，但没办法——

不知道从什么时候起，姜楚楚身后凭空多了一个"保护神"，他们对姜楚楚的伤害，很快就会报应回他们自己身上。

比如几年前，姜明珠曾将姜楚楚关在储物间一天，蒋淑媛知道，但没有管。没过几日，在蒋淑媛带着姜明珠去商场的时候，不知道被谁反锁在了试衣间，青天白日，她们叫破了嗓子，都没有人来开。

这种事情不止一次。

可是他们全然查不到是谁做的，蒋淑媛从将信将疑，到现在的深恶痛绝，把一切都归咎成"玄学"，唯一确定的是，姜楚楚可能真是上天派来克她的！

想到这儿，蒋淑媛的眼睛都气红了。

客厅的气氛僵持起来，姜楚楚面无表情地看着蒋淑媛，两个人就这么僵着。

"夫人。"

忽然，用人怯生生地走过来，身后还跟着一个穿着米色薄风衣的男人。

"这位先生说跟您约好了，这个时候来拜访。"

姜楚楚顺着男人的身形向上看，是温九思那张高冷的禁欲脸。

真巧，姜楚楚刚怀疑蒋淑媛脑子灌水了，家里就来了一个医生。

温九思淡定得很，他的目光在姜楚楚脸上掠过，冲着蒋淑媛微微颔首，声音清越："看来我来得不是时候。"

姜楚楚总觉得他平静无波的话语里隐含着讽刺，尤其是他方才佯装无意地一瞥。

她不喜欢这种被人看尽狼狈姿态的场景。

于是姜楚楚一边抬手撩着头发，一边勾着腿坐到沙发上，从包里掏出口红，旁若无人地补起妆来。

蒋淑媛最注重颜面，哪怕心里再不待见姜楚楚，此时也顾不上骂她，将温九思迎进来，吩咐用人端上茶水。

"我这郁卒于心是老毛病了，还劳烦温医生专程从京都赶过来。"

温九思在姜楚楚对面坐下，闻言摇摇头。

"算不上专程，我来这边参加学术研讨，其次是在这边新开了一家咨询室，既然您找过来，我也没有把生意往外推的道理。"

这个回答可以说是十分耿直了。

蒋淑媛的笑容僵了一下，自己打着圆场："不管怎么说，听闻温医生是国内首屈一指的心理专家，我这点小毛病，还要拜托您了。"

"心情的变化也是心理学的重要课题，常年郁结很容易导致更严重的心理疾病，及时疏导很有必要……我会尽力。"

正说着，楼梯口出现了一个身影。

姜楚楚从化妆镜里瞥见，那是姜夏樱。她是姜福生的女儿，也知道蒋淑媛不愿意见到她，于是自己小心地在姜楚楚边上坐下，以一种不会打扰到对面两人谈话，却又恰好能让他们听见的声音，"轻轻"地劝姜楚楚。

"姐姐，刚才我在楼上听见你们在吵架，妈也是为了你好，你就别气她了，你也听温医生说了……这很严重。"

姜楚楚：啧……好一朵善解人意的"盛世白莲"。

姜夏樱说完，没得到她的回应，小心翼翼地看了温九思一眼。

这一眼那叫一个粉黛含春、欲说还羞。

敢情姜家三姐妹有一个算一个，都对这来历不明的心理医生起了心思？

姜楚楚面无表情地合上镜子，强势插入谈话："原来温医生是为了给我母亲看病来的，我还以为是追我追到这里来了呢。"

话音一落，满室鸦雀无声。

蒋淑媛显然很意外这两个人认识，皱着眉审视着姜楚楚。

姜夏樱咬了咬嘴唇，目光也求证般地望向温九思。

而温九思，就像是预先知道姜楚楚会发难，眼睛一眨不眨，好整以暇地看向姜楚楚，那目光中竟然还有点纵容。

大概是心理医生对于他认定的精神病人的纵容。

姜楚楚被自己脑子里的想法恶心到了。

她站起来，摇曳生姿地走过去，在男人面前站定，迅速伸出手用力拽住男人的领带，而温九思没有躲避的意思，顺从地低下了头，表情一派高深莫测。

姜楚楚弯了弯腰，凑近男人的脸，不得不感叹这真是一副好皮囊。

她温热的呼吸从他的鼻端逐渐移到脖颈，呼吸之间带起男人一阵酥麻，然后——

新补了口红的红唇准确无误地印上了温九思那雪白的衬衫领子。

姜夏樱的脸色霎时间一片雪白。

蒋淑媛面色难看地喊了出来："姜楚楚，你在干什么，还要不要脸？"

姜楚楚站起来，愉快地耸耸肩："妈您看见了，我们温医生盯我盯得紧，我没办法去妹夫的公司工作了呢。"

温九思这时也站了起来，犹豫地开口："你……"

姜楚楚回身就扑过去，踮着脚用一只手捂住了温九思的嘴巴，一双明眸亮晶晶地勾住他的视线。

"你什么你，你之前说的事，我答应了。"

一个不知道从哪里得知她在找"王叔叔"，想借此跟她攀上交情的心理医生。

她倒要看看，这个温九思到底是为了钱还是为了……色。

要说乱来，她还就没怕过谁。

在蒋淑媛摔摔打打的咒骂声和姜夏樱温柔的安慰声中，姜楚楚拉着温九思从姜宅跑了出来。

姜楚楚个子不矮，又穿着高跟鞋，"噔噔噔"地走在前面，温九思被她一路拽到停车场。

"你的车呢？"

温九思沉默地看着自己被拽着的左手，右手很别扭地从左边口袋里掏出了一把车钥匙按了下去，不远处一辆黑色的商务车亮了一下。

姜楚楚看着那价值不菲的车标，挑了挑眉："现在心理医生收入都这么高吗？这个牌子的车我记得国内限量，我就是有钱也买不到，不如你卖给我？"

温九思顿了一下，看向她的侧脸，似乎在衡量她说话的认真性。姜楚楚压根儿没指望他回答，伸手拉开副驾驶座的门，突然听到男人淡淡地说："你要是喜欢，可以送给你。"

紧接着，一把价值昂贵的车钥匙递到了她眼前。

在被那双骨节分明，五指修长的手勾去了几秒钟的注意力后，姜楚楚笑出了声。

"你没病吧，我是在开玩笑，你没听出来？"

温九思的眼中涌动着意味不明的光彩："没关系，只要你喜欢，一辆车不算什么的。"

毫无疑问，俊朗又出手大方的男人很容易令女人心生摇曳，姜楚楚也不能免俗地心口被撞了一下。

她勾了勾唇，反手一拽，将自己和男人换了位置，男人没有丝毫抵抗，转瞬间被她压在了车门上，两人之间距离不过十厘米。

要是她能再高一些，这个"车门咚"就很完美了。

她身上的香水味，飘散在两个人的鼻端，和着女孩娇软面容，刻意地撩拨着男人的心脏。

姜楚楚还嫌不够，仰头凑近男人耳旁，红唇轻启："对我这么大方，现在我开始相信，你真的受雇于王叔叔来看我了……继续加油哦。"

男人的喉结不易察觉地滚动了一下。

姜楚楚站直，收回手的时候顺便从他手指上勾下了那串车钥匙，冲着他晃晃。

"谢啦，借我开两天，下次还你。"

她绕过车身走到驾驶位旁，温九思目光平静地看着她的动作，问道："你去哪儿？"

"兜风。"

"你答应了我，和我聊聊。"温九思大概是怕她反感，换上了一个比"看诊"更加温和的词语。

姜楚楚已经发动了汽车，引擎"轰"地响起来，她探出头冲他笑得张扬。

"可我没答应你是今天……医生先生。"

说是兜风，她就真的只是专心致志地兜风，绕着南城转了一圈，回到姜宅的时候天色已经黑透了。

一进玄关，偌大的客厅里静悄悄的，只有两个用人在厨房里整理着。

姜楚楚一愣，反应了半天才想起，今天是姜夏樱的生日。每年今日，姜福生都会带着姜夏樱庆祝一番，企图从物质上弥补这个缺乏母爱的可怜少女。

可蒋淑媛和姜明珠怎么也不在？

狐疑着，姜楚楚上了楼，推开自己卧室的门——

黑暗中，一个人影静静地坐在她的床上，听见动静，抬起头来。

/012/

姜楚楚吓得险些飙了脏话。

她飞快地按亮了自己心爱的水晶灯，看清楚那人，心脏是落回地面了，胃里却翻腾起来。

坐在她床上的，是压抑着怒气的袁呈。

袁呈身侧都是她下午出门换衣服时随意扔在床上的衣服，不乏内衣，他只要伸手就能够得到。

姜楚楚由衷地希望袁呈没那么变态。

她一个箭步冲过去，将自己的衣服卷起扔到角落里，这才皱着眉头问："你怎么在我房间里，姜明珠呢？你就不怕被发现？"

袁呈看着她忙活，语气听不出喜怒："这么晚回来，你去哪儿了？"

"兜风。"姜楚楚言简意赅，使劲儿推了推他，"你快走，别待在我房间。"

袁呈一把抓住她的手腕，用了力气。姜楚楚忍不住蹙起了眉头，小声骂道："袁呈，你有病吧！"

"你妈妈告诉我，你拒绝来我公司工作？"

"废话，我就没答应过好不好。蒋淑媛也是精神病，为了她心爱女儿的幸福，应该隔绝别的女人接近你才是……你快放开我。"

"因为那个心理医生？"

姜楚楚动作一滞，半天没反应过来，这副样子落在袁呈眼中却是默认，他额上的青筋跳了跳，手上用力，把姜楚楚一下子推倒。

姜楚楚跌在床边。

男人身上的古龙水味强势地钻进她的鼻中，让她一阵头晕眼花，反应过来后，只觉得那股恶心的感觉已经顶到了嗓子眼。

袁呈制住她推拒的手，一边俯身凑近她，一边轻声呢喃着："楚楚，我很怀念我们刚认识的时候。"

姜楚楚终于忍不住怒喝："袁呈，你有病吧！"

突然门开了——

姜明珠的声音隐隐飘进来："妈，你看到袁呈了吗？我们得走了，姜夏樱那个乡巴佬，过个生日还那么大张旗鼓……"

蒋淑媛维持着开门的动作，神情惊疑不定地看着床上的两人。

袁呈却丝毫没有被抓包的慌乱，他甚至都没回头，手牢牢地按住姜楚楚，目光灼热得似乎要将她吞下去。

姜楚楚急忙喊蒋淑媛："你快把袁呈——"

"啪！"

蒋淑媛毫不犹豫地关上了门。

隔着薄薄的门板,姜楚楚听见蒋淑媛的语调没有任何异样,跟姜明珠说:"我没看见袁呈,你去楼下客厅找找吧。"

脚步声渐渐远了,屋内恢复了寂静。

好像有什么在姜楚楚脑中炸开,如果不是蒋淑媛眼瞎,那么,好像很多事情突然有了简洁易懂的解释。

比如袁呈为什么能够随意地进出自己的房间,为什么他前脚说给自己安排了实习,蒋淑媛后脚就让自己听话。

以及为什么,在袁呈了解到姜家的情况后,突然就对蒋淑媛和姜明珠热络了许多。

蒋淑媛也许早就知道了自己和袁呈的关系,或许,她还因此替最宠爱的女儿谋取了一门好亲事。

那自己呢,大概是个垫脚石?买一赠一的那种?

想清楚这些,姜楚楚平静地看着袁呈,心中一丝波澜也无。

"你下去,我怕吐你一身。"

见她面色有异,袁呈没有继续强迫她,起身了,面上危险的神色逐渐褪了下去。

他叹了口气:"我本来不想跟你说这些的,楚楚,姜明珠身份跟你不一样,我名义上跟她在一起,前期可以避免很多麻烦。"

的确,一个金玉其外败絮其中的姜家,袁呈怎么看得上,他和姜明珠订婚,应该也是知道姜明珠的生父——那个来自京都一个庞大家族的负心汉,袁呈想要和那家搭上线。

想清楚这些,姜楚楚抬头直视袁呈的双眼,一字一句:"袁呈,你想权色双全是不可能的,再缠着我,小心我搅和得你竹篮打水一场空。"

袁呈走了。

姜楚楚呆呆地坐了一会儿,突然间跳起来发狠地将床上的枕头、被子、床单统统扔到了地上,而后死命地在地上踩。

直到那堆床品皱皱巴巴看起来十分凄惨,她才吐出一口气,捋了捋头发,开门扬声叫人来收拾。

等到一切都收拾好,姜楚楚倒在床上,神思放空,漫无目地想着一些有的没的。

比如——

姜福生为什么不叫上自己参加姜夏樱的生日聚会呢,她和姜明珠比,最起码还流着姜福生的一半血液。

又想——

蒋淑媛为什么也不叫自己呢，公众场合演一出"母女情深"不是挺好的吗？哦，对了，蒋淑媛演的是一出"视而不见"。

时间一点点地流逝。

屋里的灯关着，黑暗就像一只怪兽，来得悄无声息，姜楚楚几乎以为自己马上就要被什么吞下肚了。

可紧绷的精神一松懈，哪怕知道这样睡着会做噩梦，姜楚楚也忍不住缓缓地闭上了眼睛。

她梦见了十三岁那年的夏天，她终于出院，可那一个月里一直照顾她的王叔叔却不见了踪影，她急疯了，到处找他，终于，在快要绝望的时候，她接到了一个陌生的来电。

那边或许是信号不大好，"刺啦刺啦"几声后，才有一个男人开口。

"楚楚，是我。"

很难从男人的声音中估量他的年纪，若说他二三十岁，他的声音要更沉稳，更具有安抚人心的魅力；若说他四五十岁，他的声线却又如一个少年人般清越。

十三岁的姜楚楚一听这个声音就止不住眼泪。

"你在哪儿？"

"我走了……楚楚。"

"那你……什么时候回来看我？"

电话那端是长久的寂静。

然后，对面的男人深深地叹了一口气，不知为何，那语气听在姜楚楚的耳朵里，令她想哭。

"楚楚，"男人低沉地叫着她的名字，"你该学着长大了，我一直很相信你，你以后会做得很好的，对不对，楚楚？"

姜楚楚的眼泪忽然就涌了上来，她顾不得擦，也忘记了电话那端的人根本就看不见，死命地摇头。

"不行，你必须回来，我就要你回来，你不在，他们都欺负我……他们都欺负我。"

信号时断时续，姜楚楚不确定男人是不是听见她的哭腔了。

男人最后只说了一句："我会保护你。"

骗子，都不在她身边，他怎么保护她？

从那天起，她再也寻不到有关王叔叔一星半点的踪迹。

姜楚楚在睡梦中眉心紧锁，她无意识地将手拢在胸前，紧紧握着。

良久，黑暗中，她嘴里溢出一句：

"我一定要找到你。"

第二章
神秘男人

　　第二天一早，正是上班的高峰期，一辆豪车突然一个急刹摆尾，停在了一栋高耸的写字楼前。

　　巨大的噪音和绚丽的车型吸引了无数视线，车门打开，一条穿着丝袜和闪耀高跟鞋的长腿当先迈了出来，紧接着，一个女人从驾驶位上走下来。她穿着无袖紧身的大红色连衣裙，手里拎着镶满碎钻的名媛式手包，一副墨镜将她巴掌大的小脸遮住了一大半，波浪似的鬈发松松地披在肩头，垂到腰间，纵是春意融融，这身装扮也显得"美丽冻人"了些。

　　面对进进出出的人投来的目光，她迈着台步走向前台，一手摘下墨镜，露出精心勾画的桃花眼。

　　"我找温九思，十九楼心理咨询室的温医生。"

　　很快就下来一个年轻男人，自称是温九思的助理，见了姜楚楚也是一愣，有些手足无措地将她迎了上去。

　　咨询室的会客厅里只有两个女孩子，一看就是咨询室刚搬过来，正在收拾着东西，两个人见了姜楚楚，上下打量着她，表情不是很好，交头接耳地说着什么。

　　姜楚楚视若无睹，径直跟着助理进了办公室。

　　温九思正在办公室低头写着什么，听见动静放下了笔，面色极淡，却衬得他眉目更加清疏。

　　"你怎么找来的？"

　　姜楚楚挑了挑眉，扬扬手中的名片："在你车里发现的，一导航就过来咯。"

　　"你先坐，喝什么？"

　　姜楚楚坐到沙发上，长腿交叠倾斜着，仰着小脸望着他笑。

　　"给我咖啡。"

　　温九思忙活了一阵儿，端着马克杯走过来递给她："我自己调的摩卡，里面咖啡很少，咖啡喝多了不利于你的睡眠。"

姜楚楚面无表情，没接："我是仙女，不用睡觉，我要咖啡，不要牛奶。"

两人对视了几秒钟，温九思突然摇了摇头，语气可惜："都有黑眼圈了。"

被抓住命脉，姜楚楚立刻就不说话了，她紧张地坐直，掏出小镜子照了照。看到镜子里的女人依旧风华绝代，她才放心下来，冲温九思翻了个白眼。

但她终究还是接受了这杯百分之九十九纯奶的"摩卡"。

温九思坐回办公桌后面的椅子上，看着姜楚楚一口一口地喝着，做作地翘着兰花指，挺着脊背拗造型，硬生生将一杯奶喝出了蓝山咖啡的感觉，丝毫不觉自己嘴边挂上了一小圈奶渍。

像一只原本就喜欢喝奶的猫崽子，偏偏有一个威风凛凛的老虎梦，骄傲地绕着壁炉走来走去，却更惹人想要戳一戳、揉一揉。

温九思的眼中极快地闪过一丝光亮，调整了坐姿，垂下眼睛看着自己的笔尖。

"你来找我，是有什么事？"

姜楚楚撩起眼皮看了他一眼，放下杯子，讥讽道："不是你给我名片，说王叔叔让你来给我做疏导？说说吧，你想……怎么对我？"

她刻意地眨眨眼，下唇轻轻咬了一下，一股极其性感的气息瞬间袭向温九思。

温九思摩挲着手中的钢笔，目光却浓烈起来，铺陈在姜楚楚身上，令她脖颈上细小的汗毛都支棱了起来。

美人计打出去了，可男人似乎并不上钩。

姜楚楚被他盯得心烦意乱。她总觉得在男人的视线下，她那点小心思无所遁形。她收了笑，语气也不大客气："温医生，忽悠也要适可而止，告诉我，你到底在哪里听过王叔叔的事？"

温九思眉梢微动："我说过了，邮件往来。"

姜楚楚露出了一个自矜的笑容："全世界唯有我最了解他，他不会用邮件轻易地跟别人说我的事情。你知道吗，十年前的事，我昨天晚上做梦，都能一帧一帧地回忆起来，你还敢大摇大摆地编造这种谎话，我不跟你计较是看在你脸长得好看的份上。"

温九思短暂地沉默了片刻，只是问："你昨天梦见他了？昨天……发生什么事了？"

姜楚楚想起袁呈那狩猎般的目光，和蒋淑媛关门之前毫无波澜的一瞥，胃里又开始翻腾起来。

她一手按着胸口，微微俯下身子，满脸写满不耐烦："跟你有什么关系。"

等那阵恶心的感觉下去，姜楚楚站起来，一边掏出一张纸巾擦了擦额头隐隐冒出的汗珠，一边漫不经心地说："你不说就算了，比你演得还真的人很多，我宁可听一点像样的谎话。"

"等等。"

温九思大步走过来，趁姜楚楚丝毫没有防备，抓住了她的手。

他的手指温暖而干燥，姜楚楚感觉，被他握住的那一圈肌肤，瞬间起了细小的鸡皮疙瘩。

"你……干吗？"

温九思的脸好像闪过一丝纠结，只是又很快消失，令人疑心是错觉。

他垂眸看着自己握住的那只娇软白皙的手，沉默了几秒钟，而后一本正经地说："对不起。"

姜楚楚蒙住。

温九思继续道："我在你王叔叔那儿见过你的照片，楚楚，我对你，一见钟情。"

啥玩意？姜楚楚刚想说你放屁，可是一扭头从镜面装饰物的反射中看见自己满分的脸蛋和满分的身材……

她觉得这话貌似也有一定道理。

她"哟"了一声，甩开温九思的手，而后双手环肩，上下挑剔地打量着他："所以你为了接近我故意说我有病？"

温九思的不吭声在她看来完全是心虚的表现——她相信她能被一见钟情，但不相信他编出来的话。

"温医生，用这种幼稚又拙劣的手段引起女孩子注意，现在的小学生都不这么玩了。"

姜楚楚佯装叹了口气，撩了撩头发："不过，倒是情有可原。"

见她失去了耐心，并且语调带了几分漫不经心，温九思垂下眼。

"姜楚楚，我没开玩笑，你们第一次见面是不是在十年前，南城第一医院，花园里，你……摔倒了。"

姜楚楚一怔。

初见画面，只有她和王叔叔两个人知道。

"你真的……"

她突然显得很紧张，在室内走了两圈，才将话说完："你真的见过他？"

从一个风姿绰约的佳人到紧张得不知所措的小女孩，姜楚楚只需要听到"王叔叔"这个称呼。

温九思看着她不安，看着她，目光深沉，就像在研究着什么。

姜楚楚忽然站住了脚，脸上浮现出一个极漂亮的笑容。

"你只需回答我一个问题，就能讨得我的欢心咯。"

"你在哪里见到的他，什么时候？你现在还能联系到他吗？"

温九思看了她足足十几秒,在她终于维持不住笑的前一秒,开口回答:"我很抱歉。"

她立刻变了面色,又神经质地搓了搓自己的手。

"为什么?"

温九思的语调平缓。

"很久之前的事情了,我只是路过南城的时候,见过他一面,连个联系方式都没有。"

姜楚楚听完,失神了许久,忽然喃喃地说:"我有感觉,他可能还在南城,我就说他不会走……"

看着姜楚楚离开的背影,助理走进了办公室。

助理面上那股青涩逐渐褪了下去,没有必要再伪装,娃娃脸看起来严肃异常,此时双眼里还透着疑惑不解。

"温医生,你不是说我们来南城之后,就直截了当地跟她谈吗?为什么……"

"我突然改主意了。"温九思淡淡地说。

他走到窗边向楼下望去,两三分钟后,姜楚楚的身影出现在大楼外,她在大马路上拦了一辆出租车,不久便消失在川流不息的车流中。

温九思收回目光,回想着姜楚楚的一举一动。

"小赵,我们对她的情况判断还不够准确,让她恢复正常很重要,但更重要的是,我不想让她受到一丁点伤害。"

姜家在别墅区,出租车开不进去,姜楚楚下了车就只能认命地踩着高跟鞋走回去。

她的心跳得还有些快——那是心情大起大落的后遗症。

不过,经过这些年来的锻炼,她差不多已经习惯了。

姜楚楚吸了口气,为缓解,她一边走,一边掏出手机刷起了微博。

她的微博账号是个坐拥两千粉丝的小透明,除了平台送的一半,还有一半,估计是她经常发一些捂着脸却捂不住姣好身材的照片,所以也吸引了一些粉丝。

她经常会将自己随手画的油画拍了分享上来,也偶尔能收到来自真正粉丝的七八个点赞,其中有个叫"小白兔的白"的粉丝给她留了言:大大是南城人吧,今年的青年油画艺术展就在南城举办,大大会参加吗?期待。

姜楚楚的脚步慢了下来,皱着眉头想了一会儿,而后飞快地回应:看心情吧。

走回姜宅,一进门,姜楚楚就看见姜明珠正指挥着人将她的下午茶搬到一个有阳光的地方,左手中指硕大的订婚戒指在阳光下折射着刺目的光彩。

姜楚楚想装作视若无睹,姜明珠却主动叫住了她,妆容精致的脸显出一抹鄙夷。

"听说你央求妈,让她去求袁呈在他公司里给你安排一个职位,我姑且不问你这是什么心思,妈前脚刚答应,后脚你又去勾引温医生?"

姜楚楚内心毫无波澜,甚至还有点想笑。

她几乎能想象得到她亲爱的母亲,在姜明珠面前慈爱地颠倒是非,毫不吝啬地将所有的污水泼到自己头上来。

看着姜明珠无忧无虑讽刺人的模样,姜楚楚不得不感叹,如果说傻是一种幸运……那姜明珠可真幸运啊。

姜明珠强行碰瓷:"你怎么不说话?哑巴了?"

姜楚楚耸耸肩:"灰姑娘没资格说话。"

姜明珠没反应过来,或者说,她习惯了在这个家里,最不需要听懂的,就是姜楚楚的话。

对方战斗力太弱,姜楚楚见状失望地长叹一声上楼了。一分钟之后,她又"噔噔噔"地出现在楼梯口,面无表情地问道:"姜明珠,我房间里的那幅画呢?"

姜明珠端着茶杯的手一顿,头也没抬:"没看见。"

姜楚楚站在楼梯口看了姜明珠多久,姜明珠就喝了多久的茶。

"姜明珠,到时候你别后悔。"

什么南城名媛,什么天才画家。

姜楚楚"砰"地砸上门,还嫌不够,又举起了手机,在手机"五马分尸"的前一秒,有条短信及时地传了过来。

是个陌生号码。

姜楚楚似有所感,收回手机用手指划开,荧光照亮了她的眼。

短信内容:听说贵校的美术系全国有名,不知道明天你可不可以带我去参观一下?

落款:温九思。

姜楚楚想起来,她走的时候,由于心情不佳,似乎没有好好跟那位对她"一见钟情"的温医生好好道别。

人家都这么主动了,她多少……也得给点反应吧。

姜楚楚咬了咬嘴唇,慢腾腾地回了一个"好"字。

短信发出去,她的心跳又开始加速。

摸上自己跳跃的胸膛,姜楚楚认为这种躁动不安的心情,应该称之为——跃跃欲试。

第二天,中午一过,温九思的车就开到了姜家的大门外,他足足等了一个多小时,姜楚楚才施施然出来。

她将一头披肩的波浪鬈发扎成了马尾,身上也换上了一件娃娃领的连衣裙和一双干干净净的帆布鞋,烈焰红唇离奇消失,取而代之的是淡淡的死亡芭比粉唇膏……

温九思拧着眉给她拉开副驾车门,看见她斜挎的帆布包上面竟然还丧心病狂地印着樱桃小丸子,终于没忍住问了一句:"你要干什么?"

姜楚楚用一种"你很奇怪"的目光瞥了一眼温九思,眨巴眨巴眼睛,冲着他就来了一个歪头杀。

"我要去学校呀。"

温九思的眉头拧得更厉害了。

南城艺大的位置比较偏僻,车行了两个半小时才到。校园里都是学生模样的人,姜楚楚双手淑女地交叠,行走间规规矩矩地垂在身前,忽而转头问他:"你要参观什么?"

"就看看你平常上课的地方吧。"

原来还是外表禁欲内心火热啊,姜楚楚捂着嘴笑了起来。

临近实习,美术系的教室走廊上并没有多少人经过,姜楚楚又松懈下来,一步一晃荡地走在前面,温九思跟在后面,随意地打量着走廊两侧挂着的学生画作。

又拐了一个弯,温九思注意到几幅画右下角的黑色签名,隐约是一个"楚"字,于是停下脚步问她:"这些画是你画的?"

姜楚楚的目光随意地扫过。

"是啊,都是些日常习作,我不想带回去,就捐献咯。"

温九思点点头,看着面前的画。

油画画得很抽象,一个看不清面容的女孩面对着大海,坐在沙滩上,满卷浓墨重彩,景象仿佛跃动于纸上。

"这是正在度假的少女?"

姜楚楚摇摇头:"是马上就要死掉的少女。"

温九思默不作声地看了姜楚楚一眼,又观察着眼前的画,半晌问道:"怎么说?"

"这里是沙滩,那边是海水,沙滩本该连接着海水,可是你看到它们中间的是什么了吗?"

"礁石。"

"是啊,礁石……你知道吗?海啸前夕的时候,往往风平浪静,只是海水会迅速褪去,露出大片大片的礁石,然后突然某一秒钟,远处的海水会顷刻间扑上来,像是摩天大楼自平地而起,又向着岸边砸过来,吞噬掉一切。"

她说话的时候，面上还带着极淡的笑容，很漂亮，又很虚伪。

温九思不再看画，而是转过身子看她。

"这个少女为什么不逃走？"

"逃？怎么逃？往哪里逃？"

她的视线散漫，口吻透着一股凉薄的漫不经心，室外的阳光打在她的侧脸上，仿佛她就是画中那个面容模糊的少女，死亡将至，可天地间唯她一人。

她不逃，是因为知道逃也无用。

温九思的喉咙有些发紧。他蓦地上前一步，抓住了她的手腕，用细小的疼痛唤回她的注意力。

男人的指尖温暖而干燥，修长的身影将她笼罩在胸膛与墙壁之间。

"如果你不想看着画，那么就看着我。"

姜楚楚怔住。

逆着光，男人俊俏的面孔有些晦暗不清，但唯一清晰可见的，是他那双沉寂的眼睛，深沉得仿佛要将她吸进去。

姜楚楚沉默半晌，然后深呼了一口气，使劲儿将手抽出来，弯着腰从旁边的空隙钻出来，皱着眉头喃喃自语："有毛病吧。"

无端被骂的温医生蒙了一瞬。

姜楚楚指着画，语气十分鄙夷："我要是画得不好也就算了，你说说我哪儿画得不好了，凭什么我自己都不能看？"

看着她一副理所当然的表情，温九思一时不知道该说些什么，只好又去看其他的画，指着一幅怪异扭曲的画，犹疑地问："这是小男孩家里的水族箱？"

"不，这是掉进食人鱼池子里即将尸骨无存的男孩。"

"这是跳舞的芭蕾舞演员？"

"不，这其实是一个怪物，吃掉了芭蕾舞演员，你看它嘴边还有血。"

一问一答，两个人之间的气氛十分和谐。

"楚楚？"

忽然间，走廊尽头传来了一个略带惊讶的声音，一个穿着蕾丝长裙的女孩走了过来，她化着精致的妆容，高兴地小跑上来攀着姜楚楚的胳膊。

"你今天怎么来学校啦？"

姜楚楚也十分自然地冲她软软笑着："带我一个朋友来参观咱们学校。你这是来画画啊？"

"不是啦，我来拿画具。你朋友很帅哦。"

两个人样子亲密，显然来人是姜楚楚大学的好朋友。

女人之间说悄悄话，温九思绅士地站在一边，别过脸去。

/022/

男人神色淡漠，鼻峰英挺，薄唇轻轻抿着，令姜楚楚在被朋友问到"你们两个人是什么关系啊"的时候，面上不自觉地带上了一抹绯红——也不知道是不是装的。

没过几秒钟，有个瘦高的男人双手插着兜，一脸不耐烦地从走廊转弯处跟过来，一边走一边说道："徐钰，你好了没？东西收拾好了就快点走，我没有那么多时间。"

徐钰放开姜楚楚的胳膊，忙不迭地回身回答："好了好了，就来。"

姜楚楚顺着徐钰的视线往旁边一看——哟，还是个老熟人。

那个前几天还苦苦恳求着不想跟自己分手，并要娶自己的男人，转头就勾搭上她闺蜜了。

姜楚楚面无表情地瞥了一眼温九思：呵，男人，没一个好东西。

无端被瞪了一眼的温九思觉得今天的姜楚楚格外莫名其妙，坚定了要给她治病的决心。

几乎同时，袁珂也看到了姜楚楚，他脚下的步子顿了一下，没理会面上带着乖巧可人笑意的徐钰，一步一步走到姜楚楚面前，萌翳的视线在旁边的温九思身上转了一圈，阴恻恻地问姜楚楚："他是谁？他是你什么人？"

姜楚楚没理袁珂，水亮的眼睛看向身边由于被袁珂漠视，而显出几分诧异的徐钰，指着袁珂，歪着脑袋问出同样的话。

"他是谁？他是你什么人？"

气氛顿时变得异常尴尬。

二十分钟后，美术楼的天台上，两个女孩子迎风站着，看起来一个比一个娇弱。

徐钰含着泪光，小白花儿似的望着姜楚楚，苍白着脸解释道："我是在学校里碰见他的，他好像是来找人，问我美术学院怎么走。

"我们一路上聊得很开心，是我……是我对他一见钟情了，就约他一起吃晚饭。然后，然后我们就在一起了。

"我不知道他是来找你的，也不知道他是你前男友……况且，你们已经分手了，你一定不会介——"

这回姜楚楚没再沉默："不，我介意。"

她甩开徐钰，亦是语带哭腔。

她的声音有点大，一直站在不远处的两个男人同时看向她。

徐钰哭哭啼啼的表情也僵住，手还悬在空中，看起来有几分尴尬，正要讪讪收回，又被姜楚楚一把抓住，冷不丁吓了一跳。

姜楚楚同样声泪俱下："小钰，我介意的，不是我觉得你背叛了我们的友情，而是替你不值得啊，袁珂是个人渣啊。"

"姜楚楚！"

袁珂的声音好像是从牙缝里挤出来的，他似乎耐心告罄，想要上来拉姜楚楚，温九思皱着眉拦住了他的去路。

僵持间，袁珂手中的手机响了。

看着来电显示的名称，袁珂的目光意味不明地从姜楚楚身上扫过，满脸阴翳地接了起来。

"喂，哥……我能对她做什么？你这个做妹夫的是不是管得宽了点？"

也不知道袁呈在电话里说了什么，袁珂的面色越来越难看，他没再说什么，恨恨地挂了电话，扭头就走。徐钰也顾不得再跟姜楚楚解释，连忙跟上。

临走前，袁珂又倒了回来，站在温九思面前，扬了扬下巴："对了，还没问这位先生怎么称呼？"

温九思不卑不亢："鄙姓温，温九思。"

"我记住你了，给你个劝告。"袁珂讥诮地看着温九思，侧身在他耳旁轻声道，"离她远点。"

温九思不置可否，表情纹丝未变。

温九思和姜楚楚从学校出来的时候，已经是傍晚时分，晚霞如火，映着姜楚楚的脸有种不真实的美。

汽车缓缓发动，车内的钢琴曲舒缓。

想着徐钰漏洞百出的解释，温九思难得地想提醒姜楚楚："你的朋友好像……"

"我知道啊。"姜楚楚打断他的话，着迷地看着天边，语气平常。

"我知道她在骗我，那又怎么样呢，她是我最好的朋友，我们从小就认识，如果因为她的小心思我跟她绝交，那么我就没有其他的朋友了。"

温九思沉默地开着车，"因为怕失去而原谅"这个想法稀松寻常，他不知道该安慰什么。

姜楚楚转过头来看着他："温医生，你说，我是不是很可怜？"

不过几句话的工夫，姜楚楚突然又哭上了，一边哭一边向着驾驶位的方向倒去，同时给自己的纤纤素手找了一个温热的支撑，按了下去——

忽然一个急刹车，车在马路中央停了下来。

温九思眉心跳了跳，他垂头看向自己的双腿，声音无可奈何，细细听起来又有几分咬牙切齿："姜楚楚，拿开你的手。"

温九思漆黑的双眼闪着幽光，面无表情地看着她。

姜楚楚假装什么事情都没有发生，稍稍坐直身体，眨了眨眼睛，收回手捋了捋头发，想到什么，又赶紧放下，面色古怪地看了看自己手心，然后默默地从包里掏出一包纸巾。

温九思眉心又跳了跳，目光似乎能把她一层一层剥开，直到后面的汽车鸣笛声响起，他才深深地看了姜楚楚一眼，重新发动了汽车。

十几分钟的时间，狭小的车厢内安静异常。

直到两旁的景物逐渐熟悉起来，眼看着快要到家了，姜楚楚怏怏不乐地解着安全带。

车里的光线昏暗，她找了好几次都没有找到安全带的带扣，窸窸窣窣的动静里，温九思从后视镜里瞥了她一眼。

"以后如果你心情不好，可以随时来找我。"

姜楚楚始终找不到那粒纽扣，双手毫无章法地扯了几下，随口回道："我可不想去你的咨询室找你，像个精神病人。"

温九思一手打着方向盘，自然地说道："不去咨询室，那我们就去约会。"

想了想自己的目的，温九思又补充道："反正你和我在一起就可以了。"

姜楚楚的动作停住了。

丝毫不觉得自己的话有什么问题，男人目光沉静，而女人别过了头，和她慵懒的神色不符，耳根粉粉的，幸而被黑暗掩饰住。

她细若蚊蚋地"嗯"了一声。

华灯初上，宛如天上珍宝星星点点缀在人间。

车停在姜家门口。

还没等姜楚楚开口，温九思就缓缓朝她俯身，男人身上清新冷冽的气味瞬间席卷了她，在姜楚楚略微迷离的神色中，他以一种包围的姿态，"啪嗒"一声，解开了她身上的安全带。

"好了。"

他的声音低喃在她耳边，带起一阵酥麻。

姜楚楚没有一刻比现在更加清醒地意识到，她想要这个男人。

就现在。

在温九思离身的瞬间，姜楚楚忽然侧头，在昏暗中，柔软的唇瓣准确地触碰到男人的薄唇。

车内空气稀薄，让人压抑得快喘不上气来，过了好久，姜楚楚才意识到，原来是自己忘了呼吸。

男人的唇柔软、微凉，不知道是不是姜楚楚的错觉，她闻到了一股微不可察的烟草香气。

她稍稍撤离，想透过昏暗看清男人面上的表情，可是看了半天，她才懊恼地发现，男人确实是面无表情的，他垂着眼，除了最开始被她出格的动作惊动了一下，他就任由她胡搅蛮缠一般，既不躲避，也不回应。

姜楚楚双手环住他的胳膊，严肃地看着他："我吻你了。"

背对着月光，她的眼睛是车内最明亮的所在。

"我知道。"

他的嗓音微微喑哑，像是铅笔写在白纸上的"沙沙"声，很舒服，很挠人的耳朵。

姜楚楚不满地皱眉："你之前说，你对我一见钟情，我现在回应你了，你不是应该欣喜若狂地抱住我？怎么是这副样子？"

她眼神无时无刻不在蛊惑着他，身体靠向男人，几乎是个投怀送抱的姿势。

温九思喉结动了动，缓缓抽出了手。

"到家了，你先回去吧。"

一副矜持禁欲的模样，就像之前说喜欢她的是另一个人。

姜楚楚觉得自己的魅力遭到了严重的挑衅，她想扒开他的衣服，扑到他身上，听他的心跳到底有没有他表现出来的这么平静，但是最终，她只是微笑着说："好吧，那我就先回去了。"

姜楚楚拉开车门下了车，又回身弯腰，巧笑倩兮："你说，我心情不好的时候，都可以找你，这话没错吧？"

温九思冲着她点了点头，摇上车窗开走了。

姜楚楚看着汽车绝尘而去，握紧了拳头。她不信，她想要的，怎么可能不是她的。

月朗星稀，温九思回到公寓，将车钥匙扔到一旁的台子上，慢条斯理地脱下外套挂起来，换上鞋。

房间没有开灯。

他站在窗前俯瞰城市的夜色，外头万家灯火星星点点。

闭上眼，他脑海里还是那双猫一样的眼睛，身体的某个部分还在翻涌着未平息的血气，昭示着他自制力管理失败。

姜楚楚吻住他的那一刻，他到底在想什么？

他想抱住她，激烈地回吻她，告诉她，他也是一个有欲念的人，告诉她，她轻易挑衅的后果。

可是他不能。

良久，温九思重重地叹了一口气，他起身走到书房，打开了电脑，电脑屏幕上幽蓝的光，映衬着他严肃的脸。

那一份文档上，赫然有着姜楚楚的照片，只是照片上的她比现在稚嫩得多，她闭着眼躺在一张病床上，面色苍白，毫无生机。

而这边，姜楚楚一回到家，就看到客厅里，姜明珠跟蒋淑媛坐在一边，姜夏樱跟姜福生坐在一边，泾渭分明。

见姜楚楚回来，他们停止了谈话，冲她看来。

无论姜楚楚有多想装看不见，也控制不了她一闻到饭菜味道就"咕咕"作响的胃。

姜夏樱冲她笑笑："楚楚，你回来了，家里人都在等你吃饭呢。"话里意有所指，面上却还是唯唯诺诺。

姜福生听了果然面色不佳，人刚坐到饭桌上，一巴掌就拍在了桌面上："你看看这都几点了，让家里人等你吃饭像什么样子。你要是不愿意回这个家，干脆就别回来了。"

姜楚楚脸色都没变一下，跟着坐下来盛了一碗饭。

姜福生讲究排场，可能是从前没过过多少富贵日子，现在有条件了，就连在家里也要摆谱，每顿饭不管有没有人吃，都要摆满十个菜，意味着十全十美。

厨师是从米其林高薪聘来的，他做的饭，是姜楚楚在姜家为数不多喜欢的东西。

吃着吃着，蒋淑媛突然将一碗汤推过来，搁在姜楚楚面前。

"喝吧。"

汤还冒着热气，上面撒着绿油油的香菜，看起来特别有食欲。

姜楚楚愣了一下。

她很想抬头看看蒋淑媛的表情，看对方是否因为之前的那件事而愧疚，因此多了几分慈爱。但是她只是想想，然后闷头喝汤。

一口汤还没咽下去，蒋淑媛的声音悠悠响起："有件事，还需要你帮忙。"

原来在这儿等她呢。

姜楚楚抬起头，视线里蒋淑媛那张保养得宜的脸上带着些贵妇似的漫不经心，跟姜楚楚讲话和跟家里的用人讲话没什么不同。

"明珠受邀参加了南城的青年油画艺术展，得在展览之前拿出几幅作品，最近会很忙，你就做她的助手帮她，尽点心。"

姜楚楚冷着脸"呵"了一声："助手？凭什么？"

蒋淑媛像是早就知道她会拒绝，不紧不慢地说："你做完这件事，我不再干涉你的工作，以后，随便你想画什么。"

这算什么？等价交换？

"您可真是个好母亲。"只是不是她的，而是姜明珠的。

姜楚楚说着，讽刺地瞥了一眼姜明珠。

姜明珠仿若未闻，撂下筷子，用纸巾矜持地擦了擦嘴角，一个余光都没有看向姜楚楚。

蒋淑媛说完自己想说的，也没再理会姜楚楚，站起身冲着旁边说："吴妈，给我端一盏燕窝上来。"

姜福生沉着脸什么也没说，只是撂下筷子站起来往书房的方向走，一边走，一边回头。

"夏樱，你过来，我有事跟你说。"

仿佛闹剧散场，顷刻间，餐桌上只剩下姜楚楚一个人。

吴妈擦了擦手，小心翼翼地走过来："楚楚，这饭……你还吃吗？"

姜楚楚闷不作声地扒拉完一碗米饭，将碗递过去："吃，怎么不吃，再给我盛一碗。"

她吃得狼吞虎咽，完全不顾忌身材，只是从始至终，再没有碰过那一碗汤。

逐渐起风了，窗外夜色沉沉，只有偶尔传出的几声虫鸣还维持着春日应有的生机。

晚些时候，卧室的门被敲响，姜楚楚不想搭理，那人就一直敲，极有耐心，仿佛要敲到天荒地老。

姜楚楚揉了揉脑袋，认命地爬起来开门。

门外，姜夏樱低眉顺眼地站着，手里还端着一杯热牛奶。

她的目光从姜楚楚衣衫不整的身上掠过，微不可察地露出了一个酸溜溜的表情，在对上姜楚楚的目光后，又急忙低下头来。

"楚楚，我来给你送牛奶。"

姜楚楚盯着玻璃杯里面的牛奶，有理由怀疑她在里面下了毒。

"楚楚，我可以进去吗？"

姜夏樱一边说着，一边挤了进来。

牛奶毕竟是无辜的，姜楚楚举起杯子，真丝睡袍没配红酒，也端出了高脚杯的架势，她慢条斯理地喝着，顺便睨了眼姜夏樱。

"你来找我有什么事？"

房门关上，姜夏樱坐在沙发上，显出几分手足无措，半晌，才红着脸问："楚楚，那天来家里的那个温医生，你……认识他啊？"

姜楚楚一口奶没咽下去，险些喷姜夏樱一脸。

"怎么春妮儿？你看上那个温医生了？"

姜夏樱面色一白。

"姜春妮"这个名字是姜夏樱来南城之前的名字，昭示着她贫寒的出身，后来姜福生在她的强烈恳求下给她改了名，她穿上华服，戴上宝石，学习谈吐，好不容易才忘记了记忆中那破旧的平房。

可现在，姜楚楚依旧这么叫她，这就是实打实的嘲讽了。

姜夏樱低着头，身子微微颤抖："你……我以为你对我还有最起码的尊重，你怎么能——"

姜楚楚冷着眼瞧她，情绪不受波动："省省吧姜夏樱，收起你那一副可怜样，温九思是我的人，不要肖想他。"

姜楚楚丝毫不觉得自己正在扮演一个恶毒继姐的角色，似乎还嫌不够，朱唇轻吐："你不配——"

"够了！"

"砰"的一声，姜夏樱终于忍不住冲出了姜楚楚的房间，摔上了门。

姜楚楚的世界终于恢复了清静。

夜已深，姜楚楚躺在床上，看着墙上的钟表分针走了一圈又一圈，无论怎样也没有睡意，她突然抬手摁亮手机——什么消息也没有，没有什么追求者的邀约，没有徐钰的解释……也没有温九思的消息。

她攥着手机反趴在床上，翻来覆去地打了几个滚。手机接收到的最新消息是一个推送，来自一个情感公众号——爱情里谁先主动，谁就输了。

姜楚楚看都没看里面的详细内容，就嗤之以鼻地点击了取消关注——输了，那是因为不够美，美成她这样的，怎么可能输？

她翻身坐了起来，想了想，编辑了一条短信发送，收件人是温九思。

姜楚楚：心情突然不好，明天好想去看海呢，温医生有什么安排吗？

发送成功后，姜楚楚立刻闭上眼睛默数着："三，二，一。"

"嗡"一声，手机响了，她得意地翘起嘴角，睁眼一看，四个字映入眼帘：明天有事。

这就完了？

姜楚楚翻来覆去地看，怎么看都只有这四个字，再加上一个中规中矩的句号，根本无从揣测男人的心意。

这真是……打脸来得就像龙卷风，迅猛得令她猝不及防。

姜楚楚很气，气着气着就睡着了。

这一夜她做了很多梦，梦中光怪陆离，她躺在钻石堆积成的海洋里，钻石棱角分明，锋利异常，将她刺得鲜血淋漓。她拼命地跑，可是身后似乎有人用一根铁链拴住了她，她怎么跑也跑不出去……

醒来的时候，她还头昏脑涨，以至于当她打开房门，听到有熟悉的声音时，几乎疑心自己听错。

姜楚楚把着栏杆，向楼下的客厅望去。

蒋淑媛微眯着眼，神色怏怏地坐着，手揉着太阳穴。

而温九思坐在另一侧的沙发边上，一手拿着钢笔，一边询问，一边垂头写着什么。

衣冠楚楚。

姜楚楚扬声问："你怎么来了？"

由于没睡好，她的声音还带着沙哑，有一种极为性感的味道。

温九思朝上看去，一个穿着酒红色睡袍、披着波浪长发的女人睡眼惺忪地站在楼梯上。明明是妖冶气息浓重的装扮，却因为她眉眼间不自觉流露出来的天真，而显出几分奇异的蛊惑感。

只是下一秒，温九思皱起了眉头，声音也冷了下来。

"你……好好穿衣服。"

姜楚楚愣了两秒钟，低头看了看自己，紧接着，房门被关得震天响。

再出来的时候，姜楚楚已经换上了一件纯白色的连衣裙，手扶着楼梯扶手款步而来，而温九思正说道："蒋夫人，如果您有从前的就诊记录，不妨给我看看。"

"都是些庸医，不过温医生想看，我现在去给您找找。"蒋淑媛对他的态度并没有因为姜楚楚的乱搞而有所偏见。

也不知道温九思说了什么，她对温九思极为信服，站起身只是严厉地盯了一眼姜楚楚，什么也没说就走了。

姜楚楚撇了撇嘴坐下来，扬声叫吴妈给冲了一杯咖啡。

蒋淑媛当然会有抑郁，尽管她的名声由于姜明珠和袁呈的婚事有所缓和，但是耐不住她和姜福生三天两头地吵。姜福生虽然出身不好，但还算长得人模人样，又有金钱的魅力加持，即便人到中年，也有不少年轻女人打着真爱的名义，争先恐后地送上门来。

而姜福生来者不拒。

明眼人都知道，只要姜老爷子不倒，只要蒋家仍是南城望族，这婚也就离不了，蒋淑媛就只能徘徊在发泄与愤怒的夹缝中，想不抑郁也难。

姜楚楚端着咖啡，瞥了男人一眼，坐姿慵懒。

"你说的有事，就是来这儿看病啊？"

温九思表情淡淡，还在低头写着什么，闻言点了点头："蒋夫人去年就跟我预约了心理疏导。"

他握笔的手指修长而骨节分明，姜楚楚盯得出了神。

温九思有所感，停下了手："怎么了？"

男人的眼神很困惑，姜楚楚掩饰性地喝了一口手中的咖啡，随口胡诌："你的手表很好看。"

下一秒，男人放下笔，慢条斯理地挽起袖子，摘下那块手表，递到她跟前："送你。"

姜楚楚不知该哭还是该笑，这个男人，不是送她车就是送她名表，却面对她的主动献吻无动于衷。

怪咖。

名表吸引不了她的注意，她的目光落在男人露在外面的手臂上，肌理分明，散发着健康的光泽。

有点想摸……

姜楚楚一向是个敢想敢做的人，下一瞬间，她的手指就触碰上了男人的手臂。

温九思顿了一瞬，偏头看她。明明他是被触摸的那一个，可姜楚楚的表情才像是一只被爱抚的猫，舒服得眯起了眼睛，周身刺眼的光芒收敛起来，分外温顺无害，只差朝他的手心拱拱脑袋。

温九思任由她的指尖在自己身上作妖，欲言又止："你……"

然而"砰"的一声，打断了他的话。

两个人一同望去，姜夏樱站在他们身后，面色不佳，手中的水杯由于没有拿稳，砸在了地板上。

水花四溅，浸湿了地毯的一角，姜夏樱吓了一跳，赶紧唤人来清扫，言行之间不免慌张。

姜楚楚饶有趣味地瞥了一眼姜夏樱，嗤笑一声，手指从温九思的手腕缓缓地滑向他的手臂，捏了捏温九思手臂上的肌肉，这才不慌不忙地收回手来。

姜楚楚凑近温九思，压低了声音："下午……"

"下午我带你去一个地方。"温九思在她的手离开后，坐直了身子，语气淡淡，顿了下之后，又补上一句，"邀约不应该由女士说出口，昨天晚上的短信我没有解释清楚，让你误会了，很抱歉。"

他的语调不紧不慢，姜楚楚觉得，自己真的是被这个男人身上禁欲又绅士的气质完完全全吸引住了。

外面清晨朝阳初上，日光柔和，映衬着她眉眼弯弯。

"什么很抱歉？"蒋淑媛手里拿着一个记录册走过来，听见了温九思的话，随口问道。

她也就是随口一问,随后目光被低头束手的姜夏樱吸引,从姜夏樱畏缩的头顶,移到脏了一块的地毯上。

这地毯是她托人从非洲采买回来的,价值是其次,摆在客厅就是图一个面子问题。

蒋淑媛的嘴角抿起来,面相一瞬间显得有些刻薄。

"吴妈,收起来,见不得人的玩意。"

也不知道是在说那块脏了的地毯,还是在说弄脏了它的人。

姜夏樱面色一白:"对不起,我刚一下楼,就看见楚楚坐在温医生旁边……我吓了一跳,杯子一下子没拿稳。"

姜楚楚翻了个白眼。

蒋淑媛堪称"端水大师",闻言漠然地看了一眼姜楚楚,口吻厌弃:"你还在这里干什么,大清早想碍谁的眼?"

姜楚楚听惯了这话,只是悠悠地起身往楼上走去,面色如常,临走前轻瞥了一眼温九思,暗示意味浓重——等我。

关上房门之前,姜楚楚还听见蒋淑媛的声音。

"今天厨房进了一条鲑鱼,新鲜得很,中午的时候,温医生留下来吃饭吧。"

没听见温九思是怎么回答的,姜楚楚靠在门板上,双眼无神看向天花板上的水晶灯,心里突然不舒服起来,三番五次被男人看到她在家里不光鲜的一面,虽然温九思没什么反应,但她还是觉得有些难堪。

姜楚楚忽然烦躁地揉了揉头发,扑向柔软的大床,将自己深深地埋了起来。

关起门来,姜楚楚随意了许多,她双眼无神地躺了一会儿,又慢悠悠地蹭到画框前,拿出一块新画布,缓缓地勾勒着一个长发女孩的轮廓。

她画画的时候一向没有时间概念,最后一笔落成,她看了看墙上的时钟,时针将指向了"2"。

肚子"咕咕"地叫了起来,她撇撇嘴,披了件外套,抓上手机和车钥匙下了楼。

客厅空无一人。

所以温九思早就走了。

带着莫名的火气,姜楚楚哼了一声摔上门,一边走一边恨恨地跺着高跟鞋。

"嘀嘀!"

忽然身后响起了两声汽车鸣笛的声音,余光中,一辆黑色的车缓缓启动,跟在她的身后。

这种情形她见过很多次,不是豪车都不好意思跟她搭讪,姜楚楚不耐烦地转

/ 032 /

过头去。

车窗后，那个清隽的身影顷刻间就浇灭了她全部的火气。

副驾驶门从里面打开了，她坐进去，轻咳一声：“你怎么还没走？”

温九思一边重新启动汽车，一边回答：“你让我等你。”

姜楚楚睁大了眼睛，手指不自觉地绕着包上的细带，又问了一遍："就因为我想让你等我，你就在这儿等了这么长时间？"

"嗯。"

"你怎么不打电话给我？"

男人终于看了她一眼，缓缓地说："我以为……你刚才想一个人待着。"

姜楚楚想着，心理医生真讨厌啊，总自以为能读心似的。

但同时，姜楚楚也不得不承认，他将她的情绪照顾得很妥帖，妥帖得令她忍不住沉迷。

"那……我们现在去哪里？"

"先去吃午饭。"

他拒绝了蒋淑媛的邀请，一直在车里等着，也没有吃午饭。

姜楚楚乖顺地"嗯"了一声。

等红灯的工夫，温九思从后视镜里看着姜楚楚，刻意敛去了精致娇媚的姑娘，气质纯得要命，反而像个小钩子似的，细细密密地想要往人心里钻。

他把在方向盘上的手指紧了紧，微不可察地叹了一口气。

温九思带姜楚楚去了一家中餐厅，要了两碗热气腾腾的面条和几个小菜。

等面上来的工夫，姜楚楚歪歪头："我还以为你会带我去吃西餐，红酒牛排，正好配你。"她比画了个拿着刀叉的优雅动作。

"饿久了之后，胃不容易消化食物，面食现在更适合你。"他将碗筷布好，又给姜楚楚倒了一杯茶水。

热水温暖着她的手心，很舒服，她抬眼，忽然道："我发现我一点都不了解你哎。"

温九思不置可否："你想知道什么？"

姜楚楚放下水杯，托着下巴，透过黄色的暖光看他。

真是令人心动。

"你说，你在王叔叔那儿见到我的照片，才对我一见钟情，是哪张照片？"

温九思随口说道："你生病住院，在医院的花园里晒太阳时候拍的。"

姜楚楚的面色变得有些古怪，她长这么大，只住过一次院……

"我记得那时候我才十二岁，你该不是有什么奇怪的癖好吧？"

姜楚楚的声音由于惊诧而略微大了些，周边的人好奇地看过来，神情各异。

温九思的手在半空中顿住了。

他的脸依旧英俊，只是神色怎么看怎么有些蒙。

姜楚楚叹了口气，眼神充满同情："这就是你一开始说对我一见钟情，但后来又避而不谈的原因吧。"

她咬了咬嘴唇，委屈和感伤几乎溢了出来。

"作为一个心理医生，知道自己的思想在变态的边缘试探，一定很痛苦吧。"

温九思捏了捏眉心，没有说话。

不过姜楚楚不需要他的回话，她一个人就是一场戏。

什么"我理解你啊，我现在更漂亮身材更好你不信可以看看啦"，姜楚楚越说越来劲，根本就不顾及尺度问题，说够了，她喝了一大口水，扬扬空空的杯子，示意温九思给她添满。

温九思起身给她添水，看了她一眼，神色恢复了平静："你很爱演。"

姜楚楚立刻摇头反驳："我不是爱演，我只是活得真实，想到什么就说什么，外加情感比较充沛。"

温九思叹了口气，像个老父亲对着不懂事的女儿循循善诱："楚楚，很多话，明明你是无意，却会被人以为有心，就像你刚才说的那些话，你该庆幸，我是个心理医生，而不是变态，否则，你不会有机会在这里大放厥词，我会把你说过的话，都变成真的。"

姜楚楚只当他是说笑，她抱着肩膀，扬起下巴。

"有谁规定了淑女只能一声不吭，讲话永远要拐几个弯考虑自己的每一个字哪怕是标点符合是否妥帖，而那些直言不讳的女人就不是什么好货色？你们男人不是也有话说，上得厅堂，下得厨房，怎么，真有一个这样的女人下凡来，你们还反倒不信了？"

或许是被姜楚楚一番话呛得没了脾气，直到这顿饭结束，温九思都没说话。

跟在温九思身后，姜楚楚摸着自己圆圆的肚子，矫情地想着这一顿会胖几两。等他打开车门，姜楚楚刚坐进车里，突然听见落锁的声音。

没来得及问温九思干吗要锁门，男人突然俯身过来，结结实实地将她压在侧门和胸膛之间。

"温九思你干什么？"

他一手按在她的肩膀上令她无法动弹，另一只手顺着她的外套排扣，自上而下划过，语气深沉："你还想让我看什么，我现在都可以看。"

看着他近在迟尺的脸，姜楚楚嗓子有些发紧："不想了，我那是开玩笑的，你起来啊。"

温九思非但没有起来,反而伸手在她座椅下扳了一下,姜楚楚的座椅瞬间就倒了下去,她整个人被男人困在身下。

"你!"

姜楚楚挣扎起来,男人毫不费力地就能制住她乱挥的手,还有余力一粒一粒解她的外套纽扣,这是一种绝对力量的差距带来的惶恐。

这种惶恐令她细微地颤抖起来,眼睛不自觉弥漫上水雾。

察觉到她的害怕,温九思止住动作,目光深沉。

"……知道错了吗?"

姜楚楚愣住了,大脑一瞬间不转了。

敢情绕了这么大一个圈,就是为了教育她?

她急促地喘息,胸膛几次贴近他的,温九思丝毫不为所动,又问了一遍:"知道了吗?"

姜楚楚没好气地说:"知道了,知道了。"

下一秒,罩在身上的阴影瞬间移开,温九思坐起来,面无表情地整理着方才动作间被弄乱了的衣服。

只剩她一个人平缓着呼吸。

温九思——什么心理医生!神经病!大变态!

车子缓缓地启动,和回家的方向截然相反。

经过了方才那一遭,姜楚楚警惕起来,双手撑在座椅上,支棱着身子,像是穿行在窗台、屋脊上,突然遭遇人类的猫,警惕地看着温九思。

"你要带我去哪儿?"

温九思板着脸,神情看不出喜怒,自然地打着方向盘。

"说好的,带你去一个地方。"

姜楚楚暗自腹诽,可谁让开车的人是温九思,她硬着刚不过,干脆赌气地束手靠在座椅上。

车内气氛沉闷下来,姜楚楚的视线却又忍不住溜回温九思的身上,看到他搭在方向盘上纤长的手指时,不知道想到了什么,又哼了一声,一手攥了攥自己胸前的排扣。

温九思瞥了她一眼:"该我问了。"

姜楚楚一时间没反应过来:"你说什么?"

"吃饭的时候,你问了我一个问题,现在该我了。"

温九思的声音透着一种莫名的腔调:"你的王叔叔……在你记忆中是什么样子的?"

"问我这个干什么,你们不是见过吗?"

汽车驶入了一处拥堵的路段,外面的喇叭声此起彼伏,而温九思的声音在这一堆噪音里,显得格外清晰悦耳。

"你就当,我只是想知道,别的男人在你心中是什么样子。"

姜楚楚低声说:"看不出来你还挺会攀比。"

她懒洋洋地倚在椅背上,映在车窗上的侧脸微微出神。

"嗯……有学识,很儒雅,对我很好。"

随后,她又清了清嗓子,转移话题补充道:"我警告你啊,你不许再对我做刚才那种事了……也不是,哎呀,就是没有我的允许不许再做了,尤其是顶着这张脸,小心我告你——"

想到温九思方才的强势,姜楚楚及时咽回去了最后两个字,耸了耸肩的样子像只鹌鹑,乖顺,且怂。

只是即便是鹌鹑,她也是最漂亮的那一只。

温九思这一次没跟她计较,仿佛不问清誓不罢休。

"长相呢?长相上跟我比怎么样?"

前面的车堵得他们寸步难移,温九思一边问着,一边刻意倾身向她那一侧歪了歪,以便她能仔细地看清楚自己的脸。

姜楚楚皱了皱眉:"我不记得了。"

温九思一副若有所思的样子转回了头。

姜楚楚望着窗外陌生的景色,又问了一遍:"我们到底去哪儿?"

"还有一段距离,你可以先睡一会儿。"

温九思伸手扭开音量开关,舒缓的钢琴曲缓缓流泻出来。下午的日头猛烈,车内温度正适宜,姜楚楚忍不住打了个哈欠,在悠扬乐声中,缓缓地闭上了眼睛。

可能是温九思的不懈追问,姜楚楚半梦半醒间似乎梦见了王叔叔,他站在右边柔声唤她:"楚楚,过来。"

她刚要动作,另一侧却伸出一只手拉住她,声音清冷:"姜楚楚,不要过去,留在我身边。"

她顺着那只手向上看去,牢牢拽着她的人是……温九思。

…………

不知过了过久,刹车时的惯性令她醒了过来。

姜楚楚揉揉眼睛,含混地问着:"到了?"

温九思"嗯"了一声,替她解开安全带:"下车吧。"

姜楚楚下车,伸了一个懒腰。

郊外向来人迹罕至,她不必顾及什么形象。

/ 036 /

天边燃着晚霞，给层云镀上了一层金黄色的边，它笼罩下的人和一切事物，像是一幅动态的油画，有着明艳的饱和度和色调，尤其是他们面前那一大片的郁金香。

"我都不知道，南城什么时候还有这种地方了。"

温九思带着她往不远处的一栋小楼走去，一边走，一边问着："你对南城很熟悉？"

姜楚楚笑了："何止是熟悉，我很少离开南城，这么多年下来，我都快要把它的每一寸土地都踏过了一遍。"

说话间两人已经来到了小楼的门前。

姜楚楚刚要问温九思怎么进去，就看到他从怀里掏出了一把铜钥匙，对着锁孔拨弄了几下，门就开了。

"请进吧。"

姜楚楚睁大了眼睛："这里是你的地方？"

小楼内部的设施陈旧，温九思对着一片电闸似的东西研究了许久，才开了灯。望着屋内堆积的灰尘，他皱皱眉。

"这里可以说是我家，但是我已经很久不住在这儿了。"

"你以前来过南城？"

"住过一段时间。"

姜楚楚对他口中的住过一段时间很感兴趣，可是温九思显然没有深谈的意思。不知道他又摆弄了什么，不过片刻，屋里燃起了淡淡的熏香。

姜楚楚坐在温九思给她收拾出来的躺椅上，无所事事地拨弄着指甲。

"你带我来这儿到底干什么啊？"

音乐突然响起，温九思一手拎着两个高脚杯，另一只手拿着一瓶红酒走了出来："请你喝酒。"

脱下外套的温九思，只穿着一件单薄的针织衫，看起来修身又居家，姜楚楚的脑袋里突然冒出了两个字——

幽会。

太容易让人想入非非，她掩饰性地轻咳了两声。

酒精很容易令人沉迷，尤其是有男色作为催化剂时。

两个人谈着些有的没的，令姜楚楚意外的是，温九思对于油画也多有涉猎，无论她说什么，他总能接得上话。

一瓶红酒很快见了底。

忽然间，挂钟重重地敲了起来，天花板越来越低，似乎要砸到她的身上，姜楚楚一阵头晕目眩，面前温九思的脸开始模糊，她手中的高脚杯没捏住，直直地往地上砸去。

温九思上前一步，接住了它，沉默地放到地上。

姜楚楚躺在椅子上，轻轻闭着双眼，长长的睫毛在她眼下打出小片的阴影，淡眉朱唇，显得十分精致而无辜。

温九思注视她良久。忽然，他的手机响了起来，屏幕上是一个陌生的号码，他却盯着看了许久，才缓缓地按下接通键，将手机拿到耳边。

有人在那端说着什么，隐约是一个男人的声音，透过电流显出几分古怪。

温九思听着，很久都没有说话，直到电话那端的男人不耐烦起来，再三复述着什么，他才吸了一口气，缓缓地说："现在还不是时候，我还要在南城待一段时间。"

"不需要，我比任何人都了解她，如果她能因一个人而治愈，那个人只会是我。

"不要插手，我说过，她是我的。"

说完最后一句话，不待电话那端的男人反驳，他毫不犹豫地挂断了电话。

第三章
你陪陪我

姜楚楚觉得自己做了一个很长很长的梦。

好像还是那个炎热的夏天,在一间装修豪华得根本就不像是医院的病房,她一个人躺在病床上。

墙上纯白色的钟表单调地走着,她面无表情地盯着长长的秒针,突然抬起手,紧紧地堵住了自己的耳朵,可是病房外的争吵声,还是源源不断地冲击着她。

姜福生跟蒋淑媛似乎从来都没有爆发过那样激烈的争吵,而且争吵的核心还是她。

"昨天晚上她差点就死了,那个时候你在哪儿啊?"

"我在哪儿关你什么事,我又不是医生,就算我在这儿,又起得了什么作用。更何况你不是也在哪个女人的床上吗?"

好像有东西被重重地扔到了地上。

"蒋淑媛,你嘴巴给我放干净点。你有什么资格说我,外头人给你三分颜面,你还真当自己是贵妇呢。你出去问问你那点破烂事,谁不知道,在我这儿装什么。"

"这是你的内心话是吧,可是你别忘了,没我蒋家,就你这个泥腿子,在南城连个暴发户都算不上,外头人叫你一声姜总,你还真以为自己是呢,你配吗!"

"那你该感谢我是个泥腿子,没有我,你连南城都待不下去!"

两个人声嘶力竭地争吵着,没有一个人顾及病房里的她,抑或是没有一个人在乎。

姜楚楚就像是一个符号,一个标志,是姜、蒋两家硬生生连在一起的产物,她活着,仅仅是多了一个硌硬人的存在,可是她死了,也是一桩麻烦事儿。

她缓缓地松开了手,她的眼睛能看到,耳朵能听到,可是有一瞬间,她不想看,也不想听。

不知道过了多久,门开了,只有姜福生一个人进来,他面上没有刚才跟蒋淑媛争执的难堪,反而带着几分衡量,坐到她的病床旁。

"楚楚，爸爸来看你了。"

姜楚楚歪头，盯着他的眼睛。

姜福生搓搓手，冲姜楚楚挤出一个笑："楚楚，你帮爸爸一个忙。"

她漠然地看着姜福生的脸，那双眼里有算计，有安抚，有不耐烦，却唯独没有那个名叫关心的东西。

见她不说话，姜福生有些焦急。他回头看了一眼病房门口，然后吸了一口气，生生按捺住面上的不耐烦："你爷爷是不是给过你一笔零花钱？存在哪个银行里了？密码是什么？"

她不在乎姜福生问那笔数额庞大的"零花钱"要干什么，只是在姜福生一遍遍的催促中，木着脸，告知了一切姜福生需要的信息。

"别告诉你爷爷。"丢下这句话，姜福生就转身离开了。

他走后，蒋淑媛很快就来了，她更像是来探查什么，在屋里转了一圈，问了句："刚才姜福生来过了吗？他跟你说什么了？"

姜楚楚一点反应也没有，蒋淑媛又咒骂着走了。

风吹开窗子，窗帘扬起，扑腾扑腾的，像是鸟扇动翅膀的声音。

姜楚楚的眼睛动了动。

她扶着墙，慢慢地下了床，走到窗边，举目皆是明媚夏荫。

她攀上窗台，向下望去——大约二三楼的模样，不高不低。

十三四岁的少女还没有足够的脑容量去计算，以她的身量，从这么高的地方跳下去，到底会不会死。

姜楚楚仅仅是想着，这个房间令她快要不能呼吸了，她想要去到一个更自由的地方。她往下望的时候，觉得就连被风吹动的花花草草都比她要幸运。

要不然跳下去算了。

刚起了这个念头，她浑身就一麻，虚脱加上头晕，她控制不住地栽了下去——仅仅是零点几秒的时间，快得不够眨一下眼。

身上传来的剧痛，比思维更加理智地让她明白，她其实不想死。

她想有一个人，支撑着她活下去，可是她站不起来了，周围一个人都没有，求助无门。

变天就是一瞬间的事情，乌云遮住了晴空，陡然下起瓢泼大雨来，豆大的雨点砸在她身上，更疼了，可是偏偏又昏不过去。

不知道是不是老天爷看她太过可怜，突然间，有一方小小的阴影，罩在了她的头上。

紧接着，有人说："你没事吧？"

那个声音温暖、干燥，像春风，一切悦耳的形容词都可以用来形容这个声音。

/040/

姜楚楚抬起头，费力地想要看清说话的人，可是他打着伞，伞遮住了雨，也遮住了光线，使得男人的面孔变得晦暗不清。

"我有事。"

姜楚楚那时候还是个诚实的孩子。

男人蹲了下来，一边试图抱起她，一边安慰："你不要怕，我会帮你。"

她只记得自己晕过去之前含含糊糊地问道："你是谁？"

"我姓王。"

"你会陪着我吗？"

"……我会一直陪着你。"

姜楚楚终于安心地晕了过去。

天边好像飘来了一声谁的叹息。

"楚楚，你看清楚吧，是我——不是别人，唯有我，会一直陪你走下去。"

叹息声越来越大，姜楚楚突然睁开眼，梦呓脱口而出："王叔叔！"

眼前有一个男人的身影，她一时分不清是在现实还是在梦里。

突然，她的脸颊被两只冰凉的手指揪住，毫不怜惜地往旁边拉了拉。

姜楚楚皮肤嫩，明明没多疼，可一瞬间眼角还是泛起了泪花，雾蒙蒙的大眼睛失了焦，分外无辜，也显得分外娇软可欺。

"你看清楚，我是谁。"

神志回笼，姜楚楚愤愤地看了男人一眼，哪有什么王叔叔，她面前，温九思正不带任何情绪地看着她，那只"罪恶之爪"还没有收起来。

姜楚楚使劲别开脸，不用照镜子都知道自己的脸上一定已经红了一块。

"你给我喝的什么东西啊？"

温九思没有丝毫愧疚感地缩回了手："年份很好的干红，一直收在贮藏室里，因为邀请了你才拿出来，谁知道你这么不胜酒力，可惜了我的酒。"

姜楚楚的注意力立刻就被转移了，当即就跪坐起来，整个人都炸了毛。

"什么可惜不可惜的，多少钱的酒我没喝过。你信不信，我站在南城电视塔上面喊一声我要喝拉菲，别说是82年的，就是28年的，也会有人送到我面前来！"

她像一只张牙舞爪的小兽，一察觉到被冒犯就肆无忌惮地反扑，哪怕那只爪子一点也不锋利，对于男人来说就像是挠痒痒似的。

"好了，收拾收拾吧，我送你回家。"

姜楚楚拉住他的衣袖："你千里迢迢真的就为了带我来喝酒啊。"

她还站在沙发上，温九思怕她掌握不好平衡跌下来，被她抓着的那只胳膊没动，就着这个姿势偏头看她。

女孩已经彻底地恢复过来，神采奕奕。

他说她刚才是醉酒，她也二话不说就信了，毫无察觉，对他根本没有防备心。

姜楚楚皱起眉来："问你话呢，你这么看着我干什么？"

"你就这么相信我是好人？"

她愣了愣，突然嗤笑一声，拽着他衣袖的手晃啊晃。

"我不是相信你是好人，我只是觉得，一个男人如果连我的色都不贪图的话，那我还怕什么？"

说罢，她没趣似的松开了手，蹦下沙发。

"不说就算了。"姜楚楚举目四望，"不过这地方不错，清静，还有花，要是能在客厅打个壁炉就好了，我一直想要个壁炉。"

温九思一愣，然后伸手进兜里掏着什么。

姜楚楚一看见他的动作，连忙喊了一声"停"。

她警惕地看着他，往后退了两步："你要是敢掏出一把钥匙说送我，我真的会打120的。"

温九思顿住了，好半天手才空空地从兜里伸出来，面色如常地看着她。

姜楚楚松了一口气，这男人一言不合就想送房送车是什么毛病？

"好了好了，不是要走吗？"

姜楚楚率先出门，温九思跟在她身后，临走前回头看了一眼空荡荡的客厅，估量了一下尺寸⋯⋯

"快点啊，外头冷。"姜楚楚娇气地喊道。

温九思收回目光，快步走出去锁好门。

车上开着暖风，没过一会儿，温九思的额上就覆了一层薄汗。姜楚楚倒是舒服得紧，她体寒，却爱美，能穿裙子绝不披外套。

在车上的时候，姜楚楚的手机响了，她点开一看，是一个陌生号码发来的短信：*工作的事考虑得怎么样了？楚楚，我的耐心有限。*

光看内容就知道是袁呈发来的。

也是不懂那个男人哪儿来的那么大执念，都订婚了还这么理所当然地掺和她的事情。

姜楚楚厌烦地删了短信，熟门熟路地将这个号码拖进黑名单，开始认真地考虑蒋淑媛那天在饭桌上说的话。

如果说，真的能用几幅画换取蒋淑媛去跟袁呈说，不要再纠缠她，倒也是值得的。不过就是几幅画，反正也不是第一次了。

但是真的很不甘心啊。

姜楚楚的眉宇之间染上几分烦躁，温九思从后视镜里看了她一眼，问道："有什么难解决的事?"

姜楚楚随口回答:"是啊,今年我就要实习了,工作还没有着落。"

"你的画水准很高,也很有灵性,你想当个画家?"

姜楚楚偏头看向窗外,周围的景色随着距离市中心越来越近而变得繁华起来。

"当什么画家啊,姜家出一个画家就够了。怎么,你没听说过吗?姜家的三小姐姜明珠,名门淑媛,绘画天分卓绝,一幅画随随便便就能卖上六位数,哦——所得画款全部用来做慈善,啧啧。"

姜楚楚这话说得,连自己都觉得阴阳怪气。

温九思却恍若未觉,面上依旧一片平和,继续问:"那你想做什么?"

姜楚楚意兴阑珊地说:"不当画家也可以画画啊。"

见温九思没听懂,姜楚楚补充道:"你不知道,现在五星级大酒店的洗手间就喜欢用货真价实的油画装饰,管他画的什么,浓墨重彩地涂满一块画布就好,简单,而且报酬也不错。"

温九思沉默了一下,简单明确地说:"可惜了。"

明明自己不觉得有什么,她只是有些喜欢画画罢了,可是听到这句话从温九思嘴里说出来,姜楚楚倒真的觉得自己有几分委屈。

车停在姜家门外。

车灯熄灭,车厢内暗得看不清人脸,姜楚楚摸索了几下没找到安全带扣——她是故意的。

下一瞬,温九思俯身过来,身上好闻的木香飘进她的鼻端。

锁扣"啪嗒"一声开了,他却没有离开,他一手撑在姜楚楚的座椅上,呼吸近在咫尺。

"你想要什么?"

姜楚楚愣了一下。

温九思无比认真地又问了一遍:"你想要什么,我可以给你。"

我想要你。

可是,预感到自己说出这句话不会得到回复,就像之前的几次一样,姜楚楚话到嘴边转了个弯。

"为什么?好像从第一次见面开始,你就执着于送我各种东西。"

他顿了一下:"……只是我想要给你而已。"

姜楚楚耸了耸鼻子:"得了,现在霸道总裁的剧本都不兴这句台词了。"说着,她将温九思推回了驾驶位。

"你要是真想为我做点什么,就多在南城待上一阵子,我怪无聊的。"

温九思抬手扭亮了车顶的小灯,侧头看姜楚楚的表情不似作伪。

她对物质大概真的没有那么大的欲望，三万块的衣服和三百块的衣服穿在她身上也好像没有什么区别，都像是下一刻就能去秀场走红毯的架势。

"好。"

回到家，姜楚楚扑倒在大床里，脸深深地埋进被子，双腿在空中扑腾来扑腾去，直到快要把自己憋死的一瞬间，她才翻了身，平躺在床上。

耳根红红的。

这不像她。

脑袋里"嗡嗡"的，想不了任何事情，只有一个他。

好吧，这个男人是有气质了那么一点，长相俊俏了那么一点，对她纵容了一点，可是这一点一点加起来，就快要把她淹没了。

姜楚楚太想和人分享这些几乎漫溢出胸腔的情绪，她抓起手机，不假思索地发了条短信，以抒发自己无法平息的感情。

姜楚楚：完蛋了啊，我现在坠入爱河，理智全无了。

短信发送出去，姜楚楚看见收件人的名字，才反应过来——她果然是理智全无了，她竟然发给了徐钰。

她跟徐钰还因为袁珂的事情吵着架呢……

没过几秒钟，手机屏幕亮了起来，是徐钰的回复：楚楚，你明天有时间吗，我们谈谈好不好？

你勾搭我前男友之前，怎么没想过跟我谈谈？

姜楚楚面无表情，迅速回复：好，明天上午学校见。

第二天一早，姜楚楚下楼的时候，看见餐桌旁只有姜夏樱一个人，她晃晃悠悠地走过去，语调慵懒："吴妈，给我一杯咖啡。"

吴妈擦了擦手走过来，将一盘吐司放在桌子上："大小姐先吃这个垫垫吧，空腹喝咖啡不太好。"

姜楚楚从善如流地坐下来，和姜夏樱隔着一条最远的对角线。

姜夏樱没领会到她不愿意沟通的意思，见她穿戴整齐，完全不像她平常的风格，问道："你去哪儿？"

姜楚楚假装没听见。

姜夏樱垂了垂眼："早上爸爸说，今天袁家的人会过来做客，让你晚餐时一定要在。"

姜楚楚对所有姓"袁"的人都没什么好印象，听了这话，懒洋洋地说："我猜他原话是，要么趁早回来，要么就不用回来了，省得看了烦——"

姜夏樱不说话了，默认了她的猜测。

姜楚楚将跑车往停车位上一停，下车的时候就看见了熟悉的面孔，她脸上迅速扬起了一抹乖巧的笑容。

"刘老师，您早。"

来人是一个穿着灰色套裙，戴着黑边眼镜的三十多岁的女人，看见姜楚楚，先是面露讶异，随后视线落在她身后的亮红色跑车上，皱了皱眉。

姜楚楚立刻站直了说道："朋友的车，今天临时借来代步。"

刘老师仍旧皱眉道："开这种车来学校太招摇了，容易给学生造成不好的影响，下次不要再开来了。"

姜楚楚连连点头："刘老师说得对，我以后注意。"

刘雪梅见她态度这么好，脸上严肃的神情也稍稍淡了些，对着自己平素欣赏的学生，终究是露了几分笑意。

"你马上就实习了，学校也没课，来干什么？"

姜楚楚自然不能实话实说，于是不好意思地低下头整理了一下耳边的碎发："最近也没什么事情，就想回画室看看，还有徐钰。"

听见这个名字，刘雪梅的面色又严肃了一些："你交朋友的时候要严谨一些……她……"

话说了一半，可能是觉得背后议论学生不太妥当，刘雪梅收了口，只是说："去吧，没事常回来。"

姜楚楚笑着点头，目送着刘雪梅走远，等走到看不见的时候，她才松懈下来，叹了一口气。

画室静悄悄的，担心影响学生的创作灵感，连墙上挂着的钟表都是静音的。

徐钰背对着姜楚楚坐在桌子上，正拿着公用的画笔在纸上随意勾画着。

姜楚楚轻咳一声，带上了门。

两个人相顾沉默了好一会儿，桌上有两杯奶茶，姜楚楚很自然地拿起其中一杯，还是温热的。

她喝了一口，廉价的奶茶甜得腻人。

"你找我想说什么？"

徐钰在笔洗里涮着画笔："你知道的，是为了我男朋友的事。"

姜楚楚又喝了一大口奶茶，将珍珠咬得"嘎吱嘎吱"作响，面无表情地想着，好一个"我男朋友"，不知道的人听见这句话，还以为她姜楚楚跟闺蜜的男朋友怎么了，要被正主"约谈"呢。

/045/

徐钰的语气听不出几分愧疚，平铺直叙地说："楚楚，男人总是爱你，你根本就不懂得求而不得的痛苦。"

这话就像是立了一个巨大的 Flag（旗帜），想到若即若离的温九思，姜楚楚的心跳漏了一拍，生怕被徐钰的乌鸦嘴言中，因而有那么一瞬间的慌乱。

但很快，她镇定下来，听出了徐钰的言外之音。

"你是说，你对袁珂求而不得？"

徐钰承认得很干脆："很久了，他追你的时候我就远远地见过他，一见钟情吧。"

一见钟情她信，可是对袁珂？

对那个时时刻刻满脑子废料的袁珂？

"如果我们俩还会复合呢？你这样属于半路截和。"

徐钰反问："你会跟他复合吗？"

"当然不会。"

徐钰深呼一口气："我承认，我使用了一些小手段。姜楚楚，你不稀罕的，有人稀罕，你总不能自己吃肉，连口汤都不施舍给别人。"

姜楚楚怀疑徐钰脑子里进了水："袁珂不适合你，看他那些数都数不清的前女友就知道了，没几个好货色——除了我。"

"适不适合那是我的事。"徐钰面色不佳，忽然冷笑了一声，"你换男朋友换得这么勤，整个南城有多少人明面上不说，暗地里鄙视你的，我挖苦过你吗？我讽刺过你吗？"

姜楚楚瞪大了眼睛："我？我换得勤又怎么了，我又没有跟他们——"她一时间也不知道怎么解释，干脆一拍桌子，从气势上还击，"等你被他甩了别哭着回来找我！"

"那也是我的事！"

可能是奶茶喝多了，姜楚楚气得想上洗手间。

她摔上画室的门就走了，徐钰的目光从姜楚楚离开的背影，挪到了她放在桌上的手机上。

徐钰拢了拢袖口中的手指，站起身拿起了那部手机。

姜楚楚的手机密码就是她的生日，徐钰很轻松就解开了。她迅速抬头看了一眼画室门口的方向，而后低下头打开姜楚楚的通讯录。

翻了两下翻到一个界面，徐钰掏出自己的手机照了下来，又将姜楚楚的手机按照原样放了回去，眼底的情绪无从分辨。

姜楚楚再回来的时候，情绪已经平复了很多。

最起码，她现在已经在心底说服了自己，就原谅徐钰这一次的眼睛——就这一次。

徐钰似乎也有意缓和两个人之间的气氛，顾左右而言他："我们一会儿去刘晏学长的画室吧，我把你的画具也放在那儿了。"

按照姜楚楚爱憎分明的性子，这算是和好了，既然说服了自己，徐钰也给了她台阶，于是她语气也自然了许多："去那儿干吗？"

徐钰站起身："我想参加南城青年油画展，最近正请刘晏学长指导我修改画稿。"

"我就不去了吧。"

"你不参加吗？"徐钰疑惑地看着姜楚楚，"咱们专业很多人都报名了，这是个好机会。"

姜楚楚冲吸管里吹气，奶茶里"咕嘟咕嘟"冒了几个泡泡。泡泡破碎后，她又开始嫌弃起那杯奶茶了。

面对徐钰的问话，姜楚楚将杯子一推："不参加，没意思。"

徐钰似乎想说什么，但最后又咽了回去，只说："那你最起码和我一起去看看吧，你不是想毕业之后，在刘晏学长那里工作吗？"

姜楚楚想了想，毕竟是自己未来想要投靠的衣食父母，还是应该去刷一下存在感的，于是便没有二话地应下来。

姜楚楚开着车带着徐钰，按照导航开了二十多分钟，在文化路上停了车。这一带基本上都是些画室、小型音乐馆和独立咖啡厅之类的，两旁种满了梧桐树，很有法式街道的韵味。

她们进了一栋红色小楼，招待的姑娘很熟悉徐钰，打了招呼就去忙别的了。

两个人一路上了二楼，左边的长条画室里，坐了十几个人，每个人面前都有画板、画具，仔细看年轻的姑娘居多，都炯炯有神地看着前面讲解技巧的年轻男人。

刘晏正在上课，他是这几年美术专业混得最好的一批人之一，家里就是书香世家，底子好，毕业之后开了画室，教一些油画的业余爱好者，也自己画画稿。

他穿着松松垮垮的白色针织衫、亚麻色帆布裤，干净而又清爽，长相也是那种校园里女生羞涩谈论的校草类型，眉眼俊朗，身形笔挺。

刘晏听见门口有动静，望了一眼，旋即笑了笑，轻咳一声，拍了拍手："好了，今天的课就上到这儿吧，回家后大家可以自行练习一下有关油画色彩遮盖调和的部分，下次课再见了。"

底下瞬间有抱怨的窃窃私语声响起，众人似乎都希望这课能上得再长一些。

虽然课程结束，但是直到过了二十多分钟后，那些包围着刘晏的年轻姑娘才恋恋不舍地离开。

刘晏送走了她们，带上门之后，轻轻地叹了一口气，挤了挤眉心。

姜楚楚笑着打趣："刘晏学长真是受欢迎啊，要是让学校里的那些教授老师知道了肯定嫉妒死。"

跟在外面不同，此刻她笑起来像梢头一朵樱花，软软嫩嫩，又带着不自觉的亲近依赖。

刘晏微不可察地移开了视线，没接话，只是眉眼间一片温和："好久不见了，楚楚，你今天怎么有时间过来我这里了？"

姜楚楚摸摸鼻尖："当然是怕学长忘了我，毕业以后不给我工作机会。"

说着话，刘晏领了两个人进去坐，就着前面的小吧台泡了一壶红茶，用精致的茶杯装了端上来。

姜楚楚喜欢一切精致的东西，对茶杯爱不释手，睫毛扑闪扑闪的。

刘晏忍俊不禁："这是上个月朋友回国送的，你要是喜欢，就把这套茶杯带走。"

这种一言不合就送东西的做法，一下就令姜楚楚想到了某个这方面做得更过分的男人，手上的动作就顿了顿，一时间没说话。

徐钰似假还真地抱怨起来："学长，你怎么不问问我喜不喜欢啊，楚楚来了你看都不看我一眼。"

刘晏温和地笑了笑。

徐钰接着说："楚楚来这儿还要感谢我，要不是我拽着她过来，她早就被京都来的那个心理医生勾走了。"

刘晏仿佛有些意外："哦？京都来的心理医生？"

姜楚楚没回话，画室里一时间有些安静。

刘晏啜了一口茶，像是突然记起来，转向徐钰。

"对了，徐钰，你上周留在我这里的画稿，我帮你改动了一些，就在画室后面的准备间，你要不要看看？"

徐钰一副十分惊喜的模样跳了起来："真的呀，学长改动得肯定比我画得好，那你们先聊着，我过去看看。"

徐钰迫不及待地离开了。画室只剩下刘晏和姜楚楚两个人，前台的小姑娘探着脑袋在门口望了一眼，没敢打扰，又悄悄离开了。

看到姜楚楚的茶杯空了，刘晏给她又倒了一杯红茶，坐回去的时候，貌似随口问道："刚才徐钰说……什么心理医生？"

"他叫温九思。"

姜楚楚毫不掩饰自己的兴趣，说起"温九思"这个名字，嘴角漾起一抹笑来，连眼睛都发亮了。

/ 048 /

"温九思……"

刘晏仿佛在思索着什么。

姜楚楚放下了杯子,意外地问:"学长听说过他?"

刘晏沉默了片刻,俊朗的眉宇间挂了一抹疑惑,斟酌地说:"总觉得有点耳熟,但一时也不大想得起来。"

姜楚楚暗暗揣度着,温九思是从京都来的,刘晏因为工作的关系,也去过很多次京都,虽然京都人多,但优秀的人总是会有许多重叠的社交场合,听说过也很正常。

跟刘晏相处很自在,共同的经历,共同的话题,姜楚楚放松了很多,直到暮色四合,两个人才离开。

刘晏送她们到小楼门外,叮嘱两个人路上小心,在分别前的一刹那叫住了姜楚楚。

"对了,楚楚,你什么时候来我这里工作?"

姜楚楚见他之前迟迟没答应自己,还以为这事黄了,此刻乍然听到允诺,忍不住露出了一个明艳的笑容。

"学长不介意的话,就下周喽。"

她一歪头之间,肩上的长发随之摆出一个微小的弧度。

刘晏目送着她们的背影,目光平静温和得过分。

直到两个人上了车,徐钰还在念叨着:"同样是嫡亲的学妹,怎么差别对待这么明显。"然后又问她,"晚上一起吃饭吗?"

姜楚楚犹豫了一下,还是回绝了:"算了吧,我送你回去。"

"不用,在中央大道停下就好,我去找袁珂。"

姜楚楚一脸无语的表情,"哦"了一声并翻了个白眼。

徐钰坐在副驾无所事事,等红灯的工夫,她突然问了一句:"听说袁珂的哥哥袁呈,是你的妹夫?"

"……算是吧。"

"他们兄弟的关系怎么样?"

姜楚楚显出几分厌烦:"能不能不提他们了?"

于是,一段二十分钟的路程,两个人再没有说话,徐钰别过头去,五官倒映在车窗玻璃上,看不清面容。

晚上八点,夜幕降临。

红色的跑车停在姜宅门口,夜幕是最好的保护色,有两个帮佣从姜楚楚车的旁边路过,也没有留意到她。

姜楚楚靠在驾驶位的椅背上,看着灯火通明的宅院,一点也不想回去。

懒懒地坐了几分钟后,她掏出手机,显示屏的光照亮了她的面容。

是他说的,她可以在任何想联系他的时候联系他。

——现在,对她来说就是这个时候。

熟悉的红色跑车在角落里停了许久,迟迟不见有人下来,却突然在某一瞬间"轰"的一声重新发动,几乎漂移着驶离了小区,车屁股都透着一股子迫不及待。

"袁呈,你在看什么?"姜明珠好奇地顺着男人的目光望过去,只看到一个远远的红点。

听到未婚妻的呼唤,男人转过头来,刀削斧凿般的侧脸神色冰凉,周身散发出来的冷气令姜明珠忍不住松了松攀住他胳膊的手。

袁呈立即察觉到她眼里的瑟缩。

看着姜明珠精心描画的眉眼,视线掠过她挽着他的手,袁呈沉默了片刻,轻飘飘地笑道:"没事,酒取回来了,我们进去吧,父亲还在等。"

这个"父亲"指的自然不是姜福生,而是袁呈的父亲袁思成——实际上,对于姜福生来说,哪怕袁呈婚后不称呼他也不要紧,袁家能在生意场上帮衬他就行了,商业联姻嘛,他很有经验的。

袁思成这次来姜家,明面上是带着袁呈来亲家拜访,但目的到底是什么,也只有这言笑晏晏的父子俩知道了。

因着袁家父子的大驾光临,餐厅整个布置了一遍,烛光摇曳,袁呈将牛排仔仔细细地切好,连着盘子递到姜明珠面前。姜明珠羞涩地道谢,收获了蒋淑媛的欣慰笑意和姜夏樱真情实感的羡慕目光。

餐桌上一派其乐融融。

窗外春风拂柳,月悄悄地爬上了梢头。

姜楚楚驱车到了温九思的心理诊疗室楼下,熄了火,她迅速打开灯,对着车前镜补起口红。

半个小时前,她拨了温九思的电话,带着点女孩子惴惴不安时特有的娇柔口吻,问他有没有下班。

温九思像是知道姜楚楚在想什么,她还没有开口,声音清越的邀约便透过电流传到了她的耳朵里。

"来找我。"

低沉喑哑又极其性感的鼻音,令她忍不住咬唇。

姜楚楚一遍又一遍地回想着,想象着他说出这句话时那一脸淡定又纵容的模样,第一次觉得,禁欲真的是一种能令女人发狂的气质——哪怕仅仅是一个声音。

按掉了一个不太熟悉的公子哥打来的电话,姜楚楚下了车,抬眼看向这栋耸立的商业楼,尽管已经是晚上,但一半以上的玻璃窗里依旧亮着,她几乎一眼就锁定了其中一处。

她的目标从来不是星辰大海,而是海里的他。

偌大的办公室只有温九思一个人,他穿着一套浅色的休闲西服,正低头写着什么,腰背笔直勾勒出挺拔的身形,听见动静,头也不抬地道:"你先坐着等我一下,十分钟就好。"

姜楚楚闻言乖乖地坐下,双手托着下巴瞧他,怎么瞧都瞧不腻。

墙上的时钟"嘀嗒嘀嗒"地走着。

温九思突然叹息一声,盖上笔帽站起身,拿起椅背上的外套。

"罢了,这些东西我明天再做吧,我们去吃饭。"

"你饿啦?"

温九思没说话。

被姜楚楚这样瞧着,他没办法专心工作,就像有个小爪子隔空挠着你,不打扰你,却无时无刻不在释放着"我很无聊,你陪陪我"的信息。

趁着夜色,两个人从商业楼里走出来,姜楚楚娇情地喊冷,温九思立刻如她所愿地脱下了自己的外套,罩在她的身上,整个过程无比自然。

他里面穿了一件单薄的白衬衫,扣子规规矩矩地扣到了最上面的一粒,随着行走间的摆动,两粒扣子之间露出了微小的缝隙,尽管在浓重的夜色下,姜楚楚以她5.0的视力,还是看见了隐藏在衬衣之下隆起的胸肌。

她忍不住暗自腹诽,哟,还挺有料的。

汽车缓缓发动,才过了一个路口等红灯的工夫,温九思眼角的余光瞥了她一眼,语带安抚:"不要着急,还有十分钟左右就到了。"

姜楚楚眼睛一眨不眨,用鼻子"嗯"了一声,乖巧得很。

在这样沉默的氛围里,又过了几分钟,温九思的表情变得有点一言难尽。

"你饿了吗?你右手边应该还有两块巧克力。"

"不饿。"

恍惚间,温九思叹了一口气:"楚楚,能不能别再这样盯着我了?"

姜楚楚颇感兴趣地拄着下巴,笑了笑:"怎么,我看着你,你紧张啊?"

温九思没回答,却也没有反驳,喉结上下滚动了一下,一踩油门,车速瞬间提上去。

姜楚楚没有防备,"哎哟"一声,不由自主地摔向座椅靠背。

娇声软语在耳侧,温九思目光平静,没有任何反应。

姜楚楚坐稳后哼了一声,别开了脸。

突然,一阵铃声在狭小的车厢内响起,温九思的呼吸窒了一下,余光就瞥见姜楚楚从包里拿出了手机。

铃声响了二十几秒，姜楚楚终于不情不愿地接起了电话。

车内很安静，温九思也听到了从电话里面泄漏出来的声音。

一个陌生男人低沉的声音。

"楚楚，你上哪里了，怎么还没有回家？"

"跟你有什么关系。"

姜楚楚完全不给对方面子，语调中充满了不耐烦："袁呈，你还要不要脸啊，自己打不通我的电话，就用我家里的电话打给我，看来你一点都没有把我最后跟你说的那番话放在心上。"

"显然，你也没有把我给你发的短信放在心上，楚楚，我已经没有耐心了。"

对方的语气不急不缓，像在逗弄一只剪了指甲的张牙舞爪的猫。

姜楚楚沉默了几秒钟，面无表情，字正腔圆地回了他两个字。

"放屁。"

全程默不作声的温九思，听到这句话皱起了眉头。

撂了电话，姜楚楚显得很暴躁，抬头看着依旧行驶的车和男人淡漠的侧颜，莫名其妙地发起火来，高声宣布道："不吃了，不吃了，停车，我要下车。"

温九思没理会她的无理取闹，两分钟后，车拐了个弯，停在一处开私房火锅的洋楼面前。

"到了。"

姜楚楚绷着脸不动，温九思倾身过来，解开她的安全带，自顾自地下了车。

姜楚楚以为他要丢下自己，心还没来得及一沉，副驾驶座的门就从外面被拉开，夜风中，温九思俯下身来，冲她伸出手。

"下来吧。"

热气腾腾的烟雾中，姜楚楚无聊地往嘴里送着青菜叶子，看着温九思在打电话。

温九思打电话跟她完全不一样，左耳挂着蓝牙耳机，语调不急不缓，这边说着话，那边慢条斯理地拿起公筷，往她的碗里夹了一块牛肉。

大概有半个钟头那么久，他才撂下电话，对姜楚楚说了一句"抱歉"。

姜楚楚戳着碗："你这么忙啊。"

"京都那边攒了一些事情需要处理。"

姜楚楚放下筷子，咬着唇："对哦，你之前是在京都开工作室的，你不回去不要紧吗？"

温九思摇摇头示意无碍。

饭过半旬,温九思想起什么停了筷:"对了,你实习的事情,我帮你联系了一个地方。"

"啊?"

"是我认识的一位教授,她最近要来南城主办一场画展,你可能听说过,叫'青年油画展',我昨天联系了她,这段时间你可以跟着她。画展结束后,如果你愿意,也可以跟她回京都。"

姜楚楚的眼睛逐渐漫上水润的光泽,雾蒙蒙的:"温九思,你真好。"

温九思柔和了表情:"你喜欢就好。"

"可是不行哎。"

男人动作顿了一下,又抬起头来看她。

姜楚楚咬了咬指甲,手立刻就被温九思从嘴里拿了出来……

"我已经跟我的一个学长说好了,下周就去他开的画室工作。"

"好。"

温九思言简意赅,又低下头去。

姜楚楚打量着他,带着几分小心和雀跃:"你吃醋了?"

"没有。"

"你明明就是吃醋了!学长是有女朋友的,不过他女朋友很讨厌,在学校里我跟学长稍微走近一点,都怕被她说我是要勾引他。"

在姜楚楚心中,有一个平凡又讨人厌的女朋友——这是刘晏唯一的缺点。

温九思用一种陈述性的语气说道:"你如果愿意,可以让任何一个女人感到危机。"

话好听极了,可姜楚楚一扬下巴,鸡蛋里挑骨头:"难道你也觉得我就这么'饥不择食'?"

"不会,我知道你不是那样的人。"

姜楚楚的心跳得很快,怎么说呢,有一个人可以毫无原则地相信你,在所有人都认为你声名狼藉的时候,他会静静地看着你,对你说。

——我知道你不是那样的人。

好想拥有他。

想让他天天在自己耳旁说着类似的情话。

姜楚楚咬了咬唇,手指无意识地抓着垫子,动了动嘴唇,想要说什么。

温九思看在眼中,眸色深了深,阻止了她。

"楚楚,不要着急,你想要的都会有。"

他的眼神太深邃,快要把她淹没。

姜楚楚忽然站了起来,就连包掉到地上也没有捡,直奔洗手间去。

直到冷水拍在脸上,她的心跳才略微平复,她看向镜子里的自己,耳垂泛红,凤眼含春,眸子里波光粼粼,怎么看都是一副情动的样子。

十分钟后,姜楚楚重新回到座位上,别着头没看他:"我吃饱了。"

温九思点头:"我去结账。"

温九思送完姜楚楚回家后已经是晚上十点多了。目送着姜楚楚进了大门,他重新发动了汽车,不经意间,余光落在了车内的某一处。

副驾驶位的车门凹槽上,放着一瓶矿泉水,那是刚才姜楚楚挂了电话之后,顺手拧开喝了一口的。

他俯下身子,将那瓶矿泉水拿在手里,瓶盖上还有淡淡的口红痕迹。他的指尖试探着在上面碰了一下,于是手指也沾染了一抹胭脂色。

温九思眸色微深,盯着自己的指尖足足有两三分钟,才重重叹了一口气,将那瓶水放回原处。

可能是今天的晚餐和陪她一起吃晚餐的那个人都太合胃口了,哪怕回到家里,面对姜福生和蒋淑媛的冷言冷语,姜楚楚也能左耳朵进右耳朵出。

洗漱过后,姜楚楚躺在了床上,没过几秒钟,她突然觉得不对,"噌"地坐起来,看向窗边。

窗边的画架上空空荡荡的,她那幅画着少女肖像的半成品油画不见了。

她做了几个深呼吸,还是没有忍住,飞快地下了地,连鞋子都没有穿,踩在冰凉的地板上,摔门而出。

姜家人都住在二楼,但只有姜楚楚的房间在西边,与众人隔着台阶的上下口。

她木着脸砸开姜明珠的房门。

"我的画呢?姜明珠你还能不能要点儿脸!"

姜明珠目光瞥向别的地方:"我不知道你在说什么。"

姜楚楚讥诮地说:"一而再再而三,你真是不懂得适可而止,要我教教你吗?"

姜明珠面色一僵就要关门,被姜楚楚抵住,两个人互相用劲,姜明珠使脱了力,手臂撞到门上,被门的棱角划了一道浅浅的痕迹。

巨大的争执声引来了围观,楼下用人小心翼翼地躲着,蒋淑媛开门就看见姜明珠扶着门框一副摇摇欲坠的样子。

蒋淑媛甚至没多问,嘴里骂喊着冲过来,宛如一只护犊的野兽,充满母性的光辉。她高高扬起了手,想要狠狠地打在姜楚楚的面上,但有所顾忌,又硬生生地忍了下来。

姜楚楚讽刺地笑了,她抬头看向蒋淑媛,声音很轻:"她是你的女儿,我不

/054/

是吗?"

褪去了白日阳光下的伪装,蒋淑媛看着姜楚楚的眼睛,像是在看什么仇人,她操着古怪的音调对姜楚楚说:"姜楚楚,你这辈子,都不要想在画画上有所成就,你想出名,做梦去吧。"

说来奇怪,姜福生和蒋淑媛对她的厌恶仿佛是与生俱来的。

这话她在十岁的时候也听过一次。

那时夏日萌浓,她饱含期待,送了一幅油画给蒋淑媛,没有听到夸奖,只得到憎恶的目光。后来,她在新闻采访里又见到了这幅油画,只是拿着画的人变成了姜明珠。

浓墨重彩的夏日星空,当中一轮圆月高悬,面容模糊的女孩手持月见草,仰望着月亮,看不清五官,却偏偏能让人感受到圆月似明珠一般璀璨,众人也都就此大做文章,称赞姜明珠在画里融入了自己的名讳。

一幅《月夜》夺得了国际大奖,姜明珠也一跃成为该奖项设立三十余年来,唯一一位华人获奖者,同时也是年纪最小的获奖者。

也就是那一天,姜楚楚彻底明白了两个人的差别。

她姜楚楚是楚楚可怜的"楚楚",而姜明珠是掌上明珠的"明珠"。

就是不知道,这颗徒有虚名的明珠,还能闪耀到什么时候。

这场纷争毫无疑问以姜明珠压倒性的胜利告终,有姜福生的漠视和蒋淑媛的偏袒,姜明珠甚至什么都不用做,冷眼看着姜楚楚状似高傲满不在乎地离开就行。

姜明珠看着姜楚楚的背影轻嗤,装什么呢?

姜楚楚如果真的不在乎,早就到外面嚷嚷那些画都是她画的了。

姜楚楚狠狠地砸上门,隔着厚实的门板都隐约听见蒋淑媛焦急地问着姜明珠,手臂还疼不疼。

她低头,看了看自己刚才被姜明珠带着蹭到墙上,红肿了一片的手臂。

她其实……也有点疼。

画没有了,她一时间也没有新的灵感,心烦意乱地在卧室里转了几圈,不知道该用什么来平息自己的闷气。

最终,她的视线落在了床上的手机上。

姜楚楚换了好几个姿势,终于将自己可怜兮兮的表情,跟这只红肿的胳膊纳入同一个画面中,"咔嚓"一声,脸上磨了个皮、美了个白,快速地发给了温九思,顺便附赠了一段娇软的语音。

"温医生,我好疼啊。"

可能是这句台词的效果惊人,没过几秒钟,温九思就打来了电话。

他的声音在夜色中格外清晰:"怎么弄的?"

姜楚楚哼哼唧唧地说:"都怪我太笨了,被狗挠了。"

没拆穿这显而易见的谎话,温九思淡淡地说:"看起来不是很严重,你贴几贴药膏,如果明天红肿还消不下去,我就带你去医院。"

姜楚楚耳尖地捕捉到了书页的翻动声。

"你是不是在处理公事啊?"

温九思"嗯"了一声,以示默认。

姜楚楚不乐意了,又不是自己非要缠着他占据他的时间,他打过来,却又不能将心思全然放在自己身上。

"行了,我不打扰你了,你挂了吧。"

她怏怏不乐,可是话虽然说出口了,她却也没动。

隔了许久,就在姜楚楚以为他已经把电话挂了的时候,忽然听见那边低沉的男声说道:"等我二十分钟。"

她蓦地心跳加速,手指忍不住在床上画着圈圈。

"……你要干吗?"

电话那端有窸窸窣窣的衣料摩擦声,在一阵关门的响声之后,她听见男人说:"我去找你。"

夜色渐深,连虫鸣都似乎歇了,姜楚楚蹑手蹑脚地跑出来,就看见昏黄晦暗的路灯下,男人倚车而靠的颀长身影。

温九思听见动静抬起头。

姜楚楚还穿着她那条酒红色的真丝睡裙,只是在外面罩了一个披肩,趿着小凉鞋,月光照射下,莹润小巧的脚踝白得晃眼。

温九思不动声色地移开视线,却敌不过姜楚楚小跑着腻歪上来,眼睛水汪汪地看着他。

"温医生,你来啦。"

温九思有些艰难地移开眼,替她开了车门:"上车吧。"

车上放了几贴药膏,借着月光,男人挽起她的衣袖,光滑的肌肤上红痕刺眼,他小心地将药膏贴上,舒了一口气。

"好了。"

就像完成了一件艰巨的任务一样,温九思松了一口气,正要坐直身子,脖颈突然一沉。

姜楚楚双手环上他,眼睛眨啊眨啊地凑近,披肩从她的肩头滑落,卷曲的长发铺满了肩头,酒红色的睡袍下,她的锁骨小巧而精致。

温香软玉触手可得。

温九思极为克制地别开目光,手把上她的肩膀向后推。

姜楚楚哼唧了一声,不松手,身子扭了扭。

"别动,我手疼。"

刻意柔媚的声音,被她在黑暗中格外具有蛊惑性的面容一衬,几乎没有男人能抵挡得了。

可是温九思不是"那些男人"。

他伸出一只手,轻柔却坚决地,就像解开什么东西一样,将她的食指一根一根缓缓分开。

"你想回家吗?"

姜楚楚摇头。

"那你想去哪儿?"

姜楚楚咬了咬嘴唇,双眼瞬间蒙上了一层水雾。

"带我回家,可以吗……你家。"

温九思在黑暗中定定地注视了她一会儿,没说话,发动了汽车。

没有去他在市中心的公寓,而是开了很长的时间,到了郊外那栋独立的房子。

依旧处处透着古旧的气息,唯一不同的是,客厅一侧的墙壁上,安上了一个壁炉。

一个姜楚楚上次来,顺嘴说过想要的那种壁炉。

午夜十二点的钟声敲响了,火苗摇曳,风信微香,给她造了一个从欧洲童话里走出来的美梦。

一夜周折,终于安稳。

第二天的日光照常照耀。

第四章
暧昧涌动

"差一点,真的就差一点。"姜楚楚喝了一口奶茶,面上带着点后悔,"就差一点,我就克制不住要把他扑倒在沙发上了。"

在这个奶茶店里,谁也不会想到,角落里正发生着一场成人之间的对话。

徐钰恨铁不成钢地摇了摇头:"那你就别克制啊!温医生看着就跟袁珂不是一种人,你要想等他把你主动按倒是不可能的。"

可能是这几天约会得频繁,徐钰的面色就像一朵盛极了的桃花,好看得令姜楚楚有些妒忌。

姜楚楚咬了咬吸管,又看了徐钰两眼:"你说他们不是一种人,我同意,不过我挺好奇,你认为袁珂是哪种人?"

徐钰咬了咬自己粉嫩的指甲,想得认真:"浪荡公子哥?"

姜楚楚嫌恶地摇了摇头:"噫。"

姜楚楚觉得自己此刻的表情一定像个弱智,否则徐钰不会停住了动作,面露惊异:"你和袁珂不会是没有过吧……"

姜楚楚立刻放下奶茶,双脚一蹬带着椅子往后撤了撤,双手交叉护住胸部,瞪圆了眼睛:"别瞎说,我为温医生守身如玉。"

徐钰的表情依旧有几分古怪,毕竟全南城谁都知道,姜家大小姐私生活混乱。

两人在一起的时候,通常不会谈论男女之事,所以哪怕称得上是姜楚楚唯一闺中密友的她,对姜楚楚的情事也只是一知半解,甚至还比不上小道消息来得多。

谁也不会想到那个换男友如同换当季新款礼服的姜楚楚,竟然还是个……

姜楚楚的灵动表情中带着一丝警惕,但此刻在徐钰眼里,却纯得要命。

这是一种极致的反差带来的极致诱惑——从另一桌上即便有女朋友,但还是频频往这边望的小帅哥流连的目光中就能看出来。

短暂的惊愕后,徐钰却沉默下来,低着头摆弄着桌子上的奶茶瓶身,声音不复方才那般调侃:"看来你是真的喜欢上那个心理医生了。"

姜楚楚狂翻白眼："我一点都没有掩饰过好不好。"

"比你喜欢那个王叔叔还要喜欢吗？"

姜楚楚觉得徐钰的表情有些不自然，影影绰绰的，像是笼了一层雾气。

她略微思索了片刻，还是回答道："这个……不能比吧，他们不一样。"

徐钰犹豫了一下，还是问了出来："你……还在找他吗？"

姜楚楚鼓起腮帮子，吸管插在奶茶里冒了个泡泡。

"找啊，当然要找……上个月有人说在京都看到了一个符合要求的人，我已经雇了人去探探消息，应该很快就可以确定了吧。"

徐钰沉默着没有接话。

周末的时候，姜楚楚兴致高昂地准备了一套全新画具，准备明天带到她工作的地方去，可刚回到家，就接到了刘晏的电话。

刘晏的语气听起来很抱歉："楚楚，我这边有急事，要去一趟京都，不知道什么时候才能处理完，画室这边暂时不开业了，所以之前答应你的来我这儿工作，可能也要等一等。"

姜楚楚愣了一下，心头不可避免地涌起一阵失落，但还是打起精神问："我能帮得上什么忙吗？学长。"

刘晏温声笑了笑，拒绝了。

"别担心，不是什么严重的事，只是有点麻烦。"

又说了几句，挂断电话，姜楚楚快快不乐，到嘴边的工作就这么飞了。

将画笔随意往柜子上一搁，她突然想起了一件事情。

她飞快地拨通了一个电话号码。

十几千米以外一栋高耸的商业楼内，温九思连着电脑，正在与京都那边的人开着远程视频会议，突然间放在桌面上的手机亮了起来。

于是，整整齐齐地坐在京都办公室里的员工们看见，刚才还在认真严肃发言的温九思突然站起身，背过摄像头接了电话。

"喂？"

清清淡淡的男声响起，姜楚楚不由自主地清了清嗓子："温医生，你上次说帮我找的那份实习……还算数吧。"

"当然，需要我帮你联系吗？"男人的话没有半分犹疑。

姜楚楚却又矫情上了："我之前拒绝了那份工作，教授知道了一定会不喜欢我了吧。"

她如愿听到了男人笃定的宽慰："怎么会，我把你的几幅作品发过去了，她很欣赏你。"

明明开心极了，姜楚楚却还是扭捏地问了一句："你什么时候有我的画了……我怎么不知道。"

温九思说："上次你带我去你学校的时候，我拍下来了。"

姜楚楚捂着脸顿了一下，声音像是浸了蜜："哎呀……又不是什么出色的作品，你这样我多害羞，下次你告诉我一声啊。"

"好。"

听着他们老板在那里不知是跟什么人，做着语气轻柔的保证，一时间会议室里的员工面面相觑。

温医生在跟病人沟通的时候，语调也很轻柔，但他们都知道，那只是一种职业带来的礼貌性关怀……可是现在，总让人觉得多了那么一丝纵容的意味。

尤其是当温九思撂下电话之后，转过身来，眼角眉梢都带着笑意。

面色含春。

那位在国内画坛享有盛名的白教授还没有来到南城，只能通过电话沟通。

温九思开了扬声器，也许是他们之前沟通到了一定的程度，姜楚楚凑过去的时候，只听到白教授吩咐的一连串行程安排。姜楚楚愣神的工夫，温九思在一旁有条不紊地记下。

姜楚楚回味了一下对方的声音，想象中应该是一位四五十岁，谈吐优雅得体的知识女性。

一周后在机场接到白教授时，姜楚楚觉得，自己果然没有猜错。

这位白教授很严肃，一到美术馆就忙着指挥工作人员将所有的名家画作逐一悬挂，又将一卡车的社会投稿分门别类摆放，姜楚楚倒闲得很，随意地逛着。

在中心区域，看着显眼的地方高高挂着两幅眼熟的画，她忍不住停下脚步。

一幅少女肖像，一幅意味不明的马赛克方块。旁边的画家简历上，印着姜明珠岁月静好的头像。

姜楚楚许久未动，白教授这时正好走过来，站在姜楚楚的旁边，双手抱肩也看着画。

"这个画家，水平不甚稳定，有时候瞧着挺有灵性，有时候又让我觉得一点也没有绘画上的天赋，也不知道是不是我老了，所以看走了眼。"

姜楚楚低头轻声笑了笑。

如此又三天，沸沸扬扬宣传了几个月的青年油画展，终于在风和日丽的一天拉开帷幕。

南城许多媒体蜂拥而至，前来参加开幕式的各界名流配合着合影留念，姜楚楚看了一会儿觉得没意思就想溜回展室，结果一回到室内，就瞧见了正在接受采

/ 060 /

访的姜明珠——穿着白色礼服，戴着珍珠项链，完美地扮演着一位大家闺秀。

"这一次您受邀参加画展，有消息称，这次画展结束后，您将拜入白教授的名下，随她去法国深造，是真的吗？"

姜明珠笑得落落大方，点点头，却不回应，顾左右而言他："能参加这次画坛盛事对我来说已经是一种肯定了，我还有很多不足，以后也会继续努力。"

清静幽雅的环境中，姜楚楚的一声嗤笑显得格外突兀。

姜明珠扭头看见姜楚楚，眼神中飞快地闪过一丝慌乱，又迅速镇定下来，对几位记者道了一声"失陪"，淑女地走向姜楚楚，在众人看不到的角度，面色难看地问："你在这里干什么？"

真是毫不心虚啊……

姜楚楚勾了勾红唇："怎么，这里挂着我的画，我来看看都不行吗？"

姜明珠正要说话，这时袁呈走了进来。陪同未婚妻参加艺术盛典，他也穿得很正式。像是没看见姜楚楚，袁呈皱着眉对姜明珠说："明珠，父亲在外面，我们该出去了。"

姜明珠连忙应了一声，最后压低了声音对姜楚楚说道："这里没有什么是你的，你最好快点离开。"

"姜明珠。"

姜楚楚叫住了她。

姜明珠的脚步顿了一下。

姜楚楚向前走了一步，用只有姜明珠能听到的声音，懒懒地反问道："这里又有什么东西是你的呢？盗用别人的画，攀附别人的名气，还有你的未婚夫……"

说着，姜楚楚瞟了一眼袁呈，男人的面色平静，与前段时间纠缠她的那个男人判若两人。

"疯子。"

姜明珠急不可耐地走了，像是要证明什么，她紧紧搂住袁呈的手臂，高傲地消失在姜楚楚的视线里。

"姜小姐，有一幅画上面的射灯坏了，麻烦您过来看一下。"

场馆的工作人员过来叫她。

姜楚楚点了点头，去了展厅。

由于今天是展会开始的第一天，围绕着美术馆周边举办了许多活动，所以此刻并没有很多人在里面参观，姜楚楚给徐钰发了一条短信，问她什么时候来。

正要转身，忽然身后欺上来一个身影，将她逼退着，堵在了展厅的一角。

姜楚楚吓了一跳，险些高声尖叫起来。

等看清了来人后,她生出一种荒谬感。

"袁呈?"

褪去了方才的伪装,男人的眼神炙热而富有侵略性,他低沉的声音贴近姜楚楚。

"好久不见了,楚楚。"

姜楚楚伸手想推开袁呈,可袁呈身材劲瘦却坚实,她非但没有推动他,反而让袁呈在两个人的触碰中目光更加暗沉,喉结滚动了一下。

姜楚楚贴到墙壁上,尽量减少和他的接触,头别过去,淡漠地说道:"这才几天而已,如果你这辈子都不出现在我面前,我想我会很感激你的。"

袁呈低低地笑了两声,目光游移在她精致的脸上,隔了一会儿,缓缓地说道:"自己的东西被别人夺走,很不甘心吧。"

他呼出的热气喷洒在脖子上,带起一阵细密的鸡皮疙瘩,姜楚楚厌烦极了:"我不懂你在说什么。"

不顾姜楚楚的僵硬,袁呈替她理了理衣领,手指在她白皙的脖颈上划过,这才缓缓地放开她,转身走了两步,皮鞋在木质地板上发出"咯吱咯吱"的声音。

他堵住了唯一的出路,姜楚楚忍不住在心底暗骂,刚才开幕式还那么热闹,那些人现在怎么都不见了?

袁呈双手抱肩,悠闲地看着悬挂的两幅画,底下标注着他未婚妻的名字。

他伸出手,点了点画上的一块:"这里,这个红色的墨点……那天我亲眼看见你不小心滴在了这里。"

姜楚楚不语,袁呈叹了口气:"你为什么就不相信,你想要的,我都能给你。"

姜楚楚听了,讽刺地笑道:"我想要你——"

她的声音拖得长长的,袁呈神色一动,连呼吸都急促了一些。

可是她的目光却冷了起来,接着上半句话,继续说道:"再也不要出现在我面前,你能做得到吗?"

姜楚楚一副动人的神情却说着不悦耳的话,想让人揉碎,再狠狠地按进怀里。

袁呈深深地吸了一口气,克制住心中的阴郁,转而问道:"你什么时候来我的公司实习?"

此时有五六个人从展厅的入口进来,姜楚楚心中大定:"我已经告诉过你,不可能,而且我已经有实习工作了。"

"你的那位学长吗?他不是去了京都吗?"袁呈意味深长地说。

电光石火之间,姜楚楚听出了他话语中的恶意。

"是你?"

她不可置信地看着袁呈。

所以说，刘晏是因为她才有了这一次的麻烦事。

袁呈抿了抿唇，语气带了几分克制："你那位学长没跟你说清楚吧？他那件事恐怕没那么容易脱身，我劝过你的，我的耐心有限，你不肯听话，我就需要用自己的方式达成目的。"

他不喜欢她看着别人，也不喜欢她为了另一个人牵动心神。

姜楚楚忍耐着气急败坏，重重地回答："我也说过，你再纠缠，我就跟你鱼死网破。"

"楚楚，你生气的样子，我爱，但是你该学着听话。"

袁呈的目光到底是泄露了一丝狂热，姜楚楚刚感受到危险，他就立刻抓住了她的手腕，将她往安全通道那边拖去。

姜楚楚挣扎起来，高声叫了起来："松开！松开！袁呈你有病啊，我报警了啊！"

刚进展馆的几个人听见喧哗不满地往这边看过来，但一见到主角是袁呈，都熄了火——都是混南城商圈，这点眼力见儿还是得有的。

只有其中一个人的女伴，认出了姜楚楚，诧异过后，她悄悄退了出去。

姜楚楚眼见那几个人事不关己地别过了头，狠狠地看了几眼他们，想着以后别让她撞上，不然一定要翻翻今天的旧账！

可是当务之急是如何脱身——袁呈今天的状态亢奋得令姜楚楚感到棘手。

"袁呈，你放开！"

"我会，但不是现在。"袁呈意味不明地扫了一眼姜楚楚，从胸口一直向下，危险而直白。

除了慌张，姜楚楚心头涌上一股深深的厌恶。

她抿着唇，死死地僵持着。

忽然间，一个声音在展馆里响起。

"楚楚，过来。"

男人从展厅的入口不疾不徐地走进来，一阵风吹来，扬起他风衣的下摆，簌簌作响。

他的人浸润在刺眼的逆光中，模糊了面容，却依旧可见清隽挺拔。

他脚下没有七彩祥云，但姜楚楚知道，他就是她的意中人。

"温九思？"

袁呈缓缓松开了手，准确地叫出了来人的名字。

男人走近，光晕退散开，露出他俊逸的面容，清清冷冷。

"幸会，袁公子。"

温九思虽然语气客套，但眼神却落在姜楚楚身上，将她的发丝到脚后跟仔仔细细看了一遍，没有异常，这才将视线转向袁呈。

袁呈神色愈加荫翳。

他接管了袁氏，在外面，认识他的人谁不称一声"袁总"——这是对他社会地位的认同，只有袁珂那般的"二世祖"，在外才需要冠以袁家公子的名头，得别人高看一眼。

绵里藏刀，这个男人是个中高手。

袁呈打量温九思的过程中，姜楚楚趁他不备，赶紧跑出来，站到温九思的身边，手里扯着温九思的衣袖。

乖巧的模样，温九思垂头看了她一眼，安抚地拍了拍她的脑袋。袁呈见状，西装下的拳头握紧。

忽然，门口又起了一阵喧哗，几个女人结伴走了进来，其中一个女人赫然是方才溜出去的某人的女伴，她手指着姜楚楚，讽刺中掺杂了遮掩不住的妒忌："明珠你看，我说得没错吧，你那个姐姐，正在纠缠袁总！"

得，大杂烩。

敌人来势汹汹，但她有恃无恐。

姜明珠的面色白得像个纸片人，但嘴角依旧勾着名媛式的弧度，姜楚楚看得出来，她正极力掩饰着内心的慌乱。

馆里的气氛有一种说不出的尴尬，现在没有人的注意力在画上，认识的、不认识的，都在关注着这一场"豪门恩怨，姐妹矛盾"。

眼见姜楚楚事不关己地摆弄着温九思的袖口，而袁呈丝毫没有辩解的意思，姜明珠神色略微僵硬，竭力冲袁呈笑笑，又扭过头对身边的女人说："西西，你可能是误会了，我姐姐之前想要去袁呈的公司工作，但我也不知道为什么没谈拢，现在，可能是因为这个吧……不过还是要谢谢你。"

那个西西听了，眼光如刀，刀刀恨不得将姜楚楚的这张美人皮割下来，恨声道："姜楚楚在外面什么名声你没听说过吗？也就你把她当姐姐，殊不知她在背后怎么笑话你呢。"

这话说得直白且难听，姜楚楚听惯了，一派云淡风轻，可原本任由姜楚楚吊着胳膊的温九思，手臂肌肉一绷，面色沉了下来。

只是还不等他出面，外面就传来了一个高昂的女声。

"这年头传谣言不用花钱是不是，楚楚的实习工作早就定下来了，我还说是袁总看中了楚楚的天赋，非要让她去的呢。"

徐钰踩着高跟鞋，挽着袁珂的手臂走进来。

徐钰一向讨厌姜明珠和姜夏樱,这也是姜楚楚同她友谊稳定的一个因素。她怼这些"名媛"怼得开心,袁珂也丝毫没有拦着的意思,只是眼风时不时地扫过姜楚楚,跟他兄长的面色难看得如出一辙。

姜明珠脸上得体的微笑快要维持不住,款款走向姜楚楚:"楚楚,西西只是开个玩笑,你不要介意。"

姜楚楚从温九思身后露出一个脑袋,面无表情地说:"我没看出来她在开玩笑,她认真的样子让我怀疑我正拿着枪指着她。"

另外一个女人上前来拉姜明珠,声音不高不低:"明珠,我们走吧,还没见白教授呢,她那么喜欢你的那幅《月夜》,一定很想见见作者。也不知道某些人来这里干什么,就像她能看懂似的。"

姜明珠点点头,仿佛息事宁人一般,面色暗淡地转身。

冷不防姜楚楚突然出声:"奇了怪了,这里挂着的姜明珠的画,要么是从我这儿拿走的,要么是抄袭的,就连她的成名作,也是我随笔画的,我为什么不能来?"

话音一落,感受到周围惊疑不定的目光和窃窃私语,姜明珠的小脸煞白,几乎语不成句:"楚楚……你……"

姜楚楚欣赏够了,这才从温九思身后站出来,看了一圈周围的人,"扑哧"一声笑了出来——肆意张扬,又美艳得不可方物。

"我也是开玩笑的,你们不会都当真了吧?"

没有人觉得好笑。

温九思拍了拍她的肩膀,声音恰好能令周围的人听清:"我进来的时候,看见白教授正在找你,我们走吧。"

话音一落,不少人目露惊奇——不是说,姜家擅长画画的是姜三小姐吗,又关姜楚楚什么事?

姜楚楚笑弯了眼睛,眸光水润,重新攀上他的胳膊,他走向哪里,她就跟到哪里。

往外走的时候,温九思的视线突然落在了徐钰身上,眼神意味深长。

徐钰目光闪烁了一下,别过头去。

"你想什么呢?"袁珂的视线从姜楚楚的身影收回来,看见徐钰低垂的眼,表情带上了不耐烦。

"我有点……害怕他。"徐钰无意识地低喃,声音很轻。

袁珂没听清楚:"你说什么?"

徐钰抬起头,望向两人消失的地方,神情晦暗不清:"他不适合跟楚楚在一起。"

袁珂乐了，英俊的脸上带了一分邪气。

"那她适合跟谁在一起？我？你是不是撬墙脚撬惯了？又看上那个医生了？"

徐钰面色不变，眉梢微动，语调依旧柔顺却含着刺："我撬墙脚？难道不是因为你舒服了？"

上一个当面讽刺他的人还是姜楚楚，袁珂当即就变了脸色："徐钰，你——"

"袁珂，你也来了。"

一个真正淡漠的声音传过来。袁呈走过来，面上看不出异样，有的只是更深沉的冷。

袁珂放开徐钰，兄弟俩面对面站着。

"是啊，徐钰有画在展览，非让我过来看看。"

袁呈瞟了一眼徐钰，点点头："你自便，我先走一步。"

袁珂笑着说："哥你有事儿就赶紧忙去吧。"

一派虚伪的兄友弟恭。

袁呈走了，不远处的姜明珠犹豫了一下连忙追了出去。袁珂看着，面上的笑意逐渐收了个一干二净。

也是，同父异母的兄弟，争家产还来不及，哪儿来的什么兄弟情？

姜楚楚美滋滋地被温九思拉出了展览馆。

车就停在门口，车锁一开，姜楚楚极为自觉地坐进车里。温九思用那双白皙修长的手指给她系上安全带，然后看了她一眼。

"姜明珠的那两幅画，是你画的。"他用的是陈述句。

"是呀，那群傻子……不过你怎么能确定？你认出来了？"姜楚楚的眼里闪动着好奇的光，愉悦的光，兴味盎然的光，唯独没有愤怒。

温九思不由得语塞，隔了一会儿，才问她："你不生气吗？"

生气被人盗用自己的作品，生气被人误解，生气那些人用那样不屑的、诋毁的语气说她。

"生气姜明珠盗用我的画？"姜楚楚手指点了点红唇，状似思索，忽而笑了起来，"生前虚名有什么用，你没听过一句话吗？高手皆寂寞，况且，相比起曝光之后我所要面临的麻烦……这样也挺好。"

暖洋洋的阳光晒着，姜楚楚倚在靠垫上，忍不住秀气地打了个哈欠，像是小猫呼噜似的。

慵懒而不自知。

她的声音格外干净："我想，倘若有一天我死了，我一定死在一屋子的画里，旁边摆着我的遗书，在里面写清楚所有的真相，让那些欠了我的人，不管是什么都要还回来。他们肯定会愤怒，但那时候我已经死了，他们无处宣泄，只能自己气死，然后慢慢地，再过几年，便不会有人将那画的作者，再和我这个名声不好的姜家小姐联系在一起，他们只会说那画画得真好，之后，听说这画家死了，又争相出高价竞拍……那才是我干干净净的名声。"

姜楚楚沉浸在幻想中不可自拔，自然也没有看到，温九思看着她的目光。

隐忍、克制，又带着微微的颤抖。

见温九思那边很久都没有响动，姜楚楚有些奇怪，刚要坐直了伸脖子望过去，眼睛蓦地被一只手遮住。

那只手干燥、温暖。

眼前是一片黑暗，看不清男人的表情，姜楚楚干巴巴地问："你干吗？"

温九思没有说话，只是气息逐渐接近，好像有什么落在了她的额头，一触即离，她心弦颤动，又不确定。

过了几秒钟，他的手离开了，表情恢复正常，看不出丝毫端倪。

"走吧，去吃午饭。"

姜楚楚一怔："不是说白教授找我？"

"白教授没有找你，我只是想把你带出来。"

同时也让那些人知道，姜楚楚出现在场馆里，是顺理成章的。

温九思发动了汽车。

"等等。"姜楚楚拦住了他，咬着唇面上哀怨。

温九思挑挑眉头，姜楚楚连忙解释道："可是白教授真的找我了，早上她跟我说，下午一点有评审团过来，要我一起去接待，没有时间出去吃饭呢。"可怜巴巴又娇娇柔柔的。

温九思抬起手腕看了一眼表，已过十二点半。

他叹了一口气，拉车门要下去："你等等，我去旁边超市给你买点东西吃。"

"我自己去。"姜楚楚说完，两只白嫩的手伸出来摊在一起，笑嘻嘻地看着他。

温九思愣了一瞬，不知道她是什么意思，下一秒钟，笑靥如花的人突然倾身过来，头顶的发丝蹭过他的下巴，离开的时候，她扬了扬从他怀中掏出的钱包。

"我去啦。"

她关车门的背影轻快。温九思的神色有片刻的怔忪，她似乎总能在厌世与阳光之间无缝切换，而他不得不承认，其中的一个催化剂，是他。

她的手机落在座位上，温九思瞥见，突然神思一闪——他有一件事想确认。

姜楚楚满载而归的时候，就看见他俊眉蹙着，一副有话说的样子看着自己。

"楚楚，我想请你帮我做一件事情。"

/ 067 /

姜楚楚随意地点点头："你说呀。"
"你能不能把徐钰的电话给我？"
"你说什么？"姜楚楚怀疑自己的耳朵出了毛病。
温九思指了指她的手机："我想要徐钰的电话，原本我可以自己找的，你的手机密码对我来说很容易猜，但我觉得还是问过你比较好。"
姜楚楚觉得很荒谬，短暂地消化了他的话，她指了指自己的鼻尖，认真地说道："你看着我。"
温九思不解其意地看着她。
姜楚楚面无表情地说："我，这么一个大美人坐在你的面前，你竟然还想着要泡我闺蜜？"
温九思一愣。"我不——"
姜楚楚突然大叫了一声："停——我不听，我不听！"
她一手捂住耳朵，另一只手指向窗外，大声宣布："我现在不想看见你，你走！你个'大猪蹄子'！"
她的语调有些演戏般的浮夸，可是手指却微微发着抖，身子绷得紧紧的。
温九思没想到姜楚楚会有这么大反应，更没想到，姜楚楚比他想象中的，还要害怕失去。
她不怕诽谤，不怕李代桃僵，但害怕失去她所拥有的——他对她肆意的好，怕他收回去，再给了别人。
见温九思没有动作，她偷偷地从指缝间偷瞄他，害怕他真的走。
温九思低低地叹息一声，将她的两只手拿下来握在手里："楚楚，刚才是我不对，我没说清楚，让你误会了。"

姜楚楚向来吃软不吃硬。
在意识到自己的眼泪有作用后，她执着地盯着温九思，泪珠子一滴接着一滴，蜿蜒在脸上。
生生要逼疯人。
狭小的空间暧昧涌动，温九思原本准备好的话一句都说不出来了。
除了投降他还能干什么？
"我找徐钰是有事。"
显然温医生不常做这种解释，纠结了片刻，他才又补充了一句："你别多想了，电话我不要了，好不好？"
姜楚楚不依不饶："那你也不许看她。
"看见了也不许跟她多说一句话，除非我允许。

"你看着我就够了,你知道有多少人想看都看不到吗?"

"……我知道。"

听到他认真的回答,她又想笑。

姜楚楚吸了一下鼻子,眼泪来得快,去得也快。

她的情绪起伏惯常比旁人大,在常人眼中,难免会打上一个"作妖"的标签,可温九思一直没有丝毫不耐烦,眉宇间的那一抹纵容,奇异地抚平了她的不安。

见她不哭了,温九思迟疑地掏出纸巾,替她擦了擦眼泪,心里有些好奇为什么她的妆容一点也没掉。

姜楚楚接过来擦完眼泪,将废纸悄悄塞进他的车门里,权作报复,而后一句话也没说,突然埋头进他的怀里,手悄悄缠上男人的劲腰……又捏了两把。

单薄的衬衫下腰肌温热结实,散发着跟他温润清淡的外表,截然不同的男性荷尔蒙。

温九思的姿势有一瞬间的僵硬,眉心隐隐跳动,手悬在空中。

姜楚楚就像是背后长了眼睛,反手抓住他的手就按到了自己的腰背上,同时动动脑袋"哼唧"了一声。

类似一只小猫在跟你撒娇时发出的"喵呜"声,那是在告诉你,它想让你摸。

温九思低头看了看怀中情绪已经平稳下来的女人,手指微动,最终还是落在了她的背上,一下一下地轻抚着她。

不带一丝一毫的旖旎。

一时间,两人都没有说话。

良久,姜楚楚的声音闷闷的:"我们真的才认识了几个月吗?"

"嗯。"

"可是我觉得,我们已经认识好久好久了……"

温九思顺着她的发梢,没有作答,男人心思深沉,视线的焦点落在外面,不知道在想着什么。

忽而,短信铃声响了起来。

姜楚楚不情不愿地看了眼手机,忽地坐起来。

"白教授找我了!"

温九思看着她迅速翻出小镜子捋了捋头发,又补了口红,不知道她化了哪里,方才还由于哭泣而略显浮肿的眼睛,陡然有了美目含情的意味。

临下车之前,姜楚楚蓦地回头看他:"晚上陪你去吃好吃的,不过大概要晚一会儿,劳烦你多等我一下了。"

她语速很快,温九思无意识地点了点头。

车门关上,她朝美术馆小跑着而去。

车内的温九思顿了片刻,忽然笑了。

他没说过,晚上还要跟她一起吃饭的吧。

姜楚楚占了便宜就溜,丝毫不给温九思反悔的时间,他只好认命地掏出手机,打电话到咨询室,让助理将下午的预约推一推。

姜楚楚到白教授那里时,评审团的几位专家都已经到了。姜楚楚连忙拽了拽裙子,摆上一副乖巧的表情走上去。

南城青年油画展,全称叫作"南城国际青年油画艺术邀请展",可以称得上是近两年来国内最大的油画专项展览,不光是展出的作品阵容惊人,还吸引了一群专业、非专业的油画爱好者投稿,在画展结束时,会有专业评审团评选出各种奖项,尤其是金奖的获得者,将由白教授保举,前往法国深造。

也不知哪儿吹来的妖风,媒体一致认为,金奖的得主非姜明珠莫属。

下午的展厅热闹了很多,无论是来参赛的,还是来看展的,看着这十几号人都有些钦慕,可在看到中间的姜楚楚时,心情就有点微妙了。

南城认识她的人不少,大多因为她出众的外貌,以及狼藉的情史,但知道她油画画得不错的人,不多。

或者说,即便是知道,那些自诩格调高雅的名媛也不愿意承认,姜楚楚比她们漂亮,比她们身材好,还比她们有才华——这当然是姜楚楚猜想的。

评委们大多是老学究,对着一幅马赛克都能高谈阔论很久,姜楚楚跟着听了一会儿,眼皮子就止不住打架,她勉强提起精神,突然看到一个人影晃了过去,好像是徐钰。

姜楚楚决定偷溜过去问清,对方跟温九思到底什么时候有了交集。

徐钰似乎是进洗手间了,姜楚楚百无聊赖地等在外面。

洗手间当之无愧是事故发生的高发地,一阵水流声后,里面传来了几个女人说话的声音。

"你带棉签了吗?"

"没有。"

"好烦,今天一天什么都不顺。"说话的女人语调有些尖锐,又接着说,"你们看见姜楚楚那副傲慢的表情了吗?简直恶心死了。"

另一个女人也附和:"也不知走的哪里的门道,还真以为自己是盘菜了,你是没看到来看画展的那几个男的,有几个心思放在画展上?"

姜楚楚挑挑眉,探头进去,就看见三个女人并排站在梳妆镜前面补着妆,浓妆艳抹,倒像是要去什么娱乐场所。

长相太平凡，姜楚楚完全没有印象。

先前音调尖锐的女人合上粉盒，脸上挂上恶意的笑容："我告诉你们一件事，可千万别往外说。"

剩下两个人点头，连连催促。

"我也是听见我爸跟我妈私下聊天时候说的，姜楚楚的父母是商业联姻，姜家老爷子为了维持这段婚姻费尽周折，将自己手里的股份都给姜楚楚了。如果她父母不离婚，就还享有经营权直到姜楚楚结婚。"

"那岂不是……她爸妈不会让她嫁人了？"

另一个女人幸灾乐祸的同时又忍不住露出嫉妒的神色，姜老爷子的股份啊，折合起来可是一大笔钱。

像是看穿了同伴的心思，那女人讽刺一笑："哪有这么便宜的事情。"

姜楚楚靠着门板，倒没有太愤怒，反而好笑，姜家想要深深遗忘的过去，连一个家世并不数一数二的年轻女人都知道，并掏出来作为谈资。

"姜家最早发家是因为某些关系拿下了城郊那一片的房地产开发，可是后来那个人被举报倒台了，而且开发的过程中，据说由于拆迁问题死了人，姜老爷子手上的那些股份，大多是那家房地产公司的，现在不单要防着上级来查，还有这些糟心的历史遗留问题，你们说，这是不是一块烫手山芋？"

同伴也反应过来："那些股份虽然值钱，但名声不好。姜楚楚这也是给她爸妈背了黑锅啊。"

"而且挣来的钱不归她……这么一想也是蛮可怜的，不过好歹也是大家小姐，她爸妈总不会在钱上薄待她。"

"你怎么知道她就想当个大家小姐，指不定，人家想学她那个妈，自己送到哪个男人床上，最后大着肚子灰溜溜被抛弃。"

洗手间里一片嘻嘻哈哈。

姜楚楚有点恶心，却又逼着自己看着那些丑陋的嘴脸，不明白她们为什么就能从这些恶毒的揣测中得到快乐。

里面的一扇门被踢开了，一个年轻女人面色阴沉地走了出来。

三个女人互相看了看，都在对方脸上感到了陌生——不是她们这个圈子里的人。

为首的女人突然点点头："我想起来了，是今天跟在袁二少旁边的女人。"

另一个人发出了意味深长的"哦"。

姜楚楚皱了皱眉，咳嗽一声，正准备进去，下一秒却看见穿着蕾丝包臀长裙的徐钰，一个箭步冲上去，一个巴掌狠狠地呼上了为首女人的脸。

"我教教你怎么把嘴巴放干净！"

被打的女人尖叫一声,短暂的慌乱过后也开始还击,她的同伴也揪上徐钰的头发。

姜楚楚一看徐钰一对三要吃亏,当下不再犹豫,脱了高跟鞋就朝着那几人的脑袋上砸下去。

还算宽敞的洗手间里,五个人扭打在一起。

高跟鞋早就不翼而飞,拉扯中,也不知道谁踩了她一脚,姜楚楚脚背钻心地疼。

门口,一个男人咒骂了一句,冲了进来,紧接着,姜楚楚感觉自己被人从战圈中拉了出来。

片刻的眩晕后,姜楚楚抬头,拉着她的男人面色漆黑如焦炭,上下打量着她,竟然是袁珂。

"你有没有事?"

姜楚楚没说话,绷着脸一手隔开了他的拉扯,向后退了一步。

有人来阻止,架自然就打不下去了,徐钰衣冠不整,狼狈地喘着气,看着注意力放在姜楚楚身上的袁珂,双眼泛起微红,又在姜楚楚看过来的时候,连忙垂下眼睛。

僵持中,洗手间外头又响起了一阵纷乱的脚步声。

片刻后,一个惊讶的女声响起:"姜楚楚,你们在干什么?"

门口站着几位评审团的老师,以及满脸不可置信的白教授。

姜楚楚心头一哽——这下要完。

姜楚楚和徐钰还好,可那三位"名媛"原本穿着就清凉,经过刚才一番纠缠,打底都露出来了,若是换个地点还挺诱惑,可在场的除了一个阅尽千帆的袁珂,就是一些有身份、有品位的老师,见此只觉得有伤风化。

白教授的表情犹如黑云压顶,但良好的修养让她说不出什么太难听的话,她看向姜楚楚,沉声说:"你跟我过来。"

其他几位女老师识趣地无视,淡定地走进洗手间。

姜楚楚捡起鞋子,发现其中一只鞋跟已经断掉了,她穿上一瘸一拐地走了两步,突然回头,看到那三个女人互相使着眼色,担心徐钰吃亏,又回身拽上了徐钰。

白教授看见她的动作,眉心跳了跳,到底没说什么。

加上一个不请自来的袁珂,四个人上了美术馆顶层的办公区。

姜楚楚和徐钰靠着墙,就像小学生低头罚站,袁珂刚坐下,就遭了白教授一记冷眼,也别别扭扭地起身挪到窗前假装望着风景。

一阵令人窒息的沉默后,姜楚楚清了清嗓子,伸手指向徐钰,企图将黑锅丢给闺蜜。

/072/

可就在这时,白教授拿起了手机,按了几个键放到耳边。

姜楚楚的手指又收了回来,心觉不妙,她抬起头,做出一副怯生生的模样。

"您给谁打电话呢?"

白教授没吭声,径直对电话里的人说:"你过来一趟,我在临时办公室。"

她对着电话里的人,简单地说了一下现在的情况。

徐钰在旁边慢悠悠地小声说:"看起来是给你的家长。"

姜楚楚翻了个大白眼,姜福生和蒋淑嫒要是肯理会这种事情,她"楚楚"两个字就倒过来念。

撂下电话,白教授根本不看姜楚楚眼巴巴的目光,自顾自地办起公来。

姜楚楚有些站不住脚,心思开始飘忽不定,想也知道,她和白教授共同认识的人也就那么一两个,白教授这时候找谁告状,自然昭然若揭。

她撩起眼皮子,看了看旁边的徐钰。平心而论,徐钰身材不错,长相也是属于娇媚可人的类型,也难怪能让袁二少放弃纠缠自己……那温九思会不会也恰好中意这一款?

想到两个钟头前,温九思还向自己要徐钰的电话,姜楚楚盯着徐钰的面色,逐渐阴云密布。

徐钰吓了一跳,警惕地问:"你干什么?"

"没有你们什么事了,你俩快走吧。"姜楚楚语气有点凶。

徐钰莫名其妙地看着她:"不是你把我拉上来的吗?"

姜楚楚怎么好意思说,先前那是她善良的品格"熠熠生辉",但是现在她小心眼吃醋了?

倒是袁珂听出了端倪,冷笑着:"大概是怕她小情人来了,这么多人,她抹不开面子。"

"咚咚咚!"

正说着,门被有规律地敲响。

一直对几人的窃窃私语装耳聋的白教授推推眼镜扬声道:"进来。"

门推开了,一个穿着米白色风衣的颀长身影走了进来——

温九思面上一贯平和,他来得极快,进来的时候带着风,身上却不见匆忙的痕迹,袖口、领口,甚至外套上每一个褶皱,每一根发丝都在该在的位置。

姜楚楚只看了一眼就低下头去,男人越矜贵,就显得她越狼狈……衣冠不整,发丝凌乱,妆不用看肯定花了,还像个小学生似的被罚站,羞耻极了。

她垂头闷闷不乐地拽着自己衣服上的带子,腮帮子不由自主地鼓了起来。

白教授跟温九思打了个招呼就不再说话了,大有把事情交给他处置的意思。

温九思的视线在姜楚楚身上转了一圈后,直直地落在她的脚背上。她右脚的鞋跟断了，只得踮着脚，脚尖在地上蹭着，看起来有些滑稽。

温九思抿起嘴，不发一言地走过来，身子陡然在她面前矮了一截。

姜楚楚还没反应过来，下一秒，她整个人被"端"了起来，人栽到他的胸膛里，嗅着他身上的木香，被放到了一边的凳子上。

旁边的徐钰没控制住倒吸了一口凉气，以示对温九思霸总行为的敬意。

姜楚楚的双手抓着他的前襟，眨巴眨巴眼："谢谢……其实我还能站住。"

"上学的时候没站够？"他的声音听不出喜怒。

姜楚楚忍不住抬眼瞧他，男人剑眉星目依旧，但她敏感地察觉到他有些生气。

温九思说完，转向了白教授。

"白教授，今天的事实在是不好意思，几位老师那边，我已经让人送了些礼物到她们下榻的酒店，权作一点歉意。"

"嗯。"

"我先带楚楚去买一双鞋，一会儿送她回来。"

白教授抬起头来，看了看面带歉意的温九思，还有躲在他身后的姜楚楚，沉默了一瞬，然后说："不用了。"

言下之意几乎不用再确认。

姜楚楚别过头看向窗外，不着边际地想着，这里不需要她的话，她大概又要有一段时间无所事事了吧。

温九思于是又回过头看着她："还能走吗？"

姜楚楚"嗯"了一声，随后温九思冲众人点了点头，率先提步离开。

姜楚楚跳下凳子，全然不顾屋里还有三个人，一瘸一拐地跟上，嘴里很是矫揉造作地自言自语："哎呀……怎么走不稳呢。"

男人的背影似乎顿了一瞬，但最终还是没有回头。

惨了惨了……这样他都不回身来抱她，肯定是生气了。

姜楚楚乖觉地上了车，自己系好安全带，瞥见男人好似覆了薄冰的俊脸，忍不住细声细气地说："不用带我去买鞋，送我回家就好。"

车久久没有发动。

终于，温九思深深地叹了一口气，扭头看向一旁萎靡的女孩。

"三个小时前，你兴高采烈地下车准备工作，让我等你吃晚饭，我等了，可是你在干什么？为什么打架？"

姜楚楚咕哝着："白教授不是都告诉你了吗？"

下一秒，她的肩膀被他强行扳正，她条件反射般地看进他深邃的眼神中。

"我想听你说。"

男人的眼里有淡淡的执拗。

她被迫面对着他，不经意之间，他身上的气息细细密密地裹挟了她，男色当前，她却一点都没有欣赏的心思。

"我不想说。"

姜楚楚挣了挣，非但没有使男人松开手，反而因此被禁锢得更紧，将自己送入他的怀中。

抵挡不住男人无意间的诱惑，姜楚楚恼羞成怒，瞪着他："你整天没事，是不是都围着我转了，怎么什么你都要管啊。"

温九思看着她，缓缓地蹙起了眉头，慢慢地朝着她的脸探出手指，替她抹去晕染到下眼睑的睫毛膏。

睫毛膏本就是防水的，不容易擦去，温九思极有耐心地用指腹在她的脸上一遍一遍地划过，神态认真得仿佛此时此刻，世界上没有什么事情比整理她的妆容更为重要。

就像自己是他心中最珍贵的。

姜楚楚心里最后那点气，转瞬间烟消云散。

温九思坐回去，一边抽出一张纸巾，擦着指尖的黑色痕迹，一边说："白教授作为国内油画艺术的引领者，无论是技法还是名气，都是首屈一指的，得到她的青睐，你会受益匪浅。

"去法国学习的机会也是白教授的私人关系，那里氛围好，而且也有我的客户，如果你去了，我也可以跟过去照顾你。

"我想让你做自己喜欢的事情，过真正喜欢的生活。"

他的声音依旧纵容，没有丝毫谴责的意思，却令姜楚楚感到了一股前所未有的愧疚。

她低下头，指尖默默地对在一起，点了点——在自己不知道的地方，他花了很多心思，将这个机会递到了自己面前，可自己肆意妄为惯了，发起脾气来根本不会管什么场合。

"我不是那种看不惯就掐起来的人。"姜楚楚小声开口，"这一天我好累，见到讨厌的人，知道我连累了刘晏学长，听见有人在背后说我坏话我也没想动粗的，可是徐钰先冲上去了……"

解释的时候，她还不忘在温九思面前抹黑潜在的情敌。

温九思听着她絮絮叨叨，心里柔软得不可思议，她终究还是个小姑娘。

"我会解决。"温九思打断了她。

姜楚楚愣了一下，话顺着自己的心意问了出来："可是你是我什么人呢？有什么义务替我解决……你又不欠我的。"

温九思极淡地笑了:"说不定……我真的欠你的呢?"

姜楚楚咬了咬唇,半真半假地说:"可是不管你欠我什么,我只想让你以身相许哎。"

她没有说假话,倘若温九思真的想要她,她也是……愿意的吧,只要他们之间有了一种确定的关系,那种维系存在的时候,她就不必担心,他会什么时候收回对她的好。

她很想,一直做他的小姑娘。

想到就做,姜楚楚抬起头,以迅雷不及掩耳之势向着男人的唇畔凑过去——却吻在了男人的手心上。

他眼里仿佛酝酿着一场风暴,神情严肃地说:"楚楚,不可以这样。"

真是丢脸。

姜楚楚已经记不得这究竟是第几次被他毫不动摇地拒绝了,就好像她是什么吸阳气的妖精,沾都不能沾一下。

"温医生。"

姜楚楚坐直了身子,面无表情地开口唤他。

温九思从鼻腔里溢出一个"嗯"字,但目光仍然流转着淡淡的警惕之意,一副生怕她出其不意要往他身上扑的样子。

姜楚楚怀疑地上下打量了他一遍,目光又落在他紧抿薄唇的俊脸上,一字一句地说:"我就是确认一下,你知道,我亲你一下,我是不会怀孕的是吧。"

温九思的表情逐渐变得一言难尽:"我……"

他张了张嘴,刚发出一个音节,就被姜楚楚立即打断:"我不是从前的我了!这也不是你吓唬我那次了!你要是还想对我做什么,你就试试啊,你不试试怎么知道我这次还会反抗?"

被她一连串的话绕晕了,温九思艰难地滚动了一下喉结:"楚楚……"

"你要是再不给我一个明确的回应,我就……我就当你真的不行!"

涉及男人的尊严问题,温九思微微正色:"你要分清,不行和自控的区别。"

"自不自控我不知道,但是我知道'万年单身狗'长什么样子——你回家自己照照镜子,你也知道了!"

自觉出了一口恶气的姜楚楚趾高气扬地下了车,在车内男人沉默的注视中,一瘸一拐地打了一辆出租车扬长而去。

肆无忌惮又吵闹的女人啊……

可爱又可怕。

望着出租车驶离,温九思缓缓地松了一口气,伸手发动汽车。既然姜楚楚走了,他也该回咨询室处理一些事情。

手还没摸到车钥匙,电话就"嗡嗡"地响了起来。

他低头,盯着跃动的来电显示,好几声之后,才接了起来。

电话那端立刻响起了一个男声:"你还知道接电话啊。"

温九思眼神暗了暗:"我不是说过不要再打来了。"

"……你什么时候回来?"

"不急。"

"怎么不急,京都一堆的事情还等着你回来解决,还有你家那边——"

温九思的眉眼间染上了一抹淡淡的不耐烦,这是即便姜楚楚闹得再过火时,他都不曾展露出来的那种表情。

"我心里清楚我应该做什么,你要是没事,我就挂了。"

陌生男人话语一滞,忽而道:"九思,你是不是有什么事瞒着我?姜家那个姜楚楚,让你乐不思蜀了?你要——"

没有面对姜楚楚时的耐心,温九思直接挂断了电话。

随意地将手机扔在副驾驶位上,他靠在车椅靠背上,紧闭着眼睛。

缓缓地,温九思抬起手遮住了眼睛,久久没有动作。

姜楚楚直接回了家,将脚下的高跟鞋一脱,身体顿觉解放,不由得舒服地喟叹出声。

"听说你今天去画展了,怎么这时候回来了?"

一个身影蓦地出现在楼梯口,是几天没见的姜夏樱。

姜楚楚冷不防被吓了一跳,忍不住仰天翻了一个白眼。

姜楚楚照例没理姜夏樱,擦身而过的一瞬间,姜夏樱回身叫她:"你听说了吗?现在媒体都在捧姜明珠,说她理所当然是冠军,但是媒体的口风,都是姜明珠自己放出去的。"

姜楚楚本不欲理会姜夏樱,可是姜夏樱一直跟在她的身后,一副不达目的决不罢休的样子,姜楚楚心中厌烦。

"你连画笔怎么握都不知道吧?成天关注这些干什么?"

姜夏樱垂下了眼帘,手指拢在一起,期期艾艾地说道:"前两天姜明珠有朋友来家里,我听到她们说,明珠参加这个展览,只是为了提高些人气,而且尽管参赛者很多,但是主办方已经承诺,冠军基本上内定是她了。"

姜楚楚回过头来。

果真是阴暗处极易滋生出心思叵测之人。

"你倒是眼观六路,耳听八方,但是你跟我说这个干什么?"

她的语气有些冲，姜夏樱立刻显出一副手足无措的样子："我只是觉得这样，对于那些辛辛苦苦画了画来参赛的人，有些不公平罢了。"

　　姜楚楚最厌烦的就是姜夏樱那副"小白花"的做派。

　　明明嫉妒得要死，却成天一副受了委屈也不敢言的样子，几乎将低声下气写进了骨子里，偏偏总是想偷偷摸摸搞些事情出来。

　　姜楚楚讽刺地瞥她一眼，冷笑着："成天盯着这个，盯着那个的，也不知道你是居心叵测还是真的这么热心肠。"

　　姜夏樱眼眶开始红了："我只是好心……"

　　"得了。"姜楚楚干脆利落地打断她，"你现在得到的，已经比你应该得到的，多了太多了，做人不能太贪心，知道了吗？"

　　姜楚楚迅速回了卧室。

　　楼梯上只留下姜夏樱，她低着头，袖子下的手指握成了拳头，竭力抑制着自己的颤抖。

　　姜楚楚回到卧室里面枯坐了一会儿，无聊地翻了翻手机，有几条居心叵测的邀约，而对邀约号码的主人她大多没印象了，除此以外，还有几位大学时期的同学，拐弯抹角地问她今天怎么会出现在白教授身边……

　　很无聊，姜楚楚坐不住开始手痒，干脆换了衣服坐在画架前挤了满满一画板的油彩。

　　画什么，没反应过来的时候，自己已经在画板上寥寥几笔勾勒出一个男人的身形。

　　涂掉涂掉。

　　浓黑的水彩就在笔端，可是姜楚楚无论如何也下不去手。

　　这还只是对着一个身形都模糊不清的画中人。

　　她大概真的是着了魔。

　　姜楚楚哼了一声，终是换了一支笔，开始欲盖弥彰地在这张画布上画些别的人物和背景。

　　画面后面有一个戴着眼镜的中年女人正低着头写字。

　　近处，一个穿着裙子的女孩坐在椅子上，蜷着小腿，男人面对她站着，拎着她的高跟鞋，两人之间的距离极近。

　　明明只是半成品，可就是有种扑面而来的暧昧感。

　　姜楚楚放下笔看了许久，没忍住捂住了脸，耳根悄悄地红了。

　　撂下画笔时已是晚上八点多了，姜楚楚伸了个懒腰站起来，怎么看自己怎么画得好，干脆用手机照了下来保存。

打开门，楼下死一般寂静——这是姜家的常规情形，姜福生夜不归宿是常态，蒋淑媛热衷于带着姜明珠出席各种社交场合，享受别人的巴结，姜夏樱则成天将自己关在卧室里，也不知道琢磨着什么。

所以，当她脚步轻快地下了楼时，看见姜福生和蒋淑媛相对沉默地坐在沙发上，忍不住"哟"了一声。

"什么情况？你俩想开了要离婚，放彼此一条生路？"

蒋淑媛面色沉了沉，看起来十分想跳起来教训她一顿。

而旁边的姜福生面上虽然不耐烦，但终归没骂她，只是说："你爷爷打来了电话，下周末回南城，到时候你跟我们一起去接他。"

姜老爷子要来南城了。

姜福生虽然四十多岁了，但因为现如今的富贵生活都是他爸爸给的，所以他对姜老爷子的敬畏远大于孺慕。姜老爷子久居南方，每次回南城，姜福生和蒋淑媛都能消停几天，在家扮一扮恩爱夫妻。

姜老爷子一生在商场里浸淫，挣下了巨大的财富，却只有姜福生一个儿子继承，连带孙辈只三个女儿，三人中，没有血缘关系的姜明珠他自然视若无睹，也瞧不上姜夏樱，唯独能多看姜楚楚两眼。所以，姜楚楚虽然不受家里人宠爱，但姜明珠和姜夏樱至今不敢骑在她身上撒野，多半也和姜老爷子有关。

姜楚楚慢吞吞地"哦"了一声，兴致不高。

交代完了，姜福生抬手看了看表，显然还有约，站起来就往门外走去。

突然想起什么，他蓦地回头看向姜楚楚，眼神里添了几许阴郁，意有所指："见了你爷爷，什么该说，什么不该说，你心里最好有点数。"

"还有你。"姜福生扭头看向旁边贵妇打扮的蒋淑媛，面上的厌恶溢于言表，"别以为攀上袁家你们娘俩就成凤凰了，也不照照镜子看看自己的德行，到时候竹篮打水一场空。"

姜福生走了，大门一关，蒋淑媛站起来将茶几上的杯子端起来就往地下摔，面色阴狠，嘴里骂着难听的话语。

杯子溅起的碎片砸到姜楚楚的身上，划破了丝绸睡衣。

姜楚楚垂眸看着自己的衣服，这件衣服还挺贵的。

蒋淑媛将脾气都发在了她的身上，砸光了茶壶和杯子还不够，染着鲜红色指甲的手指指着姜楚楚的鼻子："还站在这儿碍眼干什么，你跟姜福生一样，怎么不干脆死了算了，滚上楼去！"

姜楚楚看着仪态全无的蒋淑媛，这么顺着蒋淑媛的话滚未免太没有面子了，想了两秒钟，她面无表情地向着蒋淑媛手指的相反方向走去，出了大门。

/ 079 /

厚重的大门阻隔了蒋淑媛的咆哮,姜楚楚还来不及松一口气,春日晚风吹在她光洁的小腿上,起了一层细细密密的鸡皮疙瘩,她打了个哆嗦,清醒起来。

她没有钱,也没带手机,并且下午的时候刚跟温九思摆了脸色……

第五章
他的楚楚

出租车飞速地掠过城市的街道，从车外就能感受到司机迫不及待想抵达目的地的心焦。

姜楚楚舒适地坐在后座，眼角余光睨着司机小哥，不由得"啧啧"摇头，现在的小年轻就是见识少，不就是看见一个妙龄女孩……好吧，一个穿着破了一个口子的红色性感睡衣，以及一看就很昂贵的毛茸茸白色拖鞋的妙龄女孩，即便这样，也不能作为他心态不稳的理由吧。

司机小哥先是义愤填膺地要带她去派出所报案，被她面无表情地拒绝后，在听到她报上一个居民区的名字后，又用一种诡秘的目光睨了她半路，恨不得将她这个"风尘女子"赶下车去。

车停在一个半新不旧的小区前，姜楚楚下车，刚想说等她一下，等会儿把钱送回来，可是一倾过身，睡衣肩带微微下滑了一些，司机小哥脸都白了，一脚油门将车开走，哪还管收没收钱。

姜楚楚冷不防吸了一口汽车尾气，怒极反笑，敢情全世界都是温九思那种禁欲系，都要对她避若蛇蝎。

这是徐钰的家。

一个钟头前，正当她决定豁出脸面向禁欲男神低头时，现实给了她一记响亮的耳光——手机没带出来，她不记得温九思的电话号码。

她不是没地方去，那些公子哥见了她只有殷勤的份，可她也不会傻到羊入虎口，苦思冥想半天，她灵机一动，发现自己还记得徐钰住在哪里。

徐钰一向独居，她没什么负担地按响了门铃。

门很快开了，露出一个穿着清凉的女人。

"外卖吗？"

姜楚楚没什么诚意地撩了下头发："Surprise（惊喜）！"

徐钰半截话咽回肚子里，表情很精彩，她身后，一个男人一边弯腰捡着战况激烈后地上的衣服,往自己身上套,一边不耐烦地说:"你自己吃吧,我回去了。"

姜楚楚自动替自己的视线打了马赛克,语气平静:"看来我来得不巧。"

声音不大不小。

袁珂一抬头,瞅见是姜楚楚,条件反射般地捂住自己,骂了一句。

…………

十分钟后,袁珂不置一词,穿着皱皱巴巴的衬衫,面色极为阴沉地离开了。姜楚楚小心地检查了一下沙发有没有奇怪的地方,这才坐了下来,仰起脸看着收拾客厅的徐钰。

她嗤笑一声:"你还真打算跟袁珂这么处下去?前两天画展,我还听见有人说袁二公子最近又捧了个嫩模。"

徐钰脸上没什么表情:"我心里有数。倒是你,怎么穿着这一身就来了?"

姜楚楚于是用了一个钟头跟她讲述了自己的悲惨遭遇,其中五十九分钟用来叙述温医生是多么不近女色,堪称"唐长老再世"。

徐钰听了,面上是掩饰不住的快意:"该,也该让你尝尝求而不得的滋味。"

姜楚楚翻了个白眼,正要替自己辩驳,忽然,门铃又响了。

两人对视一眼——外卖方才就送来了,难道是袁珂去而复返?

"我去看看。"徐钰穿鞋走了过去。

几秒钟之后,姜楚楚听见徐钰毫不掩饰的讶异声音。

"温医生?"

姜楚楚顿住,猛地回头。

走廊灯光昏黄,以晦暗墙壁和贴满杂乱小广告的楼道为背景,清雅又矜贵地站在那里的男人,不是温九思还能是谁。

他是怎么找到这里来的?

短暂的惊愕之后,看着温九思毫不忐忑地进来,姜楚楚忽然想到了一个可能性——

"你是来找徐钰的?"

她的面色逐渐不善。

温九思目光如深水沉冰,女孩跪坐在沙发上,支棱起半个身子,警惕中带着一丝灵动。

倘若他点了点头,说了一个"是"字,她恐怕立刻就会张牙舞爪地扑上来。

温九思叹了口气,看起来很是头痛。他没有解释,手伸进口袋,掏出一部银粉色的手机递过去。

"我去你家,把你的手机带出来了。"

咦?

姜楚楚眨了眨眼睛，彻底搞不清楚情况了。

车里，袁珂低头看了看自己的衣服，这副模样一看就是鬼混回来的。怕他父亲骂，他特意拐到袁家另一处住宅，准备梳洗妥当了再回家。

这个住宅平日里是闲置的，只偶尔有人过来打扫，袁珂本以为这里没人，可出乎意料的，水晶灯开了一半，宽敞的客厅一个昏暗的角落里，坐着一个人影。

袁珂一走近，一股酒气扑鼻而来："大哥？你怎么在这儿？"

沙发上的人是袁呈，他仿佛是从公司直接过来的，身上还穿着衬衫和西裤，只是不知道扣子什么时候开了两粒，领带松松垮垮地系着。

桌上摆着一瓶酒，已经没了一半，袁珂一眼就看出这酒极为性烈，而袁呈似浑然不觉，只淡漠地看了袁珂一眼，将杯子里剩下的酒一饮而尽，由于手不稳，一小半酒顺着他的嘴角没入了衬衫里。

奇怪了。冷漠不易近人的袁呈竟然也有独自醉酒的时候？

袁珂试探着问道："大哥，你怎么不回家？"

袁呈没回应，浑身笼罩着一种荫翳的气氛。

袁珂也不想触这个霉头，站了一会儿，转身往楼上走去。

冷不防，身后醉醺醺的人突然开口："我要怎么做，才能得到她？"

袁呈的声音很小，但意外地清晰。

袁珂停下脚步，冷冷地看着他。

袁呈还在继续："讨好她吗？给她买东西？还是干脆绑架她行不行？"

他果然醉了，嘴里说出的话没了章法。

袁珂转回身子，玩味地看着大哥。

没了平日高高在上的架势，看起来也不过是一个求而不得的狼狈男人。

"让爸冻结我的卡，监视我阻止我找她，甚至撮合我和她的闺蜜，将对她好的学长逼走京都……你做了这么多，让我没办法再接近她，可是现在呢，你没料到，半路杀出来个温九思吧。不是你的，一辈子都不会是你的。"袁珂的咬字很重，仿佛是在发泄着什么。

"温九思……"

袁呈嘴里重复着这个名字，蓦地将手里的杯子狠狠地往墙上扔去，神色恢复了几许清明。

"他到底……是谁？"

姜楚楚也有这个疑问。

她摆弄着自己的手机，余光看向规规矩矩坐在沙发上的男人，忍不住啧啧称奇。

"我走的时候蒋淑媛都气成那样了,还能放你进去拿我的手机……温医生,不简单啊。"

看着姜楚楚满脸都写着"明明开心得不得了,但我是个小仙女不能表露出来",温九思嘴角也忍不住染上一个浅浅的弧度。

"是蒋夫人愿意给我几分薄面。"

徐钰从厨房走出来,将洗好的水果放在茶几上,小心地挨着姜楚楚坐了下来。

"不过,温医生,你是怎么知道楚楚在我这儿的……还有,你怎么知道我家在这儿的?"

对于徐钰来说,第二个问题尤为重要,不同于姜楚楚一见到温九思就止不住地犯迷糊,徐钰对他的忌惮是从骨子里透出来的。

温九思垂头看了看桌面上摆着的那一盘苹果,没看徐钰,只是对着同样表示出好奇的姜楚楚解释道:"给你打电话,你没接,我就打到你家里了。"

轻描淡写地带过,温九思没说,在她迟迟没有接电话的十几秒钟,他的内心有一种前所未有的慌张。

他没说,可是他看着她的眼神却忍不住泄露出一抹专注,令姜楚楚怦然心动。

"可是楚楚——"

徐钰还想说些什么,温九思的双眼闪过一丝凛然,寒意一瞬即逝,截住了她的话头。

"徐小姐,我是个心理医生,有时候,知道的事情不一定要眼前所见,我觉得她也许需要我,所以我就来了。"

有一种男人,可以将正经的叙述,说得比情话还要动听,温九思无疑就是这种男人,单看姜楚楚冒着小星星的眼睛就知道了。

"至于徐小姐的家……我只是求助了白教授,帮我找了一份你的参赛表。"

合情合理。

徐钰还没说话,姜楚楚立刻站起来,高声宣布:"好啦,别说这么多了,都半夜了,我该休息了……"

徐钰点点头,正要起身送客,却听见姜楚楚毫无压力地补上了后半句话。

"——温医生,我们走吧。"

徐钰连插一句嘴的余地都没有,就看见两个人起身往外走去。

温九思的手中似乎有一根无形的线,紧紧套牢了姜楚楚,令她心甘情愿地敛去浑身锋芒,一步一步迈入他的牢笼。

听着姜楚楚清脆的声音,徐钰分不清,这种变化是不是好的。

"九思,九思,我们去哪里呀?"

"好端端的,你唱歌干什么?"
"你没听过这个调子吗?"
"没有。"
"老古董,你快说我们到底去哪里嘛。"
"去城郊那个房子好不好,有壁炉的那个。"
姜楚楚笑眯了眼:"好。"
在姜楚楚还没来得及"作"一下的时候,因着温九思的良好表现,白日里的事情就这么轻描淡写地过去了。

而温九思说的"他会解决"并不是一句空话,过了两天,姜楚楚接到了他的电话。

他想要请她吃饭。

姜楚楚趴在床上,语调慵懒:"无事献殷勤,非奸即盗……你有什么事求我?"

那边的人顿了一下,无奈地说:"楚楚,我约了白教授一起,你准备一下,今晚可以吗?"

姜楚楚一个翻身坐起来,瞪圆了眼睛,烦躁地揉了揉头发。

"你约她干什么呀?画展都快结束了,我再去也没什么意思,要不然算了吧,我心情不好她心情也不好。"姜楚楚连珠炮似的嚷嚷着。

"楚楚,"男人语调沉稳地安抚着,"别紧张,还有你认识的人,你大学老师,刘雪梅。"

姜楚楚张了张嘴,听见电话那边男人清浅的呼吸,一时不知道该说什么。

温九思为今天的饭局着实费了一番心思,他查到白教授在南城有一位多年老友,而那个人恰好就是姜楚楚大学的导师刘雪梅。

他托人找到了刘雪梅,本意是想借着让她们两人重聚的名义,叫上姜楚楚作陪,缓和一下气氛。

但没想到,刘雪梅不仅欣然答应,而且主动提及她有一个得意门生,要介绍给自己的老友,正是姜楚楚。不是因为温九思使的劲,而是她真的喜欢并极其欣赏姜楚楚的艺术天分。

短暂的惊愕后,温九思忍不住低低笑了起来。

当姜楚楚刻意想当一个乖孩子的时候,没有人能够抵挡她的好。

这一点,温九思无比肯定,因为他就是其中之一,明知那是罂粟的毒,却依然甘之如饴。

姜楚楚化了个淡妆，裸粉色的口红，再加一条藕荷色的娃娃领连衣裙，镜子前，就是一个俏生生的小姑娘了。

温九思选的地方也是一个温馨雅致的中餐馆，包厢的门一关，姜楚楚就开始不自在。

刘雪梅对她很和善，也对能在这里看到得意弟子表示欣喜，而白教授显然知道姜楚楚也会来，除了开始礼貌性地问好，再没有看过她一眼。姜楚楚也知道，像白教授这样严谨的女人，显然很介意那天发生的事情，更何况，对于白教授来说，自己就是一个被塞进去的关系户吧。

两个相识多年的女人在说话，姜楚楚低头扒饭，吃饱了之后，又偷偷地在桌子下面摆弄手机，刷了一会儿微博，想到很多天都没有给粉丝上传新的"粮食"了，她翻了翻相册，看到了前几天从画展回来时，一下午画成的那幅画。

她选中后，点击了发送。

几乎只相隔一秒，旁边的桌子上，白教授的手机亮了一下。

姜楚楚只是余光随意一瞥，就看见一条特别提示，清晰地跳跃在白教授的手机屏幕上：您的小宝贝发微博啦。

白教授在姜楚楚难以言喻的目光下拿起手机。

姜楚楚眼睁睁看着她进了微博，在主页刷新出来一幅画。

画上身姿曼妙的女孩坐着，男人站在她对面拎着她的高跟鞋，背景里有个戴眼镜女人的身影，加上周围的桌椅摆设，俨然就是画展那天在办公室里的场景。

经历过的人，都能认得出来。

白教授表情复杂，似乎有点吃惊，有点想笑，但又生生克制住。姜楚楚突然灵光一闪，试探着问道："您莫不是……'小白兔的白'？"

原本就不活跃的气氛变得更加奇怪。

姜楚楚望望天，专业领域的大拿是自己的迷妹怎么办？在线等，挺急的。

她求助的目光投向了温九思。

温九思皱着眉头明显不解其意，正想要开口询问，姜楚楚突然"啪"地站起来，打开门捂着脸跑了。

温九思有点蒙，转回头看着面色同样玄妙的白教授，一时不知道该不该追过去。

"白教授，楚楚她，可能是……嗯……"

温九思一本正经地企图找一个合适的理由，被白教授扬手打断了。

"洗手间里的那件事，是我想得偏激了。"

过了半个钟头，了解了两人渊源的温九思啼笑皆非。

也不能怪姜楚楚，任谁都不会想到，一个粉了自己几年的，拥有着一个萌妹子用户名的,留言的时候与时俱进用到"么么哒""大大真棒""给大大比心"的人,竟然是素来严谨沉稳的教授……

"我之前打电话的时候跟您说过,她很有天分,基本功也扎实,我还把她的几幅作品的电子版发给您了。"

白教授挤了挤眉心:"我没看,当时只是想着卖你个面子。"

刘雪梅在旁边笑着摇摇头:"你啊,总是念叨着想要收一个心仪的弟子,现在这么个苗子出现了,你还把人家小姑娘吓跑了。"

白教授低头看着自己手机上的那幅画,缓缓叹了口气,看向温九思:"这回变成我有件事要麻烦你了……"

姜楚楚也不知道自己为什么要逃跑。

她习惯将自己的生活分割成不同的部分,一直令它们在不同的轨迹运转:在学校她是老师面前乖巧优秀的学生,在家里她是最不受待见的那个透明人,各种宴会上,她一颦一笑间,睥睨名流淑媛,引得豪门子弟竞相追逐。

但它们不应该被捏合在一起,她能承受一个现实中的人对她的不看好,也能承受一个网络世界里的人对她的追捧,但是现在次元壁毫无预兆地破了,她不知道,当自己的两面都被这个人看到了,这个人会用一种什么样的目光来看自己,自己又该以一种什么样的心态去回应。

活着已经很累了,她也不想知道。

正想着,短信提示音响了起来,姜楚楚吓了一跳,以为是温九思发来的,却发现是一条银行的转账记录,一笔不菲的"零用钱"来自姜福生的账户,还没等她看完,姜福生的电话就打来了。

大意是告诉她,让她收拾收拾自己,像个大家闺秀的样子,后天一起去机场接姜老爷子。

大家闺秀的样子——既不能太张扬,又不能显得太乖,她衣柜里就有很多衣服可供选择,但成年人的世界不需要选择,既然姜福生给了钱,她也正好换心情。

姜楚楚将饭桌上的一切抛在了脑后,换了身紧身的衣裙,露出后背一片雪白。

涂着口红的工夫,她拨通了徐钰的电话,想要约着徐钰一起去。

电话刚接通,就听见那边徐钰兴奋的声音:"楚楚,我刚想给你打电话,青年油画展的评比结果出来了,我进了决赛!"

想到从姜夏樱那里听来的姜明珠已经内定的消息,姜楚楚忍不住给徐钰泼了一桶凉水。

"恭喜哦,不过你也别太兴奋,反正最后的优胜者肯定不是你。"

徐钰尖叫着"我不听我不听我要撂电话了",姜楚楚急忙打断她:"好了好了,不说这个,陪我去买衣服,我后天要回半山别墅。"

徐钰惊讶地问:"你爷爷回来了?"

姜楚楚"嗯"了一声,显得兴致缺缺。将口红扣上,她拿起手机催促徐钰:"你快点啊,我在中央大街等你。"

徐钰赶到中央大街的时候,姜楚楚已经把一楼逛了一个来回了。

徐钰气喘吁吁地跑过来,对上了姜楚楚不满意的目光,忍不住白她一眼。

"我说大小姐,你给我打完电话我就开始收拾了,我怎么知道你今天突然抛弃温医生'临幸'我了。"

姜楚楚端着的架子一泄,做贼心虚地摸摸鼻子:"好端端的,你提他干什么。"

平常提起温九思姜楚楚恨不得把心都捧出来看看,这回避而不谈,徐钰立刻就察觉出了不对。

"哎哟,有情况啊。"

姜楚楚迅速朝前走去:"没有。"

徐钰紧走两步上前拉住她,窃笑着说:"得了吧,你俩吵架了?这还不是男女朋友呢,小性子使得挺熟练啊。"

姜楚楚故作严肃地摇了摇身子:"没有没有,你别动我啊。"

徐钰还在用胳膊肘碰她,姜楚楚停下脚步,板起脸:"我说了没有,再说我俩的事你关心那么多干什么,你是不是对他有想法!"

"不是,我——"

"我什么我,再从你口中听到温九思的名字,小心我跟你翻脸哦。"

话音刚落,身后突然传来一个熟悉的女声,带着讶异:"楚楚?"

姜楚楚一回头,姜明珠挽着袁呈的手臂款款而来,手上还拎着几个奢侈品牌的购物袋。

徐钰小声说:"我就是想提醒你,后面是你妹妹和未来的妹夫……"

"楚楚,你也来逛街啊。"

两人越走越近,脚步停在了姜楚楚面前,姜明珠眉宇间漾起神采,亲昵地笑了起来:"你看中什么了,让袁呈一起买给你啊。"

姜楚楚面上没什么表情,拉着徐钰就要走,冷不防袁呈往旁边走了一步,拦住了两人的去路。

男人的脸上挂着恰如其分的微笑,音色沉稳:"明珠说得对,既然这么巧碰上了,两位今天有什么想要买的,自然由男士付账。"

姜楚楚不为所动,徐钰却在旁边拉扯着她的衣袖,轻声劝说:"这不坑白不坑啊,我都想好我要买什么了,你不跟着,我可跟着了。"

姜楚楚瞪她一眼:"有点出息行吗?你看中什么了,我给你买。"

"不是。"徐钰小心翼翼地将姜楚楚拉开了两步,神色多了几分急切,"袁呈是袁珂的哥哥,我……"

姜楚楚简直要气笑了,也不知道袁珂给徐钰下了什么药,令徐钰如此惦记,连他哥哥都想着要讨好。

但看到徐钰焦急渴望参半的神情,姜楚楚还是退让了。

她瞪圆了眼睛,佯装恶狠狠地看着徐钰:"我真是看不懂你了,你等着吧,你早晚被袁珂伤得体无完肤,到时候你别哭着回来找我。"

徐钰可不管姜楚楚的话有多么不吉利,见她松口了,舒了一口气,连忙挽着姜楚楚的胳膊回头冲袁呈说:"那袁先生,我们走吧。"

袁呈点了点头。两人嘀嘀咕咕这么久,他面上却全然没有不耐烦,他单手插着兜站在那儿,风姿、气度,每一样都能看出来,是世家精心教育出来的结果。

徐钰看着他的背影忍不住叹息:"袁大公子到底哪里不好啊,这随便一个招呼,就能有一大把女人扑上来,怎么就不得你青睐,现在反而便宜了姜明珠。"

姜楚楚瞪她一眼:"你别再提这件事了!"

姜楚楚的声音大了些,姜明珠回头疑惑地望了她们一眼。

徐钰知道失言了,连忙伸出手指在嘴上比画了一个拉拉链的动作。

从某种意义上来说,姜家的三个女孩,审美都是出奇地一致,姜明珠逛的几个店面,也都是平日里姜楚楚常去的,姜楚楚直奔当季新款,拿下一套就去了试衣间。

姜明珠也矜持了一会儿,披上了一件外套,在镜子前转了转,扭头问袁呈:"这件怎么样?"

"很漂亮。"

袁呈抬头,目光在姜明珠身上转了一圈,像是想起什么一样,突然说:"对了,这个楼上有一家表店,我在那儿订了一款表,你可以帮我拿过来吗?"

姜明珠面上浮现出几丝讶异:"我自己?"

袁呈不说话,依旧微笑地看着她,笑容虽然俊美,但神情中的漠然却掩饰不住。

几秒钟过后,姜明珠不大自然地移开了目光,微微垂下头:"我知道了,那你坐着等我一下。"

"好,辛苦你了。"

姜明珠勉强地笑了笑,连身上还穿着带标牌的衣服都不顾地向外走去,背影颇有几分落荒而逃的意味。

/ 089 /

一直站着的服务员欲言又止,还没来得及开口,袁呈的视线就已经转向她:"一会儿一起结账……还有,这里现在不需要你了。"

袁呈独自坐了一会儿,突然站起来,慢条斯理地将领带松了松,向试衣间的方向踱步过去。

那边,姜楚楚选了一件比平日里穿的尺码更小一号的连衣裙,将小蛮腰勒得盈盈一握,誓要亮瞎温九思的眼。

可身后却始终有一个地方别扭,自己整理不好,她皱了皱眉头,将更衣室的门拉开了一个小缝,小声冲外面喊着:"徐钰,你在吗?进来帮我一下。"

才喊了一句,姜楚楚就发现了不对。

外面太安静了,没有顾客的询问声,没有店员的走动声,好像偌大一家奢侈品店,只有她自己在狭小的试衣间里。

类似小动物对于危机的到来都有着无与伦比的警觉性,姜楚楚脖颈上细小的绒毛突然竖了起来。她条件反射般地想要关上门,一只皮鞋突然抵住了缝隙,没看清男人的动作,袁呈便挤了进来。

袁呈盯住她,反手关上门,落了锁。

"楚楚,我们谈谈。"

谈谈?谈你个大头鬼哦。

姜楚楚很想找一块板砖,狠狠地往袁呈的脑袋上砸一下,看看里面都装了什么丧心病狂的念头,但是她不敢,她只能一手抵着袁呈的胸膛不让他过分靠近,样子狼狈至极。

这种画面放在男人眼中却不一样。在这狭小的空间内,她犹如被困的幼兽,表面张牙舞爪,可是放不放她离开却全凭他一念之间。

袁呈发誓,由于姜楚楚一直对他躲躲闪闪,他原本真的只是想跟她面对面,没有旁人干扰地谈谈,可现下,她身上幽幽的体香飘入鼻端,他眼中突然就涌起了一簇晦暗的火苗。

他才往前凑了一步,姜楚楚连忙手上使劲儿:"哎哎哎,你干什么,你就停在那里。"

袁呈面色暗了下来:"如果我偏要靠近呢?"

姜楚楚怒极反笑道:"你是个总裁,不是个色情狂好吗?如果我现在就跑出去……我的名声反正已经臭了,把你拉下水也不亏。"

男人沉默了一下,不由分说地又往前走了两三步。

"不要威胁我,你可以试试。"

姜楚楚觉得跟个色胆包天的男人不能硬碰硬,深吸了一口气,硬是挤出来一丝毫无温度的笑容:"行行行,谈谈谈,你想谈什么我都谈行了吧,你先出去!"

姜楚楚有点后悔，她和袁呈相处时间并不长，从她在机场临时起意勾搭他的那天，一直算到她察觉到他对她有一股非同寻常的掌控欲，溜之大吉的那天，满打满算不过两个星期。

她哪里想到还会有后续的？

又周旋了两句，姜楚楚受不了这种对峙的场景，忍不住问："你到底想谈什么，痛快点不好吗？"

"好。"袁呈干脆利落地说，"我还是那句话，楚楚，回到我身边。"

袁呈话音刚落，试衣间的外面突然响起了敲门声，节奏并不快，可是一下一下的，重重地仿佛敲打在人的心上。

姜楚楚如蒙大赦，刚要出声呼叫，蓦地被袁呈一手捂住了嘴。

"别理会那些。"

他逼着她："楚楚，你答应我，好不好？"

好什么好！

袁呈的鼻尖轻轻蹭到了她的面上，呼吸之间，她觉得浑身的汗毛都要竖起来了！

"好不好？"他呢喃着，着了迷似的摩擦着她的脸颊。

姜楚楚心慌意乱，一股不可抑制的恶心涌了上来。

忽然，外面的敲门声停止了，下一瞬间，一声巨大的撞击声响起，门骤然被砸开，狠狠地摔到了墙上。

站在门外的男人轻轻喘着气，眸中寒冰刺骨。

姜楚楚一口咬在了袁呈的手上，趁他吃痛不自觉放开的时候，大声喊着来人的名字："温九思！救救我！"

他一来，这里就变成了两个男人的战场。

温九思一句话都没说，双眸中酝酿成的风暴，有着与他淡漠的外表截然相反的毁灭性。

姜楚楚睁着一双水汪汪的眼睛飞快地挪到他身后。

温九思扭头看了看她，忽然，一件带着他体温的外套罩了下来，严严实实地将她包裹起来。

不露纤腰，不露雪背，与她最初穿这件衣服的初衷截然相反，却令她狂乱跳动的心脏，在这一刻，奇迹般地安稳下来。

"袁总。"

温九思的目光转移到袁呈身上，意味不明。

"好像我们每一次的会面，都不是那么尽如人意。"

袁呈低了低头，看着自己的手，指尖似乎还留着女孩皮肤上细腻的触感。

/091/

"温医生每一次的出现……也都这么碍眼。"

姜楚楚躲在温九思身后,拽着他的上衣下摆,听着两个男人之间的针锋相对。温九思沉默了片刻,突然语出惊人:"听说袁总雇了人在调查我。"

袁呈神情微僵,眯了眯眼,旋即做出一副不在意的样子,轻飘飘地说:"我只是好奇温医生的来历罢了。"

"袁总若是好奇,何不直接问我?"

袁呈没作声,温九思从身后捞出心安理得装鸵鸟的女孩,一手搭在她的肩上,将她整个人半圈在自己怀中,两人的身形无比契合。

温九思抬了抬下巴,眼神睨着他。

"不如我给袁总指条明路吧,袁氏最近不是在跟京都的万合集团在合作吗?问问他们的少东家,我是谁。"

眼见袁呈的面色逐渐严肃起来,温九思又冷笑道:"人我就先带走了,也希望袁总下回不要再做出这种事情了。楚楚胆子小,不经吓,要是一直朝我哭,我也会很头疼的。"

说罢,他低头看了看怀里的女孩,声音恢复了一点温度:"走吧。"

直到两个人离开,也不见袁呈叫住他们,显然,温九思那一番语意晦涩的话令袁呈起了忌惮之心。

两人一路到了停车场,姜楚楚拢了拢身上男人的外套,安静地坐上了副驾驶,乖乖的。

温九思没急着发动汽车,一偏头,问道:"怎么不说话?"

姜楚楚回看他,深吸了一口气:"你刚才'男友力爆表'了知道吗?"

温九思的表情像是在说他没听懂。

"老年人"听不懂"男友力爆表"也是正常的,姜楚楚吸吸鼻子,索性换了话题:"你怎么知道我在这里的?"

"巧合。"

巧合?她才不信。

"就算是巧合好了,可是我从饭局上跑了,你不说找我,却在商场被我巧遇到,你说你是不是做错了?"她纯粹是在发泄,在无理取闹。

温九思轻轻笑了一下,"苏"极了:"你也知道你逃跑了啊。"

"我那是……"姜楚楚支支吾吾了半天,也没想到一个合适的理由。男人慢条斯理地发动了汽车,对她的解释也不甚在意,任由她在那里编着瞎话。

"你慢慢想,我送你回家。"

汽车缓缓发动,驶离了商业街。

他话音一落,姜楚楚突然惊叫起来:"对了,徐钰还在那儿呢。"

姜楚楚打开手机,却发现手机已经因为没有电而自动关机了。

温九思瞥了她一眼,淡淡地说:"她应该回去了。"

"你又知道……"姜楚楚咕哝着,也不再提要找徐钰的事了。

从中央大道到姜家也不过二十分钟,温九思停了车,转头看姜楚楚。

她身上一条修身长裙,外面却罩了一件男士外套,搭配古怪,但不该露的地方却一点都没露,温九思满意地点点头。

"好了,你快回去吧,洗个澡,睡一觉,有什么事给我打电话。"

姜楚楚下了车,却不急着回去,她敲了敲车窗。

"你不陪陪我吗?"姜楚楚俯下身子,歪着头看他。

她目光中尚有水意星星点点,其中的依赖之意足以融化任何一个铁石心肠的人。

温九思沉默了一下,仿佛是在动摇,可终究只是叹了一口气:"你先回去,我还要办一点事。"

"哦。"姜楚楚拖长了音,闷闷不乐地应了一声。

可是温九思像是没接收到她释放的信号,简单地点了点头之后,竟然将车窗升了上去,径直开车走了。

有一股深深的失落席卷了姜楚楚的心,她低头看了看仍旧穿在身上的男人外套,泄愤似的扯了扯。

"他真是傻透了,这么不解风情,连我这么明显的暗示都没看出来……浑蛋。"骂完了之后,姜楚楚心里总算好受些,一跺脚,转身进了家门。

温九思开车离开别墅区没多远,突然一打方向盘,车头掉转,转了一个弯,驶上了来时的那条路。

这会儿路上有些堵,温九思开得不急不缓,几乎用了一倍的时间,才重新回到了中央大道。

中央大道旁边有一间咖啡厅,推门进去,温九思毫不费力地就锁定了一个坐在角落的女人。

她捧着一杯咖啡,微微失神,不知道在想些什么。

温九思走过去,停在女人的面前,声音清冷:"徐钰。"

徐钰吓了一跳。

"温医生,你来了。"

温九思在她对面落座,意味不明地笑了笑:"不是你让我来的吗?你找我有什么事?"

"我以为你即便不感谢我,也应该态度好一点。"徐钰苦笑了一下,"毕竟,是我告诉你,楚楚有麻烦了,也是我告诉你,你应当到哪里来找她。"

温九思抬头看了她一眼:"这么说,我应当感谢你的好心。"

徐钰无奈地叹了口气:"可是你并不相信我的好心。"

温九思唤来服务员,点了一杯醇正的美式咖啡。

"徐钰,楚楚跟我说过,你是她从小到大的朋友,她一直很信任你。"

徐钰眼中划过莫名的神色,但很快就掩饰住了:"从小到大的朋友……就当是这样吧,那么我就以姜楚楚从小到大的朋友这个身份跟你说一句,你们不合适,温医生,远离楚楚吧,对她,对你,都好。"

她话音一落,就看见温九思低低地笑了起来。

徐钰忍不住皱眉问道:"我说了什么,让温医生觉得这么可笑?"

温九思将面前的咖啡杯推开,表情逐渐转凉:"我们不合适。那谁合适呢?袁呈?"

他忽而冷笑道:"觉得我们不合适,这就是你给袁呈通风报信的理由吗?先告诉袁呈你和楚楚在这里见面,见势不妙,又给我发来了短信让我赶过来。"

徐钰面上不自觉地闪过一丝难堪之色,脸转向窗边,语焉不详:"我不懂温医生在说什么?"

温九思短促地笑了一下,步步紧逼:"你向袁呈汇报过几次姜楚楚的行踪?他给了你什么好处足以让你出卖你们的友谊?钱,还是……让你和袁珂在一起?"

当一个心理医生存心想要一个人不好受的时候,无疑可以在心尖剜肉。

"够了。"

徐钰面色沉了下来,握住杯子的手攥得死死的。

温九思的表情在告诉她,他什么都知道。

那是前不久的事情,她在校园里遇见了无头苍蝇一样寻找姜楚楚的袁珂,她知道这是她的机会。

姜楚楚不稀罕的,是她所梦寐以求的。

仿佛多年来凤愿成真,她真切切地触碰到了袁珂,他紧紧抱着她的时候,就像他的心里是有她的。

只是当第二天的太阳升起,看着袁珂那无所谓的背影,她的心一下子沉了下去。

他是风流公子,只把她当作深夜时分的一场消遣罢了。

后来,他的哥哥,袁家实际上的掌权人找到了她,优雅礼貌,却轻蔑地开口:"我知道徐小姐心仪舍弟,你或许对我们家里的情况略知一二,那你应当知道,我可以帮忙促成这段佳缘,但是徐小姐也要帮我一个小忙才好……"

魔鬼诱惑地提出了交易的条件,徐钰听见自己的心重重地敲了一下,她张口问道:"什么忙?"

"楚楚身边,出现了一个男人。"

徐钰为袁呈做的第一件事情,就是从姜楚楚那儿偷偷照下了温九思的联系方式。

看着沉浸在回忆中的徐钰,温九思慢条斯理地喝了一口咖啡,食指关节轻轻叩响桌面。

"虽然不知道是什么让你认为我和楚楚不合适,但我今天不是来征求徐小姐的想法……"

徐钰扭过头来,安静地看着他。

她害怕温九思,那是一种来自心底的直觉,虽然这个男人矜贵而又优雅,但他的确是冷的,只有偶尔被她留意到,他投射到姜楚楚身上的眼神,才略带了几分暖意。

温九思不知道她在想什么,只是摊摊手:"我想了解一些楚楚从前的事情。之前就想单独见见徐小姐,只是楚楚对于这件事很介意,我也只能暂时作罢。"

"她从前的事情……"徐钰面上一阵恍惚,"这也是交易吗?"

以她的消息,换取温九思不告诉姜楚楚,她的背叛。

"如果徐小姐这么想的话,姑且算是吧。"

徐钰冷笑一声,忽然站了起来。

"我想说的话已经说完了,不知道温医生想问什么,但是我知道,你如果去楚楚面前乱说,她是不会信的,有一句话你说对了——我是她从小到大,唯一的朋友。"

徐钰看起来有恃无恐,居高临下地看了一眼温九思,或许是跟姜楚楚相处久了,她的神态中都带了一丝姜楚楚式的嚣张。

"徐小姐,"温九思突然喊住转身离开的她,幽幽地说道,"姜楚楚从小到大唯一的朋友——这句话本身就是一个最大的谎言,不是吗?"

徐钰的脚步一踉跄,骤然回身看他。

"你知不知道你在说什么。"她的话音很轻,偌大一家咖啡厅,只有这两个人知道,这句话意味着什么。

"我稍微做了一下调查。"温九思朝对面的座位指了指,比出一个请坐的手势。

徐钰犹豫一下,终是重新坐回了位置上,只是这一次,她明显不安了许多,试探着问道:"你都知道什么?"

"很多。"温九思不紧不慢地叩了叩桌面,清隽的脸上满是洞悉一切的神态,令徐钰周身笼罩上一股深深的寒意。

"譬如，楚楚休学过几年的时间，由于各种原因转了几所学校，周围的朋友来了又走，没几个能走近她的，而你，徐钰，你们第一次见面是在大学报到的那一天，根本就不是姜楚楚记忆中的'从小玩到大'，我说得对吗？"

徐钰失手打翻了桌上的马克杯，声音颤抖："你……你知道……"

温九思靠着椅背双手抱肩。

"我知道，我当然知道，她给自己编造了一段有关你们的记忆，而你将错就错……尽管她在平时表现得与正常人无异，但我知道楚楚有妄想症的表现，我来南城，就是想治好她。"

这确实能解释，为什么姜楚楚身边会突然缠上一个心理医生。

"楚楚的心理与性格都不能按照常理揣度，但是她并不傻，她选择你做朋友，并且能够包容你们之间偶尔的摩擦，一定是因为认为你有可取之处。"

两个人沉默无声地看着服务生走过来，收拾着桌面上的水渍，温九思给了徐钰足够长的时间去理解自己的话。

良久，他才叹息般开口："徐钰，如果你们是朋友，我就更需要你的帮忙。"

动之以情，晓之以理，在劝说这方面，没有人比一个优秀的心理医生更有优势，徐钰眼中已经有了动摇之色，但不知为何，又逐渐转为冷凝。

"只是一点点无伤大雅的多出来的记忆，楚楚就可以过得很好，又不会影响什么，你为什么非要戳穿她？"

温九思还没回话，他放在桌面上的手机突然亮了起来，姜楚楚发来了短信：*我好无聊啊，你到底干什么去了，真不陪陪我啊？*

温九思注视短信的目光忽明忽暗，嘴唇动了动，缓缓地说："无伤大雅……那你听说过，姜楚楚的王叔叔吗？"

那个她一提起来，就会变得不像她自己的，她却一直从没有放弃寻找的王叔叔。

可温九思问这个是什么意思？

徐钰不知道他葫芦里到底卖的什么药，她紧皱着眉，没有回答，反而一字一句地问："你究竟是谁？"

"一个心理医生而已。"

"这世界上有无数的病人等着你去看，为什么非要是楚楚？"

温九思微微闭了闭眼，窗外夕阳的最后一缕余晖打在他的面上，有一种惊心动魄的摄人容光。

他的声音轻，却坚定。

"因为她是姜楚楚。"

——他的，楚楚。

第二天是周末，近了夏天，空气有种霸道的燥热，姜楚楚不喜欢夏天，汗多，花妆，还容易晒黑。

这样的天气出门简直就是对自己的一种折磨，因此她下楼的时候，面色带上了几分不虞。

楼下很热闹，姜家人整整齐齐地出现在客厅。

姜福生正忙着打点接机的事宜，看见姜楚楚这副无精打采的样子，面色黑了起来，刚张开嘴要骂她，被她凉凉地看了一眼，几句话怼了回去："你可想好了，现在把我骂哭了，一会儿爷爷问起来，我可是要照实说的。"

姜福生一口气没喘匀，生生咽了回去："知道一会儿见你爷爷，怎么也不收拾一下，丢人现眼。"

实际上姜福生这话说得没道理，姜楚楚穿了一身月银色的小旗袍，腰身玲珑，头发粗粗抓成了丸子头，虽然素着一张小脸，连粉都没擦，但是扛不住天生丽质，阳光一照，皮肤白腻得晃人心神。

姜明珠忍不住酸溜溜地看了姜楚楚一眼，手中的银叉不由自主地在水果上戳来戳去。蒋淑媛瞪了她一眼，她才不情不愿地放下叉子站了起来，憋出了一个热络的笑，但由于表情的主人觉得屈辱，使得这个笑容有几分怪异的难看。

"楚楚，你要去见爷爷啊。这么打扮，是不是有点不尊敬？"

姜楚楚瞟了一眼"全副武装"的姜明珠，笑靥如花："毕竟是我亲爷爷，我穿随意一点不行吗？"

眼见姜明珠被讽刺，假装置身事外的蒋淑媛坐不住了，将手里的杯子"啪"地搁在茶几上，她板起脸："怎么跟你妹妹说话，这个态度去见你爷爷，你是成心要气他的吧。"

还没待姜楚楚说话，蒋淑媛又说："就让明珠也一起去，还可以照料你一下。"

姜福生立刻一碗水端平："那就带上樱樱一起，正好，你们姐妹三个往那儿一站，老爷子看着也高兴。"

就说他们坐在这里别有目的，闹了半天，不过是想让自己钟爱的女儿去姜家的掌权人面前露露脸。

自己要脸面，还不肯直说，非得找个由头带上。

他们真当自己稀罕这份"殊荣"？

看着姜明珠和姜夏樱难看的面色，姜楚楚饶有兴致地"哦"了一声，有人上赶子要当这个绿叶，她也不能阻止不是。

原本的三人行，变成了一家五口和谐的接机旅程。

在机场等了半个多小时，姜老爷子的身影终于出现在贵宾通道口。他穿着一身麻布裤子，一手挂着一支檀木拐杖，除了几个随行的助理，他身边还有一个推着旅行箱，戴着墨镜的年轻男人。

姜楚楚只看了一眼，不感兴趣地别过脸去。

姜福生迎上去，搀扶着姜老爷子，热络地叫着："爸，累不累？"

姜老爷子任由姜福生扶着，没拒绝，但是面上也没有几分笑意。他虽然面上有几分苍老，但是眼神依旧锐利，在前来接机的几个人中间晃了一圈，径直看向姜楚楚，冲她招了招手："楚丫头，来，爷爷介绍一个人给你认识。"

姜楚楚脚下没动，只是用那双明亮的眼睛看着姜老爷子，璀璨如水，仿佛要照得一切妖魔鬼怪现出原形。

"过来啊，楚丫头。"

老人手里的拐杖在地面上轻轻敲了一下，再一次重复道。

姜楚楚低下头，一步一步地蹭了过去，走到姜老爷子跟前再抬起头时，已经带上了盈盈的笑意："爷爷，您回来啦。"

姜老爷子扯出被姜福生搀扶着的手臂，拍了拍姜楚楚的肩，爽朗地笑开："这么久不见，楚丫头想爷爷了没有？"

旁边的人见了，心里都在暗暗揣度，姜楚楚果然如传言中说的，很得姜老爷子的欢喜，这也是为什么，她明明不得父母宠爱，却在南城肆无忌惮，没有被各路名媛踩进尘埃里的一个重要原因。

单看姜明珠和姜夏樱两个，面色都要凝了冰。

姜楚楚乖顺地点头，漂亮的猫眼眯成了月牙儿："当然啦。"

干脆的回答又博得了老人一阵大笑，他指了指身边戴着墨镜、一直没说话的年轻男人，冲姜楚楚说道。

"楚丫头啊，这是我在江城结识的一个小辈，宋初一。他过来玩几天，你要替爷爷好好招待啊。"

年轻男人立刻上前一步，摘了墨镜，露出一张笑脸来，还算阳光帅气。

"麻烦姜爷爷替我操心了。"

姜老爷子挥挥手："哎，说什么麻不麻烦。回头你和楚丫头交换了联系方式，要是觉得我老人家跟你玩不到一起去，你就找楚楚。"

宋初一又道谢，扭头冲着姜楚楚笑了笑，露出两排整齐的大白牙来。姜楚楚不搭理他，他也不气，又挨个跟后面几个人打招呼。

简单地寒暄后，姜老爷子终于上了车，准备跟姜福生回姜家，没跟蒋淑媛和姜明珠姐妹俩说一句话，姜明珠面上勉强的笑意几乎维持不住。

姐妹三个坐了一辆车，姜楚楚当先坐了前头，姜明珠想要说什么，却又面色难看地憋了回去。

汽车开动，后座的姜夏樱低头摆弄了一会儿手机，突然捂嘴惊呼出声："天啊。"

姜明珠本就不高兴，听到这声惊呼，嘲讽地看了她一眼："姐姐又看到什么新鲜事了，总是这样大惊小怪的。"

姜夏樱被她怼了一句也不敢还口，只是低下头，状似不好意思地指了指手机屏幕的新闻图。

"我刚才就觉得那位先生眼熟，然后上网查了一下，原来是松峪电器董事长的儿子。"

姜明珠一把从姜夏樱手上拿走了手机，翻看许久，抬起头来看着姜楚楚，神色莫名："爷爷……对你真好。"

回应她的只有姜楚楚的后脑勺。

看着窗外飞速掠过的树影，姜楚楚没有表情的脸映在玻璃上，影影绰绰，看不真切。

到了姜宅，蒋淑媛摆出女主人的架势，盛情邀请，将客人安顿在了客房。姜老爷子也说要歇歇，临上楼前倒是把姜楚楚一并叫去书房。

门关上，将书房与外面分割成两个空间。

姜老爷子坐在宽大的椅子上，双手拄着拐杖，随意地问："那个宋初一的身份，你知道了吧，感觉怎么样啊？"

姜楚楚捋了一下头发，半真半假地眨眨眼。

"爷爷，您可饶了我吧，我名声为什么这么臭，别人不知道，您还不知道吗？"

姜老爷子嗤笑一声："名声算得了什么？我当年若是在意名声，就不会给你爸爸娶了蒋淑媛，又怎么会有你？"

姜楚楚抿了抿唇没接话。

如果此刻还有旁人在场，大概能够感受到两个人之间相处气氛的古怪。

说话间夹枪带棍，互相试探着，又互相粉饰着太平。

姜老爷子突然长叹一声："姜家名义上有三个丫头，没一个比得过你的，你若是肯上上心，我或许不用一大把年纪了，还要替公司的未来操心。"

姜楚楚低眉顺眼地扯了扯自己的衣角："爷爷抬举我了。"

姜老爷子手指轻叩在拐杖上，看着姜楚楚的眼神含着暗光。

"哎，你小时候还是很听爷爷话的，你怎么就不懂呢，女人有的时候不需要自己会什么,她只需要结下一门好的亲事……比如袁家的那个小子,你眼光就不错。"

姜楚楚摊摊手:"我跟袁珂分手了,他跟我闺蜜好上了,我也很难过。"

"你当我老了不晓事了?我说的是袁呈,你不是自己搭上了?"

姜楚楚霍地抬头:"您找人监视我?"

姜老爷子没否认,只是摇摇头又发出了一声叹息:"倒是可惜了,你妈妈太没脑子,姜明珠一看就不是能拴得住他的人,这个婚约,早晚要黄。"

"袁家在南城数一数二,京都也有产业,袁呈那个人,我瞧着也不错,若是你喜欢……"

"我不喜欢。"姜楚楚生硬地打断了姜老爷子的话,"爷爷,您讲话还是注意点好,万一被人听到,知道的人说您心疼我,不知道的,还以为您要综合一下三个孙女的品相,卖了我呢。"

姜老爷子的手一顿,意味深长地看着姜楚楚。

"爷爷也知道,你一直想找到十三岁生病那年遇见的那个男人,但是不能因此耽误了自己的事啊。每次爷爷给你介绍的人选都被你自己搅和黄了,这我可就不能不管了。"

不知道被触动了哪条敏感神经,姜楚楚一下子炸毛,黑漆漆的眼睛不带色彩地看着老人。

"爷爷以为,是不是说上几句似是而非的话就能威胁我?"

姜老爷子意味深长地笑了笑,低下头,伸手从书桌的抽屉下抽出一张照片,递给了姜楚楚。

"本来不想这么快告诉你的……你看看这个吧。"

照片上只有一个男人模糊的侧脸,背景看不出是在哪儿,整张照片模糊得连男人的五官都看不清,可姜楚楚的心却剧烈地跳了起来,仿佛在告诉她,这就是王叔叔。

姜楚楚霍地抬头,目光灼人:"……他在哪儿?"

姜老爷子目露慈祥的微笑。

"我不是不肯告诉你他在哪儿,只是毕竟没确定,我也不想你空欢喜一场。"他端起茶杯,悠悠地喝了一口,又接着说,"这几天初一住在家里,你们年轻人之间好好交流交流感情,你的终身大事定了,我也有精神替你找找人。"

这是直白的威胁。

姜楚楚盯着他许久:"希望您说话算话。"

"自然,你是我亲孙女,我自然是希望你好的,可是,你也要记住,你姓姜。姜氏好了,你才能好。"

气氛又缓缓松弛下来。

姜楚楚不置一词,拉开门走了出去,门一落锁,姜老爷子面上维持的高深莫测尽数散去,恨恨地摔了手中的茶杯。

如果不是忌惮那丫头身后那个神秘的人影,他哪需要费这个周折,还需要捏着条件来交易。

那个影子牢牢地罩着姜楚楚,将他的一切心机都以凌厉的手段阻隔在外,却查不到丝毫存在的痕迹,有时候他甚至怀疑,是不是自己的判断出了问题,想得太多了。

第六章
男女朋友

姜楚楚自然不会那么傻，乖乖地等在家里，任由姜老爷子把她推销出去。虽然不能直接驳了姜老爷子的话，但消极怠工的办法还是有的。

第二天早上，天刚微微亮，她就溜了出去，直奔CBD（中央商务区）中心，在一家咖啡馆慢悠悠地吃了早餐后，然后去了云上心理咨询室。

前台接待的两个姑娘正笑靥如花地聊着天，看见突然出现的姜楚楚，面上的表情都不太好。

其中一个人站起来，冲她露出一个职业性的假笑："这位小姐，请问您有什么事吗？"

姜楚楚可不相信她俩对自己没有印象，活到这么大，还没有一个人说见了她一面后，能这么快忘记她的。

姜楚楚勾起一丝娇俏的微笑，葱白的指尖点了点脸颊，状似思考："有什么事……来这儿，当然是找医生了，麻烦帮我找一下温医生。"

前台小姐的表情僵了僵："我们温医生很忙的，这位小姐有预约吗？"

我们温医生？

这姑娘的敌意来得"汹涌澎湃"，姜楚楚不乐意了。

她走近，借由高跟鞋的优势微微俯视着这位前台小姐，水润的凤眼眯了起来，带着三分炫耀，在对方耳边轻轻地说："我见他啊，不需要预约的。"

前台小姐面色激动，也不知道是嫉妒还是生气："你不要脸！"

助理小赵正从外面进来，听见这场争执，当即黑了脸："孙英！你怎么说话呢！"

孙英吓了一跳，慌慌张张地指了指姜楚楚："赵助理，是她……"

小赵气得不轻："你想被开除吗？之前的培训都白做了是不是？"

姜楚楚没兴趣观看这场素质教育，对着小赵比了个手势，就往里溜去。

她蹑手蹑脚地开了一条门缝。

厚厚的木门阻隔了外面的声音，咨询室里放着节奏舒缓的音乐，熏香淡淡，温九思穿着白色的衬衫，坐在宽大的书桌后面，低着头看着什么。

他的神情认真专注，似乎没有发现有人竟然偷偷地溜了进来。

姜楚楚沿着墙边，悄悄地一步一挪，一直挪到他的身后，突然发力，从身后跳着压上他的背，双手吊在他的脖子上，笑嘻嘻地说道："背咚！"

他眼底神色微动，放下手里的文件，拍了拍环在他身上的手，示意姜楚楚乖乖下来。

"你怎么来了？"

没有意料之中的惊吓，姜楚楚倍感无趣："这么多天不见，我想你了呗。"

"……才两天。"

"对啊，一日不见，如三秋兮。"

温九思叹了一口气："你应该提前给我打个电话的，万一我不在咨询室呢。"

姜楚楚低着头一副不耐烦听说教的模样："你这不是在嘛。"

温九思顿了顿，观察着她的表情，了然道："发生什么事了？"

此话一出，姜楚楚瞬间蔫了。她对了对手指，半晌才说："如果有一天……我给你带来了许多麻烦，你会不会怪我？"

温九思没说话。

她大概不知道，于他来说，她就是最大的"麻烦"，丢不掉，解决不了，日渐沉沦的"麻烦"。

他迟迟不说话，只是盯着她。

姜楚楚一心慌，突然伸出一只手，不由分说地盖到了温九思的眼睛上，矫情地说道："不许你看。"

女孩温热的手贴在皮肤上，黑暗中，他的感知力更加敏锐，她每一次细小的颤抖都能令他的呼吸紊乱。

可他掩藏得极好，姜楚楚只觉得这人跟个木头似的。

她拿开手，赌气似的向后退了一步。

"你果真是嫌我麻烦了，你走吧，走得远远的。"

留下她一个，哪怕她被人欺负，哪怕被逼迫嫁人，也绝对不麻烦他。

姜楚楚内心已经将自己比作了电影里甘愿为心爱之人默默奉献的悲情女主角。

可是下一秒，刚才后退一步拉开的距离，又被温九思上前一步填满了。

"怎么会，我也刚好想找你。"

他的声音一落，姜楚楚的脸颊不由自主地红了起来。

男人的话语太低沉，仿佛情人在耳边呢喃。

不敢看他的眼睛，姜楚楚此刻分外纯情，一点都没有艳杀南城的架势了。

"你还生我的气吗？"温九思问得有几分犹豫。

姜楚楚害羞地摇了摇头。

他指的是她被袁呈吓到的那天，他没有陪在她身边的事。

她理解的是方才他不解风情没有好好哄着她的事。

两个人的对话驴唇不对马嘴，但是气氛奇异地缓和下来了。

温九思微微地笑了："那就好。

"前几天，白教授给我打了电话，说下周决赛过后，她就要回京都了，她想带你一起回去。"

姜楚楚吓了一跳，她本以为这一茬已经过去了。

看着她瞪圆了眼睛，有一种小鹿般的清澈无助，温九思还是没忍住抬起手，按上了她的头顶，揉了揉。

"白教授喜欢你，冠军诞生之后，她会陪同那一个人一起去法国进修，她想带着你一起，作为她的助手。"

这就等于是给她开了一扇大大的"后门"，没有冠军的名头，却同样拥有这个可遇不可求的机会。

姜楚楚当然心动，可是……

"你还会跟我一起去吗？"她紧张地看着温九思。

男人笑了笑："当然，我答应过你，我会陪着你的。"

那就没有任何犹豫了，姜楚楚重重地点了点头。

温九思得到她肯定的回答显然也松了一口气，他转身拿起椅背上的外套，回头说："走吧。"

"去哪儿？"姜楚楚还有些愣。

"你这么早过来找我，没吃早饭吧，我带你吃饭，然后送你回去。"

姜楚楚"哦"了一声，没说自己已经吃过了。

早餐那么好吃，她觉得还能再吃一顿。

这么一折腾，回到姜家的时候已经上午十点多了，本以为客厅没人，可一进门，看到餐厅里的一堆人时，姜楚楚几乎以为是自己眼花了。

除了姜老爷子，其他人整整齐齐地坐在餐桌上。

宋初一正在一本正经地道歉："都怪我起得晚，害得大家这么晚才吃早饭。"

姜楚楚眉梢一挑，这人有点意思啊。

能在姜老爷子身边待了一段时间，还没被他老人家算计得裤子都掉了的人，自然不是什么纯良的角色。昨日机场初见，姜楚楚就隐约觉得，宋初一并不是他表面表现出来的那般单纯阳光，最起码，他不是那种任人安排的富二代。

这对于姜楚楚来说就够了。

宋初一是贵客，姜福生和蒋淑媛自然不会怪他。

"这有什么的，年轻人嘛，就应该睡好吃好。"姜福生说完，就看见了站在玄关处看热闹的姜楚楚，脸色阴沉下来，刚要开口说话，就听见宋初一"哎呀"一声。

伴随着茶杯"叮咣"落地，以及姜明珠受惊的尖叫声，一杯热茶悉数打翻在姜明珠的身上，从她胸口一直湿到裙边，显得十分狼狈，她顾不得淑女仪态，狠狠地瞪了一眼宋初一。

宋初一连声道歉，却是屁股都没离开凳子一下。

蒋淑媛连忙高声喊着："吴妈，快拿纸巾来。"

"擦不干净！这是我今天接受采访要穿的衣服，怎么办啊？"

"没事没事，妈妈带你去商场买件一样的。"

一片慌乱中，姜福生自然也顾不上责骂姜楚楚了，他看着忙作一团的母女俩，气不打一处来："不就洒了点水，看看你们这像什么样子？这家真是待不下去了！"

说完，姜福生发着脾气，顺理成章地摔门而出，不知道去哪个"家"了。

姜家有点事就鸡飞狗跳，姜楚楚已经习惯了，只要战火不烧到她身上，她往往还是能看得津津有味的。

一场戏落幕，她才慢悠悠地换了鞋子走进客厅。

餐厅里，只剩宋初一还坐在餐桌上，慢条斯理地喝完了一杯牛奶："你们家的人真有意思。"

姜楚楚随口敷衍："有意思你就多待几天。"

宋初一愣了愣，笑起来就像校园里平易近人的学长，他意味深长地说："我多住几天，你不怕？"

姜楚楚不想理他。

宋初一却不依不饶："喂，你爷爷让你陪着我。"

"他是想让他孙女陪，他孙女除了我还有两个，'白莲花'到'小可怜'应有尽有，任君选择，别来找我。"

姜楚楚停下步子认真地看着他："真的，你不是我喜欢的类型，装装样子都不行。"

她转身就上了楼，身后传来宋初一爽朗的笑声。

她说了什么那么好笑？

白教授会在京都停留半个月，然后直接飞去法国进行一次为期四个月的学术交流，姜楚楚掰着指头算着出国要准备的东西。

画具、衣服、化妆品、性感内衣……

先准备着,万一用得上呢?

十几千米远的地方,温九思突然打了一个喷嚏。

敲门声响起,他迅速调整好了状态,扬声说道:"进来。"

门开了,徐钰的身影出现在门外,她状态不佳,看起来几天都没有睡好。

"温医生,我来了。"

温九思放下笔,站了起来:"谢谢徐小姐能来。"

徐钰带着几分拘谨坐到了温九思的对面。

"喝什么?"温九思站起身,走到一旁的柜子前扭头问道。

徐钰摇摇头:"我什么也不想喝,我今天来只是应邀跟你谈谈楚楚的事。"

温九思点了点头,略过了那一柜子的茶、酒,到旁边的档案柜里取下了一个浅蓝色的文件夹。

徐钰留意到他的动作,忽然笑了一下:"那是楚楚的资料吗?"

温九思顿了一下,没有否认。

他坐下来打开文件夹,修长的手指划过一角的照片,神色逐渐温和下来。

徐钰冷眼看着,忽而出声:"你想了解她的病症,但你调查到的那些资料,没用。"

"愿闻其详。"

徐钰沉默了一会儿,忽然从包里翻出一支烟点燃,又将烟盒递到温九思面前。

"抽吗?"

温九思摆摆手:"戒了。"

烟雾缭绕中,徐钰的声音仿佛也跟着模糊起来:"你看她表面风风光光,她的日子,过得并不好。"

徐钰的声音很轻,温九思却感觉到自己的心蓦地一揪。

"我知道。"

"你不知道,爹不疼娘不爱,她爷爷看似宠她,但也不是什么好人,也就亏了她一副没心没肺的样子,才不至于过得太狼狈。"

这些话仿佛憋在心里久了,徐钰说出来的时候,表情还带了几分解脱之意。

"我们俩是开学那天认识的,起先我以为她只是自来熟,被她缠得紧了,我也就习惯了,可是后来我才发现不对劲,楚楚口中那些我们两个人共同的经历,根本就不曾发生过,我意识到……或许她精神出了点问题。"

温九思立刻皱着眉头纠正:"不是精神,只是一类心理疾病,现在很多人或多或少都会有,像感冒、炎症一样,只是生了一种病,是可以治好的。"

他一副护犊子的模样，令徐钰不禁好气又好笑。

"好好好，楚楚只是暂时生了一种病，行了吧，但是楚楚又跟一般……心理有毛病的人不一样。

"她太正常了，并且心态比一般人好太多，好像什么负面情绪到了她那里，都被她吸收得一干二净，半点都反射不出来。"

或许是想到了些旧事，徐钰的嘴角挂上了一抹浅淡的微笑。

温九思也跟着笑起来："你嫉妒她。"

徐钰理所当然地点了点头："嫉妒啊，哪个女人不嫉妒她？跟她相处这么久，我没直接在她的奶茶里下毒就算我心态稳了。"

她本是开玩笑，可是温九思极为认真地接了一句："谢谢你。"

徐钰忍不住翻了一个姜楚楚式的白眼。

"好了，说了这么多开始进入正题吧。我心里一直有个疑惑，温医生能不能帮我确认一下？"

温九思点点头："关于王叔叔这个人？"

徐钰神色微黯："对，我跟她认识这么久，她只有两个地方表现得很奇怪，一个是对于我的记忆，另一个，就是这个王叔叔。

"温医生，楚楚太执着于找到那个王叔叔了。比起她偶尔的记忆混乱，她在这件事上的执念，更令人担心。"

徐钰的声音在空荡的咨询室内回响着。

…………

姜楚楚午睡了一觉，做了一个梦。

梦里她矜持地端坐在水晶制成的椅子上，温九思身穿骑士装，单膝跪在她面前，双手环住她的腿，哭着请求她给他一个吻。

梦里男人的表情炙热，仿佛得不到她就会死，让她忍不住得意地笑起来。

姜楚楚笑着笑着就醒了，她呆呆地看着天花板，好半天才回过神来，将脸蒙进被子里，在床上打了个滚。

她果然是最近过得太安逸了，连这种梦都做得出来。

摸摸空空的肚子，姜楚楚不自觉地哼着调子下楼了。

宋初一依旧坐在餐厅里，只是面前的早餐换成了午餐。

姜楚楚内心：这人来姜家就是为了吃饭的吧。

看见姜楚楚，他露出一个灿烂的笑容："你爷爷应邀出门了，你爸爸走了就没回来，你一个妹妹面色苍白估计在房间里疗养，你母亲带着你另一个妹妹接受采访去了。"

"哦。"

看着姜楚楚往门口走,宋初一奇怪地问:"你干吗去?你爷爷让你陪着我。"

"好了,你过来,咱们一起吃个午饭,我有东西送给你。"

说着,他忽然从兜里掏出几张照片,冲她晃了晃。

"就是这个男人吗,你喜欢的?"

姜楚楚眼尖,一眼就认出里面的人是自己以及温九思。

她走过去,冷着脸抽出照片,上面都是偷拍的自己和温九思。甚至有一张拍到了在温九思的车里,她痴缠他的画面。

眼见姜楚楚浑身都冒着凛冽的杀气,宋初一连忙放下筷子解释:"这可跟我没关系啊,这是在江城的时候,我在你爷爷的书房的垃圾桶里翻出来的……"

早已经对姜老爷子的人品不抱希望,姜楚楚心如止水,反而觉得,自己有点摸不清宋初一的套路。

她扬了扬手里的照片:"这些归我了。"她还没有温九思的照片呢。

宋初一耸了耸肩:"可以啊,你这就算是收下我的定情信物了?"

姜楚楚的表情变得一言难尽起来。

他脑子是不是有毛病?拿暧昧照当信物?他是真傻还是假傻?

"你听说过我的名声了,想娶我,就得做好头上一片绿的准备。"

宋初一有些失落:"那怎么办,我得从你们姜家带一个姑娘回去当老婆。"

他的神情不似作伪。

姜楚楚怪异地打量着他:"你怎么——"

突然,楼梯上传来一个怯生生的声音,打断了她的话:"姐姐,宋哥哥……你们在说什么?"

姜夏樱穿着一条洁白的吊带长裙,似乎是刚洗完澡,头发披散着,整个人带着一股子湿漉漉的水汽,眨着并不那么大的眼睛,欲说还休地看着宋初一。

一声"宋哥哥"叫得千回百转,姜楚楚十分纳闷,就昨天那么一顿饭的工夫,姜夏樱就能多出来一个哥哥?

或许是男人面对柔弱的女人,总是格外怜惜的,宋初一面上十分温和,刚要接话,冷不防姜楚楚特认真地开口:"我们在说,你初一哥哥要娶你做老婆。"

姜夏樱不知是被姜楚楚的口无遮拦气到了,还是真的信了这话害羞了,总之她的脸如同变戏法一样,"噌"地红了。

"姐姐……你、你说什么呢。"

"真的,春妮儿,学校什么的不用去了,你再多洗几次澡,你的愿望肯定能达成。"

姜楚楚很真诚,却惹得姜夏樱脸又一白:"你!"

/ 108 /

宋初一眼看姐妹相争，自己也觉得尴尬，擦了擦嘴巴从餐桌旁站起来。

"那个，大家别为我吵架了，姜二小姐，你是不是洗澡的时候没洗干净？我瞧着你脸和脖子上的肤色不太一样……"

姜楚楚幸灾乐祸地笑了起来，傻孩子，人家那是洗完澡化了一个出浴妆啊。

姜夏樱僵在那儿，深呼吸了好几次，还是没忍住，抽泣着跑上楼去了。

宋初一一脸茫然，扭头看见姜楚楚又要走，连忙拦住。

"你去哪儿？"

"不关你事。"

"带上我啊。"

姜楚楚坚决地摇头："不。"

宋初一凑近姜楚楚，压低了声音："哪怕你是去会小情郎，带着我，你爷爷也不会怀疑是不？"

看着宋初一宛若傻子的明快笑脸，姜楚楚突然改变了心意。

她想悄无声息地离开，或许还真的需要用宋初一来打掩护。

姜楚楚熟门熟路地将人拐到中央大道，一边随意乱转，一边无意似的说道："你也看到了，我家春妮儿，今年跟我一届毕业，也不着急实习，天天只想着嫁一个好人家，要不你干脆把她娶了吧。"

宋初一耿直地说："她没你长得好看。"

"你找不到我这样的啦！凑合凑合吧。"

宋初一就是不接姜楚楚的话，好像刚才那句"一定要在姜家带走一个媳妇"只不过是一个玩笑。

姜楚楚认定了他是扮猪吃老虎，也不着急戳穿他，慢悠悠地逛着，偶尔还拍下来问问温九思的建议。

温九思不知道在做什么，回信息的速度很慢。

宋初一像个小尾巴似的吊在姜楚楚身后，看见姜楚楚一连买了两套家居服和拖鞋，突然说道："你要离开南城？"

姜楚楚不得不承认，宋初一很敏感。

她的不回应立刻就让宋初一看出了端倪。

"你要去哪儿？私奔？你爷爷把你看成一个宝贝，怎么会轻易让你离开。"

宝贝？摇钱树还差不多。如果她姜楚楚长得丑一点，没那么"招狼"，恐怕姜老爷子看都不会看她一眼。

姜楚楚沉默了一会儿，桃花眼眯了起来。

"管好你自己就得了。"

晚上，姜老爷子看见两个人一起回来，眉开眼笑，就像是看到了几个亿已经摆在面前。

趁着家里气氛好，蒋淑媛笑容满面地开口："明珠参加了一个比赛，明天就是颁奖典礼了，外面人都说咱们明珠是冠军的不二人选。爸爸，您要不去凑个热闹？"蒋淑媛倒是想利用姜老爷子给姜明珠做个排面。

姜老爷子悠悠地说："我就不去了，让她们姐妹几个还有小宋去玩玩吧。"

他是想着抓紧一切机会，让姜楚楚跟宋初一感情更进一步。

只是姜老爷子的心愿注定要落空了。

这一天，热热闹闹进行了一个多月的青年油画展，终于要落下帷幕。

白教授已经提前告诉姜楚楚，在这次油画展颁奖典礼的最后，会以"新收的弟子"的身份将她介绍给在座的媒体，顺理成章地带她一起离开南城。

所以姜楚楚一大早就将自己打包好的行李偷摸送到了徐钰家藏好，打定主意，今天画展结束后，她就不回姜家了，省得姜老爷子阻止她走。

徐钰郑重其事地点了三炷香，求爷爷告奶奶保佑自己榜上有名。

姜楚楚见了，忍不住泼她一瓢冷水："唉，你不要抱这么大希望，都告诉你，主办方已经内定姜明珠是冠军了，你能留到决赛，就是对你实力的认可了……"

徐钰气得捂住耳朵："你住嘴啊。"

两个人吵吵闹闹地赶到了美术馆。

草坪上有一个"小白球"滚动着，时不时发出一声幼嫩的叫唤，霎时间夺去了姜楚楚全部的心神。

"你先去准备吧，我在外面逛一会儿。"

摆着手打发了徐钰，姜楚楚蹲了下来。

小白猫还是一只幼猫，躲在草丛里，"喵喵"地叫着，由于阳光照不到这一块草皮，小猫可能是因为冷了，不停地颤抖着。

姜楚楚伸出小指头，试探着戳了戳，小白猫非但不害怕，或许因为她指尖的暖意，还试探着用鼻子嗅了嗅。

姜楚楚惊奇地睁大了眼睛。

一人一猫就在这清晨的后花园里面，你戳我一下，我嗅你一下，玩得不亦乐乎。

温九思找过来的时候，看到的就是这样的画面。

"你不在里面做准备，在这里做什么？"

姜楚楚看了他一眼："你小声点，别吓到它啊。"

温九思柔声地劝："如果你喜欢，我们把它抱走好不好？"

姜楚楚的目光依依不舍地看着那只小白猫，小白猫也温顺地扬起头，嘴里发出了"哼唧"的声音，像是在附和着温九思的提议。

可姜楚楚还是摇着头拒绝了。

"它是一只野猫啊。"

说罢，她拍拍手，站了起来："我们进去吧。"

温九思没有明白姜楚楚是什么意思，以为她对田园猫不感兴趣，只是想要养一只更贵重的品种。

看着她神色里淡淡的遗憾，温九思忍不住又说："你要是不喜欢这一只，等到了法国，我托人给你买一只品种名贵的猫，正好也可以陪着你。"

姜楚楚怪异地看了他一眼："你以为，我是因为它只是一只中华田园猫才不养它的？"

温九思蹙了蹙眉头，面露疑惑，像是在说，难道不是吗？

姜楚楚已经走到了大门前，还是忍不住回头看了一眼草丛的方向，只是他们离草丛已经太远了，根本就找不到原先那只小白猫在哪儿。

"它是一只小野猫啊，它的妈妈也是野猫，这就是它们一代又一代生长的环境，你把这只幼崽抱走，自以为可以给它一个更好的环境，可是说不定它是不愿意的。"

温九思怔了怔。

"即便不管它，它也一定可以活得很好的。"她的话有几分怅然，也不知道是在说猫还是在说其他什么。

温九思心下一软，顺着她的话，点了点头："它这么厉害，一定可以的。"

他的话语里带着不自觉的宠溺，姜楚楚奇怪地抬头："说了这么多，是不是因为你喜欢猫啊？"

她睁着雾蒙蒙的大眼睛，好奇地瞧着他，眼尾部分微微上翘，总能在不经意的时候，夺了人的心神，而她的性子又总在撒娇和高傲之间切换自如。

大概没有人比她更像一只猫科动物了。

他突然笑了，忍住伸手揉揉她的冲动，轻轻地说："是啊，我才发现，我有点喜欢猫。"

他所有的情绪都被收敛在那一双温和的眼睛后面，不泄露一星半点，可姜楚楚就是莫名地觉得，他的眼神意味深长。

脸颊在发烫，姜楚楚觉得自己丢了面子，警告似的瞪了他一眼，咕哝道："我又不是猫，干吗这样看着我？"

男人于是顺从地收回了目光。

姜楚楚自认棋高一着，突然停住了脚步，半点预兆都没有地回过了身，一头就撞进了温九思的胸膛。

温九思向后退了一步。

姜楚楚毫无征兆地来了一个"歪头杀"："如果我戴上猫耳朵，戴上猫尾巴，还戴上小铃铛。"她踮着脚靠近他，吐气如兰，声音带着刻意的嗲意，"把我自己打包送给你养，好不好呀？"

温九思的瞳孔似乎有一瞬间的涣散，愣愣地看着她，有几分不知所措的意味。

姜楚楚突然"扑哧"一笑，得意地扭头走了。

温九思半晌才反应过来，自己被她捉弄了。

他的眼底闪过晦暗不明的光，伸出一只手理了理领带，提步跟了上去。

两个人没去参赛选手的休息室，而是直接去了白教授的办公室。那顿饭后的再次相见，两个人都有些尴尬，亏了白教授找些话题点评起她的几幅画作。

"……等你跟我去了法国，我再好好教一教你关于人物透视的技巧。

"我先下去看看主办方准备得怎么样了，等典礼开始的时候，你再来找我。"

说罢，白教授站起来，拉开门往外走，露出了门外还未来得及走掉的姜夏樱的身影。

姜夏樱吃了一惊，随后忐忑不安地看了姜楚楚一眼，忙不迭地转身跑了。

温九思淡淡地说："你的二妹妹一直在偷听。"

姜楚楚瞧了一眼，除了嘲讽，很难再生出其他的情绪来："没关系，她要听就让她听吧，她惯会做这些偷鸡摸狗的事情，我要是每一次都与她计较，烦都烦不过来。"

那边，姜夏樱回了休息室，捂住自己心跳加快的胸口，微微调整了一下表情，露出一副愁容。

"妈妈，您确定明珠是冠军吗？"

蒋淑媛登时眉头就竖了起来："你要是不会说话，就趁早回去，别在这儿丢人现眼。"

姜夏樱弱弱地说："我、我也是为了明珠妹妹，我刚才在白教授那儿看到楚楚了……"

办公室内，温九思的电话响了起来，他低头看了一眼，罕见地露出一丝不耐烦，但还是站起身，冲姜楚楚说："你坐一下，我去接个电话。"

而就在温九思离开不久，办公室的门被大力推开。姜楚楚以为是温九思，蒙蒙地抬头，却正对上蒋淑媛怒火中烧的眼。

姜楚楚皱眉："你们来——"干什么？

"啪!"

她话还没说完,就被蒋淑媛扇了一记耳光。

蒋淑媛的表情扭曲着,仿佛跟她有什么深仇大恨一样,眼底猩红地望着她,咬着牙说:"姜楚楚!你怎么敢!"

这还是这么些年以来,蒋淑媛第一次对自己动手,感觉自己的脸颊火辣辣地疼,姜楚楚伸手摸了摸。

一会儿一定会肿起来,很丑。

会不会让温九思看到?

在这样紧张的情况下,姜楚楚竟然走神了。

蒋淑媛恨极了,伸手戳着姜楚楚的肩:"你说话呀,你敢做,却不敢承认吗?"

姜楚楚出乎意料地镇定,并没有因为被打了一巴掌就觉得屈辱。

有句话叫"身体发肤受之父母",她要还多久才能把这一身的债还掉呢?

见姜楚楚始终不说话,姜明珠站在原地,眼中流转着莫名的神色,她开口,却比平常任何时候都要平静:"你终于忍不住了吗?因为我拿了你几幅画,所以你就要在所有人的面前让我丢尽脸面?你是不是跟白教授说了,她所欣赏的那几幅画,实际上都是你画的,所以她要给你冠军,带你去法国?"

说到这里,姜明珠突然神经质地笑了笑:"是不是你非要让我将所有属于你的名声都还给你,你才满意?"

听到姜明珠的话,蒋淑媛癫狂地要上来拉扯姜楚楚。姜楚楚有了防备,向后退了一步,蒋淑媛抓了个空,干脆站在原地叫骂起来。

"这是你欠她的,你凭什么还要拿回去?"

蒋淑媛的声音很大,走廊另一侧的温九思立刻就听到了,跟电话那端正在说的话也停下了。

"喂?九思,你怎么突然不说话了?"

温九思一边迈着步子,一边回应着电话里的人:"楚楚那边好像有些事,我要去处理一下。"

"又是姜楚楚?九思,你真的不能陷得太深,你现在对她这么好,等所有的秘密都揭开,她到底会不会领你这个情!"

根本没心思听电话那端的人说了什么,温九思透过门缝看到里面的情况,心里一揪,当下就想推门进去,站到姜楚楚的身边。

可是看到她镇定的脸,他却突然站住了。

蒋淑媛犹如陷入了魔怔:"这是你欠明珠的,你只不过是失去了几幅画,她却要被那个噩梦缠着一辈子!"

姜楚楚冷眼看着蒋淑媛控诉,直到听见蒋淑媛终于提到了那件往事。

那是蒋淑媛刚刚把姜明珠接来的日子,她完全沉浸在女儿失而复得的欣喜中,走到哪儿都带着,却没想到在商场里十几岁的姜明珠被绑架了——她被当成姜楚楚掳走了。

"为什么他们抓走的人不是你,为什么被他们折磨的人不是你,为什么非得是我的明珠?"

随着蒋淑媛的话,姜明珠不知道回忆起了什么,浑身竟然开始颤抖着。

姜楚楚看着,只觉得荒诞。

"只是一帮缺钱的绑匪,他们想要绑架的是你蒋淑媛和姜福生的孩子,可他们有点笨,事先没打听好我是个不受你俩喜欢的,你出门怎么可能带着我,这么说来倒是姜明珠替我遭了无妄之灾了。"她话锋一转,忽然轻轻地笑了起来,"可是……不能将你对她的愧疚加在我的身上,就因为姜明珠受伤害了,但是我没有,所以你就觉得我亏欠了她吗?"

她的声音很轻:"妈妈,没有这个道理。"

姜楚楚油盐不进,而外面逐渐起了喧哗声,似乎是典礼就要开始了。

蒋淑媛突然"扑通"一声,咬着牙跪了下来:"楚楚,我求你了。"

"妈妈,你这是做什么?"姜明珠带着哭腔也蹲在了蒋淑媛旁边。

蒋淑媛没理她,只是一心望着姜楚楚:"你就当帮帮妈妈……明珠众星捧月的日子过惯了,外面那么多媒体,她丢不起这个人的。"

门外,温九思握住门把手的那只手紧紧地攥着,青筋毕露。可他的目光却依然平静,他很明白,她此时并不希望有人来目睹她的狼狈。

她垂头看着两个人,良久,突然讽刺地笑了。

"不过就是个画展而已,也值当你俩这么哭天抢地的?不管你心里有没有我这个女儿,我总归是受不了自己的母亲跪在我面前的……姜明珠喜欢,那就给她吧。"

有人跪着,有人在哭,只有姜楚楚依旧妆容精致面带微笑。

可是温九思能看到,姜楚楚心底的那个小女孩也在泪如雨下。

他悄悄地转身退了出去。

他握着电话的手垂着,电话里面的那个男人还在焦急地劝着:"九思,你别冲动……"

温九思始终没有回答,他不知道他在楼下站了多久,终于看见姜楚楚晃了出来,眼睛无神,茫然四顾,像是在寻找着什么。

忽而,她看见了站在花坛边的他,眼睛仿佛有了神采一般,提着裙摆向他奔过来。

"秘密只要不被挖掘……就不存在吧。"像是在回应着同伴刚才的问话,他喃喃自语道。

挂断电话,温九思看着姜楚楚用尽力气,仿佛追着光的蝴蝶向着他跑过来。

"温九思。"

在女孩跑到他面前的时候,温九思张开了手,顺从自己的渴望,将那具柔软的、沁香的身体紧紧地拥入怀中。

感到男人禁锢在自己腰间灼热的双手,姜楚楚喟叹一声,迎合着这个怀抱,声音带着丝可怜巴巴。

"你要不要我?"

温九思低下头,灼热的呼吸喷洒在姜楚楚耳边:"你早上问过我,可不可以把你自己打包给我养,我现在想给你一个答案——"

姜楚楚觉得自己就像是一个等待医生宣布结果的重病患者,他的一句话可以将自己拉到天堂,也可以把自己推向地狱。

在她的注视下,温九思一字一句地说:"我不想养猫,但我想养你。"

他的双眼如同最纯净的琉璃,那里面倒映着她的身影。

他的声音带着性感的低音,轻轻撩拨着她的心。

话一出口,就是誓言。

在姜楚楚的呆怔之中,温九思心中的渴望却越来越清晰,他垂头看着她。

"我想把世界上所有最好的东西都给你,哪怕你今后会对我厌倦,哪怕在未来的某一刻,你突然发现,你并不应该爱我……"

姜楚楚忽然哭了。

她一哭,温九思方才还淡定从容的脸突然之间慌乱起来。

他手足无措地在西装外套的兜里掏着,可是他什么也没带。最终,他只好小心翼翼地凑上去,将衬衫下摆的纽扣解开,抬起来,用自己洁白的衬衫给她擦眼泪。

他一边擦,一边轻声哄着她:"别哭,你为什么哭?"

姜楚楚带着浓重的鼻音,扬着巴掌大的小脸,泪眼模糊地看着他:"我只是觉得,我好像,终于幸运了一次。"

她紧紧揪着温九思的衣领,无论他说什么也不松开。

这里人来人往,还有偶尔经过的媒体,温九思并不想那些人认出姜楚楚,趁机写些什么花边小报,于是只好揽着她,像抱着一只树袋熊一样,一步一挪,挪回了自己的车里。

姜楚楚哭了一场,疲倦来得越发汹涌澎湃,她自己都不知道是怎么睡着的,只是再有意识的时候,一睁眼,自己已经身处郊边花圃旁边的独立小楼里了。

屋内只点着昏黄的小灯,更衬托得外面繁星满天,姜楚楚扭了扭脖子,试探着喊了几声,并没有温九思的回应。
　　她的手机被温九思很贴心地放到了沙发旁边的桌子上,她伸手一捞,按亮屏幕,已经是晚上九点多了。
　　忽略掉来自姜宅、袁呈的几个未接来电,其他的全都是徐钰的轰炸。
　　她给徐钰回了个电话,几声响铃之后,从电话里面传来了明快的声音。
　　"你死哪儿去了?怎么这么久才给我回电话?"
　　姜楚楚不是很懂,徐钰对这次比赛有着相当高的期待,可是今天的结果,显然不会如她所愿,她怎么还能表现得这么开心?
　　像是知道姜楚楚在疑惑什么,徐钰沉默了一瞬间之后,夸张地叫起来:"不是吧,楚楚,这段时间你都在哪儿啊,那么精彩的事情,你到现在都不知道?"
　　姜楚楚被她说糊涂了,急忙打断她的"自嗨":"你说清楚点啊。"
　　"你那么早走了,真是可惜了。"
　　随着徐钰声情并茂的叙述,姜楚楚这才知道,她和温九思走后,美术馆里的热闹才刚刚开始。
　　白教授找不到姜楚楚就四处打听了一下,正好碰上哭天抢地的蒋淑媛和姜明珠,蒋淑媛在哭闹中,道出了主办方事先说好将冠军给姜明珠的事情。
　　白教授为人耿直,根本没想到这么一个艺术盛事,竟然还有暗箱操作,于是又跟主办方大闹了一场。
　　主办方不过是想借着承接赛事的由头名利双收,既不想得罪姜家,也不想得罪以白教授为首的油画界大拿,自然咬死了,不知道不承认。
　　三方不欢而散,跟铺天盖地的宣传盛况不同,闭幕式草草了事。
　　姜明珠强撑着笑脸上台领了奖,可白教授丝毫没有提及之前说好的给冠军的待遇——带她一起去法国深造。
　　台下的媒体已经在为此窃窃私语,本以为这已经是最丢脸的事情了,可没想到,在播放冠军视频的时候,又出了岔子。
　　屏幕是黑的,音响里清晰地放出了一段语音。
　　大意是蒋淑媛带着银行卡,拜访了主办方的办公室,主办方想要姜明珠"天才名媛画家"这个名头,而蒋淑媛则称自己的女儿可以参加,但是一定要拿到冠军。
　　在场那么多家媒体,这事可兜不住了。
　　"我听见你母亲走的时候还在骂你呢,那话难听得我都听不下去了。"
　　姜楚楚垂下眼帘,手指无意识地在沙发上画着圈圈:"我还真没有这么无聊,能做出这种小动作的,估计也只有一个人了。"
　　"你是说姜夏樱啊?"
　　姜楚楚没说话,就是默认了。

忽然大门口传来钥匙转动开锁的声音,姜楚楚莫名紧张起来:"不说了,我还有事,撂了。"

温九思拎着两袋子东西,一进门就看到,女孩支棱着身子半跪在沙发上,望着他的目光,有些警惕。

好像半天不见,那个揪着他的衣领不许他离开,眼泪像扭开阀门的自来水龙头的女孩,只是他的错觉。

"你……"

"你什么你。"姜楚楚上来就先凶了一句。

"……我。"

"我什么我!"

她完全听不进去,温九思顿了一下,无奈地叹了口气:"……楚楚,讲点道理,你不能不让我说话吧。"

姜楚楚假装捂住耳朵。

"不讲!不让!不管你说什么,你就是我的男人了,反悔也没有用了,你知道的吧!"

姜楚楚眼泪说来就来,已经脑补出一场"男人因为觉得她哭得可怜,好心加以安慰,被她诱惑着许了承诺,但是几个小时之后后悔了,在外面吹了一场冷风回来找她坦白说其实他爱的不是她"的年度大戏。

温九思看着她沉默了许久。

姜楚楚一急:"你为什么不说话?你为什么不反驳我?是不是被我说中了?"

男人走上前,两只手掐住姜楚楚的腰,将她抱起坐了下来,俯下身子,凑近她。

"我只是在想,有你这么一个小磨人精,以后我一定会很累。"男人的话语中含着笑意。

姜楚楚忍不住红了脸。

像安抚小动物一样,温九思摸了摸她的头顶:"你乖乖待着,别胡思乱想,我去弄点吃的。"

他刚要离开,姜楚楚就一把拽住了他的衣袖,惊奇地问:"你还会做饭啊?"

在得到了温九思肯定的回答之后,她又高声宣布:"我要帮忙!"

厨房里,温九思不知姜楚楚深浅,在她的强烈要求下,给她委派了调制排骨的重任,自己则到旁边的案板前,熟练地切着菜。

姜楚楚看着男人握着菜刀的骨节分明的手指,又移到他棱角分明的下颌线上,想到这些都已经属于她了,一个愣神间,半袋子盐都倒了进去。

无意中看了她一眼的温九思,脑海里冒出一个问号。

/117/

最终为了确保两人能按时吃上饭,姜楚楚又不会因为一个人在外面无聊而胡思乱想,温九思给她搬了一张椅子放在厨房的门口。

姜楚楚乖乖地坐着,双手搭着椅子边,眼睛眨也不眨地看着在厨房忙碌的温九思,看着看着突然就笑了出来。

无意中又看了她一眼的温九思,脑海里再次冒出一个问号。

"你在笑什么?"

"我在笑我的男人俊美如画,上得厅堂,下得厨房,就是不知道……是不是也能入得了洞房。"

姜楚楚如愿看到男人一愣,随后无奈地笑开,他一笑,那张被她吐槽过的禁欲脸忽然就生动了起来。

"楚楚,你想试试?"

她一定是听错了,温九思怎么会耍这样的流氓,嗯,一定是她听错了。

温九思的手艺毋庸置疑,酒足饭饱之后,姜楚楚又困了。

看着她窝在自己身边,打了一个悠长的哈欠,温九思情不自禁地低下头:"今天就住在这儿,别回姜家了,嗯?"

他的鼻尖轻轻蹭着她的脸颊,半眯着的眼睛,让男人的神色看起来有几分迷离。

温九思进入角色很快,快得令姜楚楚有些措手不及。

"……这,不好吧?"

姜楚楚内心的小人在激烈地画着圈圈,她矜持地偏了偏头,温九思的鼻尖就顺势滑落到她的脖颈处,呼吸之间弄得她痒痒的。

温九思揽住她:"有什么不好的,你要是嫌床太硬,我们也可以换过来,你睡沙发。"

或许是姜楚楚的措手不及展露得太明显,男人轻笑了一声解释道:"姜家今晚很乱,你还是不回去为好。"

就像温九思说的,她今天晚上虽然不回去,可是惦记着她的人并不少。

手机被轮番轰炸,看着那些来电显示,姜楚楚置之不理,她疯了才会接起来上赶着找骂。

又一通电话打进来,这是姜老爷子的私人电话。

姜楚楚面无表情地看了十几秒,伸手按下了关机键,整个世界都清静了。

夜渐深了。

电视开着,里面播放着近来大热的电视剧,姜楚楚蜷着双腿坐在沙发上,盯着电视，也不知道看进去了多少。

温九思找出来一套自己的家居服走过来放到她身边。

"穿这个吧，干净的。"

"好。"

温九思俯视着她，忽然开口问道："你在担心什么？"

姜楚楚愣了一下，现在的心理医生都这么厉害了吗？她刚才只不过是稍微走了下神，就立刻被他揪到了。

"没什么啦。"

姜楚楚不想说太多，于是刻意地扬起脸冲他腻歪了一下，想要撒娇着避开这个话题。

可是下一秒，她的脸蛋就被男人一只手擒住了，他的手指微微缩紧，立刻就将她掐出了一道"婴儿肥"。

"喂！"她口齿不清地抗议。

温九思松开手，在她身边坐了下来。

沙发很软，男人一坐下来，姜楚楚身边就是一个坑，她没掌握好平衡，整个人都往男人怀里歪去。

温香软玉主动入怀，温九思自然不会客气，他手臂一伸，姜楚楚瞬间落入他的怀中。

"不要去想那些有的没的，如果你无聊一定要在脑袋里想点什么，就想想我。你知道吗？你满脸都写着'担心'，可是有我在，你什么都不用担心。"

温九思很少一口气说这么长的话。

姜楚楚听着，耳朵麻酥酥的，心里都冒着泡。

她为什么原来没有发现，隐藏在他温和表现下的占有欲呢？

见她没有及时回应，男人垂头看她，薄唇紧紧抿着，紧蹙的眉头下，那双眼睛勾人得紧。

姜楚楚安心地窝在他怀中："我不是在担心，我只是觉得可能会有些麻烦……其实我最怕麻烦了。"

而且她也害怕，她给他带来麻烦。

但转念又想到温九思的神秘之处，姜楚楚突然觉得，兴许，他真的可以让她什么也不必担心。

"还有哦，"姜楚楚支棱起身子，眼巴巴地看着他，一副可怜的模样，"法国去不成了，白教授那么看重的美术展到最后又出了岔子，我觉得还挺愧对白教授的。"

"没关系，以后还有机会。"

温九思像撸猫一样摸了摸姜楚楚的头发。

两人聊到深夜,温九思整理了卧室让她休息,自己则到外面的沙发上对付一晚。

临关灯时,姜楚楚突然拉住了他的衣袖。

"我是认真的,我没有担心,温九思,只要我有你,只要你愿意护着我,我就什么都不怕了。"

男人微微怔住。

姜楚楚自顾自地说道:"所以,你一定不要骗我,不要离开我,不要丢下我。"

男人的眼眸璀璨,良久,她听见他说:"好。"

温九思将姜楚楚带走的时候,其实想过,就这样把她留在自己身边,可是就算不说他这里有一摊子不可言说的秘密,他也不能那么自私,不顾外人对姜楚楚的看法。

他好不容易压抑住了自己这种蠢蠢欲动的欲望,陪着姜楚楚回了姜家。

终归是怕别人为难他的小姑娘。

姜楚楚可不知道她的温医生心里千回百转地想了这么多事情,十分无所谓地按响了门铃。

用人吴妈过来开门,看她神色萎靡,应当也是一夜未睡,由此可见昨天姜家闹得有多么凶。

与姜家这些用人相比,姜楚楚简直就是天上下凡来的小天使,容光焕发。

姜楚楚挽着温九思走进来,客厅里空无一人。

姜家一直都是一潭死水,却从来没有像今天一样——"寸草不生",吴妈给她倒杯水都蹑手蹑脚的,唯恐惊动了人。

姜楚楚抻着脖子望了望:"人呢?"

吴妈小心翼翼地答道:"昨天……闹得有些晚,先生走了一夜没回来,夫人她们睡下没多久,这会儿应该还没醒。"

说完,吴妈又偷偷地打量了一眼她身边的温九思,劝慰道:"大小姐,这几天夫人心情不好,你若是有地方去……就去避一避吧。"

姜楚楚拒绝道:"我为什么要避?没做亏心事不怕鬼敲门,害她们丢面子的人又不是我,她们没搞清楚状况来找我,闹了一通,我的委屈上哪儿说去,我还白挨了一巴掌呢。"

姜楚楚就是这样的,哪怕注定会吃亏,但是她依旧会选择正面刚。

但从前都是她一个人,现在……

姜楚楚的手忽然一紧,温九思抓着她,皱着眉,视线落在她的脸上。

她见状忍不住笑了，晃了晃手臂。

"一点事都没有，我皮厚，你看，真的一点痕迹都没有。"

她笑得像一朵太阳花，温九思忍不住又摸了摸她的头。

冷不防地，楼梯上突然传来一声棍子击地的声音，姜老爷子站在二楼，面色阴沉得可怕，张口就训斥着姜楚楚："我看你真是越来越放肆了！一夜不归，现在又什么人都往家里带吗？"

这是姜老爷子第一次在人前，对姜楚楚没有好脸色。

姜楚楚面上的笑容顷刻间就淡了，她施施然站起身。

"我为什么不回来，这话应该问我妈或者姜明珠，就她俩昨天那种癫狂的状态，我怕我回来叫她们吃得渣都不剩。"

姜老爷子的拐杖又重重地敲了一下地面，气势威严："不像话！你上来，我跟你谈一谈。"

姜楚楚还没说话，温九思却缓缓地站了起来，理了理外套的下摆，声音冷淡："您如果想谈，不妨跟我谈一谈吧。"

姜老爷子第一次将目光正式地投向温九思，眼底带了点轻视，冷笑了一声："你？"

姜楚楚矫情地拽住了他的衣角，一双大眼睛登时就弥漫上了水雾，眼泪信手拈来。

"九思……"

明知道她只是爱演，可温九思仍然停下了脚步，回过头来轻轻摸了摸她精致的小脸。

"别担心，你就在楼下坐一会儿，我很快就下来。"

说得好像这里并不是姜楚楚的家，而是两个人过来做客的地方而已。

前脚温九思和姜老爷子进了书房关上门，姜楚楚后脚就收敛了期期艾艾的神色，只眼巴巴地看着二楼，期盼温九思早点出来。

吴妈端来一盘水果："我猜那位先生已经带你吃了早饭，来，吃点水果吧。"

姜楚楚挑了一个最大、最红的苹果吃了两口，视线瞥到餐厅总觉得少了点什么，她"啊"了一声问道："对了吴妈，那个宋初一呢？哪儿去了？"

吴妈尴尬地摸了摸鼻子，悄声说："这不是昨天晚上姜先生和夫人大闹了一场吗？老爷子劝也劝不住，一个没看住，姜先生还把夫人给打了。宋公子觉得待着尴尬，收拾了东西，住到酒店去了。"

姜楚楚闻言"嚇"了一声。

姜老爷子什么阵仗没见过，怎么会拦不住一场夫妻之间的争执，无非就是觉得蒋淑媛和姜明珠给他丢了脸面，不想管便是了。

不过宋初一走了也好，亏她早上还担心着，万一让温九思看到一个男人在她家，误会了怎么办？

一个合格的女朋友，就要从源头上给自己的男朋友安全感。

姜家的书房自从姜老爷子回来之后，就变成了他的书房，以前姜福生喜欢的那种雍容华贵的摆设被拿下去很多，摆上了一些古朴却又价值连城的古董，顿时档次高了起来。

姜老爷子在宽大的书桌后坐了下来，冷眼瞧着面前镇定自若的年轻人。

"温九思是吧，你带走了我的孙女，还敢光明正大地进我姜家的大门。"

温九思低头笑了笑："我既然想要她，就从来没想过要遮遮掩掩。"

姜老爷子手中的拐杖，不轻不重地往地下一杵，用一种居高临下的姿态，不屑地说："你想要她？你一个心理医生，凭仗什么想要我姜家的孙女，你以为楚楚是一个什么便宜的物件儿吗？"

姜老爷子虽然怒气冲冲，可温九思心中知道，他生气绝不是因为他的孙女受到了觊觎，而是因为他觉得自己还不够这个资本，来跟他做成这笔买卖。

温九思心里有一口郁气，却仍旧维持着基本的礼仪涵养："那在您的眼中，什么样的人，能拥有她呢？"

姜老爷子信手拈来："袁氏的袁呈，松峪电器的太子爷宋初一，都是她有能力选择的，总归不是你这种人。温医生，你与他们生来就是两个世界的人，人，还是要贵在自知的好，别去肖想不属于你的东西。"

虽然平时姜老爷子总是一派世外高人的世家掌权人形象，可此时面对他内心认为的"下一阶层"的人，到底是泄露了几分张狂。

温九思慢悠悠地"哦"了一声："看来您调查过我，但是……您的消息来源可能并不准确。"

温九思站了起来，几句话的工夫，足够让他看透面前这个老人。

庸俗，势利，渴望着财富，却又将这一切掩饰在长衫、龙头拐之下，企图伪装成一位淡泊名利的老者。

他觉得，再谈下去也没有必要了。

姜老爷子不满意温九思这不卑不亢的模样，看到温九思的动作，他当下皱了皱眉："年轻人总是有些自信的，可是自信过了头就会变成了轻狂。"

"您觉得别人跟您有阶级差别的时候，有没有想过，别人也觉得您同样……不堪入眼。"

温九思的声音一如往常般温和，可就是这种温和，令姜老爷子有一种被鄙夷的错觉，仿佛他才是那个高高在上的天之骄子，而自己只不过是他脚下的一块泥巴。

顺遂了大半辈子的姜老爷子顿时怒火中烧,执起桌面上的茶杯就往温九思身上扔去。

"你是个什么东西,也敢在我面前夸夸其谈!"

温九思轻巧地转身,躲开了茶杯,那杯子摔在地下,顿时四分五裂。

"我是谁,您以后会知道的。"说完他提步想要往外走。

姜老爷子以为他在故弄玄虚,目光中尽是轻视与嘲讽:"我不管你给楚楚灌了什么迷魂药,离开她,我可以给你比你现在当个医生更好的生活。"

"省一省吧,我对您,对姜家,没有任何企图。"

姜老爷子冷笑一声:"我不信!你如果真的对我们姜家没有所图,干吗还要上门来呢?"

"因为楚楚愿意回来,等有一天,她想要离开这里,您也就看不到我了。"

他走到门口,纤长的手指握住门把手,声音清越:"也好叫你们知道,你们不愿意爱她,我爱她。"

温九思头也不回地离开了书房。

就像他承诺的那样,他没有让这一股风刮到姜楚楚身上。

第七章
戏精上身

从姜宅出来,温九思看了看腕上的手表,想到咨询室还预约了病人,于是扭头问道:"接下来你要去哪儿?"

姜楚楚理所当然地回答:"我现在无业游民一个,当然你去哪儿我就去哪儿了。"

看到自家小女友一副打定主意,死缠自己到底的架势,温医生也很无奈,那能怎么办?只能带着呗。

姜楚楚一路上都很开心,车窗开着,她趴在窗边哼着歌,外头春光灿烂都不及她心情明媚。

温九思从后视镜里瞥了她一眼,不动声色地说:"你把头收回来一些,危险。"

姜楚楚"哦"了一声,不过多时又固态萌发,温九思只好再一次提醒她。

他突然感觉自己就像领着女儿去春游的老父亲,操碎了心,就差买一包零食给她抱在怀中。

这个比喻让他很不喜欢,于是等到两个人一起走进咨询室,温九思还十分自然地伸手揽住了她的腰。

"温医生早。"

"温医生……早。"

看着今天这一对特殊搭配,前台的两个小姑娘显然都好奇得不行,只是碍于温九思平时的威严,都不敢多看。

温九思冲着她们点了点头,扭头对姜楚楚说道:"走吧,去我办公室里。"

姜楚楚"哦"了一声,脚却站着没动,她看着其中一个前台姑娘,踱着脚步,走到了对方的身边。

"你叫,孙英……是吧?"

被叫到名字的孙英警惕地看着她,目光倔强,但也隐隐有一丝悔意。

上一次姜楚楚来的时候，她就跟姜楚楚发生了一点争执，哪能想到当日自己眼中那个不知天高地厚的小姑娘，竟然真的一跃变成了自己的老板娘。

优雅矜贵的温医生，固然惹人遐想，但她也不想因此丢了这一份薪酬不菲的工作。

孙英的心理活动都写在了脸上。

姜楚楚看着看着，突然"扑哧"一声笑了出来。

"你是不是怕我给你穿小鞋？也对，没有什么比枕边风还厉害的了。我上次就跟你说过，我呀，见你们温医生不用预约。"

她虽然话不中听，但是语气里倒真没有什么恶意，就像小孩子生气了之后想要报复回去一样，完全没有杀伤力。

说完这句话，她扯了扯旁边温九思的衣袖。

温九思意会，无奈却纵容地低下头来，姜楚楚立刻凑过去。

伴着一声响亮的"啵"，姜楚楚迅速亲在温九思脸上。

"盖了个戳，从此，这个男人身上就写着'姜楚楚专属'了。"

自认替自己出了一口气的姜楚楚打击了"情敌"之后，心满意足地挽着男朋友进办公室了。

看着她摇曳生姿的背影，孙英突然有些羡慕那个明艳的女孩，看衣着打扮就是大家小姐，要钱有钱，要貌有貌，现在就连找一个男朋友，也是人中龙凤。

那个姜小姐大概生下来就没吃过什么苦吧，跟她们这些人不一样。

想着想着，孙英突然有些心理不平衡起来。

到了办公室里，温九思脱下外套挂了起来，习惯性地坐在了自己办公桌后的椅子上，正要开始一天的办公，一抬头，就看到那双无辜的眼正瞪着他。

温九思这才反应过来，今时不同往日，他现在是拖家带口来的。

两个人相顾无言了一会儿，温九思犹疑地说："要不然，你的那张桌子底下有一些杂志，你先掏出来看一会儿？"

"哦。"

眼看姜楚楚按照他的话，乖乖地从桌子底下掏出来一本杂志翻看起来，温九思轻舒了一口气，又低下头去。

可是怪异的是，他无论如何都集中不了精力去应对那些工作，桌子上那一份份患者档案，在他眼里都变成了鬼画符，一个字都看不懂了。

他揉了揉太阳穴，叹了口气，抬起头来，果不其然，又对上了姜楚楚那一双澄澈的大眼睛。

"你不是工作吗？你看你的呀，我看我的，我也没有打扰你……"

/ 125 /

姜楚楚也很委屈，早知道温九思的工作这么忙，她还不如自己走了。

温九思看了她两秒钟，像是做了一个什么认真严肃的决定，他推开自己桌面上的文件，冲她伸出手。

"过来。"

姜楚楚立刻合上了杂志，带着得逞的笑意走过去。

"是不是突然觉得，工作没有比陪我有意思？"

她半趴在他宽大的办公桌上，双手拄着脸，俯着身子看他，一只脚的脚尖还在地上一扭一扭的。

温九思一边慢悠悠地将那些文件摞起来，放到一边，一边优哉游哉地说："是啊，陪你当然是最有意思的事，而且工作也是最没有意思的事，但是我也不能不工作，我不工作，怎么养活你？"

要论起说情话，姜楚楚自认不会逊色于他："你长得这么好看，当然是我养活你啊。"

温九思收拾好了文件，又将它们整齐地摆回文件柜中，重新坐回来之后，他扯了扯领口上的领结，使之松一些，然后看向姜楚楚。

"楚楚，过来。"

姜楚楚扭捏了一下，半推半就地走了过去。

女孩身上那股清香萦绕在鼻端，身体娇娇软软的，还全然信赖地仰着脸瞧他，一副极其好骗的模样，足以逼疯任何一个以理智著称的男人。

温九思站起来，手指蹭了蹭她的唇。

姜楚楚觉得有点痒，忍不住向后躲了躲："你干什么呀？"

温九思轻笑，眼神幽深。

他理所当然地说："想看你擦没擦口红。"

"当然没擦，我这是天生丽质。"

姜楚楚得意地说完，就感觉到男人一只手捏上了她的下巴，紧接着，他过于好看的俊脸在她面前不断放大。

他的声音在唇齿间呢喃："我尝尝。"

男人的吻热烈而霸道。

辗转良久，姜楚楚忍不住沉迷其中。

昏头昏脑的时候，她突然觉得有什么冰凉的东西顺着她的腰侧不断地往上攀升，姜楚楚一下子惊醒，推了推他。

温九思轻笑了一下，并不执着，缓缓收回了手。

"抱歉，情不自禁。"

她信他个大头鬼。

姜楚楚忍不住翻了一个白眼，突然瞥见男人的唇侧，有些不自然地转过了头。

她这一瞬间的古怪，迅速被捕捉到，温九思伸出拇指在唇上一揩，一抹殷红留于指腹，他似笑非笑地看了一眼姜楚楚。

"还说没擦口红？"

姜楚楚还在嘴硬，眼睛瞪圆："哪想到你这么禽兽！"

"天生丽质？"

"住嘴啊，别说了！"

男人眼角眉梢都带着忍不住的笑意："小骗子。"

姜楚楚被他说得不好意思，脸一红，干脆扭过身子，腿跨坐着面对他，伸手就要捂住他的嘴。

"你烦不烦，我让你别说了啊！"

可能是上天都看不下去这胡乱瞎搞的两个人，说时迟那时快，门忽然间开了。

小赵一阵旋风似的冲了进来。

"温医生，京都那边——"

"咳咳。"温九思的咳嗽声制止住了他的话。

小赵这才看到办公室里还有一个女孩，等到他看清了这个女孩的面容时，娃娃脸上浮现起一丝惊讶，等他再看到两个人的姿势时，惊讶又变成了深深的震惊。

"这这这……"

姜楚楚也不自然地咳了一声："这这这什么，大家都是年轻人，你就不能淡定点？"

想了想，觉得这句话有损自己的形象，姜楚楚又补充了一句："把你们温医生吓着了，你可负不起这个责任。"

温九思在她说这些话的时候，已经整理好了自己的衣服，又是一副风度翩翩的模样了。

他先是安抚性地拍了拍姜楚楚的脑袋，而后对小赵说："有什么事情我们出去说吧。"

"哎？"姜楚楚一下子拉住他，"你就这么把我丢在这儿？"

"我跟小赵还有一些工作上的事情。"温九思想了一下，"你就待在这儿随便看看，你不是还没好好参观过我的办公室吗？"

"没有什么我不能看的东西吧，比如你跟别的女人的合照啦，别的女人的长头发啦，别的女人的——"

姜楚楚喋喋不休的小嘴，突然被吻了一下。

男人满含笑意地看着她。

"我们的合照，你想什么时候拍都可以。如果这里有一根长头发，那也只能

/ 127 /

说明你最近有脱发的症状,没有别的女人,这里就连一只母蚊子都没有。"

被温九思抢白了一通,姜楚楚的脸更红了,欲盖弥彰地推着他:"我也就是开个玩笑嘛,你干吗这么较真?你不是还要和小赵去谈工作吗?快走快走,我一定在这里乖乖等你回来。"

乖巧可爱又小鸟依人。

温九思笑着出去了。

也不知道是什么工作,谈了足足一个多小时也没回来,姜楚楚翻完了所有的杂志倍感无聊,于是站起来打量着温九思的办公室。

心理医生的办公室很有趣。

怪异的绘画,奇形怪状的装饰品,还有一些用途不明的诊疗器材……以及一柜子的档案。

姜楚楚的目光突然被一处吸引。

那是一个浅蓝色的文件夹,不同于它旁边被摆放得整整齐齐的众多文件夹,它显得更旧,明显不是温九思到了南城才买的,应当是他从京都带过来的,上面有许多使用的痕迹,证明了它的主人经常会把它取下来翻阅。

"福尔摩楚"摸了摸自己的下巴,心里笃定这是一份对温九思重要的东西……她其实有点儿想看看。

她把那份文件拿在手里,却犹豫了。

嗯……随便乱翻他的东西,不好吧。

可是温九思告诉她,可以随意看的呀,而且她又不是什么别人。

做好了心理建设,姜楚楚没忍住内心的好奇,打开了文件夹。

第一页似乎是什么评估档案,病人姓名那一栏只填了一个简单的代号,底下是对这位病人病情的概括。

温九思的钢笔字写得很漂亮,只是龙飞凤舞了一些,姜楚楚经常会碰到认不出的字,这段话她看得很艰难。

"病龄九年……有严重的妄想症……"

她正一字一句地看着,冷不防门开了。

姜楚楚一抬头,是温九思,她的脸上挂上笑容,挥着手里的文件夹跟他打招呼,可是文件夹里夹了很多七七八八的纸张,姜楚楚一没留神,那些纸张全都飘散在地上。

余光里,有些照片模样的东西也跟着散落在地上,她正要低下头去捡,温九思突然重重地喊了她一声。

"楚楚!"

姜楚楚还迷糊着，温九思已经三步并作两步走过来。

"怎么了你——啊。"

温九思二话不说，突然一把将她抱起来，丢到沙发上，自己也压了上来。

温九思的热情来得令姜楚楚毫无防备。

她被按在沙发上，一通吻袭来，令她神志七荤八素，早把什么文件之类的忘到脑后去了。

不知道过了多久，等她终于清醒过来的时候，温九思已经恢复成了一副衣冠禽兽的模样，神态悠哉，顾长的手指捡起地上散落的文件，慢条斯理地将它们放回文件夹内。

姜楚楚敏锐的第六感告诉她，温九思刚才的状态并不正常。

可是具体哪儿不正常，她又说不出来，只好把这些全都归结为禁欲老男人遇到小妖精之后的把持不住。

她愤愤地捶了一下沙发，高声宣布道："我再也不来你的办公室了！"

姜楚楚是个说走就走的行动派，当下就把自己的包往身上一背："你好好工作吧，我走了。"

温九思一派餍足，眯了眯眼睛，带着笑意瞧她："你可以在我这儿一直待着，陪我工作，然后晚上下班之后我跟你一起走。"

"不，你当我傻呀。"再在这里留下去，她怕不出一天，就被他吃得渣都不剩。说完，她给温九思抛了一个飞吻。

"我走啦，你好好工作，我们下班再联系。"

"好。"

眼见姜楚楚的身影消失在门外，温九思收敛了脸上的笑意，喃喃自语："可不就是一个小傻瓜嘛……"

他低头，翻开那一份险些被姜楚楚发现的档案，那里面一张一张，全都是她的照片。

十三岁的姜楚楚，远不如现在这样鲜活极妍。

温九思突然想起，某一天跟徐钰会面的时候，徐钰曾说过的话。

——只是一点点无伤大雅的多出来的记忆，楚楚就可以过得很好，又不会影响什么，你为什么非要戳穿她？

她现在算不算过得很好？

他还该不该按照原来的想法，治愈她？

姜家最近陷入了一场诡异的宁静中。

起先是，上头监管的人不知道为什么突然来了南城，查了几家南城有头有脸

/ 129 /

的公司的账务。

　　姜福生并没有什么经商头脑,却总爱在私底下搞一些小动作,贪一些小营小利,此时一下子就慌了阵脚,幸亏姜老爷子坐镇,父子俩这时候也顾不得家里那些糟心事,整日忙于公司事务。

　　自己的保护伞终日不在家,姜夏樱也识时务地不在家多待,央求姜福生给她安排了一个行政部门的小主管,这个要求不知为什么姜老爷子竟然也同意了。

　　顶着姜家二小姐的身份,哪怕她仅仅想做一个"低调的小主管",也照样能在公司混得风生水起。

　　而蒋淑媛和姜明珠……

　　姜楚楚本来以为,她们母女俩丢了那么大一个人,最近也应该安生了。

　　可谁料事情竟然还有反转。

　　听说是袁呈舍不得自己的未婚妻受委屈,收买了一家南城十分具有话语权的小报,用了很大篇幅的报道来为姜明珠洗白。

　　成功将她的形象扭转成为一个才气逼人,但背负着家族荣誉,因此倍感压力的名门才女。

　　录音上只有蒋淑媛的话,报道上自然也说这是姜明珠的母亲,爱女心切,一时昏了头,独自做下的错误决定。

　　这次画展的主办方负责人也站了出来,说是即便没有蒋淑媛的要求,他们也会把这个冠军给姜明珠,因为她实至名归。

　　这些姜楚楚有所耳闻,却一笑而过,并不放在心上。

　　只要不来找她的麻烦,哪怕姜明珠将自己吹嘘成一个上下五百年仅有的天才画家也不关她的事。

　　蒋淑媛那一跪,真的是叫她怕了。

　　这是叫她闭嘴的有效一招,若是每次蒋淑媛觉得自己会挡姜明珠的道,都来这么一跪,她恐怕会折寿,她还要跟温九思双宿双飞百年好合呢。

　　没有麻烦的日子是非常美好的。

　　姜楚楚可以尽情地去谈她的恋爱,只是唯一美中不足的是——

　　温九思也很忙。

　　于是她大半的时间都是无聊的。

　　温九思也意识到了这个问题,哪怕两个人待在一起,他也不可能时时兼顾到姜楚楚,有时候他沉浸在工作中,偶尔一抬起头,就能看见姜楚楚对着窗外发愣。

　　以一名心理医生敏锐的洞察力,他突然意识到,姜楚楚的这种状态看似慵懒闲暇,但其实并不正常。

她将自己看作她的避风港，当成她安全感的来源，无论是撒娇痴缠，还是亲身诱惑，她只想留在他身边。

但问题是，她并不在乎自己究竟是以什么身份留在他身边，她可以像一只小宠物，她也可以把自己当成一个摆设，就像一只茶杯、一座钟表、一张桌子一样，就静静地待在那儿。

就像现在这样，在窗旁发呆。

温九思意识到这样不行。

他放下手中的笔，走过去，指关节轻轻地在她脑袋上敲了一下。

看着姜楚楚条件反射般地瞪眼，他笑了笑："再待下去就待傻了，走吧，我带你出去吃晚饭。"

姜楚楚的表情立刻阴转晴，"噌"地站起来，笑弯了眼睛。

"好呀，我们去吃什么？我不想再吃牛排了，感觉昨天吃的到现在都还没有消化……"

"那就去吃火锅？"

"火锅味道太重啦。"

"日料？"

"太寡淡了，我不爱吃。"

温九思假装叹了口气："真难养活啊，那你到底想吃什么？"

姜楚楚面色为难，又犹豫了一会儿："还是吃牛排好了。"

两个人又换了一家西餐厅，饱餐了一顿后，时间还早，于是在姜楚楚的意愿下，两个人又去到了郊外的房子。

由于她来得频繁，这间房子里已经逐渐多了很多属于她的生活用品，她在这里格外自在。

不单是生活用品，姜楚楚还在网上买了许多书、影碟之类的娱乐消遣用品，以确保她一个人的时候也有事可做。

眼看姜楚楚自顾自地捧了一本书，窝在沙发上，温九思攥着手机闪身出去。

室外弥漫着一股浓郁的花香，他透过窗向屋内望去，姜楚楚捧着书本的样子，竟然有几分恬静。

他静静地看了几分钟，然后转过了身，打了一个电话。

电话那头的人仿佛已经睡了，响了好几声，一个略带困意的声音才从电话那端传了过来。

"怎么了，九思？你很少主动找我。"

温九思也不寒暄，直接问道："我让你帮我办的事情，你做完了吗？"

那头的男人似乎清醒了很多，顿了顿，声音扬起了一些："你现在光是给那

/ 131 /

丫头收拾烂摊子还不够，还要给她的情人收拾烂摊子是吧？"语气里面颇有些哀其不幸怒其不争之意。

温九思握着电话垂下眸子，没有出声。

电话那头的男人似乎隔着电话就能想象到温九思的表情，深深地叹了一口气："我真是怕了你了……那个刘晏有个女朋友，家里在京都还算有点地位，本来那个女人还想借这个麻烦把刘晏留在京都，最好能够奉子成婚，所以暗地里还给她男朋友的麻烦添了一把火，你知道我费了多大的力气才把人挖出来的？"

听着年轻男人的絮絮叨叨，温九思的神色缓和了一些："谢谢你，这件事情算我欠你的。"

"我不用你欠我，你把你自己捋明白了就行！"

男人的语调有些恶劣，但温九思仅仅是低声应了一句。

"我心里有数。"

男人一听就炸毛了。

"什么叫心里有数！你和姜家那个丫头不清不楚在一起的事情，但凡有心，该知道的都知道了！"

听到男人提起姜楚楚，温九思原本还算平和的表情立刻冷了许多："你说话注意一点。"

这句话噎住了对面的人，良久，对方才又开口说："九思，我不能看你这样日渐沉沦下去，等我处理完京都这边的事情，我就去南城。"

说完，对方就干脆利落地挂断了电话，丝毫不给温九思反对的机会。

温九思的眉头一直皱到他走回屋子。

姜楚楚坐在沙发上看言情小说，有一搭没一搭，也不大认真。

温九思走过去伸手将她拉进怀里。

"很无聊？"

姜楚楚乖巧地窝着，下巴撑在他的胳膊上，语调轻松地回答："是啊，我突然发现，这个世界明明有那么多的事情，可我能做的却那么少。"

"怎么会？你的画画得那么好看，没有几个人能赶得上你。"

她漂亮的眼睛黯淡下去，缠着自己胸前的蕾丝蝴蝶结。

"我不想画画了。"

看着她小可怜似的坐在自己怀里，自认为清心寡欲的温医生，在这一瞬间，突然涌起了对姜家那几个人深深的厌恶。

他吻了吻她的鬓角："你之前不是说过，在你学长的工作室那里得到了一个实习的职位吗？"

"是啊，但是学长有事去京都了，画室都关了，说起来这事还怨我。"
"那如果他回来了，你还愿不愿意去？"
"嗯？"

姜楚楚不太明白温九思话里的意思，但是如果刘晏学长还在南城，她应当是十分乐意跟他一块儿画画的。

因为刘晏同样是一个天赋型的画家，他的灵感与技巧并行，经常会画出令姜楚楚叹为观止的作品来。而且在运营画室上面，刘晏有自己的商业头脑，如果能加入他的画室，姜楚楚还是对未来的事业有所期待的。

只可惜……

"那就好。刘晏，他回来了。"

姜楚楚惊奇地睁大了眼睛。

"是你帮了忙？可是，你是怎么做到的？"

过程很曲折，但结果是好的就可以了，温医生微微一笑，深藏功与名。

"之前我就答应你，要帮你解决这件事。现在你知道了，只要我答应你的事情，我都会做到。"

看着小姑娘眼底溢出的欣喜，温九思丝毫没有愧疚感地揽了功，只是同时，心里还有那么一点醋意……

姜楚楚跟刘晏通过了电话，刘晏说他确实要回南城，不过还要等两天，处理完那边的一些事情才好走。

姜楚楚扭扭捏捏地询问他回南城的打算。

刘晏在电话里笑了起来："当然是跟我的学妹一起，把我们的画室重新开起来。"

姜楚楚瞬间就笑开了花。

"不过楚楚……"刘晏的声音带着几分犹疑。

"你是怎么知道我马上就可以回南城的？"

姜楚楚一下就住了口，不知道该不该将温九思的名字说出去。

所幸刘晏也没有追究下去，只是感叹道："这一次，是我们画室之前卖给京都这边的一个富豪的画引起的，那个富豪得病死了，他的家人非说我们的画的涂料有问题。你也知道，人命关天的事情哪有这么好解决……

"我都做好了在京都待个几年，配合调查的准备，可是突然警察就告诉我，又找到了富豪真正的死因了，他是犯了心脏病才死的。"

说起这件事，刘晏至今还感到有些荒唐。

从始至终都知道刘晏多无辜的姜楚楚，突然就感到了一阵心虚，不过很快，她就把这种心虚转嫁到了对袁呈的不屑上。

都是他搞出来的。

兴许是好友的近况，燃起了姜楚楚对未来职业生涯的热情。

一个周末，她硬拽着徐钰陪她去商场，试几套职业装，再买上几套昂贵的画具，给刘晏接风洗尘。

等姜楚楚换好了一套衣服，从更衣室出来的时候，看见徐钰正背对着她打电话，她蹑手蹑脚地凑了过去，准备吓唬徐钰一下。

可凑近了之后，却突然听见徐钰说："不行……医生……今天要陪楚楚去逛街，没有时间。"

她只听到了一半，却因为"医生"这个字眼条件反射般地上了心。

徐钰生病了？

"好，那我们再约时间——"徐钰一边说，一边转身过来，冷不防看到站在她身后的姜楚楚，吓了一跳，手里的手机直愣愣地往地上摔去。

姜楚楚反应迅速地弯腰，帮徐钰接了一下。

可还没等她拿稳，下一秒钟，徐钰立刻从她手里抢走了手机。

姜楚楚无意瞟到了屏幕上的那一串电话号码。

她佯装无事地直起身子，问徐钰："跟谁打电话呢？这么神秘。"

"我……我男朋友。"

姜楚楚点点头，又问了一遍："哦，你说你在跟你男朋友通电话？"

"对啊，怎么了？"徐钰尴尬地笑了笑。

"可是怎么这么巧，我男朋友的电话号码也是这一串。"

犹如一只被侵犯了领地的小兽，这么多日来的乖巧，在这一刻尽数收敛，姜楚楚眼光似刀，恨不得刀刀割在徐钰的身上。

"楚楚，这次你是真的误会我了。"徐钰试图解释，可是由于她有前科，解释并不奏效。

眼看姜楚楚的神色越来越不对劲，徐钰急忙打断她的胡思乱想："好吧，我跟你说实话。"

姜楚楚做了一个深呼吸，眼神依旧冰冷，但是她还能站在这里，就是给了徐钰机会解释。

徐钰沉默了一会儿，缓缓地闭上了眼睛。

"是，刚才我是打给温医生了，但是，我跟他绝对没有其他的关系，其实是因为……是因为袁珂有病。"

姜楚楚第一个反应就是袁珂这么多年来游戏花丛终于得到了报应，但是随即她又反应过来温九思可不是男科的医生。

/ 134 /

她心情大起大落,展现在面上的就是毫无表情。

"你不要以为随便编一个理由就能糊弄我,温九思是心理医生,袁珂有什么病非得找他瞧?我好歹也算跟他交往了几天,怎么没发现袁珂有什么不正常?"

"……我们坐下来再说吧。"

徐钰找了一个奶茶店,点了姜楚楚平时最喜欢喝的那一款,放到她面前,慢条斯理地解释起来。

解释之前,姜楚楚没收了她的手机,并打了电话给温九思,语气郑重地通知他立刻过来进行三方会谈。

郑重得让温九思有些慌神,他并不知道徐钰"暴露"了。

撂了电话,姜楚楚才喝了一口奶茶:"好了,你说吧,我倒要看看你要怎么把自己摘清。"

前面的话已经说出口了,徐钰后面的话接得越来越顺。

"其实,跟袁珂交往的过程中,我发现他的本性并不坏,对女性的态度虽然轻佻,但是——"

徐钰刚起了一个头,就被姜楚楚打断。

姜楚楚拒绝这个理由:"你不会是想告诉我,袁珂之所以养成今天这种花花公子的性格,都是有原因的吧。"

徐钰点了点头,以示自己话语的可信。

"是,据我所知道的,袁珂他……他因为小时候被女孩子欺骗过,所以才不肯信任女孩子,这么多年来才一直游戏花丛。"

——徐钰说得跟真事一样。

谈话间,温九思来了。

温九思跟徐钰隐晦地对视了一眼,他立刻就知道姜楚楚这是看到他俩背着她私下联系,因而怀疑徐钰和他有什么不正当的感情……

这下有点麻烦了。

温九思确实一直在跟徐钰联络。但是他们谈论的都是跟姜楚楚有关的事情,这些事情都不能说给她听。

而且方才也是温九思主动打电话给徐钰,想看看她今天有没有时间,能够来咨询室一趟,哪想到徐钰正跟姜楚楚在一起。

眼下的情况十分不妙。

姜楚楚虎视眈眈地站起来,俏丽的小脸上尽是冰霜覆盖。

"说吧,你们两个到底怎么回事!徐钰刚才已经给了我一个稀奇古怪的解释,我估计你俩也没有时间串口供,现在你来说!"

/ 135 /

温九思表面稳如泰山，内心却是焦急不已，他要说什么？当了这么多年的心理医生，温九思觉得自己此时比那些病人还要慌张。

这时，姜楚楚背后的徐钰露出了痛苦的表情，捂住了心脏的位置。

只能说，两个人都是聪明人，有些事情真的不需要说得太明白。

他只是一个心理医生，自然不可能看心脏病，排除掉这个选项，那么心可能会跟情感有关系……

徐钰情感方面的事情？

温九思一瞬间脑中涌出好多个想法，千回百转，最终化成一条明朗的线。

他自然地揽过姜楚楚的腰，叹了口气，对着徐钰说道："其实我之前跟徐小姐说过，对于她跟袁二少的事情，我爱莫能助。"

徐钰在心底默默给温九思点了个赞，不愧是一个道貌岸然的心理医生。

尽管这一关过了，可姜楚楚心底依旧还存有怀疑，非得缠着徐钰，在她的监督之下，将袁珂也叫了出来。

袁珂来的时候还是很不耐烦的，可是一看到旁边的姜楚楚，忽然就眼睛一亮。

"楚楚？是你想见我？"

"对啊，是我想见你。"

姜楚楚承认得很爽快，可她旁边的一男一女不约而同地黑了脸。

"宠幸"来得太突然，袁珂有些奇怪地看了一眼姜楚楚。

"楚楚，你没事吧？"

"我会有什么事，不过是想见你一面……怎么，不可以？"

女孩漫不经心地跷着二郎腿，红唇轻勾，就是袁珂记忆当中那个求而不得的样子。

当下他也顾不得有什么古怪，向前凑了一步，露出了他那公子哥特有的笑容。

"怎么不可以？只不过就是觉得有些奇怪。"

话虽如此，可是徐钰就在旁边，虽然她不说话，目光也没有看向两个人，可袁珂竟然觉得有一丝不自在。

他轻咳了一声："难得你找我，要不……我请你们去玩一圈。"

这个"你们"，显然也包括了徐钰，甚至是温九思。

他原本只是想提出一个话题来打破这种奇怪的氛围，可是没想到，姜楚楚竟然答应了。

"好啊。"

她一站起来，身侧的那两个人也跟着站起来，只是都不说话，更让袁珂觉得这里有古怪，但他一时间也不知道哪儿有问题。

姜楚楚走在前面，扭过头看向依旧呆愣在原地的袁珂。

"你不走吗？"

"啊……来了，来了。"

袁珂紧赶了两步，正好走在徐钰的旁边，碰了碰她的手："你们这是怎么了，搞什么花样呢？"

徐钰没理他，而耳尖的姜楚楚却立刻扭过头来。

"不许说悄悄话。"

袁珂："哎？"

袁珂就熟门熟路地找到了一家酒吧。

站在酒吧门口，来来往往的人或多或少都将目光投了过来，不为别的，只为了看温九思一眼。

在这种地方，富二代有很多，甚至偶尔还会有几个小明星光顾。

可没有一个男人，像温九思这样……格格不入。

这种一看就矜持而禁欲的男人，就该被摆在高高的台子上面供着，谁有这个能力把他拉下凡来？

但还真有人有，这个人就是姜楚楚。

姜楚楚看了看温九思。

她承认她是故意的，不管出于什么原因，她之前已经跟他讲过，不要联系徐钰，可是温九思不仅联系了，还背着她联系。

这就是赤裸裸的隐瞒。

如果不给他一点教训，这个男人以后还指不定会做出什么更过分的事情。

可是现在，看到众人投射在他身上意味不明的目光，姜楚楚突然有些后悔，他是她的，谁都不想给看。

可是大门就在眼前，就此退缩，不是显得她太没骨气了吗……

这样想着，姜楚楚冲温九思挑了挑下巴。

"进？"

温九思只是淡淡地冲她笑，仿佛她的意愿就可以决定他的行动路线，不管这个地方是不是他想要去的。

"随你。"

靠刷袁二少的脸，四个人坐了一处最幽静，但观赏角度也最好的位置。

酒点上了，姜楚楚也不多说什么，主题很明显，就是让袁珂喝两杯。

酒是烈酒，两杯下肚，袁珂就已经有些上了头。

由于还不是上客的高峰期，酒吧里并不乱，前面还有一个乐队正在演奏着民谣。

/ 137 /

袁珂逐渐放松了警惕，跟着乐队主唱的调子打起拍子来，一手去端桌子上的酒杯。

就在这个时候，姜楚楚出其不意地大声问他："你就不想找一找小时候给你留下阴影的那个女孩子，教训她一顿吗？"

袁珂一口酒喷了出来："你是怎么知道这件事的？"

袁珂没有那么高的智商，见他的表情不似作伪，姜楚楚的心终于放了下来。

为了报复，姜楚楚痛快地指了指徐钰。

"她说的。"

姜楚楚是没有疑心了，可是温九思却看出味来，这徐钰临时编出来的话，并不全是谎言，不过，这就是另一个故事了。

童年阴影被翻出来，袁珂仅剩的那么一丝酒意也醒了，他霍地转向徐钰："徐钰，这件事情我谁都没说过，你是怎么知道的？"

徐钰掩饰性地别开了头，将一整杯洋酒送进了喉咙，被辣得呛出了眼泪，才在袁珂怪异的神色中回答道："我就是随便猜的。"

"我信了你的邪！"

那边袁珂纠缠着徐钰。

这边姜楚楚卸下了心中一块大石头，她揪着温九思的衣领，让他发誓，今后不管是出于什么原因，都不可以有任何事隐瞒自己。

看着温九思清冷不染尘埃的样子，姜楚楚突然好奇，如果他的脸上染上绯红会是什么模样？

她于是冲着温九思举起了杯子，顺便把另一杯浓度更高的酒塞到他的手里。

"来，喝一杯！"

温九思没拒绝，只是闻了闻杯子。

"这酒很烈，你少喝一点吧。"

姜楚楚于是猜测，温九思应当是不太会喝酒。不过想一想也对，他这种人就应该天天坐在办公室里品茗、焚香，哪有什么机会练酒量。

这样一来，她对灌倒温九思这件事情好奇心更大了。

"你别担心我了，我就是再不济，也是很早就开始混迹于酒会，你也喝，你喝了这一杯，我就原谅你！"

话都说到这份上了，温九思只得跟她干了一杯。

有了第一杯，就有第二杯，有了第二杯就有无数杯。

温九思醉没醉她不知道，因为她……早就不记得灌温九思酒的初衷了。

姜楚楚喝多了。

酒吧里开始热闹起来，震耳欲聋的音乐，舞池里扭动着的男男女女，这回，

/ 138 /

都跟姜楚楚……格格不入。

她端坐在皮质椅子上，认真地盯着前面唱歌的人，手里端着酒杯，偶尔喝上一口，像是在喝咖啡。

那叫一个温良贤淑，如果不是因为实在场合不对，旁人根本就发现不了她喝醉了。

她坐在那儿，就仿佛千种风情万种妩媚尽赋她一人之身，哪怕身处在环境幽暗的酒吧中，那些有意无意望着她的眼神，也从来都没有少过。

这就是个小祸害！

温九思揉了揉开始狂跳的太阳穴，终于在瞥见别的座位上有一个男人，观望了姜楚楚许久，还是忍不住向这边走来的时候，他觉得不能再忍下去了。

温九思站起来，一把捞起懵懂不知事的女孩，看向徐钰。

"我带她走了。"

徐钰点点头："那我们也走。"

徐钰这边同样因为喝多了的袁珂，也有些手忙脚乱。

袁二少即便喝得烂醉，也没有忘记自己的真爱，非要往姜楚楚身边凑，徐钰又是头疼又是酸涩，只能死死拉着他。

出了酒吧，温九思伸手拦车，姜楚楚就乖乖地吊在他的臂弯里。

一低头就能看到她长如蝶翼的睫毛在轻轻扇着，他忍不住逗她："知道我是谁吗？"

姜楚楚看着他，认真地一下一下点着头。

"你是我男朋友，温九思。"

还行，口齿清晰，条理分明。

上了车，司机师傅问他们去哪儿，温九思还没来得及答话，姜楚楚就开口了。她准确地报上了地址——不是姜家的别墅区，而是郊外的小楼。

温九思顿了顿："不想回家？"

姜楚楚肯定地点头，一脸坚决："嗯，不回去，要去你那里。"

好吧，她是祖宗。

郊外有点远，温九思怕她路上不舒服，干脆报上了平日里住的公寓地址。

姜楚楚无所谓，只要是跟温九思待在一起就好了。

夜晚的道路不堵，他们很快就到了。在温九思的认知中，姜楚楚酒品这么好，那么回去的时候肯定也十分乖巧，帮她擦擦脸，脱了外套，差不多也就可以休息了。

可是事实证明，温医生还是太年轻。

姜楚楚一进门就把自己的包远远地撇了出去，这个动作让温九思眼皮子一跳，果不其然，下一秒，她就开始脱衣服。

温九思控制住她的手，像对待幼儿园小朋友一样严防死守，拖着她去洗了一把脸，刚舒了一口气，放开她准备给她倒点水。

姜楚楚突然伸手摸了摸自己的脑袋，轻轻地"咦"了一声，然后又拍了拍自己的屁股，也不知是在疑惑什么，她扭着腰去解开自己的裙子。

他急走两步，上前扣住了姜楚楚的手腕，从背后将女孩整个人揽进怀里，贴在身前，声音微沉。

"楚楚，你做什么？"

姜楚楚执着于要解裙子，在他怀里不老实地扭来扭去，嘴里咕哝着："我找不到了。"

这明显就是一个不达目的不罢休的主，温九思也不愿意给自己找罪受，干脆一手擒着她两只手腕，将怀里的人转了个圈，跟她面对面，耐着性子，轻声问道："什么东西找不到了？"

姜楚楚睁着大眼睛，眨巴眨巴，特认真地说："我的耳朵不见了，可是我的尾巴怎么也不见了？温九思，你看见我的尾巴了吗？"

"我……我没、没看见。"

向来天不怕地不怕，泰山崩于顶而色不变的温医生，竟在此刻结巴了。

这其实叫作——被萌得七荤八素。

不满意温九思的呆滞，姜楚楚板起小脸严肃道："那你还愣着做什么？快帮我找一找啊。"

装修简单的一居室公寓，一眼望过去几乎没什么能藏东西的地方，可姜楚楚作起来，丝毫没有逻辑。

"好。"

对视了几秒钟，率先败下阵来的温九思，不知道哪根神经断掉了，竟然答应她了……

一向聪明的温医生，只得弓着身子，漫无目的地在自己的房子里转着，大脑急速思考着，到底要怎么办。

然而，两分钟后，姜楚楚突然神色严肃地在沙发上跪坐下来，双手平举到自己的面前，认真地盯着自己的手指。

"我找到我的尾巴了。"

"嗯？"

"可我要怎么把我的尾巴装上呢？"姜楚楚又开始自言自语，沉默了几秒钟，她忽然眼睛一亮，霍地看向温九思。

"有办法了，你过来帮我按上不就行了吗！"

/ 140 /

为什么夜晚如此漫长?

温九思看着她空荡荡的双手,也只好跟她一起开始了无实物表演。

他顺便还要用自己仅有的理智,及时制止她过分的动作。

好不容易这小祖宗觉得自己的耳朵和尾巴都回来了,消停下来了,突然又举起了一只手,高声宣布道:"睡觉!"

说完,姜楚楚便自发地往卧室走去,她没有来过这个公寓,对地形一点都不熟悉,差一点撞上了门立柱,吓得温九思赶紧跟上她。

姜楚楚站在床边,脸朝下,"扑通"一声就趴到了床上,好半天都没有动作。温九思怕她把自己憋死,又连忙长腿一跨,跪到她的身边,将她整个人从被窝里捞出来,翻了一个面。

等忙完这一切,温九思发现自己竟然出汗了。

他转身拿了一张面巾纸胡乱擦了擦,又拿了一张向姜楚楚的额头上探去。

姜楚楚并没睡熟,察觉到有人在自己的脸上捣鼓来捣鼓去,她不耐烦地挥了挥,待她察觉到没有用之后,她干脆一把抓住了他的手往自己的身下压去。

她大概真的是上天派来考验他耐力的吧……

温九思不希望再有什么超出他预期的事情发生,兀自忍耐着,想要将手抽出来。

"动什么动,再动就把你扔了……"

姜楚楚显然将他当成了别的什么东西,像教训小宠物似的,在他的手臂上轻轻拍打了几下。

温九思没再试图反抗,他在心底叹了一口气,顺着床边坐了下来,准备等她睡熟了,再将手抽出来。

月明星稀,整个城市都仿佛陷入了沉睡之中,客厅里一盏昏暗的灯亮着,朦胧间,有一种寻常的暖意。

姜楚楚翻了一个身,没再动了。

在温九思以为姜楚楚终于睡着了的时候,她突然含糊地说:"我找不到他……我只有你。"

"你不是说你喜欢猫咪吗?所以你现在也是喜欢我的,是不是?"

温九思已经被折腾了一晚上的心脏,再次被拿捏住了,柔软得不可思议。

他俯身报复似的咬了咬女孩的耳垂。

"是不是不管我说多少遍你都不相信,我不喜欢猫,我只喜欢你。"

…………

天光乍亮,整个城市慢慢苏醒。

有只小鸟扑扇着翅膀落到卧室外的窗台上,叽叽喳喳地叫,还用嘴不住地啄着窗框。

姜楚楚被吵醒了。

她揉了揉眼睛,慢慢坐了起来,蒙蒙地看了看四周,陌生的陈设让她慌了一瞬间,但随后,她在卧室的挂衣架上,看到了一件熟悉的外套,这是温九思的家啊……

她轻轻舒了一口气,宿醉在她身上完全没留下痕迹,她的精神好得不得了。

姜楚楚蹑手蹑脚地走出去。

客厅里安静极了,能听到墙上的时钟的秒针一秒一秒地走着。沙发上,男人和衣而卧,沙发太小,男人的腿有一截搭在外面,他睡得不是很舒服,眼底还有着淡淡的青色。

姜楚楚在温九思身旁蹲了下来,用视线描绘着他的眉眼,他的眉毛天生就长得十分好,英挺的鼻梁,唇色浅淡,他闭着眼睛睡着,就像故事里等待公主吻醒的王子。

虽然姜楚楚蠢蠢欲动,但是看到他由于睡得不安稳而微微蹙起的眉头,她还是心疼了。

她没有打扰温九思,悄悄地收拾了一番,然后离开了公寓,将"睡完就跑"的精神发挥得淋漓尽致。

走到楼下,她还贴心地找了一家粥店,预订了一份早餐,让他们晚两个小时再送上去。

她从来没有为别人考虑过这么多,这么一想,就被自己先感动到了。

但是这种感觉很好,就好像,一夕之间,她在这个世界上有了很深的牵绊,让她笑,让她惦记,让她对未来充满期待。

频繁的外宿,姜楚楚本就没打算瞒住姜家人,是以,当回了姜家,面对姜福生突然的发难时,她也没有多大感触。

姜福生显然是几天都没休息好了,眼底的血丝清晰可见,胡子也没有刮,坐在沙发上,整个人都散发着一股阴恻恻的气息。

"站住!回家连个招呼都不打,这还像话吗?"

明知道他是想找个出气筒,姜楚楚自然没必要跟他硬刚。

她站住脚,态度良好,甚至还歉意地低下了头:"对不起,爸爸,我错了,下次有什么事情我一定提前打电话告诉家里。"

姜福生哽了一下,还是抓住了她的一个话头发作。

"下次?还有下次?谁家的姑娘像你这样不检点,你不知道你在外头是什么名声?还需要我来告诉你?"

/ 142 /

姜福生状态不好，估计也不知道自己说了什么话。

姜楚楚面无表情地听着，心底隐隐约约有了一个猜测。

看来这次上头查账的事情闹得不小，姜福生明显已经急昏了头。

姜家当初的发迹就是建立在非常规的手段上，没有深厚的根基，这么些年下来，早已经外表风光，内在腐朽，也不知道还能撑到几时，有可能是十年、五年，甚至一年，大厦将倾，谁都想推一把。

这个念头在姜楚楚心里一闪而过，便被她抛之脑后。

她摇了摇头："算了吧，这种自我奉献的事情，还是留给姜夏樱吧，她不是一门心思往集团事务里钻吗？你给她一个机会啊。"

姜福生重重地一拍桌子骂道："混账！你说的这是什么话，夏樱是你姐姐！"

"姐姐？她不是我的妹妹吗？姜夏樱是我的妹妹，姜明珠也是我的妹妹。"姜楚楚讽刺地笑了起来，"怎么我能做的事情，她们就不能做？"

姜福生气得站起来，刚往姜楚楚这边走了两步，突然间，楼上传出姜老爷子威严的声音——

"你一个四十多岁的人了，遇到事情只知道骂自己的女儿，丢不丢人？你俩都给我上来。"

姜老爷子说一句话，比什么都管用。

姜福生立刻住了声，带上桌面上一堆文件上楼找姜老爷子去了。

姜楚楚想了想，也提步跟上。

出乎意料的是，姜夏樱也在书房，好像正帮着姜老爷子处理一些事务。

她穿了一套宝蓝色的职业套裙，头发盘起，跟往日在家里的"小白花"装扮天壤之别，多了几分干练，却因着那股子唯诺的气质，也多了些令人怜爱的韵味。

近日姜夏樱都在姜氏熟悉环境，这姜楚楚是知道的，可是姜老爷子会平白无故地将她带在身边？姜楚楚不信。

事出反常必有妖，她忍不住皱了皱眉，不知道姜老爷子又要搞什么幺蛾子。

应当是给儿子布置了任务，姜福生一上楼来就急着"交作业"："爸，您让我看的上年度财务报表，我都看了一遍。"

姜老爷子"嗯"了一声，没什么表情。姜福生露出了忐忑的神色，又说："但是我真的没有看出来有什么不对劲，我们姜氏去年的利润，比前两年加在一起还要高，爸，您是不是想多……了？"

一个"了"字还没完全说出口，尾音就在姜老爷子阴沉的注视下销声匿迹。

姜福生缩了缩脖子，不敢吱声了，丝毫没注意到在两个女儿面前露了懦弱的一面。

看了他良久，姜老爷子长叹一声。

"罢了，我早就知道你是个扶不起的阿斗，平日里公司的事都有部门分管着还看不出来，一遇到问题，你的无能就全都展现出来了。"

听着姜老爷子毫不顾及他面子直接说出贬低他的话，姜福生面色白了白，却无可辩驳，只得更深地低下头去。

"唉，你出去吧。"

姜老爷子让姜福生出去，却让姜楚楚跟姜夏樱留了下来。

姜夏樱很识趣，自己的父亲被训斥的时候，她就低着头两耳不闻窗外事，一心只处理那些文件，此刻姜福生出去了，她又放下了手中的东西，面带愁容地看着姜老爷子，一副恨不得为他排忧解难的样子。

姜老爷子思忖良久，缓缓地摇了摇头，一副疲惫不堪的样子。

"你俩看到了，你们的父亲无能，公司一出了状况，还得让我这个老人家出面……但幸好，姜家还有你们两个女孩。"

好一出"杀鸡给猴看"，这一句话，不但立刻就把姜明珠排除在外，无形中抬高了两个人的身价，更显示了姜家实际的当家人对她们两个人的看重。

姜楚楚不怎么感兴趣，但姜夏樱从来都没听过姜老爷子的好话，这时候明显有些激动，呼吸都忍不住急促起来。

姜老爷子沉浸在自己的伤痛中，见情绪已经渲染得差不多了，才开口说："下周，有京都那边的企业过来，据说是来考察南城的投资环境，你们留心点。"

留心点什么？

自然是来考察的人中，有哪些能帮助他们渡过难关，但至于她们需要付出的代价，根本就不在姜老爷子的考虑范围内。

他这话说得理所当然，甚至还透出了几分慈爱。

"袁家牵头，准备为京都来的客人办一场欢迎酒会，这周末，就在一品公馆，你俩准备一下，到时候跟我一起去。"

说来说去，终于说到了正题上。

"我不去。"

姜楚楚第一反应就是将头摇成了拨浪鼓。

姜老爷子深深地看了她一眼，神情意外地平和，带了几分语重心长说道："楚楚，既然你不喜欢宋初一，那我也就不逼你了。"

这是交换条件？一场酒会就能换得姜老爷子放弃将她嫁给宋初一的念头，未免也太容易了吧。

明知事情没有这么简单，但能借此规避掉眼前的麻烦，她也是乐意的。

于是姜楚楚又扬起笑脸点了点头。

"好的，爷爷。"

姜老爷子又交代了几句"酒会须知"，就让她们下楼去了。

"楚楚。"

走廊上，姜夏樱在身后轻轻叫住她。

姜楚楚不耐烦地回头，姜夏樱咬了咬嘴唇："我看得出来爷爷让你去参加晚会的时候，你很不情愿。"

姜楚楚双手抱胸，打量着姜夏樱，姜夏樱的目光中有火焰，虽然她隐藏得很深，但只要一个人有野心，总会在举止上露出破绽，比如她紧紧抓住自己衣角的手指，就泄露了她的不甘心。

"那又怎么样？"

姜夏樱忍不住往前走了一步。

"什么叫那又怎么样？你不一向都是我行我素的吗？如果你不愿意去，你就再坚持一下，何必到最后再同意，倒像是欲拒还迎，你不觉得掉价吗？"姜夏樱一向都以柔弱示人，能让她说出这种话来，想必是内心波动极大。

姜楚楚忍不住玩味地牵牵嘴角。

"反对到底？和爷爷对着干？"

姜楚楚看了一眼紧闭的书房门："他人老了，做事有些激进，万一我真惹他生了气，磕得头破血流我都心疼自己。这么简单的道理，你也应该清楚。有惨痛的例子在先，不是吗？"

看姜夏樱还是一副"我看你就是'绿茶'"的样子，姜楚楚上前拍了拍她的肩膀。

"你行你上啊？"

"不过我倒是很好奇，我这个人呢，一向低调，不喜欢在公众场合出什么风头，你干吗这么忌惮我？"

姜楚楚纯粹是无聊的嘲讽，却没想到姜夏樱竟然回答了："因为邀请你去那个酒会，是京都那边的客人亲自要求的。"

姜楚楚抽了抽鼻子，她不认识京都那边的人啊……

这个问题并没有困扰她多久，比起不知所谓的京都来客，她更在乎的是，她的约会要泡汤了。

原本周末的时候，姜楚楚定了和温九思一起去看电影，看完电影再吃个饭。

她倒在床上，把这件事跟温九思一说，却不见他有多遗憾。

"正好，我也想跟你说来着，我有一个朋友，周末过来，我可能也没办法陪你了。"

姜楚楚撇撇嘴。

"你的朋友?我怎么不知道你在南城还有朋友?"

温九思低低地笑了起来,隔着电话,也让姜楚楚的耳朵痒痒的。

"也是从京都来的,到时候介绍你们认识。"

第八章
宠她入怀

平静的日子过了两天,周五的时候,刘晏终于姗姗而归。

姜楚楚本来打算去接机的,可是跟徐钰一说,被她制止了。

"刘晏学长是跟女朋友一起回来的吧,你去接,不好。"

姜楚楚嗤笑:"有什么不好的,我都有温医生了,她怕什么?"

徐钰看见姜楚楚一副有温医生就万事足的模样,觉得跟她说不通道理,终究还是咽下了一口老血,顺着毛捋。

"当然啦,你的温医生是最好的,可是,你这么美,存在的本身就是对别的女性最大的恶意,还是尽量少散发出来吧。"

姜楚楚轻易地就被说服了,两个人联系了刘晏之后,相约在他的画室见面。

她们在画室门口找了家咖啡馆,坐着等他。不过片刻,就看见一辆红色的超跑开了过来,停在画室的门口。

刘晏提了一个行李箱从副驾驶位下来,然后绕道去了驾驶位,驾驶位的窗户落了下来,露出一张女人面容精致的脸。

刘晏表情温和地跟她说了句什么,那女人忽然将车窗全部落下来,半个身子撑了出来,探着头冲他索吻。

刘晏于是轻吻在她的额头,又目送着那辆红色的跑车离开。

徐钰看见了,忍不住酸溜溜地说:"学长对他女朋友可真好……学长人又温和,还有才气,家世也不错,他女朋友肯定是上辈子好事做多了。"

姜楚楚听了不以为意。

"他女朋友上辈子是不是好事做多了我不知道,但是我知道,学长上辈子肯定是没做什么好事。"

徐钰受不了她阴阳怪气的语调,戳了戳她的胳膊。

"怎么就允许你甜蜜蜜,别人就不许是金童玉女?"

"反正我不喜欢他那个女朋友。"

大学的时候，她们曾经在校园里短暂地见过一面，那是一次大型的校园活动，他女朋友是京都人，特意从京都赶过来，跟着几个跟班前呼后拥的，不知道的还以为是明星出行。他女朋友准备了以车计数的见面礼，让她的小跟班们发给大家。

而她自己则牢牢地挽着刘晏的手，但凡刘晏跟哪个女孩子说上一句话，她都要出口打断，几句不阴不阳的话，就能让那个女孩子面色羞红地跑开。

那个时候刘晏的眼底尽是无奈，他分明是不喜欢的，可不知道为什么竟默许了女朋友的这种做法，连一句劝阻也不曾有。

姜楚楚的直觉告诉她，这里有古怪。

徐钰可不懂她心里的千回百转，招呼服务员结账后，扭过头来对她说："人家的女朋友干吗用得着你喜欢。"

走出咖啡馆，姜楚楚还沉浸在自己的世界里时，徐钰已经扬声喊了起来："学长！"

刘晏正在开画室的门，听见动静转过头来，视线无意间扫过姜楚楚的面容，云淡风轻的脸上多了一抹笑意。

"原来你们已经到了。"

画室多日没有人来，桌面上已经蒙上了一层细细的灰尘，徐钰自告奋勇帮着清洁，而姜楚楚也贡献了自己的一份力量——自觉地站到一边，不会影响到他们的动作。

三个人一边聊着天，一边打扫房间，也不觉得累。

忽然间，姜楚楚的短信提示音响了。

她打开一看，是温九思问她，明天的晚会有没有合适的礼服。

姜楚楚顺手回复——还没来得及挑，随便穿吧。

放下手机一抬起头，不期然对上刘晏清澈的目光，她一愣。

刘晏率先别开了头，仿佛刚才的那一幕只是巧合而已。

正好徐钰问道："学长，你这次回来，是不是还和以前一样，经营这个画室？"

"不过以后我们工作室卖画，可要再小心谨慎一些了。"刘晏笑了笑，"对了……"

刘晏说着话，姜楚楚手机又响了，依旧是她心心念念的温医生。

温九思：晚上来找我，我给你准备了。

她脸上浮现起甜蜜的神色，手上不停。

姜楚楚：我好想现在就见到你啊，温医生！

一条短信发出去，姜楚楚满足地抬头，就看见那两个人都用一种难以言喻的目光看着自己。

刘晏说："……你觉得怎么样？"

姜楚楚一脸茫然:"啊?什么?抱歉学长,你刚才说什么我没听见。"

徐钰一副受不了的样子,表情十分嫌弃:"我看你自从跟温医生在一起之后,智商就直线下降……刚才学长说让你下周一就过来上班,你来不来?"

姜楚楚连忙点头:"当然来,我这两个月没有去别的地方实习,就是在等着学长你呢!"

"那就好……"刘晏似乎是顿了一下,状似无意地开口问,"楚楚,你和温医生——"

"叮"一声,温九思的第三条短信发来:你在哪里?我现在就去接你。

姜楚楚迅速地回复,等她再次放下手机,抬起头来,发现自己又忘了回答,于是连忙积极补救。

"学长你说什么来着?我和温九思怎么了?"

刘晏温和地摇了摇头,他现在也不需要她的回答了。

她的表现就是最好的答案。

她找到了那个能时刻牵动她心神的男人。

和刘晏聊天的时候完全察觉不到时间的流逝,直到画室外面突然传来了一声短促、清脆的鸣笛声,姜楚楚才如梦方醒。

她看了一眼窗外,一下子跳了起来:"温九思来接我了,我得走了。"

她利落地收拾好了包,站起来飞奔而出,刘晏想跟她好好说句再见都来不及。

他站起身踱步到窗边,看见姜楚楚出来,男人也下了车迎接她。

男人笑着跟姜楚楚说了句什么,突然转过头来看向这边,刘晏一愣。

两个男人遥遥点了点头,权作打招呼。

姜楚楚一坐到车上,就兴致勃勃地伸头往后座望:"我的衣服呢?你不是说给我准备礼服了吗?"

温九思指了指一个灰扑扑的盒子:"在那儿。"

看着那个堪比盛装古董的造型礼盒,姜楚楚当下就有了一种不好的预感,她把盒子打开,将里面的衣服展了开来。

果不其然。

姜楚楚哼了一声,将手里的衣服塞到他眼前。

中规中矩的深灰色,该露的地方一点都没露,不该露的地方更不会露,丝滑的面料,腰部宽大,裙摆超长,愣是剪裁出了一股性冷淡风,端庄和格调是有了,但她穿上,估计直接出家都可以了。

男人的心思显而易见。

姜楚楚很严肃地点着他的胸膛:"虽然我也很不喜欢出风头,但是在一品公馆举办的酒会,那都是高级别的,我也不能太让别人比下去了不是。"

这话说出来,温九思却是一愣:"你要参加舞会的地方,是在一品公馆?"

姜楚楚一脸疑惑:"对啊,有什么问题?"

温九思露出了一个无奈的笑容,缓缓地揉了揉太阳穴:"是我考虑不周全了。"

姜楚楚很疑惑,刚想开口问温九思,却见他伸出双手扳住了她的肩膀,语气认真:"明天的酒会上,如果你碰到一个扎着小辫子的男人,离他远一点,不要搭理他。"

扎着小辫子的男人?

姜楚楚先入为主,脑海中描绘出了一副理发店Tony老师翘着兰花指的形象,忍不住打了一个寒战:"放心放心,我对那种男人不感兴趣。"

稍后她又反应过来:"可是你怎么知道我会遇到一个那样的人呢?"

温九思深深地叹了口气:"你记不记得我前两天跟你说过的,我周末要去见一个朋友。"

"嗯。"

"准备在一品公馆里举行酒会的人,就是我的那个朋友。"

姜楚楚好半天才听明白了温九思的话,同时也解开了一个这两天一直萦绕在她心头的疑惑。

那就是为什么,从京都来的人会指名邀请她去酒会。

她原本有许多恶意的揣测,如今全部释然了——因为那个重要的客人是温九思的朋友啊,所以才会听说过她。

可是温九思的表情并没有因此轻松起来,他犹豫了一下,还是叮嘱道:"他原本跟我说,只是在一品公馆吃顿饭,我以为是便餐,也就没多考虑,正好从前的一个病人过来,预约在了明天,我原想把人送走再过去也来得及……

"可是现在看来明天可能会晚一点到,有什么事,你就给我打电话。"

"没关系没关系,你不管什么时候来我都等你,我一定要跟你跳一支舞。"

能有什么事?

温九思能跟她出席同一场酒会已经是意外之喜了,迟到什么的,简直连小插曲都算不上。

——现在的她是如此天真。

姜楚楚自然不会穿那条灰不拉几的裙子。

现在酒会上有自己的男人了,她自然就要做全场最亮眼的女人,好叫所有的人都知道,他们足够相配。

/ 150 /

周六一大早,不用姜老爷子督促,姜楚楚开车去了一家常去的店做了个美美的护理。

做 SPA,换礼服,化妆。

等到姜楚楚一身光鲜亮丽地回了姜家,姜老爷子满意地点头,看她的目光都多了几分慈爱。

晚上,一品公馆门前灯火辉煌,豪车一辆接一辆,并排停着,着装整齐的侍者,引着一位位客人走进大厅。

按理来说,姜老爷子是不准备带上姜明珠的,对于这个顶着姜姓却跟他没有半分血缘关系的女孩,能在人前维持名义上的关系,已经是给蒋家莫大的面子了。

可耐不住姜明珠有一个好未婚夫。

作为主办方袁家未来的儿媳妇,姜明珠一早就去了一品公馆,以未来女主人的姿态,帮忙布置会场。此刻,见到姜家父子和两个孙女进来,姜明珠提着裙摆,施施然迎了上去。

"爷爷,爸爸,你们来了。"

她的目光在姜楚楚身上一顿,优雅大方的微笑顿时变得有些僵硬,没有一个女人愿意在公开场合,被人在容貌上比下去。

尤其是,这个女人的名字叫作姜楚楚。

姜明珠很快就找了一个理由跟他们分开了,这毕竟是商业名流汇聚的地方,姜老爷子也带着姜福生,跟一些生意上的合作伙伴寒暄。

姜楚楚顶着或惊艳或嫉妒的各色目光,准确地在人群中又发现了一个"熟人"。

"宋初一!"

姜楚楚走过去,热络地叫了一声。

宋初一正跟一个穿着粉色礼服的女孩子说话,被她突然一叫,吓得手里的香槟晃了晃。

"……你也来了啊。"

宋初一歉意地跟那个女孩子点点头,带着姜楚楚到了另一旁人比较少的地方。

"我以为你的性格不会愿意来这种酒会。"

姜楚楚撇了撇嘴并不作答,反而打趣他:"虽然我对你这一款真的不感兴趣,但你放弃得未免也太早了吧。"

被姜楚楚用怀疑的目光打量着,宋初一哭笑不得:"你可别冤枉我,刚才那是我站在那儿,她自己上来搭话的,我要不理她多不礼貌。"

宋初一停顿了一下又说:"我说要娶一个姜家的女儿回去,不是开玩笑的。"

姜楚楚双手交叉护在胸前:"我来找你说话是觉得你人还不错,你可别会错

/ 151 /

意了,警告你,我名花有主了,你别打我的主意。"

"我知道。"

宋初一突然收敛了戏谑的神色,变得认真起来。

"如果你的温医生真的能给你幸福,那你一定要抓住他……别回姜家了。"

像他们这种层次的人,十分的话也只能说上两三分,宋初一肯跟她讲这些,已经是属于意料之外的事情了。

宋初一劝告她,别回姜家?

那只能说明,姜家公司的这次危机,恐怕真的很棘手。

姜楚楚遥遥望着正在跟人谈笑风生的姜老爷子,他带着和蔼微笑的脸上,丝毫看不出端倪。

姜老爷子心里到底在盘算着什么?

看到姜楚楚忽然沉思的表情,宋初一就知道,自己没有白提醒她,他的眼底划过一丝不易察觉的叹惋,却在姜楚楚看过来时,重新摆上了露出八颗牙齿的傻白甜式笑容。

"走,我带你吃点好吃的去,听说今天的厨子都是从京都调过来的,要不是冲着这一口,我可不来。"

"袁家邀请你的?"

"不是,是今晚的主角直接给我发的邀请函,可能是家里有生意上的联系吧。"

温九思的朋友干吗要给宋初一发邀请函呢?姜楚楚模模糊糊地想着,不过这个疑惑转瞬即逝,她并没有放在心上。

——忽略掉了一个可疑之处,这是她今天晚上犯的第一个错误。

宴会据说晚上八点正式开始,可是七点多的时候,人已经来得差不多了。

姜楚楚随意地抿了一口红酒,给温九思发了短信,问他怎么还不到,耳边宋初一"嗡嗡"的,不知道在说什么,她全当背景音乐听了。

温九思的短信回过来:很快,等我一会儿。

"楚楚?"宋初一很熟络地叫上了她的小名,"你看什么呢?怎么脸上一副傻笑?"

姜楚楚抬起头,白他一眼,正要说话,忽然间,身旁传来了一个十分诧异的声音——

"姜楚楚?"

男人也就二十多岁,面貌平平无奇,身上穿着一身崭新的西装,但面料明眼人一看就不够高级。

姜楚楚隐约间认出,这是她大学时候的一个学长,一个疯狂追求过她的学长。

刚入学的时候，因为出色的外貌，姜楚楚没少招那些如狼似虎的学长惦记，想要请她吃饭的，想要送她奢侈品的，前仆后继连绵不绝。

姜楚楚热爱平凡的生活，又因为戏精上瘾，伪装成了一个普通的文艺少女，但她毕竟也算是出身豪门，那些小儿科般的手段，比起袁珂都差了十多个档次，更入不了她的眼，拒绝了也就拒绝了，如风过无痕。

而姜楚楚之所以记得这个人，是因为他格外——令人厌恶。

年轻男人见她一直不说话，忍不住想伸手触碰她，手刚伸到半空中，就被宋初一警惕地拦下。

"你干什么？"

年轻男人的面色一瞬间有些阴沉，但他转而笑了起来，看向姜楚楚，意味深长地说："不愧是姜学妹，原来当初看不上我也是有道理的，这不就有别人带你来了吗？这宴会不错吧？"

他的态度有着几分居高临下的傲慢，甚至刻意抖了抖自己西服的下摆，以显示自己是被邀请而来的。

姜楚楚记得这个人的家境也就中等，实际上南城艺大里面大多是外地考过来的学子，也没什么豪门显贵出来的年轻人，因此四年的时间，姜楚楚才能够在上流名媛和普通学生两个身份之间切换自如。

袁家不可能给这种人派发邀请函，所以他是怎么进来的？

姜楚楚不想跟这种人多做纠缠，于是垂下眼帘："学长既然来了，就好好玩吧。"

她刚想走开，就被年轻男人拦住，他的脸上浮现出一抹油腻的微笑："楚楚，不一起玩玩吗？"

这话让人听着难受也很恶心。

宋初一一开始见两人认识，并没过多干涉，但现在看到这个男人对姜楚楚的纠缠，极有义气地往前跨了一步："这位兄弟，你要不介意，咱俩玩玩？"

宋初一的气度是自小培养起来的，虽然他表现得随和，但并不会让人轻视。

那年轻男人忌惮地看了他两眼，像是在衡量两人之间的差距，面色一阵青一阵白，好像打起了退堂鼓，却又因着什么不肯离开。

这时候正好一个侍者端着一盘子香槟走过来，那男人顺手就拿了两杯。

他将一杯递给姜楚楚："学妹，咱们这么长时间没见，最起码应该喝一个吧。"

姜楚楚厌烦还来不及，怎么肯跟他碰杯。

于是又是宋初一耐着性子应付，接过了那杯酒："来，咱俩喝一个——"

"哗啦！"

年轻男人的酒一点都没喝，尽数洒在了姜楚楚的衣服上。

与其说是不小心，倒不如说他是故意的，酒液顺着她的脖颈往胸口流去，姜楚楚瞬间汗毛。

"哎哟，对不起学妹……我真不是故意的，我帮你擦擦吧。"

年轻男人还假模假式地道着歉，伸出手就要往她胸口上摸。

宋初一一把拽住他的手，狠狠地往后一推，将另一只手上的香槟冲着男人的头就浇了下去，接着僵硬地扯了扯嘴角："对不起啊哥们儿，我也不是故意的。"

被宋初一抢先一步做了自己想要做的事情，姜楚楚也不知道是不是该谢谢他。

三个人之间的争执，动静并不小，已经有人往这边看了。姜楚楚看着一边手忙脚乱地擦着衣服，一边骂着脏话的男人，最后一点耐心也悉数消退。

不得不说，上天对美人就是格外厚爱，即便姜楚楚身上的衣服略有狼狈，可她依旧能够扬起下巴，端得一副睥睨的模样，讥诮不已。

"你知道你这副样子像什么吗？误闯了饕餮盛宴的一只哈巴狗，给了你一根骨头，就以为自己有资格坐上座位。你看看宴会上这些人，哪一个不是火眼金睛，你穿着你这套廉价西服挨个过去搭话，但凡有一个搭理你的，我跪下来管你叫爸爸！"

她很少说这种尖酸刻薄的话，可是面前的年轻男人实在让她倒尽了胃口，尖锐的讽刺，配上她这张精致的面容，输出的伤害是成吨的。

——以玉击石，为了出口气激怒一个小人，这是她今天晚上犯的第二个错误。

不过效果是立竿见影的。

年轻男人当场就气红了脸，看起来有些气急败坏，甚至不分场合地扬起了一只手——

其实姜楚楚等的就是这一刻，但凡他敢在这里动手，就能叫警卫把他撵出去，毕竟是别人家的地盘，出师总要有些名目。

可是她的愿望落空了。

"这位先生。"

不远处一个人走了过来，他是从侧门的方向走过来的，来得很低调，但打扮却跟他的行为不符——一身深红色的西装，别着精致的宝石胸针，姜楚楚往下一扫，竟然还穿着一双镶了水钻的尖头皮鞋。

"这位先生，您看您的衣服也湿了，宴会马上就开始，我让人给您换一套吧。毕竟，进来一趟，您也不想现在就退场吧。"

那位学长被他半是安慰，半是胁迫地弄走了。

男人没看宋初一，直接朝姜楚楚伸出手。

/ 154 /

"姜小姐，幸会。"

这个男人认识她？

姜楚楚也伸出手跟他握了握，视线落在对方的脸上，总觉得他长得有点眼熟，可她确信没见过这个人。

"很抱歉——您是？"

男人没回答她的话，只是温和地笑了笑。

"香槟虽然无色，但看起来也不雅观，姜小姐，不如也上楼去处理一番吧。"

姜楚楚也不想一会儿和温九思跳舞的时候，还穿着一条脏兮兮的裙子。

转身的瞬间，她错过了男人卸下了伪装的温和，露出了一丝恶意的笑容。

——这是她今天晚上犯的，最致命的一个错误。

裙子可以简单地清理一下，但是内衣都湿透了，幸好这里的服务生反应都很迅速，不过十几分钟就拿来了替换的。换好衣服，姜楚楚看了一眼手机，温九思五分钟之前发来短信，说他正在往这边赶。

看着发信人写着"温九思"三个字，姜楚楚忽然灵光一闪，她知道为什么会觉得刚才那个男人面熟了。

他就是温九思跟她形容过的那个朋友啊。

只不过他今天没有扎起小辫，而是将头发全都背着梳了过去，一时间，姜楚楚竟然没有将他跟想象中的 Tony 老师联系在一起。

等她收拾妥当重新下楼的时候，轻扬的音乐声已经响起。

忽然底下有人在鼓掌，穿着正式的名流们手端着香槟，不约而同地让开了一条道，一个男人面带微笑，沿着这条路往台上走去。

是那位 Tony 老师。

姜楚楚走下楼，四处张望着，温九思还没到，宋初一一脸纯真地跟着大家一起鼓着掌，不远处姜家的几个人聚着堆儿低声说笑，场面一派祥和。

男人走到前面，在众人的注视下，一点都不露怯，满面春风和煦。

"多谢大家，为了我办了这场欢迎会，鄙人不胜荣幸。"

袁呈作为主办人，陪在旁边，闻言举了举酒杯。

"蓝先生客气了。"

该有的仪式感还是要有的，举杯共饮度良宵，音乐声渐大，这是一个商业酒会应该有的良好开端。

姜楚楚已经能想象得到接下来的画面，主人和客人各讲几句商业互吹；年长的人聚在一起，谈谈股价；年轻的人端着酒杯到处转转，无论看到哪家的小姐，在这种场合之下，都可以名正言顺地上前搭讪，说不定还能成就几段佳缘。

觥筹交错，宾主尽欢，合该如此。

可是变故就在这个时候发生了——

姜楚楚正瞧着热闹，突然间有什么东西劈头盖脸地朝她砸过来。

"我让你在这儿装！"

东西很轻，所以一点都不疼，可是看清了砸她的是什么东西，姜楚楚的脑袋"轰"地响了起来。

是她刚才换下来的贴身衣物，可她原本已经将其扔进了垃圾桶里。

年轻人的举止，让众人顿时哗然。

在这种高端社交的场合下，不管你内心有多么的波澜壮阔，表面上都应笑脸迎人，否则就会变成其他人接下来一段时间的笑料。

但这可是一位不曾混迹在上流社会，又极其容易冲动的年轻人。

他可不管什么场面不场面的。

他能被邀请到这个酒会，完全就是一个意外，他的父母乐得不行，还以为是自己的儿子被哪个大集团的总裁女儿看上了，偷偷塞了邀请函过来，为此还特意到了商场的柜台，定制了一套四位数的西装，让他过来好好表现。

刚才他正在上面换上一套衣服，那西服的面料剪裁，无一不是高端制作，穿上它在镜子前一照，他突然觉得自己和底下那些含着金汤勺出生的人，没有什么两样。

正是自信心爆棚的时候，他突然听见有两个路过的女宾客在议论。

"你看见姜家那个姜楚楚今天那副打扮了吗？"

"我怎么可能没看见，那些在场的男人眼珠子都快要掉出来了吧。"

话语中带着明显的酸溜溜，却不妨碍这个女人极尽所能地表达着自己的轻视。

"要是我可不敢这么穿，也就是姜楚楚吧，换了这么多男人，这点勇气总是要有的。"

"这么多男人"这几个字触动了他敏感的神经，他觉得姜楚楚曾经的拒绝，根本就是看不起他。

他的内心越发阴暗和不平衡起来。

正巧了，两个路过的服务生在走廊相遇，其中一个问："现在底下这么忙你要去哪儿啊？哎，你手上拿的是什么？"

另一个开口回答："这是刚才姜小姐换下来的贴身衣物，我送去洗衣房，等她走的时候让她带走。"

贴身衣物。

男人心里突然冒出一股邪火。

她不是看不起自己吗？那他就让底下的那堆人看看这个女人到底是个什么

货色!

——于是就有了这个,在众目睽睽之下,让她丢人的疯狂举动。

袁呈的眼睛都快冒出刀来,他拨开人群,迅速走了过来。

"你这是在干什么?保安,快把他赶出去!"

按理说,袁呈作为主办人过来制止是没错的,可是他条件反射般地将姜楚楚护在身后的这个动作,在旁人看来怎么都有点暧昧。

尤其再配上旁边姜明珠一副摇摇欲坠的表情,众人已经可以脑补出一段姐妹相争的戏码来。

宋初一这个时候也拨开人群,走到了她旁边,一副保护者的姿态。

姜楚楚木着脸,攥紧自己的衣服沉默着。

不对,有什么地方不对。

"看来,看上这个假模假式女人的人还挺多。"

那个年轻的男人眼中划过一丝羞恼,更坚定了要将楚楚也拖下这潭浑水的决心。

他极尽所能地讥讽着,企图将姜楚楚贬低得一文不值:"你们看她表面清清纯纯,实际上骨子里浪荡得很,只要有钱,你让她——"

"啪!"

姜楚楚在他没反应过来之前,利落地上前给了他一个耳光。

反正事情已经这样,她早就想出了这口气,总不能叫这男人给她泼了满身的污水之后,还能全身而退。

"我真的很怀疑,你母亲把你生下来的时候,没给你带脑子。"

袁呈退开了一步,挥手示意保安赶紧将人带出去。

那男人被保安扣着,将自己所有的丢人现眼都归咎于姜楚楚身上,疯狗似的挣扎着扑过来狠狠推了她一把,但立刻又被制住了。两个保安像是拖着一条死鱼一样,将依旧叫嚣着的男人拖了出去。

这男人说的话一听就是谎言,毕竟姜楚楚的家世摆在那儿,可是事情发展到现在,根本没有多少人在乎他话里的真伪,也没有人想站出来替她说上一句话。

"啪——啪——啪——"

忽然间有鼓掌声传来。

"南城名媛的教养,真是让我大开眼界,这三男争一女的戏码,精彩,精彩。"

那位蓝先生的眼里,浮现出一抹真真切切的嘲讽,他站在原地,鼓了几下掌。

但这掌声在安静的人群中,显得格外突兀。

姜楚楚隔着人群看到他面上的笑意,好像有什么在脑海中串成了一条完整的线,她意识到,温九思的这位朋友对她竟然是抱有恶意的。

今天早些时候,宴会上的那些疑惑,突然又重新出现在了她的脑海中。

莫名其妙收到邀约的宋初一,不应该出现在这种场合却出现了的学长,以及突然冲出来维护她的袁家公子。

如果说这三个人之间有什么共性,那就是,跟她都有一点关系——今天这一出,恐怕都是这位蓝先生搞的鬼。

姜楚楚向来不惮以最大的恶意去揣测自己的处境。

众人的厌弃,使得姜楚楚周围突然变成了一条真空地带。

如果是在私下里,看见她这副孤立无援的模样,不知多少人想要英雄救美,可在公开场合,为了个名声不好听的女人,将自己和自己背后的家庭搭进去,就不值得了。

姜福生皱着眉头,刚想开口,被姜老爷子不动声色地一拉,姜福生有些犹豫。

"爸……这……"

姜老爷子垂下眼帘,坐得稳当,显然是不打算管。

姜夏樱在他身后站着,只觉得遍体生寒。

姜老爷子在外,一向表现出来的,都是对姜楚楚的宠爱。

可一旦姜楚楚丢了人,甚至还被姜老爷子极为重视的京都来客嘲讽之后,他立刻就跟这位往日最受宠的孙女划清了界限,冷眼旁观,不肯施以援手。

而与姜家人的面色不佳截然相反的,是一些捂嘴掩笑的所谓名流淑媛。

能看姜楚楚栽个大跟头,让她们觉得今天晚上没有白来。

"罢了,发生这样的事情,我也没什么兴趣再继续待下去了,大家自便。"说着,那位蓝先生理了理衣服,竟然想要提前离场。

可是如果那位蓝先生今天真的走了,她姜楚楚在南城,就不仅仅是名声不好听的问题了,因为她一个女人,把南城金融界的大人物都拉下了水,他们估计恨不得想要生啖她的肉了。

虽然形势对姜楚楚极为不利,但她的面上却没有多少难堪之情,她依旧勾着精致的红唇,仿佛处在暴风中间,被各色目光打量与嘲笑的并不是她。

宋初一想要说什么,但被姜楚楚用淡淡的目光制止住了,她转身看向那位蓝先生。

"我真的不知道,我到底有什么地方得罪了这位蓝先生,好歹死也让我死个明白。"

"我不知道这位小姐在说什么,我只是单纯对你的教养,提出了质疑。"

突然间,姜楚楚身后的人群里响起了窃窃私语,她没有往回看,可是下一秒钟,一件浅色的西服外套兜头罩了下来,盖在她光洁的肩上。

"对不起，路上有些堵车，我来晚了。"

一个轻巧的吻，落在她的额头。

独属于温九思的气息，一下子温和地包裹住她。

刚才还硬撑着仪态的姜楚楚，突然间就像小女人似的抽动了两下鼻子，闻着熟悉的味道，安心地躲在他的胸前。

她用只有两个人能听见的音量，闷闷地说："你不是说他是你的朋友吗？那他为什么要欺负我，他不知道我是你的心尖肉吗？"

虽然是埋怨的话，可是她说得理所当然，像是全然没有受到之前的影响，只要他来了，她便全心全意地依赖着他。

温九思喉结上下滚动，最后却只能说："对不起。"

蓝子期面上挂着傲慢的表情走了过来。

温九思目光深沉，警告似的看着他："子期，你闹够了没有？"

周围的人恍然，这两个人是认识的，可是这个后出现的男人又是谁？

蓝子期脸绷了几秒钟之后，突然"哈哈"大笑起来，先前他脸上居高临下的那种傲慢，瞬间消失得无影无踪。

他伸出一只手亲热地拍了拍温九思的背："我这不是，想给你们一个惊喜嘛。"

事情反转太快，令所有人措手不及。

两个男人是朋友，而后面来的那个男人，又显然跟姜楚楚关系匪浅。

蓝子期似是察觉到周围气氛的古怪，扭过头来："哎呀，忘了告诉你们了，这位楚楚小姐是我的朋友，我刚才只是在跟她开玩笑。"

蓝子期说得轻描淡写，恍然不觉，他这一句话，在刚才自以为揣摩透了他心思的人的脸上重重地打了一巴掌。

本以为蓝子期肯说这句话就已经是解围了，可没想到温九思还是沉着脸，声音清越，足以让周围的人都听清："子期，你胡说什么呢？我们俩是朋友不假，可楚楚——是我的女朋友。"

他的目光淡淡，却有一种别样的坚持，在某些事情上丝毫不肯含糊。

蓝子期的面色僵硬了一下，还是点点头，笑着说："是我说错话了……我的意思是你的女朋友不就是我的朋友吗？"

温九思还是不说话。

蓝子期垂在身侧的手握了握，下定了决心似的低下头："对不起。"

姜楚楚还沉浸在这大庭广众之下的一吻中，回不过神来，也就没在意两个男人之间古怪的气氛，自然也没听到蓝子期的道歉。

大约过了十几分钟，酒会又重新按照它正常的顺序进行，仿佛刚才只是一个小插曲而已。

姜夏樱不知道从什么地方冒出来，面上带着温柔的笑意："姐姐，爷爷想找你过去说话。"

温九思："我陪你去。"

刚才姜楚楚的孤立无援，温九思看在眼里，他想要替她把场子找回来，可姜楚楚却摇了摇头："不要了。"

她扭头看向姜夏樱："你就去跟爷爷说一声吧，我今天受了惊吓，想要早些回去了，爷爷一定可以理解我的。"

她的表情有几分漫不经心的讽刺，姜夏樱也觉得抬不起头，实际上当姜老爷子看到蓝子期对着温九思和姜楚楚露出笑脸的那一刻起，脸上就露出了意味深长的表情。

他是长辈，自然不会拉下面子亲自过来，于是就吩咐姜夏樱跑这个腿。

姜夏樱尴尬地笑了笑，也不劝，转身匆匆离开了。

温九思："你要回去了？"

姜楚楚点头："我真的想要走了。"

温九思不是很懂她的决定："为什么？你不是很想跟我一起跳舞的吗？"

姜楚楚的声音还带着点委屈巴巴，她指了指自己的脚踝："刚才被推了一下，崴到了。"

温九思沉默着，突然叹了一口气，在大庭广众之下，一下子将她打横抱了起来。

"那我带你走。"

两个人是从正门离开的，一路上又吸引了不少人的目光。

蓝子期焦急地追了出来："不是，你怎么还真生气了呢？我刚才已经道过歉了。"

温九思冷淡地扫了他一眼，毕竟是多年的朋友，他虽生气，但还是回答了。

"你误会了，楚楚脚崴了，我带她回去擦个药。"

"对啊对啊，好疼啊。"姜楚楚跟着附和着点头，一副疼得受不了的样子，躲进他的怀里。

蓝子期的目光从姜楚楚身上划过，听到他们两人一前一后的对话，十分受不了这个黏糊劲。

他沉默了几秒，表情看起来有些一言难尽，又加了点儿说不清道不明的古怪："脚崴了一下而已，你是不能站还是不能走？非得让人抱？"

姜楚楚记恨着他刚才让她出的洋相，觉得这个人脑子有病，因此怼起来不遗余力："对啊，我能站也能走，但我就是想让温九思抱我，温九思也愿意抱我，

/ 160 /

你管我！"

眼看蓝子期的表情变得有点难看，温九思打断了他们两人之间的对话。

"好了，我们俩就先走了，你快回去吧——毕竟是为了你举办的酒会。"

将姜楚楚抱到了副驾驶座位上，温九思关上门，站起身和蓝子期道别。

姜楚楚在车里听不到两人之间的对话，只能看见两人的身形。

一个气质干净利落，另一个阴郁而又俊美，他们站在一起，却显得格外和谐。

蓝子期神色不佳，但温九思不知道跟他说了两句什么，他的表情明显舒展了一些。

一看就是多年来培养出的默契。

姜楚楚看着，心里莫名有点不舒服。

眼看两个人还没说完话，温九思说了一句什么，蓝子期竟然还伸手戳了戳他的胸膛。

姜楚楚终于忍不住落下了车窗，冲着蓝子期喊道："你们再不说完，我就要报警了！"

蓝子期莫名其妙地看着她："干什么？"

"报警你骚扰我男朋友！"

蓝子期瞬间像被烫了脚一样跳起来："我警告你，刚才给你面子，是看在九思的份儿上，你别把自己真当作一盘菜了。"

"我就是一盘菜，也是一盘温九思喜欢吃的菜，跟你一点关系都没有。"想了想，姜楚楚又补充道，"我还能被他吃掉！你能吗？"

眼看话题越来越歪，温九思吸了一口气，干脆利落地进了驾驶室，发动汽车。

蓝子期显然没想到他说走就走，还把自己一个人留在原地，表情瞬间有些蒙。

姜楚楚还嫌不够，一把按下车窗，探着身子，眉色张狂地对着身后喊着："我能跟你吵，也是给你面子，如果没有温九思，我看都不看你一眼——"

喊完了之后，她舒了一口气坐回座位上，这才觉得今天晚上一直被压抑的心情有所缓解。

她扭头看了看开车的男人："我这么对你的朋友，你不生气？"

温九思摇摇头："你能出口气就好。子期那个人，张狂惯了，嘴上不饶人，偶尔可以适当地给些教训。"

姜楚楚于是小人得志地笑了。

两人一块儿去了温九思的公寓，温九思脱了鞋，进门的第一件事就是把姜楚楚扶到沙发上，然后去卧室翻出了医疗箱，蹲在她的脚边。

他将她的一只脚搁在自己的膝盖上，伸手挖了一下药膏，点涂在她的脚踝上，然后缓缓地揉了起来。

"擦完药之后，我给你做饭去，你想吃什么？"

她看了看自己小巧的脚踝，不知怎的突然开口："那就吃糖醋小排吧。"

温九思一顿，看着自己的脚，说想吃糖醋小排是什么毛病？

不过，他还是应了下来，手下越发轻柔。

实际上姜楚楚的扭伤十分轻微，轻微到可以忽略不计，但温九思仍是极有耐心地揉着，就像对待什么稀世珍宝。

姜楚楚干坐着也很无聊，突然想起什么，问道："你之前做过饭给别人吃吗？"

温九思想了想，很诚实地答话："子期吃过我做的饭，这道糖醋小排他就很喜欢。"

姜楚楚闻言突然冷下脸："我不想吃糖醋小排了，我想吃鱼。"

"其实我不太会做鱼，但糖醋小排做得还不错。"说完，他将药膏收起来，合上医疗箱。

他转头回来，唇却正好对上她的。

姜楚楚伸出两只手扳过他的下巴，认真严肃地将自己的脸凑到男人跟前。

她坦坦荡荡地说："我讨厌你的朋友，所以我不亲你……但我得让你知道，你现在是我的。"

他从来不知道，原来猫也会划地盘的。

不过比这更重要的是——她不喜欢蓝子期，怎么能迁怒他呢？

沉思片刻后，温医生站起来，一把将她从沙发上捞了起来，使她比自己还高了一个头。

随即抱住她的腰离开沙发。

骤然腾空，姜楚楚睁大了眼睛，慌张了一瞬间，连忙伸手搂住男人的脖子。

男人抱住她："不亲我？"

他抬起头，露出斧凿刀削般的下颌弧线，姜楚楚忽然心动。

她脑海中顿时浮现出了她看过的那些霸道总裁小说。

"你可不可以叫我一声'你这个磨人的小妖精'？"

"嗯？"

看来是不会了……

体验一把书中女主角的愿望破灭，姜楚楚略有失望，转而又问："那你会不会说韩语？"

这样的话，等下她跟他亲吻的时候，就会有一种韩剧女主角的感觉……

被她天马行空的脑洞弄得迷迷糊糊，于是他干脆轻柔却霸道地咬住了她的嘴唇，让她不能再说话。

很快两个人的呼吸都急促起来。

一吻毕，温九思又将她扔到沙发上，俯下身子继续吻。

等到温九思终于觉得可以了，他才微微抬起身子，准备起身。

姜楚楚眼神迷离："你干什么去？"

温九思解下领结，随意地扔到一边，说："给你做鱼去。"

姜楚楚乐了，一下子跪坐起来："那我可不可以——"

"不可以。"温九思看了看手表，马上就过饭点了，可不能再由着她闹腾，于是他又补充了一句，"你要再闹人，我就把你绑上。"

温九思会的东西很多，但并不包括做鱼。

冰箱里正好有一条冻鱼，是他之前的一位病人送给他尝鲜的，他收了之后直接就冻了起来，今天恰好派上了用场。

湿滑的表面和黏腻的鱼鳞，让有轻微洁癖的温医生皱起眉来。

他掏出手机一本正经地搜索了几个做鱼的方法。

突然，身后传来了姜楚楚的脚步声。

她自觉地给自己找了一件温九思的T恤，把礼服换了下来。

她个子其实蛮高，T恤衫穿在身上，堪堪没过大腿根。

温九思只回头看了一眼，就狠狠地皱起眉来。

姜楚楚知道他在想什么，立刻解释道："我这里面有打底的，不信你看？"

见她立刻就要掀起T恤衫以证清白，温九思咳了一下，用手势止住了她，言简意赅地说道："不用。"

姜楚楚"哦"了一声，语气听起来还怪失望的。看着还没有开始做菜的男人，她善解人意地问了一句："要我帮忙吗？"

温九思想了想，冲她招了招手："过来。"

姜楚楚乖巧地走过去。

下一刻，温九思突然把她抱起来，然后把她搁在料理台上干净的角落。

"咦？"

"不是说刚扭伤了脚吗，虽然不严重，但你也不能光着脚过来。"

看着男人严肃的表情，姜楚楚认错认得十分开心，但同时也提出了来自群众的意见——

"你应该在家里给我备一双拖鞋，这样我就有鞋子穿了。"

温九思点点头："好。"

他转过身，不知想到什么，随后又转回来，将自己的手机递到她跟前："给我念一下菜谱。"

"……哦。"

姜楚楚慢吞吞地念了起来:"鱼清洗后刮去鱼鳞……"
读着读着,她就有点走神。
厨房暖黄的灯光下,男人侧颜如玉,认真清洗着手上的鱼。
锅里的水烧开了,水蒸气蒸腾着,莫名地给厨房增添了一些温暖。
姜楚楚看着看着,忍不住痴了。

即便温九思再三强调,自己做鱼并不好吃。
可是那一碗香气扑鼻、泛着奶白色的鱼汤,还是让姜楚楚异常满足。
一碗见底,姜楚楚主动要求再盛一碗。
可相比姜楚楚的好心情,温九思显然心里有事。
他停下了筷子:"你爷爷那里,如果你需要,我可以——"
他原本以为,姜老爷子哪怕是利用姜楚楚,在外面也应该做做样子,如珠如宝地待她。
却不承想姜老爷子的审时度势,已经到了如此小心谨慎的地步。看到姜楚楚被所谓的贵客为难,被所有人孤立的时候,他丝毫没有站出来的意思。
如果自己再晚一点到,指不定他的小姑娘又会受多大的委屈。
姜楚楚摇摇头:"不用。"
温九思蹙眉:"我了解你,楚楚,你并不太留恋姜家的体面,为什么还要让自己受这份委屈?"
他是真的心疼她。
"姜家在南城还有体面吗?你不知道他……我在他手上吃过大亏。"
姜楚楚无意识地用手拄着下巴,语气倒是没有什么波动。
"跟姜明珠与姜夏樱的放养不一样,他从小就不喜欢我跟别的小朋友走得太近,那个时候他还在南城,一有时间就盯着我上很多课。"
温九思默不作声地将她手上的筷子拿下来,以防她戳伤了自己。
"我记得,最开始是我小学同桌,他觉得那个女孩出身农村,会让我染上不好的举止,也不知道使了什么法子,让那个女孩转学了。
"后来是初中,我们班有个男孩子偷偷给我写信,拜托我的同桌交给我,你猜怎么着?临中考之前他们两个人被爆品行不端,要记过——后来他们的妈妈来学校闹,说是有误会,但这事儿到最后也不了了之了。
"虽然没有证据,但我就是知道那是他做的。我说出来你可别觉得可笑,那个时候我不懂事,还以为他是真心喜欢我,于是叛逆了一段时间,想让他退步,别再管我交朋友的事。
"闹得最凶的那一次,我扬言要离家出走……"

姜楚楚面上浮起讽刺。

"但他竟然真的狠得下心来,他关了我四天,只给水,不给饭。哦对了,那个时候姜夏樱还偷偷给我塞过一块面包,她小时候可比现在可爱。"

第一次听到姜楚楚小时候的事情,温九思表情认真,眼睛一瞬不瞬地看着她。

"后来……他把我叫到书房,问我学没学会听话,如果没有,他只能狠心再把我关起来,关得再久一点,直到我听话为止。"

"好了,都过去了。"温九思淡淡地截住了她的话头,她眼里那无所谓的自嘲,让他心头涌起莫大的酸涩。

看着温九思克制的表情,姜楚楚想了想,反而安慰道。

"其实后来就好了,自从我十三岁那年生了场大病之后,姜家的人都变得有点奇怪……也不敢关我了,也不敢欺负我了,就像我是他们不受待见的老祖宗附身了似的——厌恶,但又不得不敬而远之。"

隔了一会儿,温九思又问她:"所以……你应当是没什么发小之类的,那你和徐钰是什么时候认识的?"

他在试探。

姜楚楚仿佛有些迷茫,但很快她就理清了条理。

"对,我那个时候已经认识徐钰了,但她当时好像是回家了……对,她回老家了。"

她永远都可以无意识地自圆其说。

温九思总算知道她对这个"从小玩到大的朋友"的角色为什么如此热衷了。

男人沉默了片刻。

他问:"你……不想离开姜家吗?彻底地离开?"

"我为什么不离开姜家?"姜楚楚无意识地重复了一遍。

最大的原因,她还不想离开南城,那个男人——她的王叔叔,她有一种近乎诡异的预感,她应该留在这儿等待,等待着他回来找她。

可这些,姜楚楚不想告诉温九思,所以她只是淡淡地说:"因为只要姜家还在一天,我在所有人的眼中就还是姜家的小姐,那些因为我姓姜而源源不断找上来的麻烦就不会停,我又不想跟他们玉石俱焚……所以,还不到时候吧。"

终于吃饱喝足,姜楚楚放下碗,一脸傻白甜:"而且我有你啊,你一定会保护我的,对不对?"

温九思定定地看着她:"对。"

在为了迎接京都来的客人的酒会上,南城一向被人议论纷纷的姜家大小姐姜楚楚,又有了新的男朋友这个消息,犹如长了腿,几天之内,在南城各路名媛公子哥的圈子里传得沸沸扬扬。

等到周一姜楚楚将自己的画具搬到刘晏那儿时，连一向不喜八卦的刘晏都听说了此事。

可是相比起桃色绯闻，刘晏显然更关心姜楚楚的安全。

他俊雅的眉皱着，看着宛如没事人一样摆着色板的姜楚楚，忍不住问："你知道温九思的真实身份吗？"

姜楚楚漫不经心地说："什么身份？他是心理医生啊。"

刘晏上前抽走她手上的画板，迫使她正视他。

"能跟那个蓝先生做朋友，他的身份应该也不简单，我是怕你什么都不知道会吃亏。"

"好了，学长，你再说我耳朵都要起茧子了。"

看着姜楚楚油盐不进的样子，刘晏无奈地摇摇头，但又不想她生他的气，只好转移了话题。

"这次从京都回来之前，我见到了白教授。"

姜楚楚的注意力果然被吸引："你认识白教授？"

"有过几面之缘。"

姜楚楚"哦"了一声，刘晏的油画造诣并不低，在一些场合遇见白教授，也是极有可能的事情。

"因为油画展出的问题，她这一次走得急，没来得及跟你详谈，听说你是我要好的师妹，她还很开心，说等忙完手头的事会再联系你。"

说完刘晏又犹豫了一下："油画艺术展的事情，我多少听说了一些，你……"

姜楚楚受不了了，刘晏学长什么都好，就是有的时候太磨叽。

她用手在嘴上比了一个拉拉链的动作："你放心吧学长，我又不是软弱可欺的小白花，我会给自己留后路的。"

刘晏依旧不放心，还想追着姜楚楚问什么，她连忙捂着耳朵跑开了。

之后回到姜家，姜老爷子也拐弯抹角地问过姜楚楚，她与蓝子期有什么关系。

她当然实话实说，蓝子期是温九思的朋友。

而后，姜老爷子满含深意地让她有空的时候，把温九思请回家，这也算是变相地承认了两个人的关系。

姜楚楚都看不下去他这副见风使舵的样子。

对她来说，温九思到底只是个心理医生，他有没有别的身份，真的不重要。

她这两天一直在刘晏的工作室忙，一直都没见温九思，她想得慌。

姜楚楚决定给温九思一个惊喜，没打电话就直接去了他的心理咨询室。

身为老板娘,就是有这个便利,几个员工都已经认识姜楚楚,任由她悄悄地走到了温九思办公室的门外。

她猛地推开门,眼睛亮晶晶的。

"Surprise!"

办公室里不只有温九思一个人,蓝子期也在。

姜楚楚的脸立刻垮了下来。

温九思正背着她翻找着文件,听见动静扭过头来,面上浮现出一抹笑意:"怎么来了也不告诉我一声?"

姜楚楚一屁股坐在沙发上,双腿跷了起来,其中一只脚似乎不经意地踢了蓝子期一下,在他昂贵的西装裤腿上留下了一个小小的鞋印。

蓝子期原本笑着的表情有些僵硬,默默地伸手拍了拍自己的裤腿。

"姜小姐来了。"

姜楚楚不理会他虚假的客套:"蓝先生,据我所知,你来南城是有公事的吧,你怎么还有时间待在这儿?"

蓝子期皮笑肉不笑地说:"我也就是来做陪衬的,那些调研的事都有专业人士去做。"

姜楚楚一脸了然:"哦,原来是吃白饭的。"

她刚说完这句话,就被一只大手按了按脑袋。

温九思走过来,一边像撸猫一样,摸着她的脑袋,一边对蓝子期说:"你要的文件我这儿还真没有,你等一下,我去资料室看看。"

说完他又转向姜楚楚,英俊的脸上带着一丝无奈:"让你来之前不打电话给我,我这儿忙,你得等我一会儿了。"

外敌当前,姜楚楚端得温婉贤淑:"没事,你快去吧,我就坐在这里等你。"

乖巧的模样,让温九思恨不得亲亲她,可是瞟到一旁的电灯泡还是作罢。

温九思出了门,办公室里陷入了一阵诡异的寂静。

过了一会儿,蓝子期主动搭话:"姜小姐似乎对我有敌意……我是九思的朋友,你是他的女朋友,我们俩相处不好,九思也为难是不是?"

她抬头瞟了他一眼。

男人靠着沙发角落慵懒地坐着,老实说,那模样挺令小姑娘心折的,可姜楚楚就是对他有一种直觉上的厌恶。

她可不认为这个男人事先安排好了那么大一出戏,让她丢脸,仅仅只是一个恶作剧,或是一个玩笑。

她于是冷笑了一声:"就怕我对蓝先生掏心掏肺了,却换来蓝先生的狼心狗肺,在人前让我丢丢人倒没什么要紧,可就怕在人后也不消停。我和我家温医生

/ 167 /

还没腻歪几天呢，可经不起你这一阵妖风邪雨。"

换作平常人，被她这么夹枪带棍地嘲讽一番，哪怕不勃然大怒，也该变了脸色。

可蓝子期面色如常，撑在沙发靠背上的手指敲了两下，很随意的样子。

"那件事确实是我做得不对，我也是太好奇姜小姐是什么样的人了，惹得九思在南城流连忘返。"

然后他又补充道："等过段时间九思回京都的时候，让他带着你，到时候我再好好招待你。"

他话里有话，姜楚楚总觉得他分明是想说：到时候我再好好收拾你。

姜楚楚皮笑肉不笑地接了一句："那就谢谢你哦。"

"不用谢，到时候我再把我们一些别的朋友介绍给你，尤其是云佳姐——"

好像不经意间说错了话，蓝子期懊恼地闭上了嘴巴。

"哎呀，你看我提什么不好，非得提云佳姐。"

如果她再感觉不出来蓝子期对她厌恶至极，那她就是傻子。

"没关系，如果你了解我，你就知道，我从来不跟会咬人的疯狗一般见识。"

他脸上的笑一收："你骂谁是疯狗，你这个精神病！"

"精神病"三个字被他咬得字正腔圆。

姜楚楚脑袋一热，一杯热茶就朝他的脑袋泼了过去。

温九思找到了资料，正好推门进来。

蓝子期的表情从勃然大怒到束手无策，就在一瞬之间转换完成。

姜楚楚在心底暗骂，这是什么狗血剧情，简直就是宫斗剧里，嫔妃陷害正宫皇后，皇后忍不住手撕她时，恰好被进来的君主看到……

果不其然，姜楚楚一抬头，就对上了蓝子期那张委屈巴巴的脸。

这个男人长得十分精致而秀气，做出这种女性化的表情来，竟然也别有几分韵味。

可姜楚楚简直要气炸了好吗。

蓝子期一个大男人竟然对着她南城第一美女的男朋友卖委屈？

这分明是只有她才有的专利！

姜楚楚当下就想撕掉这个男人的伪装，可是温九思一直没说话，她就是想解释，也无从开口，反而会显得自己很掉价。

于是，姜楚楚抿抿嘴，下巴扬得更高，看似稳如老猫，实则慌得不行。

他会不会觉得是她无理取闹？

温九思在门口站了十几秒钟。

然后他迈着长腿，在姜楚楚眼巴巴的注视中，目不斜视地经过她，走到蓝子期面前。

/ 168 /

温医生心里在想的却是别的事。

她大概不知道,她的眼睛瞪得很圆,就快要哭出来了的样子……真可爱。

姜楚楚可不知道温九思的心理活动,见他不理自己,心彻底地慌了,想都没想,就伸出一只手拽住他的衣角。

温九思没看她,也对蓝子期湿漉漉的头发视若无睹。

他将手上的文件递给蓝子期:"子期,你要的东西都在这儿了,要是没什么事了,你就走吧。"

蓝子期面上的委屈顿时一收,不可置信地睁大了眼睛:"拜托,现在是你女朋友欺负我,你赶我走?"

温九思很淡定:"楚楚很乖,她不会欺负你。"

姜楚楚揪着他衣角的手一下子就松开了,不是因为惊愕,而是因为握不住了。她的脸一下子就烧了起来。

他夸她乖。

她一个以容貌惊艳南城,又以层出不穷的绯闻成为南城富人阶层饭后谈资的女人。

他竟然夸她……乖?

这还是从小到大,第一次有人这么夸她。

尤其是他的神态那么认真,他的声音那么撩人,姜楚楚觉得自己快要昏过去了……

不过昏过去之前,她还没忘从温九思的身后探出脑袋,趾高气扬地冲着蓝子期挑挑眉。

蓝子期气不打一处来。

她乖?怕不是在开玩笑。

"温九思,你行,你就惯着她,你早晚知道这样做的后果是什么!"撂了狠话,蓝子期怒气冲冲地走了,办公室瞬间只剩下两人。

"九思……"

姜楚楚刚对他笑成一朵太阳花,就被男人不轻不重地拍了一下额头。

温九思用刚才面对蓝子期时,一模一样的冷漠表情,又看着姜楚楚,声音微冷:"我曾经告诉过你,离他远一点,你为什么不听?你的记性都长哪儿去了?"

这还是两个人认识以来,温九思第一次对她疾言厉色。

一天让她领略了两个第一次。

这是什么状况?

先给一颗甜枣再打一巴掌?

男人果然都是"大猪蹄子",得到了就不知道珍惜。

姜楚楚一言不发地转身往门口走去,温九思瞬间拉住她。

"你干什么去?"

当然是走了,不走还留在这儿听他说教吗?

这么想着,姜楚楚面上还很矜持:"什么干什么去,我现在是有工作的人了,还能像之前一样天天围着你转吗?"

她心里有几分气,说出来的话就有几分冲。

温九思啼笑皆非:"一句都说不得?那我要再说第二句,你是不是就要哭鼻子了?"

他叹了口气:"我让你离他远一点是有道理的,我跟子期虽然是朋友,但这里面的情况有些复杂,我以后慢慢说给你听。"

见姜楚楚还是板着脸,温九思有些后悔多说那几句话了,明知道她什么内情都不懂,却偏偏要用条条框框规定住她。

见姜楚楚还嘟着嘴,一副娇气包的样子,温九思上前扳过她的身子。

"是我错了,你先去画室,明天下班我接你去看电影,上次你想看的那个电影现在还没有下线。"

向来优雅矜持的男人对她低下了头,姜楚楚心里有再大的气也都散了。

她突然难得地反省起自己来,是不是她过于矫情了,被他宠得一句重话都听不得。

第九章
他吃醋了

第二天一早,姜楚楚扎着马尾辫,穿着一条浅蓝色的碎花裙就下楼了,那朝气蓬勃的样子,冷不丁一看,和刚入校的大学生没什么两样。

姜老爷子跟姜夏樱正在餐厅吃早餐。

姜夏樱依旧是一身黑白的职业套装,头发盘起来,碎发也都被她用胶喷了上去。

她竟然还戴着老式的珍珠耳环,偌大的珍珠圆润地缀在她的耳垂上,整个感觉像个贵妇。

姜老爷子这是给姜夏樱吹的什么妖风邪气?给一个本来走"小白花"路线的姑娘,硬生生扳成了"老巫婆"的路线。

姜楚楚走进餐厅,跟姜夏樱站在一起都觉得怪怪的。

她挑起下巴,扬声说:"吴妈,给我早餐。"

姜老爷子放下筷子:"你这是要去哪儿啊?楚楚。"

姜楚楚还没吱声,姜夏樱却先开了口:"听说楚楚凭借自己的努力找到了实习工作,现在估计是要去那个画室吧。"她开口之前还用洁白的餐巾擦了擦嘴唇,说起话来,面上一副很欣慰的样子。

姜楚楚觉得有些辣眼睛,脸颊忍不住抽动了一下。

姜夏樱不解地问:"怎么了,我说错什么了吗?"

"没什么。"姜楚楚低声忍了忍,还是没忍住吐槽道,"就是突然发现你刚才说话的时候,不管是动作还是神态,都跟我一个大学教授一样,雍容华贵,富态。"

姜夏樱面上的笑容有些僵硬,姜老爷子却在此时突然解围:"我看夏樱这样就挺好的,女人还是要端庄贤淑一点好。"

姜夏樱面色又红润了些:"谢谢爷爷。"

"不管你那个是什么工作室,玩玩就可以了,天天往外跑也不回家,像个什么样子？"

姜楚楚自顾自地咬了一口面包，等着下文。

果不其然，姜老爷子铺垫了之后，才慢悠悠地说到了重点："既然交了朋友，你就应该把对方放在心上，多花点时间去了解他，家里有什么人，在京都的时候是做什么的，别到时候像你妈一样。"

明知道姜老爷子说这番话，只是为了要探得温九思的底细。但，还真是有个生动形象的例子，让她不能反驳……

先是有刘晏的唠叨，后是有姜老爷子的"点拨"，姜楚楚开始怀疑，难道自己真的对温九思了解得不够？

她突然有些焦虑。

她总感觉她家温医生到现在每碰她一下都很谨慎，就好像她是什么容易化的东西一样，碰一下就少一点。

每每他都把浓墨似的感情，通过激烈的吻来宣泄出来，除此之外，其余的动作……呵，就连上次他情不自禁的手，被她拒绝过一次之后，都变得很规矩，规矩得令她都有点后悔了。

她只是觉得，她的不了解，在旁人眼中看来是不关心他的表现，别人的看法不重要，可她怕温九思也这么想。

万一哪天温九思觉得他付出得太多，却从没有在她这儿得到回应，心灰意冷了怎么办？

一路上胡思乱想，到了画室，刘晏拿着一沓画册过来找她。

"楚楚，你看一下这个，这个项目就是我们现阶段最重要的活。"

姜楚楚接过来慢慢地翻着，她一边看，一边听刘晏给她解释："其实这个活还是白教授介绍给我们的，京都那边新开业的一家现代艺术博物馆，白教授跟那个老板有些交情，引荐了我们，所以博物馆里面的内饰画全都交给我们了。"

姜楚楚知道，这件事情自然不会像他说的那么简单，不过这确实是个大案子，而且十分具有挑战性。

她挑挑眉毛："好大的手笔啊，做完这些，都要小七位数了吧。"

看她睁圆眼睛，惊讶的样子，刘晏心念一动，忍不住想伸手揉揉她的头顶。可是手刚抬起来，不知道想到了什么，他双眸微黯，划过一丝怅然，最终还是缓缓放下了手。

刘晏心中泛起的涟漪丝毫没影响到姜楚楚。

她又问了几个关于画的要求，发现这个活也没有想象中的简单，因为对方完全没有任何要求。

就怕这样的，越没有要求，要求就越多。

她咬了咬嘴唇:"学长,如果我没画好,你可不许骂我。"

刘晏的眼睛眯成了月牙形,笑容温暖:"不会有人舍得骂你的,放心画吧。"

姜楚楚于是走到了属于自己的座位上,拿出画笔,准备下午先勾个简单的线稿出来。

可她的好心情,仅仅维持了一会儿。

整个下午,她都有些心神不宁。

温九思昨天分明是说过,要来接自己一起去看电影的吧。

怎么还不联系她呢?是忘了吗?

姜楚楚又看了一眼毫无动静的手机,缓缓地、沉重地叹了一口气。

下午两点,温九思没有联系她,姜楚楚告诉自己,他忙,要给他一些时间。

下午三点,温九思没有联系她,姜楚楚想,或许他真的是太忙了,所以忘记了今天还和她有约,实在不行就提醒他一下。

下午四点,温九思没有联系她,姜楚楚忍住想掀翻画板的冲动,脑海中已经开始想象着温九思和蓝子期在办公室,喝茶聊天的画面。

下午五点,温九思依旧没有联系她,姜楚楚突然开始可怜起自己,仿佛已经能看到不久的将来,自己变成了一个憔悴的弃妇,怀着他的孩子,却被他嫌弃,他大摇大摆地拉着新欢在她的面前耀武扬威。

——论戏精的诞生。

下午六点,下班的时间到了。

姜楚楚在这个一言不发的下午,刚好脑补完了一部一百八十集的都市伦理电视连续剧。

她气哼哼地站起来,准备下班回家。

就在这个时候,画室外头突然响起了一阵发动机的声音,向窗外望去,一辆熟悉的车停在了画室门口。

姜楚楚的心突然雀跃起来,但她立刻就抑制住了这种雀跃,硬生生地将自己勾起的嘴角又压了下去。

凭什么他想来就来,不想来就不来?

凭什么他一来自己就要给他好脸色看?

在自己的主观世界里,精神分裂了四个小时的姜楚楚,此刻并没有那么容易被哄好。

刘晏见到她站起来拎着包,于是问道:"楚楚,你要下班了吗?需不需要我送你?"

听见这个温和的声音,她鬼使神差地拽了一下刘晏的手臂。

"嗯，怎么了？"

刘晏转过头，为了配合她的身高，还体贴地俯下了身子。

"你眼睛进沙子了。"

她的谎言说得一点也不走心，虽然不知道她想要干什么，但刘晏愿意配合。

余光中的男人下了车，目光透过窗子往这边望过来，站住了脚步。

姜楚楚勾勒出一个略显夸张的笑容，红唇轻启："学长，我给你吹吹。"

刘晏顿时僵住了。

刘晏屏住了呼吸，等她的脸渐渐逼近的时候，刘晏竟然忍不住微微闭上了眼睛。

可是她并没有比刚才更加贴近他。

一个男人站在门口，身形俊逸，声音一派清风霁月。

"楚楚，我来接你了。"

这个声音没有吓到姜楚楚，反而吓到了刘晏，意识到自己方才失神的原因，刘晏的脸颊微微有些红。

看着这一幕，他也明白了姜楚楚刚才反常的原因。

虽然内心有些酸涩，但刘晏是真正的君子，自然不想让温九思误会姜楚楚刚才的动作，于是他试图开口解释："刚才是我眼里进沙子了……"

话一出口，他突然觉得好像有哪里不对。

果不其然，姜楚楚怪怪地看着他，好像是在说，这种破借口我用一次就够了，你丢不丢人？

感觉自己只会越描越黑，刘晏索性闭上了嘴。

温九思却不是一个容易吃醋的男朋友，作为一个成熟的男人，他接过姜楚楚的包，一手揽在她的腰上，冲着刘晏略微点了点头，语气十分礼貌地说："再见。"

看着两个人亲密无间的背影，他突然有点明白，为什么是温九思最终降服了姜楚楚这只小妖精。

因为他的网，织得最密。

温九思面色如常地替姜楚楚开了副驾驶座的车门，在她坐进去之后，又将包递给她，然后绅士地替她关上车门。

他径自坐进了驾驶座上，发动了汽车。

车内很安静，连音乐都没有放。

姜楚楚一开始得意扬扬，过渡到后来的平静如水，一直到现在的忐忑不安。

她一开始还想要给温九思一点颜色看看，到现在却开始反省自己是不是太过分了。

而温九思却一句话都没说。

从某种程度上来说，刘晏真相了。

姜楚楚被温九思吃得死死的。

"咳咳。"姜楚楚矫揉造作地清了清嗓子，目光瞥了瞥驾驶位上的男人。

可男人像是什么都没听见，专心致志地开着车。

"咳咳咳！"姜楚楚又狠狠地咳嗽几声。

可能是怕她这样演下去，会把自己的喉咙咳坏，温九思终于瞥了她一眼，但就是这一眼，立刻让姜楚楚找回了状态。

她立刻笑成了一朵花，腻歪着开口："咨询室那边你全都忙完啦？"

她知道怎么样的笑是最有杀伤力的。

可偏偏男人像瞎了一样。

"嗯。"只发出一个冷冰冰的音节。

热脸贴上冷屁股。

姜楚楚心里有些不舒坦，她想耍脾气，可话到嘴边却变成了："那……那我们现在去哪里呀？"

"看电影。"

原来他还记得。

温九思事先已经订好了电影票，看着他从售票员那里取回了两张中心位置的票，姜楚楚心不由自主地软了一下。

他真的是能把一切都考虑得很周全。

还没有到检票入场的时间，两个人就在检票口旁边的座位上坐着。

温九思拿着她的包，可是就是不看她的人，似乎打定主意要将这种零交流的情况进行到底。

姜楚楚心底暗暗吐槽了一下温先生的傲娇，忽然听见后面座位上两个女孩子窃窃私语。

说是窃窃私语，但因为其中一个有些激动，声音就不免大了些。

"你看那个男人有点酷哦。"

"别看了，人家已经有女朋友了。"

姜楚楚听了心里直点头。

算你们有点眼光。

可是下一秒，她又听见那个女孩子说："不是男女朋友关系吧，你看他们连手都不牵的，而且也不说话……说不定我还有机会呢。"

姜楚楚微笑的表情有些挂不住了。

思考了两秒钟之后，她动了。

她先是侧了侧身子，让自己完美的侧脸不经意间面向那两个女孩子，从美貌上压制她们。

然后她伸出一只手，指尖轻轻地点到了温九思的胳膊上，放软了声音："九思，我要吃爆米花。"

温九思没什么表情，但是下一瞬间，他已经起身掏出钱包，往卖爆米花的机器走了。

温九思刚离开，姜楚楚就听见后面的女孩哀号："天啊，原来现在的男神都喜欢这样的女孩子吗？"

什么叫"这样的女孩子"？

她这样的女孩子怎么了？这个问题困扰了她整整一部电影的时间。

电影演的什么，她完全没注意到，只是依稀记得自己前不久看过海报，是一部浪漫喜剧，男女主角爱得热烈。

她当时想着，正好适合跟温九思一起看，看到情浓时，两人说不定还能牵牵小手。

可现在别说牵牵小手了，温九思一个眼神都不给她。

电影散场，两个人又一前一后地走出了电影院，就像纯粹来搭伴看个电影一样。

姜楚楚撇了撇嘴。

她本来心情就不大好，偏偏这家商场不知道在搞什么活动，人流量出奇的大，许多人都在往她身后的一个领奖台挤去。

她一边注意着避让，一边还要注意着前面温九思走到哪里。

可是事实证明，一心并不能二用。

"呀。"

忽然脚下一疼，姜楚楚忍不住叫了出来。

踩她的是一个四十多岁的中年妇女，本来她是打算没事人一样走掉的，可听见姜楚楚的痛呼，反而用那种"明明没什么事情，不知道你在矫情什么"的目光扫了她一眼，没什么诚意地说了一句"对不起"，脚步都没停下就快速走了。

姜楚楚看了两眼，收回了目光，可是脚尖却是真的疼。

她一步一步地挪到靠边的地方站着，抬起头，温九思已经不见了身影。

有种不可名状的委屈深深席卷了姜楚楚脆弱的心灵。

明明他说过会一直保护她的。

她吸了吸鼻子。

"你不会是要哭吧。"

忽然身后传来了男人熟悉的声音。

姜楚楚一转头，刚才还大步走在前面的温九思，不知道什么时候竟然跑到她身后去了。

姜楚楚的疑惑写在脸上，巴掌大的小脸显得分外惹人怜爱。

可温九思并不准备替她解答疑惑，他才不会告诉她，因为刚才余光中突然失去了她的身影，他也心下一慌，立刻就掉转身子往回急走了几步。

但是由于腿太长，人又太多，他眼睛一花就走过了。

要是让姜楚楚知道自己的心理活动，她的小尾巴准能翘到天上去。

温医生严肃地想。

可他还没给她教训，不能让她翘。

姜楚楚不知道他在想什么，但是见他面色不佳，就以为他依旧在生气。

她撇了撇嘴，脚尖被踩得生疼，到现在都还没有缓过来。

没有人心疼她，她当然要心疼自己。

姜楚楚转身在角落坐下，把自己的鞋脱下来，想看一眼脚尖有没有红肿，可是下一瞬间身前就被一个高大的人影密密实实地遮住了。

也挡住了别人窥视她的视线。

脚尖果然有点红，而且还是那一只舞会上崴了的脚。

姜楚楚吸了吸鼻子，抬头看向前方像根电线杆一样杵着的男人。

"我脚疼，刚才被人踩了。"

说着她把右脚稍稍提起来一点，本来长长的裙摆，顺着她的这个动作往上滑了一截。

她只顾着委屈，有种不自知的清纯。

温九思的眉头不易察觉地拧了拧，忽然转过了身："起来。"

姜楚楚倍感无语，她都这样了，还怎么起来走路啊？

"温九思。"

她又喊了他一声，很委屈。

姜楚楚眼巴巴地望着他的背影："温九思，舞会那天扭着的地方还没好，又被踩了一脚，再走，脚真的要废了。"

说完，见温九思还没有反应，她只好扶着旁边的立柱缓缓站了起来。毕竟只是踩了一脚，根本不像她说得那样严重，脚上的疼痛随着时间的一秒一秒过去而逐渐减轻，但心里的酸涩再也抑制不住。

然后就听见男人说："过来。"

他半蹲下身子，骤然在她面前矮了一截。

他是要背着她？

姜楚楚一愣，随后在周围路人或惊奇或艳羡的目光中，美滋滋地趴上了他的背,环住他的脖子。

温九思看着高高瘦瘦的,但衣衫下面的肌肉结实。男人牢牢地将她背上,步履稳健。

"温九思,我沉不沉啊?"

温九思没作声。

得,又不理她了。

回到了车上,温九思将姜楚楚放到副驾驶座,她蜷着腿整个人缩在座位上,看起来小小的一只,分外可怜。

外面天色已经黑透了,温九思伸手打开了车上的顶灯,俯身检查她的脚踝。皮肤莹润,已经一点痕迹都没有了。

他沉默了片刻,起身坐直,刚想发动汽车,把住方向盘的手臂突然被两只小手拽住,然后一股不小的拉力,将他整个人都往旁边带了一下。

没看出来姜楚楚还挺有劲。

她的眼睛哪怕在这黑灯瞎火的夜晚,都闪着荧荧的光,温九思只觉得呼吸滞了一瞬,险些维持不住话语里的平静。

"你干什么?"

姜楚楚执着地拽着他的袖子,表情中带着一股坚定。

"你不说清你为什么生气,就不许走。"

温九思定定地看了她两秒,手从方向盘上拿下来,摆出一副正襟危坐的样子——这是准备好好跟她谈谈了。

"楚楚,你喜欢刘晏吗?"

只是这第一句话,就把她炸蒙了。

咦?什么鬼。

果然是吃醋了。

"当然不喜欢了,我只喜欢你,而且不管有多少人喜欢我,我也只喜欢你,我保证。"

姜楚楚坐姿端正,想着先把问题澄清,再来讨伐他今天晚上对她的冷漠。

所以她的话比抹了蜜还要甜。

姜楚楚不说还好,一说话,下午那一幕立刻就浮现在温九思眼前。

夕阳西下,她的脸上打着柔光,踮起脚,带着笑,小心翼翼地往另一个男人脸上凑去。

在没有亲眼见到之前,他不知道那画面有多刺眼。

天真的姜楚楚察觉到男人有些愣神,自觉是软化了他的铁石心肠,于是伸手点了点他:"你光说我,不反省一下你做错了什么吗?"

温九思愣了一下。

他以为姜楚楚只是突然戏精上身,想要测试一下他吃醋的反应,原来还是有前因后果的?

"你说。"

姜楚楚哼了一声:"你昨天是不是说好今天来接我看电影?"

"嗯。"

"那你为什么一直不联系我?你知不知道,等待中的女人最容易胡思乱想?"

原来是因为这个?

温九思心中的戾气稍微退了退。

他看着她,像是拿她没辙了一样,良久,叹了口气:"你昨天没打电话就来了咨询室,说是要给我一个惊喜。"

温九思眸光淡淡地看向她:"我以为你会喜欢这种惊喜。"

可事实证明,女人都是捉摸不透的。

姜楚楚的双眼闪烁着说来就来的泪花——

"你只想着给我一个惊喜,却没想过,你如果下午两点说你六点来,从两点开始,我就开始感觉到快乐,时间越临近,我就会越来越快乐,可是你现在剥夺了我这种快乐!"

温九思的太阳穴跳了跳,再也不想跟一个张口连《小王子》都能搬出来活学活用的女人吵架了。

他暗自咽了一口气,点头道:"我下次不会了。"

姜楚楚很满意。

然后又换温九思问:"那你知不知错?"

姜楚楚点头:"知道了。"

两个人就像是幼稚园大班的小朋友,吵了一架之后,发现还是只想跟对方玩,于是也就不计较刚才到底是谁的错了。

两天后,蓝子期在另一个酒会上终于松了口,说明了他们从京都来的用意。

考察投资环境是表面,背后还有个关键用意。

一个总部位于京都的国际五百强企业,内部查出了高管贪墨,有数额巨大的不明资金来源,董事会怀疑高管收了南城某个企业的钱,为他们行方便。

这次来就是核实这件事的。

蓝子期在这家企业有点股份,这次来纯粹是凑个热闹。

此消息一出,所有人都不约而同地松了口气。

除了姜家父子俩。

随着调查的开展，姜老爷子的神色一日冷过一日，姜福生也就理所当然地乱了阵脚。

结合平日里姜老爷子的行为，姜楚楚隐约猜测到，这跟姜家有很大的关系。可是那又能怎么样呢？

姜楚楚面无表情地想着，从根里开始烂的东西，总有一天，是要烂到明面上的。

只是不知道那个时候，她会是个什么境地。

姜楚楚看得淡的东西，旁人却替她着急，而且这个人令她颇为意外。

在一个理应繁忙的星期一，袁呈来了。

他带了一堆看起来就很名贵的保健品，面上挂着谦逊的笑容："姜爷爷，您回南城这么久，我还没有来拜访，实在是抱歉。"

姜老爷子摆摆手："你们年轻人都忙，还能记得我这个老头子，我就很感激了。来，快过来坐。"

因着袁呈的突然到来，厨房多做了几个菜。

姜老爷子对袁呈的到来表现得热络异常，连带对姜明珠都多了两分好面色。姜明珠这个人只要觉得自己是人群的中心，她就开心了。

她开心了，蒋淑媛就开心了。

餐厅上有人活跃气氛，姜家吃了这几周以来最热闹的一顿晚饭。

欢声笑语吵得姜楚楚耳朵疼，她低头看了一眼自己空了的杯子，站起来走向厨房。

余光中，袁呈手里的杯子突然抖了一下，饮料洒到了胳膊上。

姜明珠连忙拽了纸巾给袁呈擦拭，却被他拦住了，他面上温柔，却透着股疏离："没关系，我去洗一下就好。"

说完，他就站起身来从餐桌旁离开。

姜楚楚心里暗道一声，假模假式。

果不其然，就在她走进厨房正要打开冰箱的时候，身后一个黑影接近，她还没来得及转身，就被袁呈堵在了冰箱旁的死角。

"楚楚。"

一声楚楚叫得千回百转，姜楚楚忍不住抖了抖。

袁呈的声音低沉，带着几分克制，他垂着头，非要凑到她的耳根处。

可姜楚楚早就防着他，他一低下头，她立刻敏锐地跳了起来，向旁边躲去。

虽然成功地跟男人拉开了距离，但是她被他拦在了身体和墙壁之间，进退不得。

男人伸出手扶在墙壁上，困着她。

手是好手，骨节分明，手指修长，但姜楚楚知道自己是个有男朋友的人，眼睛可不能随便看，于是不动声色地转移了目光。

"真巧啊，妹夫，你也来拿饮料。"

袁呈似是顿了一下。

"不巧，我今天过来，就是特意找你的。"

"哎——打住。"姜楚楚受不了地截住了他的话头，"你别找我，我害怕。"

袁呈眸光微暗，也不知道最近是怎么修炼的，脾气好了不止一星半点，哪怕姜楚楚冷言冷语，他也能淡笑相对。

"我今天来不是想找你吵架的，我来告诉你一个消息，让你早做打算。"

姜楚楚心中微动，却仍是一副警惕的神色："有话你快说，姜明珠找我闹起来，我真的烦。"

袁呈垂头看着对他不假辞色的女孩，低沉着声音："那些人有备而来，姜家不死也要脱一层皮，姜老爷子想要息事宁人，除非将这些年来跟高管勾结赚取的利益成倍地掏出来。"

姜楚楚眼光飞到了一边，嘴角撇了撇："你跟我说这些怕是说错了，我并不在意。"

袁呈轻笑了一声："姜氏的状况我有所了解，姜老爷子根本拿不出来这笔钱，你猜，他会怎么办？"

姜楚楚没说话。

袁呈的声音放软了一些："我只是担心你，我告诉你这些，是想让你提高警惕，防着点姜老爷子，省得他算计你……如果你遇到了难处，就来找我。"

姜楚楚不打算领他这个情："你还是担心担心自己吧，你猜，姜老爷子会不会放过你这个准孙女婿？"

袁呈眼睛亮了亮："你担心我？"

姜楚楚不由自主地"呵"了一声以示嘲讽。

"楚楚，你还不明白，有些事不是你不在意，就能抽身的……那个温九思，并不简单，我派去京都的人，全都无功而返——"

"你找人调查他？"

袁呈的话还没说完，就被她打断了。

她的眼睛晶亮，却盛满了寒光，就像月夜下，保护自己珍贵宝物的小狼，龇着牙，等你靠近就死死地咬你一口。

可是只要她的目光还肯停留在自己的身上，袁呈乐意让她咬上一口，哪怕她牙尖嘴利地咬破了他，那血的味道，也只会令他翻涌起对她更深的渴望。

这大概就是一种着了魔的感觉。

"袁呈,你还没有好吗?"姜明珠的声音响起,同时脚步声越来越近,似乎是见袁呈迟迟不归,过来找他。

袁呈意味深长地看了姜楚楚一眼,抽身后退了两步。

姜楚楚也不急不缓地捋了捋头发,打开冰箱,拿出了橙汁。

虽然袁呈这人挺讨厌,但是他的话还是有几分道理的,想不到袁呈没见过姜老爷子几面,就对姜老爷子这么了解。

姜老爷子好像,确实在打着什么算盘……

她想得认真,以至于第二天,温九思见她挺久不说话,摸摸她的小脸蛋问了一句:"在想什么?"

姜楚楚随口就答了一句:"袁呈。"

姜楚楚立刻反应过来,求生欲很强地解释道:"不是不是,我没说完,昨天袁呈去了姜家,我是在想他说的话。"

温九思原本是坐在她身边看文件的,这时候将手上的东西一放,伸手把她从沙发上抱了起来,放在自己的膝盖上,双手环着她的腰。

正要说什么,却被掌心下的触感吸引住,女孩的腰肢纤秾有致,他却突然皱了皱眉,不太满意地说:"怎么这么细?"

他的本意是她本来就瘦,最近也不知道是没吃好还是怎么,腰身更加盈盈不可一握,他觉得对身体不好,反而希望她能胖一点。

可姜楚楚闻言却美滋滋地笑了起来:"怎么了,羡慕啊?"

"我羡慕什么,你的腰?"说罢,男人贴近了她的耳朵,"我有什么可羡慕的,还不是我的……掌中之物?"

说着,他手下轻轻一招,将人往自己怀里压。

姜楚楚腰上有软肉,极怕痒,他一用力,她就哼哼唧唧地往他怀里钻,闹着说"不要"。

两人这一闹就又过了大半个小时。

等到温九思食髓知味地放开姜楚楚时,她的发丝都乱了,她随意地将扎马尾的橡皮圈扯下来塞进男人手里,背对着他:"你弄的,你负责处理。"

温九思顿了一下,拿起手上的黑色发圈,研究了一下,手仔细地抓起她的头发,像模像样地捋着。

古有帝王画眉,今有温医生扎马尾辫。

他手生,又怕弄疼了她,扎了好几次都没弄好。姜楚楚倒不着急,刘晏那儿工作时间灵活自由,她就是在这儿扎上半天的皮筋都行。

女孩慵懒地坐着，露出弧度优美的天鹅颈，细小的绒毛在阳光下泛着金边。

可哪怕再被美色灼伤，昏庸的"温纣王"还是没忘记正事，他用标准的男神音诱哄着女孩："袁呈跟你说什么了？"

姜楚楚犹豫了一下，还是把昨晚两个人的对话完完整整地复述了一遍。

辫子已经扎好了，虽然耳边还有很多碎头发，但是发型好不好看，真的是要分在什么人脑袋上的，顶着"姜楚楚牌"这张脸，再凌乱也能被别人赞叹上一声，有股慵懒美。

温九思轻轻蹙了蹙眉："这事……我听到了一些风声。"

其实他不只是听到了一些风声，在蓝子期来的第二天，他就知道了这群京都来客的来意。

因为姜楚楚，他详细调查过姜家，姜家的发迹离不开姜老爷子的汲汲钻营，可是想要走捷径，就一定会冒风险，这种风险就像一枚定时炸弹，既然埋下来了，就一直有爆炸的危险。

姜家这事，按蓝子期的话来说，就是"瞌睡了就有人过来送枕头"，蓝子期才想着用个什么名目，才能顺理成章地来南城，又不至于被京都的人注意到这边。

温九思隐隐约约地感觉到，这可能并不是凑巧。

一切未明，他也只能确保，不让这股风刮到他的小姑娘身上。

姜楚楚自然不懂温九思心里的隐忧。

她处事随性，经常因为外表就给人一种持美行凶，不好招惹的错觉。

可本质上，姜楚楚觉得自己是一个随遇而安的人，只要不直接骑到她的头上来作威作福，姜小姐还是愿意给对方一条活路走的，否则按照她的攻击值，这么多年下来，早就把姜家搅了个天翻地覆。

温九思暗自叹了口气，将她无意识伸到嘴边轻咬的指尖拿下来，握在手里捏了捏，将她的注意力唤回来："楚楚，如果……我是说如果，这阵风一时半会儿停不下来，你愿意离开南城，跟我一起回京都吗？"

离开南城？

姜楚楚的目光怔了一瞬间，随即像是逃避什么似的，眼神不由自主地闪躲起来。

"我在南城住得好端端的，干吗要离开？"她警惕地瞪起眼睛，"你要走？你要离开我了？"

她的音量略微高了一些，头一晃，本来就绑得不是很牢固的辫子，顿时摇摇欲坠。

温九思连忙按住她，把她的身子转过去，一边重新把她的头发紧了紧，一边开口哄着："我既然答应要照顾你，就不会失言，自然是你在哪儿，我就会跟你去哪儿。"

姜楚楚背对着他，声音闷闷的："可是我现在还不想离开南城，虽然这儿糟心的事情很多，但是，我……还有事。"

也不知道是借口，还是真的有什么一定要在南城完成的事情。

"是什么？"

"不告诉你。"

温九思脑中千回百转，隐隐有了一些猜测，可是姜楚楚嘴硬起来，什么都无法软化她。

袁呈说得不错。

这几天下来，姜家的气压越来越低，蒋淑媛带着姜明珠趁着姜老爷子不在家，收拾了东西回蒋家住了。

她嘴上说的是，姜明珠想姥姥姥爷，所以回去小住两天，可是姜楚楚一眼就看出来，蒋淑媛这是想带着自己的女儿去娘家"避难"。

蒋淑媛知道姜家的很多事情，对于这一次的危机保持了观望态度，这也代表了蒋家的态度——如果最后没事，那自然还是亲家一家亲，若是姜家这次倒了，蒋家恐怕不会顾及着姻亲之名施以援手。

而袁家，袁呈名义上是姜明珠的未婚夫，可姜明珠都不管自家的事了，袁呈更不用管——前几日吃晚饭后，袁呈去了姜明珠的卧室里待了大半个钟头才出来。

姜楚楚觉得，袁呈是去给姜明珠"出主意了"，蒋淑媛和姜明珠抽身的这个主意，根本就是他提出来的。

蒋淑媛做贼似的拉着姜明珠走的时候，姜楚楚其实看到了。

她就站在二楼，看着蒋淑媛还在门口站了一会儿，叨咕着，自己还有没有什么名贵的东西落下。

从貂皮到钻石，从银行卡到理财文件。

自始至终也没想起自己还有另外一个女儿。

从袁呈置之事外的姿态，联想到身份不明的温九思的态度，姜老爷子终于又将主意打到了姜楚楚头上。

一天早上，姜楚楚醒来，收拾好自己，准备下楼吃早饭的时候，又看见了宋初一坐在餐厅兴致勃勃地吃着早餐。

姜楚楚："啧……"

宋初一费力地咽下了嘴里疑似小笼包的东西，笑容灿烂地跟姜楚楚打了个招呼："早呀。"

他的头发不知道为什么湿漉漉的。

/ 184 /

姜楚楚也没兴趣知道，她太阳穴突突地疼。

她迅速地说："我今天还得去画室，没时间跟你玩了。"

宋初一点点头，笑容满面，纯良无比："你爷爷说，今天你陪我，你去不了啦。"

姜楚楚嗤之以鼻："你别真把我当成姜家的乖宝宝了，他说陪我就陪？"说着她走到玄关穿鞋。

宋初一一直笑眯眯地看着姜楚楚，看得姜楚楚莫名其妙。

"你吃好了就走吧，想打包也行。"

她穿好鞋，一边说话，一边去拉门——

大门纹丝不动，她不信邪又开了一遍，依旧毫无反应。

宋初一摇摇头："我都告诉你了，你走不了了，你爷爷早上邀请我来，然后借口有事走了，他走了我才发现，他把大门反锁了。"

姜楚楚这时候也发现，家里的用人都不在。

她冷笑了一声，索性也慢悠悠地坐到餐桌旁开始吃早餐，手边有一杯热牛奶，她刚举起来准备喝，就被宋初一拉住了。

他什么都没说，只是拉着她，阻止她喝那杯牛奶，面上还带着明朗的笑意。

姜楚楚垂下眼睛，缓缓放下了杯子。

牛奶估计加了料，不能喝。

她摇了摇头："你娶我到底能给姜老爷子多少聘礼啊，他连做做样子都不肯了。"

宋初一看着她的侧脸，意味不明地说："不管多少聘礼，能娶到你也都是不亏的。"

姜楚楚挑挑眉："那倒是。"

宋初一又说："可是你又不稀罕这些。"

姜楚楚塞了口煎蛋，含混不清地说："算你聪明，这也是我为什么还能跟你说两句话。"

"十分荣幸。"

宋初一说完就闭上了嘴，似乎在忍耐着什么。

看着姜楚楚低头捣鼓着手机，他喝了一口冰水，问她："你干吗呢？"

姜楚楚没什么形象地翻了个白眼："打电话叫人来啊，总不能像你一样什么也不干吧。"

宋初一好像很渴，又喝了一口水："没用，信号被屏蔽了。"

他话还没说完，姜楚楚就发现了这个问题，手机上打了个叉的运营商信号，嘲笑着她脑子的不清醒。

姜楚楚冷哼一声，将手机往兜里一揣，盘算着什么时候有人过来开门。

两个人相对无言，几分钟之后，宋初一没话找话地说："今天也算是我连累你遭了一次罪，我会补偿你的。"

姜楚楚眼角一斜："你这是臊我呢，被长辈关在家，就为了让我和别的男人在一起，你不嫌丢人我还嫌呢。"

她的话有棱有角，宋初一沉默了片刻："那就当作为朋友，我要送给你的，你……你就没有想要的东西吗？"

"我这个人一点都不物质，对于身外之物呢，看得很淡。"

姜楚楚坐得不耐烦，一边说着，一边从椅子上站起来，四处看着，想找出去的法子。她回头看了一眼宋初一。男人乖乖地坐在那儿，手里捧着一杯水，喝完了就再倒一杯，倒满了又开始喝。

可能是宋初一真的太没有攻击性了，姜楚楚突然有了谈话的兴致。

"我想要一个人，一个男人。"

她说着，双眼中不由得泛起了一丝怅然。

"你的那位温医生？"宋初一打趣地说，目光从她的身上划过。

她穿着一条浅蓝色的收腰裙，脖子上戴了一个绸带质感的项圈，扣子处是一个小小的蝴蝶结，冲淡了她侵略性的美，显出十足的少女感。她没化妆，粉唇极淡，此刻贝齿无意识地咬着下唇，留下了一个浅浅的牙印。

他吞下了一口水，转移了目光，神色间带着几分隐忍，清了清嗓子，竭力用正常的语调说："我在南城的这些日子，外面的人可都在说，姜家小姐和一个做医生的小白脸最近出双入对，羡煞了好多人。"

小白脸？

这词倒是新鲜。

不过姜楚楚想着温九思那张白玉无瑕的脸，哪怕是神色淡漠地一瞥，也能勾得一大片女人失魂落魄，想来这话，也是很有道理的。

"温九思已经是我的了。"她理所当然地说，"我想要的是另一个男人……"

想到前些日子雇佣的人传回来的照片，上面只是一个她从未见过的陌生人，并非是王叔叔，她的声音逐渐低了下去。

她一日找不见他，便总觉得缺了点什么，矫情一点地说，那是从灵魂深处蔓上来的一种缺失感，仿佛现在的自己，是不完整的。

姜楚楚正沉浸在自己的思绪中，突然，身后传来玻璃杯砸到地上的声音。

她回头一看，被宋初一的状态吓了一跳。

"楚楚。"

宋初一几乎是咬着牙叫她的名字。

他面色酡红,身子轻轻弓着,手指紧紧地抠着桌子边缘,一副很难受的样子。

姜楚楚脱口而出:"你中招了。"

也对……否则,宋初一是怎么知道牛奶有问题的。

姜楚楚警惕地后退了一步,看着宋初一难受的样子,开口安慰:"你忍一下。"

说完,她想了想,"噔噔噔"地跑去了厨房。

宋初一撑着理智回头瞧她,以为她要做什么来帮忙,可下一秒,就看见姜楚楚出来,拿了一把水果刀,姜楚楚满脸无辜:"你忍好了哈,我真的不想弄伤你。"

宋初一面色更红了,气的。

"你个没良心的……"

姜楚楚二话没说,转身又消失了十几秒。宋初一模模糊糊地看见她手上端着什么,紧接着,一盆冷水顺着他的头劈头盖脸地浇了下来。

宋初一一个激灵。

"你还真下得去手。"

姜楚楚认真地问他:"你感觉怎么样?"

"你以为是在拍古装电视剧,中了招洗个冷水澡就好了?我刚才头都要洗秃了,没用。"

姜楚楚了然,怪不得早上一下楼,就看见宋初一的头发是湿的。

地上一大摊水,餐厅一片狼藉,但这个时候也没有人在意了。

宋初一衬衫单薄,被这么一浇,衣衫下的肌肉若隐若现。

"什么玩意这么邪乎啊,糟老头子,真当小爷我好欺负,想算计就算计。"

宋初一已经开始口不择言了。

姜楚楚瞧着,这么下去不行,哪怕宋初一忍得住,万一身体憋坏了,她可不想负责。

她利落地爬上沙发旁边的八斗柜,踮着脚够上窗帘,使劲往下拽。

"你又干什么?"

宋初一抬头,发现自己的目光根本就无法从她身上移开,随着她的动作,脚尖微微跷起,腰肢显得更加盈盈不可一握。

"把窗帘扯下来,打个结我们从二楼爬下去。"

身体不适的反应令他的声音带上喑哑,宋初一咽了口唾沫:"楚楚——"

一听这声音,姜楚楚就知道不好,她一边加快了手上的动作,一边随口安慰着男人仅存的理智。

"你再忍忍,总不可能把咱们俩关一天,那发生了什么事可就没人知道了。"

仿佛是在响应着姜楚楚的话。

毫无征兆的，大门"砰"一下子被打开了。

铜制的门摔到墙上，发出沉重的敲击声，而后又反弹了回来，昭示着开门之人的迫不及待。

一群陌生的男人走了进来，他们穿着普通，甚至还有点脏，一看就是刚从哪儿干完活的。

其中还有那么一两个贼眉鼠眼的，一进屋来就嚷嚷着："有没有人啊，没人我们可进去了啊。"

他们一眼就看到了餐桌旁边的宋初一，一个人似乎早就料到了有这么一遭，看也不看，登时就喊了出来："这青天白日的，你这小哥关着门偷摸干什么呢？"

宋初一简直气笑了，在家里不关着门，还是他们的错了？只是由于药物作用，他现在确实狼狈，不方便站起来走过去打醒他们。

随着这群人登堂入室，露出了走在最后面的人的身影。

姜夏樱还穿着职业装，只是今天换上了带着花边的衬衫，和开衩到大腿处的一步裙，妆容也更为明艳。

"楚楚，初一哥哥，你们？"

她话说了一半，才觉得有什么不对劲，目之所及只有宋初一一个人。

突然，一团重重的布料冲着她的脸砸下来，窗帘本身不沉，但是由于风格奢华，底下坠了一大串水晶饰品，其中一块正巧砸在她的眼睑处，强烈的酸痛感，使得姜夏樱登时眼前就是一花。

一个女人从他们身后高高的桌子上敏捷地跳了下来，拍了拍手上的灰，冷漠讥诮的声音在姜夏樱耳边响起。

"没看着人瞎叫什么，你姐姐我在这儿呢。"

姜楚楚看见来人是姜夏樱还有什么不明白的？

姜老爷子黄雀在后，派了个小兵来打头阵。

只是，带着这么多外表粗鄙的人来"捉奸"，应该不是姜老爷子的本意——毕竟要是事情真如姜老爷子所愿般发展，姜楚楚却被一大群男人看光了，这一传十，十传百，根本就不可能再嫁去宋家。

"啊，我是在外面听见了姐姐的叫声——"

姜夏樱的语气轻柔，却扎着居心不良的刺。

姜楚楚像吞了只苍蝇般恶心，不客气地双手抱胸。

"你怎么回来了？"

姜夏樱依旧笑得一脸无辜："我屋子里的衣柜不知道怎么招了虫子，我寻思换一个，可是我又抬不动，这才招了搬家工人来。"

说完，她细细打量着姜楚楚，仿佛要从姜楚楚身上找出点什么来。

可是姜楚楚和宋初一，一个赛一个的没事人一样，尤其是姜楚楚，仪态规整地站在那儿，连头发丝儿都没乱一绺，强行说她遭遇了点儿什么，都不会有人信。

姜夏樱的面色有些难看。

尤其是姜楚楚现在的表情，平静中带着一丝风雨欲来的诡谲。

姜夏樱心中突然泛起了一阵凉意。

这时候，那帮男人已经在客厅闲逛起来了，这儿摸摸，那儿看看，嘴里还不干不净地感叹着。

"这富贵人家就是不一样，看看这摆设。"

"这地上铺的是羊皮吧，这么一大块？"

姜夏樱神情一僵："别动！"

那群男人也是姜夏樱临时找来的，她的话并没有起到什么效果，"小白花"装习惯了，也就真成软柿子，那些男人逐渐露出了地痞无赖的样子，一个个兴奋地"参观"着，姜楚楚眼尖看到一个男人把台子上的一块翡翠玉雕揣进了怀里。

但她没管——反正人又不是她带来的，出了什么事儿，都得姜夏樱自己受着。

一个男人冲姜夏樱笑得不怀好意："这位小姐，你不是说要搬衣柜吗？我们这就上去看看。"

"站住，你们不准上去！"

姜夏樱急得直跺脚，可没用。

典型的搬起石头砸了自己的脚，捉奸不成，却招了一群小流氓进来，这要是被姜福生或者姜老爷子知道了，非得扒了她的一层皮不可。

姜夏樱只好扭头求助姜楚楚。

"姐姐——"

正想说什么，餐桌旁的宋初一毫无征兆地倒了下去。

姜楚楚没理她，三步并作两步走到宋初一身边，蹲了下来，拍了拍他的脸："宋初一，你还活着吗？"

宋初一睁了睁眼睛："我没死，但是你要是再不送我去医院……我可能就要完了。"

姜楚楚对此深信不疑。

她于是霍地站起来，抬头看向一个还站在客厅中央的年轻男人，跟那些如同进了免费超市般兴奋的一众人不同，他显得有些手足无措。

姜楚楚冲他勾了勾手指头。

年轻男人一愣。

她伸手从包里掏出钱包往他那儿一扔，钱包在空中划过一道利落的弧线，落到了年轻男人手上。

"帮我把这个人弄到车上，这些都是你的了。"

年轻男人呆了呆，连忙欣喜若狂地点点头，立刻将钱包揣进怀里，小跑过来，一把就扛起了撑着地咬牙支撑的宋初一，像扛着个麻袋似的，往门外跑去。

姜楚楚跟在了后头。

姜夏樱见她要走，一着急，连姐姐都不叫了："姜楚楚，你去哪儿？你走了，我这儿怎么办啊？"

姜楚楚头都没回，语气轻松："你带来的人，当然是你自己解决了。"

走出门，身后还传来姜夏樱无力的怒斥。

一番折腾，总算把人送到附近的医院，姜楚楚掏了宋初一的卡，划了最贵的病房和服务，宋初一立刻被接到了贵宾病房。

宋初一的状态时好时坏，嘴里偶尔溢出几声呻吟，全凭毅力撑着。

宋少爷这辈子怕是还从没有这么狼狈的时刻，看他这副羞愤交加的样子，姜楚楚很想同情他，但一开口就忍不住笑了起来。

"姜——楚——楚——"

宋初一握紧了被单，语不成句，脸颊上那两朵红云看起来更加浓郁。

他刚刚打完镇定剂，身体逐渐放松下来，面色也没有刚送来的时候难看了。

他忽然轻轻地叹了口气，声音略带缥缈："楚楚……真可惜。"

可惜什么，他也没再说。

姜楚楚也没问，权作没听见。

她抬手看了一眼手机，这才发现，由于手机静音，温九思打来的好几个电话她都没接到。两个人最后的联系，还是在送宋初一来医院的路上，她匆匆忙忙发的短信，只来得及说明她在哪个医院。

正要打回去，姜楚楚余光看着宋初一自己费力地撑着床坐起来。

……还能不能让人省点心了？

见他还有点体力不支，但神色多少清明了些，姜楚楚心里吐槽了一下，也就好心地走过去搭了一把手。

"谢谢。"

姜楚楚随意地搭了一句话："我也得谢谢你。"

宋初一不知道想到了什么，意味深长地说："你们姜家的女孩子，还真是个个都不简单。"他是在暗指姜夏樱。

宋初一笑着，眼底却浮上一抹凉意，使得他那张惯常带笑的脸，显出了几分令人陌生的感觉。

姜楚楚倒是能理解他，任谁被算计了这么一遭，都不能笑笑就过去了。

"你想怎么办?"

"你想怎么办——"

两个人的声音叠在了一起。

宋初一一愣,缓缓地笑了起来,这一次,他的眼神温和了许多。

忽然——

"是我打扰了吗?"

一个清冷的男声不轻不重地响起。

姜楚楚一回头,衣冠楚楚的温医生就站在病房门口,一双眼睛眨也不眨地凝在她的身上。

两个人的相视一笑被温九思撞了个正着。

姜楚楚一下子就把姜夏樱、姜老爷子什么的丢到了脑后,露出了一个甜得不能再甜的笑容。

"九思,你这么快就来啦。"

温九思面色平静一如往常,风姿也是芝兰玉树,但周身那股奇怪的冰凉气场,却自顾自地散发着……这自然不是冲着姜楚楚去的。

温九思的眼角睨了一眼坐在床上的宋初一。

宋初一叹了口气,缓缓地滑进了被子里,有气无力地挥了挥手:"你俩有什么事就出去说吧,我还要休息。"

姜楚楚撇了撇嘴,嘀咕了一声"白眼狼",然后十分顺畅地挽过温九思的手臂,出了病房。

温九思沉默着,将她带到了楼梯口。这里人很少,温九思忽然拉过她,神色专注地将她从头看到脚,还让她转了个身,动动胳膊,动动腿。

"好了好了,我没事啊,我一点都没受伤。"姜楚楚忍不住按住他的手,轻声安抚了一句。

她将他的手搭在自己的腰上,温九思顺势圈住她,低下头,瞳色幽深。

"怎么没接电话?"

姜楚楚"啊"了一声,解释道:"对不起哦,我的手机刚才静音了,一直在忙着宋初一住院的事儿,就没来得及回。"

听到宋初一的名字从她口中说出来,温九思不由自主地皱了皱眉头:"发生了什么?"

这事情要怎么说啊,说出来,温九思不会多想吧。

要不然……瞒一下?

可是姜楚楚这一瞬间的犹疑被温九思精准地捕捉到——

"你想好了再说。"

他的语调依旧轻柔,可是眼中划过一丝危险的光亮,没有逃过姜楚楚的眼睛。这个男人,真是精明得可怕。

姜楚楚于是见风使舵,毫不遮掩地将早上发生的事情复述了一遍。

在叙述过程中,她着重强调了自己是多么见男色不心动,跟宋初一保持着安全距离的。

那三分惊险被她这么轻巧地一说,仿佛一分都不剩了。

她蹭了蹭他的胸膛,眼睛亮晶晶的,表情分明在说"你快夸我"。

可是温九思夸不出来。

他的楚楚,在他没有照顾到的地方,差一点就受到了伤害。

温九思的唇紧紧地抿着,圈住姜楚楚腰间的手也不由自主地收拢。

姜楚楚有点腰疼……被勒的。

她费力地抬头,看向温九思的面容。

他也正低着头,用晦暗难辨的眼神望着她。他看起来身形颀长,但手臂却格外有力,就是那种穿得了西装也举得了铁的男人,却因这种奇异的反差,令人忍不住想入非非……

可此时并不是欣赏男人肌肉的好时机,姜楚楚都快被勒得喘不上气来了:"轻点,你弄疼我了。"

温九思清醒过来,略微松了松手,却没有放开。

"是姜老爷子?"

姜楚楚知道他是在问下药的人。

温九思不松手,姜楚楚干脆蜷缩在他的怀里,伸出手拨弄着他衬衫上的纽扣,够不着第一粒,就从第二粒开始,扣子解开又系上,再解开再系上。

"应该是吧,他知道从你这儿讨不到好处,还打着把我送给宋初一的主意呢。"她稀松平常地说,"我都不知道我还这么值钱,好像嫁过去就能救了整个姜氏企业一样,你说我要不要自我牺牲一下?"

她是在开玩笑,可男人的目光立刻转冷,连她都感受到了一股寒意。

姜楚楚"吧唧"一口亲在了男人的下巴上:"哎,我跟你开玩笑呢。"

温九思显然不觉得这个玩笑好笑,连眉头都没动一下,眼睛一眨不眨地盯着她。

"我很想替你解决这件事,只是,他是你的爷爷,我不知道你的心里是怎么想的……"

如果姜楚楚并不顾忌这个,温九思有很多方法可以让姜老爷子,把冲着姜楚楚泼过去的脏水再收回来,倒到他自己身上去。

可是姜楚楚略作思索,缓缓地摇了摇头。

温九思皱眉:"你心软?"

姜楚楚奇怪地撇嘴看他:"你觉得我看起来特别善良吗?只是冤有头债有主罢了,对姜老爷子自然就不会这么算了,但有一个人用心更险恶。"

"姜二小姐?"

姜楚楚冷笑了一声,嘴角极淡地勾了勾:"姜老爷子还不敢对我下这样的狠手,顶多是想要把我跟宋初一送作一对,但是领着那些流氓闯进家里来,这种不入流并且十分阴损的法子,也只有姜夏樱那个喜欢在背后捣鼓事情的小人能干得出来。"

温九思很少看到姜楚楚露出这副表情,更多的时候,面对姜家人的居心叵测,她只是神色疏离地看着他们上蹿下跳,那目光跟看一群猴差不多。

但显然,姜夏樱这一次已经越过了她的底线。

温九思伸出一只手,摸了摸她的脑袋,斟酌地说:"楚楚,他们是石头,可你是美玉,我不希望一有什么危险的事情,你就要拿自己跟他们硬碰硬,我更希望你能试着依赖我。"

"我怕影响你啊,你既然是医生,就应该心无旁骛地看病。"

姜楚楚从他的怀里挣脱出来。

"姜老爷子我是最清楚的,他什么事情干不出来,你在我眼里也是美玉,白玉无瑕的那种,让你跟他硬碰硬,我更舍不得。"想了想,她又补充道,"而且你能有什么办法?我们俩正浓情蜜意着呢,你不许去找蓝子期吹这个枕边风。"

温九思用一种一言难尽的表情看着姜楚楚,直到看得姜楚楚摸不着头脑,眼中浮起了疑惑的表情,他才缓缓地叹了口气。

"楚楚,你从来没试着了解过我,也没问过,凭我自己有没有能力解决你遇到的难题。"

姜楚楚咕哝了一句:"你也没告诉我啊。"

温九思纵容地笑了笑,一副无奈的模样。

"你要我把所有的家底都摆出来给你看吗?我有多少钱?有多少房子?父母是何身份?在京都住在哪里……这些如果你问我,我一定会毫无保留地告诉你。我也一直等着你问我。"

他说这番话的时候,眼角都柔和得搭了下来,再加上隐约的一点期待,让他整个人的表情变得极为生动。

恰好,有个护士端着药盘走过来,她可能是要下楼,侧身经过两人的时候,忍不住用一种羡慕的目光瞟向姜楚楚。

那么英俊的男人,唯独只看着她一个人。

姜楚楚顺势闭上嘴不说话了。

——后来有很多次她回想起自己这个时刻的沉默,都在试图剖析自己当时的心情,她不是真的不在乎,也不是没猜测过温九思的来历,他的见识、他的气度、他的举止……无一不昭示着他的来历不凡。

可她就希望温九思只是一个普普通通的心理医生,这样他就可以一直留在南城陪她,她也不用害怕……

她也不知道自己在怕什么。

姜楚楚只记得温九思的眼里划过一丝显而易见的黯然,随后目光坚定。

他略带凉意的薄唇,缓缓地吻在了她的额头上。

"楚楚,不要多想,你唯独属于我。"

你唯独属于我。

这几个字就像文身,一个字一个字地追着往姜楚楚的身上刻去。

她突然有些不安。

但无论如何,温九思同意了让姜楚楚自己来处理这一桩事,并且以极大的耐心纵容着姜楚楚跑到宋初一的病房里,看着两人头对着头,嘀嘀咕咕的,配上宋初一"大病初愈"之后的厌样……

姜楚楚一回到家,还没来得及进门,就听见姜福生怒气冲冲责骂的声音。

她看向吴妈,吴妈压低了声音:"家里遭了贼,警察刚走。"

什么遭了贼,分明就是姜夏樱带回来的那些人,哄抢了东西就跑,姜福生嫌丢人,对外粉饰太平罢了。

一进客厅,一个杯子就砸了过来,飞溅起的碎片险些砸到姜楚楚的身上。

姜福生砸的是姜夏樱。

姜夏樱正抹着眼泪,一副弱柳扶风的模样,一手按在座椅把手上勉强维持着身形。

姜福生的脸气得通红,姜楚楚也不确定,这里面有没有心疼的成分。

她看了看四周,虽然已经打理过了,但还是一眼就能看出,这屋子里少了不少的东西,显得有些空空荡荡。

姜福生往常最受用姜夏樱"小白花"的姿态,总觉得这个女儿最令他满意,可是现在也舍得指着鼻子骂了。

"我跟你爷爷这么多天在外面奔波,你不帮忙就罢了,还搞出这样丢人的事情来。"

姜夏樱一边哭着,一边隐秘地看了眼姜老爷子,却见姜老爷子拄着拐杖,安稳地坐在沙发上,丝毫没有要替她说话的样子。姜夏樱不由得面色一白,不敢跟姜福生声辩这里面的内因。

她偏头，看见姜楚楚回来了，心里一虚，却又心堵得很。姜楚楚非但没有像往常一样，径直上楼，反而勾着笑在客厅里坐下来，明显是在看热闹。

姜夏樱一阵气极，面上的委屈险些维持不住。

她最近的日子过得并不顺畅。

本以为，姜老爷子终于正视了她，才想着将她带到身边，教一些公司管理上的东西。

可没想到姜老爷子不过几天就露出了他的真面目。

她按照姜老爷子的喜好，不管是从穿衣打扮还是从为人处世上，都尽量偏向了姜老爷子的喜好，将自己折腾得根本不像一个二十多岁的女孩。

可没想到，姜老爷子根本就没有想让她参与公司经营的念头，只是想让她嫁给一个外地的富商。

在她一无所知的情况下，让那个老男人跟她见了面。

那个老男人的眼神就像挑一块猪肉一样，在她身上打量来打量去，最后满意地点了点头。

姜夏樱心中疑惑，所以在姜老爷子让她出去后，躲在了门后偷听了他们的谈话。

姜老爷子和那个老男人是老相识，这次盛情邀请对方来南城，就是希望他能够出手帮忙填补姜氏企业在这次风暴中产生的亏空。

那个男人答应了，但前提是，他要娶姜家的孙女。

姜夏樱的心里恨得要命，凭什么到姜楚楚那儿，就是各路豪门公子，可自己却得嫁一个五十多岁的鳏夫？

可哪怕她心里再急再气，也不能跟姜老爷子硬刚。

她也知道，姜老爷子一心想让姜楚楚嫁给宋初一来换取宋家的支持，可由于姜楚楚的极度不配合，这桩婚事推进得并不顺利。

于是她假装并不知道那个老男人的来意，还表现出一副为了姜氏未来的命运忧心忡忡的模样。

终于在一次下班前，她敲开了姜老爷子办公室的门，迫于无奈地提出了一个将"生米煮成熟饭"的建议。她假装看不见她说这些话的时候，姜老爷子看向她轻蔑的目光。

但最后，姜老爷子只说："你就去试试看吧，但是出了事，也只能你自己担着，明白了吗？"

姜夏樱咬着牙认了下来。

她不知道姜老爷子到底在忌惮什么？能对她下这样的狠心，怎么就不能对姜楚楚也下这样的狠心？难不成真有什么爷孙情谊？

她不甘心。

姜夏樱自以为将恼怒和嫉妒都掩饰得很好,可是她垂在身侧的手,都攥得泛了白,配上那副泫然欲泣的表情,怎么看怎么违和。

姜福生将家里丢了东西的气全都撒在姜夏樱的身上,骂了二十多分钟依然口若悬河,不见停歇的意思。

姜楚楚看够了热闹,活动了一下站起来,在姜夏樱羞愤欲死的目光下,表情一派云淡风轻。

"爸,你先停一下,我有正事要说。宋初一过两天要来吃饭,你们别忘了准备一下。"

她说的话似是而非,既没说宋初一哪天来,又没说宋初一为了什么要来。

姜福生不知道这里面的内涵,倒是姜老爷子眼睛亮了一下。

而姜夏樱则是突然睁大了眼睛,一副不可思议的模样……

还没等姜老爷子和姜福生进一步追问,姜楚楚就打了个哈欠上楼了。

她换好衣服躺在床上,并没急着关灯睡觉。

果然不到一个小时,姜楚楚的房门就被敲响。

是重新整理了妆容的姜夏樱。

姜楚楚有时候也挺佩服她的,她就像一只生命力极其顽强的蟑螂,不管遭受了什么样的打击,在黑暗里独自待上一会儿,就能完全复原,甚至比原来更茁壮成长。

姜夏樱咬着唇:"姐姐,我能进去吗?"

"不能。"

姜夏樱的表情难堪,但仍旧勉强地扯着笑:"你跟初一哥哥……"

姜楚楚料到她会问这个,当下抱了肩,好整以暇:"怎么,你是怕我们发生了什么,还是怕我们没发生什么?"

"今天的事情,我怕你误会……想解释一下。"

姜楚楚眉眼间的傲慢在另一个人眼中看起来很刺眼:"没什么误会的,十几号人就搬个柜子,这谎话说出来,你还要不要脸?"

姜夏樱眼神一闪,随即有些慌乱地解释起来:"不是的,姐姐你真的误会我了,我真的没有别的心思,我也是希望你和初一哥哥好好的,我——"

姜楚楚方才的高傲消失,取而代之的是古井一般的平静,目露嘲讽:"你怎么知道我们俩会'好好的'?你承认了?"

姜夏樱愣住,语塞了两秒,还要解释,可姜楚楚一抬手。

"你知道我为什么瞧不起你吗?

"人有野心不是什么见不得人的事,但是心眼又小,能力又差,还妄想太多,姜夏樱,这样的人,从来都不会有什么好下场的。"

姜夏樱的面色隐隐发白。

但姜楚楚知道,姜夏樱现在不是懊悔,不是愧疚,而是不甘。这样的人,说什么都没用,如果不狠狠地让她摔下去,她盯着你,迟早要将你咬一块肉下来。

第十章
不欠姜家

在携手共渡了一场危机之后,姜楚楚跟宋初一的革命情谊呈指数上升,宋初一不知道出于什么考量,跟姜楚楚交了实底。

宋家的松峪电器是老牌强企,只是近年来,整个领域发展势头都不好,宋父也着急,可按照宋初一的话来说,他父亲经商天分平平,一时也想不出来什么改善的法子。

宋初一早年丧母,跟父亲关系并不亲厚,松峪电器这几年,几乎是他母亲家那边帮衬,才支撑下来的。恰好姜老爷子在江城疗养,宋父几经思量,将目光放在了姜家上——都知道,姜氏根基不深,却独占了房地产这块大饼。

混到他们这种地位,上面有点风吹草动,他们都要闻风嗅上几嗅,从里面琢磨出点味来,宋父最早听说京都那些事,费了点周折才知道姜家这回也被牵连了进去,可姜家出事,那南城的生意也还得有人做不是?

结门婚事,顺顺利利地插手姜氏的生意,是最安全、最迅速,又最方便的了。

宋初一总结道:"其实这事情对你来说,影响并不大……这杯羹谁拿了就是拿了,如果是我,反而情况会好一些,因为我们的立身根本在江城,电器也是主营,经营权还是——"

宋初一还没解释完就被姜楚楚制止住了:"我还是个宝宝,你跟我说这些我听不懂。"

宋初一一口老血咽了下去。

不过,因着宋初一的坦诚,姜楚楚立刻表现出了对宋初一的刮目相看,再商量事情的时候,还盛情邀请宋初一到她的地盘——温九思的心理咨询室。

当然,这也是温九思不经意间提出来的,他想得透彻,姜楚楚这种容易"拈花惹草"的,放在眼皮子底下看着,安全得多。

宋初一来的时候,姜楚楚还有闲心赶画稿。

因为在温九思这里待的时间长,姜楚楚干脆备了一套画具,得了空就动几笔,也不怕答应刘晏的画画不完。

宋初一一身运动装,戴着鸭舌帽进来,乍一看,跟街边送快递的小哥装扮上有异曲同工之妙。

他才开口,姜楚楚就比了个"嘘"的手势,然后放下手中的画笔,指了指正在忙于工作的温九思。

宋初一会意,安静地走进来,坐到姜楚楚身边。

姜楚楚嫌弃地看着他这一身夏天显得格外闷热的装扮,怕伤了他的面子,于是换了个措辞。

"穿这么低调?"

宋初一将帽子摘下来,拨了拨被汗水打湿的刘海。

"你以为我乐意?这两天一直有人跟踪我,我猜是姜老爷子,他想知道咱俩到底有没有一腿。"

怪不得这两天姜老爷子竟然没有来烦她。

姜楚楚闻言笑了一下,夸赞了宋初一的自我牺牲精神。

听见嘀嘀咕咕的声音,温九思抬头,不动声色地向着沙发边一瞥。

这一瞥,他手中的笔不自觉地在纸上画出长长的一道。

……这两人是不是凑得有点近?

还没有感受到温医生的杀气,宋初一兀自凑近姜楚楚,神神秘秘地说:"你猜我昨天查到了什么?"

姜楚楚极为捧场,双手托腮,眨巴眨巴大眼睛:"说说看是什么有趣的事情?"

"西北那边有个煤老板,是姜老爷子发迹之前便认识的,这个人庸俗粗鄙得很,但是家里确实有钱,而且去年死了老婆,一心还想找一个年轻的小姑娘作续弦,于是就找到了姜老爷子。"

姜楚楚越听越觉得这个剧本熟悉,于是忍不住插嘴问道:"那个人是不是姓刘?"

"你怎么知道?好像叫什么……刘大富。"

姜楚楚不知道自己该不该笑出声来。

那是七八年前的事情了。

有一次她险些跟姜老爷子撕破脸皮的时候,姜老爷子就曾威胁过要把她给一个煤老板当童养媳,那个人就是刘大富,想不到这么多年他不但娶了老婆又死了老婆,现在还打着姜家女儿的主意。

两个人长吁短叹地感慨着,宋初一又有理有据地分析道:"所以姜夏樱是为了你不嫁给土老板,所以想让你嫁我?可是,她又不甘心让你嫁给我,那她费这么一番周折想要干什么?"

"我怎么知道，总之，她是那种不达目的不会罢休的性子，你等着看吧，加上姜老爷子指点，只怕还有得闹。"只是姜老爷子恐怕也不会想到，姜夏樱根本不会乖乖听使唤，也有自己的小心思吧。

宋初一听了，眉间的肆意流露出来："就怕他们不动。"

"你真鸡贼啊……"

"难道你不这么想吗？"

"咳咳。"

两人正说得兴起，冷不防面前笼上了一层阴影，温九思沉着脸站在了两人的面前。

姜楚楚根本就没想到他冷脸的源头是自己，以为是他的工作不顺利，于是陡然间化身贴心的小棉袄，就着坐着的姿势，身子一抻，想要双手抱住男人的腰。

——她原本是想要抱着他的腰身顺便撒个娇。

可是男人的腿出乎意料的长，她没够着腰……

她的脸"噌"地红了起来。

"咳咳咳——"

这下咳嗽的人变成了宋初一，他一副没脸看下去的样子，手掌扇着风，假装四下张望着。

兴许是温九思也觉得夏天的"棉袄"太热了，面上表情未变，双手毫不留情地将姜楚楚的手推开，按着姜楚楚的脑袋让她重新坐回位置上。

然后他挂上一丝礼貌的笑意转向宋初一："宋公子还有什么事情没说完吗？"

有啊……

宋初一想点头，两人刚才一直在八卦，基本上什么正事都没说呢。

可是顶着温九思那张明明笑得一脸春风，却能让人感受到黑云压顶的杀气的面容，宋初一莫名地尿了，他识趣地站了起来。

"没了没了，那我就先走了，不打扰你们了。"

姜楚楚眉头一皱，不解地问："怎么就没了？你不是说，你往江城送了信，准备过两天给姜老爷子一个大惊喜吗？我还等着你说这事呢。"

说着，她还不嫌事大地用手指戳了戳他。

美人挽留，宋初一的心里不是不荡漾的，只是奈何她身侧有个暴君，还是一个隐藏极深、心机叵测的暴君。

宋初一苦笑一声："下次下次。"

天知道，他打扮成这样甩开跟踪的尾巴来一趟有多不容易，就这么被人赶走了，他也很绝望啊。

"唉——"

他溜得很快，姜楚楚都来不及说一句再见。

下一秒，温九思往旁边移了一下，彻底挡住了姜楚楚看向门口的视线。

"你跟那位宋公子……挺投缘。"

这回不用谁提醒，姜楚楚也反应过来了。

她很想笑一声，顺便说一句"温先生你很无聊哎"。

可是，姜楚楚还记着上次给刘晏"吹沙子"惹出来的事，于是好声好气地试图跟男人讲道理。

"你这醋吃得真没必要，我要是真想跟别人发生点什么，根本就不会把人带到你这儿来啊。

"我和他是真的有事要商量，你不是已经答应我了嘛，这件事交给我自己解决。

"他刚才坐在那儿，我坐在这儿，你看，我还是记得跟宋初一保持距离的。"

她说了一大堆，可温九思一句都没听进去。

不管姜楚楚是没发现，还是刻意忽略，他看得分明，那个宋初一看着她的眼神里，有自己熟悉的浓烈感情，只是他很聪明，他知道得不到，干脆利落地后退一步，摆正了自己的位置。

可即便是这样，温九思还是觉得难以忍受。

吃醋中的男人是没有理智可言的。

姜楚楚聪明点的话这个时候赶紧抱大腿，说两句抹黑宋初一的话，也就过去了，偏偏面对温九思时，她的作妖技能全部满点，并且还学会了"由人度己"和"举一反三"。

温九思还在乌云压顶的时候，她已经莫名地跑题，说到了两个人平时的相处上。

"你光说我跟谁离得近了，你怎么不想想你自己，你工作的时候从来不跟我玩，有时候亲都亲了你还装矜持……"

抱怨的时候，她还不忘流露委屈，满满的委屈。

"我只有你了，你就更要给我安全感啊，就像花需要晒晒太阳才能开得更鲜艳一样，情侣之间，你不经常亲亲抱抱举高高我，我们俩的关系怎么能稳步提升……"

姜楚楚神色越是天真，温九思的后槽牙咬得就越紧。

他沉默地看向这个不知道危险来临还一脸得意的女孩，用了十分的耐心才能克制住自己，不会对她露出令她不安的表情，或者把她拦腰抱起，扔到沙发上去，做自己想做的事情。

温医生克制着，又在心里给姜楚楚默默添了一笔：怀疑有表演型人格分裂。

可这么克制着，不代表温九思就真的能克制住了。

不在克制中释然，迟早得在克制中爆炸。不对她做点什么，对自己做点什么总可以吧。

他不动声色地说：“你说得对，你这回很乖了，是我没有做好。”

这话一出，姜楚楚就先蒙了。

咦？被表扬了？这就过去了？这画风不太对吧。

本来做好了长久抗战准备的姜楚楚，心瞬间上不下地被晾在了半空中。

他看向姜楚楚的目光专注极了，专注得令她老脸一红，一种她恃宠生娇，欺负他的愧疚感油然而生，于是再开口，声音也小了很多：“就是啊，你既然知道，就好好反思一下，咦——你……你干吗？”

看着他的动作，姜楚楚捂住了脸，发出了一声短促的惊叫。

温九思慢条斯理地解开了自己的领带，神情云淡风轻，可动作却莫名诱惑。

他脸上似笑非笑的神情都有一股莫名其妙的吸引力：“怎么不继续说了？”

温九思倒没有做出什么出格的举动，只是用双手扯了扯领带，慢慢走近，笑意温柔。

"安全感？你要是缺乏安全感，我就时时刻刻把你带在身边行不行？"

他一边说一边比量。

看着姜楚楚瞬间像被水烫了嘴，一个字都不说，一副呆呆的鹌鹑模样，温九思低低地笑了一声，朝她倾过身子，附在她耳边。

声音刻意压低，有了几分烟嗓的味道。

"再然后。"

"任你怎么哭，怎么撒娇，也不放开，你觉得这样够不够？"

温九思这话一出，姜楚楚睁大了眼睛，她分明是想说什么，可是由于表情太呆了，温九思也没能分辨得出。

他的目光如有实质，姜楚楚实在扛不住，害羞地别开了脸，脸颊晕染出一片桃花红，眼角眉梢也带了惹人怜爱的羞赧。

温九思好整以暇地看着女孩，却不料，下一秒，她咬了咬嘴唇。

"那……那就，轻一点哦。"还挺期待的样子。

温医生表示拒绝。

这不是他安排的剧本。

一时间，他竟不知道怎么接下去了。

可是随着时间的流逝，温九思方才刻意营造出来的气氛正在逐渐消散，对上姜楚楚跃跃欲试的表情，他莫名地觉得有点下不来台……

突然响起的内线电话解救了他。

是小赵通知他,之前预约好的病人到了。

撂下电话,温九思舒了口气,维持着最后的威严,冲着姜楚楚说:"等我回来……收拾你。"

他走后,姜楚楚终于忍不住松了一口气,期待的表情垮下来,毫无征兆地将头埋进沙发里,快把自己捂死了才出来。

想到什么,她又悄悄笑了起来。

就知道温九思在装样子。

果然啊,在这一轮撩拨 Battle(比拼)里,最终还是她胜利了。

第二天,一直处在"商女不知亡国恨,隔江犹唱后庭花"状态下的姜楚楚,终于也听到了风声。

蓝子期那帮人似乎是进入了工作状态,说翻脸就翻脸,一个招呼都不打,干脆利落地闯进了姜老爷子和姜福生的办公室,将所有的资料和数据尽数拷走,文件柜里的所有文件,一箱子一箱子地往外搬。

这副雷厉风行的样子,惹得办公室里那些职员议论纷纷,不少沉迷于电视剧无法自拔的女职员们都在说,但凡电视剧里演出这个场景,那企业八成离破产不远了。

得知消息的温九思给姜楚楚打了电话,想看看她有什么反应,如果情绪不好的话,他是否能为她做一些事。

可姜楚楚出奇的平静。

她一边涂着睫毛膏,一边按了免提接着电话:"我有什么不开心的,这事不是早晚的吗?要不然蓝子期来南城,难道就是为了给我添堵?"

姜楚楚可不知道,她这话无意正中了事实。

听到她提起蓝子期,温九思沉默了一瞬间,实际上他略有心虚,因为蓝子期确实是因为抱着要让温九思"清醒一点"的目的,跟着来了南城,可归根结底是自己惹出来的麻烦,这话他没法说。

姜楚楚见他沉默,则想到了别的地方去,还出言安慰道:"你是不是觉得,自己的朋友来查我家的事情,感觉上有点奇怪啊,我都跟你说了多少遍了——"

睫毛膏刷完,姜楚楚最后照了照镜子,对自己的妆容十分满意,将手机切换回话筒模式,拎了包就出了卧室,一边下楼梯,一边继续说:"说真的,我完全不在意,你可千万别想多了,我不会不分青红皂白,也不是小可怜。"

温九思于是在电话里轻轻地笑了起来。

"我一定警告蓝子期不许去打扰你。"

"不用不用，等他办完事，你赶紧赶他走就好了。"

忽然，面前的路被人挡住了。

姜楚楚一抬头，收敛了面上的笑意，说话的语气却依旧轻柔。

"好了，我要去画室了，先不跟你说了。"

那边温九思应了一声，嘱咐她别忘记晚上还要一起吃饭，随后两人就撂了电话。

将手机往包里一扔，姜楚楚面无表情地看向面前的姜夏樱。

"有句俗话，叫好狗不挡路。春妮儿，你虽然晚上了几年学，可是你爸爸给你请了家庭教师，这点道理应该还是懂的吧。"

姜楚楚很懂得怎么戳人的痛处，她也不明白，这姜夏樱怎么还像是不长记性一样，一次一次往自己身边凑。

她姜楚楚走的是甜文女主路线，又不是豪门打脸流派，哪有那么多时间跟她玩"宫心计"？

不过从姜夏樱的表情中能看出来，她把自己当成了一枚定时炸弹，面对时觉得惶恐又麻烦，可远离了又怕这炸弹不安生被什么引爆了。

姜夏樱面上神色变幻，却是横了心挡在姜楚楚面前。

"什么叫我爸爸？楚楚，那也是你爸爸，家里有难处了，你不说帮忙，反而还跟温医生说我们的风凉话。你扪心自问，姜氏倒了，对你有什么好处？难道家族养了你这么大，就是为了让你看热闹的吗？"

姜夏樱越说，情绪越激动，那种牢牢占据道德制高点的姿态，似乎更令她兴奋，也令姜楚楚眉毛一挑。

"你是不是觉得，哪怕姜家没了，你也能靠着你的男人，继续过这样的舒服日子。"

姜楚楚了然地又将眉毛放下，原来是心态崩了，来她这儿找存在感了。

想必上次失手后，姜老爷子还没绝了把姜夏樱嫁给那老鳏夫的心思，所以她慌了。

"是呀，谁让我找了一个好男人呢？哪怕姜家真的连根毛都不剩，我也还能过上现在的生活，就问你气不气？"

她本来就站在高一级的台阶上，此时俯视着姜夏樱，从气势上就透着一股盛气凌人。

姜楚楚就像是一朵正逢秋时，盛极了的玫瑰，在她刻意张扬之下，没有男人能躲得开这姝色全开的一击，而对女人的时候，那个人感受到的就是这世上最深刻的恶意了。

同样都是人，外貌上怎么就分了个三六九等？

姜夏樱也不例外，她的手攥了起来，微微地哆嗦着，眼底的嫉恨再也遮掩不住。

"凭什么……"

她的声音太小，姜楚楚险些没听清楚。

"你说什么？"

"我说，你凭什么！"

姜夏樱霍地仰起脸看向她："凭什么你什么也不做，就能坐享其成，温九思一个还不够？还是你后悔了，想嫁宋家了？你根本就没有对姜氏投入过一点心力，凭什么所有的好处都是你的！"

就没见过上赶着要把自己卖个好价钱的。

姜楚楚看她的神情像是看个傻子……

"本来教育你不是我该干的事情，但既然你这么说了，咱们就来算算账。

"我从出生长到现在，暗地里，母亲给姜明珠的，父亲给你的，我不是不知道，可我一点都没眼馋吧？我的存在，让姜福生得了蒋氏的资金，让蒋淑媛免于被人戳着脊梁骨骂。

"至于姜明珠，她除了那张美人皮，还有什么是自己的？不说别的，那幅《月夜》拍出的价格，说我吃姜家的用姜家的吧……算一算，也能将将补上了。"

姜楚楚双手抱肩冷笑。

"而你，姜夏樱，别把自己想得多可怜，你得到的够多了。你刚来姜家的时候，姜福生高价收了一批散股，当成见面礼送给你，当时他哪有那么多流动资金？是问病床上的我要来的。你揣着明白装糊涂，还想反身咬我一口？做梦吧。

"如果非要说谁对我有养育之恩，我也该还清了……这世上，我欠谁，也不欠姜家的。"

一口气说完，姜楚楚做了一个深呼吸，果然，怼出来，心里舒畅多了。

"你运气不会总是这么好的。"

姜夏樱沉浸在自己的剧本里，深深地看了一眼姜楚楚，扭头冲出了姜家的大门。

对于姜夏樱的豪言壮语，姜楚楚表情未变，内心甚至毫无波澜。

可以说她是故意激怒姜夏樱的。

她跟宋初一合计，他们打算以其人之道还治其人之身，谁也甭欠谁的。

原本是说好，这两天让宋初一来家里吃饭，主动给姜夏樱创造机会。

可是这顿晚饭，不知道为什么，被宋初一改了场地，约在了南城一家十分昂贵的酒店。

由于他改主意改得急，姜楚楚也没来得及详细问，当天下午从画室出来后，一边赶往酒店，一边跟温九思抱怨。

温九思听了，又问了酒店的地点。

姜楚楚说了，然后又叹了一口气。

"那地方订的宴席，没有邀请是进不去的，再说了，我还得跟宋初一演一演，你来了，不方便。"

"我就在门口等你，不进去。"

姜楚楚正聚精会神地打着方向盘，顺口接了一句："不进来？这也太亏了吧。"

这时，车已经到了地方，她简单地说了句"我到了，结束了再跟你说"，然后就摘下了耳机。

报上包厢号，穿着西式马甲的服务员将姜楚楚迎了进去。

越走姜楚楚越觉得不对，这一层都是大包厢，能坐十几个人都不拥挤，可又没请蒋淑媛和姜明珠，就他们几个人，来这里干什么？

到了对应包厢，一推门，姜楚楚不由得挑了挑眉——

当真是宾客满堂啊……

宋初一看见姜楚楚，满脸笑容地将她迎了进来，有意无意的，她的座位在宋初一和姜夏樱之间。

这顿饭不止请了姜家的人，还请了几位从京都过来的人，许是为了调动气氛，还有几位姜楚楚也面熟一点的"南城名媛"。

姜老爷子被宋初一迎上了主座，又添茶递水，还体贴地询问了姜福生空调温度合不合适。

以他的身份如此奉承着姜老爷子和姜福生，对于京都来的人，也是一种信号，也表示了一种态度。

松峪电器全国销量都不错，董事长儿子这个名头，令那几个京都人都不自觉地带了几分笑意，连带对姜老爷子都没有那么忌讳了。

从宋初一身上源源不断散发出来的"我是金龟婿"的气息，令姜夏樱几次都柔情似水地瞥向宋初一，除非瞎了眼，不然没人看不出她正在暗送秋波。

酒过三巡，众人打成了一片。

姜楚楚捅了捅宋初一，低声问他："你这是玩什么呢？打算帮姜氏渡过难关了？"

宋初一神秘兮兮地笑了："之后你就知道了。"

有人端着杯子过来敬宋初一酒，宋初一也是来者不拒，只是体贴地说了句："我干了，但是大家还是悠着点，我就住在这楼上1303，喝多了直接上楼睡觉，你们可是还要回去的。"

总觉得他话里有话,姜楚楚忍不住蹙起了眉头。

过了几分钟,一个侍应生端了饮料过来,哆哆嗦嗦地将一杯饮料放在她面前。看着杯壁上细碎的白色粉末,姜楚楚有点怀疑姜夏樱找人办事的能力了。

之前是无赖流氓,现在又是心理素质低下的服务生。

她刚要动作,忽然斜刺里伸出一只手,拿过了饮料。

姜夏樱利落地喝光了那杯饮料,喝完了,她还举着空杯子冲姜楚楚笑了笑。

"姐姐,我有点口渴,不介意我喝了吧。"

姜楚楚的表情一言难尽,她现在开始怀疑是自己的智商有问题了。

她扭过头,见注意到这一幕的宋初一表情讳莫如深。

不过半个小时,姜夏樱突然嘤咛一声,手抚上额头,难受地眯了眯眼睛:"姐姐,我有点头晕。"

然后不待姜楚楚反应,她自顾自地站了起来,自言自语:"我要出去透透风。"

姜夏樱几步就走了出去。

姜楚楚看了一圈,包厢里三三两两气氛正好,姜老爷子和一个年纪稍大的京都人在角落里谈着什么,姜福生风度翩翩地跟一个比姜楚楚大不了多少的女人聊得火热……唯独没看到宋初一。

她刚站起身,肩膀上就搭上了一只手,把她又压了下来。

姜楚楚回头,宋初一面上还带着几分酒色,但神色清明。

"你刚才去哪儿了?"

宋初一嗤笑了一声:"喝多了,怎么,上洗手间解决一下也不让?"

姜楚楚毫不留情地拍掉了宋初一的爪子。

"不是,刚才你出去了,姜夏樱也出去了,我还以为——"

她话说了一半就停住了,宋初一听着,表情丝毫不惊讶,俊脸上的笑容比方才还要灿烂了一些。

姜楚楚的脑袋里飞速地闪过几个猜测,她压低了声音,表情也冷了下来:"你没有按照我们说好的来,你自己计划了什么?"

宋初一拍了拍胸口,又往她手中塞了一杯热饮:"你别这么看着我,我害怕,我只是加了点戏,让我们的剧本更精彩一点啊。"

什么更精彩一点,姜楚楚现在觉得,宋初一就是扮猪吃老虎的典型例子。

她板起了脸:"不是说一起商量着来,你怎么——"

"好了,好了。"宋初一讨饶地冲她拱了拱手,"这不是计划没有变化快吗?不过这是我的错,我过后给你赔罪,你说什么都行,好不好?"

好什么好。

哪怕宋初一态度再好，可这表现明显就是让她不要管的意思。

姜楚楚看了一眼手机上的时间，晚上九点三十分整。

不大的包厢里，有宋初一活跃着气氛，众人都不觉得时间过得快。

又灌了姜福生一杯酒之后，宋初一抬起手腕看了看表，姜楚楚也看了眼时间，姜夏樱已经出去一个多小时了。

宋初一将杯中的酒一饮而尽后，站起了身，用筷子敲了敲香槟杯。

"诸位，今天时间已经不早了，我看，不如就到这儿吧，改日，改日我再宴请大家。"

有人立刻接上。

"那下次我来请！"

"不不，还是我来请，这几天我在南城发现了一家正宗的京都馆子，你们一定得尝尝。"

"听说陈兄在京都就是美食家，那我们可等着了。"

"包在我身上了，宋公子……和姜老爷子届时可一定要赏光啊。"

宋初一笑着点头。

堪称觥筹交错，宾主尽欢。

外头华灯缭乱，夜色醉人，宋初一扶着姜老爷子，共同以主人的身份送了那些人出去。

看姜老爷子红光满面抱拳告别的模样，姜楚楚就知道这顿晚饭的价值了。

等到宾客们都散去，姜老爷子反手拉住宋初一的手，虽然由于时间太晚，已经面带少许倦容，但他的精神出奇地亢奋。

"小宋啊，这回爷爷可要多谢你了，你替爷爷牵了线，这份情谊，爷爷是不会忘记的。"

宋初一表现得很谦逊："姜爷爷您说哪里的话，咱们都像一家人了，我帮点小忙也是应该的。"

他一边说，还一边越过姜老爷子和姜福生，朝姜楚楚张望，还害羞地挠了挠头。

装得还挺像那么回事，姜楚楚努力克制住自己不要冲着宋初一翻白眼。不过姜老爷子十分受用，"哈哈"大笑起来："对，对，早晚都是一家人。"

姜家司机将车子开了过来，姜老爷子正要上车，姜福生却想起什么，四处张望了一番，奇怪地说："樱樱呢？"

问完，他看向了姜楚楚。

姜楚楚耸了耸肩表示不知道，一脸无辜。

姜老爷子板起脸，拐杖往地上一敲，正要说什么，忽然间，一个服务生匆匆忙忙地跑了出来，面色如土，直奔宋初一。

"这位先生，请问您是1303的住户吗？"

不知道是不是姜楚楚的错觉，宋初一的眼睛突然亮了。他上前一步，声音不大不小："我是，怎么了吗？"

似乎有些难以启齿，服务生支支吾吾了好一会儿，宋初一还没说什么，姜福生就忍不住了。

"有话你就快点说，这里的服务生素质怎么这么差！半天憋不出一个字来。"

服务生连连鞠躬道歉，然后咽了口唾沫，才唯唯诺诺地说："1303有对男女闹了起来，都闹到走廊上了。有旁边的客人当场就要报警，可是因为他们都说认识您，我们费了好大劲，才把旁边的客人安抚下来……您快去看看吧。"

宋初一的表情先是疑惑，而后想起来什么似的又恍然大悟，但随即又漫上另一种疑惑。

姜楚楚冷眼看着他表演，这副生怕姜老爷子和姜福生不起疑的表情，不用说，就是宋初一口中那个"更精彩的剧本"了。

"我才想起来，我前些时候给家里送信邀我父亲来南城小住几日，拜访拜访老爷子。我父亲说这几天就过来的，所以应该是他了，但是另一个女人……"

宋初一有些尴尬地顿了下："我也……不清楚这是怎么一回事。"

姜老爷子的面上浮现出了然，摆了摆手，一副"你不必多言，我都明白"的样子，想必是将这件事当成了豪门中司空见惯的桃色绯闻了。

可姜楚楚却突然意识到了什么，她霍地抬头，目光和宋初一的不期而遇。

宋初一也不知道是说给谁听的："我父亲……这，我也不好过去吧……"

——宋初一曾在席上说出了自己的房间号。

——姜夏樱喝下了那杯有问题的酒。

几个细节串联在一起，他的意图在她眼中逐渐明朗起来，可是姜楚楚发现，自己看不懂宋初一到底想要做什么。

姜老爷子看到宋初一面露难色，只当他不好意思去处理自己父亲的事。姜老爷子已经把他当成了未来孙女婿，于是顺其自然地摆出了一副长辈的样子。

"唉，你父亲也真是……我就豁出去这张老脸，帮你去看看吧。"

宋初一一副得救了的表情，欣喜地说："那真是谢谢姜爷爷了。"

姜老爷子于是又朝着酒店里面走去。

到1303房门口的时候，服务生的头快低得埋进地下了。

门紧闭着，周围还算安静，只有一对游客模样的年轻夫妻还凑着头看热闹，姜老爷子左右看了看，刚要敲门，宋初一就掏出了门卡，以迅雷不及掩耳之势，

/ 209 /

刷开了房门。

屋里只有女人低低的啜泣声。

一个中年男人坐在床边，听到开门声，迅速抬起头来。

姜老爷子刚要开口说话，冷不防看到床上女人的侧脸，硬生生地退后了一步，手指颤颤巍巍地伸出来，指了半天，都没说出一个字来。

姜福生的脸也涨成了猪肝色。

姜楚楚迅速后退一步，站在一个不引人注意，却能好好看戏的角落里，纵然她心头还有几分疑惑，可眼下的情形，让她恨不得从兜里掏出来一把瓜子。

那女人原本只是低声啜泣，可看到了来人，立刻像是受了天大的委屈，扬声哭了出来："爷爷，爸爸……我……"

赫然是失踪了一晚上的姜夏樱。

姜福生被眼前的丑事刺激到了，一步越过来，拖起姜夏樱就往床下拽。姜夏樱身上的衣服只是草草地穿了一下，这一拽，她身上的红印子清晰无比地显露出来。

宋初一见状，连忙拦了一下："伯父，事情还没弄清楚，您别这样，姜二小姐毕竟和我父亲……"

话说了一半，宋初一又重重地叹了一口气，忧心忡忡地回头看着父亲。

"爸爸，这是姜家的女儿啊，你怎么能——"

姜楚楚看了看宋初一哀其不幸的表情，和欲言又止的话头，至此，已经猜到了宋初一想要做什么。

他想让他的父亲——宋承礼，娶了姜夏樱。

这个疯子。

宋初一的母亲强势，在世的时候，宋承礼尿得不行，但后来，宋初一母亲因病去世，他开始渐渐有了董事长的样子，这些年来风流韵事不少，只是，还是第一次被儿子撞见。

看着宋初一那张肖似他母亲的脸，宋承礼不知怎的，心虚得紧。

他不自然地咳了咳："我本来是想在房间里等你的，听到有人敲门，不知怎的，这个女人就进来了，话还没说上一句，就往我身上扑。"

一听到宋承礼竟然把责任往她身上推，姜夏樱登时尖叫了一声，一脸泪痕看起来分外可怜。

"不是的，不是这样的……我喝得有点多，当时神志不清，我怕有人害我，随便敲了一扇房门求助……后面的，我真的一点也不记得了。等我有意识的时候，我就被他……被他……"她虽然哭得惨兮兮的，但是言语间条理分明，该说的一个字都没落下。

宋承礼一听就急了:"什么叫被我?你进来的时候还问我是谁,分明就是还有意识,你问我是谁,我回答了,你还是自己贴了上来!"

毕竟这种事并不光彩,姜夏樱又想当受害方,也不能每一句都一一争辩,她只能一副羞愤欲绝的模样,捂着脸哭得更加厉害。

姜福生早已经怒气冲冲,刚要说话,一直作壁上观的姜老爷子抬起手制止了他,慢悠悠地插了一句:"这话可不能这么说,夏樱不清醒,您可是清醒的吧。"

被戳到了痛脚的宋承礼面色立刻僵硬。

比起宋承礼隐隐灰败的表情,姜老爷子显然更加淡定,短暂的惊愕过后,那有规律敲击着拐杖的手指,昭示着他内心正快速地打着算盘。

"事情已经发生了,不如,我们借一步说话?"

宋承礼毕竟也是见过大风大浪的,他点了点头,正要起身,看见自己衣衫不整,忍不住清了清嗓:"还有孩子,先让他们出去吧,我收拾一下。"

这个"孩子",指的自然是姜楚楚和宋初一。

姜老爷子却摇头:"夏樱是我们姜家千娇万宠才养大的女儿,突然遇见这种事,让她姐姐安慰安慰她吧,咱们去别的地方说话。"

从姜老爷子的态度里,姜楚楚确定了一件事——姜老爷子的生气浮于表面,他甚至,乐见其成。

原因也很好理解,宋初一再有能力,他现在名义上也不是董事长,比起姜楚楚嫁给宋初一当个太子妃,姜夏樱要是嫁给宋初一的父亲……那是,一步到位啊。

宋承礼在众目睽睽之下,尴尬地整理好了衣衫,然后跟着他们走了出去。姜老爷子发了话,宋初一也不方便留下。

屋子里只剩下姜楚楚和姜夏樱两个,还有战况激烈的战场。

这屋子里的空气早就令姜楚楚不舒服了,她走到窗边拉开窗子。一股独属于夜晚的凉风灌了进来。她回头,声音冷淡:"姜夏樱,我真是高估你了。"

话音一落,一直像苍蝇似的360度立体环绕的哭声,一瞬间停了下来。

姜夏樱抬起头,面上早已没有了泪痕。

姜楚楚看着她的表情,就像是在看着一地尘埃,若说是鄙夷,又差了点发自内心的情绪,仿佛她根本就不值得被姜楚楚看进眼里。

姜夏樱握紧了手。

"我倒认为,是你低估我了。"

姜夏樱眼中藏着一股别样的火焰,突如其来的精气神令她的面色显出几分古怪的亢奋。

姜楚楚挑了挑眉:"亏你想得出来,在宋初一那儿失了手,转身就算计嫁给宋初一的父亲,还能说一声是替我挡了灾。"

完全被戳穿了计策,姜夏樱并不反驳。

"现在说这个还有什么用呢,是,你俩更胜一筹,让我计划落空,可是那又怎么样呢?"

姜夏樱忽然笑了,那种得意,与她身体上的狼狈形成了截然相反的强烈对比:"你看到爷爷的态度了吧,你猜,我什么时候能嫁到宋家?"

不以为耻,反以为荣,不说宋初一的手段,单看宋承礼那怕事的尿样,和被抓之后压根儿就不顾惜姜夏樱的表现,她几乎已经能想象到姜夏樱未来的日子,大概不会太顺心了。

姜楚楚摇了摇头:"既然是你自己选择的路,那你就跪着走完吧——姜阿姨。"

姜楚楚说完转身就走,身后姜夏樱到底没忍住,在她关上门前,声音泄露了几分恨意,直奔姜楚楚而去。

"我会让你后悔的……我会让你们都后悔的!"

姜楚楚不置可否。

在楼廊的尽头,她看见了一直等着她的宋初一。

宋初一靠在走廊的墙壁上,神色淡漠地走着神。

听见声音,他转过头来,看见是姜楚楚,条件反射般地扬起一个大大的笑容,看起来明朗极了。

姜楚楚脚下一顿,还是冲他走过去。

宋初一细细地打量了一下姜楚楚的神情,琢磨着说道:"怎么,自家的姐妹不知悔改,眼看掉入狼窝却还沾沾自喜,你心软了?"

姜楚楚撇了撇嘴,权当他说了废话,声音平静地说:"有那么一种人,她曾经吃过苦,就觉得世界上所有的人都欠她的,她享了富贵,就会认为她其实值得更好的,看见那些比她过得好的人,哪怕不碍着她什么事儿,她也要当个搅屎棍上前搅一搅,非让别人不痛快,她才痛快了。

"我心软什么,这种人脑子有问题,治不了。"

宋初一闻言,愉悦地笑了起来。

姜楚楚看了看他,忽然不冷不热地说:"倒是你——我对你刮目相看啊,宋公子。"

话音一落,宋初一就像只被掐住了脖子的鸭子,笑声戛然而止。

他看到姜楚楚因为认真而面无表情的脸,语气讪讪的:"我也是,灵机一动……不算什么,不算什么。"

姜楚楚可没叫他糊弄过去，她双手抱肩，靠在墙上。

"你为什么，不早一点跟我说，你觉得我不会允许？"

一语中的，宋初一没有否认，隔了一会儿，他才开口："我说过了，要娶走一个姜家的女儿。"

他别过头去，侧脸添了一丝淡漠："但我没说，一定要是我娶——物尽其用，不是很合适吗？"

他的语气理所当然，比起姜楚楚对姜夏樱的无视，他甚至已经全然将姜夏樱物化了。

姜楚楚的表情看不出情绪，她轻轻地叹了一口气："我现在相信，你确实是个商人了。"

她直起了身子，眉宇间的精致灵动又回来了些，将包重新挎好，她抬脚就要往电梯口走去。

宋初一连忙喊她："你要走？你爷爷和爸爸那儿怎么说？"

"什么怎么说，内定未婚夫惨变外甥，我当然是需要找个地方静静地治疗情伤啊。"

姜楚楚头也不回，走得潇洒，没看见身后宋初一一直看着她的背影。

直到姜楚楚的身影消失在电梯里，他的目光才逐渐暗淡下来。

他腰背挺拔，站在酒店空无一人的昏黄走廊上，看不清他的表情，亦不知道他站了多久。

突然，宋初一"哧"了一声。

他转过身来，面上满不在乎，单手插着兜往姜老爷子他们在的地方走去。

姜楚楚从酒店大堂出来，已经半夜十一点多了。

料想今天姜家的后半夜会很精彩，她热闹已经看够，不想再掺和进去，所以姜家她是不打算回了。

可是去找温九思？怕温九思已经睡下，她犹豫了一下，不知道该不该给他打电话。

要不……去徐钰那边凑合凑合得了。

她正纠结着，蓦地，余光里一个人影逐渐靠近，本以为是客人，可是那人经过她身边的时候，却突然伸出手，环住她的腰肢往自己怀里一带。

姜楚楚眼睛瞬间睁大，受惊之下就要挥手打上男人的脸，可是眼神往上一看，顿时，小老虎变成了小猫咪。

男人顺势抓住她的手捏了捏，面上溢出几分笑意："想什么呢？这么呆呆傻傻的，小心被别人抱走。"

/ 213 /

姜楚楚晃了晃身子表示抗议，可眼里却是截然相反的轻快，声音娇娇气气地问："你怎么来啦？"

在这盛夏里，温九思的手指也微微泛着凉，显然是在晚风里吹了好一阵子。

"宋初一给我发了短信，说是今天人多，可能顾不上你，让我来接你。"

姜楚楚一愣，随即"哦"了一声。

"我还想着给你打电话呢，那我们走吧，你今天还得收留我一晚哦。"

温九思低头在姜楚楚唇上轻啄了一下，笑道："求之不得。"

温九思是开了车来的，姜楚楚不知道自己的手机早就没电关机了，他担心她出来找不到他，已经在酒店外面等了将近两个小时。

可是男人什么也没说，只要接到了他的小姑娘，之前漫长的等待便一点儿也不重要了。

温九思刚发动汽车，就瞥见副驾驶位上的姜楚楚有些无精打采的，不像是因为困倦。

"怎么了？发生了什么事？"

姜楚楚对着温九思没什么好隐瞒的，于是复述了一遍今天晚上发生的事情。

温九思听完没有表现出诧异，光影中他的表情有几分高深莫测。隔了一会儿，他云淡风轻地说："原想着是两个小伙伴同仇敌忾的复仇，没想到里面还有一个会玩阴谋诡计的。"

闻言，姜楚楚的精神更加萎靡了。

"怎么，对这个结果你还有什么不满意吗？"

姜楚楚摇了摇头："没什么，就是有点难过。"

温九思一愣，不过片刻，也想明白了："因为宋初一瞒了你？"

姜楚楚不说话，过了一会儿，她轻轻地点了点头。

面对宋初一的时候，她还能做出一副无关紧要的样子，轻巧地说再见，可是在温九思身边，她只想抛开所有的伪装，让他看懂她。

温九思伸手调小了CD的音量。

他衡量了片刻，斟酌着开口说："宋初一这么做，其实是无可厚非的。他和松峪电器的情况，早已经摆在了明面上，跟姜家的商业联姻，是兵不血刃的好方法。宋初一自知娶不到你，又不想娶姜夏樱，他能做出现在的局面，也是个厉害的角色。"

姜楚楚怀疑地瞥了他一眼："你好像很懂他，也并不意外这个结果？"

温九思没说话。

姜楚楚也没再问下去，转而又咕哝了一声："看他长得一副单纯的样子，想不到还挺有心机，算我之前眼瞎了。"

温九思忍不住笑着说:"楚楚,人不可貌相,但是,宋初一这次也算是考虑到你,这件事无论怎么看,你都能摘出来。"

姜楚楚听了瞪大眼睛,支起了身子,很不服气的样子。

"可是他还是利用了我,要不是我表现得跟姜夏樱针锋相对的样子,她不可能这么快放心上套!"

温九思的语气稀松平常,并不受她情绪的左右:"楚楚,宋初一可能把你当成朋友,但他也是商人。"

他的楚楚很聪慧,可到底不经商场浸淫。

他其实还有很多话可以告诉她。

比如,如果不是自己在她身边,但凡宋初一对她抱有一点恶意,依照她对宋初一的信赖程度,很可能也要中招。

比如,这世上人心险恶,远比她现在经历的要黑暗得多,而宋初一这种人,早已适应了这种尔虞我诈的生活,披着无害阳光这层保护色的他绝对是个中翘楚。

但是,看着姜楚楚难掩失望的小脸,温九思突然什么也不想说了。

左不过他现在在她的身旁。

他会一直护着她,为她遮风挡雨,免她经受纷扰。

她不需要思虑那么多……也好。

深夜城市道路通畅,十几分钟后,温九思将车停在了他的公寓楼下。

"到了,我们回家吧。"

月至中天,透过遮盖得并不严实的窗帘,银辉寂静地倾泻进来,照在床上沉睡的女孩脸上。

温九思小心翼翼地将自己的手从她的臂弯里抽出来,动作极轻,生怕她醒过来。所幸,姜楚楚只是皱了皱眉头,咕哝一声,然后翻了个身继续沉沉入睡。

温九思微不可察地松了一口气——姜楚楚不知道染了个什么毛病,非要听"睡前故事",闹得他按断了两个电话,也没办法回到客厅,只好坐在她床边的地毯上,摸摸她从被子里拱出来的小脑袋,姜楚楚想听什么,他就说什么。

从他曾遇到的一个病人的经历,讲到他最近正在尝试的满灌疗法,全是枯燥无味的学术理论,姜楚楚竟然也能听得津津有味。

在男人清朗又低沉的声音中,她终于忍不住,困意逐渐袭来。

温九思站了起来,俯视着沉睡中的姜楚楚,就像小动物会在自己认为安全的地方"呼呼"大睡,露出最柔软的小肚皮也不要紧,姜楚楚在温九思的地盘,向来睡得格外香。

他蹑手蹑脚地走了出去,带上了卧室的门。

温九思走进了书房，书房角落的柜子里有一只保险箱，他打开，从里面拿出了一个浅蓝色的文件夹，赫然是姜楚楚在咨询室无意中拿起来的那一个，只是她还没来得及翻开，就被温九思分散了注意力。

　　台灯开着，他的侧脸认真，拿起笔在里面写着什么，写了厚厚的一沓 A4 纸，类似观察日记的东西，主人公全都是姜楚楚。

　　温九思的脊背挺直，长长的睫毛掩盖住他的心思，过了很久，最后一笔落下。

　　他轻舒了一口气。

　　在郊区花圃的小楼里，他曾经尝试过对姜楚楚进行浅层催眠，在她浩瀚的记忆海洋中，十三岁那年的夏天，构成了她最浓烈的感情世界，以至于他想从她的内心深处挖掘出什么，轻易地就可以"抓取"到这个片段。

　　那也是她一切混乱开始的源头。

　　到底是快刀斩乱麻，还是让她在日复一日的甜蜜与安逸中，逐渐模糊掉那段记忆？

　　他第一次感受到了举棋不定的滋味。

第十一章
一出好戏

南城风平浪静了几天之后，终于，被调查一周多的姜氏企业迎来了转机。

京都来的那帮人离开了，单看高管们上班时候的笑容满面，员工们就知道，这次风波算是过去了。

当天，两条劲爆的消息，在南城的商业圈里引起了轰动。

一是，姜家的二小姐姜夏樱，即将嫁给松峪电器的董事长宋承礼，成为总裁夫人。

二是，姜老爷子对外宣称由于疼惜孙女，将以姜氏百分之十七的股份作为"陪嫁"，而这部分股权将悉数转移到宋初一名下——

他以姜氏企业第三大股东的身份，出任姜氏董事会成员。

消息传播的过程中，如果有人对此表示出了疑问，企图再三确定信息来源，那么分享这个消息的人就会往往面露笑容，一遍一遍地重复。

没错，姜夏樱嫁的不是那位最近在南城颇受欢迎的宋少爷，而是那个曾以"惧内"出名的挂名总裁，年龄足有姜夏樱一倍多大的，宋初一的爹——宋承礼。

老夫少妻不稀奇。也没人眼红宋承礼这时候还能娶了娇妻，大家都在眼红的是，姜氏的股份。

明眼人一看就知道，什么陪嫁，无非就是说起来面上好听点，简单地说，就是姜氏把姜夏樱卖了个好价钱，宋氏出资，满足了京都那边的胃口。

姜氏面临调查，为什么所有人都作壁上观？因为商场上没有温情这玩意，都在等着姜氏什么时候撑不住了，就会有人纷纷跳出来，火上浇油。

可没想到，不单姜老爷子老奸巨猾，这宋承礼、宋初一父子也够奸诈的，不费吹灰之力，就分了姜家这块蛋糕。

消息传到蒋淑媛和姜明珠耳中的时候，她们正在旋转餐厅吃着午餐。

现场演奏的小提琴琴声悠扬，蒋淑媛将平板电脑往桌子上重重地一拍。

"姜家那对父子疯了不成，股权过给外人？这里面难道没有我和明珠的一份？欺人太甚了吧！"

蒋淑媛高声宣泄着。

琴声戛然而止，周围的服务生全都低下头，看也不敢看这边。

袁呈理了理衣服站起来，也不管蒋淑媛有没有听到。

"我先去一下洗手间。"

姜明珠望着他的背影，咬了咬唇，扯住了蒋淑媛的手臂："妈，够了，你不能在袁呈面前这样。"

蒋淑媛正在气头上，一见自己宠爱的女儿竟然说出这种话，恨铁不成钢地伸手指了一下姜明珠的额头。

"你这是什么话，我是长辈，他是晚辈，将来也要叫我一声妈的，我怎么说话不行了？"

蒋淑媛越说越觉得有理，声音也连连拔高。姜明珠脑袋"嗡嗡"的，只觉得面上无光，却也劝不住她。

蒋淑媛见姜明珠一副觉得自己丢了人的样子，抚了一下额头："就连你现在也不听我的了，你忘了袁家的婚事是怎么攀上的了？行，就当我白疼你一场——服务生，结账！"

没过几秒钟，服务生恭敬地送上账单，蒋淑媛随意地扫了一眼，从钱包里掏出一张金灿灿的卡。

"快点刷卡！"

那边，袁呈没有去卫生间，而是走到了餐厅门口。

助理在门外打着电话，见他出来，跟电话里的人说了两句就连忙撂下，上前汇报。

"袁总，我刚才给派出去调查的人打电话问过了，这事仿佛是那位宋公子挑起来的，而且……姜大小姐当时也在现场。"

特意提了一句姜楚楚也在场。

助理并不是什么都汇报的，只是他能一路坐上总助的位置，靠的就是察言观色。

他是跟着袁呈从国外回来的，也是为数不多知道袁呈跟姜楚楚有过那么一段短暂交集的，虽然现在姜楚楚一副"我们不熟"的样子，可是助理看得分明——自己的顶头上司，依旧对这位未婚妻的姐姐，有着不可告人的心思，只是他将这种心思藏得很深，有朝一日，当他得到了自己想要的一切的时候，这种被挤压到极致的占有欲，一定会强烈地反噬上来……

助理心中千回百转，但是面上丝毫不敢表露出来一星半点。

果不其然，听到这话，袁呈的神色恍惚了一瞬间，问道："她……什么反应？"

"倒是没什么反应。"助理权衡了一下又说,"只是,酒店的监控摄像头显示,前天晚上事情发生之后,那位姓温的医生来接的姜小姐,而且,姜小姐当晚再没回姜家。"

没回姜家能去哪儿?这根本就不需要多考虑,姜楚楚跟那个京都来的心理医生的事情,几乎无人不晓了。

助理小心地觑了一眼袁呈,袁呈的表情看不出喜怒,过了一会儿,他突然轻声笑了起来:"我早知道她是个没良心的,什么时候都能睡得安稳。"

见袁呈没生气,助理悄悄地松了一口气,也跟着附和道:"早就听说姜大小姐跟姜家的关系一直不大好,对这次的联姻,没有太大的反应也是正常。"

正说着,里面突然出来一个服务生,面色为难地冲着袁呈鞠躬示意。

"袁先生……"

袁呈皱了皱眉:"怎么?"

"实在是不好意思,刚才里面的那位夫人唤人结账,但是她的卡刷不了,她一直在责骂我们的同事,我们……也很为难。"

袁呈面上逐渐浮现出一丝嘲讽,摆了摆手。

"我知道了,我过去看看。"

说完这句话,他又不慌不忙地跟助理交代了一会儿事情,这才推开门,重新走了进去。

袁呈走进去的时候,蒋淑媛正在数落服务生。

"什么叫刷不出来?这点事情你都办不好,你这辈子也就只能当个服务生了。你这是什么表情,觉得我说得不对吗?看你这眼神,不知道的还以为我把你一个小服务生怎么了呢,你的教养呢?"

被骂的小姑娘眼眶通红,快要哭出来了。在蒋淑媛开始阴阳怪气地讽刺家教的时候,她终于忍不住反唇相讥:"我也只是按照规则操作,您的卡不能刷,换一张就行了,有必要骂人吗?还是说,您拿不出来这个钱?"

"你说什么?"

蒋淑媛瞪大了眼睛,涨红了脸,看起来很想上前撕了那服务生的嘴,也是多亏了姜明珠嫌丢人,一直拦着。

蒋淑媛嘴上强硬,却隐隐心虚。

从姜家出来那天,她平日生活费的那张卡就不能用了,但她还有一张卡是挂靠在蒋家开销账上的,母女俩吃穿暂时倒不必发愁,可是今天姜明珠没有带钱包出来,只有蒋淑媛带了,那张卡一刷,却显示被冻结了。

明明昨天还能用的……姜氏联姻的消息一出,蒋家这边就断了她们母女俩的生活费？这里面的缘由她不敢细想。

可是她现在骑虎难下，要是让人知道，她蒋淑媛付不出一顿饭钱，转瞬间就会成了笑料。

想到这里，她的神情逐渐阴郁下来，必须把这事算到这个服务生头上！

蒋淑媛瞥了一眼冒着虚汗，小心翼翼地赔不是的餐厅经理，心里有了计较。

她突然伸手推了一把服务生，手一扬，巴掌眼看着就要落下来，却被赶来的袁呈拦住。

袁呈眉眼讥诮地说："伯母何必动怒，左不过一顿饭钱，若是没有，让他们找我来结账就好了。"说着，他从怀中掏出钱包，随意地找出一张卡递给了泪眼模糊的服务生。

袁呈的气场强势，一场纷争瞬间消弭于无形。

在他仿佛洞悉了一切的眼神下，蒋淑媛不自然地咳了咳："不是没有，这不是……这不是今天出来得急……"

姜明珠面无表情地打断了蒋淑媛："妈，别说了。"

全然无视了姜明珠的难堪，袁呈笑了笑，也没接话，只是又说："哪怕京都的人不来这么一趟，姜氏那点底子，也风光不了几年了，我原本想着，将你们母女俩从那烂摊子里摘出来，没想到，姜老爷子不愧是白手起家将姜家发展得这么大，在这种情形下依旧找到了退路，现在反而让蒋家觉得你们目光短浅得罪亲家，连累了伯母。"

蒋淑媛的面色随着袁呈的话一阵青一阵白，她想抱怨"这不都是你的主意吗"，可她话到嘴边，就是不敢。

袁呈早料到了这番光景，"哧"地笑了一声，声音低沉，像是魔鬼的诱惑。

"现在，姜家虽然找到了一条后路，但也是将半壁河山拱手让人了，蒋家也不会将你们母女二人放在心上，您就不为您和明珠的未来打算？"

过几天就是姜夏樱的订婚宴，姜家把面子给足了，邀请了众多有名望的人参加。

温九思将车停在了一处装修精美的礼服店门口，看着正在解着安全带的姜楚楚，突然说道："订婚宴，你不想去的话，我们就不去。"

姜楚楚解安全带的动作僵了一下，随后头也不抬地说了一句："没有，多大的热闹啊，我怎么会不想看。"

温九思若有所思地垂下眼帘。

礼服是提前订好的，像姜楚楚这一类经常会参加各种酒会的人，都会有自己"御用"风格的礼服，她们的礼服能穿出彩，对于这一家礼服店以及合作的设计师来说，都能在未来的一段时间内，客满为患。

姜楚楚是其中的佼佼者，她长得美，身段好，基本上能送到她手上的，都是专门为了她量身打板的，温九思事先也没有见过。

所以在看见导购小姐展开那件礼服的时候，安稳坐在沙发上的温先生，将他礼貌性的微笑，缓缓地收了起来。

姜楚楚走过去，摸了摸面料，眼里惊喜异常："这是上次我想要的那件？设计师做出来了？"

导购小姐恭维地笑着："是啊，面料是从巴黎大秀现场采买的，打板也经过了原设计师的修正，只此一件，完全是您的尺码。"

姜楚楚的喜爱溢于言表，兴奋得忽视了生着闷气的温先生。

"那我就进去试试。"

女人对于华服向来是不愿意抵抗的，姜楚楚对着穿衣镜转了转，月牙白色丝绸质感，衬得她身材极好，礼服外侧的剪裁开了一条衩，直开到大腿上方，行走间长腿如玉，连她自己都觉得镜中的女人风姿绰约，是个世间难寻的佳人。

她还没臭美够，帘子外面传来了一声刻意的咳嗽，然后帘子从外面被拉开。

男人的身影随之挤了进来："楚楚。"

姜楚楚"呀"了一声，随后叉着腰，故意气鼓鼓："这位先生，你突然进来是要偷看我是不是？"

温九思的声音带了几分笑意："你好久都没动静，我怕你就这么从镜子里看自己，一直发呆。"

说罢，他又细细地打量着姜楚楚，忽然上前一步将她紧紧地锁在怀里，声音低沉："我不愿意看着你穿得这么漂亮，我们不去了吧。"

他一手紧紧地锢着她的手腕，手指细细地抚过她，企图将所有的渴望藏得密密实实。

"楚楚，好想把你藏起来……除了我，谁也不能看。"

当然，温九思也就是想想而已。

时间一到，他还是乖乖地陪着姜楚楚参加了酒会。

姜夏樱的订婚酒会，姜家把时间安排在了京都来人走之前。

盛夏的夜晚，四下无风，空气闷热，温九思下车，绕了半圈，打开副驾驶座的门，露出了里面姜楚楚气鼓鼓的半张小脸。

原因无他，来之前，温九思不知道从哪儿弄来了一件披肩，非要密密实实地罩在她身上，除去遮住了她引以为傲的玲珑腰身不谈，热也热死了。

对她的冷眼仿若不察，温九思风度翩翩地扶着她下了车，缓步步入宴会厅。

场地布置得很梦幻，小提琴声悠扬，宾客如云，三三两两聚在一起，香槟色的玫瑰扎成了一个个花篮，布置在偌大的宴会厅里，香熏隐隐飘逸，手举着香槟盘的侍者穿梭在众宾客中。

姜楚楚忍不住"啧啧"地摇头，跟温九思咬着耳朵。

"这得多少钱啊，前一阵子姜福生可是因为丢了花瓶，骂了姜夏樱好几天，如今倒是舍得给她砸钱了。"

温九思反手拢了拢姜楚楚的披肩，在她耳旁低语："这不算什么，连我们订婚宴的一个零头都赶不上。"

看着男人极度认真的神色，姜楚楚眨眨眼睛，"扑哧"笑了出来。

"你说什么呢，谁说要嫁给你啦，我们都还没有——"

温九思理所当然地点点头，笑得丰神俊朗："我知道，我还没有求婚。"

姜楚楚仿佛很惊讶，捋了捋耳边的头发，故作扭捏："你说什么啊，我是说，我们还名不副实呀。"

温九思的表情有一瞬间的愣怔。

捉弄了温九思一场，姜楚楚窃窃地笑起来。

两个人的入场逐渐引起了众人的瞩目，尤其是姜楚楚，娇俏一笑，十分颜色又足足增了三分，明知名花有主，但现下还是有不少公子哥蠢蠢欲动。

可先打招呼的人，却是冲着温九思。

"九思，这儿。"蓝子期隔着几个人冲他招手，眼瞎地忽视了姜楚楚，示意他过来。

温九思蹙起眉头正要摇头，姜楚楚突然透过人群看到了什么，面色微微地变了变，转瞬就挂上笑，劝着温九思。

"他叫你，你就去呗，放心吧，在这里，除非是我想闹事，否则没什么人能像上次似的，能给我难堪。"

姜楚楚表面大度，实则意有所指。

温九思点了点她的鼻尖，自己正好也有话要跟蓝子期说，稍微犹豫了一下，从善如流地点点头。

"那好，我估计订婚宴快开始了，你先坐下，等我一会儿回来找你。"

姜楚楚连连点头，这副乖巧的模样反而让温九思莫名心跳加速，总疑心她要搞什么鬼。

目睹温九思走向蓝子期后，姜楚楚收回了目光，看向方才从准备室里走出来的姜老爷子。

他穿着一身印着仙鹤的红色唐装，更显得人逢喜事精神抖擞，只是面对接连不停向他道贺的来宾，表情到底是有几分僵硬。虽然由于松峪电器的注资，使得姜氏的危机暂解,但姜家人在姜氏集团的持股遭到了稀释,如果日后有什么变故,到时候谁说了算都不一定。

姜楚楚想得清楚,可心中并无丝毫波动,她缓缓穿过人群向姜老爷子走去,心中将待会儿想要说的话,翻来覆去地念叨了几遍。

一路上无视了两三个想要上前来搭讪的人,她却被斜刺里伸出的一只手拦住了去路。

宋初一嬉笑着挡在了她的前面。

"订婚宴马上就开始了,你这是要干什么去?"

宋初一作为今日两位主角未来的好儿子,穿着十分正式,一身燕尾西装稀释了他平时不着调的气质,阳光俊朗中别有一番沉稳。

可姜楚楚已经看透了他这副皮相之下藏着的老谋深算,并不为他的光鲜外表所迷。

"你管我要干什么去,演好你自己的角色就行了,我现在可没工夫跟你闲聊。"说着,她提步要走。

宋初一"哎"了一声,又急忙拉住她:"你着什么急,我是真有事要跟你说。"

姜楚楚瞅了一眼正在跟别人攀谈的姜氏父子俩,又看了一眼像狗皮膏药一样黏在自己身边的宋初一,眼皮隐隐跳动。

"那你快说。"

不将她的冷脸放在心上,宋初一收回了手,笑嘻嘻地说:"你一直不知道我是怎么下这个局的吧?"

"我早叫人盯着姜夏樱了,知道姜夏樱通过网络找了那家酒店的服务生,从一个无主账户给她汇了一笔钱,让她把药下进你的杯子里,然后我又找到了那个服务生,给了她双倍的价钱,让她配合我演一场戏……"

眼见宋初一摆出了娓娓道来的架势,姜楚楚不耐烦地打断了他:"你到底想说什么?"

姜楚楚的表情有几分烦躁,宋初一哑然失笑,但随即想到了什么,笑容缓缓收敛。

"原本我以为这事是我一手做的,可是我留了个心眼,昨天又派人去看了一眼那个服务生,想着别在订婚典礼前出什么差错,结果你猜怎么着——经理说那人是个新招的职工,一个月前入职,前两天却又辞职了,走得极其突然,连那一个月的工资都没领。"

姜楚楚皱起了眉头:"你怀疑那个服务生本身就有问题?"

宋初一点了点头,压低了声音:"没错,我怀疑,是有人故意把她送到我们面前来的。"

姜楚楚沉吟着："总归是友非敌，也多亏了这个幕后的人，才能让你的事情进展这么顺利，只是我不懂，怎么会有人平白无故地帮你？"

看着姜楚楚认真思索着，宋初一的目光不由自主地落到她的侧脸上，又瞥见与她的礼服风格不太符合的披肩，眼神闪了闪，仿佛一瞬间某处空落落的。

冷不防姜楚楚问道："你觉得呢？"

"什么？哦……"宋初一回神，掩饰性地连连点头，"就像你说的，总归是友非敌，说不定是有谁折服于我的风采之下，悄无声息地帮了我这个大忙。"

宋初一说得轻巧，实际上他心头阴云不散。

这件事蹊跷得很，他将自己身边能想到的人都排除了一遍，也不知道背后的人到底是何来路，他总觉得……跟姜楚楚脱不了干系。

只是现在看来姜楚楚也丝毫不知。

他有预感，姜楚楚只说对了一半，那个人帮的是她，而不是他。

宋初一抬头，忽然间，捕捉到了一道从不远处望过来的目光。

跟蓝子期说话的温九思正看着这边，他微微敛着下颌，同时被收敛的，还有他意味不明的目光，在姜楚楚看不到的角度里，那道目光仿佛骤然失去了温度，显得有一点凉，还有一丝不易察觉的警告。

宋初一觉得自己能读懂那道目光的含义，对方在警告他，不要靠近自己的所有物。

看着宋初一就这么微怔在原地，姜楚楚也不再多想，只留下一句"这事儿如果有什么后续，记得也告诉我一声"，就跟他错身而过。

宋初一只来得及答了一句"好"。

他再回过头的时候，温九思已经转过头，背对着他了，那丝毫不拖泥带水的动作，仿佛在说，没有姜楚楚的画面，再也不值得他关注。

在小提琴的声音停止的同一时间，姜楚楚终于走到了姜老爷子的身边。

"爷爷。"

这时候，司仪上了台。

司仪是南城电视台的当家女主持人，家喻户晓，将近四十岁的她，身材姣好，面容精致，看起来也就三十岁出头的样子。

她面上带着热情的笑容说了几句开场白，宾客纷纷落座，报以了热烈的掌声。

姜老爷子也跟着鼓了掌，掌声渐落之后，才给了姜楚楚一个眼神，问道："你怎么在这儿？今天夏樱订婚，姜明珠没出现在这儿，你就是她唯一的姐妹了，你还是个做姐姐的，怎么也不去准备室帮衬着，真是越大教养却越没了。"

姜老爷子的声音不大不小，当下旁边就有几位夫人和小姐，向姜楚楚投来讥诮的目光。

以往都觉得姜家的这位大小姐，最大的倚仗就是老人的宠爱，如今她要是失了长辈的疼爱，以后还怎么在南城风光下去？

姜楚楚轻笑一声，她知道，这是在惩罚自己最近的不乖顺，但她压根儿也不稀罕姜老爷子给的这些虚无缥缈的脸面。

如果说，她还图姜老爷子什么，也就只有一件事了。

姜楚楚微微垂下眼睑，声音温和："这场订婚宴，也就代表了姜氏危机已解，爷爷是不是该兑现承诺，告诉我，我要找的人到底在哪儿？"

十三岁初见，她不知道他从哪里来，也不知道他去了哪里，甚至不知道他的全名，只记住了他说他姓王，但那个人是在她绝望之时，将她从深渊中拖出来，告诉她——

"你不要怕，我会帮你。

"我会一直陪着你。"

她要找的那个人，在哪里？

仿佛没看见姜楚楚潋滟着渴盼的眼神，姜老爷子眼皮子也不抬一下，叹息般地说："你要找谁，你便去找，爷爷老了，操不得那些心思……"

全然回避了这个话题，仿佛那日他在书房的承诺都不存在。

姜楚楚深吸一口气，觉得一点都不生气。因为期望本就渺茫，她无非是愿意为此孤注一掷，不放弃任何一丝可能罢了，但这并不代表，她对姜家人的人性还存有什么幻想。

"就是害怕爷爷又糊涂记不得了，我才特意选在了今天这个好日子来问，说不定在这么重要的场合下，爷爷心情一好，脑子也好了呢。"

她的弦外之音成功地令姜老爷子一顿，也顾不得追究她用词尖刻，问道："你什么意思？"

台上，女主持人竭尽所能地吹捧了一番男方的家世、功绩，又渲染了一番女方的品貌、涵养多么出众，一阵欢快的乐曲声后，聚光灯打在了二楼，姜夏樱挽着宋承礼的手臂在焦点中心微笑着。

姜楚楚看着他们二人的方向，面上含着笑。

"有一件很巧合的事您大概还没有注意到吧，如今宋初一的股权已经生效，加上我们合作方袁氏袁呈的部分，还有您从前为了牵制我这一对不省心的父母，存留在我名下的股份，刚好是百分之五十一。这场订婚宴的前两天，我拿到了他俩的授权书，授权我作为行动一致人，进入董事会，那我到时候就是最说了算的吧。

"爷爷，要不趁着今天这大好日子，我给您一个惊喜怎么样？孙女虽然没什么经商头脑，可总不好让您一大把年纪了，还为公司那点破事操心，不如退休，颐养天年。"

姜老爷子霍地瞪向姜楚楚，仿佛不大相信，成日画个画，对公司毫不关心的姜楚楚，竟然会有这个算计。

他压低了声音，却压不住那股子狠戾："你这是在威胁我？我什么大风大浪没见过，会怕了你这种黄毛丫头。"

姜楚楚摇摇头，遗憾地说："您不是一向觉得我有这个资本吗？宋初一和袁呈都爱我，愿意帮我，也很正常吧……您敢赌吗？"

订婚仪式按部就班地进行着。

众目睽睽之下，宋承礼将一枚硕大的钻戒，套上了姜夏樱的无名指，姜夏樱的脸上，适时地泛起一丝羞赧，场面十分完美。

姜楚楚不顾姜老爷子压抑着怒气的面色，接着说："我小时候听过的第一个童话故事是《狼来了》，放羊的小男孩利用邻居的心善，一遍一遍地欺骗他们，最后不但他的羊被吃掉了，连他自己也丧了性命——别以为同样的一招在我身上用过几次还能奏效。

"今天，您要是不肯按约告诉我人在哪儿，我一定给您来个双喜临门！"

姜楚楚的话掷地有声，但也只有她身边的姜老爷子听到了。

主持人热情洋溢的声音盖过了姜楚楚的声音。

"下面，让我们邀请准新娘的长辈上台，宣读祝词。"

众人的目光都落在了姜老爷子的身上，无论是心怀鬼胎，还是冷眼旁观不屑，此时都露出了亲切的笑容，配合着现场浪漫喜庆的氛围，直叫人热泪盈眶。

姜老爷子利落地站起来往台上走去，迫不及待地想要离开姜楚楚，可姜楚楚同样动作迅速，一把搀住姜老爷子，暗自用劲儿，笑容大方甜美，低低地说："爷爷，从这儿到前台，您还有一分钟的时间考虑。"

没有人察觉到两个人之间古怪的气氛，除了温九思，他被蓝子期拉着，用京都那边出了问题做借口，缠着他不让他回姜楚楚那里。

聚光灯的追光下，姜楚楚身上有种动人心魄的美丽，温九思紧拧着眉，上前一步，只堪堪摸到姜楚楚披肩的一角。

踏上主台的最后一步，姜老爷子终于沉不住气，低下了头，一把反握住姜楚楚的手。

"楚楚，我不告诉你，自然有我的道理，这世界上，没有人能找得到他。"

姜老爷子的声音夹杂在又响起的掌声中，显出十足的无奈。

主持人迎了过来，正要将话筒递过来——

"是假的。"

姜楚楚突然松开了抓着姜老爷子的手，后退一步，冷笑着审视姜老爷子。

"都是假的，您骗了我，您根本就不知道他在哪儿。"

姜老爷子面色难看，却没有反驳。

这一年一年下来，她花了很多功夫，花了许多时间不断地戳穿各式谎言，唯有两个人口中有关王叔叔的事情，还让她存了一丝期盼。

一件是温九思说的，他受王叔叔所托，前来照看她；一件是姜老爷子说的，他找到了王叔叔的踪迹。他就像在赶路的毛驴前面吊着根胡萝卜，吊着她无法逃离姜家的这片泥沼。

她信温九思的，却也不得不信姜老爷子的，可是现在，后面这一个希望却彻底破灭了。

姜楚楚突然尖叫一声，上前发狠地扯着餐桌布，桌上的九层香槟塔顷刻倒塌下来，玻璃碎片四溅，蛋糕打翻在地，现场一片狼藉。

姜夏樱和宋承礼目瞪口呆，愣在了前面。

她反应的激烈出乎姜老爷子的预料，竟是半点场面话都不说，直接撕破了脸皮。眼见台下窃窃私语的声音逐渐连成了片，姜老爷子的面色禁不住有些难看，顾忌着姜楚楚先前的威胁，手中的拐杖重重地往地上一敲，抑制着愤怒，声音沙哑。

"姜楚楚，你放肆！你到底要干什么啊！"

姜楚楚一言不发，俏生生地站在原地，一动一静之间，让人摸不着她的套路。

宴会厅里的人说多不多，都是南城排得上号的，额外还有几家本地的报纸杂志记者，姜楚楚这一发作，早有机灵的姜氏员工赔着笑，将记者们请到楼上"喝茶"。

一片窃窃私语声中，温九思突然起身离开，蓝子期惊愕了片刻，还以为他要先行离开，没来得及对姜楚楚露出看好戏的目光，却见温九思找侍应生低声说了几句，又朝着台前走去，蓝子期急忙站起身阻拦。

"九思，你干吗去，那是别人的家务事。"

台上，姜夏樱咬牙暗恨，勉强维持着面部的表情："姐姐，你这是做什么，就这么见不得我好？"

见姜楚楚一副无动于衷的模样，姜老爷子已经有很多年没有尝过这种当众丢脸的滋味了，面上的怒火再也抑制不住，语带威胁："姜楚楚，你以为我真的不敢对你动手吗？"

姜楚楚扭过头，她的面色隐隐有些苍白，可脸颊却泛着奇异的红晕。

"我从来不敢小瞧您，现在，您大可以叫人上来捂着我的嘴巴把我拖下去，让这场订婚宴进行下去，可是以后呢？你是能毒哑了我，还是能杀了我？只要嘴长在我身上，我总有法子让大家都不好过。"

没了牵制她的线，报复也好，憎恨也罢，她可以做一只为祸姜家的妖。

姜楚楚忽然笑了一下。

"或者，爷爷可以就此宣布，让我跟姜家脱离关系。"

说完，她望向台下，那么多双眼睛瞧着她，男男女女，什么意味都有，就如同一出她不得不参与的浮世绘。

姜老爷子冷笑："你以为，没了姜家大小姐这个身份，没了姜氏的财力，这里的人有谁会高看你一眼？"

"这您就放心，我就是去街上乞讨，也绝对不觊觎您的一分财产。"

姜老爷子愣住，她竟真的有脱离姜家的想法。

姜楚楚于姜家，是个极好用的招牌，哪怕姜楚楚后来搞臭了自己的名声，不也替姜家搞来了袁呈这样的姻亲？

这么多年握在手里的棋子，怎么能说放弃就放弃……姜老爷子一时之间难以抉择。

姜夏樱在旁边听得分明，眼底闪过一丝异样的亮光，不易察觉地环顾了一圈周围的环境，忽然，她扶着头，泪水突兀地涌了出来，期期艾艾地说："楚楚，你平日里怎么闹我们都由着你，可是今天这种场合，你让爷爷和爸爸怎么收场，你根本不配做姜家的女儿——"

情绪过于激动，姜夏樱忽然就软软地倒了下去，正好倒进一旁不知道该不该插手的宋承礼的怀里。

准新娘被气昏，气氛又热闹了许多，有人张罗着打120，几个平日里根本就不来往的女人，突然正义感爆棚，逐渐围了过来，你一言我一语，数落着姜楚楚。

"姜大小姐，这事得有个解释吧。"

"这还要什么解释啊，这个小姑娘，说不懂事都是轻的，打断了妹妹的订婚仪式还没有半点悔改，怎么就看不得别人好？"

有的仍旧端着身份说教，还有的，大概不知道在哪儿受了气，正好有个机会让她吐露，激动得不能自已。

"你们这些女人，仗着漂亮，就能在南城为所欲为了吗，我呸——"

一个"呸"字还没完全吐出来，说话的中年女人突然身子一歪，向旁边栽倒过去，手忙脚乱地扶了一下台阶，才不至于摔了个人仰马翻。她瞪圆了眼睛回头刚要骂，就望进一双极冷漠的眼。

男人的眼眸漆黑深邃犹如寒潭，嘴角勾着淡漠的弧度，似笑非笑地睨着中年女人。

"麻烦让一下。"

话语既疏离又客气，可是根本不等中年女人反应，他已经从中年女人由于趔趄而让出来的路走了过去，完完全全无视了这帮女人。

"楚楚，发生什么事了？"

面对众人的指责，姜楚楚一直都是她骂由她骂，清风拂山岗，她嘲任她嘲，明月照大江，举世皆浊，抽身事外。

姜楚楚看向温九思，他的担忧含蓄内敛，却令她感到无与伦比的安全感，于是她露出了一个浅淡的笑容。

有了这一出缓冲，姜老爷子定了定神，给自己找了一个台阶下，他威严地冲旁边的侍应生们说道："都在这里愣着干什么！还不快点叫医生来，然后把这里收拾了。"

姜楚楚冷眼旁观，看着这变了味的订婚宴，生出一种深深的厌弃感。

众目睽睽之下，她反身抱住温九思的腰身。

"我累了，我想离开。"

温九思却没有如往常般纵容着她，而是依旧漫不经心地站着，握住她的手，不知道在等待什么。

姜老爷子吩咐完，转过身来看向姜楚楚。

今天这事，总要有一个背黑锅的，看看台下那些投向她的目光，窃笑也有，嘲讽也有，全都认定了这是姜家大小姐由于嫉妒心胡搅出来的。反正她一直有个张狂的名声，不算在她头上算在谁头上，可是她手里又捏着"股份"这个杀器，由不得他不忌惮……

斟酌了一会儿，姜老爷子挂上唉声叹气的愁容，声音也扬了起来："家门不幸，家门不幸啊，楚楚，我只不过最近多带着夏樱去了几次公司，你怎么能——"

眼看这件事的性质就要盖棺定论，突然间，宴会厅大门从外敞开，两个女人一前一后走了进来，看当先一人的步伐就知道，来者不善。

温九思终于微不可察地舒了一口气。

蒋淑媛有备而来，径直冲向台前，保养得宜的脸上全是讥讽。

"订婚都不敢邀请我们蒋家的人，你们爷俩是真忘了姜氏怎么在南城站稳脚跟的吧！"

一直在旁边充当隐形人的姜福生忽然被点名，脸上浮现起恼羞成怒后的红晕："你闭嘴，你们怎么进来的？"

为了怕这母女俩闹事，也为了给她们一点颜色看看，他分明已经让协助举办宴会的姜氏员工注意拦下她们。

蒋淑媛冷笑起来："怎么，你们现在另攀了高枝，用不到我们蒋家了，就想把我甩开？"

她又看了一眼姜老爷子："爸，你一直看不起我和明珠，我只当你一心为姜氏着想，觉得我们俩不适合参与企业经营。可是今天，你就当着大家的面说个清楚，姜氏今后，到底是姓姜，还是姓宋！"

一波未平一波又起。

这跌宕起伏的热闹，让前来参加订婚宴的人简直要拍手叫好了。

蒋淑媛早已不顾贵妇形象，一把鼻涕一把泪的，控诉着姜福生和姜老爷子的忘恩负义。

姜明珠从来都是端庄优雅，不愿意在众目睽睽之下叫人品头论足，早在蒋淑媛开口的时候，就默默地走到了一边。

姜楚楚因此得以解脱，没有多少视线还停留在她身上，温九思顺利地带着她从边缘退了下来。

旁边有几个正看热闹的夫人，忍不住讨论起现下的状况来。

一个说："原来是蒋家让姜楚楚来砸场子的？"

另一个附和："姜大小姐就是个前线冲锋的小兵，不是早就听说了吗，爹不疼娘不爱，爷爷的疼爱又能有几分真。"

"也是怪可怜的。"

无论是憎恶，还是同情，姜楚楚都充耳不闻，她看向温九思，不悲不喜地问道："是你放她们进来的？"

"是，这么大的黑锅，要是叫你背上了，可有一段时间要喘不过气来了。"

姜楚楚的眼睛里看不出什么情绪，只是点了点头："那我们现在可以走了吧。"

温九思摸了摸她的头。

"现在可以了。"

场上的大戏还没有落幕，可是之前的戏中人已经退场了。

夜幕缓缓降临，仲夏的江边，竟然还有丝丝凉意。

温九思降下了车窗。

姜楚楚看了一会儿在夜幕下反射着月光的江水，忽然扭头说道："我来这个酒会，是早有打算，我跟姜老爷子做了交易，姜氏危机解除后，他要告诉我王叔叔的下落，可是这些我都瞒着你，你生不生我的气？"

她的问题近乎天真。

温九思叹了口气："当然生气，可是看你这副小可怜样，我又舍不得生气了。"

说罢，他倾身过去，轻轻地吻上她的眼睛，感受着她睫毛的颤动，心底微痒。

"我没事啊。"姜楚楚不太乐意被形容成小可怜，于是吸了吸鼻子，又重复了一遍,"我是真的没事。"

温九思将她倔强的表情尽收眼底,没有放开手,依旧将她环在手臂与座椅之间,他的黑眸深沉地盯着她,也不说话,过了一会儿,姜楚楚受不了,推开他扭过头。

"好吧,我承认,我是有点难受,我难受的原因是觉得自己太笨了,哪怕事先觉得自己计划得多么周全,到头来不但目的没达到,还得依靠你,才能不那么狼狈地脱身。"

温九思的目光仿佛有魔力,又或者,她心底深处,就是不愿意隐瞒他的。

之前是怕她执着于寻找另一个男人会令温九思不快,这才佯装无事地隐瞒,现在暴露了,姜楚楚干脆破罐子破摔,将一切和盘托出。

她口干舌燥地讲完,时间已经又过去了二十分钟。

温九思一直皱着眉,终于,在姜楚楚小心翼翼的神色下,他表情略有纠结地问:"那你威胁姜老爷子的那个协议是怎么回事?"

他最在意的是这个?

姜楚楚惊愕片刻,然后一笑:"我骗他的,我小时候姜老爷子为了笼络我,不光给了我很多钱,还转让给我姜氏的股份,可是那些股份在我成年后也被姜福生拿走了。不过没关系,我本来也不想要,直到现在姜老爷子也不知道这件事。

"宋初一通过这场订婚能收获什么,早就叫我摸透了。

"至于袁呈那……"

姜楚楚刚一犹豫,就看见温九思皮笑肉不笑的表情,连忙澄清。

"什么情啊爱啊都是假的,我对他的事能知道这么清楚,完全是徐钰的功劳,她从袁珂那里套出来的,你也知道,同父异母的兄弟嘛,袁珂可是一直在盯着他哥哥呢,知道也不稀奇……"

她越说越觉得没什么。

看她扬扬得意的样子,温九思忽然双手掐住她的腰,将人提溜到自己的身上。

"干什么啊!"

姜楚楚忍不住惊呼出声。

封闭的车厢里,姜楚楚正对着温九思,坐在他的腿上,双手软绵绵地环着他的脖子,由于吃惊,眼睛微微瞪圆。

温九思目光幽深:"你真是长本事了,夸夸其谈的功夫与日俱增啊。"

还没等她吱声,借着醋意上涌这个借口满足自己口腹之欲的男人,忽然吻了上来。

同时,他抽空伸出了一只手,将车窗全部摇上。这个时候,温九思车的优异之处便体现得淋漓尽致,单是这单向可视车窗,便为他的行为大开方便之门。

昏暗的江边,安静的车厢,暧昧的因子不断滋生着。

姜楚楚扬着脸被动承受着，方向盘硌得她腰疼。

他心神迷醉，越发炙热。

时间一点一滴地过去，车内的温度不断升高。

随着喉结的上下滚动，原本圈在她腰间的手掌，也终于忍不住蠢蠢欲动。

生怕再由他这样下去，江边散步的人就该通过车厢的颤动察觉到什么，姜楚楚身子一僵，一把抓住了他的手。

温九思离开少许，深吸一口气，缓了缓，转而亲亲她的眼尾，声音喑哑异常："别担心，我能控制好自己。"

他以为，是自己逾矩的行为让她紧张了。

谁料，姜楚楚突然凶悍地亲了回来，再咬了他一口之后，目光晶亮。

她就像一只抱住了胡萝卜的兔子，扬扬得意又生怕被人夺走。

"我的意思是，不要在这儿……去你那儿。"

汽车一路飞驰，几乎要将月亮甩在后面。

温九思刷了小区的门卡，面对保安的问好，还矜持地点了点头，一派清风霁月，可是下一瞬间，他就面无表情地一踩油门，只留下保安一个人原地凌乱，不知道这位向来淡定的温先生今天是怎么了。

看着温先生正襟危坐地开着车的样子，姜楚楚忍了忍，还是没忍住"扑哧"一声笑了出来。

可是她的笑声很快就戛然而止。

等到卧室的房门被关上，姜楚楚骤然双脚离地，被温九思扛了起来。

她晕头转向，直到身下有了几分真实感，她的心脏才反应过来，"扑通扑通"地狂跳了起来。

他的渴望来得格外强烈。

温九思看起来矜持内敛，但骨子里的征服欲与掌控欲不逊于任何一个男人，尤其是面对近在咫尺的女孩，此刻由于羞赧显得格外楚楚可人，令人痴迷，想要拥有。

姜楚楚能感觉到温九思逐渐昏了头。

姜楚楚开始有点紧张，她紧紧地闭着眼睛，不敢看也不敢听。

可是心理建设做足了，事到临头，那头却迟迟没有动静。

忽然，身上一轻，姜楚楚疑惑地睁开眼睛，只看见温九思翻身坐起的背影。

"嗯？"

她愣愣地坐起来，听见男人用喑哑的烟嗓说道："楚楚，对不起，是我冲动了。"

男人理智尚存，无法面对姜楚楚，他自己知道，离开她哪怕那么几厘米的距离，对他来说，都是那么艰难。

可是，不是今天，不能是今天。

寻人的希望破灭，她虽然表面波澜不惊，甚至还能与他谈笑风生，打情骂俏，但她强撑的精神和偶尔的走神是骗不了他的。

他不能利用她情绪失控的时候，冲破她的心防。

"你……我……我去客厅睡。"

温九思头也不回地出去了，背影还有几分落荒而逃的意味。

姜楚楚一个人在床上呆坐了一会儿，屋子太黑，看不清她脸上的表情。

窗帘密密实实地遮了起来，不见一点星光，只有玄关处的轮廓灯昏暗地亮着，提供着有限的照明。

温九思躺在黑暗里，睁着眼睛看着黑暗的天花板。

忽然，身后响起轻轻的脚步声，姜楚楚光着脚走过来，带了点怯生生的口吻："九思，我不在意。"

姜楚楚也不知道自己指的是温九思做的那些事，还是温九思没克制好的情绪。她只是不想他因为自己愿意的事情而自责。

尽管在黑暗中什么表情也看不清楚，可温九思还是抬起手臂遮住了眼睛。

"可我在意。"

今夜无风。

温九思是被厨房里传来的"乒乒乓乓"的声音吵醒的，他迷迷糊糊地从沙发上坐起来，揉了揉酸痛的脖子，视线迷茫地看向厨房的方向。

他一个人住在南城，除非姜楚楚过来的时候，有兴致投喂她，其余时间他很少开火，所以，在看到厨房那个穿着粉红色围裙，晃荡来晃荡去的女人背影时，温九思恍惚了。

他走过去，看了一会儿她费力打着鸡蛋的手，突然出声："楼下就是早餐店，你不用辛苦起这么早的。"

姜楚楚正忙着打鸡蛋，清晨的光照在她脸上，柔美得不可思议。她见温九思醒了，极为流畅地说道："下去买多麻烦，还不如我做给你吃。"

就像新婚小夫妻般自然亲昵的语气，温九思忍不住微微怔了一下，视线从她脸上缓缓下移到身上，那粉嘟嘟的小围裙和她转过去时带着尾巴的小飘带，让他的记忆梦回姜楚楚醉酒的那天，温九思忍不住干咳一声。

"你的围裙哪里找出来的？"

"楼下超市买的呀，我挑了好久呢，是不是特别有家庭主妇的样子？"

/ 233 /

说着，姜楚楚欢快地在他面前转了一圈，大早上活力满满。

温九思语塞，陷入了迷茫。

所以下楼买东西对她来说到底是不是麻烦……

今早的姜楚楚就像一只勤劳的小蜜蜂，围着温九思和厨房转悠转悠的，竟然也让她做出来一顿像模像样的早餐。

她殷勤地给温九思倒了牛奶，又探过身子，想要把不知道从哪儿弄来的，状似围嘴一类的东西系到他脖子上，温九思一僵，刚要制止，就对上她那双水汪汪、雾蒙蒙的大眼睛。

"戴。"

温九思简洁明了地主动将头伸过去。

而后，摸不着头脑的温医生干脆以不变应万变，举起了叉子戳向今天的早餐——爱心形状的鸡蛋。

温九思沉得住气，可姜楚楚不行，才吃了几口，她显然坐立不安。

"你今天可不可以不去咨询室？"

她问得小心翼翼，生怕被拒绝。

知道她的目的后，温九思嘴里的一口煎蛋终于能咽下去了。

他还当她有什么异想天开的事情让他做呢，不过就是想他陪陪她，这当然可以满足啊。

温九思矜持优雅地笑了："可以，你是有什么想去的地方吗？"

姜楚楚郑重地点了点头。

"是有一个地方，今天跟你一起去看一看。"

南城第一医院。

温九思从车内抬头望了一眼，表情变得有点一言难尽，回头看了看正在给自己做心理建设的姜楚楚。

"你要带我来这儿？医院？"

姜楚楚"嗯"了一声，声音低沉下去："我已经好多年都没来过医院了。"

看着她微微垂下来的脸庞，温九思突然想到了什么，又看了一眼医院的招牌。

南城第一医院，是姜楚楚十三岁那年住院的地方。

温九思收回目光，理了理袖口，在他特意拖延的这段时间里，姜楚楚已经整理好了情绪，推开车门。

"我们进去吧。"

姜楚楚走在前面，绕过门诊，绕过住院部，从一条小路往偏僻的楼后走去，几个转弯后，眼前豁然开朗，是一处后花园。

/ 234 /

说是后花园倒有些高抬它,只是一块两个篮球场那么大的空地,栽了许多树木,还有一处供那些常春藤、爬山虎攀爬的乘荫架子。原先只有在老楼住院的病人,可能会来这里散散步,现在兴许是前面新修了住院部的缘故,老楼几乎没什么人了,这里也就自然没有人常常打理,好端端的小花园,显出几分杂草丛生的意味。

姜楚楚走到架子前,抬头看了看肆意生长的爬山虎,喟叹出声。

"我就是在这儿遇见的王叔叔。"

温九思缓缓地"嗯"了一声,表情稀松平常,看不出什么情绪。

姜楚楚也不需要他有什么反应,顺着楼后的窗子往上看,指了指其中一扇并不干净透明的窗子又说:"我当时就是从那儿跳下来的,王叔叔救了我。后来的一段时间,病房里除了偶尔来的医生和护士,就只有我自己,王叔叔知道我孤单,就过来陪我待着到我好起来,他才离开。"

姜楚楚的声音逐渐低了下来,像是想到了一些并不美好的回忆,她的眉头蹙起,仿佛笼罩在一片雾蒙蒙的烟雾中。

"可是他离开后,我就再也没有见过他了。

"这里是我最厌恶的地方,却也是唯一能拥有我和王叔叔回忆的地方,所以我想带你过来。"

温九思的问话很轻:"带我过来干什么?"

姜楚楚叹了口气,"可能是想让王叔叔看看吧,上天还是眷顾我的,至少在我孤立无援的时候,总有人能站在我身边,九年前是他,九年后是你。我联系不到他,就只能带你过来了。"

姜楚楚说完,又点了点头表示加重语气,纯洁的神情,甚至近乎天真。

怎么会有人傻到相信,走过来时路就能当成见过来时人呢?

可温九思就是相信了,也配合了,他走上前来,拉住姜楚楚的手,看着两人面前的那一块空地,郑重地说:"你永远不会是孤立无援,他会知道,今后有人照顾你了。"

姜楚楚偏头瞅着他,也缓缓笑开,明艳动人。

"啪啪啪……"

蓦地,角落里传来并不走心的鼓掌声。

温九思和姜楚楚不约而同地扭头看向声源处。

一个男人拍着手掌踱步出来,面上的嘲讽毫不掩饰:"啧啧,我还以为我在看偶像剧。"

姜楚楚看见来人,条件反射般地挽紧了温九思的手臂:"蓝子期?你跟踪我们?"

"这怎么能叫跟踪?我只是开车碰巧看到你们了,瞧见你们进医院,出于朋

/ 235 /

友间的关怀,过来看看。"蓝子期意味深长地说,"我要是不跟过来,怎么能看到这么精彩的一幕。"

温九思警告似的看了他一眼:"子期,你不是应该跟着检查团一起回京都了吗?"

蓝子期诧异地看温九思:"谁说我要回京都的?"

见温九思阴着脸,蓝子期走上前来摸了摸鼻子:"不过是找了个借口,从京都出来罢了,好不容易来到南城,我怎么可能那么轻易回去,至少回去的时候我也要把你一起带回去才行。"

说完,他又歪着嘴角笑了笑,瞥了一眼姜楚楚,意有所指地说:"怎么,游戏玩过了,现在还准备亲身参与了是吧?"

温九思的脸色很难看,他拍了拍姜楚楚的手,示意她等一下,然后头也不回地往边上走去,留下一句"你跟我过来"。

蓝子期"哦"了一声提步跟上。

姜楚楚停在原地,看着两个人交谈的身影,无聊地用脚尖踢着地上的碎石,丝毫不顾惜这双小皮鞋的价值。

她听不懂他们在说什么,但是她对蓝子期这个人怀有很高的警惕,不单单是他曾经对她做过的那些事情,她一见他,就觉得这个人身上有一种令她很不舒服的气质。

如果说得再玄乎一点,那就是生来犯克。

平心而论,因为蓝子期是温九思的朋友,她不想温九思难办,已经足够忍让了,也从来都没刻意地吹个枕旁风什么的,可每次见面蓝子期看她的眼神,都含着无边的嘲讽与恶意,那种隔岸观火般的表情,每每都令姜楚楚恨不得冲上去打他一拳。

正当姜楚楚浮想联翩的时候,忽然,她看到温九思毫无征兆地朝蓝子期的脸打了一拳。

姜楚楚惊讶得睁大了眼睛。

这难道是心意相通吗……

温九思打了他一拳之后就一言不发,径直朝着姜楚楚走过来,一把拉住她的手腕往医院外走去。姜楚楚一边跟着他,一边抻着脖子努力往回看。

蓝子期伸手摸了摸被打中的脸,突然抬头望向她,目光中冷意瘆人。

……比谁有气势啊?

姜楚楚丝毫不惧地回视,还顺带释放了一个女人才做得出来的"抛媚眼"技能以示嘲讽。

紧接着,她手腕一痛,回头就对上了温九思严肃的眼神。

严肃到什么程度……像是主人看着自家不省心的宠物,明明是占了便宜,还非要仗势欺人地"嗷嗷"几声,生怕这场争斗没有下文。

温九思沉默地开着车。

姜楚楚清了清嗓子,对刚才的场景表示出了巨大的好奇心。

"因为什么事情你发这么大的火啊?"

温九思答非所问,将方向盘打了一圈:"我要去一趟心理咨询室,先把你送到画室去吧。"

姜楚楚立刻坐直了身子。

"你赶我走啊。"

"别多想,只是我还有点工作没做完,而且你不是也有画稿还没画完吗?"

想到刘晏的殷切期盼,姜楚楚有点心虚,但又毫不犹豫地接了一句:"不,我那里来得及,我想陪着你。"

就是他在办公,她在旁边用他的美色洗洗眼睛的那种。

温九思拗不过她,只好带她去了,可是情形也不像姜楚楚想的那样美好——温医生一本正经地按住了她蠢蠢欲动的脑袋。

"你就在休息室坐一会儿,我马上就出来。"

姜楚楚想说,她也要跟着进去,而且一定会乖乖地坐在旁边不去打扰他,可是温九思已经干脆利落地关上了门。

她碰了一鼻子的灰,闷闷不乐了好久。

看着第一次对她紧闭的办公室大门,姜楚楚忍不住心里嘀咕,他是不是生她的气了?

可是她也不知道自己做了什么呀……

怀揣着费解的疑问,当姜楚楚再一次登堂入室的时候,她铆足了劲缠着温九思。

她双手环住他的脖子,左扭右扭的,娇声地说:"你怎么不开心啊?"

"你就告诉我吧,你这样我心里不好受。"

"你要是不说话,我就当你生我的气了,可我又不知道自己做什么了,我就会想多,想多了就会秃头,秃头了就不漂亮,不漂亮了就……唔——"

温九思终于受不了她的喋喋不休,一边皱着眉头,一边狠狠地在她唇上咬了一口:"住嘴。"

姜楚楚一眨不眨地看着他,就想要一个答案。

习惯了泡在温九思的蜜糖里,姜大小姐表示一点冰碴子都不想感受。

看着她执着的模样,温九思长叹一口气:"真的不关你的事,但是既然你问了……"

他顿了一下，斟酌地说："蓝子期这个人，性格上有些偏激，做事不计后果，我不会让他欺负你，但你也要乖一点，知道了吗？"

姜楚楚连连点头，又勾着他。

"好的，我知道了，我听你的，我不去招惹他行了吧，你笑一笑嘛。"

温九思的表情依旧很严肃，甚至显现出两分忧心忡忡，而他的俊脸因着这种严肃，又配合着他今天的穿着，显现出一股克制服诱惑来。

她的两只手一左一右地把住男人的脸，像捧着朵花似的，让他的脸转过来面向自己。

"你知道你在我心中什么时候最帅气吗？"

温九思恍惚间觉得这个问题他曾经回答过，于是犹犹豫豫地说："我眼里是你的时候？"

姜楚楚的脑袋左右摆了摆。

"不对哦，这回是你为了我愁眉苦脸的样子。"

姜楚楚一言不合就狠狠地推了男人一把，温九思没防备她来这手，脚下一个不稳，便被姜楚楚扑倒在沙发上。

她身子很轻，又很柔软，压在温九思身上，一点重量都没有，可温九思还是板起了脸。

"起来吧，别闹了。"

姜楚楚才不干呢。

她主动地揽住他的脖子，学着他方才咬她的样子，重重地在他的脸上咬了一口。

咬完了她还抱怨着："真不公平，我皮肤好除了天生丽质，跟我平时注意保养也是分不开的，可你一个大男人，凭什么皮肤也这么嫩。"

说完，她又用自己的侧脸蹭了蹭他的脸颊，嫌弃自己的牙印，她还特意换了一边蹭。

腻歪起来像只幼猫，主动用头拱着主人的手掌。

温九思只觉得浑身发痒，明明可以挣脱，却又舍不得。

他放弃了挣扎，反手将姜楚楚揽入怀中，悠悠地叹息："你啊……"

姜楚楚觉得，她大概是魔怔了，哪怕是听到男人的叹息，也觉得心口发烫，想要这样听一辈子。

她答应了温九思不去惹麻烦，并不代表麻烦不会过来惹她。

/238/

第十二章
天生般配

  自订婚宴结束后，姜楚楚就把姜家那一群人的电话全部拉黑了，连袁呈、袁珂那两兄弟也没落下。

  姜老爷子不知她口中关于股份的话是真是假，正像只惊弓之鸟不敢来找她麻烦。姜楚楚没那么好心给他解惑，就让他提心吊胆去吧，最好，再别出现在自己面前了。

  可没想到，有人比姜老爷子先沉不住气。

  姜夏樱在姜楚楚去画室的必经之路上截住了她。

  "姜楚楚，我有事找你。"

  姜夏樱是从一辆红色的车上下来的，哪怕姜楚楚对车再没有研究，也一眼能看出车很贵，还很新。

  姜夏樱摘下墨镜，她已经换了一套装扮，真丝的风衣穿在身上当真有了那么一点飘飘欲仙的高贵感，发型也变成了大波浪，配上黑眸和红唇——

  看上去姜夏樱至少要比素颜朝天的姜楚楚大了五六岁不止。

  姜楚楚只是扫了一眼，嘴里吐出一句："价格不错。"

  也不知道是在说这身行头，还是在说换来这身行头的人。

  姜夏樱明明听出了她话中的弦外之音，可依旧维持着不变的假笑，指了指马路对面的咖啡厅。

  "一起过去坐坐？"

  姜楚楚摇了摇头："没时间，我还要去画室。"

  姜夏樱抬起手腕看了看表："你这是刚从画室出来，不赶时间。"

  姜楚楚依旧摇头："可是我赶时间约会啊。"

  "那到车里说，可以吧，就一会儿。"姜夏樱的语气近乎祈求。

  姜楚楚很好奇什么事值得姜夏樱这般忍气吞声，顺便她也好奇这辆新车——未来松峪电器女主人的座驾，自然非同凡响。

姜楚楚一坐进去，就这儿摸摸，那儿瞧瞧，心里盘算着，姜老爷子回过味来之后，保不齐要跟她秋后算账。她想离开姜家的决心已定，可是钞票是个重要的问题，也不知道她那辆车能不能卖点钱……

姜楚楚天马行空的工夫，姜夏樱已经扔了一个信封在她腿上。

她打开翻了翻，忽而嗤笑："这就是你求人的态度？拿这些不知所云的照片来威胁我？"

这些照片都是宋初一在姜家中招的那天拍的，虽然两个人没有什么过于亲密的肢体接触，但若是加以煽风点火，非说两人之间有点什么，也是会让人相信的。

姜夏樱的神色有几分自嘲："我原本想着这些照片没用了，可也没丢掉，幸好，这不就派上用场了？"

姜楚楚将照片一拢，顺手就扔到了中间的置物夹层里面，看都不看一眼。

"先不说这照片到底能威胁得了什么，说说你要干什么吧。"

姜夏樱的脸上逐渐泛起一丝红，不是羞怯，而是气恼，她咬牙切齿地说："订婚宴上那个女主持人，当晚就勾搭上了宋承礼，宋承礼还允诺要帮她调去江城的电视台。"

姜楚楚回忆着订婚宴上女主持人的模样，只依稀记着是个有气质的，也是事业有成的男人爱的一款。

"那跟我又有什么关系？"

姜夏樱盯着她的眼："你要是不管，我就把我手上的照片抖出去……姜家姐妹俩和宋氏父子的桃色艳闻，应当有一段时间会成为南城人茶余饭后的谈资。我过段时间就要跟宋承礼去江城了，我不在乎，可是你还在这儿，还要连累着温医生一起被人非议。"

姜楚楚一摊手："可我真没这个能耐。"

姜夏樱斩钉截铁地说："你没这个能耐，但温九思有，你让他替我把那个女主持人打发得远远的，我就销毁这些照片。"

听到姜夏樱的要求，姜楚楚只觉得匪夷所思，敢情人家还看不上她的能力，只是想借个踏板搭上温九思。

姜楚楚的白眼快要翻出天际："我们家温医生成日里忙得很，哪有工夫管你这种闲事，况且他只是一个普普通通的心理医生，没这个能力解决你的难题。"

姜夏樱意味不明地笑了："普普通通的心理医生？远的我不跟你说……我的订婚宴上，有一个说你仗着漂亮为所欲为的女人你还记得吗？"

好像是有这么一回事来着，可姜楚楚在这摊浑水里早就练就了百毒不侵的精神，转过头她连那个女人长什么样子都记不得了。

看见姜楚楚一副迷茫的表情，姜夏樱突然觉得自己十分可悲，汲汲营营，却赶不上姜楚楚明明置身风雨，却被人事先拢在羽翼之下。

"那个女人，你离场之后，还揪着你的话题骂了好一会儿，结果，第二天就有一对母子上门，说是生了那女人丈夫的儿子，她儿子都十多岁了，要是想逼宫早就找上门了，怎么早不来晚不来，偏偏是那天。"

姜楚楚觉得这纯粹就是巧合。

而且，退一万步，即便是温九思有这个能力，她也不愿意他卷进这些是非当中，更何况，她已经下了决心，早晚要跟姜家脱离关系。

姜夏樱又说了几句什么，姜楚楚完全没听进去，她皱了皱眉："你愿意发就随便你，大不了我可以让温医生跟我撇清关系，我们明修栈道，暗度陈仓——"

姜楚楚说得正嗨，忽然，车窗从外面被敲响了。

隔着玻璃，温九思薄唇紧抿，看上去很严肃。

姜夏樱愣神的工夫，姜楚楚已经落下了车窗，眼眸晶亮，假如她身后有尾巴，此刻一定摇得十分欢快——她纯粹是心虚，这车窗的隔音性能应该不错吧。

"不是说在你那儿见吗，你怎么找过来啦？"

男人不置可否，微微垂了头："下来吧。"

姜楚楚乖顺地下了车，姜夏樱急了，连忙跟下来，隔着一个车身的距离，语气急迫："姜楚楚，你就算不在乎自己的名声，难道你不在乎他的名声吗？你未免也太自私了。"

姜楚楚挽着温九思，头也不回："别理她，我们走。"

可她拽不动他。

温九思停下了脚步，回头，声音清越："你错了。"

姜夏樱讷讷地问："你说什么错了？"

"名声。"温九思笑了一下，"我从来不在乎名声这个东西，即便是在乎，也是在乎姜楚楚的，这么说来，我们两个都很自私，正好相配不是吗？"

眼看姜夏樱目光中逐渐流露出不可置信的神色来，温九思沉默片刻，又道："宋董的事情我有所耳闻，我不知道你从哪里得来消息，笃定我能解决这件事。我的确可以帮你这一次，但有条件。"

姜夏樱立刻接口："什么条件？"

姜楚楚疑惑地拉了拉温九思的衣袖，示意他不要掺和，但温九思没有看她，而是继续看向姜夏樱。

"从今以后，你去江城生活，如无意外，不要再见楚楚了。我这次帮你，不是因为受了你的威胁，而是我听说，楚楚被关禁闭的时候，你曾经给她递过一块点心，让她免于饥饿。她既然记到了现在，那么这个旧时的人情，我就算替她还上了。"

姜楚楚面色一动，不由得睁大了眼睛，心底有一处开始酸涩。

她也说不上来这是一种什么感受，只不过，她随口说过的一件小事，他竟然都郑重地记在了心上？

姜夏樱也愣着，她反应了好半天才想起来，记忆里，依稀是有这么一段时间，她刚从乡下被接来没多久，就遇上了姜楚楚跟姜老爷子作对被关了起来。那个时候姜楚楚精致、漂亮、肆意又热烈，她趁人不注意送给姜楚楚一块点心，那时候她心里在想什么？可能是……她以后，也一定可以成为这样的人吧。

温九思审视的目光在姜夏樱身上停留片刻，直看得她四肢冰凉，他才缓缓移开。

"从今天起，她一点也不欠你的了，如果你再把主意打到她的身上……你相信我有能力解决你的麻烦，更该相信我有能力给你制造麻烦。"

姜楚楚没有丝毫插话的余地就被温九思拐跑了，只留下姜夏樱怔怔地看着这两个人的背影，慢慢地，她将目光尽数聚在温九思身上。

在姜家见到温九思的第一眼，她就确信这个男人是最适合她的。

他英俊、高大、收入不菲，后来又表现出来了专一、深情、强势。

可姜楚楚宣示主权的行为那样迅速，而男人的态度又如此纵容，纵容着纵容着，两个人交往的消息开始在南城传得铺天盖地。

为什么这世界有这样的男人？又为什么这样的男人却只会爱姜楚楚？

姜夏樱的心揪紧，外面艳阳炙热，仿佛要在秋天来临之前挥散它积攒的所有温度，可她的心里却丝毫感受不到暖意，明明他承诺了，解决掉宋承礼身边那个女主持人，可下一次呢？

姜楚楚坐进了温九思的车里，温九思亲手给她系上安全带。看着她低着头摆弄着自己的手指，可怜巴巴的，他没忍住，揪了揪她的小脸。

"在想什么呢？"

姜楚楚一巴掌挥走他作怪的手，嘟嘟囔囔："我在想姜夏樱那车看起来那么贵，竟然不隔音……"

"什么？"

"我是说，你干吗要答应她？"

理由方才温九思就对着姜夏樱说过了，姜楚楚再问起来也有些心虚，但姜小姐别的优点没有，就是恃宠生娇，理不直气也壮这一点无人能比。

她越想越来气："现在好了，你要怎么解决？"

温九思开动了车，眉头都没挑一下，淡淡地说："我是答应了，但我没说要亲手去做。既然有人非要赖在南城不走，总要给他找点事做吧，这不是现成的解

/242/

决方法吗？不用担心。"

姜楚楚迟疑地问："你是说……蓝子期？"

温九思没有否认："这事情蓝子期做得比较顺手。"

"可是，不好吧。"姜楚楚吸吸鼻子，"总觉得占了他的便宜。"

她语气愤愤，还怪不服气的，温九思瞟了一眼觉得好笑，好心地出声解释："早些年在京都的时候，他欠我一些人情，现在让他还一两个，不打紧。"

姜楚楚还是矜持着："那也是欠你的，又不是欠我的，我跟他相看两生厌，要知道是跟我有关的，他万一就怪我蛊惑你怎么办？"

"你跟我还分什么彼此。"男人的声音满含笑意，"何况，对我来说，'女人如手足，兄弟如衣服'，'衣服'没有权利怪我偏心。"

姜楚楚满意了，这才舒舒坦坦地坐了回去。

"那好吧，那就让他做吧。"

车内播放着悠扬的音乐，气氛正佳，可笑闹之后，姜楚楚只觉得哪里不对，却又说不上来，她只得把这种念头归咎为，听到"蓝子期"三个字，就会引起不适感这一特殊症状。

南城说大不大，说小不小，可自从订婚宴之后，姜老爷子他们一次都没有联系上过姜楚楚，更不要说见过她的面，像有一双无形的手，在他们还没挨到她衣边的时候，就毫不容情地被阻隔在外。

倒是吴妈有一次拨通了姜楚楚的电话，将姜家的近况说给姜楚楚听，好让她有个准备。

——姜福生和蒋淑媛要离婚了。

姜楚楚吃了一惊之后，又觉得这个消息在情理之中。

感情早就不在了，眼看现在金钱关系也岌岌可危，再没有非要绑在一起的必要，两个人自然都想下船了。

吴妈说，两人的意见空前的统一，姜老爷子都劝不住。

姜老爷子鲜有地气急败坏起来，听说他先是骂蒋家忘恩负义，不仅要挑这个时候离婚，还要分姜氏的股权，又骂蒋淑媛母女没脑子，说她们给袁家那个袁呈当了枪使还不自知，后来不知道为什么又拐到姜楚楚身上来。

他骂姜楚楚的时候，就只是泄愤的字眼，却没有说出点实际的事情来。

姜楚楚心里冷笑，他能说出什么？姜老爷子的那些心思，做的那些事，要是拿到青天白日里来说，都要被人用唾沫星子淹死。

临了，吴妈又小心翼翼地建议："楚楚啊，因为离婚的事情，夫人和三小姐已经彻底搬走了，蒋家那边也来了律师说要交涉，我躲在厨房里头听了一嘴，夫人拿三小姐做借口,先生拿二小姐搭筏子,都要了不少东西,你……不回来看看?"

姜楚楚谢绝了吴妈的好意:"他们想要什么,就全都拿走吧,反正也从来都不是我的。"

撂下电话之后,姜楚楚出神了许久,是啊,孩子一人一个,财产一家一半,公平得很。

这个多出来的她,也刚巧不想回姜家了。

可是,她心里终归有什么地方,还是意难平啊……

产生了脱离姜家的念头之后,姜楚楚开始着手清点自己的资产,她的卡进出如流水,一直以来也没存下什么钱,名下倒是有一处房产,还是别墅,那是她十八岁生日时,姜老爷子从江城回来,姜福生为了讨好他,在庆祝宴会上当众把别墅的钥匙给了姜楚楚。

可那房子偏僻得很,价值还比不上南城市中心的一处一居室公寓。

她还有辆车,买的时候也是拉风得紧,就是不知道几年过去了,还能值多少钱。

算来算去,姜楚楚到头来发现,自己其实还挺穷的。

于是,难得一见的,姜仙女安安稳稳地在画室里待了两天,加上之前的准备工作,终于赶出来两幅画稿,其努力程度让刘晏狠狠地震惊了一把。

"看到你这么勤奋,白教授大概会很欣慰了……"

姜楚楚状似乖巧地点点头:"学长,可以把接下来的几幅交给我了。"

当她全身心投入一件事的时候,对外界的感知都会自然而然地下降,自然也包括温九思……

为了专心画画,她找了个机会,由吴妈做内应,将自己放在姜宅的画具都转移到郊外小楼里去了。

城郊的温度普遍比市中心低上几度,姜楚楚晚上点起了壁炉,一边听音乐,一边画画。

美滋滋。

温九思好不容易将这个住他的房子还对他使脸色的女人挖出来。

姜楚楚老大不乐意:"干吗呀?"

"去我那儿,做鱼给你吃。"

温九思的厨艺与日俱增,当香味从厨房飘出来的一刹那,和胃口一起复苏的,还有因为看到男人坚毅的背影而蠢蠢欲动的心思。

姜楚楚蹑手蹑脚地走进厨房,然后突然从身后抱住男人的腰,笑嘻嘻地说:"'背咚'!"

温九思正在装盘,突然遭了惊吓,手都不抖一下,径直带着身后这条小尾巴,一步一挪,端着盘子从厨房挪到了客厅的餐桌旁,将盘子放下,又慢条斯理地擦了擦手后,这才腾出工夫"收拾"她。

温九思骤然回头,反手禁锢住姜楚楚的腰,将她一下子提起来放到椅子上坐好,惩罚似的咬了一口女孩的脸蛋,留下了一个浅浅的牙印,还在她耳边笑道:"悉数奉还。"

这记仇的男人!

姜楚楚瞪了一眼温九思,随后就被男人递过来的筷子安抚了。

一顿饭吃得津津有味,撂下筷子,男人自发去洗碗,还不忘安排着姜楚楚坐到沙发上,给她调出了一部曾经大火的爱情片。

"你先看,一会儿我就过来陪你。"

姜楚楚乖乖地点了点头。

温九思凝眸看了她一会儿,还是没忍住,单腿跪在她面前,挡住了她的视线,温柔地轻啄,腻歪到姜楚楚忍不住推开他。

"哎呀,你快去,耽误我看电视了。"

厨房里流水的"哗哗"声,电视里传来男主角深情的表白,姜楚楚蜷缩地坐在柔软的沙发上,只觉得那句酸溜溜的"岁月静好"也莫过于此。

温九思不一会儿就出来了,他坐在她旁边,将她揽在怀里,舒适地喟叹出声。

可还没等他眉目完全舒展开,茶几上的手机就响了。

温九思接起来,对方讲了很长的一段话,他只是间或地"嗯"了几声,最后说:"好,我知道了,等我一下。"

姜楚楚一边目不转睛地看着电影,一遍随口问他:"谁的电话?"

"子期。"

一听到厌恶的名字,姜楚楚的视线迅速从电视中拔出来:"他有什么事?"

温九思蹙起眉头:"说是姜夏樱那件事,遇上点麻烦,让我过去一趟。"

姜楚楚闻言撇撇嘴:"不是说蓝子期处理这些事情顺手吗?到头来还不是要找你,现在去?"

温九思点了点头。

姜楚楚委屈地放开了他的手臂,想到了什么又重新提起精神,大义凛然地说:"那你去吧。"

温九思意味深长地看了她一眼,那意思很明显:别以为我不知道你巴不得我走,你好能继续画画。

可姜楚楚是典型的得了便宜还卖乖的人物,对他的威胁根本就不放在心上。

温九思憋着股气,俯下身子要亲她,可姜楚楚早有预料,哪会让他得逞,先一步抬起了手挡住嘴巴,得意地说:"我猜你要咬我,我才不给你亲。"

温九思咬了咬后槽牙。

姜楚楚给个巴掌又喂了颗甜枣,觍着脸笑他。

"你快去吧,等你回来,再给你亲。"

温九思跟姜楚楚前后脚离开的公寓。

姜楚楚打了车要回郊区小楼。

回味着温九思脸上的表情,她忍不住捂嘴偷笑。司机师傅从后视镜里看了她好几眼,心底感叹着,年轻真好啊。

姜楚楚可不知道司机师傅在感叹什么,她只知道,她突然对很多事情都涌起了莫大的兴趣。

比如想要让自己的画被更多人看见;想要独立出来,摆脱掉那一个泥沼;用喜欢的东西赚了钱,给喜欢的人买一条领带;再看着他在她面前,慢条斯理地解下领带……

总之,就好像他在身边,她就有了勇气一样。

姜楚楚摸了摸有些绯红的脸颊,看着窗外飞速掠过的熟悉景色,因为要等一个人,她曾经说过不会离开南城,温九思也没有再问,但是她现在改变了主意,在一段时间以后,她想要给他一个惊喜。

她想,等到那个时候……可能她依旧想要找到王叔叔,但是那种渴望,大概会随着时间的流逝而慢慢淡化,她会不停寻找,只是不会再有一种孤注一掷的执着了。

蓝子期让温九思直接到他住的地方找他。

他在南城买下了一处公寓,跟温九思低调的装修不同,他的公寓装修得精致奢华。只是奢华过了,处处透露着一种不屑与此处的人为伍的感觉。

温九思按下门铃,门很快就开了。

蓝子期穿着一身休闲服,给温九思开了门之后,就径直去小吧台给他冲了一杯红茶,游刃有余的模样,并没有电话里表现出来的那样焦急。

见状,温九思皱眉问:"到底出了什么问题?"

蓝子期没回答,只是指了指沙发说:"你先坐下。"

温九思定定地看了他一眼,缓缓地坐下,端起那杯红茶却不喝,看着袅袅冒出的热气,悠悠地说:"你说你解决不了姜夏樱的事是诓我的吧?子期,你这些年能耐了。"

蓝子期觉得,他了解温九思胜过自己。

温九思的语气虽然依旧不急不缓,但蓝子期知道,他动怒了。

为什么？就为了一个女人？

蓝子期心里有一股火，只是这股火对着温九思，无论如何也发不出来，他只得按捺住内心阴暗的情绪，缓缓舒了口气："九思，我确实是想跟你谈谈，但是我直接跟你说的话，你不会见我的，我是无奈才出此下策。"

温九思了然："你是想跟我谈楚楚的事。"

蓝子期苦笑："京都那边的情形你比我了解，其实你比我更脱不开身，但你为了姜楚楚还是来了南城，而且，当初你说尽快回去，可是现在，我只看出你完全没有离开南城的想法。"

他看了一眼温九思，男人安静地听着，却没有丝毫反应。

蓝子期长叹一声："我们做朋友这么多年，我只想让你给我一句实话。姜楚楚的事情，你到底是怎么打算的？"

墙上时钟的指针一格一格地走着。

桌面上的红茶已经不再冒出热气。

气氛彻底地凉了下来。

温九思抬起头，语气稀松平常，可神色之间却一片冰凉。

"子期，我认可你是我的朋友，可是我早就跟你说过，有关楚楚的事，你不要插手。"

他淡漠的语气让蓝子期的怒意再也抑制不住，他霍地站起来。

"我原本是不想管的。如果我早知道你会这么沉迷，那么在你莫名其妙开始关注姜楚楚这个人的那一刻，我就应该阻止你！"

"你阻止不了我。"

温九思看着蓝子期，那凌厉的视线令蓝子期不由自主地后退了一步，小腿被沙发绊住，跌坐了回去。

蓝子期缓了缓，语气尽是不甘："我阻止不了你……是啊，你做过的决定什么时候容我质疑了，可是这次不一样啊，姜楚楚是你的病人，可你非但不想法子治疗，反而还为了一己私欲，附和她脑子里那些乱七八糟的东西。难道你不知道，她那个——"

"住口。"温九思的脸色迅速阴沉下来，一瞬间，犹如黑云压顶，令人喘不过气来。

蓝子期的那半截话，无论如何说不出口了。

温九思站起身来，一字一句地说："别做多余的事，不然……"

终究是顾及着两人昔日的情谊，温九思收住了话头，但警告之意跃然而出。

说完，他拿起外套，转身向门口走去。

在他的手触碰到门锁的刹那，身后突然传出了杯子打翻在地的声音，他回头一看,原本坐在沙发上的蓝子期突然痛苦地捂住了胃部。

蓝子期见他回头,忍不住低低哀求:"九思……我胃疼,你能不能帮我去我卧室的床头柜里,拿一下胃药。"

温九思停了片刻,带着些打量,见他额前已经沁出汗来,回身走到他跟前,伸出手探了探他的脉搏。

微弱,紊乱,却又迅速。

的确是胃病犯了。

温九思缓缓地低叹一声,将外套放在沙发上,起身上楼。

客厅只有蓝子期一个。

听到关门声,蓝子期忍着疼痛站起身,从温九思的外衣兜里掏出手机,摆弄了几下,迅速将一个人的联系方式拖进了黑名单。做完这一切,他疼痛难忍,又扭曲着坐回了沙发上。

温九思下楼看到蓝子期的时候,他已经疼得快要昏过去了。

因为少年时候的一些遭遇,蓝子期有很严重的胃病,可是近几年一直调养着,已经很少这么严重了。

温九思将胃药和一杯温水递到他跟前。

蓝子期接过,虚弱地道了声谢。

他又坐了一会儿,眼见蓝子期的面色有了些许好转,不至于晕厥,他才又站起身,想到今日的风有些大,他又走向窗边关上了窗。

忽然间,余光看到了什么,温九思的动作蓦地顿住。

这时,身后传来了蓝子期的声音。

"九思,你现在要走了吗?"

温九思垂下的拳头骤然攥紧,霍地回头转身,一步一步地走了回来,站在蓝子期面前,目光像是第一天认识他一般。

蓝子期无端地有些害怕:"九思,你——"

忽然,他的领口被人抓起,温九思的力气大得惊人,硬生生拽着蓝子期的领口,将他从沙发上拖了起来。

"九思……咳咳。"

温九思一手揪着他的领子,一手指了指窗边。

"蓝子期,我知道你向来是不达目的不罢休的人,所以今天,布了这么一个局,你到底想做什么,你又到底做了什么?"

蓝子期有一瞬间的惊讶,顺着温九思手指的方向往窗边看了过去,窗边的柜子玻璃门没有关好,里面原本充作珍藏的烈性伏特加只剩丝毫。

他又看着温九思的脸,男人的怒意中掺杂了一丝惶急,显然已经有了联想。

蓝子期艰难地扯了扯嘴角："你不是猜到了吗？既然我的劝阻没有用，那么我就用自己的手段让她认清事实。"

"……试试看，当你的秘密被戳穿，姜楚楚还会不会把你当作她的救赎。"

温九思的眼眸深处忽然涌上一阵猩红，他霍地一推，松开了蓝子期，从兜里翻出手机，却发现已经关机了。

他一边死死地按着开机键，一边看向抚着喉咙的蓝子期，声音再不含一丝一毫的温度。

"如果你真的足够了解我，应当知道，刚才的警告已经是最后的机会了，可是你并没有抓住，以后我的事情，再不用你帮忙……你今天就回京都，好自为之吧。"

温九思走得匆忙，像一阵风，吹走了，一丝痕迹都不留下。

蓝子期看着来不及被关上的门，从沙发上逐渐跌坐下来。

他不管不顾设了一个局，给自己灌了最烈的酒，不计后果，以健康为代价，只是为了一个机会，一个打破温九思和姜楚楚之间虚假安稳的机会。

他们之间并不合适。

跟京都的深水比起来，南城不过偏居一隅，而姜楚楚，就像是开在南城这片土地上最美的一朵茶蘼，艳丽至极，令人沉迷。

但他依旧厌恶姜楚楚，因为这朵花还需要人来精心照料，替她建一座水晶花房，为她抵御一切风雨。

这样才能盛开如故的名花，对于温九思来说，是最无用处的。

虽然已经做好了准备，可温九思临出门说的那句话还是给了他重重一击。

"你如果不听警告，再敢把手伸到楚楚那儿去……你应该记得我的手段。"

果真是毫不留情。

胃中绞痛袭来，蓝子期瘫倒在地，却笑了出来，笑声越来越大，最后几乎沁出眼泪来。

他们自小一同长大，经历了那么多的风浪，最终活着走出来了，他有这个资格，也有这个责任要让温九思回头。

无论要承担什么样的风险。

他都不后悔。

姜楚楚打了出租车刚回到小楼，司机师傅钱都还没找完，兜里的电话就响了起来。

她看了一眼，是一个陌生号码，看数字应该是一个座机。

"喂？"

电话那端静了一瞬，随后一个略显慌张的女声传了出来。

"姜小姐，我是孙英，温医生说，他有一份文件落在办公室了，希望你过来取一下。"

孙英？温九思心理咨询室的前台。

"为什么要我去取？"

"这个我就不清楚了，总之刚才温医生打电话来的时候很着急，没说两句就挂了。"

"行吧。"

姜楚楚将信将疑地挂断了电话。

温九思做事情从来都很周全，也会犯下这种低级错误？而且，他不是去见蓝子期了吗？边想着，姜楚楚边拿起手机想要问个究竟。

可是电话一直打不通。

姜楚楚撇撇嘴，只好看向正在翻找零钱的司机："师傅，别找了，我还得去一个地方。"

车很快到了云上心理咨询室楼下，姜楚楚轻车熟路地找了上去。

前台只有孙英一个人在，这姑娘自从上次被姜楚楚打击了之后，姜楚楚每次来，她不是回避，就是借故不肯上前，无非是很多人都会有的嫉妒心理，姜楚楚见得多了，而且对她又没有什么实质性的伤害，也就不放在心上。

既然孙英是温九思工作室的员工，那么她不会委屈自己去迁就孙英，但也不会在她面前刻意耀武扬威，作为未来的老板娘，她自问已经做得十分到位了。

所以看到孙英露出些许慌张的神色时，姜楚楚并没有放在心上。

"什么东西？给我吧，我拿去给他。"

孙英面色为难地摇摇头："温医生只说在他诊疗室的保险箱里，是一个浅蓝色的文件夹，可是平日里温医生不让我们进他的诊疗室，而且我也不知道保险箱的密码，只能姜小姐自己进去找了。"

姜楚楚一愣，总觉得什么地方有些古怪，可当务之急是——

"可是我也不知道密码啊。"

孙英也不意外，憋出来一个笑："温医生既然没说，可能就是觉得您能知道吧，要不……您先进去试试？"

孙英都用上了尊称，姜楚楚也不为难她，只好点头："行吧，那我进去看看。"

她刚转身，孙英忽然叫住了她。

"姜小姐。"

姜楚楚疑惑地转身："还有什么事？"

孙英有些不好意思："您可以把手机借给我用一下吗？我的手机没电了，想打个电话。"

随手的小事,姜楚楚掏出手机给她,自己进了诊疗室。

看着诊疗室的门关上,孙英面上的表情逐渐散去,没有丝毫犹豫地按下了关机键。

姜楚楚进了诊疗室,在角落里看到那个保险箱,四位数的密码,九个数字的组合,温九思怎么会肯定自己知道呢?

温九思的生日——不正确。

她的生日——不正确。

他们相遇的时间——不正确。

姜楚楚陷入了深深的迷茫。

这个保险箱是后来才添的,摆上的那天,她就坐在旁边的沙发上,假装看杂志,实则透过书页的上端偷偷瞄着男人劲瘦的身形,冷不防他背后像长了眼睛,突然回头看她。

姜楚楚吓了一跳,温九思却突然问了一句风马牛不相及的话。

"你最喜欢什么?"

她当时是怎么回答的?

好像是为了让他吃醋,她便不假思索地喊了一声:"王叔叔!"

姜楚楚小心翼翼地在上面输入了四位数字。

"咔嚓"一声,锁开了。

竟然真的是她和王叔叔在医院初遇的日期。

姜楚楚隐约有了一丝不好的预感。

保险箱里空空荡荡的,只有一个浅蓝色的文件夹,她曾经拿到过,但被温九思撞见她没有来得及看,之后再也没有在文件柜上见到的那个文件夹。

她听到自己的心跳声越来越急促,有一个声音贴着她的耳朵诱惑她:打开它,满足了好奇心,也解开自己一直以来那些细小的疑惑。

可还有另一个声音告诉她:放回去,有些事情,它虽然存在,但本不是你该知道的。

她犹豫不决,呆呆地站在那儿。

忽然,咨询室的门被"砰"地撞开。

"姜楚楚!"

而这时,姜楚楚手上一抖,文件夹里的东西散落满地。

这一次没了温九思的欲盖弥彰,她很容易就看清了文件夹里面的东西。

照片、笔记,还有诊疗记录……

温九思一路超车,终于赶到了云上心理咨询室。

他喘息着,由于跑动急了,脸颊微微潮红,外套不知道擦到了哪里乌了一块,这个男人第一次失去了惯有的从容淡定。

可咨询室只有小赵,看到温九思的模样,他略微吃了一惊,随即有些惭愧地低下头。

见他这副模样,温九思心里一沉,却还是抱了最后一丝希望问道:"楚楚呢?"

小赵更加愧疚:"姜小姐……她走了。"

"对不起老板,我没拦住她,我到的时候,她已经打开了……"

还没听他说完话,温九思已经快步走进了诊疗室。

角落的保险箱被打开了。

从蓝子期那儿出来,无论他怎么拨打姜楚楚的电话都显示关机。

蓝子期支开他绝对不会无的放矢,而横在他和姜楚楚两个人之间最大的秘密,就藏在诊疗室的保险箱内。

除此之外他也没有什么可以畏惧的。

所以他一边开车,一边打给了小赵,让小赵赶紧赶到咨询室,说什么也不能让姜楚楚进到诊疗室内。

可还是晚了一步。

在过去的二十七年间,他很少有现在这样无措的感觉,他甚至想不到该用什么办法来挽回。

小赵跟了进来,在他身后问道:"姜小姐怎么会知道密码的?"

温九思自嘲地一笑。

"逻辑再缜密的人有时候也会感情用事,是我百密一疏了。"

说完,他站了几秒钟,定了定神,又扭头往外走去。

小赵急忙叫他:"温医生,您要去哪里?"

温九思的背影顿了一下。

"去找她。"

第十三章
得知真相

姜楚楚几乎是逃跑似的离开了那栋大楼。

她眼眶通红,可硬是一滴眼泪都没有掉出来。她手里握着那个浅蓝色的文件夹,指尖由于过度用力而泛白,站在人流穿梭不停的街边,她脑袋里"嗡嗡"一片,一时间仓皇不知该往何处去——

当美好的一切都被戳穿,她忽然发现自己近来所有的幸运都是假象,都是温九思给她编织出来的美梦。

文件夹里的那些照片,都是她十三岁住院的时候被偷拍的。

有她一个人躺在病床上的,有她一个人在长椅上吃着午饭的,有她一个人走在医院后面的小花园里的——可这分明不是她记忆里的画面。

画面里缺少了那个最重要的人,那个在大雨滂沱的午后,为她撑起一把伞,陪她度过那段最艰难时光的人。

她的王叔叔,完完全全地消失在画面里,就像是从不曾存在过一样。

而温九思,一个顶尖的心理医生,用清隽的笔迹,在诊疗记录上写着他对她的观察情况,末尾有他的结论:患者姜楚楚,由于心理压抑而患上心理疾病,至今已有九年病史,病症隶属于妄想症一分类,其口中'王叔叔'一角色为本人幻想出来,并凭借不断编织相处记忆,从少时事故阴影中走出,属于非常稀有的自我修复状况,但并不是自我治愈。随着她记忆不断稳固,可能危害到日后的心理状况,由于个体状况的特殊性,需要定制详细的治疗方案……

妄想症,病史,九年——这些关键词刺痛了姜楚楚的眼睛。

温九思说王叔叔是不存在的。

他认为她有病。

甚至她很容易就能从之前两人相处的片段中推断出,他来到南城,就是为了治疗她的病。

这个事实她还没有消化,但比这个更让她不能接受的是温九思的蓄意。

他表现出来的爱意，到底是因为真的被她吸引了，还是他接近她、治疗她的一种手段？

那些耳边的情话，那些日常相处的纵容，那些看着她时，深情而又炙热的目光，都是假的吗？

她竭力使自己镇定，可是手却不可抑制地颤抖起来，五脏六腑都随着这个猜测而酸痛，他的脸在她心中忽然就模糊起来。

"嘀嘀！"

急促的汽车长鸣声在耳边响起，姜楚楚猛然惊醒，发现自己不知什么时候走到了马路中央。

正是绿灯，车流湍急，一辆车狠狠地踩下了刹车，将将在她的身前不到一米处停了下来。

司机是个急性子，伸出头还带着惊魂未定的表情骂她："不长眼啊，撞死了你算谁的！"

姜楚楚张张嘴，心中却没有丝毫的后怕，甚至在想，假如刚才的车撞倒了她，是不是就可以不用想这些事情。

司机身后的一辆车也停了下来，也不顾这是在马路中央，车门大开，一个男人走了下来，摔上车门，极为嚣张地说："你骂谁不长眼呢！"

车上下来的男人穿着一身高定的西装，规规矩矩的形制，却让他穿出一副浪荡公子的模样，再加上那辆张扬的跑车，一看就不是什么好惹的人物。

司机暗叹了一声倒霉，一言不发地关上了窗，拐了个弯开走了。

男人拉着姜楚楚回到路边，见她还愣着，忍不住伸手在她眼前挥了挥："我说你这是怎么了，大白天想不开，跑到大马路上自杀？"

姜楚楚抬眼看了看来人，是袁珂。

她嘴唇动了动，看着他缓缓地说了一声"谢谢"。

声音很轻，这还是袁珂第一次得了她一句好话，不由得愣了片刻。见她转身要离开，他急忙拉住她。

"你就这么走了？看你脸色白得像鬼一样，说不定什么时候你又晃悠到马路中央了，到时候你可不一定能碰上像刚才那样能及时刹车的老司机，也碰不上第二个我给你出头了。"

袁珂苦口婆心，姜楚楚还是没说话。

袁珂把姜楚楚当心头的"朱砂痣"当得久了，最见不得她这幅可怜巴巴的模样，当下几乎快要给她跪了。

"我说小祖宗，你上车行不行？要不然你要去哪儿我送你。"

她要去哪儿？

姜楚楚目光闪了闪，忽然转身朝着袁珂车的方向走过去。

"去姜氏。"

这是姜楚楚第一次踏足姜氏地产公司的大楼。

她没有预约，再加上表情不佳，前台小姐根本就不敢放她进去，一连打了两个电话，才有一个秘书模样的男人急匆匆地下楼来。

他属于姜氏企业中层的领导干部，自然在各个酒会上见过姜楚楚的身影，当下便热络地笑道："姜大小姐？您怎么来了？"

"我找姜董事长。"

秘书已经被提前吩咐过了，闻言毫不犹豫地点了点头，带着姜楚楚上了电梯，一路到了董事长的办公室。

他敲了敲门，对着里面的人恭恭敬敬地说道："董事长，大小姐上来了。"

过了足足有十几秒，里面才传出姜老爷子不阴不阳的应答。

"让她进来吧。"

秘书推开门，打了个手势，示意姜楚楚自己进去，随后退了出去，将门关上，不敢窥探。

姜老爷子正在喝茶，见姜楚楚进来了，头也不抬地说道："你现在翅膀长硬了，我这个老头子想见你一面都困难，你来找我做什么？"

面对姜老爷子的暗讽，姜楚楚不为所动，她没有兴致绕圈子，直截了当地问道："十三岁那年，我生了一场大病住了院，我生病的原因就不用再说了，您当时去了江城避祸，对南城的事情不闻不问，请问后来，您是怎么知道，当时有一个人在医院陪着我，并且在我出院之后，您还知道我正在寻找这个人。"

姜老爷子倒茶的手一顿。

"怎么，你这是在质问我？"

姜楚楚嗤笑一声，苍白的面颊上也不自觉挂上了殷红："质问都谈不上，只是觉得羞愧，为我有这样的爷爷而感到羞愧，为了要利用我，您真是什么弥天大谎都能撒得出来啊。"

姜老爷子一拍桌子："放肆，这就是你跟长辈说话的态度吗？你以为现在有人给你撑腰，就可以为所欲为了是不是？我告诉你，南城还不是他温九思的天下！"

"所以您这是承认了对吧，既然您能把我利用得彻底，那么我不相信我们之间还存在着什么祖孙之情。"

姜楚楚缓缓道出了真正的来意。

"我现在只有一个问题想问了，是什么能让您放弃对我用强硬的手段，转而费尽周折地用这个瞒天过海的法子来牵制我。"

姜老爷子当然不会回答她。他面色难看地往地上杵着拐杖骂道："无稽之谈,你给我出去,滚出去!"

姜楚楚深深地看了他一眼,头也不回地走了。

眼见姜楚楚走了,姜老爷子喘了口粗气,按下了办公室的内线电话。

"去查一下,她今天到底发了什么疯,还有,留心……温九思那个人不好惹。"

袁珂一直在楼下等着,看见姜楚楚出来,急忙迎上来,把她从头到脚地打量了几遍,见她没什么事才松了一口气。

今天姜楚楚给他的感觉很奇怪,仿佛一夕之间,原本蓬勃肆意的生命力,都从她身上被抽离掉。

"你到底怎么了?"

姜楚楚转头仔细地盯着袁珂好几秒,盯得他甚至有点害羞。

"你……你看着我干什么?"

她垂下眼睛,当先往车的方向走,淡淡地说:"好人做到底,再送我一程吧。"

"好,你去哪里?"

她也不知道,离开了姜家,离开了温九思,她似乎无处可去了,她只好说:"……你先开。"

袁珂的车上有股甜得腻人的香水味,似乎还不止一种,来的时候她没有注意到,现在闻见熏得难受,温九思就不——

刚想起这个名字,胸口的位置就传来一阵隐痛,她清清嗓子,企图冲淡那股自心底涌起的甜腥味。

她的手机毫无征兆地响了起来。

姜楚楚看着来电显示足足有两分钟,直到手机暗下去,又重新亮了起来,她的手指迟疑了一下,划开了手机。

电话一接通,温九思焦急的声音就透过电流传了过来。

"楚楚,我刚才去姜氏找你,但是他们说你已经走了,你现在在哪儿?"

没听到回答,男人的声音夹杂着一丝哀求:"楚楚,你说话好不好?

"你在哪儿,我过去找你,我们见面说,好吗?"他问得小心翼翼,生怕她拒绝一般,又急忙加上一句,"不管你想知道什么,我都可以告诉你,但是不要胡思乱想好吗?你的状态——"

某个字眼刺激到了姜楚楚,她突然冷笑一声,截住了他的话头:"我怎么样跟你有什么关系呢?"

温九思叹了口气:"楚楚……"

隔着电话，她也能想象得到他现在的表情，必然是微微蹙着眉头，一只手指烦心地抵住太阳穴。

姜楚楚忍住鼻尖突然涌出的酸涩，像是要说服自己，她勾着嘴角迫使自己露出一个微笑。

"你是以什么身份跟我说这些话，我的男朋友，还是我的心理医生？如果是后者，我想，我有权利拒绝你，如果是前者……我并不需要一个披着虚伪外衣的人，来拯救我。"

她干脆利落地挂了电话，笑意消失，精致的脸上一片漠然。

袁珂一边开着车，一边从后视镜中小心翼翼地觑着她："你们——"

姜楚楚头也不抬："跟你无关。"

袁珂噎了一下，沉默了片刻，又执着地开口说道："虽然我不知道你俩之间发生了什么，但是逃避也不是个办法。"

姜楚楚从鼻子里轻轻哼了一声："袁二公子什么时候开始喜欢给别人'炖鸡汤'了，还是管好你和徐钰的事情吧。"

提到徐钰，袁珂的表情讪讪，但仍撑住了场子，劝她："我不是给你'炖鸡汤'……我看不惯温九思是一回事，但是我得承认，你在他身边安全得多。毕竟，袁呈对你的执念你是清楚的，有能力对抗他的人不多，温九思算是一个，如果不是温九思，袁呈不知道骚扰你多少次了。"

袁珂的五官也是英俊的，要不当初姜楚楚为了抹黑自己，随便做做样子的时候，也不会选中了他，他正经起来的时候，还真像那么一回事。

但紧接着，他又想到了什么，补充了一句："你不肯跟我和好也就罢了，到头来可千万别便宜了袁呈。"

一句话破功。

但反正无论他说什么，姜楚楚现在一点也听不进去。

她靠在椅背上，闭上眼睛，语调平淡："随便送我去一个酒店吧。"

见她疲惫不堪，袁珂不再搭话。

姜楚楚临开车门前，又扭头看向坐在驾驶位上的男人，语调颇为真诚："袁珂，谢谢你，"

一天之内史无前例地听到了姜楚楚的两声道谢，袁珂很怕折了寿，连忙摆手。

"得了得了，你要是真想谢我，就把我从黑名单里拖出来，省得到时候你又出什么事，连个人都找不到。"

姜楚楚也没说答不答应，最后想了想又说道："对了，我在这儿的事情，你先……别告诉徐钰。"

袁珂虽然满腹狐疑,但还是答应了。

姜楚楚呆呆地坐在床上,也不知是在思考着什么。
不过半个小时,门铃被按响。
她迟迟未动,门铃也不间断地响着,与她比试着耐心。
大概过了四五分钟,门铃声突然止住了。
她心里说不上是松了一口气还是失落,还没来得及反应,忽然,房门传来"嘀嘀"两声,从外面被门卡划开了。
温九思走了进来。
姜楚楚霍地站起来:"你是怎么进来的?"
看见她安然无恙地站在自己面前,温九思微不可察地松了一口气,苦笑着回答:"前台小姐见过我们,我告诉她,你生我的气了,如果我见不到你,我可能会失去你,她可怜我,给了我门卡。"
姜楚楚别过头去不瞧他,她眼底热热的,却硬撑住了不想哭。
"楚楚。"
温九思轻声喊她:"你要相信,我所做的一切,都不是想伤害你。"
可是姜楚楚不相信,她抿了抿唇,硬声说:"可是你的隐瞒就是对我最大的伤害。"
温九思叹了口气,走到她的身后,他的目光里有浓重的深情,却因为痛楚而暗如黑夜。
"一开始,是不合适告诉你,可是后来……我曾经给自己找了无数个理由不该动心,可是没有用,我们在一起之后,我就更没办法告诉你实情。我不敢赌,赌你知道真相后会不会气我。"
"可是现在,你赌不赌,结局都已经明朗了,你走吧。"
温九思的喉结上下滚动了一下,盯着她的背影,声音越发轻了。
"楚楚,是我错了,你原谅我,好不好?"
"我们分手吧。"
两个人的声音同时响起。
温九思一愣,站在原地没有出声。
姜楚楚怒上心头,回身反手推着他。
"你走啊!我说分手你听明白没有!"
蓦地,手腕被抓住,温九思沉着脸突然将姜楚楚抱了起来,她毫无防备地被男人扔在床上,温九思随即俯身压了下来。
两人之间的距离近到可以轻而易举地感受到另外一个人的气息。

温九思认真地看着她。

"楚楚,有些话不能乱说。"

此刻的温九思褪去了往日的温和,眉目间显出几分冷厉与偏执,这是她从来没有见过的一面。

等缓过神来,她开始挣扎。

"你放开我。"

温九思一只手抓住她手腕,按在头顶,目光越发逼仄。

"听清我说的话了吗?你可以怨我、怪我、报复我,唯独离开我——楚楚,这不可能。"

看着男人一副不容商量的模样,姜楚楚心里全是骂人的脏话,可是太过激动她反而一句话都说不出来,喘了声粗气,她突然偏头,唇挨上了他的肩。

夏衫轻薄,一股酥酥麻麻的感觉从温九思的脊椎一路上窜,迅速流进他的血液中,令他四肢百骸都沸腾起来。

可下一秒,她张开嘴,咬了下去。

姜楚楚牙口很不错,这一口咬下去,温九思皱了皱眉头,可还是没有松手的意思,反而偏头盯了她几秒之后,突然歪头去亲她的脖子。

辗转反侧,尽诉他口中。

姜楚楚快被他磨疯了,她的心是冷的,可是身体却是热的。

恍恍惚惚之间,她不由得松了口。

不知道过了多久,温九思微微放开她,手指却压在她的红唇上,不想听这张嘴里说出任何令他发狂的话语,他的目光专注且不容置疑。

"姜楚楚,分手,你想都不要想。"

他的手指轻轻摩挲着她的红唇,神情渐渐柔和起来,又恢复成了那个端方如玉的温医生。

"我知道你现在很生气,给你一些时间让你缓和好不好?然后你想知道什么,我都一五一十地告诉你。"

姜楚楚不吭声。

温九思起身,最后深深地看了她一眼,转身离开了。

他才一出门,在旁边已经等得十分无聊的小赵立刻就迎了上来。

"温医生……你这是?"

他惊讶地看着温九思肩膀上的血迹,神色有几分微妙。

温医生不是去找姜小姐求和了吗?看来两个人刚才的战况,挺激烈啊……

温九思瞥他一眼,不冷不热地说:"有事?"

小赵立刻回过神来,看了看左右,小声说道:"姜家那边派了人过来打探消

/ 259 /

息，好像是想知道您和姜小姐之间发生了什么。"

温九思冷笑一声，神色间全是厌烦鄙夷："那透露给他们，既然楚楚已经起了心思要脱离姜家，下一步就可以继续了。"

"好的。"

两人一前一后沉默地走着，外头突然起了风，带着初秋的凉意，可方才被姜楚楚咬到的地方却火辣辣地疼。

温九思在心底重重地叹息——

楚楚，我现在应该怎么办？

不可否认，同温九思闹了这么一遭之后，姜楚楚那一颗飘忽不定的心突然有了尘埃落定的真实感，她本以为梦中会是和王叔叔相处的片段，可她一晚上都在想着温九思临走前那个似笑非笑的眼神。

第二天清早，看着镜子里自己浓重的黑眼圈，姜楚楚再次坚定了决心，哪怕从今往后她都是一个人，也绝对不要原谅他。

她这边才洗漱完毕，那边门铃就响了。

姜楚楚以为是自己叫的早餐到了，没多想就开了门。

可映入眼帘的，却是那个清朗俊逸的身影，旁边还站着他的助手。

还没等她反应过来，温九思二话不说就伸手将她拦腰抱了起来，留下一句："小赵，把她的东西收拾好。"

姜楚楚气蒙了，胡乱蹬着腿，特别像一只撒着欢却被逮住的野兔："温九思你快放我下来！"

清晨走廊上时不时有路过的人，见了这一幕，除了感叹，倒没有多大波澜，毕竟，温九思这张脸和通身的气质，很难让人往坏处想。

那边，姜楚楚还在努力地跟温九思抗争："你耳朵是不是聋了？我说，你放我下去！"

温九思轻易地就制止住了姜楚楚的挣扎。

"别乱动，会摔下去的。"

"浑蛋！"

"连骂人的词汇量都不够，要不要我教你？"

姜楚楚快要气哭了。

两个人相互顶着嘴进了电梯，小赵在后面长吁短叹地摇着头，心里想着，姜楚楚这姑娘就是个小没良心的，压根儿就没想过温医生为她付出了多少。

他跟在温九思身边很久了，不只是在心理咨询室，他在京都的时候就是温九思的助手，温九思对姜楚楚的用心，他看得分明。

温九思对她的保护，不只是来南城以后，还有在来南城之前。

不过倒也不能真的怪姜楚楚，毕竟，很多事情，她都不知道。

温九思将姜楚楚塞到了车里后，就立刻发动了汽车。

"你要带我去哪儿？"

温九思不回答，只是立刻提了速。

眼见车行驶的路越来越熟悉，姜楚楚打消了温九思恼羞成怒要将她杀人灭口的荒唐念头。

她冷着脸看向温九思："我们已经分手了，我不去你家。"

"……哦。"

温九思极尽可能地敷衍着，不过二十分钟，车就已经停在了他的公寓楼下。

姜楚楚抱着肩，警惕地看着他，一副不打算下车的模样。

温九思短促地笑了一下，下了车，绕到副驾驶位开了车门，轻而易举地就将姜楚楚再次抱了起来。

那悠闲的姿态仿佛是在嘲笑着她的自不量力。

温九思嫌她闹腾，连电梯都没有坐，就这样硬生生地将她抱上了楼。

开门的时候，姜楚楚隐约觉得哪里不太对劲，可是进到卧室的一瞬间她就不顾上想了，她受到了极大的冲击，甚至怀疑自己出现了幻觉。

原本简约的装饰一夜之间风格大变。

屋子里多了许多女性向的摆设，一套崭新的画具替代了原本一架子的书，床品都换成了浅浅淡淡的公主粉，天花板上甚至还安了跟她原来卧室里一模一样的水晶灯。

温九思将她放了下来，在她耳边轻轻地问道："喜欢吗？算我给你赔罪，你还想要什么，我们就去买回来好不好？"

"你有病吧，这是你家，跟我喜不喜欢有什么关系？"姜楚楚横了他一眼，扭头就往门外走去，直到看到大门，她才明白方才怪异的感觉是哪儿来的了。

温九思慢慢地走了过来。

"最新款的防盗门，无论是从里面还是从外面打开，都需要我的指纹。"

姜楚楚睁大了眼睛："你要囚禁我？"

即使现在两人的关系不容乐观，可看见姜楚楚一脸狐疑的模样说出这糟糕的台词，温九思还是失笑。

"平时少看点小说，现在是法制社会了，谁敢囚禁你。"

他在心里默默地反省了一下之后又解释道："我只是怕你一气之下做出什么不理智的事情，比如自己跑掉什么的，我只是想让你住在这里，平时你想去哪儿我都跟着你……你之前不是也很喜欢跟我朝朝暮暮，形影不离吗？"

朝朝暮暮，形影不离。

曾经听起来很甜蜜的事情，现在听到只让她觉得透不过气来。

姜楚楚别过脸，一本正经道："曾经我看着你有多想把你扑倒，现在我看着你就有多想离你远远的，你识趣点，赶紧放我离开。"

温九思低头笑了笑，看着她的侧脸，意味不明地说："真狠心。"

他走到姜楚楚身边，抬起了胳膊，姜楚楚立刻伸手挡住了他，双眼瞪圆，警惕地瞅着他。

"别碰我。"

温九思滞了一瞬，收回手。

下一秒，他旁若无人地解开了自己衬衫上的两粒纽扣，随着他的动作，露出里面的胸膛。

姜楚楚睁大了眼睛，声音拔高，羞恼不已地叫他："温九思！"

温九思笑了笑："这回我可没碰你，怎么，我连自己的衣服都不能脱？"

她气哼哼地甩手进了卧室。

看着她的背影，温九思微不可察地松了一口气。

世界上只有一个姜楚楚。

她本应该像一株娇养在水晶花房里的牡丹，却偏偏有着杂草一般的生命力，无论遇到什么样毁灭性的打击，都能迅速地调整。

从前，她幻想出一个王叔叔给了她救赎般的陪伴，而现在，这个幻想被戳破，她却也没有什么过激的反应。

温九思知道，这是因为他还在她身边。

并非自夸，可能连她自己都不会清楚，她的心柔软得不可思议，柔软到，只要有一个人不说放弃她，哪怕给了她再深的伤害，她也不会忘记那个人给她的温暖。

这个结论让他多少能放下点心来，却也更心疼。

但是只要她安然无恙，不管她需要多久才能原谅他，他都能等。

从早到晚，姜楚楚都全心全意地怼着他，中心思想只有一个，他们已经分手了，他必须放她离开。

姜楚楚简直要昏了头，瞪着眼睛看着他："你干脆在我脖子上拴上个项圈，天天拉着好了！"

温九思并没有立刻反驳，而是脑袋一热，突然想到，这倒不失为一个办法……

他那一瞬间的迟疑落在了姜楚楚的眼中，她忍住想跳起来打他的冲动，极尽讥讽。

"你休想，要拴也是我拴你！"

温九思十分纵容："好，只要你消了气。"

姜楚楚越看他，气越不打一处来："你伟大是吧？你到底为什么啊，非要缠着我，是我这个的病例太过特殊？那你直接说明来意不行吗？非要搞什么男色陷阱，是觉得我长得漂亮？"

温九思的面色这才难看起来："楚楚，你不要这样说自己，你知道，我没有这个意思。"

姜楚楚当然知道，温九思是个真正的君子，心里肯定是没有那些龌龊念头的，否则，他当初也不会面对她的百般撩拨而坐怀不乱了。

她最怨恨的地方，不在于他的欺瞒，而是，他……不爱她。

姜楚楚不确定温九思对她到底是什么感觉。

过往的那些纵容、那些宠溺，她完全没办法分清，是因为爱，还是因为……她是他的病人，他同情她罢了。

这一天的强制性相处，姜楚楚火力全开，温九思从容应对，她想干什么都行，唯独离开不行。

晚上，好不容易哄她吃完晚饭，两个人面对面沉默下来。

温九思看了看时间，时针已经将将指向了"10"。

"好了，今天你也累了，先休息吧。"

说着，温九思抬起手，想要摸摸姜楚楚的头，却被她躲开了。

"我说了，你别碰我。"

姜楚楚摆出了一副凛然不可侵犯的模样，殊不知脸颊绯红、眼睛水润，看在男人眼中，只觉得被戳中了萌点，要不是两个人现在的关系处于紧张阶段，温九思非要把她抱起来亲上两口不可。

"好，我不碰你，我去客厅里睡，你自己洗个澡，衣服在抽屉里，都是干净的。"温九思说完就出去了，他态度摆得很端正，一点火气都没有。

姜楚楚泄气地坐了下来，有一种无力的感觉。

温九思对她别有用心，她惹不起还躲不起吗？可是他就像一个皮球，踢不疼，踹不烂，踢走了还会自己滚回来。

连拒绝的权利都不给她。

姜楚楚越想越来气。

她开了个门缝，从卧室里面偷偷往外望去。

客厅已经熄了灯，只有玄关处的夜灯，还在散发着黄色的光，沙发上男人的身形隐约间显出一个轮廓，他似乎是睡着了，半晌都一动不动。

所以睡不着觉的只有她一个人？

姜楚楚推开门，蹑手蹑脚地走了出去，走到沙发旁，在黑暗中凝视着男人。

温九思呼吸悠长，昏暗的灯光下，男人的侧脸如刀削斧凿一般坚毅。

姜楚楚上前不由分说地推了推他。

"起来！"

隔了两秒钟，男人发出了幽幽的叹息，根本不像是困顿，而是一直在沉思。

温九思坐了起来，微微仰着头看着女孩，哪怕看不清她的面容，他也能知道，她此刻一定皱着眉头，一副愤愤不已的表情。

一定很可爱。

"怎么了，楚楚？"

姜楚楚想了想："我好像发烧了。"

温九思才要探她的头，就被她一巴掌拍开。

"我要吃药，你现在就去给我买。"

颐指气使，带着非要折腾他的那股劲，一听就是假的。

温九思随手拧开了沙发旁边的台灯，灯光亮起的一瞬间，他看到姜楚楚不自然地扭过了头。

他起身，一句话也没说，当着她的面，利落地将身上的睡衣脱掉，露出劲瘦的腰身，腹肌分明，又漫不经心地扯过一旁的衬衫穿了起来。

姜楚楚早在他脱衣服的那一瞬间就"噌"地跑回卧室了。

温九思拿上车钥匙出门，仔仔细细地关好了门，这才安心离开。

他没说，就在床头柜里，什么药品都有。

他不怕她折腾他，他只怕她不愿意理他。

温九思回来的时候，客厅里没有光亮，隔着卧室不太厚的门板，他隐约听见里面传来"咔嚓咔嚓"的声音，他险些以为是招了老鼠，隔了几秒钟，才恍然大悟，那是之前姜楚楚过来的时候，买的薯片之类的零食。

他沉默地站了一会儿，这个时候进去，一定会让她恼羞成怒的吧……想了想，他轻轻地退了回去，再进来的时候，刻意发出了一声不轻不重的声响。

里面的声音顿了一下，然后一阵因手忙脚乱引发的稀里哗啦声响起，夹杂着被什么噎住了的咳嗽声。

过了半分钟，卧室的门开了，姜楚楚板着脸站在门口，身上还穿着一件属于他的宽大T恤，露出两条笔直修长的长腿。

温九思忍不住盯了一下，在她反应过来之前，又迅速移开了目光。

"药买回来了。"

/ 264 /

姜楚楚似乎就等着这句话，闻言，立刻接道："我不发烧了，所以也用不着吃药了，我要喝水，你去烧。"

温九思觉得，如果她有尾巴，此刻一定已经猖狂地翘起来了。

他眯了眯眼，什么也没说，将药随手放在桌子上，转身去了厨房。

不一会儿，他就返回来了，手里还拿着一个玻璃杯，进了卧室。

姜楚楚正窝在被子里刷微博，看见他进来，板着脸看着他。

他先喝了一口试试温度，然后又把杯子凑到她的嘴边。

她滑进被子里，只露出半张脸，黑白分明的眼睛看着他，闷声说道："我又不渴了，不想喝水。"

她现在一点也不想跟他间接接吻。

温九思这一次却没有再由着她，他在床边坐了下来，手还维持着伸出去的动作没有变。

"喝吧，你晚餐没吃多少，总不能再缺了水。"

姜楚楚拉高了被子，用实际行动表明自己是真的不想喝。

闷了自己几秒钟，她发现温九思并没有反应，不由得犹豫着探出了头。

一个人影迅速靠近她，她还没反应过来，嘴唇上就一凉，而后一阵濡湿的感觉传过来……她条件反射般地吞咽了一口。

相比于她的震惊，温九思就显得淡定得多，他缓缓地直起身子，大拇指擦了擦嘴角剩余的水渍。

看着男人嘴角那抹浅淡的微笑，姜楚楚终于反应过来，狠狠地擦了擦嘴巴："你耍流氓啊！"

男人似乎连反驳都不屑，依旧举着那杯水，但眼睛却盯着她湿润的红唇，其中的意味很是明显。

姜楚楚抢过玻璃杯，匆匆别过脸去，一饮而尽。

温九思见状，反而皱了皱眉头，姜楚楚瞥见，心中很气。

你还挺遗憾是吧？

她将玻璃杯重重地往桌子上一搁，愤恨地盯着他。

"你有能耐，就一直这样紧盯着我，看看咱们俩谁耐心先告罄！"

说完，她又骤然缩回了被子里，严严实实地盖紧了被子。看着将自己裹成了一个球的女孩，温九思眉眼间染上了真切的微笑。

良久，他轻轻说："楚楚，我求之不得。"

温九思出去了，带上了门，卧室里陷入了一片黑暗。

姜楚楚睁着眼睛，手紧紧地攥着被子的一角，贝齿紧扣，抵御着那股子从心里蔓延出的酥麻。

她自然知道这个男人有多么撩人，也知道他能给她带来怎样的心动，可是，这一次，她想守好自己的心。

　　她想，姜楚楚，既然你还想要肆意地活下去，你就要习惯，一个人。

第十四章
诱她沉沦

说要紧盯着她,温九思真的把她当个包裹似的,走到哪儿带到哪儿。

第二天一大早,他就把她从床上挖了起来,要带她去心理咨询室。

姜楚楚否决连连,也抵不过温九思决心坚定,他似乎是想要在日常生活中润物细无声地软化她,哪怕是扎头发这样的小细节,他都不介意代劳,最后还是姜楚楚受不了他如此的亲力亲为,生怕他假公济私,这才气哼哼地收拾整齐跟他出门。

一到咨询室,温九思将她带到自己的办公室安顿好,给小赵递了一个眼色,才去见预约好的病人。

被委以重任的小赵,娃娃脸上扬着殷勤的笑容,像伺候老佛爷一样,瓜果、饮料一应俱全,还兼有聊天解闷的作用,生怕姜楚楚一个不乐意起身要走。

喝了一口花茶,姜楚楚站起身左看右看,突然问:"孙英呢?"

小赵一愣,表情有点讪讪:"孙英辞职了,姜小姐您找她干什么啊?"

自然是因为姜楚楚不相信那天的事情是个巧合,只需要想一想就能理清,孙英的那个电话,从头到尾都是一个谎言,而幕后的人……

冷不防,姜楚楚突然问道:"那个蓝子期,温九思把他赶走了吗?"

"您放心吧,蓝先生已经回京都了,温医生……"话说了一半,小赵突然反应过来,自己被姜楚楚套了话。

姜楚楚冷笑着:"我就说谁这么迫不及待地想要看到我和温九思分手,果然是蓝子期,他怎么一看到温九思跟别的女人在一起就不爽?"

小赵苦着脸打哈哈:"姜小姐,您千万别这么说。既然您知道这里面有隐情,您就原谅温医生吧。"

想了想,他又补充了一句:"其实这话轮不到我来说,但是,还是希望您知道,温医生为了您,付出了很多,远远超过您的想象……"

小赵的话吞吞吐吐,有所保留,姜楚楚重新坐下来,面色没有丝毫缓和。

"那你说说，他付出了什么？说不定我一感动，就原谅他了。"

小赵急了："您别不信，温医生的身份，原本应该跟京都的李云佳小姐——"

"小赵！"

突然，门口传来了一声厉喝。

温九思不知什么时候回来了，他站在门口，面色阴沉地看着小赵。

小赵自知失言，沮丧地低下了头。

李云佳？

姜楚楚突然想起了蓝子期曾经刻意在她跟前提过的"云佳姐"。

原来还真有这么一个人。

明明两个人之间，她已经单方面宣布了分手，那么温九思不管有多少个"云佳姐"都跟她没关系，可是她还是不可避免的，心里冒着酸水。

将她神色间微妙的改变尽收眼底，温九思凌厉的眼神忽然就温和了许多，他朝小赵递了个眼色，小赵意会，低着头夹着尾巴灰溜溜地走了。

"没有什么李云佳，我跟那个人一点关系也没有，京都那边的事情我自己可以处理好，你不用担心。"

"我没有担心，我也不想知道你到底是什么身份，不管是什么李云佳还是张云佳，都跟我没有任何关系。"

她眉目清冷，带着一丝厌倦，让温九思忍不住一阵心悸。

"楚楚，是我不好，你原谅我，好吗？"

老生常谈的一番话了，可是每一次听，姜楚楚都觉得，自己原本坚定的决心在慢慢动摇。

她一只手，狠狠地掐了掐自己的大腿，面上一片冰霜。

"是我刚才的表现让你看出了什么破绽吗？"

姜楚楚面无表情地说："知道跟自己有关系的男人身边还有其他的女人，表现出一丝在意是人之常情，不管那个男人是我的现男友还是前男友，我的在意也并不代表什么。"

温九思的双眼盯着她："你怎么说都好，可是你不能否认，至今让你在意的男人，只有一个我罢了。"

只有一个他罢了。

这句话像一柄重锤，狠狠地砸在了姜楚楚的心上，她鼻子一酸，险些掉下泪来。

"温九思，你可以洞察人心，你远比那些商人要可怕，如果你愿意，你可以做出任何一副面孔来蛊惑人心，我已经上过一次当了，这招对我不再好用了。"

"楚楚……"

他的声音对她来说犹如魔音穿耳，堵都堵不住，直往她心里钻。

姜楚楚忽然抄起茶几上的茶壶狠狠地往温九思的身上扔去。

温九思明明看清了她的动作，却躲也不躲地受了这一下。

也不知是潜意识使然，还是真的就失了准头，那茶壶擦着温九思的衣角飞了过去，砸在了他身后的墙面上。

茶壶四分五裂，茶水一地狼藉。

姜楚楚端正地站着，硬声说："你别跟我死缠烂打，跟我交往过的那些男人里，这一招不止你一个人用过，但如果好用的话，也轮不到你了。"

两个人在咨询室僵持了两个小时，姜楚楚无论如何都不肯再随温九思回家，还是温九思提出了一个富有建设性的建议打破了僵局。

两个人一起住在郊外花圃旁的那个木屋里——这木屋算是他卖给姜楚楚的，他住进去要给姜楚楚交纳房租，而姜楚楚就可以拿他交纳房租的这个钱，再还给他，作为购买房子的"分期付款"。

这是两个人互相妥协之后的结果。

两个人还像模像样地签了一份合同，小赵在旁边打印条款的时候，整个人都是蒙的。

仔细想想，好像有哪里不太对劲，但是再仔细想想好像又没什么不对。

只能说，温医生不愧是温医生，这套路令他一个小萌新望尘莫及。

温医生任劳任怨，又从公寓里头倒腾出来一批生活用品，连带着不知什么时候给姜楚楚买的两套睡衣，一并捎去了木屋。

他收拾东西的时候，姜楚楚就坐在壁炉前面，跷着脚接电话。

刘晏给姜楚楚打了电话，问她剩下的那几幅画画得怎么样了。

姜楚楚怎么好意思告诉他，在想要赚钱的念头迅速褪去之后，她又恢复了之前全凭灵感作画的阶段。

也就是说进度几乎为零。

抬头看了一眼正在忙着将沙发上的灰擦干净的温九思，她冲着电话里的人说："明天我就去画室，放心吧学长，我一定可以在截止日期之前赶出来的。"

刘晏放柔了口吻："没事的，你要是有事情忙，我也可以帮你画一些……你，别累着了。"

不知出于什么心思，姜楚楚开的公放，温九思经过，刚好就听到了这么一句。

顶着温九思的目光，她的唇畔绽出了一抹微笑。

"嗯……谢谢学长关心，我太累的时候会找你的。"

她的声音至少加了两个加号的糖，那边刘晏愣了一下，没说几句话，颇有些手足无措地挂了电话。

撂下电话，姜楚楚就要起身离开，忽然手腕一紧。

她扭头，顺着两个人交握的双手上移，对上温九思严肃的脸。

他看起来有些生气："楚楚，我知道你生我的气，但这是我们两个人之间的事情，你不能在这个时候再去撩拨其他人，尤其刘晏已经有了女朋友，你这样会让他产生误会。"

他一手拽着她，一手拿着抹布，由于怕身上沾染了灰尘，还特意围了围裙。那条围裙还是当初姜楚楚买来的，粉色的围裙配着他那张严肃禁欲的脸，竟然有一种无与伦比的反差萌。

这副样子被别的女人看见了，大概会"嗷嗷"叫着扑上去。

可姜楚楚没有从他的身上看出任何萌点，她简直要气炸了。

原来在他的眼里，她就是那祸国殃民的苏妲己，离开男人就会死？

眼不见心不烦，第二天天还没亮，姜楚楚就蹑手蹑脚地出了门，直奔画室而去。本以为这个点画室不会有人，可是她开了门一进去，就对上了徐钰的双眼。看见姜楚楚进来，徐钰忐忑地站了起来，面色有些苍白，抿了抿嘴，欲言又止。

姜楚楚没想到会遇到徐钰，最近和温九思的事情让她太过心烦，她还没有想好怎么面对徐钰。

徐钰小心地打量着她，有点没话找话的意味。

"楚楚，你怎么来了……不是，我是说，你怎么来得这么早？"

姜楚楚将包放下，坐到自己的画板前，没有搭理她。

她又不是傻子，在温九思暴露了来意之后，稍微联想一下徐钰以往的举动，就能推测出徐钰在这件事里充当的角色。她的朋友，站在了温九思的那一边，跟他合起伙来欺瞒自己。

徐钰愣了一下，犹豫片刻，还是走了过来，站到她面前。

"楚楚，我听说，你跟温医生，闹矛盾了？"

姜楚楚不冷不热地说道："你的消息真是一直都这么灵通。"

徐钰面上讪讪的："我只是关心你，楚楚，我们都只是关心你。"

她的话语焉不详，但姜楚楚听明白了其中的深意。

"我谢谢你们的关心，就是不知道你和他是怎么成了'你们'的，莫不是，你早就跟温九思明修栈道，暗度陈仓了吧？"

徐钰噎了一下，然后无奈地摇了摇头："楚楚，这个成语不是这么用的。"

姜楚楚将画笔一甩，深蓝色的油彩在画布上长长地拉了一条口子。

"我还用不着你来教我怎么用！"

徐钰住了嘴，低下头去。

姜楚楚心里有气撒不出来，她自认对徐钰已经仁至义尽，可是徐钰还是背叛

/ 270 /

了她。

幸亏这个时候刘晏来了,打破了这种尴尬。

隔了一会儿,袁珂也来了,他显然事先就知道姜楚楚在这里,准备得十分周全,姜楚楚的桌面上不一会儿就摆满了小蛋糕和奶茶,都是她爱吃的——原先袁珂追姜楚楚的时候没少下功夫,将她所有的爱好搞得清清楚楚。

徐钰的面色登时就难看起来。

本着徐钰不痛快她就痛快了的思想,这一个下午姜楚楚给袁珂的笑脸,比他们之前在一起的那几天加起来都要多得多。直到后来,徐钰几乎是僵着脸,将袁珂赶走了。

刘晏虽然不知道他们之间发生了什么事情,但是他敏感地察觉到几个人之间气氛的古怪,于是他只在一边画着画,扮演着沉默的美男子,偶尔起身给姜楚楚泡一杯茶水。

时间飞快地过去。

日落西山,姜楚楚放下画笔,伸了个懒腰站起来,刻意忽略了徐钰,径直看向刘晏。

"学长,我先回去了,还有一半明天过来再画。"

刘晏微笑着点点头。

姜楚楚背上包,刚一抬头,就看见窗外不远处的那辆车,还有倚着车站着的那个熟悉的男人。

在夕阳余晖的映衬下,温九思的脸像是镀了金边,他静静地站在那里,不知道已经看了她多久。

似乎她是一幅画,让他专心致志,目不转睛。

人都已经来了,姜楚楚自然不会矫情地再将他赶回去,就当搭一个顺风车。

拉开车门坐了进去,姜楚楚言简意赅:"走吧。"

车开了一段,温九思从后视镜里看了她一眼。

"我听说姜氏最近一段时间并不安分,如果这两天姜老爷子找你,不管是什么事情,都不要理。"

姜楚楚看着窗外,头都没有转过来。

"听说?你们的消息还真灵通,怎么我就没听说点什么事。"

温九思打了方向盘,淡淡地说道:"你想知道什么,我都可以告诉你。"

看着姜楚楚漫不经心的表情,温九思的神色越发寡淡。

如果姜老爷子肯乖乖地放姜楚楚自由,那他也许还可以看在姜楚楚不想将事情闹大,懒得跟他们那些人纠缠的份上,放姜氏企业一马,让他们继续苟延残喘下去。

可偏生，姜老爷子和姜福生私底下小动作不断，也不知道怎么突然来了底气，竟然开始动手铲除袁家和宋家安插在姜氏的人员。

这件事情虽然做得隐秘，但也并不是无迹可循，温九思也很疑惑，难道他们就不怕袁呈和宋初一突然发难吗？现在三方之所以还能安生无事，不过就是那两个人不想自己先下手啃骨头，让对方捡了便宜而已。

可就是在这种情况下，姜老爷子也还是分出了人手探听姜楚楚的行踪，其中的深意，温九思不得不防。

两人心思各异地沉默着，忽然之间，一阵急促的铃声打破了静谧。

姜楚楚一看，是一个陌生的号码，她顺手接了起来。

"喂，楚楚。"

说曹操曹操到。

电话是姜老爷子打来的，还没等她不耐烦地挂断，姜老爷子就抢先说："楚楚，你不是一心想跟姜家脱离关系吗？这些天我也想了，强扭的瓜不甜，毕竟我疼了你这么多年，也想让你过得开心一些。

"脱离关系的事情我允许了，但是姜家的财产你一分都不能拿走，你看可不可以？"

这真是天上要下红雨了，姜老爷子竟然给她来了一出怀柔政策？

姜楚楚的手指在膝盖上点了两下："我从来也不稀罕你们姜家的钱。"

她的口吻带着微嘲和不屑，可姜老爷子竟然一点也没有生气，反而长舒了一口气。

"这我就放心了，这样吧，你这几天找个时间过来，我让律师拟了一份你自愿放弃继承权的协议，你把它签了，我就对外公布你就此脱离姜家。"

姜楚楚内心狐疑，有些怀疑是温九思给姜家施了压，可余光中，温九思的眉头狠狠皱着，显然十分不信任姜老爷子的话。

挂电话之前，姜楚楚最后的念头竟然是，她应该换一个不漏音的手机了……

她敷衍了姜老爷子几句就撂了电话，还没等她理明白姜老爷子的意思，就听见温九思不容置疑地说："你不能去！"

"为什么？"

温九思不知道该怎么说，他的直觉告诉他，姜老爷子这个举动背后有古怪。

但是现在他跟姜楚楚讲道理，姜楚楚是决计不会听的，于是他用了一种更聪明的回答。

"因为我不让你去，你就不能去。"

他说得笃定，可姜楚楚对此嗤之以鼻："你是不是霸道总裁小说看多了，还真以为自己无所不能呢？"

而后温九思用实际行动证明了,虽然他不是霸道总裁,但也可以无所不能。

事情发生在隔天一大早。

姜楚楚想了一夜,还是决定去探一下姜老爷子的虚实,哪怕是有诈,她也认为她身上再没什么可图谋的,万一他真的脑子抽风了善良一次,准备放她自由,那岂不是更好?

温九思一看到姜楚楚凛冽的红唇,就知道她要去哪儿。

他穿上了正装,身前却挂着不符合他气质的围裙。

他将早餐装了盘放到桌子上。

"过来吃吧,是你喜欢的那家西餐厅的牛排,我买了一些回来,七分熟。"

姜楚楚飞速地回了一句:"不用了,我不饿。"

下一秒,她的手腕就被人拉住,一步也迈不开。

"过来,吃饭。"

男人的表情还是很温和,可是姜楚楚却感觉到了几分隐秘的危险。

不准备在这种事情上跟他吵架,她干脆转回身子在椅子上坐了下来,刀叉狠狠地切着,像是把这盘牛排当成了他的脸。

温九思又给她端了一杯咖啡。

"吃吧,慢点吃,吃完了饭,我带你去中央大道,我看你的油彩快用完了。"

姜楚楚的手一顿,皱着眉头说道:"我不去,我还有事。"

"去找姜老爷子?楚楚,我说过了,我不让你去,你就不能去。"

将嘴里的一口牛排咽下去,姜楚楚甩了叉子站起来,冷着脸就闷头往外走。

突然之间,她晕头转向,一声尖叫快要溢出喉咙,将将被她咽下。

她被温九思拦腰抱了起来。

男人不算温柔地将她重新放到了椅子上,双手按在她的椅子两侧,蹲下身子与她的脸平视着。

"楚楚,你乖一点好不好?姜老爷子那里我还没有查出来他到底想要干什么,我怕他会伤害你,你不要去。"

"你乖一点"这几个字,姜楚楚已经听过许多次了,从前她只觉得甜蜜,她也喜欢那种被男人当作一只骄傲的猫咪捧在手心里的感觉,可是现在一听,只觉得怒从中来。

他完全没把她当作一个独立的人来看待吧,只要她的行事不顺他的意,那就是"不乖"。

温九思端了那杯咖啡送到姜楚楚嘴边,姜楚楚不理他,他就一直端着,好像一点也不会累。

姜楚楚的心思转了转。

她叹了一口气:"好了,我不去就是,你起来吧,蹲在我这里像什么样子。"

温九思的目光回暖,细看还带了点欣喜雀跃,他站起身来,语调扬了少许:"你如果能这样想,就……"

话音未落,用言语迷惑了他的姜楚楚,像兔子一样窜了出去。

没想到她会来这招的温九思表情呆滞了一瞬间,下一秒,他的脸迅速板了起来。

姜楚楚眼看就要摸上门把手,可温九思的大长腿压根儿不给她逃跑的机会。

男人从她身后压过来,粗鲁地拽下了自己的领带,伸到前面,几下就绕上了姜楚楚的双手,打了个结。

姜楚楚后背贴上了热源,想往前逃避,双手却又失去了自由,温九思的动作灵巧得不可思议,不一会儿就将她整个人控制在怀内,令她无法挣脱。

可这是什么羞耻的动作?

姜楚楚觉得自己就像是案板上的咸鱼,从身到心都被他翻来覆去地揉捏。

温九思从背后揽着她,一步一挪回到餐桌上,将她按在了椅子上。

他薄唇紧抿,看起来是真的生气了。

他一只手按着姜楚楚双手上的领带结,另一只手再次将杯子送到姜楚楚口中,带着几分誓不罢休的执念。

"吃饭。"

双手失去了自由,姜楚楚想骂人,她的手动不了,嘴却可以。

在他迫人的视线下,她喝了一口咖啡,然后准确无误地喷到了温九思的脸上。

咖啡顺着他的脸滴落下来,滴到他洁白的衬衫上,显得十分不协调,令她有一种将天人拉到泥沼中的错觉。

这大概是温九思人生中,可以排得上号的狼狈时刻。

没有管身上的咖啡渍,他沉默地盯着姜楚楚,盯得她心肝直颤,生怕他一个把持不住,就把这几天她冲他撒的气原封不动地还给她——用一个男人对待一个女人的方式。

可是温九思的心理承受能力还是远超常人。

他盯了她一会儿,突然说:"你到底想要什么?"

姜楚楚觉得自己都说厌倦了。

"我想要跟你一刀两断,你再也别管我的事了!"

"这不可能。"

所以这就是一个死循环啊。

温九思站起来,俯视着被自己的领带绑住手腕,萎靡不振的女孩。

他看了一眼餐桌，刚要说话，姜楚楚立刻就猜到了他要说什么。

她嚷嚷起来："我说了我不吃饭！你一天不放我离开，我就一天不吃饭！看谁耗得过谁！"

她瞪大了眼睛，力图显得凶神恶煞一些。

温九思如愿地被她气走了。

姜楚楚得意了一瞬间，然后低下头，后知后觉地叫起来："你倒是给我解开啊！"

过了一会儿，从隔壁传出来一声闷吼。

"不解，你就这么待着吧，我也省心。"

"你！"

温九思单方面定好的中央大道之旅自然不能作数了，他这回气得不轻，足足拖了姜楚楚两个小时，才在姜楚楚踢着腿说要上洗手间的时候，把领带从她的手腕上解下来。

姜楚楚说到做到，开始绝食。

先是午饭，温医生做好了三菜一汤，并且将两碗热气腾腾的白米饭摆在桌子上。

她看了一眼，哼了一声就回卧室了。

温九思刚想提步追上去，突然想到了什么，硬生生地停下了脚步。

他的眼眸中泛起很浓的黑色，手指搭在旁边的椅背上，指尖一点一点的，像是在思索。

再然后是晚饭，因为一天没吃饭，太阳还没落山的时候，姜楚楚就已经饿得肚子"咕咕"叫了，可是，女人是一种爱面子的生物，赌着气的时候，脸面比什么都重要。

她趴在床上怏怏地刷着微博，一手捂住肚子，没过几秒，她从床上坐起来，蹑手蹑脚地下了床，走到门边上，附耳听着外头的动静。

温九思一天都没有出门，也不知道在做什么，她忍不住暗讽了一声，之前几天忙得跟什么似的，现在自己要分手，要离开，就有时间寸步不离地看着自己了。

男人的时间啊，比女人还水。

他现在一定是做好了晚饭，等着自己出去。

姜楚楚哼了一声，拉开门。

温九思正坐在壁炉对面的桌子旁，翻看着报纸，见她出来，抬起头，双眼泛着润泽的光。

"楚楚，你要不要吃——"

/275/

"不要。"

她头一扭,走向玄关。

温九思放下报纸站起来,走到她身后三步处站定,一半的脸淹没在暗影中。

"你干什么去?"

"出去遛弯不行?"

温九思淡笑中带着几分无奈。

"没有不行,我只是想告诉你,如果你什么时候打算吃饭了,就告诉我一声。我知道我劝不了你,所以,我只好决定,你一天不吃饭,我就一天不吃饭,也算是陪着你。"

"楚楚,如果你心疼我的话……"

这还转头威胁起她来了是吧。

那温九思可就算错账了,她的心硬起来,比石头也不遑多让。

姜楚楚摔上了门走了出去。

出门……遛弯?

她只说不吃他做的饭,可没说不吃外面的食物。

哼,就让他自己饿着吧。

不过,姜楚楚回去的时候还是稍微有点心虚。

温九思坐在沙发上,眼睛半闭,看起来面色不佳——任谁饿了一天,面色都不会太好吧。

她很想也做出一副柔弱的模样,可奈何肚子吃饱了,面上懒洋洋的,幸亏温九思像是没看出来,淡淡地看了她一眼,起身就离开了。

活该,叫他欺负她!

姜楚楚内心莫名暗爽。

接下来的每一天,姜楚楚都会借遛弯的机会去外面饱餐一顿,简直不要太滋润。

可是到第三天,她心里就不是滋味了。

因为温九思一直自虐般地滴水未进。

他面容依旧耀眼,可是身形看起来愈加清瘦,也不知道是不是姜楚楚的错觉,他站起来的一瞬间身形有些摇晃。

看着姜楚楚准备出门,他冲她笑了一下。

"你要出去?"

姜楚楚冷着脸:"嗯。"

她以为温九思是在试探她。

结果下一秒，男人的身影摇摇晃晃地倒了下去。

在大脑反应过来之前，姜楚楚三步并作两步冲了过去，拉住了温九思的胳膊，可是自己却被男人的重量压住，不由自主地栽倒在地。

地上铺着羊毛地毯，原本是温九思为了让姜楚楚住得更舒服买的，现在却成功拯救了两人，以免他们摔痛。

姜楚楚推了推身上的人，皱着眉说道："喂，温九思，你别装了。"

可是身上的人没有丝毫反应。

心里说不上来是什么感觉，她只听到自己的声音飘到空气中带着些微颤音。

"温九思，你快起来，你重死了知不知道，别以为这样我就会原谅你了。"

在她的连推带喊之下，这一次，男人有了动作，他费力地睁开眼睛，额头上还是冒出冷汗，一字一句地说："楚楚……打电话，叫小赵。"

说完，他彻彻底底地昏了过去。

感觉到自己身上的重量骤然加大，姜楚楚慌了神，却一直克制自己，让自己冷静了下来。

叫小赵？开什么玩笑，他又不是医生，能有什么用？

想着，姜楚楚拿起手机，拨通了120，而后给小赵发了个消息。

等他们跟着救护车到了医院，姜楚楚一直焦急地在医生面前询问温九思的情况，得知没有大碍才松了口气。

毕竟是因为她，他才会晕倒，说不愧疚是不可能的。

她想到之前温九思对她的好，即便是再不想承认，她的真心，恐怕也早就毫无保留地给了那个躺在病床上的男人了。

但如果要是让姜楚楚看到病房里的这一幕，她大概要怒骂自己的一颗真心还不如喂了狗！

病房里，本来陷入昏迷的男人，正半倚着床，面无表情地听着站在病床旁的小赵的絮絮叨叨。

"温医生，不是我说您，您演技好就行了，干吗真的跟自己的身体过不去，三天不吃饭，壮汉都受不了！"

温九思淡淡地瞥了小赵一眼："谁说我想要演戏？"

小赵张了张嘴："可是您干吗饿着自己呢，为了她，您真是自己的身体都不要了。"

温九思移开目光："不是为了她，是为了我自己。"

他的眉间似笼罩了一层阴霾："但凡有事情可以让我心里好受那么一丁点，我都愿意去做，这是我欠她的。"

看着温九思对自己的劝说丝毫不为所动的模样，小赵只好暗自叹了口气。

小赵一直觉得，温九思什么都好，天人一样，只是偶尔，偏执过了头，而这个"偶尔"，全都跟姜楚楚有关系。

姜楚楚就是他心口上的逆鳞。

是他命中的劫数。

"好了，你还有什么事？"言下之意，他可以走了。

小赵回过神，走到了门口，机警地望了望四周，而后关上门，走回来之后才开口说道："姜家那边的事情已经安排好了。"

说着他从随身携带的包里掏出了一个文件夹递给温九思。

"姜老爷子年轻的时候为了钱得罪了太多人，姜福生又不是个会经营人情关系的，现在但凡有个引子，谁都愿意跳出来咬他们一口。"

温九思听完出神了半晌，直到小赵试探着又叫了他一声之后，才点了点头。

"好，继续进行吧……要快。"

既然查不出姜老爷子到底是什么意思，就干脆一刀切，让他不管有什么心思，都没法子用到姜楚楚的身上。

小赵躬身退了出去，仔细地关好了门。

温医生一直在犹豫要不要动姜家，动的话，其实是有更简便的法子的，比如利用袁呈和宋初一的持股，让他们互相争斗，即可渔翁得利。可温医生不愿意让姜小姐有日后受到袁呈和宋初一挟持的可能，所以用了一些更为烦琐的法子，想将姜老爷子和姜福生的话语权归为虚无。

他们家的温医生，真是个情种啊。

小赵感叹完，摇摇头离开了。

姜楚楚在医院的走廊上坐了不到一个小时，就有护士过来告诉她温九思醒了。

跟着护士走到病房，她看见温九思正半倚着床，侧着脸，看着窗外初秋开始飘零的落叶。

她记得，温九思的侧脸轮廓棱角分明，可是现在看来，下颌的弧线好像更为突出了一些，更加性感，却也更加清瘦。

护士不知道得了谁的吩咐，将姜楚楚带进来之后就转身离开了。

姜楚楚站在温九思的窗前，看了他一眼，迅速地移开视线，冷着脸说："你是不是傻，我每天都有吃饭，要是真绝食这么久，我还能活蹦乱跳的吗？"

听到她的声音，温九思转过头来。

他的目光里全是暖意。

"你很好……就很好了。"

仿佛有什么突然在她酸麻的心眼上按了一下，她慌忙别过脸："你别以为这样我就会心软,我一定要分手。"

听到她宣誓一般的话语,男人嘴唇微微勾起。

"楚楚,你知道的……这是不可能的。"

姜楚楚气冲冲地离开了病房,冲出了医院,站在车辆川流不息的马路上,她不知道自己可以去向何方。

她突然想起了自己曾经在心里对温九思的描述。

这个男人,样样都好……怎么就不能是她的?

所以她乖巧、顺从、黏人,将他勾到了手中,温九思也一如她所愿,对她极尽纵容和溺爱,可是一直以来,她心头都有一种空落落的隐忧,他怎么那么顺利就爱上了她?

如今,那份隐忧被他的真实目的戳破,她的心……也落回了实处。

好像那个名为"王叔叔"的隔离罩被戳破,再看这个世界,很多东西都变得清明起来,只是,那种经年累月积压在她头顶的阴霾,也逐渐逼近。

…………

姜楚楚最后去了画室。

刘晏一个人在,看见姜楚楚满腹心事的样子,体贴地没有多问什么,只是帮她把画架支好,两个人各画各的。

如此过了三天,温九思出院了。

原本寻常人因为滴水未进进了医院,打几针营养剂休息一晚就可以出院了,只是温九思身上似乎有旧疾,做了许多检查,医生原本建议他多住几天保险一些,可是他坚持出院。

出院那天是小赵接的他,比起回心理咨询室或者是回家休息,他们的第一站竟然是菜市场……

这些事情姜楚楚统统都知道,还是徐钰一条消息一条消息发送给她的,姜楚楚想依照惯例把她拉黑,但手指摩擦了几下屏幕,还是置之不理了。

自然不是因为原谅了徐钰,而是她告诉自己,温九思住院多少也有自己的原因,了解他的情况,也是情理之中的……吧。

这种微妙的情绪一直延续到晚上她从画室回家,看到厨房的暖光中那一道温润如玉的身形。

在法律关系上来说,这里已经是姜楚楚的个人财产了,但大门的钥匙一开始就是一人一把,温九思出现在家里很正常,哪怕是现在这种情形,他也润物细无声般地,让她习惯了他存在。

温九思探出头来:"你回来了?稍等一下,马上就好。"

姜楚楚什么也没说,却沉默地进了洗手间洗了手,坐到了餐桌上。

两个人的关系陷入了一种诡异的平衡。

姜楚楚想要分手，温九思不允许，她硬也硬不过他，软也软不过他，烦着烦着，心里竟生出一种不甘来——

他现在做这么多，都是为了给她看那该死的心理病。

在温九思润物细无声的态度中，姜楚楚的暴躁与日俱增，等接到徐钰的求和电话，她的烦躁值飙升到了顶峰。

敢情这些人一个个的，都可以自说自话了是吧，想背叛她就背叛她，想求她原谅就能求她原谅，将她当成了什么？可以随意摆弄的娃娃？

听着电话里徐钰不急不缓的语气，仿佛吃定了她，姜楚楚怒极反笑。

"见面？好啊，但是时间和地点由我来定。"

"……可以。"

"晚上八点，迷度酒吧，你过来找我。"

酒吧并不是一个适合谈心的地方，尤其是迷度还是一个歌舞卓绝的热闹场所，虽然疑惑姜楚楚的约定地点，但徐钰还是应承下来。

"好，只要你能好好听一下我的理由……就听你的。"

好好听一下她的理由？不存在的。

姜楚楚翻了个白眼，转身就邀请了袁珂。

傍晚六点多，姜楚楚挑了一身掐腰红裙，趁着温九思还在咨询室没有回来，溜了出来。

虽然温九思不让她去见姜老爷子，但也没再限制她的自由。

初秋的空气还是有丝凉意的，姜楚楚摸了摸由于露在外面而泛起鸡皮疙瘩的手臂，打车去了迷度。

袁珂已经到了，看见姜楚楚的装扮，面色一滞，下一秒竟然移开了视线。

看见他的目光不知道该往哪儿落的样子，姜楚楚嗤笑一声："走吧，你今天想喝什么，我请了。"

"等等，你从前可不愿意搭理我，你又想干什么？"

袁珂狐疑地瞧着姜楚楚，姜楚楚站直了坦坦荡荡地任他看："进不进来，一句话，你要是不进来你就走。"

袁珂闻言立刻提步跟上："有句诗怎么说的？牡丹花下死，做鬼也风流。我当然要去。"

姜楚楚哼了一下，两人一前一后走进了酒吧。

在姜楚楚的刻意猛灌下，袁珂的面上很快涌上红潮，但毕竟是混迹在声色酒场上的公子哥，他的神志还是清醒的。

他问了半天也没问出来姜楚楚今天约见他的真实目的，这心里总是不踏实，只好自己一项一项猜测。

"你是因为跟温九思吵架了，想找人喝闷酒，这才叫我来的？"

姜楚楚撇撇嘴，又给他倒满了一杯伏特加："废什么话，继续喝。"

袁珂猝不及防又喝了一杯，说话都有点大舌头了。

"那你是因为跟徐钰之间发生什么事了，不好找她，只好来找我出出气，因为我还是……她男朋友。"

看到姜楚楚的神色一顿，袁珂一下就知道自己说中了。

"怎么，还真是因为徐钰啊，你俩不是挺好的吗？连前男友都能拱手相让的，怎么还会闹别扭？"

姜楚楚柳眉一竖："你管我呢，还不如说说你们。"

她忍不住问了出来："你和徐钰……到底是怎么回事？"

如果说袁珂这是找到了真爱，可是这半年来，也没见他断过流连花丛的习惯。可若说只是玩玩而已，他却又默许徐钰牢牢占据着正牌女友的位置，那些红粉知己没有一个不知道她的。

袁珂的双眼略带一瞬间的迷蒙："她？"

姜楚楚连连点头。

酒吧的音乐声震人耳膜，看着袁珂嘴唇微动，姜楚楚凑了过去想要听清他说的话。可随着她的贴近，袁珂的鼻端闻到了一股不同于酒吧中浑浊空气的清香，他脑袋一热，忍不住贴近了姜楚楚，呢喃出声："楚楚，我原来那么爱你，你为什么非要跟我分手？"

他的眼神深情得可以将很多女人溺毙，这副样子落入了赶过来的徐钰眼中。

她看着全部心思都挂在旁边人身上的袁珂，以及被酒气醺得面色绯红的姜楚楚，哪还有什么不懂的呢？

徐钰快步走过来，站在两个人面前，尽可能地维持着温声细语。

"你们这是做什么？"

在酒意渲染下，袁珂早已经失了神志，丝毫看不到站在他面前的徐钰，只一心一意地望着姜楚楚——这还是他的记忆中，姜楚楚第一次没有急着推开他。

姜楚楚突然觉得自己很坏。

她清楚地知道徐钰对袁珂的用心，也清楚地知道，如果真是为了他们好，她应该再不见袁珂，可是连日以来那股堵在胸口的闷气，她就是不出不快。

她听见自己的声音扬了起来，在五光十色的射灯下，面容艳若桃李。

"袁珂，正好我也是单身……如果，如果我说，你只要跟徐钰分手，我就跟你和好，你肯不肯？"

这大概是世界上最光明正大的翘墙脚了。

"楚楚……"徐钰紧紧皱着眉头,"我承认之前的某些事我骗了你,但你不能总用这种事威胁我。"

"当……当然。"袁珂含含糊糊地说。

徐钰的面色一白,上前就要去拉袁珂,却被袁珂一挥之下推走。

她还穿着高跟鞋,一退之下,冷不防脚下踉跄,若不是她眼疾手快扶住了一侧的沙发座位,恐怕要出一个大丑。

徐钰将将站稳,不可置信地看着袁珂:"袁珂,你有没有良心,这段时间我对你怎么样,你心里应该清楚。"

袁珂听到她的喊声,醉眼眯了眯,似乎这才认出了来人。

他哼笑了两声:"你……你怎么过来了?我告诉你,你别总想管着我……你算个什么东西!"

徐钰抚着胸口,伸手指着袁珂的鼻尖。

"你说什么!"

"我最烦别人拿手指着我,滚!"

徐钰喘着粗气,下一瞬间,苍白着脸跑开了。

气走了徐钰,可姜楚楚不得劲了,她瞪了一眼袁珂,想要说什么,可是念及这事是自己惹出来的,要是再劝,少不得显得心机。

"走吧,不喝了。"

姜楚楚脸色也臭,一口喝光了桌上剩余的烈酒,甩出信用卡结了账,也不管袁珂有没有跟上来,径直往外面走去。

腿刚一迈出去,姜楚楚的身体便一软,心里暗叹一声糟糕……好像,喝多了。

跟姜楚楚见风长的酒劲形成鲜明对比的,是吹了点冷风头脑开始清醒的袁珂。回忆起方才的经历,他的面色变得有些古怪,再看逐渐失去清明的姜楚楚,他恨不得在她脑袋上使劲敲一敲。

就知道这死丫头找他不会有什么好事,可他还傻傻地送上门来。

两个人的角色瞬间调换过来,袁珂撑着姜楚楚走出了酒吧,刚想叫辆车将她送回家,就对上了一双淡漠的眼睛。

朔风中,男人倚着车门,沉默地看着他们。

温九思的目光从姜楚楚身上转移到袁珂扶着她的手上,最后直直地看向袁珂。

温九思走了过来,比袁珂高上半个头的身高,加上微微扬起的下巴,足够他俯视袁珂。

他看了一眼姜楚楚酡红的脸蛋,淡淡地问道:"她喝了多少?"

"挺多的,我们在一起的时候玩得很疯,楚楚每次都会喝多,我怎么劝都没用,不过这也说明了,她很信任我。"

见温九思没有如预想中恼羞成怒地离开,袁珂刻意挑挑眉,又说:"我跟楚楚一会儿还有第二局,怎么,你这是要送我们?"

温九思上下打量了一番袁珂,露出一个意味不明的笑容。

"当然,你们要是还想玩,我就送你们过去。"

袁珂不自在,突然觉得被眼前的男人蔑视了。

那种眼神怎么说呢?

就好像温九思认定了姜楚楚不会对他有一丝一毫的想法,所以温九思不用为此感到担忧。

两个男人之间隐隐对峙着,这时候,姜楚楚醒了。

当然,她不是清醒了,而是睁开了眼睛,进入了醉酒之后的第二个阶段——耍酒疯。

感觉到自己被一个气息陌生的男人半拥在怀里,她浑身上下都透着拒绝,手脚并用地想要挣扎出来。

袁珂手忙脚乱才又扶住她:"哎哎,祖宗,我求你别作了,我把你送回去好不好?"

姜楚楚抬起眼睛,直勾勾地看着袁珂,特认真地说:"我不认识你,老师教过我们,不能跟陌生人走。"

说罢,她又开始挣扎起来:"袁珂,你快放开我,不然我吐你一身。"

这又认识他了。

袁珂哭笑不得,却也觉得此时此刻的姜楚楚有一种出乎意料的反差萌。她平时在大众面前展露出来的,多是美丽又精致的一面,此刻却有种天然的娇憨,两种气质迥异却又出奇地和谐。

他跟醉酒的人计较什么呢?不过,她今天也算是在自己不知情的情况下,又利用了他一回,自己总要报复回来。

于是,袁珂挑着眉说道:"放开什么,你忘了你刚才说的了?你说你单身了,要跟我重新在一起。"

袁珂刻意将话说得暧昧不明,果不其然,他话音刚落,就觉得面前的男人目光如冰刀似的扎在他的脸上。

"把她给我。"

温九思面上笑意消失得无影无踪,语气也冷冽起来。

男人在意了,袁珂本来应该觉得自己扳回了一城,可是男人那理所当然的语气令他更加不爽,就仿佛……仿佛他能掌控一切。

袁珂臭着脸,不想从气势上输掉:"凭什么?"

温九思垂眸看着醉酒还不安分的女孩，眼底暗光流转。

"那你就问问她，想要跟谁走？"

袁珂看着已经开始胡言乱语的姜楚楚，心里有了一些把握，干脆将人提着肩膀，让她靠在一旁的树上，俯下身子问她："楚楚，你跟不跟我走？我们换一个地方继续喝？"

姜楚楚撩起了眼皮，似梦非梦。

"才……不要，我不喜欢你。"

袁珂的脸红了。

温九思一手插着兜，另一只手隔开了袁珂，走到了姜楚楚的面前。

他伸出一只手拍了拍她的脸蛋。

"姜楚楚，你清醒一点，你睁开眼睛看看我是谁。"

他的声音有一种别样的穿透力，透过层层迷雾，穿透了姜楚楚的耳膜。

袁珂刚想要嘲笑温九思的天真，可姜楚楚却有反应了。

她睁着雾蒙蒙的眼睛，眨巴眨巴。

"九思……九思，带我回家吧。"

温九思暗叹一声，只有在她神志不清的时候，她才会将自己最真实的一面表露出来，她才会承认，她还是在乎他的。

这个结论让温九思既心酸，又心疼。

他摸了摸她的头发，倾身过去，揽住她的腰肢，一把将人抱了起来。

"好，我这就带你回家，楚楚。"

袁珂急了，拦在了两人的面前。

"你乘人之危！"

温九思看都没看他一眼，仍旧低着头，跟怀中的人耳语着什么，姜楚楚则完全没了方才张牙舞爪的劲，乖乖地窝在他的怀里，时不时小鸡啄米似的点点头。

袁珂沉默了。

这两个人之间的气氛，好像完全没有别人插嘴的缝隙，他只好站在原地，看着温九思将姜楚楚抱进车里，然后发动汽车扬长而去。

一阵冷风吹来，袁珂茫然四顾，忽然唾骂了一句，掏出手机打了一个电话。

"徐钰，你快开车过来接我，我车被人拖走了。"

温九思一路将车开得飞快，可到了地方，将姜楚楚小心翼翼地抱下来，一步一步往回走的时候，又有一种走到地老天荒的架势。

开了门，他将姜楚楚放到床上，自己飞快地进了浴室冲了个澡，浸了一条湿毛巾，又从她的化妆台上找到卸妆液，一寸一寸地擦去她脸上的浓妆。

然后又将她的外套脱下来，挂到一边。

做完这一切，他重新回到姜楚楚的床边，深深地看着她。

不知道看了多久，久到姜楚楚被这如有实质的目光刺得"嘤"了一声，翻了个身，他这才如梦初醒，移开视线，扭头往门外走去——

可下一秒，他像完全无法控制自己的行为一般，忽然转身，长腿一迈上了床，将姜楚楚彻底罩在自己的身下，紧紧抱住。

他好像拥住了失而复得的宝物。

他有多久没有这样抱过她了？

他想着，轻轻地亲了一口她的额头，而后翻身下床，又冲进了浴室。

月色正好，风也轻柔。

姜楚楚兀自睡得香甜，甚至像是做了个好梦，嘴角竟然扬起了一个浅浅的弧度。

十五分钟之后，温九思再次从浴室出来，身上还带着微凉的水汽，刘海湿漉漉地贴在额前。他站在卧室门口，看着里面安静乖巧睡着的女孩，再也没敢进去。

姜楚楚第二天早上醒来的时候，头昏得跟被人重击过一般。

她坐起来，呆愣了半晌，努力回忆着昨天晚上发生的事情。

徐钰约她，她约了袁珂，想要借他的手出个气，可是喝多的分明是袁珂，自己怎么断片儿了？可能是……胜利的果实来得太快，她自己稍微庆祝了一下？

那就能解释得通了。

可是……昨天晚上她到底是怎么回来的？

想到这个问题，她莫名有点心虚。

姜楚楚蹑手蹑脚地走出了卧室，客厅里静悄悄的，只有沙发上散乱的毯子证明昨天晚上还有人睡在这里。

厨房也没有人。

她忍着紧张开了浴室门……浴室里面也没有人。

温九思不在家里。

这还是她闹分手以来第一次，醒来的时候，温九思没出现。

姜楚楚也说不清楚，自己现在是什么心思了。

她抱着温九思睡过的毯子，垂头丧气地坐在沙发上，一瞬间放空了神志，只是呆呆地坐着。

忽然，大门开了。

在姜楚楚没有反应过来之前，温九思的身影出现在屋子里，他的手里拎着一个白色的塑料袋，略微吃惊地看着沙发上的姜楚楚。

她条件反射般地扔掉了手上的毯子,站了起来,欲盖弥彰地拍了拍身上原本就不存在的灰尘。

"咳咳,你去哪儿了?不是……我是说,你怎么回来了?"

温九思抬了抬手上的塑料袋,表情高深莫测。

"我去给你买解酒药了,感觉你早上醒来会头疼,倒是你——"

姜楚楚清楚地知道自己刚才的动作有那么一点痴汉……所以特想将自己的耳朵捂起来不听他说的话,可是又碍于面子没有任何动作。

温九思却不是要说这个,他皱了皱眉头,视线从她的脸上转移到了她的脚上,莹润洁白的小脚丫踩在地板上,有一种白与黑的鲜明对比。

可温九思却没有欣赏美的兴致。

"进去,把鞋子穿上。"

"要你管!"

姜楚楚咕哝一声,转身就向卧室跑去,门关得震天响。

她倚着门板,悄悄地舒了一口气。

而一门之隔的外间,温九思拎着塑料袋在原地站了好久,紧皱的眉眼逐渐舒展开来,缓缓地笑了。

一如清风霁月。

姜楚楚喝了温九思带回来的解酒药,又重新倒头睡了一觉,再醒来的时候只觉得神清气爽,拉开窗帘,外头的太阳已经升到了正空中。

等她洗漱完出来,桌面上已经摆好了午饭。

午饭很丰盛,那一锅需要熬制四个小时以上的老鸭汤充分说明了温九思一上午都没有去他的心理咨询室。

姜楚楚吃他的,喝他的,却还是傲娇着性子,不肯正眼看他。

温九思觉得这样不行。

姜楚楚正喝着汤,忽然之间,几张手写的 A4 纸摆在了她的面前。

题头用工整的楷体写着"协议书"三个大字。

姜楚楚对这种文件没什么好感,压根儿没有想要翻看的意思,掉转了视线,看向温九思。

"这是什么?"

温九思坐到离姜楚楚很近的对面,神情严肃地垂眸看她,直盯得姜楚楚身上的鸡皮疙瘩都快起来了。

"温九思,你到底想要干什么啊?"

姜楚楚干脆地一撂筷,也这么瞪着他。

看着她气鼓鼓的模样,温九思突然柔和了眉眼。

"楚楚，我是想跟你谈谈。"

谈谈？

一说谈谈，她就想到了昨天徐钰约她谈谈的事情。一想到这件事，她就想到了自己和袁珂是怎么一杯一杯喝醉的，一想起喝醉……好像有一些被她刻意遗忘的片段突然之间争先恐后地回到了她的大脑里。

是谁抱着温九思不撒手，非要让他带着自己回家来着？

姜楚楚试图催眠自己，那个人绝对不是她，不可能是她，她不会做这么没有形象的事情，她只可能高扬着下巴，对温九思轻飘飘地来一句："别碰我。"

"楚楚，你听到我跟你说的话了吗？在想什么？"

可是没用——温九思一句话就把她拉回了现实。

她低着头，力图语气凶巴巴的，但实际上声音却细若蚊蚋："没想什么，你说吧，什么事？"

温九思蓦地笑了，他忍住想伸出手揉她头的冲动，指了指桌子上的文件："你看一看，我想说的，都在那里了。"

姜楚楚"哦"了一声，想象着自己云淡风轻、漫不经心地看着那份文件，可是实际上，她看到了第一行，就忍不住目瞪口呆，险些从椅子上跳起来。

"温九思，这是什么？你是不是有病！"

温九思不为所动，甚至露出了一个浅淡的微笑："楚楚，你继续看下去，这份协议，是我经过深思熟虑后手写出来的，只有这一份，你和我签了字，原件就握在你自己的手里……什么也不用担心。"

最后的这几个字，他几乎是轻喃出声，却直直地撞进了姜楚楚的心底，以至于拿着那份文件的手，都轻轻地颤抖起来。

那份文件一共四页，每一页都是手写的，一个个专业又严谨的词语层出不穷地出现，姜楚楚一看，就知道它具有一百分的约束力。

协议的中心思想，只有一件事情。

只要姜楚楚同意让温九思以私人心理医生的身份留在她的身边为她治疗，那么他愿意付出他现在所拥有的一切。

正如同协议的第一句话上写着——

甲方姜楚楚 乙方温九思

乙方愿以名下所有动产、不动产以及其他形式的个人财产为担保，一年为期，出任甲方的私人心理医生，治疗期间，如果有违反如下任何一条规章，则担保财产归乙方所有。

下面三页半，都是针对他自己必须要做的，以及不能做的条例。

这些条例，哪怕在姜楚楚戴着有色眼镜来看的情况下，都十分苛刻，而且不能再完美了。

温九思曾经热衷于送各式各样的东西给姜楚楚，现在，他终于拿出了他所拥有的一切。

这样的一份协议拿在手里，姜楚楚只觉得烫手。

"你有病吧，我既不需要心理医生，也不要你的财产。"

看着被姜楚楚扔在一边的协议书，温九思叹了口气，将它拿在手里，走过去，轻轻地蹲在她的跟前。

"楚楚，我知道你是怎么样的人，你是从来不贪图这种便宜的。"

姜楚楚被他顺毛顺得舒服了一下，鼻端溢出一声哼，翻了个白眼后不看他。

温九思又说："可是，我之前做错了事，是不是？

"做错了事情，就要得到惩罚，这就是我对自己的惩罚，假如以后我再做出令你不开心的事情，就会变得一无所有，难道你不想惩罚我吗？"

他压低了声音，带着一丝神秘的蛊惑力。

"楚楚，只要你签了它，从此以后，你想让我做什么，我就会做什么，不想让我做什么，我就绝对不会去做，我的财产、我的名，以及我的人，全都属于你。"

还有后半句话，温九思聪明地咽下了，那就是——

只要你签了它，同样，你再没有可能，将我从你身边赶走。

因为这是我们两个人的协议。

一年的有效期算什么，他们还有两年、三年、十年……一辈子的时间，慢慢地耗着，直到她再也离不开他。

温九思的眼神里，突然绽放出灼热的光芒，一瞬间刺痛了姜楚楚。

她慌忙地移开视线，不知道该怎么办才好。

这真是个极有诱惑性的提议。

可是……可是，她还是觉得哪里不对。

姜楚楚有一个俗破天际的人生格言：天上没有白掉的馅饼。

她靠着这句名言，哪怕坚信自己的脸蛋真的可以无往而不利，却也没有一次真正用它去得到什么。

她觉得自己需要仔细想想，想想温九思这个举动背后的含义……

眼见姜楚楚还在犹豫，温九思上了最后一个撒手锏。

他的唇凑到她的耳旁，轻轻地说："楚楚，我是你第一个动心的男人，你就不想，让我爱你爱得死去活来，再把我抛弃吗？现在就有一个报复我的好机会摆在你的面前，你如果没有抓住，就没有下一次了。"

不得不说温九思的心理学造诣已经登峰造极。

姜楚楚在别扭着什么，他一清二楚，除了隐瞒与欺骗，她在心里无数次怀疑与自我怀疑的，无非就是他是不是真的爱她，还是仅仅在蓄意接近她，取得她的信任，从而研究她这个病例。

既然他怎么说姜楚楚都不会相信，那么，干脆就让她这么以为吧。

温医生笃定地点点头，等以后有机会把她欺负得哭出来，他一定会让她认错，向他保证再也不会胡思乱想。

而此刻，最重要的，是让这只胆小怕事的小狐狸进网。

温九思正了正神色，严肃地说："楚楚，你知道的，我向来不会逼你，你要是真不想签，那就……"

他一边说，一边将协议书往自己怀里揣，动作缓慢，语调悠长，带着点逗弄。

可是，姜楚楚一点儿也没看出来，她只瞧见温九思打算反悔了！

她很气！他凭什么反悔！

"等等，谁说我不签了，你拿过来！"

她几乎是用抢的，将那份协议书从温九思的怀里夺出来，就着桌上的钢笔，龙飞凤舞地签上了自己的大名。

温九思淡笑着，也准备接过钢笔签名，却被姜楚楚一把打掉。

他表面不显，心里却"咯噔"一下：莫非哪里出了差错？

姜楚楚丢了钢笔，下一秒，她双手抱住温九思的一只手，狠狠地在他的大拇指上咬了一口，像是在发泄什么。她咬得狠戾，红色的血液一瞬间就从温九思的指尖冒了出来，沾到她的唇上，又顺着她的唇线滑落，流到了她精致的下巴上。

下一瞬间，她"呸呸"两下，拉过温九思的手指，重重地按在了协议书上。

一个清晰的指纹显现出来。

姜楚楚扔了他的手，拿起协议书，露出了一个真心的笑容："好了，现在你反悔了也来不及了。"

温九思看着她的笑脸，缓缓地"嗯"了一声。

他怎么会反悔？他开心还来不及，他开心得简直想把姜楚楚抱起来转圈。

他突然靠近了姜楚楚，她警惕地后退。

"你又要干什么？"

温九思的长腿只迈了一步，就弥补了两人之间的空隙，在姜楚楚还在犹豫着该做什么反应的时候，他出其不意地伸出一只手控制住她的下巴，嘴唇凑了过去——

姜楚楚："你……你有病啊！"

温九思状似回味："我的。"

姜楚楚爹毛："什么你的！我告诉你，别以为我签了这个破协议，我就是你的了，哪有这么便宜的事？"

温九思愣了一下，低低地笑了起来，很快，笑声变得明朗起来。

姜楚楚更生气了，她狠狠地推了温九思一把，不仅没推动，反而把自己反向送到了沙发上。

温九思笑得更开心了。

"楚楚，我是说，你唇上有血，我的。"

温九思笑弯了眼睛，可是他的心里却一刻也不敢放松——

楚楚，你知道吗，这只是第一步，我想要的，远远不止这些……

第十五章
我跟你走

几天后，为了不掉入姜老爷子的圈套，姜楚楚不请自来，参加了袁珂举办的一场玩乐酒会。

当然，温九思也陪在她的身边。

她的目的很简单——姜明珠。

不管怎么样，她也是姜家的人，姜家的事情她或多或少都会有些了解。

更重要的是，她好套话。

前面，袁珂正在领路，姜楚楚偏头看向温九思，发现刚巧他也在看她。

温九思温和一笑："怎么了？"

姜楚楚停下脚步："你知道的吧，你现在的身份不是我的男朋友……我做什么，你都没有资格管。"

"我知道。"

"哪怕是这样，你也觉得，待在我身边好？"

温九思定定地看了她几秒，突然失笑，一只手抬了上来，想要揉揉她的头顶，但看见她微微抿起的嘴唇，还是放弃了。

"是，即便这样，我也心满意足了。"

姜楚楚不置可否，移开了视线。

温九思的目光从她的身上滑向了漫天星光，嘴角的弧度一如既往地温柔。

可是他心里对自己说——

温九思，你是个骗子。

你永远也不可能心满意足。

那头，宴会上的小提琴突然歇了，熟悉酒会流程的人都知道，这是主人公快要到了。

许多人不由自主地停住了交谈，拿着酒杯纷纷往大门的方向看去。

宴会的侍者站在两边开了门，一个男人的身影当先走了进来，仪表堂堂，风度翩翩，正是袁珂。

可还没等众人反应，他的身后又走进来两个人。

一男一女。

男人穿着考究的西装，以守护着的姿态站在女孩身边，对这满堂衣香鬓影视若无睹。

而女孩站在两个男人的中间，如同骄傲的公主。虽然这比喻俗了一些，可是现场所有的女人心中，却都不约而同地升起羡慕或妒恨。

而此刻的姜明珠显得很烦躁。

现在姜福生和她的母亲正在谈离婚协议，偶尔她跟着蒋淑媛回姜宅，只能看到姜老爷子在书房里，不知道在跟什么人打电话。有一次书房的门虚掩着，她路过，听到姜老爷子的语气很是谦卑。

她不知道电话那端的人是谁，只知道，电话的内容跟姜楚楚有关系。

因为她听见姜老爷子说："好的，楚楚过来，我会通知您。"

楚楚，楚楚，姜楚楚！

为什么她总是阴魂不散呢？

姜明珠的脸色变得很是难看，但没什么人注意到她。

因为更多的人，注意力还是在姜楚楚身上。

袁珂皱皱眉，顺手拿了一杯香槟，走到中央，重新吸引了众人的视线。

"大家今天来到这儿，尽管吃好玩好，有什么需要跟我说。"

他一派风流不羁的浪荡模样，很快就得到了许多人的附和，袁珂是声色场上的老手，不一会儿就安排好了表演和酒水，气氛逐渐被炒热起来。

姜楚楚也随意地拿了酒，靠在窗户一侧站着，无所事事。温九思站在她的身边，执着地用眼神逼退企图来搭讪的各色人等。

有朝着姜楚楚来的，也有朝着他来的。

微微侧身，躲开了一位小姐不经意的脚滑后，温九思终于忍不住皱皱眉头，挨着姜楚楚，垂头说："你来这里不是有事情的吗？"

姜楚楚瞥了一眼前方被几个女人众星拱月围在中间的姜明珠，百无聊赖地说："是啊，但是这并不妨碍我享受这个酒会。"

说罢，她又补充道："你要是不愿意待，你就先回去呀。"

"我有义务陪着你。"温九思意有所指，提醒她他们之间签过的那份协议。

说起那份协议姜楚楚就想骂人。

签的当时是爽了，可是过后回过味来，细细地品，她觉得，自己上了温九思的当。

那份协议,根本就是把两个人粘在了一起,还粘得有法律依据……

姜楚楚不耐烦地挥挥手。

"我知道了,你不用总提醒我。"

她站直了身子,换了一杯香槟,抬起下巴,穿过人群,直奔姜明珠而去。

温九思则停在离她们几步远的地方。

这个距离听不太清她们说的话,但如果发生了什么事情也可以及时地赶过来。

姜明珠身边的那几个女人见姜楚楚过来,不约而同停止了谈话,喝酒的喝酒,拨弄指甲的拨弄指甲,排斥的意味很明显。

姜楚楚视若无睹,径直面向姜明珠。

"明珠,多日不见,怎么都不认识姐姐了?见了面也不打声招呼。"

听见她的话,姜明珠面色狐疑,不知道她在卖什么关子。

姜明珠警惕地看着她,嘴上却说道:"我刚才没看见你,楚楚,你怎么也来了?"

"怎么我不能来吗?不都说姜三小姐是南城最有教养的名媛吗,怎么还说这种让人感觉有歧义的话?"

宴会上有很多人,姜明珠不可能真的跟姜楚楚翻脸,她只能勉强地笑了笑,维持着最基本的风度。

"楚楚……你,是不是心情不太好?这几天我们都在找你,你如果是跟男朋友同居,好歹也应该告诉家里一声啊,省得大家都在担心你。"说着,姜明珠意有所指地看了看充当壁画的温九思,语气五味杂陈。

姜楚楚根本就不想与她打马虎眼,直截了当地戳穿她话里的心机。

"你也不必在这儿意有所指的,你不就是想说我私生活不检点吗……我的名声还用你说吗?"

她的反讽令姜明珠一句话都说不出来。

为了剧情能够流畅地发展,姜楚楚不得不自己接话:"不过我心情不好这一点你倒是说对了。"

她向前走了一步,精致的妆容配上飞扬跋扈的表情,硬生生地将姜明珠逼退了一步。

"你来告诉我,我的心情为什么不好?"

"我怎么会知道!"感觉自己完全被姜楚楚的气场压制,姜明珠的表情显得有几分心烦意乱。

姜楚楚状似沉思了几秒钟,忽而拍了拍巴掌。

"其实我能理解你的处境,爸妈快要离婚了,你以后估计也得跟着回蒋家,可能再也享受不到现在的这种待遇了,想要拿点好的东西走,我可以理解,但肖想一些不属于你的东西可就不好了吧,毕竟我才是最名正言顺的姜家小姐。"

姜楚楚故意说得语焉不详,往往话越模糊,越容易勾起周围人的好奇心,就像现在,大家都会怀疑蒋淑媛跟姜明珠在暗箱操作什么,想要侵占姜家的财产。

再说,这些话都是她瞎编的,怎么可能说得准确。

但话不在真,管用就行。

抑或是心里真的有鬼,姜明珠躲避了她的眼神。

"楚楚,我真的不知道,如果你想知道这些事为什么不去问爷爷?"

"爷爷?"

姜楚楚反问,面上带了讽刺的笑容。

"看来你是幼儿园的知识没学好,爸爸的爸爸叫爷爷……这句儿歌没听过吗?"

"你今天来找我就是为了羞辱我的吗?你到底什么意思?"

姜楚楚耸了耸肩,满脸无辜。

"我的意思很简单啊,你又不是爸爸的女儿,干吗叫爷爷叫得这么亲热?"

她的声音不大不小,但音色十分有穿透力,这句话一出,以姜楚楚为圆心,半径十米内的来宾都听得清清楚楚。

当年蒋淑媛的未婚生子闹得满城风雨,但大家也只是暗地里嘲笑,当面被顶出来,这就是头一遭了。

况且挑事的人还是姜家名正言顺的大小姐,结合她之前的言论,顿时周围隐隐有了议论声。

会场上的管弦乐不知出于谁的授意,渐渐地小了。

姜楚楚心里决定给袁珂加个鸡腿。

她增大了音量。

"反正爸妈不是正在离婚吗?恐怕这段时间过去,我就再也不会在姜家看到你了吧,到时候也不知道是该称呼你一声'蒋小姐',还是称呼你一声'三妹'啊。"

这一句接一句的讽刺令姜明珠终于受不住了,她紧紧地攥着自己的手,眼底的羞恼再也遮掩不住。

她狠狠地瞪着姜楚楚。

"姜楚楚,别以为爸妈离婚后姜氏就给你了,你知道不知道,你什么都不会有。"

"我听到爷爷说了,财产分割完,你就会被扫地出门,甚至……你再不会是姜家的女儿!"

"哪怕爸爸妈妈离婚,我也还是姜三小姐,该属于我的东西还是属于我的!"

姜明珠说得很解气,可她并没有如愿从姜楚楚面上看出被打脸的难堪。

姜楚楚彻底放下了心。

看来，虽然不知道是因为什么，但姜老爷子确实是要放她自由了。

翌日，姜楚楚穿着火红的裙子，化着精致的妆从卧室里走出来，温九思一看见她就皱起了眉头——这似曾相识的场景啊。

他将早饭摆好。

"我还是觉得，这事情有风险。"

姜楚楚不是很在意，一边吃，一边说："不入虎穴，焉得虎子。我实在是受够了姜家这潭泥沼了，一刻也等不得。"

"那我陪你一起去。"

"你不能跟我一起去。"

两个人的声音几乎同时响起，可姜楚楚明显更急迫一些。

撞上温九思意味不明的眼神，她掩饰性地低头擦了擦嘴角。

明知道温九思对她的情况已经了如指掌，可姜楚楚依旧下意识地，不想带着他一起面对她极力想摆脱的过往。

那会令她觉得难堪，觉得自己低他一等。

所幸温九思没有再坚持。

只是姜楚楚临出门前，他突然叫住了她："楚楚，等一下。"

姜楚楚扭头，刚想问他要做什么，忽然之间，一个人影欺身过来，温热的呼吸喷洒在自己耳畔。

随即，耳朵上一阵濡湿的触觉，令她的手紧紧地握了起来。

"注意安全。"

她的脸一下就红了。

她腹诽：不就是个长得好看的男人吗？你至于这么把持不住吗？

她咬着唇瞪了温九思半晌，终于作罢，拎着包，将高跟鞋踩得震天响，三步并作两步就走出了门。

温九思嘴角的弧度维持到了姜楚楚出门，他迅速转过身，拿出手机，点了几下屏幕，在一个类似地图的界面上有一个红点正在缓慢移动。

就在刚刚，他将一粒定位纽扣扔进了姜楚楚的包里。

这样做无疑是有风险的，如果她知道了，一定会跟他大发脾气。

可是……终究是不放心啊。

温九思长叹一声，收拾了东西，攥着手机去了心理咨询室。

姜楚楚开车回了姜宅。

吴妈给姜楚楚开了门,看见姜楚楚,她显得十分惊喜:"大小姐回来了。"

姜楚楚一边往里走,一边随意地问着:"嗯……姜老爷子呢?"

吴妈因为这个疏离的称呼愣了片刻,但转瞬间就反应过来,面上带上了几分心疼之色。

"老爷子上午去公司了,这会儿还没回来呢,我给他打个电话。"

姜楚楚"嗯"了一声,坐在了沙发上。

姜老爷子很快就回来了,进门的时候甚至带着微微的喘息,一看回来得就很急。

姜楚楚面色不改,但内心升起了疑虑。

他很盼望自己回来?

"楚楚,你回来怎么也不跟爷爷说一声?"

姜楚楚注视着自己新染的指甲。

"没必要吧,你不是说协议已经拟好了,就等我签字了吗?现在就拿出来吧。"

见姜楚楚一副公事公办,迫不及待的架势,姜老爷子的面色沉了沉,先前脸上那股伪装的慈爱缓缓地褪去。

"你坐在这里等着。"

说完这句话,他上了二楼的书房,紧紧地关上了门。

姜楚楚坐在沙发上,吴妈给她端上来一杯橙汁。

她看着那橙黄色的液体,皱皱眉:"吴妈,你不是知道我不爱喝饮料吗,给我换咖啡吧。"

吴妈笑得包容:"大小姐,这是我亲手榨的,你就给个面子尝尝吧。"

吴妈是看着姜楚楚长大的,很多次姜楚楚没饭吃,都是吴妈悄悄给她留了一口。

姜楚楚拧了拧眉头,还是接过来了。

"好吧。"

杯子刚要碰到嘴唇,吴妈突然喊了她一声。

"大小姐。"

姜楚楚疑惑地停下来:"怎么了?"

吴妈掩饰性地笑笑,搓着手:"我突然想起来,我炖了甜品,这就拿给大小姐。"

说完,吴妈就转身去了厨房。

姜楚楚喝了一口橙汁,脑海里突然有什么一闪而过——

姜老爷子说,他上楼拿个协议,这中间的时间未免也太久了吧。

吴妈给她端来了甜品,姜楚楚拿起勺子喝了一口,口红在勺子边缘留下了浅

/296/

浅的红痕。

"吴妈,你有没有听说过……"

姜楚楚原意是想从吴妈口中套出些话来,可谁知,她却被吓了一跳。

看着那个被她喝光了橙汁的杯子,吴妈哆嗦着,说了一句莫名其妙的话。

"大小姐,你快走吧。"

这时,外面有汽车的引擎声越来越近,似乎就停在了门外。

有纷乱的脚步声响起,电子大门被人从外面熟练地打开。

电光石火之间,姜楚楚反应过来,这里有诈!

她猛地站起来,顿时天旋地转,杯盏、勺子掉落在地,她的余光瞥见了桌面上的玻璃杯。

"吴妈,你……"

吴妈"扑腾"一声跪了下来,掩面大哭。

"大小姐,对不起大小姐……"

姜楚楚的心骤然一凉。

她的余光已经瞥见了两个壮汉走了进来,她想要逃跑,可是头脑的混沌令她再也无法反应,闭上眼睛向后栽倒……

不多时,偌大的别墅已经没有了女孩的踪迹,只有姜楚楚的手包被遗弃在沙发上,还昭示着她来过这里。

缓缓地,书房的门开了,姜老爷子威严的面容显露出来。

他双手拄着拐杖,往地上使劲敲了敲,俯视着倒地痛哭的吴妈。

"哭什么,还不快把姜……她的东西收拾了,扔到杂物间去,别让人发现她来过这儿。"

仿佛是不敢再提那个名字似的,姜老爷子绕开了名字,用了一个"她"字,仿佛这样就可以撇清关系。

吴妈抬起头:"现在晓得怕了?我对不起大小姐啊……"

姜老爷子面色难堪。

"想让你孙子好好的,最好管住你的嘴巴,自己衡量一下什么该说,什么不该说!"

姜老爷子说完就转身进书房去了。

门重重地关上。

吴妈瘫在地上,喃喃自语道:"作孽啊,这是作孽啊……"

云上心理咨询室。

温九思的对面坐着今天中午预约的客人。

"可是我回去之后,还是睡不着觉,这可怎么办啊,温医生……温医生?"

温九思皱着眉头,被女人的声音唤回来。

"抱歉,刚才走神了,您说什么?"

红衣服的女人害羞地拨弄了一下头发,冲他拼命地眨着眼睛,手也伸了一只出来顺着桌面往他身上滑,声音愈加矫揉造作。

"我是说……温医生,我觉得那些药对我不大管用,我们能不能约在外面治疗啊,我可能会放松一些。"

在她的手碰到温九思之前,温九思站了起来。

"下次吧,如果您不介意的话,我现在有点事情,我们重新约个时间好吗?"

红衣女人勉强应了,快快不乐地离开。

小赵拿着病历单走进来递给温九思:"温医生,那位小姐真有病啊……不会是借口想要接近您的吧。"

温九思在病历单上签了字,闻言瞟了小赵一眼:"表演型人格障碍,属于一种极为少见的心理疾病。"他将病历单放回小赵的手上,正色道,"小赵,我知道,让你一个国经高才生跟我来南城当个医学助理委屈你了,但是面对病人,你的态度还是不合格。"

温九思并没有用什么严厉的词汇,但小赵立刻收敛了嬉笑,摸了摸鼻端,低下头。

"是我错了,温医生,以后一定改正。"

温九思"嗯"了一声,没再说话。

他掏出手机,不知道在看着什么,半晌都没有眨一下眼。

小赵不由得疑惑地问:"您怎么了,温医生?"

温九思突然收起了手机,一边向外大步走去,一边留下一句。

"把下午的预约都调整一下,我有事要出去。"

手机里姜楚楚的定位显示在姜家已经半天工夫了,可是一直也没有动过,他比任何人都清楚,姜楚楚有多厌恶姜家,如果事情办完,不可能在那儿多留一秒钟。

他的心脏不知道为什么突然快速地跳了起来。

一定是出事了。

"楚楚……"

黑暗中,有谁在呼喊着她的名字。

声音熟悉又陌生,仿佛陪伴她度过了许多岁月,能令她安心。

她费力地想要想起来,可是潜意识又觉得里面有古怪。

那个声音又说:"楚楚,你是不是快要忘记我了?"
那个声音分明是……王叔叔!
可是……不对!
脑海中,温九思的诊断记录清晰地浮现出来,他清冷的面容取代了她面前的层层迷雾,使她的思绪逐渐清晰起来。
王叔叔只是她的幻想!
姜楚楚一瞬间醒过来,猛地睁开眼睛。
由于体内药物的残留,天花板在她的眼中还是旋转的。
姜楚楚忍住恶心的感觉环顾四周。
这是一间布置简洁的屋子,一张床、一个柜子、一把椅子,构成了这个房间。唯一令她感到怪异的是,房间的角落里还摆放了一个浴缸。
姜楚楚从床上下来,回头的时候,才发现之前自己身下的床是一张病床。
空气中弥漫着一种混合的香熏味道。
这种味道她很熟悉,她曾经在温九思的心理诊疗室闻到过,温九思说过,这是一种特制的香,有助于心理医生引导患者进行催眠。
可是为什么,现在这个房间里会有这种味道?
又是什么人将她绑到了这里,是姜老爷子?他到底在搞什么鬼?
正当姜楚楚猜测的工夫,房间内唯一的门开了。
一个穿着白大褂、戴着口罩的女人走进来。
"她醒了。"
那个女人平铺直叙地说。
她用的是第三人称,显然不是在跟姜楚楚讲话,姜楚楚顺着她的口罩往下望去,在她的衣服领子上看见了一个类似通信器的东西。
这女人在跟什么人通话?
女人站在原地等了一会儿,像是接收到了什么指令,从兜里掏出了一板药片,递到姜楚楚的眼前,又用那种毫无感情的语调说着:"吃了它。"
姜楚楚警惕地后退一步,没有接。
"她不配合。"
通信器那端说了句什么,戴着口罩的女人一挥手,外头两个壮汉走进来,一人一边,完全压制住了姜楚楚,让她站在原地动弹不得。
戴口罩的女人从兜里又掏出一个装着橙黄色液体的针管,拔掉了针帽。
女人弹了弹针管,不顾姜楚楚的反抗,冷静地将里面橙黄色的试剂顺着姜楚楚的手臂静脉推了进去。
一股熟悉的眩晕感觉向姜楚楚袭来,闭眼之前,有个经过电流变了调的男声响起。

"睡吧……睡吧，让我知道，你的那段往事……"

姜楚楚陷入了更深的黑暗中。

与此同时，温九思跟着一个中年男人敲响了姜家的大门。

用人过来开门，像是得了吩咐一般，一见温九思的脸就要关上门。可温九思旁边的中年男人突然重重地咳嗽了一声，不悦地张口训斥："将到了门口的客人往外面赶，这就是你们姜家的礼仪吗？"

那用人吃了一惊。

"袁先生？"

时间回到半个小时前，温九思在路上一直打不通姜楚楚的手机，心下一沉，做好了最坏的打算。

他的心里飞速地盘算着，快到姜家的时候，他突然一打方向盘，驶向了另一条路。

他去了袁家。

袁呈去了京都尚未归来，袁珂平时又不住在家，只有袁家的掌权人袁思成在家。

温九思原本就是来找袁思成的。

袁思成见了温九思起初很是诧异，因为南城人对他更多的认知，都是来源于姜楚楚。

可是，也不知道两个人在书房里聊了些什么，再出来的时候，袁思成已然变了面色。

再看温九思的时候，他面上就带了几分谨慎，还有些不可置信。

南城最近是走了什么风水运势，竟然来了这样的人物。

温九思一边引着袁思成上了他的车，一边说道："楚楚的事，就拜托您了。"

袁思成从容地笑了笑："温公子不嫌弃，我自然愿意当这个见证人，再说了，楚楚是个有主见的孩子，她想要做的事情，我这个做长辈的，应该支持。"

温九思不置可否。

他自然不可能跟袁思成说实话，编造了一套姜楚楚想要脱离姜家，担心姜老爷子反悔，请他去做见证的话。思及温九思的身份，袁思成没有半点犹疑地就相信了。

毕竟他要是姜老爷子，知道温九思的身份之后，一定是会牢牢地抓住姜楚楚不放的。

两个人一起到了姜家，这才有了开头那一幕。

姜老爷子可以把温九思拒之门外,却不得不出来应酬袁思成,名义上两人还是亲家,而实际上袁家已经快要成为姜氏企业最大的股东了。

两个人寒暄的工夫,温九思又掏出手机看了一眼,那个红色的点就闪烁在他现在在的地方。

温九思的眼眸微暗,强势地打断了他们的对话,冲着姜老爷子说道:"我过来,是看一下你们的协议有没有签好,顺便接楚楚离开,楚楚在哪儿?请让她出来。"

姜老爷子似乎早料到他这么问,不慌不忙地喝了口茶。

"我不知道温医生在说什么,楚楚不在这里。"

用人过来给姜老爷子添上了茶水。

袁思成察觉到这件事有古怪,可他也只能佯装不知,说了几句劝慰的话,无非是什么"孩子大了,就由她去吧""就让楚楚跟这小伙子好好过日子吧"之类的话。

可姜老爷子打定了主意否认到底,一口咬定姜楚楚没来过姜家。

想到那张近来消瘦了许多的小脸,温九思萌翳地看向姜老爷子,忽而笑了。

"您也知道,我对楚楚视若珍宝,说来不怕您笑话,"温九思交叠双腿,这话说得顺理成章,"为了能时刻知道她的踪迹,我在她的身上,装了个定位仪。"

袁思成听闻,忍不住看了一眼温九思,目光很是复杂。

温九思继续说:"所以,楚楚在不在姜家我不知道,但是定位仪此刻就在姜家。"

"砰"的一声传来。

旁边的吴妈突然失手打翻了杯子,面色惨白地看向姜老爷子。

姜老爷子面色难看地说:"笨手笨脚的,还下不去。"

温九思弯下腰去捡那个杯子,余光瞥见什么,他目光一凝,身上瞬间冒起了寒意。

精致的白瓷勺子上,有一个浅淡的唇印,虽然很浅,但依稀能看出主人的唇形。

拜姜楚楚的傲娇所赐,温九思能够辨认出她拥有的每一支口红色号……白瓷勺上的,正是她今早涂的那一支!

勺子摔在了地上,匆匆忙忙清理的人并没有看到它。

姜楚楚可能是被拖走,或者在毫无知觉的情况下被人带走……

他们还是中了姜老爷子的圈套。

温九思抬头看着这个无耻的老人,闭了闭眼睛,最后那点和谈的念头烟消云散。他掏出电话,利落地说道:"小赵,找人过来,搜一下姜家。"

姜老爷子没想到他突然发难,不由得恼羞成怒。

"温九思你要做什么,你这是私闯民宅!你没有权力这么做!我要报警!"

温九思瞬间大步迈过去,单手揪紧了他的衣领,姜老爷子登时就喘不上来气了。

他将姜老爷子往沙发上一丢,寒着脸,咬牙切齿地说道:"你最好祈祷楚楚没事,不然……别说民宅,你恐怕很快就要露宿街头了。"

姜老爷子刚想讥讽温九思的狂妄,却瞥见旁边对他避之大吉的袁思成,过去那些对温九思来历的怀疑,此刻逐渐拼凑……

姜老爷子忍不住面色一僵。

"温九思,你到底是什么来历?"

"现在是我来问你。"温九思俯视着姜老爷子,丝毫不掩饰自己眸中的戾气,"她在哪儿?你到底还要算计楚楚什么?"

小赵盯着专门找来的电脑高手,在姜家书房的电脑里飞速地查着资料。

如果姜老爷子真的通过了这台电脑跟什么人联系,一定会被找出蛛丝马迹,小赵舒了口气,看向站在窗边的男人。

"温医生……"

小赵想说,您不要太担心了,可是,他看着温九思的表情却什么也说不出来。

那是一种十分平静的神情,却无端令小赵觉得越发悲哀。

小赵的话到嘴边转了个弯。

"姜老爷子在楼下闹着要报警,您要不要管管?"

温九思扭过头来看他,神色冷清。

"不需要,反正……他用不了多久,也得跟警察打交道。"

"哦……"

小赵不再说话,静静地站在温九思身边。

忽然,电脑前的年轻人冲了出来,面带喜色。

"温先生,找到了。"

温九思面色一变,大步走过去。

"发件人的邮箱定位在M国一所大学附近,那里人流量太过密集,做不了精准定位。"

温九思夺过鼠标,一封一封地翻着姜老爷子和那个人的邮件记录。

最后一封从M国发过来的邮件,只有短短的几句话:将她交给我,答应姜氏的资金,很快就会到账。

"温医生……"

小赵有些不安地看着他。

温九思抿着嘴，忽然将眼前的显示屏狠狠地往地上砸去："查！每一条线索都要查，一定要查出来楚楚被他们带到哪里去了。"

这是来到南城之后，小赵第一次看到温九思发火，他面带难色。

"依照我们在南城的人手，有难度。"

"那就从京都那边找人，不计代价。"

从京都……

小赵想说什么，但最终压抑住了内心的忐忑，点了点头。

脑袋昏昏沉沉，看不到外面的天色，姜楚楚根本不知道已经过了多久了。当她再次醒来时，戴着口罩的女人正紧蹙着眉头盯着她，像是碰到了什么世纪难题。

"你们到底想做什么？"

姜楚楚开口，才知道自己的嗓音沙哑。

她的身体很累，仿佛在昏昏沉沉的这段时间，有人对她的身体做了什么。

女人没有理她，兀自跟通信器那边的男人说着什么。

"X-1型和X-2型药物对她都没有作用。"

"是，我知道，我一定加快速度。"

女人撂了电话，看向姜楚楚。

"你不需要惧怕我，我们没有要伤害你，我们只是对你十三岁那年得病的事情十分感兴趣。"

"什么？"

姜楚楚努力睁着眼睛，脑袋里一团糨糊……不是跟姜老爷子有关，而是跟她有关？

她虚弱地笑了一声，神色讥诮："什么病，找病人你就去医院，找我算什么。"

"我就当你同意了。"

那女人很快转过身，从外面接过来一件一次性的手术服，慢条斯理地穿着。

"心理创伤之后的应激反应很常见，但单靠自我幻想而自愈，我们很感兴趣，所以想要研究你。知道你不会配合，我们还事先准备了几种新型的精神类缓释药剂……可是药剂对你不起作用。"

她穿完了衣服，一挥手，两个大汉走进来，一左一右制住了姜楚楚。

像是唠家常般，女人继续说："温九思真是个厉害的角色，先用自己代替了你幻想出来的'王叔叔'的角色，使你虽然救赎破灭，但在他身上得到了等同的安全感。"

姜楚楚挣扎了一下："有病的是你们吧，莫名其妙，从哪个精神病医院里跑出来的。"

戴着口罩的女人看她的表情就像是看一个冷冰冰的实验对象。

"把浴缸放上水。"

女人缓缓走到姜楚楚跟前。

"水,是一种很好的诱导剂,当人在窒息溺水的时候,自我防御能力最为低下。"

姜楚楚的手狠狠地握了起来,知道自己今日在劫难逃,也不想由着他们折腾,咬紧了牙微弱地反抗着。

温九思……他在哪儿?

姜楚楚的头突然被按进了水里。

冰冷的水冲进了她的鼻子,她的耳朵,她的嘴巴……

陌生女人在她耳边说着:"痛苦吗?是不是想起了一点曾经痛苦的感觉?"

一次又一次。

那女人吩咐抓着她的人,一次又一次地将她按在水里,时间间隔越来越短,她的神志开始模糊。

难受……好难受……

不知是不是她的错觉,外面传来了沉重的撞门声。

"温九思?他怎么会来得这么快?"

那女人的声音明显有些惊慌。

通信器的男声不见慌张:"别跟他对上,走!"

姜楚楚被扔在地上,那几个人迅速地往室内奔去。

外头房间的大门,和客厅的玻璃窗同时被撞破。

"温先生,他们跑了!"

"只抓一个,剩下的跟上,看看幕后是谁主使。"

窗户小,哪怕是动作再快,那些人也不可能瞬间逃跑,有两个慌不择路地冲着大门奔来,目光阴狠。有了温九思的吩咐,来人皆特意避让,让他们能跑走。

温九思瞥见大汉鼓鼓囊囊的腰间,忽然目光一黯,明明能避开,但脚下一转,直直地向着那人冲了过去。

大汉原本没想纠缠,可是见他冲过来,一慌,掏出腰间的东西,"砰"的一声——

姜楚楚用力地呛着嗓子里的水。

有人抱住她,解开她手上的绳子和眼睛上的黑布,然后将她揽住,手拍着她的后背,语带颤抖:"楚楚,我来了。"

姜楚楚突然扑进温九思的怀里。

"你来了，带我离开好不好？"

她像是一尾缺水的鱼，牢牢地攀附着她赖以生存的水源。

"傻姑娘，我就是来带你走的，没事了……"

他的声音莫名比她还要虚弱，姜楚楚费力地抬头，突然看到了他肩膀处的一大片红晕。

"你受伤了？"

姜楚楚惊慌失措，男人的肩膀处，鲜血蜿蜒而下。

"是我错了。"姜楚楚哭着，手指颤抖着，不敢触碰。

"我没事。"

男人目光温柔地望着她。

姜楚楚不住地摇头，惨白与惶恐交织的面容看在温九思的眼里，有一种惊心动魄的美丽。

而这个泪如雨下的女孩，正在他的怀里第一次反省着自己的错误。

"如果不是我一意孤行，你不会为了我受伤……医生！快打电话叫医生啊！"

"楚楚，"男人抬着那只没受伤的胳膊安抚着她，"我真的没事，只是，你得想想怎么补偿我？"

姜楚楚连忙接上。

"我以后什么都听你的好不好？"

"楚楚，我只希望你知道，你不在乎自己的安危，有人在乎。"他虽然流着血，但眼眸明亮。

"如果你将自己陷入危险中，在乎你的人会受伤。"

姜楚楚愣住了。

警察和医生很快就赶到了。

姜楚楚和温九思两个人都被请上了救护车。

看着护士给温九思做着紧急的止血治疗，姜楚楚咬着牙，眼眶通红。

看她这样，温九思反而笑了，忍着疼痛伸出一只手摸摸她的头顶。

"明明受伤的是我，你怎么倒像是个小受气包。"

"你乱说什么。"姜楚楚抹了一把眼泪，"受伤了还不安分，别碰我。"

温九思失笑道："刚才还说以后都听我的？"

"我们有协议在先，你没忘记吧。"

听她死里逃生，还有精力气呼呼地搬出之前的协议，温九思忍不住别开脸笑了笑，动作牵动了伤口，他忍不住皱了一下眉头。

"好了好了，有什么事情等你伤好了再说吧。"

跟前些日子毫不容情的拒绝相比，这话已经有了回旋的余地，温九思顿时觉得这一枪挨得值。

对上他浓重的目光，姜楚楚移开眼睛。

她的精神放松下来，医护车里空调温度打得很高。

她在温九思的身边——这个认知令她的精神很快放松下来，困意缓缓地席卷而来。

温九思的视线落在另一边的毯子上，护士很有眼色地拿起了一张给姜楚楚盖上。

没过几分钟温九思的电话响了。

在第二声电话铃响起来之前，温九思飞快地按下了接听键。

他压低了声音问道："什么事？"

电话里是小赵。

"温医生，我们的人已经对现场进行了调查，找到了几种治疗精神疾病注射液的残留物……他们应该不是姜老爷子的人，而是——"

"而是对姜楚楚这个病例感兴趣的人。"温九思压低了声音，沉沉地说。

"他们是冲着我来的。"

车上还有旁人，温九思也只是说了这一句话之后就住了嘴，他看了看沉睡在一边的姜楚楚，黑眸深沉。

看来，是要把南城这边的事情快点结束，回京都去了。

姜楚楚不知道自己睡了多久，一觉醒来，窗外的天色已经黑了，她条件反射般地抓紧了床单，然后才想起来自己已经成功被温九思救了出来。

温九思现在在哪里？

她翻身坐了起来，突然发现病床旁还有另外一张床，床上的男人安静地闭着眼睛睡着。

她走到男人的身边，蹲了下来。

他睡得并不安稳，面色泛白，唇紧紧地抿着，但饶是如此，也丝毫无损他英俊的相貌。

被子没有盖严，他的肩膀处缠了厚厚的白纱，这是为她受的伤……

忽然，男人睁开了眼，准确地看到了她。

姜楚楚不察，一时间愣在了那里。

安静而昏暗的病房里，两个人一躺一蹲，两两相望，他的眼睛明亮如星。

半晌，姜楚楚才尴尬地移开了眼。

"你醒了，你觉得怎么样？身上的伤还疼不疼？我去给你倒水。"

"不用。"

温九思的眼神瞟了瞟，骤然从被子里伸出一只手来，抓住了她的手腕。

"楚楚，原谅我。"

男人未受伤的手很有力，姜楚楚只觉得被抓住的手腕像着了火一样，她掩饰性地咳嗽一声。

"我原谅你了。"

温九思摇头。

"不，只有你肯重新跟我在一起，那才是对我的原谅。"

姜楚楚张了张嘴，可不知道说什么好，重新在一起？可是，她无数次告诉自己，不要动摇。

"你不必为难，只要你不拒绝我，我总会一步一步向你走过去，不断拉近我们之间的距离，直到有一天……"

他的唇边忽然扬起一抹暧昧的笑。

"直到有一天我们会变成，负距离。"

"你流氓啊！"

姜楚楚甩开他的手，霍地转身，但由于也是刚醒，头一晕，忍不住往前栽去。

温九思条件反射般地伸手，将她整个抱进了怀里。

温香软玉在怀，男人面上含笑。

"你看，我们之间这么快不就变成零距离了吗？"

姜楚楚双手按着温九思的胸，想要挣扎着起身，温九思却趁势控制住她的双手，一翻身将她压在了身下。

两个人的距离近得能听见对方的心跳声。

"楚楚……"

他的鼻尖磨蹭着她的颈窝，一下又一下，温热的气息喷洒在她的皮肤上，令她不由自主地起了细细密密的鸡皮疙瘩。

"我们重新在一起吧，好不好？"

他的嗓音低醇，如同浸了酒精，让人头晕目眩。

"温九思，你别……"

哪有这样的？她不答应，就……就利用自己的男色？

根本不将姜楚楚微弱的反抗放在心上，温九思突然张嘴，不轻不重地咬在了姜楚楚的肩上，然后，辗转厮磨。

"别怎么样？你要是不答应……我就继续了。"

她脖颈间传来男人的轻笑。

姜楚楚慌忙躲闪，话不经大脑就说出来了。

"不要,你总要给我时间让我考虑一下。"
而这时,门毫无预兆地被打开了。
小赵毫无防备地走进来,看到这个情形愣了一秒钟,又面色如常地退了回去。
室内恢复了安静。
姜楚楚的脸颊快要烧起来了,温九思看着她,怎么也看不够,可是……他不能心急。
"还不下去?想要继续?"
温九思垂着眼睛,满含笑意。
他的手一松,姜楚楚连忙翻身坐了起来,离床远远的。
看着她恨不得离自己百丈远的姿态,温九思的心反而安定了下来。
她并不是排斥自己,而是一时间拉不下颜面,女人诡异的自尊心啊……
姜楚楚刚整理好自己的衣衫,小赵就像是掐好了时间一样敲了敲门,走了进来,一本正经的模样,仿佛刚才闯进来的并不是他。
"温医生,姜小姐,警察那边的反馈出来了。"
温九思正了正神色。
"查到了什么没有?"
"让那女人跑了,其他的大汉都被警察抓了起来审问,他们都是刚刚被雇佣的无业游民,有人出了钱,雇了他们几天的时间,他们根本就不知道那个女人的来历,也没人见过那个女人的真面目。"
温九思摆摆手,沉思片刻。
"我知道了,你去办一下吧,今天晚上我就出院。"
"是。"
小赵点了点头退出去了。
温九思揉了揉太阳穴,看了一眼旁边的姜楚楚,面带歉意。
"楚楚,这帮人应该是冲着我来的。"
姜楚楚不解地皱眉。
"冲着你来的,可抓我干什么?"
"我在M国曾经提出过一个课题——"
"停。"
温九思刚一出声,姜楚楚就打断了他:"我不想知道得那么详细,反正我也听不懂……"
温九思噎了一下,又苦笑道:"楚楚,这件事情是姜老爷子联合了身份不明的人办的,我暂时追查不到M国那边到底是谁下的手,但是姜氏,我不能不管了……"

他沉着脸:"我不能再放任伤害过你的人继续这么逍遥自在下去,希望你能谅解。"

他的言外之意显而易见,如果说,他从前是有能力对姜氏做什么而没有做,那么从现在起,他将毫不留情。

姜楚楚敛眸:"我说过,姜氏跟我没关系了,你随意。"

隔了一会儿,她才听见男人带着小心翼翼的语气说道:"还有,等事情平息之后,我希望,你能跟我一起去京都。"

姜楚楚皱着眉,许久都没有说话。

姜楚楚和温九思当晚就出了院。

温九思并没有去城郊,而是告诉姜楚楚有事情要处理,就跟着小赵离开了。

姜楚楚的复原能力堪称惊人,尤其是心理方面的,被绑架了两天,睡了一觉醒来,她就什么事儿也没有了。

只是一觉醒来,她总觉得缺了点什么,想到温九思昨日最后说的话,她突然坐起来,打了个电话。

不过一个钟头,中央大道的咖啡厅里,姜楚楚跟袁珂相对而坐。

姜楚楚开门见山:"你帮我个忙。"

袁珂喝了口咖啡,或许是美式太苦,他露出了一脸苦瓜相:"祖宗,我希望你时刻谨记着,咱俩分手了,成吗?"

"哦,那我就长话短说,我想让你帮我查一个人。"

"谁?"

她顿了一瞬间:"……温九思。"

袁珂十分不解:"你想知道温九思家里是干什么的,直接问他不就好了,干吗还要偷偷摸摸地查?温九思这么想重新追回你,肯定会告诉你的。"

直接问他?

姜楚楚别过头去看着窗户上自己隐隐约约的侧脸,声音很轻:"他能告诉我的东西,我猜一猜就知道了,无非是京都名流,贵家子弟。京都那些他不愿意告诉我的,我也得事先弄清楚啊。"

袁珂莫名其妙地问:"你搞那么清楚干什么,你要跟他回京都?"

"……我不知道。"

日光如虹,她的侧脸显得十分落寞。

袁珂最见不得她这个表情,立刻受不了地移开视线:"不就是查个人,我帮还不行吗?一星期之内,保证给你基本资料。"

"谢谢。"

姜楚楚道完谢，终究没有再说别的，袁珂不放在心上不代表她自己心里不知道，让他帮了这么多次的忙，她总该回报些什么，可是，她没有任何东西可以给他。

隔日，南城的大报小报上，头版头条都是关于姜氏企业破产重组的消息。

姜氏负责人因巨额漏税被警方传唤，临时召开股东大会更换企业负责人，下市清点资产。

姜楚楚从报纸上读到这些，竟然有一种置身事外的不真实感。

这也是温九思来南城的四个月后，姜楚楚第一次意识到，他不是一个普通的心理医生。

还没等她看第二遍，温九思就回来了，他仿佛已经有几天没休息好，眼底有相当明显的青色。

"你怎么……"

姜楚楚的话还没说出口，温九思就掏出了很厚的一摞文件递给她。

"这些，先签了吧。"

"这是什么？"

"……你的东西。"

温九思的口气很轻，但姜楚楚翻着文件，却越看越惊心，文件上涵盖资金的数额之巨大，几乎就是她对姜氏的财力的全部认知。

温九思是怎么把这些东西弄来的？不是说姜氏已经被冻结资产了？

见她还在犹豫，温九思忍不住微微地笑了笑。

"你放心，这笔财产来路很正，是我从姜老爷子那儿查到的，姜老爷子对资产一向看得很重，怕姜福生夺权，怕蒋家分权等，他这么多年暗地里置办了许多不动产，而且，置办完之后又以赠送合同暗地里转到了你们的名下，以免像现在这样事发被冻结。

"可惜，他思虑太周全了，怕你们三个知道之后夺走了这些财产，他设立了许多苛刻的条件，比如订婚或结婚视为自愿放弃财产，姜福生和蒋淑媛如果离异，蒋淑媛带走的子女也失去赠予财务……

"条条框框下来，只有你有资格拥有这笔钱，我只是请律师协助，捋顺了这些条款，让这些东西能顺顺利利地，全部归到你的名下而已。"

姜楚楚听得直眨眼，好一会儿都没反应过来。

温九思叹了口气：“好了，别犹豫了，快签字吧。"

看着一页页文件上被她流利地写上自己的名字，温九思不由得松了一口气，签字即生效，姜楚楚现在，是名副其实的"千金"小姐了，有这些钱财傍身，他也能多少放一点心。

"好了，你休息吧。"

他整理了东西又往外走。

姜楚楚叫住他："这么晚，你要去哪儿？"

"姜氏破产重组不是小事，我还有很多事情要处理。"说完这句话，温九思顺口接了一句，"你乖。"

然后，他又顺手摸了摸她的头发，指尖顺着她的脸庞一划而过。

房门关上，姜楚楚站在原地，半晌才憋着气，跺了跺脚，低喃一声。

"流氓。"

姜氏企业破产重组的信息在南城泛滥，第一个联系姜楚楚表示关心的人是刘晏。

只是电话打过来，刘晏刚一开口就被姜楚楚堵了回去。

"得了学长，我知道你想说什么，可是我真的没事，我要是浑浑噩噩精神不佳，我前两天是怎么把完稿给你的，对不对？"

刘晏愣了愣，隔了一会儿才掩饰性地说："我当然不会觉得你有事，我是想说……对，我是想说，我下个月要去京都，你要不要跟我一起，顺便看看白教授。"

又是京都，这么巧？

姜楚楚没说去也没说不去，只是建议道："学长，这回总不能空手去啊，白教授介绍了这么好的活给我们，应该带点谢礼吧。"

刘晏深以为然，于是，不到一个小时，刘晏就被姜楚楚忽悠到了中央大道见面，美其名曰采买礼物。

姜楚楚准备假公济私好好逛一逛，结果刚路过一家甜品店，就被散发着甜蜜味道的冰激凌吸引了注意力。

刘晏见状笑了："你等我一下，我去买。"

姜楚楚甜笑着点了点头，等待的工夫，她坐在店外的长椅上刷起微博。

忽然，她抬头，和一个穿着白色针织裙的女人视线相撞。

姜明珠显然是来逛街的，手上已经拎了几个购物袋，光看购物袋的LOGO就知道价值不菲。

蒋淑媛最近忙于打离婚官司，蒋家这关口当然不可能有太多钱给姜明珠，看姜明珠完全不受金钱困扰的模样，想想也知道，是袁呈给了未婚妻这份体面。

姜楚楚面向她，站了起来，依旧高傲夺目。而这时，刘晏刚巧从甜品店走出来，手里拿着一个冰激凌，小心翼翼的样子，显现出几分生动的纯情。

"刘晏？"

刘晏将手中的冰激凌递给姜楚楚，转头看见姜明珠，向她点了点头。

/ 311 /

"姜小姐。"

南城就这么大，刘晏和姜明珠又是同一个领域的，平时画展、公开课也经常见到，是以都能认出对方。

姜明珠眼神复杂："你和楚楚这是——"

"我和楚楚马上就要去京都见白教授了，所以想过来买一些礼物。"

"白教授？"这回轮到姜明珠的面色古怪了，"白教授找你和楚楚干什么？"

刘晏犹豫了一下，忽而张口说道："白教授十分认可楚楚的天分和灵性，这一次想让她去京都，是想推荐她参加一个国际比赛，这个比赛全国只有五个人有资格提交作品。"

姜楚楚眨巴眨巴眼睛，将诧异和冰激凌一起咽下。

刘晏之前都没说过，可见原本是不准备这么早告诉她的，想必是知道她和姜明珠的关系，想给她撑撑场子。

姜明珠霍地看向姜楚楚。

"姜楚楚，你要去？"

姜楚楚歪着脑袋想了想。

她本来还没下定决心要去京都，可是现在，她好像忽然有了兴趣。

她想在权贵林立的京都出头，傲然地站在那个人的身边。

她还需要将原来就属于自己的东西，拿回来。

见她点头，姜明珠面上的浅笑顿时消失得无影无踪。

"我还有事……就不跟你们一起了。"

说完，姜明珠略一点头就要离开。

姜楚楚看着她的背影，直到她消失在拐角处，才扭过头来对刘晏说："学长，我们谈谈。"

说谈一谈，不过是换了个地方聊天而已，两个人没找咖啡馆之类的，而是顺着中央大道外面的银杏树随意地走着。

初秋，银杏树的叶子刚刚泛黄，风一吹，几片叶子簌簌落下，别有一番景致。

刘晏满腹心事的模样。

姜楚楚清了清嗓子："学长，白教授想让我去参加比赛的事——"

"我跟你们不是一个圈子里的人，可并不代表我对你们圈子里的事情一无所知。"

刘晏没看姜楚楚，眼神落在地面那些被踩踏着的叶子上。

"楚楚，你应该有一个自己生活的目标不是吗？你喜欢画画，那你就去画画。"

姜楚楚没听明白他的意思："我在画啊，有一个这样的爱好，的确很能令人放松。"

刘晏猛地停下来，双手把上她的肩膀："你不应该止于爱好，楚楚，你是有天分的，那幅《月夜》就是最好的证明。"

姜楚楚一时愣住："你知道？"

他知道，那幅画是她的作品，而不是姜明珠的作品。

"我知道，楚楚，跟我一起去京都，赢下比赛，好不好？"

他的表情真挚，目光中闪动着一种光亮，那是对姜楚楚的信任，相信以她的实力，可以在这条路上走得很远。

姜楚楚见过那么多人，唯有一个刘晏与她相交，是真的看中她的才华与天分。

她轻轻地点头："好。"

就当给自己一个借口，一个非去京都不可的借口。

得到姜楚楚肯定的回答，刘晏露出了一个安心的笑容。

这时，一辆黑色的商务车停了下来，车窗缓缓摇下，那人清俊的脸庞显现出来，他只一心一意地看着姜楚楚，目光满是包容。

"楚楚，上车了。"

她的心蓦然一跳，脚不由自主地朝那边走过去，手把上车门的一瞬间，她扭过头对刘晏说："学长，我们再联系。"

"好，我等你电话。"刘晏点头道。

车门一关，车内车外隔绝成了两个世界。

她没有问温九思怎么会在这里，温九思也没有问她和刘晏一起去做了什么。

中间手机响了一下，姜楚楚低头看了几分钟又关上手机。

她靠着座椅，闭上眼睛假寐。

手机上是袁珂发过来的信息：你让我帮忙查的温九思的家庭背景，我查到了。

还没等姜楚楚看完这一条，接下来的短信连番轰炸过来。

袁珂：你知道他是什么人吗？你挑挑拣拣的这棵歪脖子树，还真是棵大树。

袁珂：只要他肯护着你，我也不必担心你受人欺负。

袁珂：我听说他家里的情况复杂，只是更多的我暂时不知道，你如果要跟他去京都，还真得想清楚一点，别到时候吃了亏才知道后悔。

袁珂：一会儿我就把资料都发到你邮箱里，你邮箱没把我拉黑吧……

后面袁珂还说了很多话，姜楚楚已经没心思看了。

车平稳地行驶在马路上。

姜楚楚自言自语似的说："我们什么时候离开？"

她的声音很轻，温九思却险些没有握住方向盘。

/ 313 /

刺耳的刹车声在宽阔的马路上响起。

车内,男人的声线隐隐不稳。

"你肯跟我一起走?"

大鱼

有爱的青春陪伴者

独占春光

下

北流 著

江苏凤凰文艺出版社

第十六章
初到京都

十月，京都的枫叶火红，远远望去，层次鲜明的红色就像为整个城市点缀上深浅不一的朱砂。

造型古朴的庭院中，栽着几株名贵的梧桐，亦是泛着耀眼的红，掩映着书房的玻璃窗。

"温九思要回来了。"

书房中，一个中年男人焦躁不安地踱着步，喃喃自语。

在他旁边，一个戴着金丝眼镜的年轻男人递给他一杯茶。

"爸，您别太紧张了，不就是温九思要回来了。咱们该干什么还干什么，您管他那么多干什么？"

说着，年轻男人又补充道："他既然那么喜欢他的心理学，就祝愿他成为一个顶尖的心理医生，至于其他的，我猜他也没那么多精力顾全。"

中年男人接过茶杯，喝了一口温热的茶，镇定了一些，摇摇头："不，温戎，你才从M国回来，你不知道，当初他的手段有多狠。我怕万一……"

中年男人握紧了手里的杯子，神色带着几分惊惶，似乎是回想起了什么可怕的事情。

见到父亲这个样子，温戎皱起眉头："我听说，温九思在那边交了女朋友？"

"我也听说了，一个名声不好听的女人，据说长得有几分姿色，也不知道他是中了什么邪，跑到南城去看上那样一个女人。"

温戎阴冷地一笑："这对我们来说不是好事吗？温九思看起来那么完美的人，如果有了弱点，也就不足为惧了。"

中年男人还是觉得心绪不宁，他缓缓地叹了一口气。

"希望如此吧。"

而此时，被认为终于有了弱点的人，带着他的"弱点"，正坐在飞往京都的飞机上。

机舱广播里传出了空中小姐甜美的声音：

"尊敬的旅客您好，飞机还有三十分钟即将降落京都国际机场……"

昏昏欲睡的姜楚楚被这个声音惊扰到，抬起头揉了揉眼睛。

温九思将矿泉水拧开递到了她的嘴边。

她就着他的动作喝了一口，理所当然地享受着男人的服侍，末了，还皱了皱眉头，视线下垂，示意男人擦掉她嘴角的水渍。

温九思轻笑，没有用纸巾，而是倾身过去，将她嘴角的水渍吻掉。

姜楚楚睨他一眼，却没有说什么。

看她心情还不算糟糕，他斟酌地说："姜老爷子托人求到了我这里，说想要见你一面，蒋夫人也曾试图联系过你。"

姜楚楚慵懒地打了个哈欠："我见他们干什么？"

温九思沉默一瞬："我只是不想你留遗憾。"

遗憾，她留的遗憾太多了。

南城对于她来说，除了遗憾，大概也没什么东西了。

"还有，到了京都，你就能看到我真正的心理咨询室了，我那里有很多好玩的东西——"

"别骗我了。"姜楚楚嗤笑，"是有很多治我病的东西吧。"

"楚楚——"

姜楚楚忽然放软了身子，轻轻地靠在他身上。

"没关系，我也不想带着对王叔叔不确切的记忆生活下去，如果可以消除，那就治疗吧。"

一出机场，就有三四个穿着西装的男人迎了上来，立刻将温九思手上的行李接了过来。

"温先生，飞机上辛苦了。"

温九思淡淡地点了点头，扭头看向姜楚楚。

"我们先去住的地方看看？"

姜楚楚抬起手机，看了一眼时间，摇摇头："你先把行李放过去吧，我还约了人，要先去一趟国立美术馆。"

"我送你？"

"不用，我自己打车过去就好。"

那些人对待温九思的态度十分慎重，在他提出要送姜楚楚的时候都露出了不同程度的不赞同，显然是有紧急的事情在身。

温九思坚持将姜楚楚送上了临时赶过来的另一辆商务车才肯离开,不知道是不是姜楚楚的错觉,仿佛在他熟悉的地方,他的掌控欲开始悄无声息地生长。

她甩甩脑袋,挥开这些想法。

她按照地址来到美术馆,找到了白教授。

白教授正在讲课,底下坐了十几个年轻男女,姜楚楚犹豫着该不该上前打招呼。

而这时,白教授瞥见她,目光一亮。

"傻站着干什么?快进来。"

众人随着白教授的话,向姜楚楚投来或好奇或惊艳的目光。

看着一屋子青春蓬勃的脸,姜楚楚突然有了羞赧的感觉。

明明她也才离开校园不到一年而已。

白教授并没有因为姜楚楚的到来而停止授课,而是让她在后面跟着听,甚至后来,姜楚楚也饶有兴致地拿起画笔跟着一起画。

课程结束时,已经是夕阳西下。

等到最后一个学生离开,白教授走到姜楚楚的跟前。

"看到了吗?你在我这里不会受优待。"

姜楚楚乖乖地点点头。

白教授放柔了口气:"你是南城艺大出来的高才生,底子是有的,但光有底子和天赋还不够,你知道有多少天才到最后都泯然于众人了吗?"

姜楚楚又乖乖地点头,没一句反驳。

"离比赛还有一个半月,之后每个周一到周五的上午,你都要来我这儿画画,可以吗?"

"可以。"

满意于姜楚楚的谦逊,白教授伸手摸了摸她的肩膀:"楚楚,你是我见过的最有灵性的姑娘,我希望能在我拿不动画笔之前,教出来一个享誉国际的绘画家。"

"我做不到的事情,我希望我的学生可以。"

白教授毫不掩饰自己对姜楚楚的期望,也将自己的"野心"全盘托出。

被她这样的目光看着,姜楚楚只觉得心跳加速,莫名兴奋起来。

姜楚楚嘴角上扬的弧度一直持续到从美术馆出来。

一辆车前,一个男人背对着她,夕阳下,他的轮廓格外清晰。

就像是后背长了眼睛,他掐灭了烟蒂,回身看她,表情并不意外。

"楚楚,你来京都怎么也不告诉我一声。"

他的声音有一种浮于表面的温和。

姜楚楚警惕地后退一步:"袁呈?你怎么在这儿?"

看见她的动作,袁呈反而笑了笑。

"我若说是巧合,你信不信?"

姜楚楚觉得他有哪里不一样了,但具体又说不出来。

结合袁呈之前的行为,姜楚楚可是一点都不信他的话,她抱着肩,讽刺地笑了笑:"你看我像傻子吗?巧合?你怎么不说我们是缘分天注定?"

袁呈听了这话,眼中闪动起意味不明的光亮,缓缓地说:"楚楚,你是这样想的?"

姜楚楚冷笑,还要再说什么,身后突然传出一个女人惊讶的声音。

"你怎么来这么早——姜楚楚?你怎么会在这儿?"她的语气不自觉带了质问。

可又像是想起什么,姜明珠的面上划过一丝惶恐,飞速地扫了一眼袁呈。

"我是说,楚楚,你什么时候来的京都?"

所以,袁呈真的不是跟踪她过来的。

这就有点尴尬了。

姜楚楚摸了摸鼻尖,看向姜明珠,反问道:"你又来这里干什么?"

两个人谁都不愿意回答对方这个问题,也就只能作罢。

姜楚楚看着神态不自然的姜明珠,实在想不到她会出现在京都的理由。

事先倒是听说过,袁呈为了公司的业务早就来了京都,可蒋淑媛和姜福生正在打着离婚官司,应该正是心烦的时候,姜明珠不陪着妈妈当贴心小棉袄,反而追随未婚夫来了京都?

这倒有意思了。

姜楚楚沉思的工夫,袁呈深深地看着她,那目光毫不避讳,带着潜藏压抑的贪恋。

"楚楚,既然遇见了,晚上不如一起吃饭吧。"

不顾姜明珠难看的面色,袁呈继续说道:"你在哪里落脚?需不需要我来安排,京都我现在还算熟悉。"

姜楚楚扯出一个虚伪的笑容,还没来得及拒绝,身后一个人影靠近,腰间被一只大手揽住,一个声音清冷而又饱含隐忍的怒意,在她的头顶响起:"不劳烦袁总了,我自己的女人,我会照顾好。"

袁呈扯了扯嘴角:"温先生,料想总有一天会在京都见面,没想到这一天来得这么快。"

温九思也疏远地说:"今日还有事在身,改日再拜访袁总。"

听到两个人虚伪的客套,姜楚楚忍不住翻了个白眼,却没有反驳温九思关于"我的女人"这个言论。

姜楚楚:"你是来接我的,还是来叙旧的,走不走?"

温九思按了按她的脑袋，声音柔和了起来："走，马上就走。"

说罢，他冲着袁呈和姜明珠一点头，以占有者的姿态揽着姜楚楚离开。

"姜楚楚！"姜明珠在身后喊住了她。

姜楚楚脚下一顿，却没有回头。

姜明珠扬声问道："这次的比赛对我很重要，你真的要参加吗？"

她的话不甚清晰，但姜楚楚轻而易举就听明白了她的言外之意。

姜明珠也想参加这次的国际比赛，想要她让步。

姜明珠自然不是那些胸大无脑的女二号标配，她能一次次地用理所当然的语气要求这些，自然是有她的免死金牌。

可姜楚楚想让她知道，不管当年发生了什么事，从今以后，她的免死金牌不再有用了。

"当然。"姜楚楚回眸，笑得娇俏，"很期待能跟你公平竞争，希望你的画……还是那么有灵性。"

说完，她就跟着温九思离开了。

姜明珠看着她的背影，狠狠地握起了手。

如果不是姜楚楚，当年她又怎么会遭受那些事情，以至于……她现在在昏暗的环境里，根本分不清色差。可是现在，姜楚楚怎么敢用这样理所当然的语气说她要参加。

"明珠。"

听到这个声音，姜明珠紧握的手一下子就松开了，不自然地扭过了头。

"我们现在走吗？"

袁呈走近她，一只手顺着她的头发一直摸到她的脸颊，动作温柔，可眼神里却充满了冷酷的寒冰。

"我希望你没有忘记我们来京都的目的，明珠。"

姜明珠勉强一笑："我知道的，我会按照你的意思去做的……"

袁呈看到她如履薄冰的模样，反而笑了："明珠，做成这件事，对你的好处是最大的，在南城，你只是一个空有虚名的才女，靠着袁家未来儿媳妇的名分才能勉励维持以往荣光，可是做成这件事之后，不光是南城，就连京都也没有人再敢看不起你。明珠，这是我送你的礼物。"

姜明珠看着他坚毅的眉眼，仿佛被蛊惑一般，缓缓地、重重地点了点头。

姜楚楚坐在温九思的车上，不由自主地动了动身子，这不是他常开的那辆，甚至她都没有在国内见过类似的款式。

温九思一眼看穿她在想什么。

/ 319 /

"今后你在京都，可以开这一辆车。"

姜楚楚眼神一亮，她沉浸在这辆车的美貌中，眼神一飘忽，忽然察觉出不对来："这是去哪里？不是去酒店？"

温九思扯唇一笑："当然不是，这是去我家的路。"

"我才不去你家！"

姜楚楚的反抗对于温九思来说微弱得可以忽略不计。

"都到京都了，我怎么可能让你一个人去住酒店？而且让你入住也不是不可以，除非，我也去。"

"不行！"姜楚楚反驳得超大声。

温九思睨她一眼，眼中闪动着意味不明的笑意："你乖一点，我保证，我们只是单纯的同居关系。"

那语气充满宠溺，还有一丝微妙的调笑，姜楚楚从后视镜里看了他一眼，忽然面上也挂了笑。

"温先生，你确定？我对你的自制力……很没有信心呢。"

霓虹闪烁中，温九思的脸端方如玉，他言简意赅地回应道："你可以试试。"

姜楚楚最终还是被温九思带去了他家。

她下车后略微仰头，看向眼前的一片公寓楼。

"你之前，就住在这儿？"

她原本以为，南城是临时住所，他住得随便点还情有可原，可是京都都是他的大本营了，怎么还住在这种公寓里面？

温九思一边带着她往电梯走，一边随口答道："是啊，我之前都是一个人住，再加上我不太喜欢有保姆之类的陌生人出入我家，住这种地方反而比别墅方便。"

他在京都住的公寓比南城大了少许，最起码，不用睡客厅了。

姜楚楚先用的浴室，温九思早就把她需要用到的东西准备好了，睡衣也是全新的，是她的尺码，一看就是蓄意已久。

她洗了澡出来，温九思目不斜视地从她身边走过去，进了浴室，关紧了门，不一会儿，里面就传来了"哗啦啦"的水声。

温九思动作很快，十几分钟就洗完了，他换上了睡衣，一看就是情侣款，只是款式保守。那一直系到脖子的纽扣，透露着浓浓的禁欲感，像是有人要撇清什么嫌疑似的。

看着坐在沙发上，悠悠擦着头发的男人，姜楚楚咬了咬后槽牙。

凭什么他总是可以稳坐钓鱼台，好像什么都可以掌控一样。

姜楚楚缓缓走过去，伸出一只手搭在男人的肩上，柔声叫道："九思。"

温九思的动作一顿，扭头微微扬起脸瞧她。

"怎么了？饿了？"

饿你个大头鬼。

姜楚楚心里腹诽，脸上却带着笑："你不想……抱抱我吗？"

温九思轻声一笑："所以，我的考验要开始了？楚楚，男人是不能试探的。"

姜楚楚不答话，借着这个姿势，顺势坐进男人的怀里，他只需要一伸手，就可以将温香软玉揽在怀里。

可温九思只是虚握着她的肩膀，在她的额头上轻轻一吻，就双手掐着她的腰肢，将她放在一旁的沙发上，自己站了起来，将湿漉漉的毛巾搭在一旁。

姜楚楚看着男人的背影，眼睛一眯，心底的不甘悄悄冒了出来。

她紧跟着站起来，挤到男人面前，踮起脚，一只手主动攀上了他的脖子，另一只手抓住他的胳膊，红唇凑过去，在他散发着热气的脖子上轻轻吻了一下。

就不信，这样他能稳得住。

她的身上带着沐浴之后的清香，还有温暖的体温，软糯的触感，宛如献祭一般呈现在男人面前。

温九思不由得发出一声轻微的喘息，短暂的停顿之后，猛地循着姜楚楚的唇吻了上去。

从主动出击到被动承受，只是一瞬间的改变，男人的进攻来得汹涌澎湃。

呼吸不畅的片刻，姜楚楚还有心思抽空去想：小样，看你还怎么装。

只是她还没得意上几分钟，温九思突然在她的唇上发狠似的一咬，然后……推开了她。

姜楚楚："嗯？"

他后退半步的姿态是认真的吗？

温九思伸出手，拇指划过自己的唇畔，喉结上下滚动了一下："楚楚，你确定你想要这个？"

这句话气得她胸口堵了大半夜。

直到后半夜，姜楚楚好不容易睡着了，结果一晚上都做着各种梦。

梦里，自己无论做什么都逃不出温九思的手心。

姜楚楚很生气。

气着气着……她就醒了。

在洁白的床上醒来的时候，看到周围陌生的陈设，她还有点蒙，直到视线落在旁边衣柜上，看到上面挂着的熟悉的衣服时，才渐渐反应过来身在何处。

温九思正在客厅里看报纸，翻过一页，悠闲地喝了一口茶水，突然听见卧室里面传来"噔噔噔"的声音。

他还没反应过来，门一下子被打开了，姜楚楚一手叉着腰，一手拎着他的几件衬衫，气势汹汹地站在他面前。

"既然说是单纯的同居关系，那就收好你自己的杂物，别放在我旁边碍眼。"

温九思被她怼得啼笑皆非。

他放下报纸，打量着姜楚楚略带酡红的脸蛋，忽然站起来，向她走过去。

姜楚楚立刻警惕地抬眼，想替昨天丢人的自己找回场子，于是摆出一副凛然不可侵犯的模样，声音降了一个八度，显得冷冰冰的："离我远一点啊，我们可是单纯的同居关系。"

温九思听了这话不退反进，一步一步地走到她面前。

他低头，一口啄在了姜楚楚的唇上，眼角眉梢都带着掩饰不住的笑意："傻姑娘，同居关系怎么可能单纯。"

姜楚楚一瞬间脸色爆红。

"你——"

下一秒，她的所有抗议被某个男人的一个深吻化解。

沉迷中，温九思突然意识到，为什么那么多人喜欢养猫。那种将她逗得炸毛，又一手撸过去将她安抚下来的感觉……

有点爽。

除了待在家，姜楚楚大多数时间都待在了美术馆，这让油画课的同学们颇感意外。

原本以为是白教授的关系户，就算会一点油画，也不可能厉害到什么程度，而且她长得太好看了，这种样貌的女孩子，一看便觉得娇气得很。

但她往往都是第一个来美术馆，也不怎么和人交际，默默地摆好自己的画具，对着今日讲台上白教授拿出来的馆藏画作仔细临摹。而每次白教授来对众人的临摹进行点评，姜楚楚的画永远都是最出彩的，无论是线条还是用色，她总能在原画的基础上，大胆地加入自己的理解，使之焕发出新的生命力。

休息的间隙，若是有人去特意和她讲话，她也不会高冷地扭头，而是可以准确地叫出这个人的名字，和他对话。

那个在南城酒会上一枝独秀的女人仿佛被遗忘在了南城，而在这个没有人认识她的京都，她就只是姜楚楚，一个有着一技之长的女孩而已。

几天过后，终于有憋不住好奇的人问着："楚楚，白教授为什么会将你从南城挖过来啊？"

姜楚楚停下画笔，回答得认真："因为白教授说我是她见过的最有天赋和灵性的学生。"

有理有据，令人信服。

逐渐，她以一种柔和的姿态，融入了这十几个未来的画家之间。姜楚楚也突然觉得，自己找回了一些青涩校园里的单纯。

她学习的地方是京都国立美术馆其中一间房间改成的教室，这里平常人来人往，大多是慕名而来的美术爱好者，或者是想用热爱美术来增加自身价值的伪美术爱好者。

所以，姜楚楚觉得，在这里能碰见蓝子期，一点也不意外。

她刚去了个洗手间出来，就看见一楼大厅展台旁边那个熟悉的男人身影，蓝子期正言笑晏晏，对旁边一个二十五六岁的女人说着什么。

那个女人穿着优雅得体、妆容精致，姜楚楚恍惚间觉得，自己在她的身上看到了一丝姜明珠的影子。

走近，姜楚楚听见了两个人交谈的声音。

"你确定他会喜欢这幅画吗？"

女人眉头轻轻蹙起，眼神挑剔地看着面前一幅抽象艺术画作。

姜楚楚瞟了一眼，作者是一位十分具有代表性的法国画家，他的画以用色大胆闻名，但是对于一个不懂画的人来说，他的画就显得过于夸张，这也是为什么这个人在国内的知名度不高。

显然，这个女人就属于不懂画——但有钱的那一类人。

蓝子期也显得十分苦恼。

"我觉得他应该喜欢吧，他家里的客厅就挂着这个画家的画，如果我没记错的话。"

"好，那就这个吧。"

女人一锤定音，唤来美术馆的工作人员，连价格都没问，二话不说就让对方包起来。

蓝子期看她这样急迫，忍不住笑道："云佳姐，我说你也太小心谨慎了吧，你买的东西，九思向来都是说好的。"

听到这里，姜楚楚一挑眉。

云佳？李云佳？蓝子期口中那个跟温九思关系匪浅的人。

李云佳闻言状似羞赧地低下了头，她的五官是那种秀气的柔美，轮廓柔和，眼睛黑白分明，还带着些雾气，端得像一朵高洁的白莲花。

她伸手拨弄了一下耳边的碎发，不经意地问："他说都好，可能也是因为不在意吧。听说，九思的女朋友也来了京都？"

蓝子期的表情有一瞬间的裂开。

/ 323 /

别人看不出来，姜楚楚可明白得很。

温九思跟蓝子期崩了……因为她。

她十分清楚自己在温九思心中的地位，可以毫不夸张地说，如果温九思的心里只能有一个人，那个人的名字一定叫作"姜楚楚"，而造成两个人之间关系破裂的直接人蓝子期，不管他曾经跟温九思有多深厚的情谊，经此一事，两个人也必定有了难以修补的裂痕。

蓝子期听到跟她有关的话，表情能正常才怪。

果不其然，蓝子期干咳了几下，扭过了头："这我也不清楚，云佳姐你也知道，九思一向不喜欢别人打听他的私事。"

李云佳急切地说："可是你又不是别人！你们自小感情就好，你还——"

"云佳姐。"

蓝子期皱着眉头打断她的话："有些事情过去了，大家就都不要多提了。"

看见李云佳的表情变得有些难看，蓝子期叹了一口气，语调放缓："我知道，你很介意九思身边的那个女人，但是我建议你不要轻举妄动。"

偷听到这里，姜楚楚没趣地撇了撇嘴，想也知道他们不会有什么好话。

她低头看了看自己的打扮——由于怕油彩沾身，她穿了一件围裙样的衣服，今天没洗头发，也没化妆。

她拒绝这样见到情敌。

掉价。

姜楚楚转身就走，一边走还一边恨恨地念叨着某个男人的名字。

半引诱半强迫让自己跟来了京都，他要是敢对别的女人有一星半点的歪念头，她准没完！

姜楚楚自觉在京都根基未深，甚至可以说是除了金钱和美貌，什么都没有，因此，在没摸清京都这潭浑水到底游着什么鱼之前，她不打算找麻烦。

可是她不找麻烦，不代表麻烦不找上她。

姜楚楚正准备回教室，忽然，一个工作人员急匆匆地跑过来，一头撞上了姜楚楚。

撞上来的这个就是先前给蓝子期他们包装画的人，大概是成了一个大单，她有些兴奋，撞了姜楚楚一点表示也没有，站直了就要走，还不忘冲李云佳扬起一抹讨好的微笑。

"李小姐，您的卡。"

李云佳冲她点了点头没说什么，倒是蓝子期皱了皱眉头，目光后移，一下子就看见了姜楚楚。

他蓦地喊了出来:"姜楚楚?"

姜楚楚一闭眼,十分无奈。

既然两个人都不想见到对方,视而不见不好吗?非要找不痛快?

不过,这点腹诽在她转过头,看见李云佳面上一闪而过的警戒时就明白了,蓝子期这是想借李云佳的手给她一个下马威。

姜楚楚嗤笑一声:"蓝子期,被赶回京都后,你过得还不错。"

蓝子期冷笑道:"托你的福,总算不用在南城那小破地方,忍受着一些乌七八糟的人围着我献殷勤了。"

说完,他又意味不明地对旁边的人说:"云佳姐,这就是九思……女朋友,南城姜家的大小姐。哦,我忘了,姜氏现在已经不存在了吧。"

这种程度的讽刺姜楚楚根本就不放在心上。

她瞥向一边的女人,李云佳刚好也在上下打量着她,目光比方才看画的时候还要挑剔百倍,在落到姜楚楚被油彩弄脏了的围裙,和被汗打湿了几绺贴在额头上的头发时,李云佳眉眼舒展,甚至还小幅度地挺了挺胸脯,露出了一个落落大方的笑容。

"你就是姜楚楚吧,我听说过你。你好。"

如果不是李云佳的双手端庄地摆在身前,根本就没有想要打招呼的意思,姜楚楚几乎就要信了。

本来以为是一朵"白莲花",现在看来还是一朵虚伪的"白莲花"。

"你好,我也听说过你。就一次,是从蓝子期口中听到的,看来你俩关系不错。"

姜楚楚的话令李云佳的笑容僵硬了少许。

"姜小姐真爱开玩笑,我和九思从小就认识了。"

李云佳的话点到即止,带着一种欲说还休,仿佛是自矜着身份,不肯将两人的关系与外人多说一句。

一个两个的,都叫得这么亲热是吧。

姜楚楚还没来得及说话,手机突然响了一下。她漫不经心地看了一眼,忽然笑了,红唇轻启:"从小就认识……那九思回京都,你们该好好聚聚吧,不如,我打个电话,让他来接我们吃饭好了。"

李云佳垂眸。

"姜小姐,你可能不太清楚……"

她咬了咬嘴唇,仿佛很为难,喘了三口气,才下定决心似的接上下半句话:"九思除了给病人咨询,还有更重要的事情要做的,平日里并没有那么多的时间,你应该体谅他才是。"

/ 325 /

姜楚楚心里冷笑,面上却是学着李云佳的样子皱了皱眉头。

"那可能,他现在改了吧,他对我,一直都有时间啊,他恨不得一天二十四小时都腻歪在我身边呢,不信——你问他?"

姜楚楚话音刚落,蓝子期和李云佳的身后就传来了不疾不徐的脚步声。

一个悦耳的男声传出来——

"楚楚,怎么不回短信?"

姜楚楚看向来人,歪了歪脑袋,有点做作的动作被她做出来,却有一种天然的萌感。

"你不是说马上就到了吗?不需要再回了呀。"

温九思显然被戳中了萌点,眸色深邃得仿佛要将她吸进去一样,嘴角微微扬起:"你说得对,是我多此一举了。"

此话一出,姜楚楚倒没什么反应,蓝子期也因为前段时间在南城见得多了,还能承受得住。

倒是李云佳,一下子就变了面色,先前她大度体贴的微笑都快要维持不住了。

她倒吸了一口气,扭过头去,一双水汪汪的大眼睛眨也不眨地看着男人:"九思,你来了,你不是在工作吗?"

温九思的眼风扫过两人,没有丝毫停留,径直走到姜楚楚的身边,手十分自然地在她的腰间找到了去处。

姜楚楚低头看了一眼自己腰上的手,撇了撇嘴没有说话。

温九思略微低了低头,声音在她的耳边响起:"走吧,我的车停在美术馆后面。"

看这架势竟然是连招呼也不想跟这两个人打。

姜楚楚看热闹不嫌事大地想:看来,温九思跟蓝子期闹得挺僵啊。

李云佳似乎也意识到了这一点,急忙往前走了两步。

"九思,之前都是子期帮你处理那些杂事,现在你突然不用他了,自己忙坏了吧?"

温九思极淡地点了点头:"还成。"

李云佳绽开一抹笑意:"那……那晚上一起吃饭吧,你回京都之后,我们还没有在一起好好吃过饭呢。"

"不用了。"

温九思言简意赅地拒绝,视线甚至没有和李云佳对上。察觉到袖子那里的小动作,他附在姜楚楚耳边解释道:"我今天好不容易空出时间来,想接你去诊疗室看看,有他们在,不方便。"

他的声音很小,李云佳竖起耳朵,也只能勉强听见什么"不方便"的字眼。

她垂在袖子下的手紧紧地攥了起来，声音加大了几分，打断了温九思单方面的窃窃私语。

"九思。"

李云佳上前一步，温九思瞥见顿时又后退一步，满脸警惕，保持着疏离的间距。

这个动作突兀并且唐突，倒像是刻意要跟李云佳保持距离，按照以往温九思温和绅士的性子，断然是做不出来这举动的。

看着李云佳不可置信的表情，姜楚楚暗中观察，认为事出反常必有妖。

温九思揽过姜楚楚，冲着对面的女人略一点头："你没有别的事的话，那我们就先走了。"

说完，他没有片刻停留，拉着姜楚楚的手往外面走去。

姜楚楚瞧着男人坚毅的下巴，心里琢磨起来。

没有直接称呼名字，也没有用"李小姐"，反而用一个"你"字含糊地带过去了。

"啧啧"，有故事啊。

李云佳只能眼睁睁地看着两个人并肩离开，忽然间——

"一起吃饭吧。"

说话的人是姜楚楚。

她停住了脚步，温九思被她带得也停了下来，疑惑地望着她。

姜楚楚朝他身侧依偎了一下，巴掌大的小脸扬起，用甜腻腻的语调说道："我来京都后还没见过你的朋友们呢，既然李小姐这么热情要请我们吃饭，那就一起吧。"

温九思面色有些古怪，望着她半天没说话。

姜楚楚于是摇了摇他的手臂。

"你看什么呢，到底好不好吗？"

温九思出其不意地在她额头上吻了一下，才弯了弯眼睛："当然好……我刚才只是在想，你有多久没有这么跟我撒娇了。"

姜楚楚心愿达成，立刻松开了温九思的手臂，转而扬起了一个攻击性极强的笑容，意味深长地看了看李云佳。

"那李小姐，我们走吧，谢谢你哦，你可真是个好人。"

"白莲花"就要"绿茶"来治，姜楚楚"绿茶味"十足的台词和神态信手拈来。当下李云佳应也不是，不应也不是，看起来十分想掉头就走，但又经受不住能跟温九思一起吃饭的诱惑，她的神色变了变，终究还是勉强地扯了扯唇。

"姜小姐客气了，这是我应该做的。"

这都能忍，看来段数比想象中还要高上一截。

姜楚楚"哦"了一声，旋即又高兴地说："一看你跟我们家温医生就是好朋友，

/ 327 /

那还叫什么姜小姐啊，多生分啊，叫我楚楚吧。"

她一边说着，还一边轻快地朝李云佳那边走了两步小碎步。

李云佳还没有打倒，熟知姜楚楚真面目的温九思先受不住了。

角色调换，温九思咳了咳，一把将她拉了回来，默默地伸出一只手抓住她的手腕轻微地晃动，示意她适可而止。

四个人，两辆车，姜楚楚换了身裙装摇曳生姿地坐进了温九思的副驾。

她选了一家京都人均消费排得上前三的米其林餐厅，一到门口，四名金发碧眼的服务生小哥齐刷刷地迎接，李云佳跟蓝子期先进去了，温九思拉了姜楚楚一下。

"你干吗啊？"她的口气说不上太好。

温九思叹了口气："你不是不太喜欢吃日料？"

"但是有趣啊。"

温九思皱起眉头："什么有趣？"

姜楚楚理所当然地伸出手，指了指里面："一桌四个，两个是我情敌，多有意思啊。"

男人一愣，太阳穴隐隐跳动："你胡说什么呢。"

姜楚楚上下打量了他一番，嗤笑了一声。

"我在说什么你不知道？"

说完，她踩着高跟鞋扭头走了进去。

"别玩得太过火，小心回去我收拾你。"温九思的声音不高，只有他们两个人能听清，语调也十分肃穆。

可好端端的话，姜楚楚却从中听出了别样的意味。

她摇了摇头，将这些奇怪的念头晃出脑袋。

姜楚楚点菜不看菜名，单看价位，哪一行的数字突出，她的纤纤玉手就指向哪里。

李云佳瞧着，仿佛又重新找回了自信。

"姜小……哦不，楚楚，想吃什么就多点一些，这里的菜很好吃。"

她的眼底有显而易见的悲悯，同情之色外露，那表情就跟千金大小姐去福利院做公益，看着衣衫褴褛的小孩，悲天悯人地说"你要是缺什么就跟我说"一样。

也是，父母正在打离婚官司，姜家股份几乎被瓜分殆尽，此时的姜楚楚在李云佳眼里，跟福利院里的孩子没什么两样，区别还是有一点的——姜楚楚被温九思笼在了羽翼之下，身上盖上了他的印章，单这一点，就足以令从小要风得风要雨得雨的李云佳嫉妒得发狂。

/ 328 /

各色菜肴被一盘一盘端上来，姜楚楚彻彻底底演示了一番什么叫作"柔若无骨"。

"我想吃那个龙虾，你剥给我。"

"好。"

"喝一点红酒好不好，我看展示柜里那瓶就不错。"

"……只能喝一点。"

"牛排咬不动哎。"

"我切小块给你。"

这一顿饭吃得，蓝子期和李云佳彻底沦为背景板，几乎插不上话。

到了结账的时候，看到因为加了一瓶红酒而窜到大五位数的账单，李云佳的表情有点像吞了一只苍蝇。

忽然，一只素白的手递出去一张黑漆漆的卡。

"结账吧。"

姜楚楚将卡递给服务员，慢条斯理地擦了擦嘴："都是我点的，怎么好让你结账，这点钱我还是出得了的。"

她眼波盈盈，衬托得李云佳面色越发僵硬。

李云佳拉着蓝子期草草地跟两人道了别，临走前，她深深地看了一眼姜楚楚，面上第一次没有了笑容。

车缓缓地行驶在宽阔的马路上。

听着姜楚楚嘴里若有似无哼着的小调，温九思从后视镜里瞥她一眼，轻笑了一声。

"这下开心了？"

姜楚楚不甚在意地"唔"了一声，用眼角的余光扫着他："心疼了？"

"没有，我很开心。"

她不自然地扭开脸，咕咕哝哝地说："神经病。"

车正好停到了公寓楼下，温九思定定地看了姜楚楚很久，忽而叹了一口气。

"楚楚，你还在挣扎什么呢？"他喟叹出声，"你注定是我的。"

短暂的沉默之后，姜楚楚转头看他，她的脸陷在路灯昏黄的光影里，忽明忽灭，就像午夜旷野起舞的精灵，美丽而充满神秘色彩。

"既然你说我注定是你的，你愿不愿意答应我一件事？"

两人四目相对，温九思微微地扯唇。

"我不是已经把全部身家都交给你了吗？"

"你什么时候都给我了？"

/ 329 /

"那份合约，如果我对你不好，你可以拿走我的一切；可是如果我对你好，那我的一切当然都是你的——这不就是，我的，全给你了吗？"

姜楚楚差一点被他绕糊涂："我的钱也够我花，我要你的钱干什么？我要的是别的。"

温九思倾身堵住了姜楚楚的嘴，将她未说完的话全都吞了下去，含糊地说道："随你，都随你。"

第十七章
温柔的网

姜楚楚想得很清楚,从某个角度来看,她甚至是一个理性大于感性的人。

既然她想在京都扎根,就不能再默默无闻下去,不管是她的男友,还是她本身,都是麻烦体质,默默无闻就代表了在这一个广告牌掉下来就能砸死两个百万富翁的京都,是要被人找麻烦欺负的。

所以,倒不是她非要跟李云佳过不去,而是她即使奉承李云佳,也无济于事。

来了京都小半个月,姜楚楚已经足够了解温九思的家世,配合着从袁珂那儿收到的消息,这个李云佳,追了温九思十多年了,并且她的家庭也是倾尽全力支持她。就算姜楚楚什么也不做,因为温九思,两个人已经就是实际上的敌对关系。

如果说,姜楚楚是靠着美貌和风流韵事站在南城的风口浪尖上的话,这个李云佳,就是凭借着身世成为京都当之无愧的第一名媛。

姜楚楚想要温九思答应她一件事——

"我要订婚。"

她要一场声势浩大的订婚,戴上温九思未婚妻的水晶桂冠,在她没有别的自保能力之前,在京都立足。

温九思的唇刚刚离开姜楚楚,她这四个字就清晰地吐了出来,他后退的动作立即就僵住了。

他的呼吸还轻微地喷洒在她的面颊上,眼睛却定格在她的双眼上,想要看清她眼底的情绪。

她默默地后撤,移开了脸。

温九思还维持着这个姿势,表情严肃。

姜楚楚表面如同冰山一般沉稳,可是内心却慌得不行,思绪不停地在翻腾。

这不是她预想中的反应。

他不是应该欣喜若狂,兴奋得语无伦次吗?怎么会像根木头一样杵在她面前?难道他说爱她是骗人的?大骗子!

姜楚楚的脑袋里千回百转，有点生气，还有点微妙的委屈。

所以，过了大约五分钟后，温九思坐正了身子，手理了理领带，用淡漠的侧脸对着她，说了一句"我知道了"的时候，她内心的生气和委屈一并喷发了出来。

她一句话没说，打开车门就下了车，又将门狠狠地摔上。

昏暗的楼道里，还没等她掏出房卡，突然，一个颀长的黑影从电梯间走出来，大步走到她跟前，将她一把拉住，反身按到门上。

"你要嫁给我，是真的吗？"他的眼睛亮晶晶的，蕴藏着巨大的惊喜，和往日的从容淡定完全不一样，那晶亮的眼睛，仿佛让她看到了他身后一条晃出残影的大尾巴。

"只是订婚……唔——"

他突然吻住了她，像是用尽所有的力气……

头顶的感应灯由于两人长时间没有动作又熄灭下去，只留下昏暗的轮廓灯，冷清又暧昧地照在交叠着倚着墙的两个人身上。

温九思将姜楚楚紧紧地困在墙壁和胸膛之间。

唇齿间是她清浅的呼吸，那样近、那样真实，可他却觉得自己是活在梦中。

她想要的，他都会毫无保留地给她。他做好了准备，只要她肯待在自己触手可及的地方，只要他们中间没有其他人，他什么都不奢求。

可是，当他放稳了心态，像骑着自行车一路摇摇晃晃地驶向终点时，她却突然将时速提高到了二百迈。

惊喜像滔天巨浪，一下子将他打傻了。

眼看男人索取无度不知疲倦，姜楚楚生怕自己被他亲得背过气，连忙伸出手在他的后背胡乱拍了几下。

温九思猛然惊醒，霍地松开了她，后退了两步。

"对不起，你没事吧？"

他的语气甚至有些慌张，"慌张"这个词，在此之前是绝对不会套用在温九思身上的。

他的目光像一只温顺的巨型犬，小心翼翼地看着她。

被这样无害而欣喜的目光注视着，她竟然有点脸热。

姜楚楚别开脑袋，支支吾吾："没事，我……我有点困了。"

"哦……那、那晚安。"

"啊，好，谢谢你。"

然后，她假装很淡定地掏出门卡，在门上刷了一下，当先走了进去。在那一瞬间她忘记了身后还有一个人，无意识地带上了门，而她身后的温九思仿佛也瞬间智商清零，眼睛还看着她后背的方向，眼见着面前的门关上了，却依旧无意识地跟着她迈出步子——

"唔……"

隔着厚重的门板，姜楚楚并没有听见门外男人的闷哼。

回到卧室，她反锁了门，突然飞奔上床，将自己的脸狠狠地埋进被子中。

温九思的确是欣喜若狂，语无伦次了，甚至还有点呆。

可是，她后知后觉的是，她竟然主动提出了订婚！

姜楚楚瞪着眼睛盯着黑漆漆的天花板看了大半夜，直到三点多才迷迷糊糊地昏睡过去，睡前的最后一个念头是，温九思肯定也失眠了吧。

这样她就平衡一点了。

第二天，姜楚楚理所当然地起晚了。

她急急忙忙洗漱完化好妆冲出房门，温九思已经板板正正地坐在客厅了。

她瞟了一眼，他的精神状态出乎意料地不错，好像完全没有受影响，难道失眠的只有自己？

"你别急，先吃早饭。"

姜楚楚朝餐桌望过去，一杯牛奶、两片吐司……以及一个煎成爱心形状的鸡蛋。

爱心形状？

不管了，姜楚楚抄起筷子夹住就往嘴里塞。

温九思看着她为了不让吐司沾到口红而张大的嘴，以及略微扭曲的五官，嘴角浮起一丝神秘的微笑。

楚楚真可爱。

心情颇好的男人跷起腿，手托腮微微歪着脑袋瞧着她："你去美术馆？我送你。"

姜楚楚含混不清地说："不用，我自己去就行了。"

温九思表情也没变，淡淡地说："正好接你，选婚戒。"

姜楚楚一口吐司噎在嗓子眼，险些呛到。

他不是不记得昨天发生的事情，相反，他连选婚戒这一步都已经计划好了，未免也太快了吧。

看出了她的迟疑，温九思放下手站起来，一边走近她，一边用缓慢的语调说着："礼服、婚纱、流程、请帖、场地……这一系列的步骤，如果想要做到最好，每一项都需要时间来准备，就单说礼服，楚楚，你最近是不是胖了？"

这一句话戳中了姜楚楚的死穴。

她眼底有薄怒，面上却挂上挑衅的笑，凑近了他，手指调戏似的抬起男人的下巴。

"我会让你见识一下什么是合格的'腰精'的,温医生。"
"我很期待。"

又是一天的风景画集训,姜楚楚揉了揉酸痛的手腕走出美术馆,一抬头就看见了一辆散发着"我很奢华但我努力低调"的商务车停在门口。
后车窗落下来,温九思笑着:"楚楚,坐到后面来。"
今天有司机,司机还是个熟人。
小赵从前面扭过身来冲她笑,露出一口洁白的牙齿:"姜小姐,又见面了。"
姜楚楚看着身穿价值不菲西装的小赵,不解地问:"你不应该在心理咨询室吗?"
"那是副业,我的专职是做温医生的助理,当然了,姜小姐有任何事也可以吩咐我去做。"
相比在南城的时候,小赵对她热情了不少,那张娃娃脸上的笑容也真挚了许多。
车行驶过了一个高级商圈,又行驶过了一个高级商圈,最后左拐右拐,停在了一条古色古香的老街口。
三人走进了一家首饰店,装修倒是典雅,只是一看展柜里的东西,价值也就在几千上万封顶了。
小赵进来后就熟门熟路地走向二楼去找店主人。
姜楚楚逛了一圈后坐下来,看向温九思。
"你不是应该带我去最高档的店面,往桌上拍一张金卡,告诉我选多贵的都行,你都会送给我……吗?"
看见温九思一言不发地看着自己,姜楚楚逐渐心虚。
温九思的表情有些一言难尽。
"你喜欢这些?"
"不然呢?"
"我以为,钻戒这种有意义的物品,你会想要有自己设计的东西在里面。"
温九思话音刚落,二楼就走下来一个头发花白的外国老头,他身边的小赵提着一个匣子走过来,放到桌面上。
小赵咧嘴笑了笑:"温小姐,这位先生是九召旗下奢侈品品牌的设计师,这次您的婚戒设计就由他主导,您有什么要求都可以跟他说。"说着,他又打开了桌面上的匣子。
一瞬间,里面那东西散发出来的迷人光芒险些晃瞎了姜楚楚的眼。
小赵言笑晏晏:"这是南非今年的钻王,温医生让人连夜送过来,就是为了给姜小姐定制婚戒用。"

把这么大一颗"鸽子蛋"挂在手上,手指会折断的吧。

这么折腾了一阵子,从设计师那里出来时已经是晚上八点多了。

姜楚楚还沉迷在那颗硕大粉钻的美貌中无法自拔,被温九思一拉,毫无反抗地撞进他的怀抱。

她揉了揉鼻子,由于鼻根的酸涩,声音忍不住有点嗲:"你干吗呀?"

他说:"走了,去吃饭。别想那颗钻石了,想想我吧,有了我,你什么都有了。"

姜楚楚仿佛被撞了一下心窝,正要开口说什么,忽然,一道阴郁的声音响起来:"哟,我当这是谁,小温总。"

温九思皱着眉头望向来人,薄唇轻启:"温戎。"

那个男人不到三十岁的模样,戴着眼镜,却掩饰不住内心的阴冷:"小温总还能记得我的名字,真是深感荣幸。"

温戎的话很谦卑,但是神情却放肆,目光在姜楚楚身上划过:"我还以为你去南城是为了你那早死的妈,不承想竟然带回来一个红粉知己。九召现在发展迅猛,天天这么多事,你倒是懂得享受。"

他轻慢地扫过姜楚楚,又转回到温九思身上。

"你过来一下,我有事找你。"

温九思原本不想动弹,可是不知道想到了什么,忽然嘴角一翘,竟然真的提步走过去。

姜楚楚看着两个人的背影,问小赵:"那是谁?"

"是温医生堂叔的儿子。"

原来是亲戚,那怎么还……

看出来姜楚楚眼底的疑惑,小赵放低了音量:"您是想说,他们看起来关系很不好。"

姜楚楚点头。

"你听见他管温医生叫小温总了吧。"

姜楚楚一愣,脑海中有什么飞速闪过,迅速察觉出一些不对劲来。

很多富二代都被人称为小×总,上头总有老子压着,同时也向外界表明了一种态度,这个人以后是要子承父业的。

可是,根据姜楚楚事先得知的,温九思的父母……都已经死了。

说到这儿,就不得不提一下袁珂帮忙查的那半吊子资料了。

一看就是"民间"流传的八卦结合体:九召股份是老牌国营企业,有名望,在它涉足的一众领域一览众山小,在温九思的父亲温桥初手中实现了国有变为民

/335/

营，自此名利双收，成了京都乃至全国都无可撼动的财团之一。

温桥初和妻子虽是利益结合，但夫妻恩爱，温九思可谓是含着金汤勺出生的，只可惜他还小的时候，两夫妻就因为意外身亡了，留下巨额财富，还有公司的一大摊子事。

彼时，温九思才八岁。

作为温九思的监护人，温仁迅速上位，这么多年来，将九召牢牢地控制在自己的手里。

小赵晦暗不明的声音打断了姜楚楚的胡思乱想："对外界来说，'温总'指的是温医生的堂叔——温仁，他是九召股份名义上的董事长。"

"名义上？"

小赵的脸上飞速闪过一丝厌恶："当然是名义上，现在温医生还给他留了几分薄面，只可惜，有些人的贪欲就是无底洞，鸠占鹊巢惯了，就不知道自己究竟是从哪个泥潭里来的了。"

姜楚楚跟小赵嘀嘀咕咕的工夫，那边的谈话已经结束了。

温戎最后看了一眼姜楚楚和小赵的方向，踌躇满志地走了。温九思整了整领带，不紧不慢地踱步回来，面色看不出喜怒。

小赵急忙迎上去："温先生，他刚才跟您说什么了？"

姜楚楚注意到了小赵称呼上的转变，知道他们是想谈一些公事，于是别开脸望风景，耳朵有一搭没一搭地听着。

温九思的声音淡淡的："世昌广场那片地，他想要，就给他了。"

小赵紧紧皱着眉头："可是，世昌广场那块地之前已经通过招标要卖出去了——"

"抵押金退回去，你操作一下，给他。"

小赵仍想说什么，最终还是忍住了。

温九思交代完就走到姜楚楚身边，柔和了神情，伸手摸了摸她的脸颊，自然地将她侧脸的一绺碎发掖到她的耳朵后面。

"走吧，去吃饭吧。"

姜楚楚点了点头，顺势依偎进他的怀里。

这段时间，两个人的相处模式逐渐趋近于自然，但与几个月之前那种娇俏腻歪的劲也不一样，似乎更趋近一种微妙的平衡。

温九思不肯放她，她又骗不了自己对温九思没有感觉，那就干脆、也只能找到一种让两个人都舒服的相处方式。

一阵凉风吹过来，姜楚楚忍不住摸了摸手臂上的皮肤。温九思见状，将大衣敞开，将她半边身子裹进自己的怀里，突然想起什么，他顿了下。

小赵亦步亦趋地跟在两人身后。

温九思停住脚,扭头看向小赵,目光中透露出淡淡的问询之色,看得小赵一脸蒙。

他叹了口气:"我们要去吃饭了。"

小赵十分自然地掏出手机,低下头打开APP:"好的,您和姜小姐想吃什么,我这就订好,然后我们一起——"

"小赵。"

温九思揉了揉太阳穴,叹了口气。

"我是说,我们——我和楚楚。"

小赵差点心肌梗死,有一种卸磨杀驴的感觉是怎么回事。

在小赵眼巴巴的注视下,温九思毫无愧疚感地替姜楚楚打开副驾驶的门,护着她坐进去,而后一踩油门,汽车绝尘而去。

一路安静,在一家餐厅停了下来之后,温九思像是下定了决心,扭头看向身边的人。

"楚楚,订婚之后,我们回老宅好不好?"

像是怕被她拒绝,温九思又紧接着解释道:"只是几个月的时间,不会太久。"

"你不用跟我解释的。"姜楚楚打断了他,目光平静,"都听你的。"

温九思又开始了忙碌,姜楚楚不想了解他的商业帝国到底有多庞大,只能偶尔从网络上的金融版块窥见一丝九召股份的最近动态。

只是这次,他忙碌的状态跟以往不太一样,还多了要准备订婚相关事宜。

不过,即使是在百忙之中,温九思也依旧没有忘记要带姜楚楚去他在京都开的心理咨询室。

跟在南城的临时据点不一样,温九思的心理咨询室开在京都CBD中心,在那栋寸土寸金的商业楼里,豪气地包下了一整层的办公区域,穿着白大褂的医生和护士一个个都颇有职场精英的架势。

温九思吩咐他们清理出一间新的办公室,又列了一个单子,让他们按照这个布置。

姜楚楚双手抱肩,看着众人忙碌,皱了皱秀气的鼻子:"其实,我觉得我现在跟你,跟小赵,跟所有正常人都没什么区别,我已经知道王叔叔是不存在的,还有必要搞这么大阵仗对我吗?"

温九思望着她,笑了笑:"楚楚,你要分清'知道'和'意识到'的区别。"

他拉着她走出办公室,走到了一处休息室,坐在沙发上,将她搁在了自己的腿上。

/ 337 /

"没错,我让你认识到你的王叔叔不存在,但那并不代表你们共同的记忆在你的脑海里模糊了,你的大脑深处还牢牢地记着你们的每一幕,只是你不停地告诉你自己,那些是假的……"

"说了这么多,我在你面前,还是一个有着妄想症的病人。"

"楚楚,别置气。"温九思摸了摸她的脑袋,有一下没一下地用修长的手指梳理着她的长发。我举个简单的例子——徐钰。"

提到徐钰,姜楚楚条件反射般地皱起眉:"你提她干什么?"

"你看,你知道徐钰骗了你,面对骗子,人们总是厌恶的,可是你对她却感情复杂,你们真实相处过程中的愉快虽然占了很大部分原因,但是你不能否认,你之所以无法彻底厌恶她,是因为你还记着你和她小时候的事情。

"你给徐钰安上了一个从小到大陪着你的玩伴角色,你现在能分辨出,你哪些经历是和徐钰真实发生的,哪些是你幻想出来的吗?"

见姜楚楚抿着唇不说话,温九思叹了口气。

"楚楚,我比任何人都希望,这世界上所有的负面情绪都与你隔绝。"说着,他的吻落在了她的额头上。

"可是,我不能因为迷恋你一时的笑,就将这份危险抛之脑后。如果你不能彻底痊愈,那么就会像一颗种子,虽然现在在冻土里休眠,可是有朝一日气温升高,就会破土而出。那个时候,就会给你造成更大的、无法挽回的伤害。"

姜楚楚不耐烦地挣脱了温九思:"知道了,你总是会说大道理,我听你的还不行吗?扎针、吃药什么的,我从来都不怕。"

这时候,有医生敲了敲休息室的门。

"温医生,办公室按照您的要求布置好了,您过去看看?"

温九思站起来理了理衣摆,淡淡地点头:"好。"

他刚扭过头想要对姜楚楚说点什么,后者皱眉摆了摆手:"我知道,在这儿等你,不乱跑,你别磨叽了。"

看见这一幕的医生眼睛都快直了。

这世界上竟然还有敢用这样不耐烦的语气跟温医生讲话的女人,而且看温医生的表情,他还甘之如饴。

温九思失笑着摇了摇头,转头就看见看着姜楚楚愣神的男医生,当即面色稳了稳,不动声色地轻咳一声,音调降了下来:"还看什么?走吧。"

姜楚楚乖乖地待在沙发上,等着温九思去"验收"新布置好的诊疗室。

过了半个多小时,温九思回来的时候,她已经无聊地倒在沙发上睡着了。

他慢慢地走到她的身边,单膝弯曲蹲了下来,深情款款,如同编织成了一张细细密密的网,将她温柔地包裹起来。

她睡着的样子,褪去了所有的尖锐与锋芒,显得格外温顺无害。

只有他能看见这样的姜楚楚。

也只有他知道,他的小姑娘,有多么温软,多么招人心疼。

温九思俯下身子,将人抱了起来,一步一步地往外走去。

姜楚楚按照白教授的吩咐,每天雷打不动地前往美术馆接受基础技能的培训,时间一长,连订婚的那点紧张感都烟消云散了。

早晨,温九思送她去的美术馆。刚一进去,姜楚楚就听见有人叫她。

"楚楚,快过来。"

那声音十分雀跃。

叫她的人是白教授的另一个得意弟子——宋思蓉,两个人的画架并排,每天总免不了要说几句话,宋思蓉是个欢快的性子,没什么心眼,一来二去,姜楚楚跟她熟了起来。

宋思蓉站在展厅的一幅画前,双眼晶亮。

姜楚楚一边走过去,一边问:"怎么了?"

这时候美术馆才刚刚开馆,没什么人,宋思蓉的声音倒没引起什么注意。

姜楚楚还没站稳,宋思蓉就一把拉住她,急吼吼地往一幅画前拖。

"快看!达蒙的新作!天啊,我们美术馆竟然连这个都买过来了,这得多少钱啊?"

看她大呼小叫的劲,"真·土豪·大小姐·楚楚"觉得有些丢脸。

"惊讶什么,那可是达蒙啊,他的画当然值钱了,而且美术馆绝对不会亏,如果这不是非卖品,卖出去的时候,标价至少翻一番。"

这么说着,姜楚楚的眼睛也不由自主地流连在画上。

亨特·达蒙,Y国现实主义的代表画家。他并不高产,一年仅有几幅作品面世,姜楚楚很喜欢他,她曾经的卧室里就有一幅他的画,花了她当时一半的存款在拍卖会上得来的,现在就挂在温九思公寓客厅的墙上,和其他两幅亨特·达蒙的画作挂在一起——

温九思也喜欢亨特·达蒙。

一幅简单的乡村妇女拾麦图,笔锋自然淳朴,没有过多的美化或者加工,悠然的田园气息却扑面而来。

好漂亮!想要!

姜楚楚的眼睛蠢蠢欲动地探索着画框周边,想看看有没有类似价签之类的东西。

还没等她看见,后面突然传来了脚步声,伴随着一个温婉的女声。

"麻烦您了，就是这幅画，请问可以卖给我吗？"

姜楚楚猛地回头，不由得感叹，这人怎么这么热爱美术啊，两次见她都是在这里。

两人视线相撞，姜楚楚率先出声："李云佳小姐，这么早来美术馆啊。"

"姜小姐？"

李云佳看到姜楚楚愣了一下，想到上次见姜楚楚的情形，大概猜出了她经常在这里，因此也没有多惊讶，只是虚伪地打了个招呼后就移开了视线。

姜楚楚也不恼，看向李云佳身侧的中年男人，认出他是美术馆的经理。

经理虚抹了一把汗，赔着笑："李小姐，真的很感激您的光顾，但是这幅画是昨天刚刚运过来的，馆长说是属于展出画作，目前还没有对外售卖的打算，我也不好卖给您。"

李云佳面上的笑容收了不少："王经理，可是我真的很喜欢，您标个价，我绝对不还价。"

宋思蓉偷偷拉了拉姜楚楚的衣袖，轻声嘀咕着："这土豪是谁啊，你认识？"

无外乎宋思蓉有这么一问，混到她们这个层次，已经可以被称之为"画家"了，艺术圈就这么大，稍微出点彩的，哪怕没见过也听说过，比如宋思蓉就听说过刘晏。

能知道这幅画的价值并且毫不吝惜金钱的人，怎么着也不应该是一个门外汉吧，可是宋思蓉对李云佳却完全没有听说过。

"她不懂画。"姜楚楚淡淡地说。

上一次她的注意力不在这上头，因此也没细想，这一回，李云佳一心想买走画，可是眼风却一下都没落在画上，倒是往作者名那里瞥了好几眼。

联想起上一回她对蓝子期的问询，怕是醉翁之意不在酒。

两个人窃窃私语的工夫，李云佳已经跟王经理谈崩了。

准确地说，是李云佳单方面面色阴沉。

王经理赔着笑不管用，都快哭了："李小姐，我哪里敢不给您面子呢，上回美术馆返修，还是依靠令尊大力支持。"

李云佳冷笑道："你知道就好。"

"可是李小姐，这幅画作特殊，上面说先不卖，我是真没有权限卖给您。"

"那就找个有权限的人来！"

"这……这……"

姜楚楚在旁听了会儿，对李云佳这副强买强卖的样子很不齿。

她自己那么喜欢，也那么有钱，如果王经理说卖，这画分明就已经写上了她"姜楚楚"的大名，可是既然说是展览用了，那让更多的美术爱好者欣赏到大师作品，总比让这个什么都不懂，只是为了冲某人献殷勤的女人拿走好。

/ 340 /

更何况,这个"某人"马上就是自己的未婚夫了。

想到这儿,姜楚楚眼睛一眯,走了一步,站到李云佳的面前,扯开一抹假笑:"李小姐,都说不卖了,您就别为难王经理了吧。"

李云佳看着姜楚楚,眼底寒意一闪,恢复了刚开始那一番名门闺秀的做派,语调优美。

"王经理,姜小姐刚刚说,我为难您?"

王经理连连摇头:"哪有,李小姐爱画,是我们展览周期没安排好,只能让您抱憾而归了,是我们的错。"

说罢,他还瞪了一眼姜楚楚。

王经理不知道姜楚楚的来历,只知道她是馆长的学生,可馆长有二十来号学生呢。

姜楚楚受了一记冷眼,深感无辜。

李云佳冷哼了一声,在没有温九思在场的情况下,她觉得和姜楚楚这个南城来的破落户说一句话都掉价。毕竟上次结账的钱,她理所当然地认为是温九思给姜楚楚的。

"王经理,哪儿有错误,就要纠正过来,这样吧,您开个价,我出两倍。"

似乎是想到这幅画的价值,王经理的腰弯得更低了:"李小姐,算我求您——"

这时,被认为是小虾米的姜楚楚不顾宋思蓉的偷偷拉扯,又强势插入谈话。她咬了咬嘴唇,状似委屈:"可是,钱不是万能的呀。"

而李云佳也假笑着,不负众望地接上了那句经典台词:"姜小姐,那只能说是,你的钱还不够多。"

姜楚楚愉悦了,忽而低低地笑了起来,笑声清脆悦耳,可是李云佳的表情却更添厌恶。

"你笑什么?"

姜楚楚看着李云佳,神色说不上是好奇还是讽刺。她一字一句,缓慢地问:"那不知道李小姐买下温九思,想要出多少钱?"

李云佳的面色飞速转阴,暗沉得仿佛能拧出冰碴子来。

姜楚楚也不知道这是个啥比喻,总之,看到李云佳失去了那层名媛的保护色,她的心里就舒坦了。

"姜小姐说笑了,九思是个人,怎么能用钱来买?"

姜楚楚笑了一声,打趣似的说:"那只能说明,李小姐你的钱……还不够多呀。"

原话奉还。

姜楚楚踮步,贴近了李云佳的耳朵,呵气如兰:"李小姐不知道吧,九思……

/341/

很乐意把自己卖给我呢,他恨不得……从心到身,都属于我。"她暧昧地挤挤眼睛,"你懂的。"

"你!"

"好了,李小姐,我还要上课去呢,就不陪你喽。画既然买不到,那就趁此机会多看两眼吧。不过,你可能看不懂,就当陶冶情操了。宋思蓉,走了。"

宋思蓉被她拉着离开,一边走还一边抻着脖子往回望。

"啧啧,楚楚,你也太有能耐了吧,你看给那个女人气得脸都发青了,以后有机会我一定要再见见她。"

"见她干什么,找不自在啊。"

"问问她用的什么品牌的粉底液,然后避避雷。"

姜楚楚忍俊不禁,"扑哧"一声笑了出来。

姜楚楚行事肆无忌惮惯了,从没管过后果,因此,这番争执她片刻就忘到了脑后,原以为这事儿就这么过了,可没想到,还有后续。

次日,她照常来了美术馆,熟门熟路地进了画室,画室空无一人,只有白教授贴的一张字条在最前面的画板上。

大意是她临时有个会,要离开京都几天,布置了一些作业,先让大家画着,等她回来点评。

还没等姜楚楚回到自己的画板前,门突然被大力推开了,几个保安冲了进来,围住了她。

保安的身后,王经理走了进来,铁青着脸看着姜楚楚:"是不是你故意弄坏了画?"

姜楚楚莫名其妙:"什么画?"

"别装了,就是那幅亨特·达蒙的新作,昨天我好几次看见你在那儿转悠来转悠去的,今天那画就被人割开了一个口子,不是你还能是谁?"

"那画挂在那儿不就是给人看的吗?再说了,昨天围着那幅画转悠的又不只是我一个人,你找李云佳去啊。"

王经理嗤之以鼻:"胡扯!李小姐想要那幅画,她买就可以了,只有没钱,还欲望大的人,才能做出这种没有道德的举动!"说完,他一招手,那群穿着保安制服的男人堵住了去路,将她围了起来。

姜楚楚后退一步:"你到底想干什么啊?"

"那还用说?赔啊。"王经理双手抱肩,神色鄙夷,"弄坏了这么珍贵的藏品,给我们美术馆造成了巨大的损失,当然要赔偿,不过光赔偿还不够!"

姜楚楚低头看了看自己的手机,想给白教授打个电话说明一下事态,可是又想到白教授此刻大概已经到了别的城市正开着会，也不能过来解决。

正想着，忽然，不知道是谁推了姜楚楚一下，她手里的手机没拿稳，掉到了地上，姜楚楚条件反射般地想要蹲下来捡起，又有一只脚蛮地踩上了她的手机。

姜楚楚霍地抬头，正对上王经理那双闪着恶意的眼睛，突然一个念头一闪——

这该不是一个圈套吧……

她不动声色地看了看他身边那几个保安，几乎全都是生面孔，有两个人还上下打量着她，目光令人厌恶。

这个时候当然是自己的安全最重要了。

姜楚楚往后退了一步，看了一眼身后的墙壁，又若无其事地扭头回来："如果真是我弄坏的，我赔。"

"赔偿？你拿什么赔偿？"像是听到什么笑话，王经理阴恻恻地笑了起来，"我给你一些建议好了。"

说着，他伸手进兜里，正准备掏出什么，姜楚楚突然动了。

她作势想要往前边的门外冲，王经理反应迅速："抓住她，别让她跑了。"

那些男人反应也很快，往门口一堵，怕是连只苍蝇也飞不出去。

可姜楚楚出乎意料地一晃，利用惯性将他们甩开往屋子里跑去，在所有人都还没反应过来的时候，她"啪"地按下了一个红色的按钮——美术馆内藏品价值千金，自然跟警方联网了，很多地方都安装了一键报警按钮，这间教室原来是个偏厅展厅，自然也有。

顿时，刺耳尖锐的警报回荡在房间内，并势如破竹地传了出去。

王经理吓了一跳，伸进兜里的手连忙掏出来："你干什么？"

她无辜地眨了眨眼睛："我帮你们报警啊，省得我跑了。"

姜楚楚注意到，她说了报警之后，有几个人的面色不太自然，在跟王经理眼神交流几个回合后，大半人悄悄地退了出去，不知道去哪里了。

她这才轻轻地舒了口气。

十几分钟后，警车在市局停了下来。

不是普通的派出所，而是市局？

这年头，一幅画就称得上要案了？不是吧。

姜楚楚显得有点蒙，更别提那个十分钟不见就变得灰头土脸面色惨白的王经理了。

精致的容貌，佐以玫瑰金的加持，姜楚楚一行收获了许多人的瞩目，几个人一直走到走廊尽头，敲开了一间办公室的门。

"白队，我们回来了。"

偌大的办公室里，只有把头的那张桌子前有个男人，听到叫他，他头也没抬地回应。

"嗯。"

两个小警察应该是习惯了，其中一个利落地汇报："我们在美术馆周围等了三四天了，一直没什么动静，今天刚好碰上有人报警，怕引起什么警觉打乱我们的布置，我们就把人带回来了。"

直到现在，姜楚楚才看出一点门道来。

这两个小警察大概不是什么普通的民警，为了别的事情出现在美术馆周围，恰好撞上了她的事情。

刑警？

抛开电视剧，她还是第一次见哎。

没有察觉到姜楚楚的好奇心，那位白队没有丝毫想要抬头的打算，只是简单地吩咐道："既然带回来了，你们就帮分局处理一下吧。"

"好的，白队。"

一个警察摊开了笔录本，一板一眼地问道："叙述一下事情经过。"

这时候，王经理像是缓过劲来，张口抢先嚷嚷："我来说，我来说……"

他陈述着自己是怎么发现画被割破了，又为什么怀疑是姜楚楚干的，又像模像样出示了几段监控证据。监控里面，姜楚楚每次路过那幅画，都像是被一种莫名的磁场吸引，就差贴到那幅画上了。

但是也并没有什么姜楚楚毁坏画的直接证据，可是对她不利的是，最后一次拍到她的时候，她正试图趁着工作人员不注意，亲密地接触那幅画，随即，监控就坏了。而过后不到五分钟，就是美术馆闭馆的时间。这么看来，姜楚楚的嫌疑的确是最大。

做笔录的警察皱了皱眉："你有什么话说？"

姜楚楚忍住翻自己一个白眼的冲动，有什么好说的，还不是没受得了诱惑，看了又看，看了还想看，每一次看都恨不得以头抢地哭上一嗓子，这么好的画为什么不能属于她，在这种情绪的驱使下，她难免做出点痴迷的行为……

"对，就是我弄坏的。"

姜楚楚干脆地点头。

王经理显而易见地愣了一下。

"警察您看，她都承认了，快让她签字画押！"

"什么签字画押，你以为这是什么年代，下结论这么草率？"小警察皱着眉说完，又看向姜楚楚，"不是，你等会儿，你要为自己说过的话负责的。"

姜楚楚理所当然地点头："不是警察您说的吗，坦白从宽，争取宽大处理。"

/344/

突然,房间另一侧传来了男人的咳嗽声,带着警告的那种。

"民事索赔往往一个愿打一个愿挨,按流程走,别浪费时间。"

姜楚楚一边好奇地打量着那位白队,一边随口附和着:"对对,按流程走,你们估个价,我赔。"

小警察愣了半晌,啧啧称奇:"原来还是个大小姐。"

"不过赔偿之前我还有疑问。"姜楚楚向后慵懒一倚,双手抱肩,双腿跷了起来,眯着眼睛看着王经理。

"王经理,你早上干吗找小混混威胁我,多此一举啊,我都说了我赔偿了。"

做笔录的小警察眉头一竖:"什么小混混,什么威胁?说清楚。"

王经理忙不迭地摆手:"警察同志,我冤枉,她这是赔不起准备找借口呢。"

姜楚楚扬声,特意说给那位一看就说了算的队长听。

"警察叔叔,我要找家长。"这事她自己解决费时又费力,麻烦得紧,当然要人尽其用,麻烦她亲爱的未婚夫来解决喽。

想到温九思,姜楚楚语调升高。

白队翻看文件的手微不可察地一抖,停了下来,终于抬头看她。

两个人四目相对,姜楚楚这才发现这白队还挺帅的啊。

五官的轮廓硬朗、鼻梁挺拔,神色坚毅,浑身充满着硬汉气息,隔着老远都能感受到他浓重的男性荷尔蒙。

标准的正义的化身。

这位"正义的化身"看了她一眼,立即皱起了眉头:"你好好说话,另外……腿给我放下来,坐姿端正点。"

姜楚楚从出生以来就没怵过谁,可是此时此刻,明明心里告诉自己气势上不能输,脚却听话地乖乖放了下来。

觉得自己很没有面子,姜楚楚重重地咳嗽一声,扬起下巴:"我要打电话,把我的手机还给我。"

刚才被带进来之前,她和王经理的手机就都被没收了。

白队站起身,手揣在裤兜里,慢慢地踱步过来,居高临下地看着姜楚楚:"你要打给谁?"

"能解决这件事的人。"

男人意味不明地嗤笑了一声,从兜里掏出手机,随意地丢给她:"你的手机还不能还你,用我的吧。"

旁边的王经理连忙凑上来:"这位白队长,能不能也借给我用用啊?我也想打个电话。"

白队皱了皱眉还没说话,做笔录的小警察就先开口了。

/345/

"您成年了吧，多大的人了，还不能自己解决问题？您当我们队长的手机是公共电话啊。"

王经理看了看姜楚楚，意思很明显，她不也成年了吗？这是差别对待吧，可是看见几个面色不善的警察，他最终脖子一缩，没敢说什么。

在温九思的多次强调下，姜楚楚已经能熟练地背出他的手机号，她一个数字一个数字地输入进去，刚按下绿色的接通键，那一连串数字突然变成了一个熟悉的名字。

姜楚楚眨眨眼，愣了一下。

屏幕上显示着"温九思"三个字，意味着这个名字原本就存在于主人的通讯录中。

她条件反射般地抬头，发现那位白队也拧着眉头看着自己的手机屏幕。

"你认识温九思——"

"你和温九思——"

两个人的话音同时响起，又同时顿住，这时，电话接通了。

电话里面传来温九思略带冷淡的声音。

"白警官，你找我？"

上一次听到这个声音还是早晨的时候他送她来美术馆，早知道会发生这种事，她就不让他离开了，省得被一个不知道为什么非要跟她过不去的王经理针对，还来了警察局。

想到这里，姜楚楚嘴巴一撇，还有点难过，声音忍不住带了两分委屈巴巴："温九思，是我。"

电话那端显然蒙了一下，似乎是确认了一下来电号码，温九思的语速快了不少："楚楚？怎么会是你？你怎么会跟白银在一起？"

姜楚楚不由自主地用手指在自己的膝盖上画着圈圈："我在警察局。"

温九思并没有问太多，只是嘱咐道："你什么都别说，什么也别做，我马上就过去。"

待姜楚楚应了下来后，他又对她说："把电话还给白警官吧。"

"哦。"

姜楚楚伸出手，将手机递给了面前的男人。

白队深深地看了她一眼，才接过了手机。

"喂，温医生，我是白银。"他一边接电话，一边走向了窗边。

距离一拉开，姜楚楚也听不清他在说什么，她竭力支棱着耳朵，只隐隐约约听见自称白银的这位说："好，那件事情……以后找时间聊。"

什么事情？她怎么不知道温九思还和警察有联系？

撂了电话，白银走了回来，他皱着眉头扫视了姜楚楚几眼，想了想，面上做出了一个类似"微笑"的表情，但可能由于他平时过于严肃，这个表情做出来有几分惊悚的意味。

"你是温九思的女朋友？"

姜楚楚言简意赅地回答："准未婚妻。"

白银点了点头，没再说什么，倒是旁边的王经理自从姜楚楚打了这个电话，身体就开始抖得像掉进了冰窟窿。

可能是温九思的声音安慰了姜楚楚，知道自己一会儿就有人罩了，姜楚楚全然放松了。

不到二十分钟，办公室的大门被推开了。

这时候，姜楚楚猛然发现，自己刚才想过的"从出生以来就没怵过谁"是不准确的，比如说现在满身低气压地走进了办公室的温九思。

温九思没有看姜楚楚，而是径直走向白银。

两个男人握了握手。

"白警官。"

"温医生。"

姜楚楚突然觉得，这个画面还挺赏心悦目的。比起蓝子期，她倒是更愿意看温九思跟白银在一起。

最起码，一个英俊，一个阳刚，颜值搭配上就惹人眼球。

温九思一扭头看见姜楚楚神游的表情，就知道她的脑子里又开始想一些奇怪的东西。

他叹了一口气："白警官，楚楚怎么了，还麻烦到了你的头上？"

这副家长给孩子向老师道歉的口吻，让姜楚楚不大乐意。

是不是自己从前的惹事体质让他觉得，这一次她出现在警察局是她的原因？

她紧紧地抿着嘴，低下头不吭声。

白银把事情的经过叙述了一遍。

温九思二话不说，从怀中掏出钱包，抽了张卡出来放到桌子上，推向了王经理那边。

"王经理，画被划破已经无法展出了，不管这幅画到底是谁弄破的，我们都买下它。"

"哦……哦。"

王经理这时候也不说什么赔得起赔不起了，连连点头收下了那张卡。

温九思顿了一下，看了一眼闷闷不乐的姜楚楚。

/ 347 /

"画的事情就这么解决,那我们再来谈一下,你诬陷楚楚,并且找人来威胁她的事情吧。"

一提这茬,王经理面色立刻变了,结结巴巴地颤抖着:"这是……误会啊,这没有的事。"

温九思冷漠地笑了一下:"刚才你递给警察的那份剪辑过的监控视频也是误会?

"楚楚是我的未婚妻,九召股份未来的女主人,抛除这个身份,她还继承了南城一个财团的大部分财产,并且她的一幅画,能拍得上六位数的价钱。无论如何,她也用不着去做那些不入流的事,我这么说,你明白了吗?"

这种目中无人的轻慢语调,对王经理的攻击性几乎是字字致命,让他冷汗直流。

"明白,明白。"

温九思不给他任何喘息的机会,句句似刀:"不,你不明白,否则,你也不会受人指使,瞎编出这么荒谬的罪名栽在她头上。"他一边说,一边望向姜楚楚。

姜楚楚的目光在王经理的衣兜处停了一瞬,温九思意会,几步走过去,一手提起他的衣领,另一只手干脆利落地从王经理的衣兜中掏出了一张纸。

那毫不费力的模样使得旁边想要帮忙的警察毫无用武之地。

姜楚楚从椅子上站起来:"那是什么?"

她早就好奇王经理准备了什么圈套让她钻,早上在美术馆的时候,他就想掏出来对自己威逼,结果警察来了又忙不迭地藏起来。

温九思一目十行扫下来,面色阴沉得厉害。

下一瞬间,他撕碎了那张纸,手臂一甩,将碎纸屑全都扔到了王经理的身上。

"我倒不知道,国立美术馆的经理,竟然还知道做这种事,白警官,看来京都扫黄的警察最近挺闲的啊。"

看他生气的模样,姜楚楚大概知道那张纸上写着什么了。

白银瞥了一眼王经理,面上浮现起一丝厌恶:"我会移交下去,让他们好好调查的。"

"那就交给你了。"

说罢,温九思拉起姜楚楚的手,往门外走去。

"哎!"小警察连忙喊住他们。

白银挥手:"签个字,让她走吧。"

王经理愣了愣,刚往前迈了一步,立刻就被拦住了。

小警察冷笑着看向他:"你也想走?做梦呢,给我坐下!"

这时候,走到门口的姜楚楚突然停下了脚步,回头看去。

王经理像是看到了希望的曙光,对待姜楚楚的态度比那天对李云佳还要虔诚、就差给她跪下了。

"姜小姐,是我这双狗眼识人不清,让您受委屈了,求求您大人有大量,放我一马吧。"

姜楚楚没理会他的求饶,只问:"画呢?"

"在……在美术馆的监控总室。"

离开了警察局,温九思带着姜楚楚去美术馆取了画才离开。

车上,姜楚楚抱着画,情绪有些低落。

温九思瞥了她一眼。

"还是不高兴?白银肯定饶不了那个王经理。"

"不是因为那个……"姜楚楚摸了摸怀里的画,"就因为不喜欢我,想算计我,就设计毁了这么一幅珍贵的画,他们根本不配看见它。"

她的声音有些愤愤的。

温九思沉默了一刻,才说:"你知道还有谁?"

"就王经理那尿样,借他十个胆子也不敢自己下手毁画,他身后肯定有一个能担着这事的人。我来京都时间这么短,也来不及跟谁结仇,除了你的挚友蓝子期,大概就只剩那么一位了,你不会想不到吧?"

说罢,姜楚楚转头讥诮地看他一眼:"你不会因为知道是谁,不忍心,所以才不追究的吧?"

姜楚楚才说完,温九思就趁着红灯停车时,抽出一只手捏了捏她的脸颊,直到姜楚楚气鼓鼓地躲开,这才失笑。

"别胡乱吃醋,没有的事。"

"那你说,你为什么不告诉白银,这里面肯定有那个李云佳掺和?"

信号灯变换,车平稳地驶了出去,温九思的声音平和:"依李云佳的行事风格,她不会亲自出手,事发了,看在李家的面子上,多的是人会替她辩解,而且这事到最后,不过赔点钱罢了,对她造不成一点损伤。"

"你又知道,那我就白白被人欺负了?"

温九思似笑非笑地看她一眼,仿佛在说"你会被人欺负"?

姜楚楚不甘示弱地瞪了回去。

隔了一会儿,她才听见温九思说:"我听到了一点风声,李家最近有大事要发生了。"

姜楚楚立刻感兴趣地支起身子:"什么大事?"

一副唯恐天下不乱的样子。

温九思见她这样,原本想要和盘托出的念头立即打消了。

"说起来,这事跟你还有点关系,过两天你就知道了。"

他刻意卖关子,姜楚楚忍不住用小拳头捶了一下他的胸口。

"你这人,不说就不说,我还不问了!"

第十八章
暗潮翻涌

温九思口中"李家的变故"很快就来了。

姜楚楚正在试礼服,温九思从身后拥住她,望向两个人身前的穿衣镜。

女孩身上穿着月牙白色的礼服,更衬得肌肤光泽、盈盈如月,眉眼天生精致,可气质又纯得要命,有一种妩媚与天真的奇异融合。

他吻着她的耳垂。

"你记不记得前两天,我跟你说,李家很快就会有一件大事发生。"

"嗯。"

"李家几乎所有人对自己的名声都爱惜得紧,一些桃色绯闻都跟他们沾不上边,可是上一代却出了一个异类——李家的直系独苗,是个天生风流不羁的性子,他自诩要追求真爱,逃了家里安排的相亲,去了别的城市。"

姜楚楚是挺爱听八卦的,可是她不懂,温九思怎么突然给她讲起这个来了。

"那个男人去了南城。"

南城?姜楚楚突然脑中有什么飞速闪过。

温九思从镜子里看见她呆愣的模样,忍不住笑了笑:"他在南城很快就被当地一个名门的女儿吸引了,觉得自己遇到了真爱,可是,他并没有带着这个真爱回京都,因为他知道,家里绝对不会让他娶一个只有点钱的南城企业家的女儿,所以他也只能跟那个女人春风一度。"

姜楚楚这时候已经意识到了什么。

这个剧本的走向越来越熟悉了。

温九思的声音不急不缓,也没掺杂太多个人情绪在里面,可是姜楚楚莫名地听出了一股讽刺的意味。

"那个女人怀孕了,未婚先孕,在当时算是丑事一桩,女人的家里也妄想抱上这条金大腿,软硬兼施逼迫着男人娶她,可是男人表面答应得好好的,就在女人肚子一天天大起来的时候,偷偷摸摸地拍拍屁股回家去了。"

姜楚楚仰起脸看他："后面的故事我想我知道了，那个女人生下孩子后不得已嫁给了一个暴发户二代，但内心仍旧对男人情根深种，因此她厌恶自己与丈夫生的女儿，却把和那个男人生的女儿视若珍宝，还给她起了一个倾注了母爱的名字。"

她顿了下，嘴角扬成了一个讽刺的弧度："那个女人叫蒋淑媛，而她宠爱的女儿叫作姜明珠。"

温九思毫不吝惜他的赞美："聪明的女孩。"

姜楚楚从他的怀里钻出来，背对着他。

"把后面的带子给我解开一下。不是我聪明，而是这段故事我已经听得厌倦了，准确地说，是这段故事的后续每天都在我面前上演，无心家庭的母亲、自命不凡的妹妹……说起这个，我就生气，我好端端一个小姑娘，平白无故多了两个比我年纪还大的妹妹。"姜楚楚絮絮叨叨着。

"所以姜明珠的生父是李家的人。等一下，也就是说，她和李云佳是同父异母的亲姐妹？"

姜楚楚不由自主地拍了拍巴掌，啧啧称奇："这可太有意思了，我就说李云佳那副眼比天高的样子怎么有点眼熟，血缘关系还真奇妙啊。"

看着姜楚楚幸灾乐祸的样子，温九思好心地没提醒她，她和姜明珠也有着一半的血缘关系。不过情人眼里出西施，同样的表里不一，同样的傲慢，放在别人身上会令他厌烦地移开目光，可是放在姜楚楚身上，只让温九思想要亲自教育，狠狠地"收拾"她一顿。

想到这里，温医生不免有些口干舌燥。

他的手指白皙修长，寥寥几下，就把姜楚楚的礼服解开了，霎时间，她的后背毫无遮挡地露了出来。

姜楚楚穿惯了露背的礼服，不觉得有什么，自然地进了后面的换衣间，隔着一层帘子换起衣服来。

温九思清了清嗓子，扬声说："李家打算认回姜明珠。"

里头的女孩将礼服往杆子上一搭，随口问道："过去二十多年他们都任由姜明珠作为姜家的小姐长大，怎么会突然想要认回去了？"

"因为袁呈。"

姜楚楚并不是很想听到这个名字，当即撇了撇嘴没吭声。

听到里面的声音停了一下，温九思似有所察："袁家这几年在袁呈的带领下发展得很好，触角已经伸到京都来了，他控股的几个领域正好是李家十分需要的，而他又表现得很在乎姜明珠这个未婚妻。"

"所以姜明珠是借了她未婚夫的东风，得道升天了？"

温九思"嗯"了一声,忽然含笑说道:"袁呈那股东风不及我,你想不想尝尝得道升天的滋味?"

"免了吧。我跟姜明珠那朵'盛世白莲'不一样,她巴不得全天下的人都称赞她,仰慕她,忒累。"

她的语气很是不屑。

温九思看着由于姜楚楚的动作一鼓一鼓的帘子,舌尖抵了抵牙根:"我不让别人称赞你,仰慕你,也可以让你……你要不要尝尝?"

姜楚楚顿时安静下来,那点小心思全吞回肚子里,全神贯注地换回衣服,就差一件上衣,温九思还在外面闹她。

"要不要?"

偏巧这时,内衣上的蕾丝勾住了衣服上的扣子,姜楚楚解得手忙脚乱,身子由于头后仰失去了平衡,条件反射般地想抓住点什么站稳,结果就抓住了外面的男人。

温九思没想到有这一遭,连站稳的假动作都做不出来,径直摔了进去。

试衣间的帘子扬起又放下,恢复了刚才的平静,可是男人已经跌了进去。

狭小的试衣间内,姜楚楚被他猛地一扑,向相反方向一倒,跌坐在四方小皮椅上,上身悬空,温九思压到了她的身上,两个人交叠着,姜楚楚的腰足足向后弯了六十度。

两个人好不容易才站起来,姜楚楚揉了揉自己的腰身,不假思索地问出口:"你腰疼不疼?"

温九思似笑非笑地看她一眼:"不疼。"

"怎么可能不疼呢?"姜楚楚忧心忡忡地扶着他,"刚才你的腰都弯成那样了。"

"你要是再不把衣服穿好,我就在这儿给你证明一下我的腰确实不疼。"

姜楚楚立刻反应过来,双手交叉,顺带一脸警惕。

"你快出去。"

见她慌张的模样,完全失去了往日的嚣张,温九思不退反进。

他拥住她,温柔地吻了吻她的眉心,又顺着眉心一路向下,轻如蝶翼的吻扫过鼻尖,扫过唇畔,控制不住似的浓重了几分。

姜楚楚起先还一脸害羞,扑闪扑闪的睫毛泄露着内心隐秘的雀跃。

而这时,礼服间的门被敲响,外头传来了小赵的声音。

"温医生,姜小姐,你们好了吗?"

姜楚楚立刻攥紧了小拳头捶他。

"快起来,小赵要进来了!"

温九思无奈地抬起了头,出去的时候,还不忘将她的上衣递给她。

"快点穿上吧。"

温九思说,李家要为姜明珠举办一场生日宴,在生日宴上,李博文会宣布她就是自己失散多年的女儿,但由于感激她养父母的照料,使她仍旧保留了原先的姓氏。

实际上,这是李家内部博弈的结果,李文博想认回女儿借此和袁呈合作,但李云佳母女也是有后台的,改变不了大局,给姜明珠找点不痛快总可以吧,单是一个姓氏,就足够她日后在李家混不开了。

温九思意味深长地说:"届时,你或许还会看到不少熟人,你不想去的话——"

"我当然要去。"

姜楚楚要亲眼看着姜明珠,舍弃了她从小长大的家,舍弃了疼爱她的母亲,放下高高在上的小姐架子,义无反顾地投身那个对她并不友好的真正的高门。

姜明珠舍弃的,和她得到的,真的能成正比吗?这个答案恐怕连她自己都不确定。

姜明珠的生日很快就到了。

她生日那天,李博文包下了一艘豪华游艇,等众宾客齐聚就从港口航行出去。

六月的海风正舒服,甲板上,香槟美酒,美味佳肴,小提琴手们演奏着悠扬轻快的曲调,各种经常出现在新闻上的人物三三两两地交谈。

姜楚楚隐约记得,当初姜明珠还若有似无地嫉妒过姜福生给姜夏樱办的生日宴,可是单看眼前的规模,姜夏樱的生日宴,跟这根本就不在同一个档次上。

温九思一露面就被一些西装革履的人围住,他要订婚的消息还没传开,将注意力放在姜楚楚身上的人还不多,她冲温九思挤挤眼,溜了出去。

她本来想自己吃点东西,结果一到餐台那里,就看见了一个和周围格格不入的男人。

白银完全是一副"被迫营业"的样子,身姿挺拔,手里端着酒杯就像端着个定时炸弹,整个人直直地伫立在那儿,如果忽略他俊毅的面容,简直比服务生更像服务生。

"白队?你怎么有空来这种地方……哦!"

姜楚楚立刻脑补了一出富家贵公子心怀报国理想,毅然决然抛弃家业投身国家公仆队伍里的年度大戏。

不是所有人都能读懂姜楚楚丰富表情下的引申含义。

最起码,对犯罪心理初有涉猎的白银对她直勾勾的眼神就感到一片茫然。

他伸手在姜楚楚眼前挥了挥:"姜楚楚?你怎么了?"

姜楚楚回过神："哟，你记得我的名字啊。"

"我能记得住我所有侦办过案子的当事人姓名。"

姜楚楚毫不吝啬地拍了拍巴掌。

"厉害了白队，你干警察多久了？"

白银绷着脸回答道："七年。"

"全部都能记住？"

"是，全部。"

"那我考考你。"

"你说。"

两个人一个不着调，一个严肃，谈话却能毫无障碍地进行下去，也是奇闻。

姜楚楚的兴致完全被调动了起来，吸了一口气正要开口。

忽然，她感觉到自己的腰被不轻不重地一掐，一扭头就看见，一个男人端着酒杯走到她身边，以一种占有性的姿势揽住了她。

温九思不知道什么时候打完招呼过来了。

"白警官，公事？"

见是温九思，白银的表情稍微好了一点，但仍刚正不阿地回答："不便多说。"

姜楚楚突然觉得这警察有点缺心眼，这么说不就等于承认了吗？果不其然，温九思一言难尽地看了一眼白银，不再问了。

"那你忙，我们先去那边转转。"说完，不顾姜楚楚的频频回眸，温九思将她半拖着离开了这片白银磁场。

走远了一些后，温九思捏了捏她的下巴："不要那样看白银。"

姜楚楚不乐意了，胡乱地转头企图挣开他的手："什么叫不要那样看白银，我怎么看他的？"

"像小狗看到了骨头。"

姜楚楚对此嗤之以鼻："你这个比喻一点也不准确。"

"那你说？"

"狗骨头也分两种，一种是玩耍、磨牙的时候用的骨头棒，平常就是看两眼，一起玩耍之后，还是狗是狗，骨头是骨头。"

温九思的嘴角扬起一抹玩味："那我呢，我是什么？"

姜楚楚停下脚步，伸手一拉，将温九思带得转了个身，自己则埋进他的怀里，隔着衬衫，伸手在他胸口画着圈圈，声音甜得腻人："你是肉骨头啊，早晚被我吃进肚子里，渣都不剩。"

温九思借着这个姿势低下头，凑到她耳边："算我求求你了，你快来吃吧。"

/355/

醉人的海风中,一对璧人在船舷边轻轻依偎,男人说了句什么话,他怀里的女孩立刻红了脸,令偶然看到这一幕的宾客都忍不住酸倒了牙。

"一来就看见你俩腻腻歪歪的,好歹别忘记这是别人家的生日宴吧。"

姜楚楚瞬间理解了那句"届时,你或许还会看到不少熟人"的真正含义。

是了,今日的主角是姜明珠,姜明珠的未婚夫是袁呈。袁呈的基业是在南城打下的,今日自然也会从那边过来一些他的"朋友",比如,合伙吞并了姜氏企业的宋初一。

姜楚楚直起腰板来,默不作声地看着他。

宋初一笑得爽朗,摊开了手:"怎么,老朋友相见,没有一点惊喜感?"

老朋友?

可能多少算是,他们一起算计了姜夏樱和他爸,平日里对她也照顾,而且宋初一的行事作风也算对她的胃口。

可是,姜氏宣布破产不到一个月,就和袁呈合伙完成了对姜氏企业收购的,也是他。

姜楚楚心里也知道,商场如战场,哪有什么情面可讲,而且说到底,她对姜氏企业也没什么感情,可终归是认清了,这个人表面有多阳光无害,内里就有多腹黑狠厉。

姜楚楚抿着嘴不说话,倒是温九思先缓和了气氛:"什么时候来的?"

宋初一咧嘴冲他笑了笑:"今早刚下飞机。"

两个人又说了几句话。

看着宾客如云的游轮,宋初一的笑淡了淡:"袁呈这个人太不简单了,如果不对他的发展做出抑制,早晚都得在他手上栽个大跟头。"

温九思喝了一口杯中的香槟,淡淡地说:"但不是现在。"

"也是,没有袁呈,谁去跟李博文打擂呢。"

姜楚楚越听越不明白,袁呈和李博文不应该是合作关系吗?今天姜明珠身份的公布,就是两个人关系的最佳纽带。可宋初一为什么说,袁呈要跟李博文打擂?

而且看温九思的样子,对此也毫不意外。

她敛下眼中的情绪,没有介入两个男人之间的谈话。

温九思可以疼她宠她,为了爱情将自己的身段放得很低,宋初一可以迁就她,配合她,两个人一起作天作地,可是……他们终究是不一样的。

他们像是广袤天地间的鹰,高高地飞在长空,可是她还只是花瓶里娇养的花,怎么美丽,怎么芳香,都离不开这一块地方。

"怎么了?"温九思低头,正看见姜楚楚这副若有所思的样子,忍不住询问出声。

姜楚楚摇了摇头，掩饰住眼中的情绪："没什么。"

宋初一看到两个人亲密无间的样子，心里也说不出是什么滋味。他清了清嗓子，插入了谈话。

"对了，想不想知道我爸妈的近况？"

姜楚楚刚想说，你爸妈的近况跟我有什么关系。下一瞬间，她突然反应过来，他口中的"妈"指的可不就是姜夏樱吗？

也难为宋初一叫得这么顺口。

姜楚楚嗤笑一声，说："姜夏樱不是在江城吗？她还能做什么，当她的总裁夫人呗。"

宋初一摇摇头，露出意味不明的目光："说起来，你还应该感谢我。"

看姜楚楚一副莫名其妙的样子，宋初一揉了揉鼻尖。

"你知道的，我父亲跟姜夏樱订婚，一来是被咱们'人赃俱获'，二来是他对姜家有所图……你别那样看我，我也是实话实说。"

姜楚楚不耐烦地翻了个白眼："你想多了，有话快说完。"

宋初一其实有点不知道怎么面对姜楚楚。实际上，姜家的倾覆早就不可逆转，他也试图提醒过姜楚楚早日脱离那潭浑水，可是收购那天真的来临的时候，他一边签字，一边竟然分神地想着，姜楚楚以后走出去，旁人会用什么目光看她。

也幸好，后来宋初一打听到，温九思截和了一大笔不动资产，姜楚楚也算是还能继续过舒心的日子。

他讪讪地笑了笑，抛开心里的杂念。

"姜夏樱挺厉害的，一开始将我爸拢得死死的，可是后来……唉，你还记得那个女主持人不？就是主持他俩订婚宴那个？"

姜楚楚和温九思对视一眼，当时姜夏樱因为这个女人跟宋父搞在了一起，求到了温九思头上，温九思以帮她解决这个女人为条件，换姜夏樱偏缩江城，不再出现在自己眼前。

读懂了姜楚楚眼中的疑惑，温九思连忙解释："我想办法让她辞了工作，去M国了。"

他的语气笃定，还趁此机会跟姜楚楚表忠心："你想要我做的事情，我都好好去做了。"

宋初一简直没眼看温九思摇尾巴的样子，狠狠地咳了咳。

"行了啊，你们别一有机会就虐我这孤家寡人。大概是你温先生出手不够利索啊，那女主持人拿了你的钱在M国过得很好，但是人家好歹三十几一枝花，没有另一半滋润可不行，于是吧，她偷跑回来去找我爸了，一来二去，让姜夏樱给

/ 357 /

知道了。"

温九思皱皱眉头。

温先生这辈子大概还没办过这么不漂亮的事。

宋初一犹自口若悬河:"姜夏樱又闹了起来,但是姜家已经没了,我爸对她就没有先前那么耐心,姜夏樱没摆正自己的位置还胡搅蛮缠,后来那女主持人都登堂入室了。"

都是姜夏樱自己选择的路,姜楚楚对姜夏樱并没有什么同情,只是惊讶于她的忍耐,毕竟,她可是动不动就觉得自己瞧不上她的春妮儿啊。

"就这样姜夏樱还能在你家待得下去?"

宋初一一拍胸脯:"多亏了我。"

姜楚楚扬了扬眉。

宋初一咧嘴:"有个没权没势的后妈,总比我爸再弄个商业联姻,两人婚后合起伙夺我权好。"

姜楚楚又将眉毛放下了。

从宋初一对待他父亲的轻慢态度来看,姜楚楚就看出又是一个拥有故事的男同学,间接地,对之前他的所作所为,怨气又淡了那么一点。

三个人正聊得热火朝天的时候,忽然,游轮鸣了一声悠长、厚重的笛声。

场面瞬间静了一下,然后小提琴重新演奏,一曲悠扬的变调《生日快乐歌》缓缓奏起。

姜楚楚转向船舷高台的位置,表情似笑非笑。

"看来主人公要出场了。"

果不其然,一首《生日快乐歌》后,李博文牵着一个女孩的手走了出来,他的另一边是李云佳母女。李云佳面色恬静,甚至还带了一抹笑意,但姜楚楚知道,她心底指不定怎么嫉恨着姜明珠这个外来的"强盗"。

反观姜明珠,万众瞩目中,她一身淡紫色的礼裙,勾勒出姣好的身形。妆容精致,比起之前她一向喜欢的淡雅风格浓艳了一些,但是眉宇间那种傲气却依旧明显。毕竟也是蒋淑媛千娇万宠,用无数财富堆出来的大家小姐,这么一打扮,和这个场合相得益彰。

宋初一抱着双肩,"啧啧"出声:"这姜明珠如今是水涨船高了啊,上次见到她还觉得她有些拿腔捏调,如今这么一看,完全就是个高门闺秀啊,跟那个李云佳比起来也毫不逊色。"

出于漂亮女人就爱比较的小心思,姜楚楚横了宋初一一眼。

这一眼被宋初一看个正着,他忍不住调笑:"怎么不服气?有能耐在南城的时候，你就别被人欺负，吃那么多苦。"

姜楚楚听了他的话很莫名，敢情这位少爷以为她曾经是个被人欺负的小可怜？

她"呵呵"地笑了一下："那又怎么样，我现在不想吃苦了，我想吃点糖。"

话音未落，她的唇就被温九思轻轻一啄。

"甜不甜？"

姜楚楚"啊"了一声，眼睛亮晶晶的，扬头看他。下一秒钟，她环住他劲瘦的腰身，"噌"地跳起来，如法炮制地亲在了温九思的下巴上。

宋初一："啧……"

李博文一副意气风发的样子，牵着姜明珠的手上前一步，声音从立麦里传出来。

"感谢大家光临，今天是我人生中最开心的日子，因为我找回了我的女儿！我的明珠！"

他的话音一落，底下都配合地鼓起掌来。

角落里的姜楚楚撇了撇嘴角："说得跟真事一样。"

可不就是真事吗？姜明珠在南城生活了二十多年，有心人一打听，就能知道这里面的弯弯绕绕，可是这满船的宾客，一个个脸上都是诚挚的祝福，甚至还有两位夫人当场就掏出小手绢擦了擦眼角的热泪。

李博文又说了一堆他对这个失踪多年的女儿的思念和歉意，他感慨万千地举起手里的酒杯。

"来，让我们一起举杯。这第一杯，就庆祝我时隔多年，终于找回了我的女儿。"

除了角落里的三人，底下的人都十分配合。

可就在这时，出了意外。

"等一等！"

一个中年男人的声音从人群中传出来，随着他的话，众人不约而同地给他让出了一条路。

姜楚楚这时才真真正正地惊讶了。

他怎么会在这儿？

随着两侧人群的让开，中间那人缓缓显露出来，正是姜福生。

"爸？"

惊讶出声的是姜明珠。

这个"爸"字完全就是条件反射下做出的举动，叫完之后她立刻自知失语，表情这才带上了几份慌张地看向李博文。

姜楚楚完全将她的心思摸透了。

在这里，姜明珠是李博文千辛万苦找回来的女儿，未来的生活定然风光无限。

可是姜福生是谁？是她"寄人篱下"的铁证。

/ 359 /

在李博文的安抚下，姜明珠很快镇定下来。

"您怎么来了？"

姜福生皮笑肉不笑地大声说："我好歹让你叫了我二十多年爸，给了你二十多年优渥的生活环境，你找回亲生父亲的事，怎么也不告诉我一声？怎么，看你们这架势，是不欢迎我？"

今天来的都是京都有头有脸的人物，李博文自然不可能将人赶出去，再说了，这周围都是大海，总不能将人扔海里去了吧。

李博文"哈哈"大笑，冲姜福生举起了酒杯："姜兄说笑了，如果我真的不欢迎你，你怎么还能上船来呢？"

宋初一凉凉地抬头看了一眼："李博文在说谎，你看他笑得咬牙切齿的。"

姜楚楚虽然没看出来满面笑意的李博文如何咬牙切齿了，但是附和地点头："要是我，这样的日子我也不会叫他，原来的姜家就不能入他的眼，更何况现在破产之后的姜家了。"

只是没有请柬，姜福生到底是怎么上船来的？

人群中有个人影一闪，姜楚楚忍不住眼神暗了暗。

那是袁呈……

如果她没看错，刚才袁呈是在姜福生身边的，只是在众人都没有注意的时候，飞快地移开了。

他想要干什么？

正这么想着，袁呈突然似有所察般，锐利的目光骤然射向这边，两人正好视线交汇。

姜楚楚目光冷淡地移开了。

"你是不是早知道姜福生要来？"她是在问温九思。

温九思"嗯"了一声："姜氏破产，他一直在试图借钱东山再起，于是他去找袁呈融资。"

姜楚楚的语气说不上是讽刺还是怜悯："去向罪魁祸首请求援助，姜福生脑子里是进了水吗？"

温九思叹了口气："人在走到穷途的时候，总会舍弃某些东西，或是面子，或是尊严。"

"袁呈一定不会理他。"

"是，袁呈没有答应他的请求，但是给他指了一条路走——所以他现在会出现在这里。"

李博文端着酒杯遥敬姜福生，姜福生半天没动，李博文的眼睛眯了眯。

"姜兄，一会儿我再单独谢你如珠似玉地将我的女儿养大，只是，你看现在高朋满座，我们还是不要单独叙话了吧。"

"高朋满座"四个字被他加重了语气读了出来，明白其中内里的人自然听出这话里含着威胁。

姜福生冷笑一声，却还是喝了那杯酒。

正当李博文松了一口气时，他突然将手上的酒杯狠狠地往地上一摔。

顿时，玻璃碎片四溅，周围发出了一声小小的惊呼。

姜福生几步走上前，抬头看着李博文，不知想到什么，眼底逐渐弥漫上癫狂。

"谁不知道你想在南城地产分一杯羹，要不然，你怎么偏偏选在了姜氏有危机的时候，认明珠回去？你害我姜氏，还害得我妻离子散，现在装什么好人！"

姜楚楚不由得感叹，不得不说，做了这么多年的大老板，姜福生的气势还是有的。

而李博文的耐心看起来已经到了极限，他给李云佳递了个眼神，后者熟门熟路地点头离开了。

"你认女儿能有什么好心，不过就是看重了明珠自身的价值和她未婚夫袁家的势力！"

"谁给你的胆子在这里大放厥词？"

姜福生跟李博文针锋相对："你敢说你们不是图明珠身上的控制权？"

李博文怒极："胡说八道，什么控制权，你们姜家早就破产了！"

"是破产不假，可是念在我和明珠父女一场，我破产前已经把公司旗下所有的土地经营权转给明珠了！即便她以后没钱开发，那些南城原本属于我姜家的土地楼盘，二十年内，也没人能动！"

姜楚楚一愣，姜福生这无疑是在说，姜明珠怀揣金山啊！

可是——不对，哪里都不对，姜福生怎么有能力绕开袁、宋两人私藏这么重要的家底？又怎么可能会给姜明珠？

她又看向温九思，却发现他和宋初一都是一副沉思的样子。

李博文神色一动，正要说什么，忽然间，姜福生身后冲出来两个男人，一左一右将他架了起来。

李云佳走了上来。

"诸位，刚才我已经和姐姐核实过了，这个人是冒充的。"李云佳的嘴角扬起一抹若有似无的笑，"你说是不是啊，姐姐？"

姜福生顺着李云佳的视线看向姜明珠，神色愤怒："明珠，我是你爸！养了你二十多年，你花了姜家多少钱？你现在攀上更高的枝了，你说不认就不认了？"

李云佳面带微笑，始终看着姜明珠，像是给了她足够的信任，她说什么就是什么。

可是哪有冒充一说，分明就是李家自己找的台阶下，只是这样一来，主动权看似掌握在了姜明珠手上，但实则，姜福生和李博文闹得这么难看，她认了姜福生，就是在打李博文的脸面，日后还怎么在李家立足？

可若是不认，一个连养了自己二十几年的父亲都不认的人，能像她表面上表现出来的这般温柔善良吗？

姜明珠果然面露为难，李博文也皱起眉，这显然不是他一开始的打算。

但事已至此……姜明珠神色微不可察地变了又变，她沉默了一会儿，嘴唇张合几次。

她的声音不大，通过立麦刚好能让台下的人听见。

"对不起，爸……"

姜楚楚有些诧异地扬起眉，这不是她认识的姜明珠啊。

姜明珠收回看向台下的目光，含泪转向李博文："对不起爸，不知道哪儿来的人打扰了您为我举办的生日宴，我真的很抱歉。"

姜楚楚扬起的眉头再次放平，是了，这才是她认识的姜明珠。

姜明珠显然已经做出了选择。

她要远大的前程。

姜福生暴怒地想要冲上去："姜明珠，你果然是养不熟的白眼狼，你们一家都是白眼狼——"

李云佳似乎早有所料，一点都没意外，她冲宾客们歉意地笑笑，转身轻描淡写地说："塞上他的嘴巴！"

被塞了一块餐巾布，姜福生含混不清地嚷嚷着，在空中胡乱踢着腿，这样子看起来狼狈极了，甚至还有几分滑稽可笑。

李云佳嫌弃地挥挥手："绑下去吧，一会儿交给警察——"

"等等！"一个悦耳的女声传出，"你们兴许是误会了，我认识这位姜先生，不知李小姐能否给我这个薄面，让我带他下去？"

看到姜楚楚，李云佳的面色一瞬间扭曲："不知道姜小姐怎么会认识这位姜先生？"

李云佳将两个"姜"字都咬得很紧，意有所指，姜明珠脱身，姜楚楚倒送上门来了，不揭穿她落魄的境况都对不起自己忍受她的这股嚣张劲。

在场的人几乎都没见过姜楚楚。

此刻好奇有之，惊艳有之，打量亦有之。

温九思不慌不忙地走上两步，同姜楚楚并肩，面露警告："李小姐，就当卖我一个面子。"

温九思一露面，看向姜楚楚的那些目光中大部分又带了衡量之色——这是一个温九思为她说话的女人。

李云佳终于忍不住带了恼恨:"我可以卖你面子,可她算什么?"

温九思连一丝停顿都不曾有:"她是我的未——"

"好了!人你们快带走吧!"

这回换成李云佳截住温九思的话,掉头就走,不敢听下去了。

姜楚楚冷笑,真是自欺欺人。

他们将姜福生带到了休息舱。

"楚楚,谢……"

姜福生刚说话,姜楚楚就垂着眼打断了他:"你别多想,我给你解围,只不过是因为你太难堪了,我身体里那跟你一样的一半血,令我也觉得难堪。"

姜福生听她这么说,面色也不太好:"没有我这一半血,还真就没有你。"

"随你怎么想,我只想知道一件事。"姜楚楚盯着他,"你刚才说的那是怎么回事?什么控制权?"

虽然还想不明白这里面是怎么一回事,但是直觉告诉她,袁呈的谋划、姜明珠的突然回归、宋初一的来京……可能都跟这个有关系。

姜福生回避了话题:"这跟你没关系。"

"行,我不问,你就安生地待在这里吧,等游轮靠岸,会有人送你出去。"

姜楚楚自然不是放弃,而是她看见温九思冲她摇了摇头,示意她不要多问。

"等一下——"

姜福生的脸一瞬间有些涨红。

"楚楚……你手上是不是还有钱?你现在也不缺钱,这笔钱给爸爸好不好?"

姜楚楚停下脚步,回眸看他。船舱里的光线不太好,她漆黑的瞳孔仿佛将仅剩的光线全部吸收了进去。

"你心里知道你这话有多无耻吗?"

姜福生连忙抓住姜楚楚的手,像是将姜楚楚当作了最后的救命稻草:"你现在有靠山,吃穿不愁了,你拿着那些钱没用——"

温九思的脸色阴沉下来,盯着他的手,可是姜楚楚没说话,他便握紧了拳头,站在原地。

姜楚楚"扑哧"一声,笑着摇摇头。

"你们是金钱交易才会有了我,那钱说穿了,是我存在不受欢迎赤裸裸的证明,我就是撕了、烧了,也不会给你。"

姜福生盯了她好一会儿,突然松开了她,后退了一步开口:"你是不是怪我?"

姜楚楚险些没反应过来他在说什么。

姜福生突然缓缓低笑，那笑莫名有几分瘆人。

"你刚出生的时候，我抱着你，你就那么小一团，连眼睛都睁不开，可是我还是激动地哭了。

"你是我的孩子啊，楚楚，爸爸不是不想疼你……你是爸爸的亲生女儿啊，哪有父亲会不爱孩子的？

"楚楚……"

姜楚楚默然地听着，没有打断姜福生。

她原来也是这样想的。

这天下，哪有父母会不爱孩子。

可是，她的祈盼，她的不甘，在日复一日，年复一年，姜福生如出一辙的漠视和冷言冷语中，逐渐被消磨得一干二净。

但凡姜福生真的如他所说，对她有一丁点的疼惜，哪怕是一丁点，她可能都不会在每一个白昼与黑夜交替之中，暗自滋生着扭曲与偏执。

如今，他说这样的谎话，叫她怎么能接受？

"你觉得我现在还是六七岁的小姑娘吗？"

她的声音在空房间内回响，又像是从外面飘进来的，飘忽、淡漠，侧脸在逆光中被镀上了一层金边。

"六七岁的姜楚楚没有得到的东西，现在的姜楚楚，也不再需要了。"

姜福生一愣，张了张口，却没有再说什么。

姜楚楚沉着脸走出去了，温九思紧跟着她。

她走到一处僻静的角落，正要坐在光洁的大理石台阶上，突然被一直没出声的温九思拉住。

"凉。"

他简洁地说，利落地将西装外套脱下来铺到台阶上。

姜楚楚看着男人的动作，一举一动都是浑然天成的优雅与气派。这是一个被上天厚爱的男人，容貌、金钱、气势，他什么都有，这样的男人，普通人可能一辈子都遇不到，而现在，这个男人属于她。

可能是她发愣的时间有些久，温九思伸手在她眼前晃了晃："看什么呢？"

姜楚楚的睫毛如蝶翼般轻轻扑闪："看你。"

他轻轻地捏了捏她的脸颊，面露笑意："我怕你看多了，会腻。"

姜楚楚冲温九思走了一步，两人的距离不过三十厘米，温九思以为她要坐下，特意往旁边让了一下。

隐隐地，不远处传来热闹的音乐和觥筹交错的声音。

在金钱权势的粉饰下，生日宴上的一切都又重新走上了正轨。

一阵海风轻柔地吹过来。

姜楚楚突然抓住温九思的领带，将他往后轻轻一推。

没有反抗，他顺势半躺在台阶上，长腿伸着，双肘着地撑在地上，目光一瞬不瞬地钉在姜楚楚的脸上，没有丝毫被推倒的惊讶，只有浓浓的、计量不清的纵容。

姜楚楚抿着唇，眸色沉沉，让她精致的五官多了一份凌厉的韵味。

她抿了抿唇，声音正经紧绷："我现在心情不好。"

温九思了解地点点头："那你想怎么办呢？"

"我们签过合约的，你说过的，永远都要让我开心、快乐。"

"对，我说过。"

话落，温九思一只手猛地扣住她的腰往下一按，堵住了她的嘴。

他正吻得忘乎所以，忽然间，不远处传来了一阵皮鞋声，且伴随着几声硬朗的咳嗽。

有人过来了！

两人赶紧分开，姜楚楚没留心自己脚下就是温九思的大长腿，冷不防被绊了一下，幸亏温九思反应及时，接住了她。

姜楚楚将将站稳，就听见头顶上，温九思礼貌的招呼声："白队，见笑了。"

白银的目光从姜楚楚的身上一掠而过，仿佛为了避嫌似的，又专注地盯在温九思身上。

"没有，我会当作什么都没看见的。"

姜楚楚忍住面上的抽动，想说没看见就没看见吧，粉饰一下也成，什么叫装作没看见？这位白警官，你未免太耿直了吧。

温九思显然也觉得有趣，跟白银说话的时候难得带上了一分笑意："白警官在这儿是……"

"我说过，是公事。"

温九思和姜楚楚双双点头，示意知道了，绝对不会多问的。

可白银像是想到了什么，突然炯炯有神地看向两人："温先生，姜小姐，不知道能不能帮我个忙？"

白银今天之所以来这场酒会，跟姜楚楚想象中什么富二代的身世完全不搭边，他是在查一个案子，一个利用拍卖画作来洗钱的案子。

将一幅普普通通的油画，伪装成名人画作，被特定的客户拍出天价，使得每一笔钱都能有一个看似正经的去处，而作为这个中间牵线的人，白银怀疑，就是京都国立美术馆的董事之一，姓刘。警察已经盯了那人好久了，白银今天来，也是因为他怀疑那个刘董事今天会在这里"谈客户"。

通过某种关系网得知，刘董事并不知道这一位客户的真实身份，他只能等那个人主动去找他。

　　想到温九思的身份，白银想要温九思帮忙"假扮"这个人，套出刘董事的话，温九思是心理医生，自然要比一般的警察更机敏。

　　温九思略一思索就应承下来："那我帮了这个忙，白队就欠我一次了。"

　　"好说。"白银点点头，"你让我查的那件事，我会上心的……"

　　温九思突然咳嗽一声，阻止了白银之后的话。

　　姜楚楚看看这个，看看那个。

　　两个人之间的气氛有些微妙啊。

　　"既然温先生答应了，那我跟你说一下具体的情况。"

　　酒会现场，李博文那些场面话说完后，接下来的气氛就和谐得多。

　　他带着姜明珠走下来，在一群商场上的朋友间三三两两地敬酒，袁呈也陪在一边。

　　而在白银的暗示下，温九思看到了国立美术馆的刘董事。

　　他理了理领带，将白银给他的一支录音钢笔别在上面，走了过去："刘先生？"

　　刘董事正东张西望不知道在看什么，看见温九思走过来，眼中的狐疑之色一闪而过。

　　"是您？"

　　他不是没听说过温九思，而是想不到今天约见他的人会是温九思，可是除此之外，他又想不到温九思这种身份的人会来找他的原因。

　　温九思面上带着神秘的笑意，不答反问："您说呢？"

　　他一撩眼皮，冲着姜楚楚说："宝贝儿，我有要紧的事要跟刘先生说，你自己先去旁边吃点东西。"

　　别说，这一声"宝贝儿"叫得还颇有几分不务正业的风流架势。

　　在外界看来，很多人都觉得，温九思就是一个被自己的堂叔养废了的、名义上的继承人。见到他这副色令智昏的架势，刘董事又不由得信了传言几分。

　　姜楚楚也配合地出演了一个小娇娇，乖巧地点了点头，将空间留给了两个人。

　　她一扭头就看见白银在不远处暗中观察。

　　台前巨大的生日蛋糕被切开，但是并没有多少人吃。

　　姜楚楚觉得浪费，特意拿了一个小碟子，让侍者装了一块，慢慢地吃了起来，她一点都不担心温九思会搞不定这件事。

　　蛋糕很甜，她吃得很开心。

　　没过多久，不远处传来一阵混乱，混乱中心是白银。

　　他轻而易举地制住了刘董事，又从温九思手上接过了录音笔。

李云佳急急忙忙地走过去:"你是谁?你这是干什么?"

白银义正词严地说:"警察执行公务,请你退后。"

一场酒会,接二连三地出事儿,李博文面上已经可以用飓风降临来形容了。

两个小时后,游轮终于靠岸,岸边警车闪着红蓝灯光迎接,白银威风凛凛地铐着刘董事,将他交给了别的警察,一点都没给李博文面子。

姜楚楚正看得开心,突然听见白银叫她。

"姜小姐。"

"白……白队?"

白银皱起了眉头:"叫我白银就可以了。"

"哦。"姜楚楚从善如流,"您还有什么事?"

"没了。"

白银丢下两个字,头也不回地转身走了,一副酷哥模样。

姜楚楚一脸茫然。

这时候,温九思也走过来了,姜楚楚就没再多想,而是跳起来抱住他的脖子,主动送吻。

"我们家温医生真厉害!"

温九思全数笑纳:"好了,我们也走吧。"

姜楚楚点点头,这一场酒会的信息量太大了,她需要好好地问问温九思。

回去的车上,难得两个人各有心思,一路几乎没什么交流。

温九思原本也是想跟姜楚楚好好聊一聊的,可是刚到公寓,他就被小赵一个电话叫走了,直到半夜才回来。

第二天早上,温九思照旧送姜楚楚到美术馆。

几日不见,美术馆已经换了一批新的监控设备,由某位温先生亲自督办,安保措施登时提高了一个档次。

展厅经理也换上了一个新人,众人都不知道王经理发生了什么事,只听说他似乎是不小心毁坏了一幅名画,引咎辞职了,总之关注的人不多。而那位美术馆的刘董事,他的事就更没传过来了,外头乌烟瘴气的,美术馆里依旧氛围浓郁。

"白教授……"

姜楚楚扯着衣角偷瞄她。

白教授看姜楚楚的目光宛如严厉的老母亲看着她那不争气的女儿,一句责怪没说,反而让姜楚楚的愧疚感像潮水般蔓延上来。

"一周后就是预选赛了。"

姜楚楚连连点头:"嗯,我知道,我会努力的。"

白教授一板一眼地说："这次国内只有五个参赛名额，到时候你跟我一起去Y国，三天的赛程，吃住都在一个地方，没收手机和一切电子器械，这些你都是知道的。"

"知道的。"

交代了十多分钟，白教授才摆了摆手，示意姜楚楚回到座位上去。

白教授一般只会讲小半天的课，中午她前脚刚走，后脚大部分人就收拾了画板先后离开美术馆，他们虽然是白教授的弟子，可是平日里也是有自己的生活，不多时，教室只剩下姜楚楚和宋思蓉。

姜楚楚看了一眼墙上的钟表，已经快到十二点了。她撂下画笔，和宋思蓉一起去吃午饭，回来的时候，她不小心撞到了走在前面的宋思蓉。

宋思蓉停下脚步，目光直愣愣地看着前面。

"楚楚，你的画板怎么不见了？"

姜楚楚顺着她的视线一看，何止是画板，平常她座位上放着的那些油彩和画笔全部不见了。

她环视了一圈周围，只有她的东西没了。

宋思蓉跺跺脚："谁啊，这么过分？"

"对了，我们全馆不是新安了监控吗？查一下就知道了。"

这不失为一个办法。姜楚楚点点头，两个人找到保卫科，说明了缘由，调出监控视频。

在两人离开教室后，一个全副武装的人低头走进来，将姜楚楚的东西粗暴地装起来拿走了，顺着那个男人时隐时现的行动轨迹，最终在一个垃圾桶里发现了姜楚楚的画架。

姜楚楚站在垃圾桶前，微微垂着眼，唇抿得泛白。

中年警卫见她站着不动，以为她是嫌弃垃圾桶脏，再看她垂头丧气的样子颇为可怜，赶紧三两步走过去，将画架捡出来，用衣服袖子擦了擦，冲姜楚楚露出了一个慈爱的笑容。

"小姑娘，别生气，叔帮你送回去。这垃圾桶叔看了，不脏，一会儿再擦擦，跟原来一样。"

这种事情其实不难理解，听说这小姑娘是白馆长的得意门生，经常被白馆长特殊照顾，那其他人见了，心态不好的肯定就会看不惯，嫉妒之下也难免做出些偏激的事情来。

"叔建议你，要是没啥损失，就算了吧，你们都是同学，低头不见抬头见的。"

姜楚楚还没说话，宋思蓉先将头摇成了拨浪鼓："凭什么啊，你看楚楚好不容易画的画，才画了一半，就被弄脏了，我非得揪出那个不要脸的人来。"

那中年警卫见状叹了口气："行，既然你们要查，我就回去再看看监控，实在不行咱们就报警。也是，毕竟是心血，搁谁身上也不高兴。"

姜楚楚忽然抬头了。

"不用了，您帮我把画架抬回去吧，不用查了。"

她愿意为这份微小的善意退让。

这是中年警卫当值的时间段，出了这事儿，他估计也讨不到好，况且，那人从头到尾都没露脸，为了掩饰身形还穿了极宽松的衣服，只怕查了也是白查。

中年警卫一愣，随即脸上挂上憨厚的笑："好嘞，叔这就给你搬回去，擦得干干净净的。"

姜楚楚低低地应了一句："嗯。"

这事儿看似就这么解决了。

画室里，宋思蓉坐在桌子上晃着腿："楚楚，我说你也太好说话了吧，你怎么不让那个警卫好好查查啊？"

姜楚楚将画架支好，眉宇间神色稀松平常："怎么，你觉得我是那种斤斤计较的人？我就不能'圣母白莲花'一把？"

"行行行，你想当什么花都行。"

她经历过的，比这过分的事情有很多，这点连毛毛雨都算不上。

姜楚楚伸手将最上面脏了的画纸撕去，手自然地落在画板下方往上一翻——

"啊！"

随着宋思蓉惊慌失措的尖叫声，姜楚楚感到自己的手钻心地痛。

她低下头，画板下方被黏了一条长长的刀片，随着姜楚楚的翻动，在她的手上狠狠地、长长地、深深地划了一道。

姜楚楚没喊疼，只是冷漠地看着自己血流不止的手。

现在有点意思了。

第十九章
实至名归

京都中心医院，急诊科。

平日里给患者处理伤口的小护士，此刻小心翼翼地用酒精给一个女孩擦拭着手。

她没敢太用力，因为女孩手上的伤口太深了，血到现在都没止住，几乎是酒精棉球一覆盖上，没几秒钟就被鲜血浸透了。

这该多疼啊。

可是女孩一声也没吭，只是她眼眶的湿润和通红，彰显着她是在强忍着而已。

按理说，遇上这样坚强懂事的患者，小护士该松了口气，专心处理伤口，可是小护士依旧忍不住打了个寒战，手上一抖，姜楚楚也跟着打了个哆嗦，疼的。

姜楚楚实在是受不了护士隔三岔五地这么一哆嗦。

"要不……你先出去一会儿吧。"

姜楚楚扬头看向温九思。

除了见到她手上伤口时那一瞬间的慌张，之后他都是面色沉沉，像一根钉子一样钉在她身边，眼中的寒冰凛冽。

就像一只生着闷气的小狼狗，无法沟通，也拒绝沟通。

姜楚楚用那只没受伤的手，拉住他的衣摆，轻轻摇了摇，声音软糯："温九思，我不疼了，你别生气啦。"

那么深的一道伤口，连他看着都觉得瘆人，怎么会不疼呢？

男人低下头，看着那只还带着细微颤抖的手，还有那张勉强微笑的小脸，他心中蓦然一痛。

"楚楚……"

"好了，不许说是你的错，我知道你心疼我，但是，啊——"

在小护士来自单身狗的怨念加持下，姜楚楚忍不住一哆嗦，终于消完毒了。

包扎后，诊室里只剩下姜楚楚和温九思两个人。

男人站到她跟前，蹲下来，看着她包得鼓鼓囊囊的手，心疼，却又不敢触碰。

"我会查出来——"他会查出来，是谁伤害了她，然后将这道伤口，乘以百倍还给那个人。

"不用查了。"

姜楚楚干脆地摇摇头。

温九思不解地皱起眉。

姜楚楚扯了扯唇："我大概知道是谁了。"

她的手受伤，除了钻心的疼痛，最直接的后果就是，会错失下周去 Y 国的国际比赛，而如果她去不成，直接受益的，不就是那个人吗？

"姜明珠。"

姜明珠，果然是处境变了，你的胆子也大了吗？还是说，你的胆子变小了，生怕失去了什么天才油画家的光环，少了在京都立足的资本。

"姜明珠……"

温九思重复了一遍这个名字，这也是姜楚楚第一次听到他念另一个女人的名字。

感觉有点不爽。

姜楚楚"喂"了一声，用没受伤的手捏住男人的下巴，使他的脸转向自己。

"这件事交给我自己来处理好不好？她把我的手弄得这么疼，我想亲自报复回去。"

温九思半晌没说话，姜楚楚哼唧了一声，又去摇他。

"好不好吗？"

他受得了虚伪的笑，受得了旁人的敌视，受得了红粉骷髅的诱惑，却唯独受不了她这磨人劲，直能教人把自己的命都给她，何况，她要的只是一丝纵容。

"好。"

得到了肯定的答复，姜楚楚终是弯了弯眼睛，浅浅地笑了。

忽然，门被大力推开，一个人影一阵风似的走了进来。

姜楚楚惊讶得睁大眼睛："白教授。"

余光看见了自己手上的绷带，姜楚楚像个犯错的小孩，立刻低下了头。

白教授明明是带着气过来的，可是一看见她低垂着的头，还有那只包得跟熊掌一样的手，嘴巴张张合合，良久，终是叹了一口气，走过来。

"你啊……手有没有大碍？"

姜楚楚咬咬嘴唇，温九思按着她的下唇瓣不让她咬，又替她回答道："刚才照过片子了，医生说伤口很深，处理完之后，暂时要包扎起来，小心感染。"

"有没有伤到骨头？"

/ 371 /

姜楚楚立刻摇了摇头。

白教授舒了一口气："那就好，那就好。"

一阵尴尬的沉默过后，白教授忽然摇了摇头："行了，你也不用一见到我就如临大敌，我平时对你严厉那是希望你出成绩。今天这事儿我都听宋思蓉说了，不能怪你，你放心，我已经报警了，我一定揪出来是谁干的，不能轻饶！人品败坏还想学画画，怎么可能！"说着，白教授忍不住怒火，重重地拍了一下桌子，声音响亮。

第一次看见白教授发火，姜楚楚目瞪口呆。

发完火，白教授又忍不住重重长叹一声："这次这么好的机会，你错过了，下一次不知道要等到什么时候……"

姜楚楚着急地站起来："白教授，比赛我还是可以参加的。"

白教授狐疑地看着她："你伤了右手，还怎么拿画笔？"

姜楚楚连忙举起自己完好无损的那只手，手指张开放到耳边："我其实，也可以用左手画画的。"

"你用左手画过画？"

姜楚楚缓缓地、坚定地点了点头。

她怎么会没用过左手画画呢，那幅《月夜》就是她用左手画的。

这又是一个可笑的故事。

姜楚楚是个左撇子，从小就是，可是从来都没有人注意到这一点，或者说，哪怕是注意到了，也并不在乎。

在很长一段时间里，小姜楚楚用左手吃饭，左手拿东西……也用左手拿笔画画。

她用最擅长的一只手拿着画笔，哼着欢快的歌，倾注着自己全部的渴望，完成了一幅画，她将那幅画送给了蒋淑媛。

那幅画叫《月夜》。

蒋淑媛后来把它送给了姜明珠。

姜明珠凭借这幅画，一跃成为享誉国际的天才油画少女。

姜明珠，你信不信，那些你偷来的，无论过了多久，早晚都要以别的方式偿还。

第二天，姜楚楚就没再去美术馆，温九思也一反常态地没有出门。

白教授大清早来了一趟，在亲眼见到了姜楚楚熟练地用左手握笔之后，她似是松了一口气，然后问了一个十分富有建设性的问题。

"你们住在一起啊？"

姜楚楚和温九思同时一愣。

生怕给自己的老师留下什么坏印象，好学生姜楚楚羞答答地解释道："白教授，我和温九思，我们……马上就订婚了。"

订婚了，也算是有名有分，哦不，有名无分的合理同居了吧。

白教授"哦"了一声，点点头，随后又摇摇头，犹疑地说道："那……也不太方便吧。"

怎么不方便？

姜楚楚眨巴眨巴眼睛，反应不过来，倒是温九思带着温文尔雅的笑："白教授放心，我会照顾好楚楚的。"

不知道是不是姜楚楚的错觉，温九思的眼中好像闪过了一道雀跃的光。

很快，她就知道白教授指的"不方便"到底是什么意思了。

她的右手被包成了粽子，自然用不了了，只能像个摆设一样搭在桌边。她坐在椅子上，眼巴巴地看着温九思将丰盛的早饭端上来，如果她身后有尾巴，一定已经可怜巴巴地在摇晃了。

温九思没忍住笑了出来。

姜楚楚立刻支起身子，面色不善地回望。

"你笑什么？"

"我喂你啊。"

"才不用，我都已经说了，我本来就是左撇子，自然也能用左手吃饭。"

只是有些不方便罢了。

她苦着脸，用左手拿起筷子，一口一口缓慢地吃着早餐。

温九思看着她苦大仇深的表情，并没有执着地要喂她，而是垂下眼睛，一派怡然自得。

吃过饭，姜楚楚去专为自己布置的画室转了一圈，心总是静不下来，又转出来去找温九思，可他正在沙发上专心致志地看着文件。

她忍不住撇嘴，无聊……他那么忙，干吗非要陪她待在公寓里？搞得好像她一只手受伤就生活不能自理了一样。

姜楚楚一边腹诽，一边走向卫生间准备洗个澡。

只是，偌大的浴缸前面，看着自己受伤的右手，她不禁陷入了沉思，要怎么在不弄湿手的情况下，把自己清理干净。

冷不丁她耳边传来暧昧的吐息声："楚楚，你自己可没办法洗澡吧。"

温九思不知道什么时候走了过来，他靠在门框上，神色慵懒地望着她，眼神流氓似的在她身上扫来扫去。

姜楚楚抬起左手横在胸前，眼睛瞪得像只小狐狸。

"呸，我就是不洗澡也不便宜你这个伪君子。"

温九思摊摊手，眉头一挑："我只是问问，你可别那么大反应。"

/ 373 /

不想还不觉得，越想姜楚楚越感觉自己的头发痒、身上痒，哪里都痒。

身为一个精致的女孩子怎么能不洗澡呢！

但是让温九思帮忙……

温九思看着姜楚楚脸色突然一阵爆红，嘴角忍不住饶有兴味地勾了一下。

姜楚楚正左右为难，忽然腰间一紧，男人将她骤然往自己怀里一带，热意源源不断地从他身上穿过两层衣料，传到她的身上。

她瞬间感受到了一种无处安放的躁意。

"或者，我有一个办法。"

十分钟之后，姜楚楚左手拉着温九思走进了卫生间，娇声指挥着："往左一点，直走，前面有个化妆凳绕开，别绊着。好了，停在这里。"

姜楚楚将浴缸外面的帘子仔细拉好，又看向男人："说好的，你要偷偷摘了，我就再也不相信你了。"

温九思淡淡"嗯"了一声："男人说话算话。"

他面上蒙了一条纱巾，姜楚楚反复试验确定他真的什么也看不见，这才放心地踏进了浴缸。

不一会儿，水涓涓地流了出来，姜楚楚躺在浴缸里，左手费力地往自己头发上抹上洗发露，然后头一偏，以一个舒服的姿势侧躺着。

"来吧。"

她说得大义凛然，像是要献身似的，可实际上，温九思极乖地从帘子的缝隙里伸出一双手，在她的头发上揉了起来。

姜楚楚高举着右手，姿势有点滑稽，可是除了她自己，谁会看见呢。

浇水，冲洗，温九思一气呵成。

姜楚楚将人用完就扔："好了，剩下的我自己洗就行了。"

"嗯。"

温九思蒙着纱巾，风轻云淡地站在那里，状似毫不在意，但若仔细观察的话，就会发现他紧紧绷成一条直线的脊背。眼睛看不见，听觉就会变得愈加敏锐。

他一向最擅长掌控，无论是别人的心神，还是他自己的意志。

可是此刻，连细小的水花扑腾声都能带起他心底最深的占有欲。

他的嗓子有些干哑："楚楚。"

"嗯？"

"用不用我帮你擦背？"

"呵呵。"

温九思不死心地又问："真的不用？"

拒绝了温九思，姜楚楚的心却依旧跳得很快，她想赶紧洗完出去穿上衣服，可是她猛然想到,换洗衣服好像在卧室没带进来。

脱下来的衣服,在温九思身边的凳子上。

她小心翼翼地拉开浴帘的一角,就看见一样东西轻飘飘地落在地上。

姜楚楚猛地抬头,对上了一双黑洞洞的眼睛,那双眼睛显然也有点发蒙,眨动的频率很慢。

她忍不住倒吸了一口凉气,"唰"地躲回了帘子后面。

温九思也很无辜……谁知道这个结这么不稳。

帘子密密实实地拉着,两个人隔着一层帘子,只有水声潺潺,气氛瞬间古怪起来。

他看着帘子,女孩窈窕的身形就在帘后,朦朦胧胧的,只肯显露给他不甚清晰的身影。

姜楚楚忍不住咬着嘴唇,全身微微颤动。

温九思笑声低沉:"好了,洗完了你就快出来吧。"

姜楚楚低声开口,声音软软的:"那你不要偷看啊。"

她的话里不自觉地带了点鼻音,软糯糯的,听起来不像是警告,反而像是撒娇。

温九思隔着薄薄的帘子深沉地看了她好久,仿佛想要将这一个人影印刻在自己的心底,终于,他慢吞吞地移开目光,转身走出浴室。

姜楚楚松了口气,赶紧把自己裹紧。

吹干头发,她换了一套睡衣出来,就看见温九思站在阳台上,背对着她在打电话。

"他既然资金不够,就再给他送点。"

"不玩点大的,怎么能将那老狐狸也绕进去?"

听见脚步声,温九思扭过头来看姜楚楚一眼,很快地对电话那边的人说:"行了,就这么办了,这件事交给你了。"

又是工作上的事……

温九思走过来,看见她一副若有所思的模样,忍不住摸了摸她刚吹干显得有些毛糙的头发。

"在想什么?"

姜楚楚躲开了他的触碰,闷闷地问:"你在跟谁通电话啊?"

"小赵。"

"哦……什么事情啊,也说给我听听吧。"

温九思一见她这副样子,就知道她在想什么。

男人轻轻地叹了口气,面露怜爱,却没有回答她的问话。

"楚楚,我知道你想要什么,我会慢慢地教给你,可是现在你不适合分心,

/375/

你要全神贯注地准备比赛,不要给自己留下遗憾。"

姜楚楚非但没有得到想要的答案,还被教育了一通,不免嘬了嘬嘴。

温九思一捏她的鼻尖:"我这边安排好了事情,下周给你个惊喜。"

她的眼睛陡然之间明亮起来。

温九思看着,忍不住也笑了起来,刚才小赵在电话里告诉他温戎做的那些事带来的烦心,顷刻间烟消云散。

靠近市政的一处四合院。

这里虽是四合院,但是已经被重新翻修,在保留了古意的基础上,极尽可能地富丽堂皇,显然这里并不是有钱就能住的。

一个全身高定西装的男人从车上下来,走到正门,按响了门铃。

门很快开了。

女佣恭敬地鞠躬:"袁总,您来了。"

袁呈略一点头,走了进去,他对这里显然并不陌生,一路走过去根本不需要女佣领路。

女佣跟着他,小心翼翼地问:"袁总,请问您今日来是想找——"

袁呈摆摆手:"你不用管我,我来看看明珠。"

女佣赔着笑:"原来是找姜小姐,那我就不打扰了。"说罢,她停下脚步,躬身目送袁呈离开。

袁呈见怪不怪,这种家庭里,就连用人也会看风向,姜明珠在这个家里面地位尚不稳定,抵不过李云佳母女二三十年的积威,那些用人怎敢往她身边凑。

他木着脸,敲响了姜明珠的房门。

不过几秒钟,门开了,露出姜明珠的笑脸。

"袁呈,你来了,怎么也不提前告诉我一声?"说着,她打开了房门,将袁呈让了进来。

"你不是说,不太喜欢来这里的吗?我们可以出……呃。"姜明珠的话才说了一半,剩下的半截被袁呈掐着,卡在了嗓子眼。

她震惊地睁大眼睛,嗓子里发出"咚咚"的干吼。

袁呈几乎是提着姜明珠,将她往后一扔,姜明珠踉跄地后退几步,撞到了床沿,狠狠地倒在床上。

她不可置信地看着袁呈,捂着自己的脖子:"咳咳,袁呈……你干什么?"

袁呈的双眼仿佛酝酿着一场可怕的风暴。

他转了转手腕,声音一派漠然:"明珠,我曾经说过,只要好好听话,你想要的都会有,不是吗?"

姜明珠不解："我没有不听你的话，你让我做的，我都做了啊！"

袁呈根本就不听她的解释，他一步一步走向床边，面上带着笑。可是姜明珠却像看到了什么可怕的东西，忍不住地往后退。

"我帮你和蒋淑媛毫发无损地脱离了姜家的那片泥沼，又把你带到了京都，让你获得了比原来更高贵、更显赫的身份。"

姜明珠受不了地大喊一声："你到底想说什么？"

袁呈走到床边，一把拽住姜明珠的手腕，将姜明珠提了起来，使她不得不抬头仰视自己。

他一字一句地问："你为什么要去动姜楚楚？"

姜明珠猛然愣住，缓缓地"哧"了一声，旋即笑了起来，笑声越来越大，最后几乎沁出眼泪来。

"原来是因为这个。袁呈，你来我这儿给她报仇？你看清楚，我才是你的未婚妻啊。"

"未婚妻……你一直以来都是这么认为的吗？"

姜明珠顿了一下，反问道："难道不是吗？你不爱我，为什么要跟我求婚？"

袁呈骤然松开她，目光中有淡淡的嫌恶之色。

"姜明珠，我不妨说得清楚一点，如果没有姜楚楚，你以为我会跟你订下这个婚约吗？"

"你什么意思？"

袁呈冷淡地瞥了她一眼："你回去问问蒋淑媛吧。"

姜明珠嚅动着嘴唇，眼泪无声地滑落。

片刻的沉默后，袁呈长长地舒了口气。

他理了理自己的衣服，坐到床边上，轻轻地抚摸着姜明珠的头发，声音如同情人的低喃："明珠，别惹我生气，你看，我们不是一直都配合得很好吗？你听话，以后，我会给你更多的，好不好？"

过了几天，到了去Y国的日子。

温九思开车将姜楚楚送到了京都国际机场，跟白教授等人会合。

"行啦，送我到这里吧，我下周就回来了。"

温九思拉过姜楚楚，在她唇上不轻不重地咬了一下，眸色微黯："可是我已经开始想你了。"

这情话说得溜，姜楚楚怦然心动。

"我会带着奖杯回来的。"

温九思笑了："毋庸置疑，到了Y国给我打电话。"

独自进了机场，远远地见到代表团的旗子之后，姜楚楚觉得自己还是小看了姜明珠。

前几天通话的时候，姜楚楚就告诉刘晏自己会用左手执笔的事。此刻刘晏凑近她，轻轻说道："有一个人比赛前右手骨折了，他没你这么好的技巧，不会左手握画笔，只好退出比赛了，姜明珠是临时提上来的。"

姜楚楚嘟囔着："这样也可以啊。"

姜明珠的视线落在姜楚楚那只被包成了粽子的右手上，又若无其事地移开了视线。

袁呈倒是理了理衣着走了过来。

"楚楚，你的手……"

怎么这人也在？不就是一个比赛，她都还没撒娇让温九思陪着呢。

没得到回复，袁呈兀自目光浓烈地看着姜楚楚，语气中的担忧如有实质："不要逞强，一个比赛着实算不了什么，但是右手要是恢复不好，可就麻烦了。"

还夫妻一体了是吧？巴不得她退赛了是吧？

姜楚楚翻了个白眼，丝毫不想顾及场面是否和谐，直接后退三步，躲到了刘晏的身后。

刘晏也只好打着圆场："多谢袁总关心了。"

登机之后，袁呈带着姜明珠理所当然地坐了头等舱，其余人都往后走去，三三两两地坐下。虽然温九思早先就提出过，要不要帮他们一起订机票，可是十几二十号人，经济水平参差不齐的，姜楚楚觉得还是不要给大家造成压力了吧，于是这机票的事，温九思就没再管。

一上飞机，姜楚楚发了个短信就迷迷糊糊地睡了过去，飞机飞了十多个小时降落在 Y 国机场，天还是亮的。

下了飞机后就没再看到袁呈了，想必他来 Y 国是有公事，姜楚楚松了口气。

主办方给一行人都安排了住所，吃顿饭，倒倒时差，又是一天过去。

期间，姜楚楚跟温九思按照约定视频。

温九思刚洗完了澡，下半身只简单地围了一条浴巾，问道："在 Y 国还顺利吗？"

姜楚楚想到在机场遇见的袁呈，觉得这也不是什么大事，便绕过了没特意说，只说姜明珠也来参加比赛了。

明白姜楚楚并没完全坦白，温九思眼睛眯了眯，却什么也没说，只是在视频的最后叮嘱她："有事，第一时间通知我。"

姜楚楚小鸡啄米似的点头："放心吧。"

姜楚楚撂下电话后，温九思还是坐在床边上，手指在洁白的床单上轻轻叩了叩。沉思片刻，他拨通了小赵的电话。

"温戎那边怎么样了？"

小赵回答得很快："温戎迫不及待地动工了，现在世昌广场那儿都拦了起来，不让人进。"

温九思"嗯"了一声，沉默了片刻，又自言自语般地说："既然温戎一时半会儿脱不开身，他们父子这两天应该没闲心惹是生非了吧。"

小赵完全没理解到温先生的意思，不解风情地殷切道："温先生，您可千万不能这么想，关键时刻，我们还是谨慎行事比较好。"

温九思："把我的行程压缩一下，给我订一张两天后飞Y国的机票，懂？"

小赵沉默了一瞬间："懂。"

您早说不就完了，红颜祸水，红颜祸水啊。

Y国国际油画秋季大奖赛。

这是国际上为数不多，实行现场出题，参赛选手现场绘画的比赛之一。

在白教授的带领下，几人顺利入场，拿到了参赛牌。

由于比赛在Y国的一处私立美术馆举办，时间未到，主办方便邀请提前入场的选手参观。

姜楚楚自然一百分乐意。

"哇！这个展厅也太漂亮了吧。"

"哇，这颜色也太高级了吧。"

"哇！这是亨特•达蒙的画！"

白教授起先还端着，任由姜楚楚像只脱了笼的疯鸟，四处乱飞，后来见再不拉她恐怕就回不来了，于是警告似的轻咳两声。

"行了，大惊小怪的，也不知道沉稳一点。"

姜楚楚眨巴着无辜的大眼睛。

这不是因为……奈何自己没文化，一个"哇"字走天下吗？

白教授深觉无可奈何，但比起另外几个选手如临大敌的姿态，姜楚楚放松的姿态又让白教授没那么担心她右手的伤了。

Y国国际油画秋季大奖赛上一位获得冠军的国内选手，就是多年前的姜明珠，那幅《月夜》赢得了所有评委的一致好评。当时姜明珠夺金，还在国内引起了轩然大波，很多人甚至将她吹嘘成"国内油画新生代代表画家"，可是之后，Y国国际油画秋季大奖赛就改了赛制，改为现场出题，三日内作画，虽然万众期待，但姜明珠再也没有参加过。

而这也是姜明珠第二次参赛。

一个是曾经的冠军,一个是她许以重望的弟子,白教授觉得她或许可以期望一下今年的比赛结果。

偌大的展厅被清空,百余平方米的地方,一排一排地立着样式统一的画架,油彩也都是崭新未开封的。

所有人按照自己对应的位置坐好,为了杜绝从网上找灵感这种可能性,接下来的三天,手机一律上交,吃住也都在工作人员的安排下,与世隔绝。

姜楚楚拿起画笔后,心情奇异般地平复下来。

一道刺眼的目光穿过几个人直直地射向她,她甚至都不用扭头看,就知道那是姜明珠的审视。

她的唇边溢出一抹笑,四平八稳地挤出油彩。

姜楚楚腹诽:看吧,看吧,越看你也只会越无力,因为我所依仗的,从来都是自己啊。

考题公布——自画像。

没什么别的要求,可以写实,也可以写意,题目简单得不能再简单。

大厅中,安静得连自己的呼吸声都能听到。

画什么内容,用什么画法,以什么色彩,全都要由自己掌控,眼见一个人接着一个人提起了画笔,姜楚楚深呼吸,告诉自己,不要着急。

这里不乏天赋型的选手,她若想一鸣惊人,定要在构思上下些苦工的。

时间一点一滴过去,金发碧眼的考官都忍不住频频向这边张望。

在黄昏的光线折射进来,将展厅染上了一抹绚丽的金黄色时,姜楚楚终于动笔——

三天的封闭比赛,姜楚楚出来的时候,感觉身体被掏空。

白教授就像是在考场外等待孩子的家长,一见到姜楚楚的身影就连忙迎上来。

"听说考题是自画像,你画什么了?"

姜楚楚囫囵答道:"就是……自画像呗。"

她低头打开手机,没有未接来电,于是只好找到某个男人的电话拨通。

关机。

他竟然关机!她明明告诉他比赛结束的时间了。

姜楚楚正低落着,白教授还在喋喋不休:"你到底画了什么?你瞒着我干什么呀?你这孩子。"

"白教授。"姜明珠也走了出来,面色隐隐有些苍白。

趁着白教授跟姜明珠说话的工夫,姜楚楚赶紧开溜。

/ 380 /

她不是想瞒白教授，而是想瞒着姜明珠，她想给姜明珠一个惊喜，一个巨大的惊喜。

第四天的下午公布结果，Y国人的办事效率也很高，一夜之间私立美术馆犹如换了一个场景一样，展示厅里人声鼎沸，"长枪短炮"闪光灯闪个不停。

姜明珠坐在姜楚楚的左前方，正在接受一个外国记者的采访，姜楚楚只看了一眼就别过了头。

评委们走出来的时候还在相互低语，大都眉头紧皱，姜楚楚不是不紧张的，可是跟这点紧张感比起来，她还有些担心，温九思从昨天晚上就开始失联，电话一直打不通，这在之前根本就没有发生过。

漫长的致辞过后，终于到了重头戏，那些闪光灯也变得更加密集，就怕到时候遗漏了谁。

评委主席亲自宣读了前八名，每读到一个名字，大屏幕上就会出现这个人的参赛资料和本次作品的扫描大图。

姜楚楚和刘晏成功入选，而第八个念出姜明珠名字的时候，还引起了一阵小小的喧哗——天才少女的光环啊。

八幅入围作品，等待着金银铜奖的定级。

可是这一步骤进行得并不顺利，宣奖卖关子是国际惯例，但是卖了好一会儿还说不出个一二三等奖，就不太正常了。

两个Y国评委激烈地商讨着什么，甚至用上了肢体语言，一个不知道说了什么，另一个愤然离席。

紧接着，主持人立刻上来圆场，说结果延后两个小时揭晓，这个时间，请大家移步展示厅欣赏这次大奖赛的全部作品。

看来是评委内部对结果的裁定有争议，可姜楚楚一点都不意外。

起身的时候，她又掏出手机，摆弄了两下之后撇撇嘴，心道——

为什么我的手机像死了一样……

同一时间，某座拥挤狭小的英式公寓。

这种公寓在Y国着实很常见，人口密度大的城市，同样竞争激烈，许多人有着绅士的外表和衣着打扮，天一黑却不得不被打回原形。

这里贫穷、平凡，充斥着廉价香水和隔壁传来的女郎调笑。

一个东方男人顺着旋转楼梯缓缓地上攀，一扇房门恰好在此时打开，里头一个身姿丰满的Y国女人同他打了个照面，她碧蓝色的眼睛涌起了兴致，大胆地扭动了一下自己的腰肢，俯下身子，迫不及待地想要跟这个面容英俊的东方男人发生点什么浪漫的风流韵事。

/381/

而那个东方男人仅仅是瞥了她一眼,那一眼跟看男人,看牛,看杯子,没什么区别。

女郎不甘心地瞪了他一眼。

他继续往上走,走到尽头的房间,那扇门像是被油渍浸泡过一样,半掩着,泛着油腻又肮脏的光。他从西服内里掏出一张字条,确认了上面的地址,于是毫不犹豫地推开了门。

不是想象中的污浊不堪,房间内部别有洞天,布置得相当精巧,甚至从那些一闪而过的奢侈品身上,很难想象到,房子主人要住在这里的原因。

直到他的鼻端闻到了淡淡的血腥味,才有几分明白。这里鱼龙混杂,什么样的人都有,如果要做些阴暗的事情,没什么比这里更合适的了。

突然,角落里,有个男人操着怪异的腔调问:"你就是袁呈?"

袁呈霍地转身看向角落,身体忍不住绷直。

那里有一道帘子,重重地垂下来,阻隔了他的视线。

他眼神锐利地盯着那道帘子,语气却平和:"没错,我是,我来拿预订的东西。"

"就在你左边的柜子上,你自己拿吧。"袁呈视线一扫,看到了一个纸盒,打开来看,十支针筒,里面都是澄明的药液。

他重新将盒子包好,拿在手里:"我们钱货两讫了。"

"放心吧,这是我的实验室新研究出来的药品,绝对物超所值。"

袁呈不想跟他有更深的交集,于是淡淡地一点头:"那就好,我走了。"

"等等。"那声音又说,"袁呈,替我问温九思好,顺便告诉他,他的老朋友马上就回去了。"

袁呈皱起眉:"如果你关注温九思,就该知道,我和他之间实在算不得有什么交情。"

那个声音笑了笑,或许是没控制好气息,笑到一半咳了起来:"咳咳……你帮我传话,作为报酬,我回答你一个问题。"

"我没有想知道的事情,除了这一次,也不想再跟你有任何交集。"说罢,袁呈最后瞥了一眼帘子,收回目光,往外走去。

"砰"的一声,椅子倒了。

似乎是那个男人站了起来。

"不,袁呈,你有,你有野心,所以你才会千方百计找到我不是吗?"

"李家算什么?弄倒了温九思,你想要的,不就都有了?"

"你想不想知道,温九思的弱点……我可以告诉你。"

袁呈的脚步顿住了。

在明亮的展示厅里，挂着几十幅新鲜出炉的画作。

在一幅标注着熟悉名字的画前，姜楚楚停住了脚步，面上挂上了耐人寻味的表情。

姜明珠的画是一幅色彩极其鲜明的人物风景。火红的夕阳，漆黑的礁石，还有穿着花裙子的少女，乍一看很有野兽派画风，尤其是对比着画者是这么一个温柔典雅的淑女，就更让人提起几分兴趣了。

许多人都不约而同地在这里停下了脚步，称赞的同时，都有一句话没有说——这幅画的立意、构图，甚至人物形象，都与画者几年前的一幅作品《月夜》出奇相像，它像是姜明珠创作的《月夜》同一个系列的作品。

这种程度倒是构不成抄袭，只能说是创新度不够。

在姜楚楚看着姜明珠画的同时，姜明珠也急不可耐地找到了姜楚楚的画，仅是一眼，便如遭雷劈。

两个人的比赛作品，都是人物风景，大片的景物，人像看不清楚，双方都似乎是有意规避了画中女孩的面容，更是不约而同采用了透明画法，多次着色，形成色彩之间微妙的过渡。

更细心的，联想到了方才评委们的争议，只怕……冠军要从这两个东方女孩中诞生了。

姜楚楚走过姜明珠身边时微顿，似笑非笑地睨了她一眼。

姜明珠少时登上过油画艺术界的巅峰，可是赞誉越甚，她就越心虚。原本她还有那么一点信心，可是随着《月夜》一遍遍被提及，她面上越是微笑，心底却越是阴暗，越是恐慌，越是惧怕，可能连她自己也没有发现，她的画法越来越接近姜楚楚的，只是模仿者注定略逊一筹。

这次比赛于姜楚楚和姜明珠皆很重要，姜明珠对上她没有获胜的把握，所以干脆舍弃了自己的思想，对着那幅《月夜》照葫芦画瓢。

她能画出这样一幅画来，完全不出姜楚楚的意料。

姜明珠就是在这个比赛一举成名的，在印象分上有天然的优势，其他人与之相比，很容易被忽略，姜楚楚想增加获胜率，就只能另辟蹊径，比如，强制性地将两个人的画搁在一起比较。

姜明珠仿照《月夜》的感觉，她也可以。

《月夜》属于她，没有人比她更懂得，怎么创新，怎么升华。

比起这类画作的立意和技法，十个姜明珠也不够看的。

一个半小时后，所有人重新回到了颁奖厅，白教授突然一把抓住姜楚楚的手腕，语气有几分激动难耐。

"史密斯刚刚在看你。"

史密斯就是这一次大赛的评委主席。

她的心忽然就定了。

姜楚楚凭借着自己半吊子的英语水平,在一段冗长的颁奖词之后,听到了她的名字。

——"Chuchu Jiang!"

冠军,姜楚楚。

她第一次觉得自己的名字那么好听。

她没有看向激动地站起来的白教授,也没有看向手掌都拍红了的刘晏,更没有欣赏姜明珠现在是怎样一种惊妒交加的表情,她只是在追光灯打在自己身上的时候,微笑着为自己轻轻鼓掌。

她从前没有一次羡慕过这种被认同的目光包围的感觉,可是现在,她发自内心地觉得,还不赖。

颁奖后,是例行的媒体采访,姜楚楚的右手还包得像个残疾人,无形中为姜楚楚树立了"高手"的气质。白教授充当了她的代言人,一口正宗的伦敦腔尽展国际油画大师兼京都国立美术馆馆长的从容淡定,姜楚楚随声附和几句就行了。

忽然,一个国内记者挤到前面,没理会姜楚楚,反而将话筒贴到了旁边的姜明珠面前。

"姜明珠小姐,我注意到您这一次的画作跟《月夜》颇为相似,是因为您没有新的创作灵感了吗?"

作为失败者被采访,姜明珠的面色有点绷不住:"不是这样的,只是我一直向往闲适的生活罢了,才比较喜欢这类题材的画,没什么特别的。"

"所以这也是您创作《月夜》的灵感吗?"

姜明珠勉强地笑了一下,显然不太想回答:"嗯,是。"

姜楚楚听不下去了,忍不住打断:"姜明珠,你从来都没仔细地看过这幅画吧,什么闲适生活,你觉得我会有这么奇怪的灵感吗?"

"你闭嘴。"

姜明珠当然不会看,因为每看一次,都仿佛看到了姜楚楚那张充满讽刺意味的脸。

记者的语气几近质问:"但我认为不是,姜明珠小姐,敢问,七年前,这幅画是您自己画的吗?"

现场还有媒体,国内的也不少。

姜明珠掐着自己的胳膊,面上还得挤出扭曲的笑意,死死地盯着那个记者。

"当然是我自己画的,我不明白你在说什么。"

见她矢口否认，记者从怀里掏出手机调出照片，嘴角上扬："您是真的不明白？这是在南城美术馆里挂着的一幅署名您的画作，可是很意外，我们在另一个画手的微博上，看到了这幅画半成品的模样，而且上传时间比您对外宣称的完稿时间要早。如果那幅画是造假，那么我们有理由怀疑，是不是别的画，也都不是出自您手呢？"

姜明珠目光闪了一瞬，霍地看向姜楚楚："什么微博？"

姜楚楚耸了耸肩："可能是吧，我原来还挺喜欢发微博的。我早说了，不要随便拿走我未完成的画稿，现在知道我是为你好了吧。"

众目睽睽之下，姜楚楚和姜明珠相视而立，她能看清姜明珠眼中的紧张——和憎恶。

姜楚楚其实认真思考过。

姜明珠为什么会觉得自己欠她的呢？

那是姜明珠刚被蒋淑媛接回来的那几天，一场错误的绑架，使姜明珠被糊涂的绑匪当成姜楚楚绑走了，随后，绑匪向姜家索要了巨额赎金，并警告他们不许报警，否则，就不保证"姜楚楚"的安全了。

没理会蒋淑媛的哭诉，姜福生坚决报了警，四十个小时之后，姜明珠被找到，那帮绑匪望风而逃。

救姜明珠回来的时候，她衣衫凌乱、神色癫狂，旁人一触碰就失声尖叫。

那时候姜楚楚还小，不知道这意味着什么。

事情就这样消弭无踪，姜家没有大肆追究，反而悄悄掩盖下来，没一个人去问那些绑匪有没有被抓到，而姜明珠的神志也很快恢复了正常。

一开始姜楚楚不懂这是为什么，可是慢慢地，她越长大，就越明白。她可怜过姜明珠的遭遇，却又心寒于姜福生和蒋淑媛的沉默。

还是为了所谓的颜面。

自私的基因，就流淌在姜家人的血液中，又像是一种瘟疫，不断感染着接近他们的人。

诚然，姜明珠那时候很无辜，可她姜楚楚也不是圣母，不会把不属于自己的过错揽到自己身上。起先，她是因着这份隐秘的同情心，想要好好对待这位比她还大一岁的"妹妹"，可是后来，姜明珠在日复一日的自怜自哀中，加上蒋淑媛赤裸裸的偏向，变得越来越虚伪，越来越针对她。

还有什么比这种恶毒的流言更能伤人呢，只要放言说出姜明珠的遭遇，不管人们相不相信，传言和不怀好意的目光都能扒下姜明珠的一层皮。可是，哪怕是最讨厌姜明珠的时候，姜楚楚也不曾想过将这件事公之于众。

然而今天，姜楚楚主动还击了，也就是现在——这个记者，是她找的托儿。

记者手中显然还有牌，姜明珠面色一紧，阴沉着脸伸手挡住话筒："胡说八道，你是哪一家杂志社的？"

由于这突发的情况，原本好端端的冠军采访霎时间一片混乱。

这时候，史密斯拨开记者走过来，先是跟姜楚楚握了手，然后走到姜明珠面前，皱起了眉头，面色严肃，操着生疏的汉语：

"姜明珠小姐，能跟我们谈一谈这件事吗？"

走出美术馆，深深呼吸了一口Y国弥漫着雾霾的气息，姜楚楚却觉得浑身轻盈得快要飞起来了，只是，一种空虚感油然而生，她还来不及仔细思考这股空虚意味着什么，刘晏突然叫住了她。

"楚楚。"

"嗯？"

"你前面。"

姜楚楚回过头看向前方，街上匆匆而过的一众金发碧眼的Y国男女之间，一道逆行的身影分外明显。

那个只有"芝兰玉树""君子如玉"这般形容词才能形容出来的男人，走到了离她大概十米远的地方，停下了脚步。

他冲她笑着，嘴唇轻启。

风带走了他的话音，可是姜楚楚却读懂了他的口型。

他在说："楚楚，恭喜你。"

那一刻，心底的空虚感被悄然地填满。

姜楚楚奔跑起来，一头撞进温九思的怀中，借着她的冲劲，温九思顺势将她整个人像抱娃娃一样抱了起来。

姜楚楚将头埋进他的颈边，原来，那些不确定的失落，只是想与他一起分享。

刘晏看着他们相拥的身影，愣神了片刻，继而缓缓地微笑起来。

街道对面，一辆黑色的车静静地停在路边，车内气压很低，宛若寒冬降临。

司机回过头，小心地说："袁总，之前见到您的那个Y国女人，我们已经处理好了，绝对不会让她乱说。"

袁呈的目光甚至没有从那一对相拥的男女身上移开，仅仅是"嗯"了一下。

过了一会儿，才听见袁呈冷冷地说道："再检查一遍，不能让别人知道我去找过他。那个人，是个危险人物。"

"是，袁总。"

袁呈将膝盖上的包打开，拿出一支针剂。透过阳光，他转动着管壁，里面的液体澄澈透明，谁能想到，它可以变成毁掉一个家族的开端？

袁呈深深地呼吸，语调凉薄："楚楚，你会知道，只有我，才是你唯一的选择。"

当然，袁呈这番豪言壮语传不到姜楚楚耳中，不过即使她听到了，也只会翻个白眼。

此刻，她还被温九思揽在怀里，上演着偶像剧里的情节，姜楚楚名色双收，堪称走向人生巅峰。

几分钟过去了，两个人还腻歪在一起——并不是温九思占有欲突然炸裂非要抱着怀里的小妖精不松手，而是姜楚楚仗着大长腿又穿着长裤子，双腿几乎盘上了他的腰，他就是想放下她都放不下。

温九思："楚楚，你是不是对自己的体重有什么错误的衡量？"

粉红色的泡泡一秒戳破。

姜楚楚噘了噘嘴，鼻端矫情地哼了一声，不情不愿地下了地。

温九思帮她理了理有些翻上来的衣服下摆，又顺手把她的碎发拨到耳边。

姜楚楚直到这时才想起来问责，她双手叉腰，后退了一步："你说，你手机怎么一直打不通？"

温九思一脸无辜。

"我这不是在机场得关机吗？"

"一路赶过来确实有点累，但是能看到你这么开心，又见证了你得奖，真的值得。"

这男人什么时候说起情话来这么溜了，让人想批评两句都开不了口。

第二十章
温家旧事

因着温九思意外前来,姜楚楚捧了奖杯就跟自家男人恩恩爱爱地上飞机,先回国了。

回到京都的时候,正是早上,小赵开了车来接。

温九思给姜楚楚开了后车门,姜楚楚在车门前顿了一下,"啊"了一声。

"等一下,你先给我拍张照,好不好呀?"

温九思自然不会拒绝,他掏出手机,看着姜楚楚一手拿着奖杯轻轻靠在车门上,他自觉地蹲下去,调好滤镜,不时轻声告诉姜楚楚下巴收一点,眼神看过来。

给女朋友拍照也是一门学问,温先生显然无师自通。

照片拍好,姜楚楚蹦跶过去一看,果然非常满意:"哎呀,你连滤镜都帮我调好啦,这张好漂亮呀。"

温九思谦虚地摇摇头:"是你天生丽质,怎么调都美。"

小赵听得面无表情,甚至还有点想拿出棉花把自己的耳朵塞起来。

姜楚楚掏出珍藏已久的微博账号,登录上之后,发现由于两个月没登录,私信收了一大堆,都是问她最近干什么去了,为什么不更新微博了。

姜楚楚选中图片,思索片刻,编辑了一段文字:失踪人口回归啦,去Y国参加比赛,虽然过程有点坎坷,但是结局很惊喜。

不过十几秒,姜楚楚就看见"小白兔的白"在上面点了个赞。

白教授微博刷得还挺勤快的啊。

姜楚楚沉迷微博无法自拔,车拐了一个弯,她抬头看了一眼,又扒在车窗上,迷茫地说:"我们这是去哪儿?这好像不是回公寓的路啊。"

温九思的眼底划过莫名的光,不紧不慢地回答:"你之前是不是答应过我,可以跟我一起回温家老宅。"

这么刺激?

姜楚楚愣愣地点点头,旋即睁大了眼睛:"不是吧,现在就回?我还一点准备都没有。"

"不需要任何准备,我们早晚都要回去的。"他的话带着一丝意味深长。

姜楚楚晃了晃脑袋,自从她右手被包起来,她就开始适应用这个动作去甩掉挡住脸的头发,此刻,她看起来有点像孚了毛的暴躁小狮子。

"我不是说不去,我只是想说,我……我这么过去,会不会给你惹麻烦?"

姜楚楚原先在南城家世也是数一数二的,可是放在京都就不够看了,全盛时期的姜家不够看,破产重组的姜家就更不够看了。温九思的情况袁珂帮她调查过一些,小赵又透露给她一些,他那一家子豺狼虎豹的亲戚都不是好相处的。

她怕没有背景的自己,非但帮不到温九思,反而可能会给温九思惹麻烦。

她的犹豫完全地落在了温九思的眼中,他叹了口气,眼底星光点点。

"你怎么会给我惹麻烦呢,我们马上就要订婚了,你顶多算是……甜蜜的负担。"

姜楚楚面无表情,有些无奈。

大哥,你这话说了还不如不说呢。

前排的小赵听到这里忍不住"扑哧"一声笑了。

"姜小姐,温先生在跟您开玩笑呢,再大的麻烦我们温先生都解决过,您还不算什么。"

这位大哥,你也可以闭嘴了。

虽然小赵并不知道自己哪句话说错了,但他还是在温九思严厉的目光中抽了抽鼻子,扭回头,乖巧地开车去了。

温九思收回目光,转向姜楚楚的时候,眸子里就只剩下柔情似水了。

"楚楚,虽然在金钱的世界里有很多规则,但是这些规则都是为人掌控,你就是我的规则,我服从于你,你也被我掌控。"

他的双眼快要将她吸进去,她仿佛溺毙在他的气息里。

"楚楚,不要担心,也不要怕,不管是公寓,还是老宅,有我的地方,就是你的家。"

等到姜楚楚下了车,看到眼前这几座建筑,才算明白,温宅并不只是一个称呼。

一块有着"温宅"二字的牌匾,高高悬挂在门头上。

姜楚楚犹如刘姥姥初入大观园,情不自禁地"哇"了一声。

"温九思,你家的风格,真是……真是,嗯……挺气派的。"憋了半天,她也只能憋出来这么几个字。

温九思淡笑了一下。

"这里原来是个贝子府,我太爷爷买了下来,之后我们几代人都住在这儿,所以很多地方还是挺老旧的,就像这块牌子,就是我太爷爷的……个人喜好吧。"

姜楚楚指了指门旁边的空地:"那我觉得还不够,这里应该有两个石狮子。"

温九思点点头:"行。"

小赵恨不得自塞双耳。

"好了,进去吧。"

小赵自觉地上前按响了门铃,不一会儿就有一个中年女人出来开门,看见温九思,她登时就是一愣。

"小温总,您怎么回来了?"女人完全没有让开的意思,看他的眼神除了惊讶还有几分戒备。

温九思没有回答,女人堵在门口,三个人也进不去,气氛一时间有些冷。

姜楚楚从这近似对峙的氛围中敏感地察觉到什么,两个大男人不好意思做的事情,就只能由她来做了。

她伸手将门推开了一些,提步就要往里面走。

女人连忙拦住她:"哎,你干什么?"

姜楚楚比她高了半个头,五官明丽,眉头一挑,就是一副脾气很不好的样子:"我干什么?我还想问你干什么呢,堵着主人家的门不让回,你挺嚣张啊。"

"你……你这个女人怎么这么没礼貌,我不跟你说。"

姜楚楚顺势点头:"好啊,那你去找个有资格跟我说话的人来。"

中年女人意识到她这是拐着弯地骂自己,"你你你"了半天不知道该说什么。

偷换概念,这小狐狸玩得溜。

身后的温九思笑得一脸宠溺。

自恨不得自塞双耳之后,小赵又想戳瞎自己的眼睛。

姜楚楚其实也并不想找事,只是这个中年女人明显就不尊重温九思,这就踩在她的雷区上了。

姜楚楚一把拨开女人,高跟鞋踩得虎虎生威。

温九思和小赵连忙乖乖跟上。

姜楚楚和女人说话的声音并不大,因此里面的人都没听见,直到他们走进大门,又开了一扇门进了厅堂,里面的谈话声才戛然而止。

屋子里除了姜楚楚之前见过的温戎,还有一男一女,男的五十来岁的样子,女孩看起来比姜楚楚还要小上两三岁。

应该是温九思的二叔、堂哥和堂妹。

不是姜楚楚事先做了功课,而是那三个人长得还真挺像,一看就是一家子。

温戎惊讶之后,面上浮现冷笑:"前天的股东大会你都缺席,我们到处找不到人,你倒是像个没事人似的。"

温九思的回答倒是随和:"嗯,有要紧的事,就没去。"
要紧的事……姜楚楚一心虚,不就是去Y国找她了吗?
温九思身量修长,由于一直从事心理学方面的工作,气质比起一般的富贵公子还要更温和一些,却让里面的那几个人,面上浮现起深深的忌惮。
温仁递了个眼神给儿子,随后站起身干笑起来。
"九思啊,你是落下什么东西了吗?你打个电话回来就行,这大热天的,何必亲自跑一趟。"
温九思看了看一脸虚伪笑容的温仁,又看了一眼荫翳冷笑着的温戎,气定神闲地开口:"不是。"
温仁脸上的笑意淡了一些:"什么不是?"
"从今天开始,我搬回来住了……我们。"
说着,温九思揽住姜楚楚的腰,将她往自己身边一带,两个人亲密地挨在一块儿:"正式介绍一下,姜楚楚,我的未婚妻。"
这下,温仁脸上的笑彻底挂不住了,结结巴巴地问:"什么未婚妻?我怎么不知道?"
温戎偷偷凑到父亲的耳边说了几句什么,温仁的面色肉眼可见地好转起来。
姜楚楚猜,温戎是在告诉他爸,她的身世,一个来自南城破产家族的女人,靠着一张脸迷惑住了温九思。
一个没有威胁的女人。
温仁咳了咳:"九思啊,你遇到喜欢的人是好事,怎么不早点把人领回来给长辈看看,你看,你们今天突然回来,我什么都没准备。"
"之后好好准备就行了。"温九思清清浅浅地扯了扯唇,"我快和楚楚订婚了,二叔,订婚宴的筹备还要拜托你了。"
温仁连连点头,还瞪了一眼一双儿女,示意他们也说两句。几句虚伪的寒暄过后,温九思扭头看向姜楚楚。
"走,我带你去看看卧室。"
说罢,两人扭头走出了厅堂。
"爸……"温暮雪忽然期期艾艾地张口,"温九思回来,要住在哪里啊,不会是主屋吧。"
温戎冷笑起来:"他想住主屋?也配!当初我们能把他逼走,如今也能。"

主屋,坐北朝南,冬日有阳光照射,夏天又阴凉。
"原来我父母就住在这儿,后来就一直空着,我前年过来整理了一下,想着以后可以带你过来——"温九思突然顿住。

"哈，被我抓到小辫子了吧。"姜楚楚毫不留情地嘲笑他，"就你会胡说，前年你还不认识我呢，你拿这套说辞骗了多少女孩子了。"

"别闹。"

姜楚楚一扬头，说不过就叫她"别闹"。

温九思找了一个年轻女佣叫她打开主屋的门，那女佣磨磨蹭蹭，半天都没找到钥匙。

姜楚楚看不过去，想要拿过来那一串钥匙自己找，可是她的手才刚碰上钥匙，那女佣就吓得"啊"了一声，急忙后退。

温九思瞧着，神色逐渐冷淡下来。

"打开它。"

姜楚楚也意识到了什么，抿着嘴不吭声。

屋子打开了，里头装修富丽堂皇，只是……跟温九思口中的风格不太符合，似乎被重新翻修过了。

"我之前是不是说过，这两间屋子不能动。"

他的声音依旧四平八稳，可是姜楚楚就是知道，他生气了。

她轻轻地握住他犹豫克制而攥起来的手，手掌包不住他的拳头，却能将温暖传递给他。

年轻女佣有些紧张地搓搓手："大小姐回国，说她原来那屋子朝阴，有些冷，牛嫂就让我把这里收拾出来给大小姐住。"

小赵的面色铁青："温暮雪？"

年轻的用人不敢直呼主人家名讳，只能慌慌张张地退到一边，生怕怒火波及到自己。

"这屋子里原来的东西都在哪里？"

"都……都收拾到储物间了。"

温九思冷笑一声："我料想温仁也不敢丢了那些东西，但是扔到一边给我添堵他还是乐意做的，带路，我要去看看。"

女佣战战兢兢地答应了："好的，小温总。"

温宅唯一昏暗狭小的地方大概就是储物间了。

这里堆积着一些用人们打扫出来的，想要扔掉却还没来得及扔的东西。

年轻女佣带他们来到这里之后，就找了个借口，忙不迭地走了。

温九思也不介意，就着小赵打亮的手机手电筒的灯光，蹲下来翻找，丝毫不顾及昂贵的衣服都沾染上了灰尘。

这一幕看得姜楚楚有些眼酸。

但是她什么也没说，什么都没做。

这里狭小昏暗，她也不知道温九思在找些什么，贸然上前只会耽误进度。

姜楚楚只是在温九思找到一个相框或者一个摆件之类的东西时，接过来，用随手揪出来的帘子擦干净带到外面。

大概过了半个多小时，储物间这片地方似乎成了温家的"不毛之地"，没有一个人过来。

温九思最后将一盏床头灯拿起来，站直身子递给小赵。

"小赵，"温九思的黑眸酝酿着浓重的情绪，"找人把这些东西都打包好，先搬回我的公寓。"

"好的，温先生。"

温九思拍了拍身上的灰尘，那淡然的神色无端令姜楚楚感到轻微的恐慌和陌生，仿佛那是隐藏在温九思身体里的另一个他，一个她不曾见过的他。

姜楚楚咬了咬唇。

温九思清理灰尘的手一顿，抬起头来看她："楚楚。"

他抬起了一只手，似乎想要像往常一样，抚摸她的脑袋给她安抚，可是在看到自己的手心已经脏了的时候，他眼神一暗，缓缓地放下了手。

"我们下去吧。"

姜楚楚点点头，跟着温九思踱步下楼。

温仁正在喝茶，看见温九思立刻就想站起来，被儿子温戎看了一眼，这才握紧了手中的茶杯咳嗽了两声。

"九思，你看看，这事都怪暮雪不好，我一个没住住，这孩子就已经吩咐用人装修完了。你等着，我今天就骂她一顿，明天找人把这儿给你恢复原样。"

温九思没说话，只是略微歪着头，看着这对父子俩。

小赵忍不住冲到前面："温总，当初说好了的，这个四合院你们拿去住，但是那两间房不能动，怎么，温家那么大的地方，不够你们一家三口住的是不是？连原董事长和夫人的房间你们都要毁掉，这是存着什么心思？"

"这是温家，哪有你说话的份！"温戎眼睛一挑，原本还算俊朗的脸由于戾气太盛多了几分扭曲，他屁股就像长在了沙发上，一派嚣张模样，"温九思……小温总，当初是你亲口说，温宅你不住了是吧，怎么现在反悔了？"

温仁跟着叹口气："罢了温戎，这毕竟是我大哥的遗产，不管当初怎么定的，九思想要回去，也不是一点理都没有……"

"你们这是胡说八道——"小赵急切地上前一步。

温九思扬了扬手，拦住了小赵。

此时他脸上已经全然看不出方才的动怒，他走近温戎，在温戎的肩膀拍了几下。

"小赵不是那个意思，都是自家兄弟，什么要不要回去的。"

"姜楚楚……别以为我没看到,你把手上的灰全蹭到温戎的肩膀上了。"

虽然不知道温九思为什么明明生气却还隐忍着,但是直觉告诉她,温九思这么做是有理由的,也许跟前段时间温九思对小赵频繁地交代九召的事情有关。

姜楚楚原先在姜家就很能忍耐,此刻自然也能沉得下心来看事态的发展。

"这就好,这就好。"

温仁站了起来,面上带着笑,仔细看还有几分得意,声音都洪亮了几分:"主屋你们住不了,叔叔一定给你们再选个采光好的屋子,等布置好后,再通知你们过来住,想住多久都没问题。"

"只怕用人会觉得我碍眼,连门都不许我们进。"

"哪个敢这么说你,必须开除!"

"不必了。"温九思意味不明地笑笑,"确实有些碍眼的东西,原本我还想慢慢整理,可是现在看来,太满了,反而不好住进去。"

包括几个用人在内,这句话谁都没听懂,但她们看懂了一件事情。

那就是——这九召股份还是温总父子的,你没看这小温总带着未婚妻进了门,留都留不下,又被人赶走了吗?这一次,连董事长夫妇的东西都带走了,肯定是回不来了。

走到门外,温九思扭头:"我去提车,等我一下。"

姜楚楚点头。

温九思走后,她忍不住看向一脸愤懑的小赵问道:"这个宅子原本是温九思父母的,为什么……"

小赵没什么保密精神,想要跟姜楚楚解释:"那是因为——"

"停,你不用跟我说,我只是问问而已。"姜楚楚又反悔了。

她才不是那种遇到什么事都要打破砂锅问到底的人呢。

小赵犹豫了片刻,还是把话说出了口:"其实……姜小姐,不管您想要知道什么,只要您问,温先生都会告诉您的,他对您,可以说毫无保留。"

小赵大概是话痨体质,一说就停不下来。

"温先生表面看起来无懈可击,但是他吃过的苦不比您少。

"温先生八岁就没了父母,在这一家豺狼虎豹中长大,还能长得这么优秀,真是温家祖上十八代一起保佑了。

"姜小姐,您以后,多疼疼我们温先生吧。"

这时,熟悉的车在他们面前停下,玻璃窗摇下,是温九思那张帅气得惨绝人寰的俊脸,姜楚楚心里一慌,故作镇定。

"小赵,你是不是神经错乱了,跟温九思相比,我才是那一朵娇花吧。"

小赵突然笑了起来:"姜小姐,这您就错了,温先生心里柔软起来,可不是用娇花能形容的。但是他最柔软的地方,一直都是您。"

随后,他仿佛失言似的,低下了头。

小赵说"一直",为什么是"一直"?

姜楚楚有些心不在焉地上了车。

有一个一直以来被她忽略的问题逐渐浮上了水面,或者说是这个问题她曾经疑惑过,但是被她刻意忽略了。

那就是,既然王叔叔是她的臆想,那温九思说过的,是受王叔叔所托去南城见她,自然就是谎话。

那远在京都的温九思,到底是怎么知道南城有一个她?又是为什么处心积虑地出现在她身边?

她不是怀疑温九思对她的感情,只是没有安全感罢了。

这二十多年的人生经验告诉她,这世界上可能会有无缘无故的恨,但绝对不会有无缘无故的爱,可是温九思从第一次见面起,就仿佛……认定了她。

一时间,姜楚楚心烦意乱。

车忽然被一踩刹车停下。

温九思的目光透过后视镜盯向后排望风景的小赵。

"下车。"

小赵:"温先生,不是说好了顺路去咨询室吗?最近您总不去,但是指名找您的患者见多不见少,这样下去,医生们都要……"

"根据绩效,再涨一成工资。"温九思干净利落地截断了他的话,"现在,你可以下车了。"

小赵敢怒不敢言地下了车,然后轻轻地关上了车门。

汽车重新发动。

温九思状似不经意地提起:"你刚才跟小赵聊什么呢,他笑得那么开心?"

不是吧,小赵的醋你也吃?

不过说到这里,正好姜楚楚也有话要说:"我有事想问你。"

"问吧。"

"你为什么……"你为什么会去南城找我?

姜楚楚深吸了口气,分不清是出于害怕还是忐忑之类的心理,有关源头的那个问题她还是没问出口。

她顿了顿,最终只是说:"你为什么要让步?温仁父子做了这么过分的事情,你为什么还要忍?"

"原来你是想问这个,我以为刚才小赵就会跟你说了。"温九思笑了一下,"这事说复杂也复杂，说简单也简单——温家的那几个用人被我们收买了。"

温九思说得稀松平常，并且给了姜楚楚足够的时间来思考这件事的因果关系，姜楚楚也不负众望地慢慢梳理。

"你带我回去，本来就有归家的意思，可是你二叔只是面子上欢迎，还把你父母的东西扔到储物间，你生气把我带走，在那些用人看来，就是温仁父子容不下你，把你赶出来了，你也无力驳斥……这个消息一定会被传出去，你们内部不可调和的矛盾一定会让商场盯着九召的一些人有行动是不是，你就想要这样是不是？"

"是。"

姜楚楚险些跳起来："好啊，你本来就没打算住下的。"

温九思点头："对，而且我父母的遗物也都不是真的，真的我早就换走了。"

想起什么，姜楚楚"啧啧"感叹："小赵演得也很像了。"

温九思轻笑一声："小赵还不知道，别告诉他。"

在温仁、温戎父子的有意渲染下，温九思要跟一个来自南城的女人订婚这个消息，像长了翅膀一样，飞往了京都的各个商业圈子。

不管是出于什么目的，好几拨人都派了人去南城打探消息，这个拿下了不食人间烟火，堪称京都第一贵公子的女人到底是什么来头。

这不打听不知道，一打听吓一跳。

这只是个破产家族的女儿。

更有手眼通天的人知道，温九思为这女孩从姜家硬是捞了一笔巨额资产，转到她的名下。那是让许多京都富豪的子女都羡慕的数额，而且，这个女孩，还是李家新认回来的女儿的姐妹——这混乱的关系。

但当众人等着看这朵菟丝花是怎么死缠着温九思这棵擎天大树时，《青年美术期刊》又迅速刊登了一则消息，用喜庆的红字，配上现场的高清大图。

祝贺我国青年油画家姜楚楚荣获Y国国际油画秋季大奖赛冠军。

照片中，一个容貌精致的女孩手托着水晶奖杯，漫天彩条纷纷落下，所有人为她鼓掌欢呼。

哪怕是不懂油画的人，也知道这个奖项的可贵。

问题是，这姑娘长得好像温九思的那个新晋未婚妻啊，再仔细一看——嘿，同一个人。

敢情还是个才女。

一时间，许多人都对这场即将到来的订婚仪式十分瞩目。

可是没过两天，一个消息蓦地被爆出来——

九召股份的一个子公司被爆出公司员工不堪压榨，跳楼自杀。

虽然只是子公司，可是不少人还是从中嗅到了一丝危机，这可是九召啊，几十年屹立不倒的九召，这消息……传得太快了。

温九思料想有人会坐不住，却没想到会出这么一桩事，还被人拿来做文章。

姜楚楚忧心忡忡，温九思却很是淡然，反而还一门心思放在她的治疗上。

他带着姜楚楚来到新布置好的诊疗室，走到窗边拉下了百叶窗，屋内瞬间暗了下来。

他转过身来，黑眸在昏暗中显得熠熠生辉，薄唇轻启——

"脱了吧。"

姜楚楚条件反射般地点了点头，这才反应过来："你说啥？"

温九思一脸无辜："脱衣服啊。"

墙上的静音时钟孤单、尴尬地走着。

看见姜楚楚一脸鄙夷，温九思才察觉到自己的话有歧义，于是又说："我是说，你今天穿的衣服太紧身了，不利于待会儿治疗时候的放松，所以让你换一件宽松点的衣服。"

姜楚楚老脸一红，扭扭捏捏道："你怎么不早说，害我误会了。你早点告诉我就好了，我今天就穿一件宽松点的衣服，现在我上哪里去换啊。"

温九思凑到女孩的耳边，原本还算正人君子的表情带了些调侃："我有啊。这是我的衣服，你去门后的休息室换好。"

看着温九思递过来的白衬衫，姜楚楚怀疑地瞅着他："你老实告诉我，你是不是骗我的，真的需要换宽松的衣服？"

"怎么会呢？"

姜楚楚将信将疑地接了衬衫走进休息室。

那件衬衫上有着淡淡的清香，衣摆的长度跟所有总裁文小说里描写的都一样——堪堪没过姜楚楚的臀部，露出她修长笔直的双腿。

这样真的可以出去吗？

犹豫着，她悄悄拉开休息室的门，露出了一条缝隙，透过缝隙往外看——人呢？

疑惑间，忽然旁边传来一声轻笑，紧接着门被从外面猛地一拉，姜楚楚没站稳，正好跌倒在男人的怀里。

他性感的低音缭绕："偷看什么呢？"

姜楚楚没顾上回答，她的注意力都在男人的手上，平常不觉得他拥抱的姿势有多亲密，可是现在，身上凉意和他手掌的炙热形成了鲜明的对比。

莫名有些害臊。

自以为压抑住了脸上的爆红，姜楚楚反驳得有理有据："才不是我偷看，你鬼鬼祟祟地守在门边是想要干吗？"

温九思从柜子里取出了一条毯子，递给她："盖上吧。"

姜楚楚接过来，坐下之后盖在大腿上。

"算你还有点良心，怕我冷着。"

"我只是怕你光着腿，会让我自己分心。"

哎呀，有点讨厌，这个男人哪怕是不体贴，也让她有一种被发自内心恭维的感觉。

不过这个放着偌大家业不好好经营，反而沉迷于心理学的温医生还是有两把刷子的——

"楚楚，第一步是要你自己明确记忆的真伪。我们开始几次只是聊聊天，我问你一些问题，关于但不限于王叔叔和徐钰，你要把你知道的事情都告诉我。"

温九思拿出了一个本子，洁白的纸张上空无一物，他手上的铅笔在纸上随意地写了几笔，发出"沙沙"的声音。

"然后我会反复向你询问一些细节。我会将这些细节按照时间线索记录，并针对某一个点换几种问法询问，一旦发现矛盾的地方，会反复询问直到你梳理清楚记忆或者完全记忆模糊。"

某个按钮被按下，屋子里逐渐响起了轻柔的音乐，仿佛有风从她身边吹过去。

"现在，放松——"

姜楚楚完全信任温九思，从一开始的有问必答，到后面，她说话几乎已经不用过自己的脑子，他的话仿佛有魔力，总能打开她记忆深处最紧闭的开关。

她想拥抱新的生活，她不想要过去的阴影如影随形，她现在有资格这样做。

她在心里道：你陪我度过了最艰难的岁月，那么，现在放我去迎接新生好吗？

姜楚楚觉得自己睡了很舒服的一觉，很深、很沉。

梦中浮光掠影，像是有另一个她看着她经历过的一切，冷静，没有情感。

她睁开眼时，天色已经昏暗了。

姜楚楚坐起来，身上的毛毯随之滑落，她愣了片刻，一时间不知身在何处，直到一扇门被"砰"地推开，小赵极具穿透力的声音吵闹地响起。

"温先生，我查到了，里面果然有猫腻——啊。"

小赵一进来就和姜楚楚对上了眼睛，姜楚楚眼睛尚有些迷茫，只听角落里忽然传来了一声男人低沉的呵斥："出去！"

小赵连忙移开目光，忙不迭地退了出去，门关得震天响。

姜楚楚这才反应过来自己身在何处，视线一转，看见角落里原本在办公的男人，此刻阴沉着一张脸从座位上站起来，大步走来，将搭在旁边架子上的衣服拿下来盖到她腿上。

"还不快去换上？"

姜楚楚此刻的头脑意外地清醒，她举起手指着他，一副控诉的样子。

"衣服是你让我换的，觉是你让我睡的，办公室的门也是你忘了锁的，你冲我凶什么？"

姜楚楚智商在线，温九思只能兵败如山倒。

他试图讲道理："我没凶你。"

但没用。

"错没错？"

温九思鼻子里发出"嗯"的一声。

姜楚楚更来劲了，干脆把衣服扒拉到一边，跪坐在沙发上："一个'嗯'字算什么，敷衍我！"

温九思："对不起，我错了，不管是不是我本意，刚才我的语气已经伤害到了你，我应该反省，并且保证下次不能再这么跟你说话了，如果你需要弥补的话，我什么都愿意去做。"

一套操作贼溜。

姜楚楚：……并没有想象中占据上风的优越感呢。

"好了，换好衣服，我先处理点事情，然后我们去吃晚饭了。"

"那我要吃点不一样的。"

温九思无条件满足："都行。"

姜楚楚飞快地换好衣服，临出门前温九思给了她一个手提袋，叫她把这件衬衫装起来带回公寓。

姜楚楚奇怪地问："装这个干什么？家里不是有很多你的衬衫？"

温九思柔和地看着她，一时间没说话，他几乎有些陶醉于从她口中说出的"家里"这两个字。

直到姜楚楚用一种看傻子一样的目光看向他，温九思才如梦初醒。

"哦……这件不一样。"

怎么不一样，因为是她穿过的吗？

这回换成姜楚楚脸红得像个傻子了。

办公室里头你侬我侬，一门之隔，外头的小赵觉得自己快要被冻僵硬了。都怪自己不长记性，再一次闯进了温先生的诊疗室。

忽然，诊疗室的门开了，温九思当先走出来，目光冷锐地看了一眼小赵。

"再有下一次，你自己走人吧……马上到办公室等我。"说完，他便带着姜楚楚离开了。

小赵到办公室的时候，挥退了前台小姐，专程沏了一杯红茶鞍前马后地递给姜楚楚，果不其然，温九思的面色好了一些。

他坐在姜楚楚旁边，双脚交叠起来，下巴冲着小赵点了点："说吧，查到什么了？莽莽撞撞的。"

"是这样的。"小赵清了清嗓子，"跳楼的女孩确实是九召子公司的员工，已经入职两年了，子公司做金融业务，平时压力很大，所以这一次那个女孩跳楼，一方面是因为她是从公司大楼跳下去的，另一方面，她的同事对她这段时间的工作状态都有印象，都说她最近太拼了，压力太大。"

温九思听出小赵语气的微妙，了然地问："但是？"

小赵皱起了眉头："但是，不知道是不是巧合，这家子公司的直属领导人是温戎，而且，这姑娘四个月之前，还是温戎的秘书，不知道犯了什么错才被调到了审计部门。"

温九思喃喃地重复道："温戎……"

姜楚楚似有所感，忍不住问道："你是觉得，温戎有问题？"

温九思没回答，只是抓着姜楚楚的手，一遍又一遍地安抚。

第二天，温九思一大早就带着姜楚楚去了警局。

在路上，他告诉姜楚楚，正好京都近来还算平静，他就拜托了白银接手这个案子，否则，以白银平日里经办的案件类型，这个案子白银根本就不会过手。

姜楚楚似懂非懂地点头，又问："你们是不是认识好久了？"

她纯粹是顺口一问，可是温九思却良久地抿唇不答。

见他仿佛在想什么事情，表情专注中透着晦暗不明，忘记了答话，姜楚楚耷拉下脸，心里莫名有点闷闷的。

警局不是个可以随便乱走的地方，前面一个女警领路，温九思拉起姜楚楚的手说："跟住我。"

办公室里，白银似乎毫不意外会看到温九思，只是略一点头："你来了——"

忽然，白银看了一眼后头的姜楚楚，眉头微不可察地一皱："怎么把她给带来了？"

这是在嫌弃她？

生怕被赶走，姜楚楚赶紧举手表明立场："我只是想了解事情进展，我跟在

/ 400 /

温九思身后就好了,不乱动不乱说话,我不会拖后腿的。"

白银的眉头皱得更紧了,他随口丢下一句"随你",紧接着就转身在前面带路。

"跟我来吧。"

姜楚楚还听见他一边走一边嘟囔。

隐约听起来是什么"女孩子家家的,总来这地方干什么"……

待到两人落座,白银将一份文件递给温九思:"想请你帮个忙。这是死者吴媛生前的一些交际圈,还有几个围观者的口述,你看看,然后跟我说说你的看法。"

温九思苦笑一声:"白队长,我就是个普通的心理医生。"

白银不置可否:"你比专业的犯罪心理学医生也不差什么。"

温九思也不再推辞,翻开仔细看了一遍,斟酌了片刻,指着一个地方说道:"在我看来这就是最大的疑点。"

白银凑过去:"你是说她跳楼自杀前的情绪?"

温九思点了点头:"我之前也研究过自杀者的一些共同的表象特征,别的我不敢说,但有一点还是很清晰的。"

他指了指那份调查记录:"影响他们决定自我了断的情绪有很多,厌食、悲伤、痛苦等,但是极少数会出现'暴怒',这很好理解,一个人可能会因为哀莫大于心死决定赴死,但不太会因为生某人气反倒把自己气得跳楼。"

白银极赞同地附和。

姜楚楚坐在旁边的椅子上,认真地听着两个人的分析,视线不由自主地也移了过去。

眼见着两个人一边讨论着,身体也一边不自觉挨得更近。

她霍地站起来,大步走到温九思面前伸出手。

温九思被她的气势吓了一跳,一脸茫然地问道:"怎么了?"

姜楚楚:"我看你耳边有碎发,想帮你捋一下。"

正当三个人大眼瞪小眼的时候,小钱献宝似的将果盘递到白银跟前:"白队,您要的水果,您看看——"

"行了,我知道了。"白银不耐烦地挥了挥手,又把果盘推了回去,"你辛苦了,那你自己吃吧。"

话音未落,就听见姜楚楚声音小小的:"那个……我拿个苹果行吗?有点渴了。"

白银扭头看向姜楚楚,她无辜地回视,一双眼睛水润,透着盈盈的光。他忽然心生烦躁地移开目光,把果盘从呆愣的小钱那里夺回来,一把塞进姜楚楚怀里,很不耐烦地说:"给你都给你,拿走吧,吃完你俩快走吧。"

无端又被嫌弃了，姜楚楚有些莫名其妙，心想：这个刑警队长莫不是平日工作压力太大导致肝火旺盛？

倒是旁边的温九思神色一动，走上来从果盘里拿了一个红苹果，又将果盘放到桌子上笑道："多谢了，不过楚楚要一个就够了。"

温九思举着这一个红苹果，似乎意有所指，又似乎只是寻常寒暄。

白银的表情没有丝毫波动，甚至都没看温九思和姜楚楚一眼，只是摆了摆手，顺带搭了一句。

"快走吧你们。"

"那我们就走了，如果还有什么事随时给我打电话。"温九思说完后，微不可察地笑了一声，拉着姜楚楚往外走去。

两人刚踏出警局的大门，就有一堆人吵吵嚷嚷地围了上来，青天白日，都能看到闪光灯此起彼伏地亮起。

温九思立刻脱下外套，兜头罩住姜楚楚。

"小温总，您为什么会出现在警局，是因为警方的传唤吗？"

"小温总，请问您跟吴媛的死有关吗？"

"请问吴媛是因为受不了您父亲在时，制定的过于苛刻的制度，才跳楼自杀的吗？那么九召股份要为这条人命负全责是吗？"

"您要怎么负责？您能保证九召内部不会出现第二个吴媛吗？"

温九思冷着脸一言不发，将姜楚楚揽在怀中。姜楚楚头上被罩上外套，眼前一片昏暗，但鼻端来自男人身上凛冽的气息令她有一种可以依靠的安全感。

哪怕外面是疾风暴雨，他的怀抱也一定是她可以信赖的安全屋。

忌惮于这位久不露面的九召股份继承人，记者们并不敢推推搡搡，只是围着他不让他离开，一副不问出点什么绝不罢休的样子。

姜楚楚都能感觉到男人胸膛的起伏逐渐剧烈，像是在隐忍着怒气。

幸而，不过两分钟，小赵就来了，还带来了几个穿着西装的男人。几个西装男肌肉健硕，两三下就把记者隔开，清理出一条道来。

小赵板着娃娃脸，鞠躬道："温先生，姜小姐，请上车吧。"

从这场风波开始，到被温九思揽着送进车里，姜楚楚始终没有受到影响，这个男人，无论在什么样的境地下，都会先保护好她。

温九思他们的车前后开走。

得到了消息的白银黑着脸走了出来，双眼扫了一圈这些扛着长枪短炮、面上难掩失望的记者，语调彻底沉了下来。

"你们当这里是哪儿？就敢随意喧哗，再不散开，就都跟我进来喝杯茶吧。"

白银凶得像一尊罗刹，哪有人会天真地以为进去只是喝喝茶而已。

一时间这些记者作鸟兽散。

白银望向汽车离去的方向,嘴唇紧紧地抿着,眼中不自觉地浮现起一丝担忧。

载着温九思和姜楚楚的车,径直去了九召股份的总部大楼,这也是姜楚楚第一次来到这个牢牢占据着京都 CBD 中心的摩天大楼。

她也是第一次体验到传说中的总裁专用电梯。

电梯间上的数字不断跳动,姜楚楚的心也跟着加速跳了起来,一路畅通无阻地上了楼,小赵打开了一间标着"总经理办公室"的大门,里面一个四五十岁的中年男人,急忙迎过来,表情惶恐。

"对不起,温先生,我没想到——"

温九思做了个停止的手势,看向小赵:"在这儿守着。"

小赵意会地点头。

姜楚楚乖乖地在沙发上偏安一隅,绝不打扰到温九思。

那个中年男人叫王自严,是九召股份总公司的总经理,也是温九思的人。

王自严就差一把鼻涕一把泪地认错:"温总,都怪我没管好底下,秘书处泄露了您的行踪,不过您放心,公关部门已经去处理了,今天的事绝对不会见报。"

温九思没责怪他,反而还安慰了几句。

这又是一个姜楚楚没见过的温九思。

他是她男朋友的时候,谦和温柔得仿佛没有任何脾气,目光炙热又像她就是救他火的清泉;他是知名心理医生的时候,温润耐心,像个君子,无论什么样的患者,他总能从容应对;可是在这里,别人叫他"温总"的时候,他的气质仿佛全部沉淀下来,像一个君主,拥有掌控一切的城府和气度。

可姜楚楚觉得,哪一种他,都足够令她着迷。

还没说几句话,办公室的门便再一次被人推开。

蓝子期急急地冲进来,身后跟着一脸无奈加惶恐的小赵。

"蓝先生执意要闯进来,我没拦住——"

温九思挥挥手,示意小赵先出去。

蓝子期指着姜楚楚,一脸愤怒地说:"你知道外面都乱成什么样了吗?温仁联合了许多股东要召开股东大会,你还有闲心在这儿陪着这个祸水?"

蓝子期看着姜楚楚的目光就像是看着一个魅惑纣王的妖精妲己。

姜楚楚无辜地回视,还顺便把身子往温九思那边靠了靠,怯生生地拉扯着他的衣角:"九思,他瞪我。"

温九思淡淡地看向蓝子期,冷言冷语地问:"你来干什么?"

蓝子期快要气炸了,每次碰上这个姜楚楚,他就要倒霉,明明他和李云佳同温九思是从小一起长大的情分,却比不过一个才认识半年的女人。

"我来自然是给你报信的,我和云佳都十分关注这一次九召的事情,你打算怎么做?"

"不劳你费心了。"

蓝子期睁大眼睛:"什么叫不劳我费心?九思,你原来不是这样的,你忘了我们曾经历过的一切了吗?

"自从你父母去世这么多年来,温仁一直把控着九召,直到你成年也不肯还给你,我们设计了许久,去年的时候,才有机会将你父母当年留给你的股份全部解冻,好不容易占据了优势,不乘胜追击,你一声不吭地去南城了。这下好了吧,让温仁苟延残喘不说,还让他把自己儿子叫回来了,两个人现在一起对付你。"

温九思和温仁的争斗几乎是商界众所周知的"八卦"了。

由于温家本来就人丁不兴旺,几代人以来,都有儿童夭折或者壮年横遭事故去世的,包括温九思的母亲,在生他之后,还生下过一个男丁,只是不到两岁就被拐走。

所以,为了避免意外,作为九召最大的持股人兼董事长,温九思的父亲在温九思七岁生日不久后,就立下了遗嘱,如果自己有意外,就将自己的全部财产都留给自己的儿子,其中就有一条,温九思十八岁之前,财产由监护人掌管,而股份则暂时冻结,等他成年后再继承。

也不知是该感慨温父居安思危,还是该感叹他的预知力,这份遗嘱立下不到一年,他们夫妻就在一场车祸中丧生,留下八岁的小温九思,和他野心勃勃的监护人二叔。

温仁毫无阻碍地上位,根本不惧世人眼光,将小温九思的一切占为己有,全家搬进了温九思的别墅,全面接管了他的财产,瞬间跻身于巨富之列。

人一旦习惯了掌权,怎么肯后退一步,甘愿把嘴里的肥肉拱手相让?

是以,温九思年满十八岁的时候,原本掌握遗嘱的律师,打理他遗产的父亲助理,包括之前照顾过小温九思的用人们等,已经统统被温仁清洗了一遍。他们之中,要么为温仁所用,要么被逼远走京都。

可是,就像是一切戏剧都不会简单地收尾,温九思的青春,就是一出不折不扣的"王子复仇记"。他避其锋芒,丝毫不提温仁一家享受的原本从他那儿窃取到的富贵。他隐忍淡定,潜心心理学的研究,就连温仁都以为他这辈子就甘愿做一个心理医生了。

他在所有人都放松了警惕的时候,突然在某一个周一,带着已经隐姓埋名多年的律师,以一副强硬的姿态,出现在了股东大会上,打了温仁一个措手不及。

也令京都所有的人都知道,九召真正的主人是谁。

可温仁毕竟当了十多年的董事长，很快就反应了过来，温九思有名，他有权，两个人看似僵持不下，可是温九思的手段非同一般，谈笑间逐渐将温仁伸得过长的手，一只一只砍下来，到了现在，温仁已经颓势渐显，只好将远赴M国留学的儿子温戎叫了回来。

这边，蓝子期越说越来气："当初我说服我爸全力支持你，持股九召，每一次董事会开会，我们家都是站在你这一边的，哪怕你再生我的气，你不看僧面也要看佛面，总得给我吃颗定心丸，告诉我你不是毫无应对办法啊……温九思，毕竟我们曾经是朋友。"

姜楚楚一言不发，脑筋却转得很快，这些都是温九思去南城之前的事情了。

温九思垂下眼睛，叫人看不清他眼底的神色，许久，他缓缓地叹了口气："我认同我们曾经是朋友，可是我同样告诉过你，楚楚是我爱的人，我再三警告你，不要对她有什么歪念头，可是你还记得你在南城做了什么？"

姜楚楚呼吸一窒，感到他话音一落，所有人的目光都落在了自己的身上，神色各异。

在姜楚楚之前，谁能想到，温九思竟然是一个冲冠一怒为红颜的主儿？只怕他此生的情情爱爱都系于这一人之手了。

温九思说着，站了起来，目光与蓝子期平视："子期，我为你曾经的帮助感谢你，但是我不敢再与你做朋友，我怕，你不知何时会伤害到我心中最重要的人，有些错误只能犯一次，再来一次……我受不住。"

温九思用最郑重的语气说着，她有事，他受不住。

蓝子期神色挣扎，眼中有显而易见的痛苦，他语气艰难晦涩："九思，我想拆散你们，是我不对。"

蓝子期竟然低头了，这令姜楚楚深感意外，要知道他之前完全是一副"我这都是为了你着想我没错"的样子。

蓝子期的低头令姜楚楚的心情也有一瞬间的古怪，倒不是对蓝子期，而是对温九思。

因为不管她如何下定决心，以后要参与他全部的人生，之后的风雨都要彼此一起面对，可是，他的过去的确不属于她，那个受了委屈，踽踽独行的幼年的、少年的温九思，都不属于她，那是一个什么样的经历，什么样的故事，令蓝子期这样嚣张又瞧不起人的男人，甘愿低下头，只求一个重修于好的可能性？

她有些失落。

温九思独自走到窗边，日光倾斜，照出他俊朗的轮廓，却莫名有几分孤寂。

"我从没忘记你和你父亲对我的帮助，我也加倍报答回去了。这次的事故，你回去告诉你父亲,我心中已有计量,不会让他,让你们家,有什么损伤的。"

蓝子期面上一喜,也不知喜的是得到了温九思的允诺,还是得了他的好脸色。

"九思,我……"

温九思打断他:"你先回去吧,有什么消息我会及时通知你的。"

蓝子期面色一黯,咽了口唾液:"好,那我走了。"

"还有——"温九思喊住了蓝子期,还没等蓝子期变脸,他就接着说,"下次你来的时候记得预约,不要像今天一样随心闯进来。"

蓝子期艰难地点了点头,一言不发地离开了。

温九思收回目光:"好了,王经理,我们继续吧,我还有些事情想问您。"

第二十一章
订婚仪式

吴媛的事情终于有了线索，在王自严的协助下，白银很快从公司内部入手，查到了吴媛之前的工作情况。

她曾经是温戎的秘书，帮他处理过许多商业事宜，据说，温戎从M国回来一直十分器重她，这次不知为何突然将她调离了身边。

小赵自言自语："这么说，吴媛生前跟温戎联系密切？"

王自严也点头："按理说，温戎对吴媛应该还是很看重的，没道理因为一次失误就将她下放。除非，这个失误跟温戎自己也有关系。"

女人的关注点就不一样了，姜楚楚指着一些照片："你们说，她的那些奢侈品都是哪儿来的？"

小赵挠挠头："难不成是贪污？哦，我知道了，吴媛是害怕被发现所以才跳楼自杀？"

这时候，不得不说还是得依靠女人的第六感，姜楚楚灵光一闪："这个吴媛经常出差，你们去查查她的开房记录，然后跟温戎的行踪做个对比。我总觉得她的死一定跟温戎有脱不开的直接关系，赶紧将他揪出来，省得总把脏水往温九思头上倒。"

她快言快语，将事情安排得明明白白。

一直没出声的温九思突然咳了咳："楚楚，我有一件衣服落在我的办公室了，你帮我拿过来好不好？"

姜楚楚点点头，假装没听出来这是温九思想要支她离开的话："那我先出去了，然后在车里等你。"

温九思目送着她走出去，温和的气质褪去，显得有几分高不可攀。

"先不要动温戎。"

小赵皱起眉，不是很明白："为什么？"

"我需要这件事发酵得更大。"

"可是姜小姐……"

温九思的面色逐渐缓和下来："别让她知道，她关心则乱，知道我的打算，要跟我生气的。"

小赵和王自严猝不及防吃了一嘴的狗粮。

有了温九思的吩咐，小赵等人一边悄悄调查着吴媛和温戎的关系，一边还得瞒着姜楚楚向温九思汇报。

然而"九召股份"这个名字越来越频繁地被提起，经过有心人的添油加醋，网络上一片骂声，而首当其冲的就是温九思这个名义上的九召总负责人。

直到有一天，温九思接到了小赵的电话，隔着电话都能听出小赵的焦急万分："温先生，王自严收到通知，一会儿要召开股东大会，说得好听是讨论危机公关，但其实主题就是怎么逼您转让股份。"

"让王自严先别动，我这就过去。"

"可是……"

小赵犹豫了一下想要说什么，就听温九思声音一沉："没什么可是，接下来的事情很重要，你要做好自己的事情。"

温九思穿起衣服就往外走，冷不防姜楚楚拉住他："我也去。"

"不行，你就在家。"

温九思的严令禁止并没有丝毫效果，姜楚楚像只跟屁虫一样跟在他的身后到了九召总部大楼。

"你就坐在外面等我，晒晒太阳，我一会儿就出来。"

"嗯。"

看他毫不犹豫地转身进了大门，姜楚楚的心里突然慌了一下，但又说不上来为什么……

会议室那扇沉重的木门从里面被推开，露出了一屋子西装革履、正襟危坐的人。温仁、温戎、王自严这些九召管理层都在，还有李博文、蓝父这样的大股东。

温仁脸上挂着忧心的表情，从把头中央的位置上站起走出来，状似关心："九思，你怎么来了？"

温九思冲他礼貌地点了点头："二叔说笑了，事关我，我怎么能不来？"

温仁叹了口气："出了这样的事，二叔也很难过。你说，这件事怎么就把你牵扯进来了呢？本来我是想压下来的，可是事情闹得有点大，这些股东都对你颇有质疑，这个会，二叔也是没办法啊，顾虑着你的情绪，本来不想让你过来的，你这孩子……"

而此时，楼下露天的咖啡厅，姜楚楚百无聊赖地等着温九思出来。

一杯咖啡下肚,忽然,外头两辆车开过来,先后停了下来,里面出来几个男人,他们虽然穿着寻常,但身上都有一种共同的气质——一身凛然正气。

看着最后一个走下来的人,姜楚楚颇感意外:"白银?"

白银冷淡地看了她一眼,带着人就要往大楼里面走。

姜楚楚太阳穴一跳,连忙推开椅子站起来:"白银,白队长,你们干什么去?"

"执行公务,还请姜小姐不要妨碍。"

旁边一个年轻男人揉了揉鼻子:"头儿还说,不要穿警服怕群众认出我们引起骚乱,这不是一样被认出来了吗?"

姜楚楚认出他是那个给他们拿过水果的小钱,柿子拣软的捏,她扬起灿烂的笑脸。

"小钱警官,你们这是在干吗?"

"哦,我们是要去逮——"话说了一半,感到旁边男人飞过来的冰刀般的眼风,小钱剩下的半句话生生卡进嗓子里,笑了笑,连忙绕过姜楚楚赶上前面。

情况好像有些不对……

姜楚楚心里有点慌,干脆也跟了上去。

这一跟就跟到了顶层。

姜楚楚晚了白银他们一趟电梯,晚了五六分钟,等电梯门一拉开,看到面前的景象时,姜楚楚那提心吊胆了一天的不祥预感,终于成真了。

白银举着警官证,像是不认识温九思一般:"温先生,接到举报,我们怀疑您跟我们调查的一起案件有关,请跟我们走一趟。"

会议室里头"嗡嗡"的,许多人交头接耳,议论纷纷。

温九思原本极为淡定,可是一抬头对上了姜楚楚担忧的视线。

他朝后唤了唤,黑色的眼眸中波澜一闪而过。

"小赵,你送楚楚回去。"

小赵重重地点头:"好的,温先生。"

姜楚楚没说一句话,预料到要有一段时间看不到他,只是专心致志地看着他。

温九思走过她的身边时,才慢慢开口,声音很低,却清亮:"楚楚,订婚典礼是下个月十三号,在那之前一切都会结束,别担心。"

姜楚楚贝齿轻叩:"你说话要算数,你要是不能及时赶回来,我就跟别人订婚了。"

即便身处暴风中央,男人竟然也能笑得出来:"除了我,没人配娶你。"

说完,他在两个警察的紧盯中离开了。

白银看着姜楚楚脸上不加掩饰的关切,仿佛那股明亮的视线天生就是为了那个男人而生的。上电梯之前,他终究是折了回来。

他冷着脸俯视着姜楚楚。

"只是做个例行调查,你别太担心。"

姜楚楚愣了一下,才扯出一抹笑意:"嗯,谢谢白队长。"

又从白银变成了白队长。

白银默然地点点头,也离开了。

小钱讶异地瞅了瞅白银,这位刑警队长一路出生入死,侦破无数命案,这还是他第一次看见白银对一个人出言安慰,尤其还是一个女人,一个别人的女人。

人一下子都散了,会议室的门一关,走廊陡然间空旷异常。

小赵让姜楚楚等他一下,他处理一些事再送她回公寓,顺便给她解释一下今天的事情。

姜楚楚也想到上一次温九思让她拿的衬衫还没拿回去,就按照记忆,去了温九思原本的办公室。

找了好一会儿,她才在休息室的沙发一角看到一件白衬衫。

拿在手里,正准备出去,忽然,姜楚楚耳朵一动,一阵脚步声传了过来。她霍地矮下身子,躲在了沙发后面——几乎是同时,办公室的门被打开,两道脚步声接近。

"爸,这办公室什么时候能重装,就像温宅一样,彻底翻新?"

一个狠戾的声音传了过来,姜楚楚心里一动,是温戎。

另有一个年长的人接上:"别急,凡事都要慢慢来。"

这是温仁。

温戎泄愤地踢了一脚桌腿:"也不知这帮警察是在帮我们还是在干扰我们,如果不是他们把温九思带走,那帮股东也不会怀疑九召出了什么问题,原本说好的将温九思拉下来,现在谁也不肯出这个头。"

温仁的口吻带了几分犹豫:"把温九思弄进警局里,我还是有点……"

温戎打断他:"爸,弄垮温九思,不是我们不顾及血缘关系,而是我们别无选择——这条路早在二十年前,您就选择好了。"

温仁叹了口气:"唉,毕竟是我的亲侄子,我这心里还是有点难受的,不过现在事不宜迟,趁着形势对我们有利,赶紧把世昌广场那儿搞定。"

温戎应了一声。

姜楚楚的神思没有一刻如此刻般清晰,她迅速捋清了两个要点。

一是,这件事果然是温仁父子栽到温九思头上的;二是,温戎提到了一个词——二十年前。

两个人又说了几句对这间办公室未来的规划,终于姗姗离开。

姜楚楚面无表情地关上了手机里的录音功能,站了起来。

公寓里，小赵缩着脖子像个鹌鹑一样坐在沙发上，对面是抱着手气势汹汹看着他的姜楚楚。

他摸了摸脖子上竖起来的汗毛："姜小姐，您别生气啊。"

"我没生气。"姜楚楚缓缓地说，为了增加信服力，她甚至还扯出了一抹笑，"我只是想知道，温九思是不是早就知道今天这一趟会出事？"

瞅瞅，连全名都叫上了，怎么可能是不生气。

小赵想到老板交代过的，老板娘问啥都要照实回答，心里就不由得一阵绝望。老板自己倒是好，该做的事情一样没落下，现在就留自己一个弱小可怜又无助的助理面对他留下的烂摊子⋯⋯

小赵咬牙："是。"

"啪"的一声，姜楚楚没忍住一掌拍到了桌子上，那杯小赵碰都不敢碰的热茶登时就晃晃悠悠几圈水波，飞溅出一圈水渍。

小赵立刻起身站直："姜小姐，这事儿真不怪温先生，您不知道，温仁和温戎是没什么大本事的阴险小人，但是跳蚤多了咬人还疼呢，温先生不想跟他们打持久战，所以一回京都就在设计了。他做的这一切，都是为了能尽早摆脱那一群附骨之虫。"

"所以你们的计划到底是什么？"

小赵深吸了口气："您知道，世昌广场吗？"

小赵讲得口若悬河，从发现世昌广场那块地有什么问题，到他们怎么将计就计将它推给温戎，又到他们预测温戎会怎么作死，到他们查出吴媛的死和温戎有什么联系，到最后温仁、温戎父子会面对什么问题都说了一遍⋯⋯

他言之凿凿："姜小姐，您根本就不用担心，等着瞧就好了，我跟着温先生这么久，还没见他输过。"

姜楚楚没再问细节，反正按小赵说的，过几天就知道了。

她于是沉默下来，过了一会儿，终于抬起头来，认真地问："我能探监吗？"

"咳咳，温先生又没犯什么罪，说调查只是限制人身自由罢了，有人替温先生安排了临时住处，您去⋯⋯不太好。"

姜楚楚了然："啊，原来不是关在警察局啊。"

好像还有点失望的样子。

不过，除了隐秘的不舒服感，小赵的话着实给姜楚楚吃了一颗定心丸，让她能有心思想别的事，比如，腾出手来收拾姜明珠。

姜楚楚让小赵帮她联系了那位跟到比赛现场的记者，准备商讨一下后续计划。

/ 411 /

温九思"进去"的第二天,是个阳光明媚的周六。

某个僻静的咖啡厅。

记者没见到,倒是见到了一个应该已经不在京都的人。

"这就是你给我找的人?"

小赵附在姜楚楚耳边悄声说:"温先生说过,现在跟宋公子有合作,叫您不用白不用。"

姜楚楚明了,如果宋初一肯帮忙,自然事半功倍。

"你怎么还没回江城?"

小赵旁边正是笑面虎宋公子,八月初秋老虎,天气还热得紧,宋初一不知道从哪儿弄了把扇子,径自摇着,倒也有几分风流倜傥的意味。

"楚楚,你没发现吗,我是来当英雄的。"

姜楚楚并不买账:"你是来当熊的吧。"

她也不跟他寒暄了,直奔主题:"你在这儿就是知道我要干吗了?本来我是要通过那个记者绕绕圈子牵扯出姜明珠的,不过你在这儿,我就有了一个绝妙的点子。"

宋初一一收折扇,身子前倾:"愿闻其详。"

"比起一个没什么影响力的记者,自然是有个当事人站出来加一把火最好了。"

"有道理,比如?"

姜楚楚笑靥如花:"比如,你回去找姜夏樱,让她站出来揭露姜明珠这株莲花的真面目啊。"

宋初一干脆地点头:"好啊。"

姜楚楚看着宋初一,没想到他答应得这么痛快。

依照姜夏樱无利不起早的性子,哪是说服这么简单的,有些人脑子有毛病了,还真是什么头都能点得下去啊。

不过宋初一显然不是开玩笑,他注视着姜楚楚:"我明天就回一趟江城。"

温九思一消失就是四天,姜楚楚联系不上他,更联系不上白银。

她只能从小赵口中得到九召集团的消息,温仁父子几次试图召开股东大会,但由于温九思被带走的情况不明朗,众人都怀疑是内部出了问题,不肯这个时候冒风险站队。

并且吴媛的事一日没有结局,外界的舆论就一直围绕着九召,温九思消失在人们的视野中,媒体和大众就盯紧了温仁和温戎,弄得两个人苦不堪言。

门窗紧闭的办公室里,温戎走来走去,温仁看着他眼睛都快要花了。

"听说温九思接受调查的时候,给了警察一本账,说是他暗地里查的,上面是我们这么多年来利用职务敛财的证据。"

温戎不可置信地问:"他到底想干什么?拖着九召还有我们一起完蛋?"

说完,温戎突然一敲桌子:"爸,我要跟你说一件事。"

温戎将事情一五一十地告诉温仁。

半晌,温仁面色铁青:"我以为那个员工的事是天助我……原来是你?"

"我也是没办法,吴媛那个女人太贪了,不弄死她,她肯定会坏我们的事。"

温仁这下子也坐不住了:"不管了,一不做二不休,干脆让温九思有进无出!"

"爸,您的意思是……"

温仁握起了拳头:"抛售我们俩手里的股份,变现。九召这艘船不稳,既然拿不到他的股份,九召对我们来说,一点用处都没有了,就让九召给温九思陪葬吧。"

…………

一天之内,许多家媒体都收到了邀请函,请他们出席九召的发布会。

长枪短炮架好,温戎作为发言人走到了台前。

"各位同僚,各位媒体朋友,感谢你们出席今天的说明会,在过去的几十年间,九召有过辉煌的时期,也为股东和广大群众创造了直接利益,但是今天我要很遗憾地告诉大家,我们温氏要退出对九召的持股。"

一片哗然。

"起因大家也都知道了,原本九召最大的持股人温九思先生卷入了商业纠纷正在被调查,我们深表遗憾,并希望以此为戒。"

台下,一个戴着墨镜的女人嘴唇紧紧地抿着:"你不是说温九思有计划吗?公司都快要被他们父子玩没了。"

她旁边,为了掩人耳目戴着墨镜的男人委屈地撇嘴:"我也不知道啊。"

台上,温戎还在夸夸其谈:"我们将把持有的全部股份,以当前市值转让给公司股东,我们相信——"

大门忽然毫无征兆地打开——

一排身穿制服的警察走了进来,为首的正是面色冷峻的白银。

不顾现场的议论纷纷,他从兜里掏出证件。

"有公司法人举报你们父子诈骗,你强行收回已拍卖的世昌广场土地,并挪用公款违规建造,鉴于犯罪同伙吴媛已死,同时我们有充足证据证明你与吴媛的死有直接关系,请你们跟我走一趟。"

这个"走一趟"意义就不同了,两副玫瑰金色的手铐明晃晃地亮出来,令温仁和温戎一秒坠入地狱。

白银看着他们被铐走,从头到尾面色都没变一下。

这风向变得太快，几乎所有人都反应不过来。

记者们围住了还在台上的九召高层，提问层出不穷。

姜楚楚拉了拉小赵："我们趁乱走吧，省得一会儿你也被人认出来。"

大门外更乱，姜楚楚在人群中被挤来挤去。

忽然，她的手腕被人一拉，整个人控制不住地被拽进一个熟悉的怀里。

一个含笑的嗓音在她的头顶响起——

"楚楚，想我了吗？"

这场变故被很多媒体直播了出去。

袁呈走进李家，径直上了二楼，用人看到他，面露难色。

"袁先生，您……"

袁呈笑了笑："没关系，我知道里面的情况，你先下去吧。哦对了，我还带了一位客人来，你先把她安排在客房。"

"好的，袁先生。"

用人大气也不敢出地退下了，袁呈理了理衣服，推开书房的门，书房里一片狼藉。

李博文的怒火无法抑制，他将自己手边所有的东西，无论什么都朝着地上砸去："废物！废物！温仁也是个废物，我给了他那么多的支持，他竟然还算计不过温九思，废物！"

袁呈从地上捡起他扔的书放回书桌上："不过我们也没有太大的损失，李伯父不要气坏了身子。"

在袁呈的安抚下，李博文逐渐平静下来。

"另外，您上次让我调查的事情我已经弄清楚了。姜福生在清点姜氏资产时，的确把经营权转让给了明珠，所以，要想进军南城地产，还要借明珠的手，面子上才好看。"

李博文不耐烦地挥了挥手："那就让她去。"

"您打算让明珠去内部上班？她行吗？"

"没事儿，这不是有你吗？你就是我的左膀右臂。袁呈啊，你好好辅助我，大家都是一家人，李家有好处了，绝对忘不了你。"

袁呈恭敬地点头，微垂的眸子下，冷光一闪而过。

"对了，药您注射过了，感觉怎么样？"

李博文皱眉："精力比起前段日子倒是充裕了一些，至于其他的……"

袁呈了然地点点头："人我已经带来了，您要去看看吗？"

李博文没说话。

袁呈意有所指地笑了笑:"都是按照您的要求来的,这个女人经过了详细的身体检查,可以保证孕育孩子的健康,而且我查过她的家庭,从家族遗传上来看,自然生育男孩的可能性,非常大。"

李博文咳嗽了一声,一本正经地点点头:"那我一会儿就去看看。"

姜明珠正在客厅的沙发上看书,袁呈走下来,淡淡地看了她一眼。姜明珠意会,跟着他走到了院子里。

桂树下,袁呈替姜明珠拿下了落在她头发上的衰败的桂花。

"路我替你铺开了,明珠,别叫我失望。"

八月,一场风波随着夏日的燥热渐渐褪去,另一场风波随之而起,在秋天来临之前,青翠欲滴的草地上,举行了温九思和姜楚楚的订婚仪式。

温九思的订婚宴,每一个收到请帖的不管是真心祝福还是凑热闹,到了时候,都乖觉地出席。

从宋初一到李博文这些温九思的生意伙伴,从白银到姜楚楚美术馆的同学们,甚至连南城蒋家都派了人过来。

整个仪式的流程不知道彩排了多少遍,每一处都经过了精心安排,哪怕是再苛刻的人想要挑刺,都不得不承认,这是一场令人印象深刻的订婚仪式。

彰显了在富贵底蕴之上,一个男人能给心爱的女人最好的一切。

温九思当着众人的面,拿出那枚钻戒。

戒指的款式简约大方,钻戒的内圈刻着精细的文字"楚&九"。

姜楚楚好奇地问:"你为什么刻'九'不刻'思'呢?"

"一来,九这个数字比较吉利;二来,思这个字,很容易解读成思念,想念,但是你不用,因为我就在你身边,你一抬头就能看见。"

"就你会说话。"

他低着头,仿佛在完成什么使命一般,认真地将戒指戴进了她的无名指。

从她的角度看去,钻石闪耀着璀璨的光,可远不及他的眸光动人。

姜楚楚觉得,这个画面她能记一辈子。

典礼中午就结束了,温九思请来了五星级的大厨,在草地周边准备了丰盛的午餐,众人可以自行用餐顺便聚一聚,而他则带着姜楚楚回了休息室。

女孩的鬓间已经出了薄薄的一层汗。

温九思的目光温柔又炙热,似乎那身板正的高定西装下,有什么快要绷不住了。

姜楚楚掏出粉盒补妆。

"你别看我啦,你还得出去跟来宾寒暄寒暄呢。"

温九思眼睛眨也不眨:"我今天只想跟你在一起。"

姜楚楚半是扭捏半是期待地咬住嘴唇，温九思勾着唇凑了过去。

忽然——

"温先生，你们在吗？"

小赵这次倒是记得敲门，就是嗓门大了点。

温九思：想开除一个助理怎么办？

他深呼吸了几次，将姜楚楚的礼服整理好，走过去开门。

感受到扑面而来的寒意，小赵脖子一缩："温先生，有人送花来。"

"那就放起来。"

"这束花有古怪。"

温九思这才将目光下移——

那是一束鲜红的大丽花，在八月里，展露着不合时宜的盛放。

花上有张卡片，上面印刷体写着"订婚愉快"四个大字，没有落款，那张贺卡上没有花香，反而有一股浓重的消毒水味。

姜楚楚这时候也走了过来，有些惊讶："大丽花？"

温九思看向她："你认识？"

姜楚楚点点头，歪着脑袋打量了那束花一会儿："我在图片上见过，这种花经常跟许多不太好的事件联系在一起。花语是……背叛。"

温九思面色沉沉地看向小赵："谁送来的？"

"人刚走。"

温九思飞快地冲姜楚楚说："我去看看，你今天累坏了，也去吃点东西吧。"

姜楚楚点点头，心里嘀咕，方才看温九思的模样，竟然有些紧张？

毕竟是今天的女主角，姜楚楚不想被不必要的奉承缠上，拿了食物偷偷溜到了场地的另一边，在泳池旁坐了下来。

还没吃上两口，就听见一个人接近，声音听起来强硬，但细听有些虚张声势："姜楚楚，我们谈谈。"

所以是谁请姜明珠来的？

姜楚楚吃了口蛋糕，头也不抬："没什么好谈的，请你快离开，我的订婚宴不欢迎你。"

姜楚楚的肩膀被人扒拉了一下。

"那个记者是你派来的人对不对？我翻到了你的微博，里面有我在南城参展的那幅画的原稿，你马上删掉。"

"你做梦呢。"

姜楚楚翻了个白眼，握住手机，站起来就想走，可还没站稳，手里的手机就被夺走，同时肩膀被重重地一推——

她"扑通"一下掉进了水里。

这是两米深的泳池,可她不会游泳!

姜楚楚还没来得及慌乱,下一瞬间,一个男人飞快地奔过来,他一扯上衣,像一尾剑鱼,纵身跃进泳池里,反手一捞,将姜楚楚挂到了自己的身上。

条件反射性地,姜楚楚攀上了来人的腰身,下一秒,她看清了面前这张英俊的脸。

"白银?"

男人言简意赅地问:"没事吧?"

姜楚楚摇摇头。

他裸着上半身,阳光应和着水滴,他的肌肉微微隆起。

姜楚楚最关心的却是,自己的妆有没有花。

白银沉默地带着她往岸边走,离着岸边不到半米的时候,忽然,他开口,声音就像是面对嫌疑人那般冷硬——

"姜楚楚。"

"嗯?"

白银沉沉地看着她:"我想了一晚上,我决定告诉你。我可能喜欢过你,但是我放弃了。"

姜楚楚:嗯?

刚刚赶到的温九思:嗯?

白银说了这一句话之后就闭紧了嘴,将姜楚楚推上了岸,也推离了自己的身边。

这时,周围的人听见动静,逐渐围了过来。

顾不得想白银犯了什么抽,姜楚楚觉得自己此刻就像是一只落汤鸡。

在自己最美的日子,她像一只落汤鸡。

不能忍。

上了岸,众目睽睽之下,姜楚楚一手将袁呈扒拉到一旁,然后伸出尚在滴水的手,而后一把拽住姜明珠的礼服胸口,将她拖着走了几米。

"姜楚楚,你疯了!"姜明珠尖叫着,双手护在胸前,根本没有多余的力气反抗。

姜楚楚就这么拖着姜明珠走到泳池边,脚下一绊,同时双手毫不留情地重重一推。

水花溅了一米多高。

姜楚楚居高临下地看着在泳池里扑腾着的姜明珠:"是我疯了,最后一次警告你,别惹疯子。"

/417/

订婚宴的结尾,却发生了这种状况,叫所有人始料未及。

这两个女人显然都不是好惹的。

一个是今天订婚宴的女主角,温九思的心尖尖儿,还是新鲜出炉的国际油画大奖的冠军;另一个是李家新认回来的千金,也是个顶着天才之名的画家。

不过,要是细细论起来,温九思的声势未必赶不上李家,新鲜出炉的国际冠军的光环也比一个近些年来已显江郎才尽的昔日天才要更亮。

每个人心里几乎都有一杆秤,当下,谁也不敢在没弄清事态之前上前。

"温先生,这样真的好吗?她毕竟是李博文的——"小赵的话才说了一半就闭嘴了。

他要是看不出来温九思脸上挂着的是宠溺的笑容就算他瞎。

温九思轻声说:"她从来到京都开始,就一直憋着,没有真正放松过,之前是我做得不够好,现在,就由她去吧,楚楚以后也会接触这些人,练练手也好。"

小赵无语,用一个李家千金给姜楚楚练手,会不会太奢侈了。

姜楚楚站在泳池边缘,睨着狼狈不堪还在水里扑腾的姜明珠,这才觉得稍微解了一口气。

"好了,白银,你上来的时候顺便把她也捞上来吧。"

白银还是维持着那个表情,往回游了两下,抓住姜明珠的胳膊将她带了上来。

姜明珠喝了两口泳池水,一上岸就不住地咳嗽,身子不知是由于冷还是由于愤怒,抖得很厉害。

姜楚楚在她身前蹲了下来:"姜明珠,我是个记仇的人,所以你害怕的事情,我偏不让它这么快发生,你知道吗,钝刀子割肉……才更痛。"

这时候,袁呈穿过人群走过来收拾残局。

他扶起姜明珠,深深地看了一眼姜楚楚,什么也没说。

温九思主动给两人让开了一条道。

袁呈经过他的身边停了一下:"真是抱歉。今天是温总的订婚宴,结果明珠还不小心掉进了泳池里,闹了这么大的笑话。"

这话也是说给周围人听的。

温九思笑了笑:"没关系,楚楚玩得开心就好。"

袁呈的表情看不出什么不对,冲他微微点了点头,两个男人擦身而过。

温九思没再关注他俩的去向,他走到泳池边上,伸手在某个头发湿漉漉贴在身上的女孩头上拍了拍,然后脱下自己的西装外套,披在她的身上,继而将人完全裹在怀里。

"走吧,去换衣服。"

姜楚楚声若蚊蚋地"嗯"了一声,拨了拨刘海。

"我现在是不是很丑？"

温九思一手拉着外套的两边，将姜楚楚拉到自己面前，俯身轻吻："怎么会？这个世界上不会有比你更美的女人，也不会有比你更美的新娘。"

姜楚楚满意了："就你会说话，以后也要这么继续甜言蜜语哦，千万不要因为我跟你订婚了你就放松警惕了，你知道的吧，喜欢我的人那么多。"

他惩罚性地咬了她一口，眼底的温柔却几乎能拧出水来。

"遵命。"

温九思抱着姜楚楚回去了。

小赵走向泳池边站立着的一个男人。

"白警官，我们也走吧，休息室有换洗衣服。"

白银收回目光，弯腰将早先丢在岸边的衬衫捡起来，毫不顾忌地穿了起来，举手投足间的男性力量感让小赵都忍不住瞥了两眼。

忽然想起什么，小赵狐疑地看向白银："白警官，我和温先生过来的时候，听到了您跟夫人讲的话。"

小赵在"夫人"两个字上加重了语气，傻子也能听得出来他的意思。

白银扣着纽扣的动作一顿，面色不改："哦。"

哦？这就完了？

白银穿完衣服，头也不回，姿态潇洒地往外走去，裤腿里流出的水在草地上蜿蜒出一条水渍。

袁呈和姜明珠走了十几分钟，等到了停车场的时候，她身上的裙子已经差不多被风吹干了，她摸了摸泛起细密鸡皮疙瘩的手臂，坐进了袁呈的车里。

袁呈却没有发动汽车。

"明珠，我说过什么？我告诉过你，别去招惹姜楚楚。"

车停在背阴处，车内阴凉，令姜明珠不由自主地打了个寒战。可是表面的凉意不及她心中冰冷。

"你是说过，可是你没告诉过我为什么。"

袁呈皱起眉："我是为了你好，温九思不好惹，我在京都没站住脚之前，不想同他正面为敌。"

"袁呈，你觉得我是傻子吗？我也是在姜家那种环境里长大成人的，不会没有基本的眼力见。"

姜明珠深深地吸了一口气，眼线被泳池的水晕染开，眼底黑了一圈，令她看起来有些阴森的意味。

"袁呈，你喜欢的是姜楚楚，是不是？"

说这话的时候，姜明珠还是藏了一丝最后的祈盼，可是这丝祈盼在对上袁呈那双毫无波澜的眼睛的时候，尽数化为泡影。

她忽然笑了。

"果然。我妈当初是怎么说动你跟我订婚的？蒋家的支持，还是说——姜楚楚也可以归你所有？"

袁呈的表情渐渐地变了。

他的眼眸深处泛起一丝诡秘的波澜，嘴角的那抹淡笑消失无踪，音调彻底冷了下来："既然你知道，你就安分一点，姜明珠，你现在的一切都是我给你的，我能帮你拿到，也能从你身上夺走，你懂了吗？"

一贯平和的伪装被撕开，最后的温情脉脉消失殆尽。

"你知道姜老爷子和姜福生现在的惨样吗？你也想陪他们去过那样的生活？为了几万块钱，在饭桌上被人灌到吐，你也想去试试？不过要是你的话，恐怕不止这么简单了，南城曾经的名媛，想必多的是人感兴趣。"

明明身旁的男人高大英俊，但姜明珠却从心底蔓延出一阵恐慌，她咬住唇，不敢吭声。

"看来你懂我的意思了。"

袁呈收回目光，发动了汽车，却说："我还有事，就不送你了。"

姜明珠胡乱地点了点头，不顾自己仍旧是湿漉漉的，迅速地打开车门，逃似的下了车。

袁呈独自坐在车里，目之所及，还能看到远处草坪上飞扬的气球。

他忽然重重地捶了一下方向盘。

傍晚，姜楚楚从床上醒过来。

望着天花板上昂贵的水晶灯吊顶，好一会儿她才回过神来——这里是温宅，白天订婚宴之后，她就跟着温九思搬进来了。

她起身，一脚踩在洁白的羊毛地毯上，软软的，如在云端。四周的布置还略显得空旷，但是依旧透着股大气的格调，小赵揽了重新修整的差事，将温宅中原本的东西来了一次大换血，丝毫看不出原先温仁一家人住过这里的痕迹。

这样全能的员工，年底得给他加工资。

这样想着，姜楚楚穿着拖鞋走出卧室。

外面静悄悄的，天边泛着浓重的火烧云，透过落地窗将偌大的房间镀上一层诡秘的红，两侧的壁灯亮着柔和的光，杂糅的光线刚好足够她一路走到书房。

书房的门半掩着，里面偶尔传来轻微的响动。

她象征性地敲了敲门，也不等里头答话，推开门走了进去。

屋里有淡淡的未来得及散开的烟草味道,温九思正坐在书桌前,手里摆弄着什么,见姜楚楚来了,清淡如水的面上泛起一丝笑意,朝她伸出了手。

光线正好,气氛极佳,两个人依偎在一处,享受着这一天难得悠闲的余韵。

姜楚楚忽然瞥见了桌面上的卡片。

是白天和一束大丽花一起被送到订婚宴上的那张。

"这张卡片有什么不妥吗?"

温九思看着那张卡片,却没有伸手再去动它,语调莫测:"没什么不妥,只不过,它让我想起来一个人。"

隔了好一会儿,姜楚楚才听见温九思近乎喟叹的声音。

"一个曾经的朋友。"

她似懂非懂。

但温九思显然不想多谈这个话题,他抱着她站起来。

姜楚楚顺势用双腿圈住他的腰,整个人挂在他的怀里,像只树懒。

温九思:"你要不下来走两步?"

姜楚楚将头摇得像个拨浪鼓:"我不要,我饿了,走不动道了。"

温九思眉头一挑,刚才笼罩在他面上的那片浓雾顷刻间消散,甚至极为难得地显出一抹坏笑。

"你确定?"

姜楚楚暗感不妙,无辜地眨着眼睛:"我饿了。"

她的肚子相当配合地发出"咕咕"的声音。

良久,她听见温九思用一贯优雅的语调宣告:"楚楚,别想逃避我,你该知道,你现在无路可逃了。"

她不耐烦地挥挥手:"知道了,你快去给我做饭。"

过了一会儿,关门声响起,温九思走了。

姜楚楚蓦地脸朝下,将自己埋进被子里,埋得使劲儿,埋得密不透风,埋得足以憋死一个人,仿佛只有这样,才可以顺理成章地解释自己脸上骤然升起的红晕。

几天后,姜楚楚走马上任,成了京都国立美术馆的策展师,从白教授的弟子一下子升级成白馆长的部下。

她先是去了办公室跟白教授打了一声招呼。

白教授正在处理新进展品的单子,见她过来,正好将馆藏的细则堆到她手上。

"今年新开了两个展厅,都是用来做主题展览的,你没事就想想做什么主题好,馆内有的藏品就调,没有的就打报告上来。以及,工作之余不要荒废了基本功,不要因为你获得了国际金奖就觉得可以放松了,没有后续的作品支撑这些就都是虚名,比起办公室,我更愿意在隔壁的画室里面见到你,明白了吗?"

白教授挥挥手:"明白了就出去吧,我这儿堆了太多事了。"

一句话都没来得及说的姜楚楚于是被赶了出来。

所以她的办公室在哪儿?她今天要做什么?那两个展厅她应该先看一眼吧,可是要问谁去拿钥匙?

姜楚楚想挠门,可是不敢,只好灰溜溜地先去画室。

白教授有一句话说对了,没有后续的作品支撑,什么金奖就都是虚名,她可不想传出个德不配位的名声。

把姜楚楚送到美术馆之后,温九思掉头去了九召总部大楼,受前阵子风波的影响,大楼内部比以往都要安静。

总裁办的那把椅子换了个人坐,这个消息本身就足够人心惶惶的了,再加上前任少董是个嫌疑犯,前任总裁涉及商业诈骗,每个人都在担心着自己的饭碗能不能保住,神仙打架,哪管会误伤几个小鬼。

小赵倒是有些愤愤不平:"鸠占鹊巢久了,这些人都不知道谁才是九召真正的主人了。"

"别在意那些无聊的事情,把王自严叫过来。"

谈了会儿话,王自严出来的时候已经从王总变成了王董。

王自严本就是他们的人,这一次升职也在情理之中,可是小赵拿着秘书处发给全体职员的通知书,指着一角问温九思。

"温先生,让蓝子期进入董事会……"

温九思撩起眼皮瞅了一眼:"那是我给他的回报。这次风波没有他和他父亲的帮助,不会这么快结束。"

小赵点点头。

温九思头也不抬:"找几个清闲的部门给他定时做汇报,别让他插手核心事务。"

温九思处理事务一直到了下午两点。

秘书送来了午餐,他摆摆手,示意她先放在一边。

小赵走过去,壮着胆子将餐盒往温九思办公桌上一放,在他发动"寒冰射手的注视"前,连忙谄媚地说道:"老板你不吃饭,要是让姜小姐看到了,肯定会心疼的。"

温九思严肃刻板的脸瞬间就缓和了下来:"拿过来吧。"

果然提姜楚楚有奇效,小赵暗搓搓地在温九思的食物链上头加上了姜楚楚的大名。

一顿饭还没吃完，秘书处的人又过来敲了敲门。

"温总，有位姓白的先生过来拜访，说是您之前与他有约。"

温九思用餐巾纸擦了擦嘴角。

"让他进来吧。"

不一会儿，穿着便服的白银出现在办公室外。

小赵将桌子上的餐盒收拾好，便一言不发地走出去了，走之前还体贴地替他们关上了门。

白银抱着肩回头看了看，半晌，嗤笑一声："你那小助理是不是以为我是来找麻烦的？"

温九思指了指对面的沙发让他坐："有可能，毕竟我未婚妻在他眼里，还是一个红颜祸水。"

我的未婚妻。

这几个字温九思说得格外熟练。

白银垂下眼，面色不改："你之前提到的那个案子……毕竟是二十年前的事情了，还是一起没有列入刑事案件里面的车祸，要追查起来极其不容易。"

温九思淡笑："但白队还是查到了。"

白银点了点头："就在上周，我找到了一个当时住在车祸现场附近的村民，他从头到尾目睹了这场车祸，只是二十年过去了，他的记忆也不大清楚，但我想，你是心理学方面的专家，会不会有些方法让他多记起什么来。"

说着，他从怀里掏出一张卡片推过去："这是那个人的联系方式。"

温九思收起来："谢谢。"

"白银，你帮了我这个大忙，我欠了你一个人情，无论早晚，这个人情我一定会还你。"

温九思的语气郑重，眼眸深沉不见底。

白银像是想到了什么，微微怔神，可仅仅是转瞬之间，下一秒，他无所谓地笑了起来："我没什么想要的，不过温总愿意，那就记着吧。"

白银往门外走去的关头，温九思的手机响了，他举起来看了一眼，下一秒出声喊住了半条腿已经跨出去的白银。

"不如晚上我做东，请你吃顿便饭吧。"

白银转头，眉头一挑，显得有些怀疑。

温九思扬扬手机："楚楚跟朋友逛街去了，就剩下我这个孤家寡人。"

姜楚楚下午五点多下了班，就被宋思蓉拉着去了中央大街逛商场。

她只来得及给温九思发了个短信告诉他一声，就轰轰烈烈地投身到了买买买的洪流中。

过了一会儿一看手机,她才见到温九思的回复:好,外面快要下雨了,一会儿我去接你。

姜楚楚看着这句话撇了撇嘴。

答应得干脆利落,丝毫没有舍不得之意,一点也不像别的小情侣那样腻腻歪歪的,为了展现自己的存在感,姜楚楚干脆利落地掏出温九思的卡。

忽然,眼角的余光里,一个女人一晃而过,就这么两秒钟已经足够姜楚楚回忆起她的面容。

身材消瘦,眉骨微高,那双眼睛死寂一般不含情感,她像是明确地知道自己要去哪里,目不斜视地消失在姜楚楚的视线里。

姜楚楚愣了一下,手中的衣服直直地掉在了地上都没有反应过来。

宋思蓉走过来:"楚楚,你看什么呢?"

她凑上来,看到姜楚楚的面色,不由得吓了一跳:"天啊,你怎么突然间脸色这么差?"

姜楚楚像是被惊到,看向宋思蓉的面色甚至有几分陌生,不过片刻已然缓和回来,她扯唇勾起一个牵强的微笑。

"思蓉,你自己逛吧,我突然想起来有点事……我、我先走了。"

"哎——"

还没等宋思蓉反应,姜楚楚就匆匆离开了,背影都透着焦急。

宽敞的办公室里,茶几上摆着两份简单的盒饭。

白银习惯性地吃得狼吞虎咽,整个人看上去不显粗鲁反而给人一种洒脱之感,用餐间隙他还不忘点点对面的男人:"你也吃啊。"

温九思交叠着双腿,长长地舒了一口气:"我说请你吃顿便饭,就吃这个?"

白银挑眉:"这还不够方便吗?"

温九思无语。

忽然,秘书急匆匆地跑过来,打破了这一室的友好氛围。

"大堂里来了一位小姐,说是找您的,但是她并没有预约,新来的前台没见过她,不敢放行,所以打了内线过来问。"

小赵皱皱眉:"姑娘?除了姜小姐,还有哪个不要命的姑娘敢来找我们老板——"

温九思面色一变,站了起来,脚步匆匆往外走去:"怎么回事?"

大厅,前台看姜楚楚浑身湿漉漉的狼狈模样,已经脑补出了拜金女分手后纠缠富家公子的戏码了。今天恰好只有她一个人当值,她刚来九召不久,可一定要瞪大了眼睛,不能放可疑的人进去。

"我真的是你们老板的未婚妻,我叫姜楚楚。"

"你去问,九召十个小姑娘里面有九个都想当我们老板的未婚妻,你还排不上号。"

姜楚楚见跟这位前台小姐说不通,掏出手机想要给温九思打电话,可是最后一格电在她的注视下颤颤巍巍地又退了一格,手机屏"唰"地黑了。

这时,电梯那里传来了一阵喧哗,前台小姐望过去不由得吓了一跳,老板和赵助理气势汹汹地径直朝她走过来。

"老板……"

温九思眼风扫过前台,什么也没说。

小赵连忙将人拉到一旁去教育了:"你傻啊,老板娘都敢拦?你工作不想要了是不是?"

前台小姐吓傻了:"啊?她真是老板的未婚妻啊?"

正努力抵抗着暴躁小情绪的姜楚楚,忽然眼前一黑,她抬头,透过自己湿漉漉的额前碎发,看见了温九思略带戾气的脸。

她止不住地眼眶一酸,脚步踉跄了一下:"我……"

"上去再说。"

温九思干脆利落地将她打横抱起。

四周响起了小小的一片惊呼声。

办公室里,白银看到被打横抱进来的姜楚楚,也是一愣,他站起来,向前走了一步,又生生地钉在了原地。

温九思把她放在沙发上,拿了一条干毛巾,像是擦小狗似的,在她的头顶上揉了几下,放缓了语气:"怎么了楚楚,不是说在逛街吗?"

姜楚楚的身子微微颤抖起来:"我看到那个女人了,不会有错,就是她。"

"哪个女人?"

姜楚楚抬头,双手紧紧地揪着温九思的衣襟:"就是在南城绑架我的那个女人。"

那种被控制住,混沌不知所以的感觉,她这一辈子都不会忘记,也不想再经历第二次了。

温九思和白银对视一眼,皆从双方的眼中看出了凝重。

收拾了一番,姜楚楚抱着抱枕睡着了,温九思抱着她去了隔壁的休息室,很久都没有出来。

姜楚楚睡得并不安稳,眉头紧锁。温九思就坐在她的身边,一下一下地轻轻拍着。

休息室里只有温九思轻轻的自言自语。

"梦见什么了?"

"梦见南城了,还是梦见那次绑架?你怎么从来没有一次梦见我呢……"

"下一次你再做噩梦的时候,我就把你叫醒,不,我就进到你的梦里,把那些伤害你的、你讨厌的,统统清除干净,好不好?"

良久,一阵小猫呜咽般的声音隐隐传出来。

"唔……"

像是在回应着说"好"。

隔着半掩的门,白银静静地听着里面的呢喃,看向窗外细密的雨丝,一时间怔怔的,不知道在想什么。

又过了片刻,温九思轻手轻脚地走出来,关好房门。

两个男人的视线在空气中有极短的交汇,又迅速分开。

温九思也走到窗边,伸手将窗子开了一条缝隙,凉风顷刻间灌满了一室,也吹走了一些未知的情绪。

白银率先开口:"你们在南城的事,我略有耳闻,那场绑架对姜小姐的影响很大?"

温九思沉默片刻,点了点头:"那些人有备而来,用了药物辅助,想要对她进行催眠,后来虽然被我及时制止住,但是楚楚提到这件事还是会有紧张恐慌的情绪。"

"你知道是什么人做的?"

"我大概知道。"

得到了肯定的回复,白银面色沉沉:"这句话我来说不知道恰不恰当,温先生,你周围的麻烦事太多了,你想过会连累到她吗?"

出乎意料地,温九思闻言轻声笑了起来。

"我想过。"

"但是我不会离开她,她是我的,再多的风险也该与我一同承担。

"这是我要的,也是她要的。"

秋风萧瑟,温九思的目光一如寻常般温润,可是温润的背后却隐隐藏了一分偏执。

白银忍不住叹了口气。

现在还好,两个人彼此爱慕,可是万一有朝一日,姜楚楚想要离开温九思了,温九思会变成什么样?

这个念头在脑海里只是一闪而过,白银摇摇头,不再细想了。

第二十二章
此生真爱

　　自从姜楚楚冒雨来找温九思之后,温九思对姜楚楚身边的一草一木都提高了警惕,恨不得将她直接藏在家里,寸步不离地跟着,就连白银也觉得他太过谨慎了。
　　可是毕竟,九召局势才稳,温九思需要一段时间去平复动荡,而姜楚楚自己的职业生涯也才开始,需要去美术馆报到,自然不能像在南城一样,成天像个小尾巴一样跟着温九思。
　　温九思只好祈祷这一段时间,没有人会把目光放在姜楚楚的身上。
　　可是老天大概是没听到温九思的祈祷。
　　起先是有个男生在逛美术馆的时候,无意中进了一个尚未开放的场馆,里面灯光昏暗,不知哪里的音响流转着安静的钢琴曲,在展厅中央的墙壁旁,一个女孩子站在架子上,伸手在天花板上勾着什么。
　　她正站在架子上扭灯泡,灯泡忽明忽暗,映着她的脸也在光影流转中显得十分清丽却又鬼魅,忽而,灯泡亮了起来,她笑了一下,收回了手。
　　男生也不知是着了什么魔,拿出手机对着女孩拍了一张照片。
　　闪光灯在室内格外夺目耀眼。
　　然后他就看见女孩对他笑得灿烂,在他几乎以为一段浪漫的爱情故事即将展开时,那个女孩走下来,穿好自己的高跟鞋。
　　"你好,美术馆不允许拍照。"
　　照片就定格在女孩扭头的一瞬间,身姿修长舒展,目光中带着点被惊扰的讶异,最绝的是,她身后恰好是一幅风景画,她在画框中央,就像是画中美人活过来一般,清丽又灵动。
　　男生再没心思欣赏这一馆的美术作品,他捂着自己的胸口,然后打开了微博。
　　男生有礼貌地询问:"我可以发这张照片吗?"
　　姜楚楚擦擦手,凑过去看,拍得很漂亮,于是大方地点点头:"你发吧。"
　　她又瞄了一眼男生的微博账号,准备到时候去盗图。

男生兴奋地发了图，之后才反应过来，最应该做的不是要联系方式吗？可是等他抬头的时候，早已经不见了姜楚楚的踪影。

他忧郁地删掉了原本打的字，换成了——我觉得我错失了此生真爱。

这张照片一经发到微博上，就被飞速地点赞评论，扩散程度之广是男生一开始想象不到的。

事情发酵得令人猝不及防。

有人顺藤摸瓜，找到了画里的女孩。

照片中，她左手捧着奖杯，右手打了绷带，但靠在豪车上的姿势却依旧有型，拍摄者完完全全将她的那双大长腿拍出了令人艳羡的长度。

放大图片，像素优秀的手机显露出奖杯上的一连串英文，翻译过来就是某某国际比赛金奖。

于是，男孩的微博留言下面多了一句话——你早已经错失了此生真爱，这是九召股份未来的总裁夫人。

某天晚上，宋思蓉最先在网上看到了相关信息，直接转发给了姜楚楚，姜楚楚起先也有些惊异，在自己的卧室里刷刷评论。

她发现底下一片"膜拜女神的颜值""膜拜女神的才华"，甚至还有"膜拜女神的未婚夫"诸如此类的赞誉，也就姑且由着去了。

只不过，看着这些喜欢凑热闹的网友，姜楚楚忽然灵机一动，在自己的微博主页往上翻，翻到了她在南城画画时，曾经画到一半无聊时候拍的画。

后来，这幅画被姜明珠不问自取拿到了南城美术馆，以她自己的名字进行展出。

这也是之前姜楚楚寻找的破绽，利用这条微博的发布日期，找了个记者，在颁奖现场当众质问住了姜明珠。

只可惜，李博文亲自出面，压下了这件事。

不过李博文堵得住一家杂志社的口，堵得住无数网民的键盘吗？只怕不行吧。

看来是时候蹭一波自己的热度了。

正琢磨着，客厅里突然响起了开门声，姜楚楚以为是温九思回来了，一个鲤鱼打挺翻身下床，撒着欢儿地跑了出去。

然后就对上了温九思和白银的两双眼睛。

温九思皱皱眉，视线移到她洁白的小脚丫上，忍不住向前走了一步，挡住白银的视线。

"回去，把鞋穿上。"

姜楚楚"哦"了一声，转回卧室穿上一双毛茸茸的拖鞋又出来了。

三人在茶几边坐了下来。

姜楚楚看看温九思，又看看白银，又看了看温九思……

温九思轻咳一声，状似不经意，实则加重了语气解释道："楚楚，有件事不方便在局里说，再加上考虑到安全因素，白队这才过来的。"

"哦。"

正直的白警官从怀里掏出一张照片，放到茶几上。

"你看看，绑架你和你前几天看见的女人，是不是这个人？"

姜楚楚探头出去，看了一眼，飞快地移开目光："就是她。"

白银再次确认道："你确定？"

姜楚楚愤愤地说："她的眼神我只需要看一下就能认出来，这辈子都忘不了。"

白银点点头："这就麻烦了。"

见姜楚楚和温九思都不约而同地盯着他，白银突然感到一阵无力，似乎跟这两个人沾边，总会有麻烦事发生。

白警官长长地叹了口气。

"这个女人是李博文高薪聘请来的心理医生，最近才回国，温先生，她跟你是同行。"

付如玉，二十八岁，海归心理学硕士，一直效力于各大心理机构，履历干净、漂亮。

温九思沉默片刻出声："心理医生……"

白银似乎觉得棘手，揉了揉太阳穴："是，说是九召员工跳楼的事情让李博文觉得，心理健康对家人以及员工都很重要。"

"可是事情不是已经明确了吗？吴媛跳楼跟九召没关系，全都是温戎一手造成的，温戎现在被羁押就是最好的证据啊。"姜楚楚愤愤不平地说完，才意识到自己说了傻话。

这些人想弄出个名头来，哪会管是真话还是假话，反正能扯幌子的就是好话。

姜楚楚蔫了下来。

温九思又跟白银了解了一些情况，偶尔望向姜楚楚，几分钟过去了，她的眉头反而越皱越紧。

温九思的手臂搭上她的肩头，将她往自己的身边带了带："楚楚，怎么了？"

"我只是突然想到，"姜楚楚犹犹豫豫地开口，"那一天，付如玉都没有主动对我做什么，一直都是被一个通过传讯器跟她联系的男人支配。比起心理方面，付如玉好像对药水更为敏感。李博文突然找了个心理医生就够奇怪了，还找了个并不是很专业的心理医生就更奇怪了……"

忽然，姜楚楚一抬眼就看见温九思和白银都看着她，她忍不住结结巴巴问道：

"怎、怎么了,我说得不对吗?"

温九思蓦然笑开,眼角眉梢的笑意冲破了方才还有些紧张的气氛:"对,非常对,我只是觉得我的楚楚好厉害。"

白银轻咳两声,及时将话题拉了回来:"不管怎么说,李博文不会允许我们动她,他若是掺一脚,事情就更难办了。"

"那就给他找点事情干,先让他们乱起来。"

一听到这儿,姜楚楚眼睛一亮,想到了方才在床上刷到的微博。

"我我我……"由于激动,姜楚楚高高举起了手臂,"我有办法。"

温九思和白银同时望向姜楚楚,姜楚楚扭扭捏捏地说了自己的想法。

墙上的时钟走过了一圈。

白银站起来,看了看腕间的手表。

"时候不早了,我该走了。"

不等温九思和姜楚楚说话,白银又开口,语气郑重了几分:"还有,这件事情暂时我就只能帮你们到这儿了,其余的,等到你们有了确凿证据,再按流程来。"

温九思起身相送:"放心,不会让白警官为难。"

又过了几天,原本只是在小范围内传播的照片突然迎来了二次扩散。

起因是一个油画爱好者关注了姜楚楚的微博,"考古"的时候发现了一幅眼熟的画作,她本人刚好又在南城,她去南城美术馆找灵感的时候刚巧又看见了一幅一模一样的画作,她看了一眼画作者……不是姜楚楚。

作者是姜明珠,送来参展的日期在姜楚楚发微博之后,谁是原作者一目了然。

于是这位极具正义感的油画爱好者怒了,发了一篇长博文来痛斥这位抄袭者。几经发酵再加上有心人的推波助澜,姜楚楚没上热搜,姜明珠倒是快了,姜明珠的身份也瞬间被扒。

李家雇了人反驳,来来回回无非就是几个点:

一是两人原本就是姐妹,画风相似点也正常。

二是姜明珠成名更早,要抄袭也是姜楚楚抄袭她的。

三是铺天盖地的姜明珠小姐的采访、照片,妄图转移视线。

这时候,最跌宕起伏、最惊心动魄的一幕出现了。

一位名叫"姜夏樱"的女士站了出来,以姐妹的身份,实名举报姜明珠获奖作品《月夜》都是盗用的,连抄袭都算不上,更不要说姜明珠之后的作品了,稍微有点新意的,都不是出自她手。

少女天才画家,根本就是一个彻头彻尾的谎言。

看到这一段的时候，姜楚楚正在新开辟出来的小花圃里招待宋初一。

姜楚楚倒了杯茶给宋初一："我很好奇，你是怎么说动姜夏樱站出来说话的？"

"替她摆平小三肚子里的孩子算不算？"

宋初一话音刚落，就看见姜楚楚和宋思蓉面无表情地看着他。

宋初一吓了一跳，连忙放下杯子。

"我就开个玩笑，我还没丧心病狂去动个胎儿……不是，我是说，我只是让姜夏樱误以为我爸养在外头的女人怀了我爸的儿子，并且想要借机上位。"

"有点聪明啊。"

姜楚楚朝他抛去一个佩服的眼神，猝不及防地对上了温九思的眼睛。

她顺势靠在温九思怀里："好了，你不要把我当个易碎娃娃好不好，这里不会有危险啦。"

"你不但是个娃娃，还是一个钻石做成的娃娃，我看谁都像想把你偷走。"温九思表现得十分严肃，甚至还煞有介事地点点头，来增加话语中的可信程度。

那样子看得姜楚楚心中一动，撑起身子就在他脑袋上响亮地亲了一口："真会说话。"

宋初一酸溜溜地看过来："你俩够了啊。"

宋初一打趣着，而后移开了视线，仿佛真心实意地因为酸倒牙而不忍看，可是他的侧脸却莫名显出几分失神。

这边"其乐融融"，处在暴风中央的姜明珠第一次在李家耍了脾气，她砸了自己房间的东西，还没砸够，又跑到客厅来泄愤。

除了她，李家没有一个"主人"在家，自然也不会有人拦她。她随手拨倒了椅子，看着用人们诚惶诚恐地扶起来擦拭，还要小心翼翼地在她旁边赔着笑，劝她不要生气，姜明珠忽然涌上一股扭曲的快意。

身旁的八斗柜上放着一个梅瓶，胎体洁白，一看就成色极佳，价值连城，令人忍不住想要握在手中把玩。姜明珠忍不住联想起一个女人，深吸了一口气就冲过去拿起那个瓶子要往地上砸。

可这一次被用人拦住了。

"明珠小姐……"用人十分为难，"这是大小姐最喜欢的一个花瓶，您砸了，我们没办法交差。"

一个"明珠小姐"，一个"大小姐"，在用人的心目中，孰轻孰重立见分晓。

姜明珠眼中寒气越发逼人，脚尖轻蔑地踢在那个用人的小腿上："你们算什么东西，也敢阻拦我？"

她发了狠地将梅瓶重重地掷向墙上，瞬间，价值不菲的瓷器碎成了渣渣。

这时，大门被打开，外面站着怒气冲冲的李博文，后面还跟着袁呈和李云佳，三人都是一身商业装，显然是刚从什么会议出来。

"姜明珠！你这是在做什么！"

姜明珠凭着满腔怒意胡为，此刻宣泄出来，看着满地狼藉，多少有些后悔，但是余光瞟到袁呈，她心里忽然就有了底。

不是因为什么男人给予女人的安全感，而是姜明珠知道，她的身上有袁呈想要利用的地方。

这种关系可悲，但是牢不可破。

她忽然捂住了眼，掩盖住由于愤怒而扭曲的表情，身子微微颤抖，含混不清的话从指缝中传了出来："爸，对不起，我……我……"

语不成字，惹人怜惜。

李云佳冷冷地看着她装模作样，眼风扫过一地碎瓷片，面色愠怒。

一提起这个，李博文就来气，指着她就骂。

"你说你会处理好，你处理的结果就是闹得满城风雨，让我们李家都跟着你成了一个笑柄？"

"爸爸……"

"别叫我爸，我现在真是后悔把你认回来！"

李云佳在旁边添油加醋："爸，你别怪她，小户养出来的性子，一时半会儿改不了，还要慢慢扳正。"

李博文一听这个就想到了姜福生的模样，怒火更盛："改不了就滚，李家不能出一个丢人的玩意。"

在一旁袖手旁观良久的袁呈此刻终于走上前来，将姜明珠的手从脸上扯下，用自己的袖子擦了擦她脸上的眼泪，而后扭头看向李博文。

他面上尽是歉意，完美地展现了一个对于未婚妻搞出来的烂摊子感到抱歉的形象。

"李伯父，这件事确实是明珠的不对，但是，她也是有苦衷的。您放心，我已经让公关部连夜拟出了一份方案，这件事就交给我解决吧，绝对不会连累到李家一分一毫。"

"当真？"

袁呈微笑："当然。"

李博文的面色这才微微好转。

李云佳见势不妙，突然"啊"了一声："明珠，你打碎的是爸爸在拍卖会上拍给我的，我见漂亮，就摆出来大家一起欣赏，那么多东西不砸，你怎么偏偏——"

李博文皱皱眉："好了，花瓶碎了就碎了吧，爸再给你买一个。"

话音刚落,他又补充了一句:"袁呈,你跟我来一趟书房。"

李云佳不知道事情哪里出了变故,想来想去也只得归咎于李博文对袁呈的看重。

她看着情绪已经平静下来的姜明珠,讥诮地开口:"找了个有本事的未婚夫,这么大的丑闻,爸也能视而不见。"

姜明珠冷冷地回视她:"是啊,谁叫袁呈得爸爸看重呢,你倒是也想找,可惜……温九思不要你。"

李云佳瞪大了眼睛:"你——"

姜明珠讽刺地笑笑,看着客厅另一边清理着地板的用人,走过去一脸歉意:"你没事吧,我刚才怒火蒙了心,真对不起,我去给你找药——"

"不不,没关系的,明珠……哦不,小姐……"

经历了刚才那一遭,用人哪还真的敢把姜明珠当成无害的大家小姐,连忙摆手,清理完唯唯诺诺地离开了。

这时,方才被奚落的李云佳抱着肩走过来,冷笑着扳回一城:"看吧,所有人早晚都会认清你的真面目,对你避若蛇蝎。"

姜明珠从牙缝里挤出一句:"李云佳,你闭嘴!"

姜楚楚本以为依照姜明珠自视甚高的性子,估计还得负隅顽抗一阵子,为此还悄悄地制定了一系列后续计划。

可没承想,战斗还没开始就已经结束了。

姜明珠利落地认了错——是一位发言人代为朗读的致歉信,言辞诚恳,感情充沛,姜明珠就坐在一旁负责"美人垂泪"。

姜楚楚无聊地在屏幕前瞧着,觉得朗读的男人颇有几分眼熟,后来一想,发现是在机场有过一面之缘的袁呈的助理。

所以这次是袁呈出手给姜明珠做危机公关?

姜楚楚提起了几分兴致,想听听看他要怎么替姜明珠扭转败局。

"明珠小姐一切不幸的源头,都源自十四岁的一场绑架案——"

姜楚楚嗤笑一声,这个开头不错,劲爆,有料,寻根溯源,层层剖析,勾起人的聆听兴致,又为全篇卖惨奠定了感情基调。

果不其然,接下来的长篇大论里,句句不离中心主题。

姜明珠其实是个小可怜,生下来就被迫远离父母,好不容易有了新家,还替这家的孩子挡灾被绑架了,留下了心理阴影,并且有了色弱的毛病。她热爱美术,可是这在油画里简直是致命伤,这家的孩子不知道姜明珠牺牲了多少,还非要跟她在油画领域一较高下,所以纯洁的少女在绝望之下,一步行差踏错,才有了后面那么多的祸事。

这家的孩子就是姜楚楚。

姜明珠说她现在意识到自己错了，大错特错，因此委托人替她向姜楚楚道歉，希望能得到原谅。

呵呵，也不知道谁写的稿子，这份才华真是埋没了。

这时候，温九思端着果盘从外面转进来："难得我也清闲，我们不出去放放风？"

姜楚楚目不转睛地看着屏幕，随口说道："难得的周末我要待在家里。"

温九思把人揽进怀里，往她的嘴里塞了一颗樱桃："你不爱看这些，干吗还逼着自己看？"

姜楚楚冷笑一声，吐了个核："我怎么不爱看，看姜明珠走到绝路，不得不自挖伤疤来换取一线生机，也挺有意思的，只不过，今日她主动暴露了那段过往，日后就少不了有心人顺着绑匪那条线深挖，挖出点——"

温九思扬眉："挖出点什么？"

姜楚楚含糊道："一些不该挖的。"

温九思揉揉她的脑袋，意有所指："我总希望你的外壳能再坚硬一些，可是现在看起来是奢望了，不过你软乎乎的也很好。"

姜楚楚听不懂温九思在说什么，她也不想跟他说起那些无所谓的事，嘟囔了一句："你什么都不懂。"

她蜷缩在他的怀里，感受着他心脏的跳动。

温九思低下头看她重回乖巧的模样，叹了口气。

"我不懂什么？不懂你一直隐瞒着姜明珠被绑架时，曾遭绑匪侵犯的事情？"

姜楚楚一愣，在他怀里扬起头："你知道？"

"我是查到的，那伙绑匪前几年落网了，我可以查，同样别人也可以，你说，袁呈知不知道？"

姜楚楚微怔，那种喜欢把控一切的男人，应该也不会对此事一无所知。

见她听进去了，温九思又循循善诱："那你说，袁呈为什么还会允许自己未婚妻的这段历史暴露出来，加重人们探究的好奇心，解一时之渴却留下无穷隐患，你觉得袁呈会这么做吗？除非……"

姜楚楚顺着他的思路捋下去："除非他不担心姜明珠会给他带来非议。"

温九思吻了吻她的头顶，以示嘉奖："结合我当初的调查用时，你看吧，多则一年，少则四个月，袁呈和姜明珠的婚约就会破裂。因为那个时候，袁呈就不需要李博文了。"

姜楚楚一时间不能言语。

只不过是一篇别人代写的文章而已,温九思却可以从中察觉到这么多的东西。

"你总是,要想这么多的吗?"

男人的眉宇柔和如远山,让人禁不住想要拂去他眉心的那一点愁。

"楚楚,我知道你想了解这些,想帮我、保护我、与我并肩,但是有些事急不得,没有人是天生的商人,在这之前,让我帮你、保护你,把你拥在我的身下。"

他的目光如此深情,姜楚楚心里暖暖的,忽然想到一件很严肃的事,姜楚楚伸手摸摸温九思的头顶。

温九思哑然失笑:"你不用安慰我,我都习惯于——"

蓦地,他感觉自己的头发被揪了一下。

温九思:"嗯?"

姜楚楚拿下手看了看,松了一口气。

温九思:"你干什么?"

姜楚楚咬着唇:"不都说聪明绝顶吗?我害怕你天天想这么多会秃。"

在温九思不太好看的面色中,她又怯生生地补充了一句:"真的,我实在不能想象到霸总秃头是什么样子。"

温九思:"下去。"

姜楚楚不情不愿地挪下了她的特殊专座,看见温九思理着衣服往外走,忍不住问:"你去哪儿?"

男人披上大衣,头也没回:"你今天不想出去,我就买点东西回来做。"

温九思离开后,姜楚楚打开自己的手机刷着,果不其然,不过一两个小时,原本一面倒谩骂姜明珠的风向,悄悄地变了。

托这次事件的福,姜楚楚从一个几千粉丝的小透明,一下子坐拥了十万粉丝。

姜明珠走的一贯都是高端路线,不屑于在社交软件上抛头露脸,所以吃瓜群众第一时间就一窝蜂地拥到了姜楚楚的微博主页里,不少好事者在她的第一条微博下面纷纷评论。

△我还真看了那个采访,就卖惨呗。

△这个世界从来不是谁弱谁有理,你看伦理剧里哪个小三不是被原配打得惨兮兮的?难道哭一哭,她就能变成受害者了吗?

虽然这比喻不太恰当,但是话糙理不糙,姜楚楚在心里给这个人点了个赞。

接下来的画风就有点诡异了。

△你损失的只是几幅画,可是你知道她替你做了多少噩梦?

"圣母病"得治。

△姜明珠跟你道歉了,你会接受吗?

底下居然回复者众多。

△毕竟都是亲姐妹,再说人家也道歉了,不接受就显得不大气了吧,格局太小。道德绑架?

△要是不接受的话,你就太没良心了,当初你妹妹就不该救你,你怎么不被绑匪绑走?

我没有比我还大两岁的妹妹,谢谢,至于后一个问题你要问我妈,为啥偏心到绑匪以为她是我。

姜楚楚一边看一边吐槽,木着脸将手机丢到一边。她真的很想怼回去,但想到温九思板着脸对她进行素质教育的样子,又生生地咽回去了。

几分钟过去,姜楚楚重新把手机捡回来。

她打开微博,面无表情地编辑内容:已经原谅所有前尘,希望放下往事。

随后,姜明珠的发言人对这条微博做出了回应:

姜明珠小姐对您的原谅表示感谢,今后如果有机会的话,她希望能跟您当面道歉。

姜楚楚看着那句话,意味深长地笑了,为了回馈广大"瓜友",没有机会她也要创造机会啊。

李家书房。

舆论的扭转让李博文眉宇间又恢复了一抹从容,看向袁呈的目光中更添欣赏:"这次多亏了你,云佳和明珠两个丫头比起你真是差远了。"

袁呈谦逊地笑道:"这不是什么了不得的事情,您满意就好,我和袁氏都愿意帮您。"

李博文坐在宽大舒适的椅子上,端起茶杯缓缓喝了一口,眼睛微微眯起。

一阵敲门声传来,接着,一个柔和的女声响起。

"爸,我进来了。"

姜明珠打开门,袅袅婷婷地站在两人面前,姿态娴熟地为两个人添茶,倒让李博文感到了一丝欣慰。

李博文突然想到什么,说:"哦,对了,既然决定咱们联手开发南城地产,那总公司那边,该让明珠去露露面,这样到时候也好顺利接手南城。"

姜明珠倒水的动作一顿,不动声色地看了一眼袁呈,袁呈微不可察地点头,她才转而露出欣喜的表情。

"能为爸分忧我当然开心了。可是,我怕我做不好。"

李博文无所谓地摆摆手,不过是一个需要签字的花瓶而已,也不需要做什么。

"让袁呈帮你就好。"

/ 436 /

袁呈颔首:"伯父您放心,我会好好教导明珠的。"

李博文不禁感慨:"唉,袁呈,你怎么就不是我儿子呢,我要是有你这么个儿子,我还折腾什么。"

姜明珠趁机撒娇:"爸,我的未婚夫,以后不也是您的儿子吗?"

李博文被逗笑了:"你啊,赶紧跟袁呈结婚,我就把那副担子丢给你,我正好也能多歇歇。"

袁呈和姜明珠都随声附和。

一家人看似气氛融洽,可是三个人谁也没把这句话当真。

姜楚楚的时间似乎一分为二,一份在美术馆逐渐熟悉做一个 Office Lady(白领佳人),一份在温九思身上,看着他成天日理万机,顺便关心他发际线的安全。

越了解温九思,姜楚楚就越觉得,比起掌控着一个庞大的商业帝国,温九思似乎更愿意做一个顶尖的心理医生。

想着,姜楚楚突然觉得,努力工作的他有一种令人发狂的极致魅力。

"正好赶上秋分时节,我们可以围绕'秋'这个主题选择一批画作,展厅也要配合重新布置。"

"楚楚,你觉得呢?"

"姜楚楚!"

姜楚楚猛然惊醒,这才发现一会议室的人都在看着她,她红着脸开口:"咳咳……我觉得行,就按你说的来。"

开完例会,白教授收拾了东西就要起身离开,姜楚楚连忙一路小跑跟上她,露出讨好的笑。

"白教授,我下午想请假可以吗?"

白教授看了她一眼:"干什么去?"

"演戏。"

姜楚楚的眼睛水汪汪的,说得无比真诚。

白教授狐疑地打量了她一眼,终究对这个得意弟子宽松了些。

某栋商业大楼,一辆豪华汽车在旋转门前停了下来,几个早在这里等候的穿着正装的男女纷纷迎上来,一个领头模样的男人躬身开了后车门。

这么大的架势惹得路人忍不住纷纷看过来,想看看究竟是何方神圣。

车门打开,一只修长白皙的腿踩着黑色的高跟鞋迈出来。

然后,一个穿着小香风职业套装的女人走下来,烈焰红唇,戴着大框墨镜,精致而不失优雅。

开车门的男人恭敬得就差搀扶着她了。

"明珠小姐,得知您今天来,我们已经都准备好了。"

能不好好准备吗,这个李博文的女儿一来可就是总经理的职位。

姜明珠"嗯"了一声,摘下墨镜,微微仰头看向这栋充斥着金钱气息的大楼。

这里将是她的战场,她重新开始的地方,她要一步一步,把属于她的荣光全都——

"姜明珠在那儿!"

姜明珠还没畅想完,平地起波澜,一群不知道从哪儿拥来的记者争先恐后地围了过来,幸亏这几个小领导保护,才将姜明珠跟他们隔离开来。

姜明珠不悦地皱起眉头:"你们找记者了?"

那场风波的后遗症之二是,她最见不得记者和电脑。

领头的男人纳闷地摇头:"没有啊。"

一个记者隔着人将话筒伸到姜明珠面前:"请问您今天是打算亲自跟姜楚楚小姐道歉吗?"

姜明珠有些烦躁,她想往大厦里走,可是这群憋了半个月都没什么大八卦的记者哪肯就这么放她离开。一时间姜明珠无法脱身,被推搡着,墨镜从手上掉了下来,又被不知是谁伸出来的脚踩扁。

忽然,记者们的身后传来一个怯怯的女声:"可以让我过去吗?"

一个记者正想抢个大新闻,闻言有些不耐烦地回头,对上了一双水盈盈的眼睛,盛满无辜与茫然。

不知道谁先认出来,说了一声:"是姜楚楚!"

一时间,就像约好了似的,众人纷纷后退了两步,给她让出来一个通道,然后纷纷抢占好角度,期望能拍出好照片。

姜明珠还记着自己刚立的人设,尚且维持着微笑。

"楚楚,你怎么过来了?"

姜楚楚一脸茫然:"不是你让我来的吗?"

姜明珠微不可察地冷笑一声:"我?你搞什么鬼,我怎么可能会——"

"你说,你想跟我当众道歉。大家都知道的,你说过。"

姜楚楚的笑容在姜明珠眼里看来格外刺眼,一朵"食人花"装什么"白莲"?她恨不得将姜楚楚面上的伪装撕下来。

可是旁边的记者们显然很吃这一套,也随声附和。

"是啊,我们在声明函上见到了这句回复。"

"没错。"

姜明珠的脸色微僵,袖口下的手攥了起来,想用疼痛提醒自己不要冲动,竭力平和地说:"你也说过,你已经原谅,并且放下了。"

连个"原谅我"都不肯说,姜明珠果然还是这般高傲,只是她忘了,高傲需要实力和品格来匹配,否则,只会变成虚张声势的跳梁小丑。

姜楚楚露出一个被感动的笑容,往前走了一步:"你说什么傻话呢,知道你可能会紧张,我连词都给你准备好了。"

姜楚楚从包里掏出一张纸递给姜明珠。

怎么能原谅她呢?

犯了错,本来就该受到惩罚,谁允许姜明珠安稳地躲在避风港里,交由别人将她身上的污秽洗刷干净,等她出来的时候,还是那朵干干净净的"白莲花"?

就当在青天白日,将她的皮肉割开,让她将那份不该有的所谓的自尊自傲,全部丢在她的脚底,方能让她日日夜夜,都为她曾经犯下的错误,后悔、哭泣。

姜明珠扫了一眼纸上的话,面色顿时难看起来,想也不想地攥紧说道:"这不可能。"

姜明珠的反应在她的意料之中。

姜楚楚缓缓走上前两步,停在一个耳语并不会被周围人听到的半米距离。

她极淡地开口:"你知道吗,那件事情发生之后,我曾经对你感到同情,后来,我去了你检查眼睛的私立医院,你知道当年给你检查眼睛的医生是怎么说的吗?他说,当初,有个小姑娘给了他两万块钱,让他出具了一份假的眼科报告,那个小姑娘的眼睛啊,一点问题都没有,什么色弱,只不过是为她自己的懦弱和自卑找的借口。"

"姜楚楚,你别太过分了。"

无惧姜明珠仿佛要撕碎了她的目光,姜楚楚扬了扬眉,声音愈加轻柔:"你说,要是今天爆出来你连眼疾都作假的话,袁呈还有什么办法再替你公关?估计只得祭出你被绑架时候的具体遭遇了。"

姜明珠盯着她,咬紧了牙关,良久,憋出几个字:"好,我读。"

姜楚楚立刻抽身后退,脸上还挂着单纯无害的笑容,好整以暇地看着姜明珠将纸张缓缓铺平。

"作为私生女,我住进姜家后,受到母亲偏爱,自己也由于虚荣心作祟对此安然接受,反而排挤姜家真正的大小姐,事事都要盖过她一头,导致自己被误认成了姜氏大小姐的身份。获救之后,我不自我反省,反而将自己遭受的一切算在了姜楚楚的头上。"

"在憎恶与嫉妒之下,我协同母亲一起,侵占了姜楚楚所作的《月夜》等三十四幅画作,我将引以为耻,陆续自行……自行归还画作。"

按照油画的创作周期来看,三十四幅算得上一个惊人的数量,姜明珠一说出口,立刻引起了围观记者的窃窃私语，直观的数字下，什么"一时误入歧途"全都成了苍白无力的借口。

姜明珠的眼睛通红，语调也有了呜咽之意。

但姜楚楚知道，那不是悔恨，而是姜明珠觉得难堪，觉得丢人，觉得受到了侮辱。

"如今所得一切后果，都是我自作自受，同时保证，再不得……"

说到这儿，姜明珠看了一眼姜楚楚，那里面少了些什么，又多了些什么，更危险，也更愤恨。

但姜楚楚不在乎。

她看着姜明珠，眼睛里闪着光，等着姜明珠一字一句地忏悔。

"再不得在公众场合发表与今日所言不相符的谎言，以免影响到姜楚楚的正常生活。"

最后一个字落下，姜明珠低着头，看不清表情，语气冷到极致："你满意了吧。"

姜楚楚做了个深呼吸，愉悦地点点头。

这感觉，比网上一万个人骂姜明珠让她更清爽。

周围记者的快门拼命地按着，每个录音话筒都恨不得透过阻拦，贴到姜明珠的脸上，音质估计清晰到可以听清姜明珠中途忍不住的抽噎，完整程度足以在姜楚楚想重新听的任何时候，都能在网上搜到完整高清无码版。

一阵凉风吹过来，毫无阻挡地刮在姜楚楚裸露在外的皮肤上，她忍不住瑟缩了一下，上前一步从姜明珠手上抽走那张已经皱皱巴巴的道歉信。

"今天辛苦你了，信我拿走做纪念了。"

穿过记者，姜楚楚一眼看到了停在道边的一辆车，那辆车在道边停了很长时间了。

姜楚楚微微一愣，摸了摸鼻尖，乖觉地拉开后座的车门，坐了进去。

一进车里，暖风立刻迎面而来。

姜楚楚看向一旁穿着板板正正的西装、皮鞋，一丝不苟地打着领带的男人，问道："你怎么来了？"

温九思依旧埋头在文件中，目不斜视，非常高傲。

姜楚楚后知后觉，男人仿佛有些生气。

她看了眼前排的小赵。

小赵耸耸肩，表示爱莫能助。

姜楚楚在暖风中舒缓下来的神经，又在温九思源源不断散发着冷气的低压中重新紧绷起来。

/ 440 /

男人仿佛给自己画了一个圈，任她在圈外撒娇卖萌到小赵都忍不住露出一个反胃的表情，他依旧在圈里不动如钟。

至于要去哪儿，她不知道，反正她也不敢问。

出了市中心，车速很快提了上来，车厢里弥漫着一股令人绝望的寂静。

忽然，对面拐角道路上驶过来一辆厢式货车，司机并没有沿着应有的路线行进，而是在拐弯的时候冲出了自己的车道，直直地向他们的方向撞过来，刺眼的灯光一时间花了所有人的眼睛。

小赵猛打方向盘，汽车瞬间偏移了原本的路径，姜楚楚感到眼前一黑，整个人被抱住，男人的气息侵略般地涌入鼻端。

千钧一发之际，货车错身而过，紧接着"砰"的一声，轿车车头狠狠撞击在公路旁边的护栏上。

姜楚楚只听见温九思一声轻微的闷哼。

小赵急忙解开安全带，打开车顶灯，回身焦急地问："温先生，姜小姐，你们没事吧？"

温九思微微起身，昏暗的车灯下，依旧能看清他的眉眼清俊疏朗，带着面不改色的从容。

"你有没有事？"

姜楚楚的心还在"怦怦"直跳，一时间忘了回答。

温九思皱起眉来，他严肃地板起脸，强行抬起她的下巴，眼神上下端详着她："你是不是被撞到哪里？"

看见他眼底的紧张，姜楚楚抓住了时机点点头卖乖。

"撞到了……你的怀里？"

温九思眼底飞快地闪过一丝无奈，旋即又恢复了一片漠然，立刻抽回手，身子顿了一下，没事人似的端正地坐了起来。

姜楚楚后知后觉地发现温九思方才应该是撞疼了，急忙伸手去探："你撞到哪里了？后背？"

刚才撞车的惯性那么大，如果他没有回身抱住她，她不说脑震荡，额头也一定起个大包。

温九思挡住了姜楚楚探过来的手。

姜楚楚愕然，一路被漠视的委屈积累到现在终于全数爆发，他越不让她碰，她就越要碰他。

"我到底做错了什么，值得你发这么大的脾气？"

温九思扭头看向紧紧攥住自己袖口的小手，眼底闪过晦暗不明的光。

"你不知道你错在哪里了？"

姜楚楚条件反射般地缩了缩脖子，但又觉得这样太怂，于是又挺起了胸膛。

温九思深吸了一口气，他的表情依旧平稳，可是稍稍起伏的声线到底是泄漏了他内心的躁郁。

"你怕我受伤了担心我，可你有没有想过你今天这么莽撞，我会不会担心你？"

姜楚楚不服气地扬起下巴："我今天没有莽撞，我做好了计划的，而且实施得也很顺利，你不是也看到了吗？我替自己出了这口恶气。"

温九思险些被气笑了，他忽地伸出手，抓住她的肩膀，使她被迫靠近他的脸，男人的热气喷洒在她的脸上，带着一股无法忽略的灼热。

"实施得很顺利？你知道这有多冒险吗？

"如果不是那个公司名义上的总裁不满他表兄李博文，又派了一个亲信介入公司事务，暗中阻挠了警卫队去给姜明珠解围，你恐怕早就被人捂住嘴架进去了，哪还轮得到你演！

"还有，你找的那堆记者，有一个人的妻子就是李博文手下的一个高级秘书，如果不是我派人拦下来，阻止他们告密，你恐怕连这出戏都没机会演。"

姜楚楚被他连环炮似的责骂弄得半天缓不过神来。

她本以为是她的聪明令姜明珠栽了跟头，想不到却是他默不作声地在后面为她保驾护航。

姜楚楚有些失落，她低着头，扇形的睫毛扑闪扑闪，一滴眼泪蓦地就砸了下来。

温九思一怔。

"你……"他只是想提醒她不要将自己置身于危险之中而已，其实她的表现已经很好了。

姜楚楚忽然呜咽一声，将头埋进他的怀里，双手死死地攀上他的脖子，小脸就搁在他的颈窝上。

温九思犹豫片刻，明明还没有教育到份上，他却又心软了，他的双手在空中微微停顿了一下，还是轻轻地抱住了她。

两个人之间的气氛逐渐缓和，前面适时地传来响动。

小赵弱弱地举手："那个……我不是故意打扰你们，只是我觉得，咱们是不是该先看看车？"

姜楚楚抬起头，幽幽地看着他。

小赵瑟瑟发抖："毕竟这车……限量款，挺贵的……"

几个人下车看了一圈，只能说不愧是挺贵的车，除了车灯出现了裂纹，车头凹了一个小坑，整体完好无损。

小赵面色为难："咱们还去吗？"

温九思抚额,深深地叹了一口气。

"去,你调一辆车来,然后把这辆车开去修。"

姜楚楚疑惑地问:"我们到底要去哪儿?"

小赵看向了温九思,后者合眼默许,于是小赵咧嘴一笑。

"温先生给您买了一对狮子。"

说要去看狮子,姜楚楚也不知道两个人为什么会来到一个奇石店,她左看右看还是搞不明白。

奇石店的老板见到温九思,热情地迎上来:"哎哟,您来得正是时候,您的一对狮子刚到,车还在外面没卸货呢。"

老板引着温九思和姜楚楚走出店外,侧面的小路上停着一辆黄色的皮卡,上面整整齐齐摆着两尊石狮子。

一米多高,威风凛凛地瞪着眼睛。

姜楚楚"啊"地叫了一声。

"天啊,你买两尊这么大的石狮子做什么?"

温九思瞥她一眼:"当初第一次去温宅,是谁说门口有点空,应该摆两个狮子的?"

姜楚楚不由得摸摸鼻子,好像是哦。

她奖励似的踮起脚搂住温九思的脖子,主动送上响亮的香吻一枚。

"谢谢你哦。"

温九思的神色略微软化,想了想,又说:"家里还有一个惊喜。"

这时候卡车上的人下来了。

一个男人擦了擦汗,问道:"老板,这对狮子给您卸到仓库里吗?"

"您看是今天取走,还是改天?"老板看向姜楚楚,他算看明白了,只要这个女人乐意,那个男人绝对没有意见。

视线扫到狮子身下的卡车,姜楚楚突然眼前一亮。

"就今天吧,直接送到我们家,再加上我们两个人,一起运走。"

温九思看了一眼姜楚楚,又睨了一眼那辆灰扑扑的卡车,浑身都散发着抗拒的气息。

只是还没来得及说话,他就被姜楚楚大力一拽,身不由己地往卡车那儿走去。

姜楚楚边拉着他边说:"你不是说,回家还有第二个惊喜吗?那我们快回家啊。"

背对着驾驶位和副驾驶位,隔着玻璃看着那两尊石狮子的屁股,温九思面无表情,脊背挺得笔直,哪怕卡车左摇右晃,他自岿然不动。

姜楚楚偷笑,温总裁大概自出生以来,还从来没有坐过这样的交通工具吧。

回到温宅门口已经是晚上九点多了。

两个工人诚惶诚恐地架上两组滑轮,将石狮子安置在温宅大门两端。

姜楚楚摸摸这只,摸摸那只,脸上的表情像个新奇的孩子。

不管是南城的壁炉,还是京都的石狮子,温九思总是能记住她说的每一句话,并且放在心上,等到合适的时间替她实现,让她觉得……这里真的是她的家。

忽然,大门被从中间向内拉开,露出了一个年长女人的脸。她一边拉开门,还一边嘟囔着:"什么人啊,在别人的家门口闹这么大动静。"

姜楚楚一愣,咦,这个老奶奶是谁?

温九思揽住了姜楚楚的肩膀。

"楚楚,这是孙婆婆,我小时候带过我的,这么大的家里不能没人,我就把她接过来,以后,她也会照顾你。"

姜楚楚虽然惊讶,但是从温九思的口中听出了几丝愉悦,连忙也乖巧地问好。

孙婆婆显然早就知道姜楚楚的存在,脸上快要笑成一朵花:"这位就是姜小姐吧,生得真标致,跟夫人年轻时候有得一比。"

姜楚楚虽然在酒会上能够游走自如,但是面对这样直白没有企图的夸奖,还是不好意思地低下头,显出一副扭捏小女孩的样子。

温九思看着两个就快要叙起家常的人,提醒道:"夜里凉,我们进去说吧。"

温宅的院子是旧时四合院改造的,将两侧的房子连在了一起,呈一个"凹"字形,孙婆婆的屋子跟他们不在一侧。

由于自小到大没碰上什么慈爱的长辈,姜楚楚对这个和善的老人很有好感,孙婆婆今天刚来,姜楚楚于是自告奋勇帮她收拾出卧室,顺便再聊聊温九思。

孙婆婆说,她是亲眼看着温九思出生的。

"小少爷的公司做得大,自己的工作也干得好,姜小姐是不是觉得他很厉害啊。"

"叫我楚楚就好了。"姜楚楚靠在门边,一脸好奇,"是觉得挺奇特的,一个应该继承万贯家财的人,却偏偏对心理学感兴趣。"

孙婆婆一边手脚麻利地铺着被子,一边说道:"这应该是受了夫人的影响。"

夫人?应该是温九思的母亲,这还是姜楚楚第一次听说温九思父母的事情。

"夫人……嗯,伯母她……也是心理医生吗?"

孙婆婆点点头,又摇摇头:"夫人曾经是心理医生,她少时就从师一个有名的心理专家,一直研修心理学,后来嫁给了先生,又生下了小少爷,就一门心思扑在家庭上了。"

孙婆婆虽然年纪大了些,可是依旧精神奕奕,也喜欢说话,提起往事就停不下来嘴。

"小少爷四五岁的时候吧,就喜欢跟在夫人后面听她说一些心理学上的奇闻逸事,并且他很有天分,他看看你,就知道你心情好不好。有一次,我和我那口子吵了架,干活的时候重了点,小少爷就走过来开解我,还给我递纸巾。如果不是先生和太太去得早……"

孙婆婆停住了话,抖了一下被子,叹了口气,又说:"唉,瞧我,说这个做什么,您现在是小少爷心尖上的人,我就希望在我有生之年能帮你们带带孩子。"

姜楚楚没想到话题转移得那么快,不自然地轻咳一声,提步就要开溜:"那什么,时间不早了,您好好休息吧。"

"好,明天早上给你们做早饭,保证是你爱吃的……哦,对了。"

孙婆婆叫住她,笑着说道:"我看西边卧室里的被子有些潮,我今天洗了晾在外面了,你俩去东边的卧室睡吧。"

"啊?"

姜楚楚一呆,原本她就住在东侧卧室,温九思住她对面那间,现在温九思没被子了,那岂不是……

她怀疑孙婆婆根本就是故意让温九思搬过来住的!

总之她是不会让温九思睡在自己床上的。

这么想着,姜楚楚雄赳赳气昂昂地打开了自己卧室的门,然后就看见了她床上的男人。

温九思穿着家居服,半倚在床的一侧,交叠着双腿,手上捧着一本书,落地灯的暖光下,他的侧脸俊俏而柔和,整个人显得十分悠闲。

听见开门的声音,他看向姜楚楚,随后又低下头来继续看书,自然的模样仿佛他原来就睡在这儿。

姜楚楚愣过之后连忙冲过去:"你怎么在这儿?"

温九思慢悠悠地翻过书页。

"我没有被子了,又不想感冒,当然就睡在这儿了。"

强词夺理!

姜楚楚走到男人身边,看着男人毫不避讳地躺在她粉红色的床单上,靠着她自己都舍不得压的独角兽抱枕上,眼睛里充满了不满的控诉。

"这房子这么大,你还可以去别的房间啊。"

温九思放下书,叹了口气:"别的房间……温仁他们离开后,小赵把所有的床品都扔了。"

"那也应该有别的办法,总之,你不能睡在我这里。"

温九思将书随意地往旁边一扔，盯着她，薄唇轻启："不。"

"那这床被子借你了，你拿走……啊！"

话音未落，姜楚楚突然被温九思扯进怀里，然后男人迅速翻身压上，姜楚楚只来得及拽着被子的一角横在两人身前。

他的眼睛里涌动着她读不懂的风暴："楚楚，我们都订婚了，你不允许我碰你就算了，还赶我去别的房间？"

他的胸膛紧紧地贴着姜楚楚，她快要喘不上气来了："你起来一点，你压到我了。"

"好。"温九思慢吞吞地回了一句，稍稍离开了一点。等姜楚楚将被子掀起来准备起身时，他又迅雷不及掩耳地将她按了回去。

"你到底想怎么样啊？"

这话一出来，代表着姜楚楚已经黔驴技穷了。

他扣着她的手，手指缓缓抽离又重新交握，带着一股暗示性的暧昧。

温先生重申着自己的立场，一字一句地说："我不去别的房间睡，别的房间没有你。"

姜楚楚胡乱地点头："行行行，你随便，行了吧。"

温九思这才翻过身，躺到另一边。

极其安静的夜晚，没有鸟声，没有虫鸣，只有偶尔秋风卷起的碎石刮擦到玻璃上，发出的簌簌声响。

姜楚楚清浅的呼吸声就在他的耳旁，像是挥之不去的青烟，丝丝缕缕，缠绕入心间。

温九思微微抬起头，俯身在她微闭的双眼上亲了亲，这才动作轻柔地起身，穿鞋下地走了出去。

不一会儿，书房亮起了灯。

温九思打开了手机，在里面找到一通未接来电拨了回去。

夜色如水，他的面色隐在灯光的暗角中，轮廓分明，显出几分清冷。

"你找我？"

电话对面是小赵，他一板一眼地汇报道："是的，温先生，我按照您给我的那个地址，找到了一个人，并且我已经旁敲侧击跟他核实过了，他确实目睹过先生和太太的那起车祸。"

"他现在已经到了江城定居，温先生，请问这两天需要给您订机票过去吗？"

等了一会儿，温九思才轻轻地"嗯"了一声。

"订吧，明天我就要过去。"

小赵回了一声"好",紧接着有些犹豫:"先生,恕我直言,二十年过去了,即便那个人还能记得当时车祸的情形,我们能得到的有用的信息也非常少……"

温九思打断他:"小赵,哪怕只有一丁点可能,我也要找出真相。我不能让我的父亲白死,也绝不能让我母亲抑郁而终。"

如果此时还有第三个人听到这段话,一定会惊讶于他话里的含义,因为在外界的普遍认知下,温九思的母亲跟他的父亲一样,都是死于二十年前的那一场车祸。

温九思又说:"还有,这次你不用跟我去了,我不在京都的这几天,你多盯着一点李博文和袁呈。那个女医生先不用管,我想我知道她的来路。"

撂下电话,温九思在书房里发呆许久,直到墙上钟表的时针堪堪指向了"2",他才站起身,往卧室走去。

姜楚楚兀自睡得香甜,脸蛋上带着自然的粉嫩,可能是一个人独睡惯了,她不由自主地霸占了一整张床,牢牢睡在了中心位置。

温九思忍不住发出轻笑,一只腿跪在床上,一手揽住她的腰,一手伸到她的腿弯下,将她往旁边挪了挪,自己也钻进被窝里,然后将她揽进怀里。

这是他的珍宝,他的终点,好像拥有了她,心里那一块未曾安稳过的躁动终于归于平静。

一夜好梦。

第二天吃早饭的时候,温九思告诉姜楚楚自己要去江城出差一周。

得知温九思要走这么多天,姜楚楚有些闷闷的,但同时又松了一口气。

由于最近有秋季展,姜楚楚忙了一上午,才得了空,刚准备去画室找宋思蓉吃饭,就看见一个宣传部的男同事迎面走过来,捂着肚子,表情十分痛苦,看见姜楚楚跟看见了救星一般。

"楚楚,我有位客人来了,可是现在我肚子痛得要命,可不可以麻烦你帮我去接待他一下?"

姜楚楚很有同事爱地点点头:"行,你快去吧,是在接待室吧。"

男同事点点头,一溜烟地小跑走了。

姜楚楚特意泡了一壶红茶,这才往接待室走去。

推开门,一个人背对着她站在窗前,逆着光,她也看不清那个人的身形,只看出来是个男人。

姜楚楚将红茶放在了桌子上,一边低头倒茶,一边说:"这位先生,您先过来喝点茶吧,小张马上就过来。"

那人听到她的声音,转过身,踱着步子走过来,将自己的身形笼罩在姜楚楚的身上。

"楚楚，好久没见到你了。"

姜楚楚倒茶的手一顿，立刻放下茶杯，后退一步站直，警惕地看向来人："袁呈。"

看到她的动作，袁呈眼神一暗，低头笑了笑，后退了两步，在沙发上坐了下来。

"你不用每一次见到我都如临大敌。你看，从始至终我也没有强迫过你做什么。过来坐下吧，我想跟你说说话。"

他指了指自己旁边的位置，姜楚楚站在原地没有动。

"我是真的很好奇，你为什么还不回南城，那里不是已经都是你的地盘了吗？干吗还要在这里仰人鼻息？"

袁呈拿起姜楚楚方才倒的那杯红茶，抿了一口，他的手指摩挲着杯壁，像在抚摸着情人的手。

他悠悠地说："男人的事业永远不会因为现有的成绩而止步，他们总会有更大的目标，就像如果温九思只是一个普通的心理医生，你还会爱他吗？"

姜楚楚冷笑："我认识九思的时候，他就是一个普通的心理医生，爱情跟身份是没关系的，只跟缘分有关，温九思怎么样我都喜欢，而你不管做什么，我都讨厌。"

说完，她转身想走。

袁呈立刻站起来，大步走过来，不过几秒钟，他就走到她眼前，一手按住了门板，将她困在室内。

他低着头冷冷地看着她："你以为温九思是无坚不摧的吗？你以为他拿回了九召，就安稳无忧了吗？他收拾温仁父子，尚且如此大费周章，那么等他面对他真正的敌人时，他还能护你周全吗？"

姜楚楚觉得袁呈的状态有点不太对劲。

从前见他，他身上还有几分克制，可是最近每一次见面，她总会在他身上嗅到越来越危险的气息，仿佛有什么封印正在慢慢解除，那些曾经控制他的，正在反过来被他慢慢蚕食。

姜楚楚很好奇他究竟知道什么，却又有些怕此刻的袁呈，她握紧了手，别过脸，一点也不想看到他。

"我听不懂你在说什么，我只知道不管温九思是什么身份，遭遇什么困难，我都是他的未婚妻，我都会跟他站在一起。"

袁呈嗤笑，看她的目光炙热中带着可笑："楚楚，你太天真了，当一个男人没有金钱、没有权力傍身时，你看他一日行，看他两日行，可是当你长长久久地跟他在一起时，他身上的那层光环早晚会被戳破。"

姜楚楚满脸不耐烦，迫于男性的身体优势只能被困于一隅。

袁呈的声音低了下来："楚楚，你且看着吧，过不了多久，温九思就不会像这样悠闲了，等到那一天，你会重新回到我身边。"

他伸出手来，脸上露出近乎温柔的神色，想要抚摸她的脸。

姜楚楚身上一寒，一股恶心感从心头蔓延上来，她警告道："袁呈，你要是敢碰我——"

话音未落，忽然，姜楚楚背后的门被猛烈地敲响，还伴随着一个撕心裂肺的喊声——

"姜小姐你是不是在里面啊？"

姜楚楚一听就是小赵的声音，连忙扬声回应道："我在！"

于是外头的敲门声更激烈了。

这时，另一个声音干脆利落地说："踹门吧。"

袁呈紧紧地皱起眉头，终是放下手。

门打开了。

小赵先是看了一眼姜楚楚，看到她安然无恙的时候才松了一口气，虚伪地对袁呈笑道："袁先生，您也在这儿，这么巧啊。"

袁呈理了理衣服，又恢复了那副风度翩翩的样子："是很巧。温九思真是一点都不放松警惕啊。"

小赵也不含糊："应该的。"

袁呈自觉没必要跟小赵寒暄，他看了看姜楚楚，最后说了一句："记住我说的话，到时候有事情，你可以来找我。"

说罢，他头也不回地走了。

姜楚楚撇撇嘴，看向身旁的另一个男人："白银？你怎么在这儿？"

白银表情冷酷，手插着兜没说话。

小赵解释道："我收到消息袁呈来了美术馆，就急忙往这边赶，来的路上碰到了白警官，白警官看我往这边来，猜到是您出了事，就跟我一起过来了。"

姜楚楚真心实意地冲白银道谢："谢谢你，白警官。"

白银淡淡地看了她一眼："不用，跟我去一趟警局。"

"啊？"——来自姜楚楚和小赵的双重疑问。

姜楚楚莫名其妙，还有点委屈："这次是袁呈主动过来找麻烦，我也没做错什么吧？"

"不是。"白银言简意赅地解释，"是温仁和温戒的案子有了结果，有些文件需要交代，温九思不在，给你也是一样的。"

姜楚楚这才舒了一口气："那你先陪我去跟白教授打个招呼。"

/449/

说完，她又看向小赵："我跟白银走了，你在这里，看到我同事就跟他说一声，他的客人也拉肚子走了。"

到了局里，白银带着姜楚楚直奔办公室。

办公室没人，白银从档案柜里翻出来几份文件。

"温仁和温戎的案子差不多有结果了，吴媛的死虽然跟温戎的逼迫有关，但由于判定是自杀，温戎不会被判刑。除此之外，由于温仁涉及商业诈骗，将被判赔给合作商一笔巨款，具体的细节都在里面了。

"就是这些，你把这些文件备份带回去给温九思看，他一看就知道了，还有一份需要他签字证明的文件……奇怪，我放哪儿去了？"

白银寻找的动作有几分烦躁，找了十来分钟也没有找到。

姜楚楚摸了摸有些瘪的肚子："你先找着，我吃个饭很快回来。"

白银点点头。

等到姜楚楚回来的时候，一打开门，就发现白银趴在桌子上，闭着眼睛，手边放着一份文件。

他趴在桌子上的模样活像一只巨型金毛，相似到似乎可以看见他耳朵耷拉下来，尾巴也有气无力地低垂地摇着。

姜楚楚突然觉得，从某一个角度来看，白银和温九思竟然还有点相像。她将一份馄饨放到桌面上，伸手摇醒了他："白银，醒醒，给你带了一份午饭。"

白银缓缓睁开眼，从迷蒙到清醒，不过两秒钟，他还维持着趴着的姿势，眼神定格在姜楚楚脸上足足半分钟，这才起身，转了转脖子。

他伸手拿过那份馄饨，面上的表情没改变，"呼噜呼噜"地吃了起来，却没说一句"谢谢"。

姜楚楚一边规整着手里的文件，一边撇撇嘴。

"给你带午饭连句'谢谢'都没有，你妈妈平时肯定很忧愁吧，自己的儿子这么不近人情。"

白银头也不抬，依旧一板一眼地吃着，随口说："我没有妈妈。"

姜楚楚一愣。

要是搁别的女孩，估计会假装没有谈起过这个话题，但姜楚楚不是一般的女孩。

白银的态度很自然，丝毫没有被提及隐痛的感觉，因此她的好奇心更甚："那你的父亲呢？"

"我也没有父亲。"

姜楚楚眨眨眼，还想问什么，白银不耐烦地抬起头，冷冷地看着她："姜小姐，你要是考虑离开温九思到我身边，我就什么都告诉你。"

她瞬间闭嘴了。

去往江城的飞机上，温九思的身侧，坐了一个意想不到的人物——宋初一。

看着在飞机上一丝不苟地工作着的温九思，宋初一实在是按捺不住好奇心，玩味地问道："这次出行是你的私事吧？你就这么信任我，让我帮忙？"

温九思连头都没抬，清淡地回应："无关乎信任，只不过我们现在是天然的盟友，我相信你不会拎不清。"

"天然的盟友……"宋初一咂摸着这几个字，懒散地靠在椅背上，微微仰着头看着飞机的舱顶，语气也不知是讽刺还是感叹。

"一个袁呈，也值得你温公子这么如临大敌。"

隔了一会儿，温九思才说道："我从来不惧怕任何人，但我也从来不小瞧任何一个人。"

宋初一笑了笑："你要总是这样小心翼翼地对待你的对手，该有多累啊。"

温九思合上了面前的电脑，扭头看向宋初一："不是每一个人，但是绝对包括袁呈。"

"因为他格外危险？"

"不。"温九思的眼里划过讥诮，"因为他处心积虑地肖想楚楚，而我不会给一个与我争夺心爱之人的对手任何机会。"

宋初一愣住，转过头，久久都没有再说话。

他好像有些明白姜楚楚为什么会爱上温九思了。

下了飞机后，两人直奔江城某处破旧的平房区。

宋初一百无聊赖地坐在外面，透过斑驳不堪的窗子，看向屋内温九思严肃的侧脸。

他不知道温九思为什么要找这么一个农民，还特意让他帮忙在江城避人耳目。

只不过温九思说得对，他们现在是天然的盟友，这点小忙还是要帮的。

这间屋子内部破旧，空气中还弥漫着一股淡淡的霉味，可温九思坐在其中，却是面色不改。

他的手机响了，是姜楚楚的来电。

温九思低头看了一眼，默默地挂断了。

他的对面坐着一个五十多岁的男人，身上带着一种乡村特有的质朴，此刻惴惴不安地用手搓着膝盖："这位老板，这都过了二十年了，我记得的，我都说了，再多的我是真的不知道了。"

温九思抬起头来，表情有些凝重："您刚才说，那辆车当年在那段山路上往返了三次。"

中年男人点点头:"那条山路虽然是从京都通向南城的,但由于两边是农田,没怎么修缮,平时走那儿的车很少,我当时就在旁边种地。前两回那辆车开得很慢,像是在找什么东西。可是最后一次开得又特别快,拐弯时没刹住车,侧翻了,当时就起火了,还没等我接近,那车就爆炸了。"

这个世界上,只有三个人知道,温九思的母亲裴安妮,其实并没有死于当年的那场车祸。

这个农民目睹了车辆骤然爆炸,吓得夺路而逃,并没有看到后事。

农民跑走后,一个附近开车路过的人停了下来,和他十岁的小儿子一起,在汽车即将掉下山崖的千钧一发之际,从熊熊火焰中拽出了裴安妮,扑灭了她身上的火,一路狂飙送到了南城医院。

裴安妮捡回一条命来。

那个时候温九思八岁,却已经知道失去父母庇护的自己,就是一个怀揣金山却无力守护的孩子。

温仁迅速地处理了温氏夫妇的车祸后事。哪怕车祸有疑点,哪怕不见裴安妮的尸体,他也选择性地忽略了。

他迫不及待地搬进了温宅,接手了九召,却将小温九思当作一个累赘,不闻不问。

自然也没有人知道,被抢救回来的裴安妮醒来后,受了刺激,整个人失了神志,宛如一个疯子,更不要说还能记得自己的身份。

她嘴里更是一直嚷嚷着:"不知道,别杀我。"

那对父子都是善良的人,父亲试图寻找女人的亲人无果,两个非亲非故的人,自发地承担起了照顾裴安妮的责任。

直到温九思十三岁的时候,意外结识了从南城来到京都求职的男人的儿子,机缘巧合,这才意识到,自己的母亲尚在人间。

温九思偷偷前往南城见了母亲一面,裴安妮此时已经容貌尽毁,神志不清,身上没有一丝昔日名动京都的模样,而彼时温九思的处境也艰难,他虽然早慧,可是因为年龄限制,无法正面对抗温仁。

尽管她表现得像个疯子,可是温九思却没有因此就认定,自己母亲的话是空穴来风,他有一种近乎诡异的直觉,当年的车祸还有隐藏的真相。

可是温九思也明白,如果车祸是人为而非事故,那么疯癫的裴安妮,绝对不能回到京都,最起码在他有能力保护母亲之前,她不能回京都。

他给了那对父子一大笔钱,让他们好好地照顾裴安妮,直到十年前,温九思十八岁,裴安妮在南城中心医院身亡。

那个男人姓赵,他的儿子叫赵敬,后来一直跟在温九思的身边当助理。

…………
温九思从破败的平房中走出来,神色平淡地看向宋初一。
"拜托你了,我不想让别人知道我来过这儿。"
宋初一点头。
温九思看了一眼时间说:"帮我订最近的航班,我要回京都,楚楚找我。"
宋初一的神色一秒僵硬:"这你不用跟我说,我不是你的助理。"
"谢谢。"
温九思并没有将他的拒绝放在心上,理了理外套,径直往外走去。
秋意深深,落叶纷纷而下,令人有种风雨欲来的感觉。
宋初一眯了眯眼,跟上了温九思,还不忘扬声说道:"就这一次啊!"

第二十三章
故友重逢

进了十一月,温九思逐渐闲了下来。

或者说,他终于可以从九召那繁冗的事务中抽身,继续钻研他心爱的心理学。而姜楚楚的工作也走上了正轨,没有了那些讨厌的人在眼前晃悠,她的小日子过得还不错。

就在这时,一个消息瞬间席卷了京都,成了京都人茶余饭后的闲聊中心。

李博文有个养在外面的女人,怀了孩子,而且据说是个男孩。

温九思正在客厅给姜楚楚吹头发,他摸了摸她的头顶,由于刚刚吹干,女孩的头发毛茸茸的,手感极佳。

"李博文是个极其重男轻女的人,他在李家这几辈发展最好,自然不舍得自己的权力和财富被外姓人继承,外界还不知道,李博文已经开始回收权力给自己的两个女儿,实际上就是为了给自己的儿子出生后铺路。"

姜楚楚趴在他怀里:"可是,这说不通啊。"

"哦?"温九思摆弄着姜楚楚的头发,放到鼻尖闻了闻,眯了眯眼睛,"为什么这么说?"

"袁呈在京都这么久,不可能是真想着要给李博文做牛做马吧,他一手策划姜明珠认祖归宗,总不能是为了把自己送上门去供李博文驱使。"

温九思似笑非笑:"你倒是了解他。"

姜楚楚想到什么,皱皱眉说:"毕竟他总是想方设法在我面前晃悠,我了解他不奇怪。"

温九思挑眉,手下用了点力气,将姜楚楚的脑袋带得歪了一点。

虽然不疼,但是女孩子的发型不能乱。

姜楚楚立刻不耐烦地挥手,从他怀里起身看他一眼:"哎,别拽我头发。"

"在我面前提别的男人,还不许我吃醋?过分了吧。"

姜楚楚忍不住仰天翻了个白眼:"袁呈在我眼里不算男人,顶多是个公的。"

她厌恶的神色不似作伪,温九思哼笑,大发善心放过了她,临了还不忘叮嘱:"我刚听说,他逼着自己的父亲签了股份转让书,袁氏企业的股份一点都没留给他那个同父异母的弟弟,他所图甚大,你跟他能有多远就离多远,要不然你就得哭鼻子来找我了。"

姜楚楚"哦"了一声,迷迷糊糊地想到,哭鼻子的恐怕该是袁珂吧,有这么个手段凌厉的哥哥,他的日子恐怕不好过。

几天后,京都忽地下了场雪。

温九思从心理咨询室回来,连衣服都没换,直接从换衣间拎出一个行李箱。

"周末带你去京郊的温泉山庄住几天。"

姜楚楚诧异地看他:"怎么突然有时间带我出去玩?"

温九思随手挑着姜楚楚的裙子,选了几件装进行李箱里,漫不经心地说:"你对袁呈的理解没有错,李家最近会有一些大变故,我们出去玩几天,避开一些不必要的麻烦。"

能过两人世界,姜楚楚当然开心。

她跟白教授请了假,在一个飘着雪花的周五,跟着温九思去了京郊的一处度假酒店。

那是一个掩映在绿意里的度假建筑群,栽满了南方的常绿植物,明明是落叶缤纷的深秋,却像是回到了盛夏。

姜楚楚下了车,抬头看着枝头不知名的小红果,忍不住感兴趣地问道:"我怎么不知道这里还有这样的地方。"

温九思锁了车:"你是应该知道的,这里是九召旗下的度假酒店。"

姜楚楚吃了一惊,随即挺直了胸脯:"九召旗下还有度假酒店啊。那这么说,我可以感受一下吃喝玩乐都不用花钱的待遇了?"

温九思睨她一眼:"除非你想很快被人知道我们在这儿。"

姜楚楚明白了,敢情两个人这是"微服出巡"。

他们进了酒店大堂,却没发现,有一个男人的目光如影随形地盯着他们。

入住了套房,温九思翻了翻房间内的指南。

"先吃个饭,然后歇一歇,再去泡温泉好不好?"

姜楚楚没有异议。

换好衣服,两人一打开门,一个服务生站在外面,正好抬手准备按门铃,他的手上捧着一束硕大火红的玫瑰花。

"这位小姐您好,这是一位先生送您的花。"

温九思的脸色沉下来。

姜楚楚背对着他，看不到他的表情，兴高采烈地接过花道谢，转身看向温九思。

温九思皱起眉："这是……"

"这是你送我的吗？"

姜楚楚眼睛晶亮，如同星河闪耀。

温九思到了嘴边的话就咽了回去。

他家楚楚……好像还挺喜欢这种有仪式感的东西。

姜楚楚抱着花低头："花里还有一张贺卡，你想对我说什么呀，当面还不好意思说……"

她的小脸红扑扑的，正要去拿那张卡片，冷不防被温九思一手抽走。

姜楚楚："……你干吗呀？"

温九思展开那张卡片，迅速扫了一眼，脸色不改。

卡片上面写着：楚楚，今晚六点，空中花园等你一叙。

落款是一个他们都很熟悉的名字。

"你说得对，有什么话，我应该亲口跟你说，写卡片……是懦夫的行为。"

说着，他一手揽过她，俯身吻了下去。

他的另一只手将卡片毫不留情地攥成了一团。

温先生此刻的心情迅速降温，怎么到哪儿都躲不过讨厌的人。

吃过饭，姜楚楚迫不及待地换上了泳衣准备去泡温泉。

等到温九思看着她穿着一身水红色的泳装走出来的时候，眼睛先是亮了一下，而后不知道想到什么，脸色又黑了下来。

"你要穿这个去泡温泉？"

姜楚楚低头看了看自己："怎么了，有什么不对吗？"

不是她自夸，凹凸有致、肤如凝脂也就是这样了。

温九思手握成拳，放到嘴边掩饰性地轻咳："没事……你等我一下。"

他迅速走出房门下到一楼前台，将一张黑卡拍在前台小姐的面前："我要用那个私人温泉。"

"先生，我之前告诉过您，那一处温泉已经被别的客人订走了。"

温九思点了点那张卡片，下巴微扬，一字一句地说："不管花多少钱，我要用那处私人温泉。"

前台小姐：你当这温泉酒店是你家开的，想用就用？

前台小姐刚正不阿，无论温九思怎么说都不买账。

温九思的面色渐渐黑了下来，他转过身掏出手机打了个电话，不一会儿，前台小姐就接到了九召总部，据说是总裁的赵特助打来的电话。

撂下电话,前台小姐连忙给温九思安排好了。

姜楚楚在房间里百无聊赖地坐了半天,温九思才回来。
他一回来就拉起姜楚楚的胳膊,迫不及待地说:"我们走吧。"
到了地方,姜楚楚打量着雾气缭绕的小池子,忍不住睁大眼睛:"这里还有私人温泉啊。"
"嗯。"
温九思淡淡地回应了一声,率先扔开宽大的外套,姜楚楚脸色一红,连忙低下头。
他轻笑一声,长腿一迈,进了水里。
姜楚楚小心翼翼地睁开眼,只见男人正靠在石头上闭目养神。
她撇撇嘴,见他泡在温泉里面一动不动,干脆自己小心翼翼地进了水里,向他走去。
她的身体带动着水流,只是一圈圈细小的涟漪漾开,在温九思的身体周围拍打,就令他一阵心痒。
她一步一步走近他,红唇在热气的蒸腾中显得愈加诱人。温九思的喉结微微滚动,声音忍不住暗哑了一些:
"楚楚,过来。"

这大概是两个人来到京都之后,最闲适的一段时光了。
这里的温泉温度正好,姜楚楚泡得昏昏欲睡,周遭只有风打着树叶的"沙沙"声,难得的静谧。
"一直这样靠着会很热哎。"
姜楚楚虽然这么说着,却也没有从温九思身边离开的意思。
温九思有一搭没一搭地用手指摩挲着她的肩头,声音被水汽熏染得微微暗哑。
"要是能一直这么抱着你,也不错。"
他笑得像个纨绔子弟,捏起姜楚楚的小脸吻了上去,起初他只是单纯贴着她的唇,温柔又缓慢地轻啄,灼热的手掌贴着姜楚楚的耳根,轻轻摩挲着。
忽然——
"请问这里面有一位姓姜的客人吗?"
外间传来一个服务生礼貌的询问。
由于是私人温泉,绿植掩映得很好,温九思倒不用担心两人现在的样子被别人看了去,可是亲昵被打断,温总裁的不悦显而易见。
"什么事?"

见客人扬声回应，服务生也就默认这位就是姓"姜"的客人。

"有位客人提醒您，不要忘了今晚和他的约定。"

话传到了，服务生又礼貌地走了。

姜楚楚从他的怀里退开，莫名地问道："什么人找你？是不是京都那里还有事情没处理好？"

温九思立刻就想明白，这人其实是冲着他来的。

难得的一个假期眼看就要被搅和了！

姜楚楚还一脸懵懂地看着他，搞不懂男人为什么突然阴沉下脸。

而后他忽然咬住了她的唇，这次不是温柔的亲吻，而是充斥着纠缠与侵略。

将姜楚楚安顿好之后，温九思抬起腕表看了一眼，晚上六点整。

他拿起外套，轻轻地走出套间，坐电梯一路上了空中花园。

这里是一处室内景观，郁郁葱葱，栽满奇珍异果，宛如一处世外仙境，这时候人不多，温九思从门口进去，不费吹灰之力就看到了一个坐在沙发上的男人。

那个男人背对着温九思坐着，跷着二郎腿，无所事事地揪着旁边的绿植叶子。

温九思目光微沉，站在他身后："你找我有什么事？"

坐在沙发上的男人闻声转过身来，是半年多没见的袁珂。

温九思双手抱肩，嘴角弯出一个略显冷淡的弧度："不是你叫我来的吗？"

袁珂拍拍手站起来，拍掉了手上的叶子，往他身后看了一眼："我明明约的是楚楚。"

温九思打断他："你应该知道，来的会是我。"

袁珂沉默了一下，面上闪过一丝尴尬，但仍坚持着抬起头，看着温九思，一字一句地说："我想请你帮忙。"

温九思低头轻笑了一声："袁二公子，这就是你求人的态度？"

袁珂梗着脖子："我没有求你，我是在跟你谈合作。"

温九思低笑着摇摇头，看袁珂的眼神就像看个孩子："合作？你拿什么来跟我谈合作？是本来就不属于你的袁氏，还是你空空如也的私人账户？"

袁珂被戳着了痛处，烦躁地踢了踢脚："袁氏和我怎么样，跟你有什么关系！"

温九思坐下来，双手交叠放在膝盖上，语调悠闲："袁二公子，其实，我并不反感你。"

"啊？"袁珂的表情看起来有点蒙，"为什么？"

"因为——人对待不是自己对手的人，总会多那么几分宽容。"

袁珂的脸变紫了。

温九思不准备为难他，低头看了看腕表，一边想着他的楚楚什么时候醒，一边云淡风轻地说："虽然你身上没什么值得我图的，但是我可以跟你合作。"

正准备跟他大吵一架的袁珂瞬间怔住了，有些摸不清楚他的套路，不由得后退一步。

袁珂警惕地看着温九思："你知道我想说什么？"

"无非是关于你哥哥，袁呈的事情。"

袁珂的面色难看起来："他不是我哥哥。"

温九思了然地点点头："没错，他若是把你当成弟弟，就不会算计了你的父亲，拿到了袁氏的全部股份，一点也没给你留。"

"小爷也不稀罕。"袁珂又不耐烦地说，"我是有正事跟你说，你到底听不听？"

见袁珂这么轻易就恼羞成怒，温九思觉得没劲，做了个请便的手势："愿闻其详。"

"因为我一直防备着他，所以他一有什么奇怪的举动时，我虽然不知道具体的，但总能窥见蛛丝马迹。"

温九思缓慢地"哦"了一声，若有所思地问道："什么蛛丝马迹？"

袁珂冷笑一声，骤然冷淡下来的表情令他多了几分成熟："我这个名义上的哥哥，心大得很，一个袁氏怎么能满足他的胃口，你知道他让自己的未婚妻认祖归宗了吧，李博文的势力，比袁氏只大不小，若是能一口吃下去，只怕连你以后也会觉得麻烦。"

见温九思不语，袁珂做了个深呼吸，下了很大决心似的，又接着说："我不知道他的计划，但是我听到过他打电话，他涉足了一些违禁药品，并且把这些药品带去了京都，我认为……是针对李博文的。"

温九思的手指捻了捻，神情也严肃了许多："药物？"

这可不是小事，不管商业圈怎么背地里搞小动作，那都必须是有一个分寸的，越过了某些底线，那就是连金钱也解决不了的事情，温九思原本以为，袁呈不至于疯狂至此。

袁珂的神色有些空，带着点不确定的茫然："我也说不好，或许是一些会令人上瘾的药物，他想借此控制李博文。"

正当空中花园里面，两个男人严肃地谈话的时候，楼下套房里的姜楚楚醒了。

在房间里找不到温九思，她也不急，随意地逛了逛。这座度假酒店很大，娱乐设施范围广泛，连游戏室这样的地方都能找到。

姜楚楚的目光在室内旋转木马上打了个转，落到了墙边一排娃娃机上。

娃娃机前坐着一个女孩，也不知道她坐了多久了，周围一堆装币的小袋子，袋子全空了，可是她身边一个夹出来的娃娃都没有。

饶是如此，那姑娘还是发狠地投着币。

这种运气也真是难得一见。

姜楚楚看得太开心，冷不防坐在娃娃机前的姑娘泄愤似的一拍按键站了起来。

她一回头，就对上了姜楚楚来不及收敛的笑脸，两个人不约而同地僵住了。

隔了半年多，横跨了几百千米，姜楚楚没想到，在这儿见到了徐钰。

姜楚楚不想跟她这么继续大眼瞪小眼，笑容收敛，双手抱肩。

"你怎么在这儿？"

徐钰有些手足无措，伸手拽了拽自己的衣摆，站得笔直。

"我们……能坐下来聊聊吗？"

她问得小心翼翼，生怕姜楚楚拒绝。

度假酒店内的咖啡厅里，姜楚楚和徐钰相对而坐，两人面前马克杯里咖啡的热气逐渐消散，姜楚楚收回了手，往后靠了靠，脸向向窗外，看起来冷冰冰的。

徐钰也是一直低着头，手指不住地抠着杯沿。

两个曾经亲密无间的女孩子，再次见面却变成了相顾无言。

在服务生走过来询问是否还需要热饮的时候，徐钰终于摆摆手，挥去了服务生，而后下定了决心，深吸一口气，看向对面的姜楚楚。

"楚楚，你这段时间……过得怎么样？"

姜楚楚没说话，只是转回了头。

徐钰像是得到了莫大的鼓励："你来京都之后，我一直很想你，想给你打电话，想来京都看看你过得好不好。"

她的声音很轻，轻到几乎快要被轻柔的背景音乐湮没。

"我知道你在为我骗了你而生气，我只是一个普通人，我知道你有毛病不代表我知道应该怎么正确处理——"

姜楚楚眼睛一瞪："你才有毛病。"

"我不是这个意思……"徐钰叹了口气，"只是很抱歉，希望你能给我一个与你重归于好的机会，毕竟，我为你骂过人、陪你打过架，我们曾经是最好的朋友。"

姜楚楚一拍桌子站起来："亏你还有脸提？我原来多信任你，就连你在我眼皮子底下勾搭我前男友，我都没骂你一句！可是你呢，你从头到尾都在骗我，看着我脑子不清醒地把你当成青梅，你很得意吧！"

徐钰一噎，见姜楚楚脸上泛起了薄怒，也忍不住站起身呛声起来："你能原谅温九思，为什么不能原谅我？姜楚楚，你讲点道理，在那件事情上，温九思是主谋，我顶多算是个从犯。现在你跟那个主犯你侬我侬的，还来这里度假，怎么对我就一副老死不相往来的架势？我冤不冤？"

两个人针锋相对，令周围的服务生不由得悄悄后撤。

徐钰已经做好了大吵一架的准备，可是姜楚楚却突然皱起眉，转换了话题："你怎么知道我跟温九思来这里度假的？"

"袁珂也在这里？"

"所以发生了什么事？你俩怎么一起来京都了？"

三连问成功地问住了徐钰，她讷讷不语，眨眨眼睛："现在我在说咱俩的事。"

姜楚楚不耐烦地挥挥手："咱俩的事以后再说，先说清楚你俩怎么在这儿。来了京都，却又不进京都市内，你们在等什么？或者说，你们在怕什么……是不是因为袁呈？"

不得不说近朱者赤，姜楚楚的思维模式逐渐向温九思靠拢，敏锐得可怕。

徐钰张了张嘴，陡然丧气。

姜楚楚又坐了下来，看不惯徐钰那股颓丧劲，扬了扬下巴："说说看，不是有句话嘛，敌人的敌人就是朋友，我这么讨厌袁呈，说不定你求求我，我也就不计前嫌，顾念点旧情帮帮你们。"

徐钰看着满脸骄纵的姜楚楚，心中突然涌上零星酸涩。

姜楚楚就是这样的姑娘，无论她嘴上说得多狠，心里却总是给过去哪怕一丁点美好，都留了一块绵软之地。

徐钰的目光暖下来，但还是摇了摇头："的确是有些事，但是也很麻烦，袁珂已经去找温九思了，你就不要掺和了。"

"你不说算了。"姜楚楚站起身准备离开，反正温九思知道了，再告诉她也是一样的。

走了几步，没有听到预想中的呼喊，姜楚楚停下了脚步，回头看去。

徐钰还站在原地，看着她的目光似乎想说什么，却又不敢说。

姜楚楚抿了抿唇，瞳仁在阴影中黑漆漆的，显出一片幽深。

"徐钰，你知道我最气你什么吗？

"我气你为什么不能一直骗我下去，就像你说的，我们曾经是最好的朋友，可是有一天我转回身，忽然找不到你了。

"你要么就干脆利落地算计我，就像姜明珠、姜夏樱那样。要么就全心全意待我，可是你偏偏不上不下，想从我身上得到东西，却又记得我是你的朋友。徐钰，你要是搁在古代，就是那种既当了——"

姜楚楚顿了一下，还是把最后的半句话咽下去了。

她干脆利落地走了，徐钰看着她的背影，渐渐红了眼眶。

意外见到了徐钰,姜楚楚心情闷闷的,低着头进了电梯,冷不防撞到了一个人,她看也不看,闷声说了一句"抱歉",对面的人却笑了一声,伸手一拽,将她像个小狗似的揉进怀里。

头顶传来男人含着笑的声音:"发什么傻呢?"

姜楚楚顺势拉住温九思的衣襟,深深嗅了一口他身上的冷香,有点委屈地说:"你刚才去哪儿了,我醒来就看不到你了。"

"去见袁珂了。"

温九思丝毫没准备瞒她,回到房间,就把刚才袁珂跟他说的话重复了一遍。

姜楚楚还在怔忪时,温九思像是自言自语地说:"我得给小赵打个电话,吩咐点事……"

只是,还没等他打出去,小赵的电话就进来了。小赵声音急促:"温先生,刚刚得到消息,李博文猝死了。"

"什么时候的事?"温九思显然也很惊讶。

"就在昨晚,李博文突发疾病,被送到医院抢救,但是这个消息被他的两个女儿瞒了下来。"

"恐怕不是女儿,而是袁呈。"

挂了电话,温九思挤了挤眉心,转回身,看着眼巴巴望着他的姜楚楚,长长地叹了口气。

"楚楚,我们得回去了。"

于是,温九思邀请袁珂和徐钰一起返回京都。

四人分了两辆车,出发的时候,天色已经暗了下来。

温九思从后视镜里看了一眼后面跟着的车,意味不明地说:"你那个朋友徐钰,倒是对袁珂一往情深,袁珂现在都快身无分文了,还跟着他来了京都。"

半响,女孩缓缓启唇,声音在浅薄的夜色中显得格外透亮。

"九思,你不要怕。"姜楚楚探过身子,抚上他的眉间,"不管发生什么事,你就只管走你的路,我也会走你的路,一直陪着你,所以你不要怕。"

所以,你也不要感慨别人的感情。

温九思转头,看着她扬起的小脸,眼神晶亮似藏了世间最璀璨的星光。他愣了片刻,心底最深的地方犹如被小猫轻轻地挠着。

他掩下心里突然涌起的热流,力图平静,嘴唇嚅动。

"好。"

回到京都市内的时候已经快到晚上九点了,温九思没有回家,而是去了九召总部，袁珂自然也亦步亦趋地跟着。

电梯好不容易攀升到顶楼，门一打开，小赵已经等着了。

见到袁珂，小赵愣了一下，但还是什么也没说，做了个邀请的手势，引着一行四人进了办公室。

办公室灯光大亮，宽敞的办公桌周围坐着几个精英模样的男人，看见温九思，纷纷站起来打招呼。

"温总，夫人。"

或许是那个称呼取悦了温总裁，温九思的表情缓和下来。

他牵着姜楚楚走过去，伸手点了点两边的沙发："大家坐吧。"

没有人对袁珂的出现表现出什么不妥，袁珂左看看右看看，跟徐钰一起，十分自觉地捞了两把椅子也坐了下来。

王自严沉着脸汇报："除了李博文的死，我们安排在那边的人打来电话说，李博文小情人的孩子流产了。"

温九思的眼神暗了暗："我也没想到袁呈为了吞并李博文的权势，这样的事情都做得出来。"

"袁呈为人不择手段，原本他在南城的势力就大，现在更是如虎添翼了，如果我们置之不理，恐怕日后会成祸患啊。"

办公桌底下，温九思摆弄着姜楚楚的手，修长的手指从她的指缝间缓缓擦过，目光却很沉静。

"他现在不敢对九召怎么样，因为他会担心，我会去找他麻烦。"

温九思所料不错，同一时刻，在李家的书房，袁呈坐在往日李博文经常坐的那把椅子上，神色冷淡地吩咐着下属："现在是关键时刻，李家那些旁系我是不放在眼里的，只是九召的动向不可不防。"

"您觉得，我们应该怎样做？"

袁呈冷笑了一声："给温九思找点事情做，让他无暇分心。"

下属面露难色："九召现在被温九思换了一番血，我们很难插手。"

"谁说一定要从九召下手？"

"那您的意思是？"

袁呈沉默了片刻，突然从椅子上站了起来，踱步到窗边。

窗子没有拉窗帘，高空中银白色的月辉冷冷地洒下，看起来圣洁无比。袁呈望着窗外明月，又像是透过它在望着什么人，目光中竟然露了那么点缠绵之意。

"楚楚，姜楚楚……她是他唯一的弱点，也是他致命的弱点。"

温九思忙，姜楚楚销了假后也忙。

美术馆新一季的展览会开幕在即，白教授想要做一期当代美术家的主题展，幸而有刘晏和他的几个朋友借了许多作品给姜楚楚，她才不至于被动。

只是美术馆和九召本身离得就不近，跟温宅更是呈三角形路线。为了不至于让两人没了腻歪的时间，温九思一合计，干脆跟姜楚楚在原来的公寓里小住了几日。

他们的公寓是京都的高档公寓，这个小区自从落成，就一直没住满，对面的那户一直空置。温九思就安排买了那处，让袁珂和徐钰暂且在那儿落脚，谈事方便的同时还可以掩人耳目。

姜楚楚忍不住在心里嘀咕了一下，原先和徐钰还是好朋友的时候，两个人都没有住得这么近过，现在倒是"不是冤家不聚头"了。

不过每每对上欲言又止的徐钰，姜楚楚都是视而不见。

有温九思掠阵，袁珂的胆子大了很多。

几天后，是李博文的葬礼。

袁珂早早便跟温九思、姜楚楚两人约好时间，一同前去。

李博文的墓立在郊外的墓园，前来吊唁的人络绎不绝，不管他生前多能呼风唤雨，死后不过化作一块方寸之间的墓碑，承载着各式各样的目光。

而出席葬礼的人，除了极少数是真的跟李博文有交情，更多的都是想借此机会，看看李氏未来的走向。

因为李博文死得实在是太仓促了，仓促到他没来得及留下任何遗嘱，那跺跺脚就会令京都抖三下的势力，究竟会以怎样的方式，去到何人的手上？

所有来客不约而同地发现，控场的人不是李博文的女儿李云佳，也不是李云佳母亲的娘家人，甚至不是才认回来不久的姜明珠，而是一个跟李博文在法律上没有任何关系的男人。

袁呈穿着一身黑色的西装，陪在眼圈通红的姜明珠身边，游刃有余地安排着葬礼的各项事宜，俨然一副主人的架势。

许多人心头暗暗一惊，这是外戚要篡权啊，或许连外戚都称不上，李家境况冗杂，这个南城出来的袁总，想要顺利掌权，恐怕不容易。

姜楚楚穿着黑色的小礼裙，一手抱着束白菊，一手挽着温九思的手臂缓步走过去，身后跟着个跟班似的袁珂。

正在跟下属说着什么的袁呈似有所感，霍地向这边看来，两个男人的目光交织，隐隐有暗流涌动，气氛不自觉地微妙起来。

温九思所经之处，前来吊唁的人不约而同让出了一条通道。

温九思走到袁呈面前站定，姜楚楚刚要将手上的白菊送出去，就被温九思拿了过去。

他将花递给袁呈，面上带着恰到好处的肃穆。
"节哀。"
袁呈的目光从姜楚楚缩回去的手指上扫过，有丝不易觉察的遗憾，转而冲温九思点点头。
"多谢。"
一个不是真诚的劝慰。
一个不是真心的感激。
心知肚明对方不怀善意，但两人表面却都彬彬有礼。
袁呈忽而转了话头，微微偏了偏身子，看向温九思身后的袁珂，语气淡淡："看到长兄，不过来打个招呼？"
袁珂的眼神凌厉了一瞬，又敛下眼，走出来。
"哥。"
袁呈和善地看着袁珂："我让人去南城接你，你怎么自己过来了？"
袁珂霍地抬头冷笑："接我？"
袁呈点头，伸出手轻轻按了按自己的太阳穴，随后叹了口气："我在京都忙得要命，想要你过来帮我，让下属去南城找你，结果他们回来的时候告诉我，你不愿意来。袁珂，你已经这么大的人了，不能像过去那样成天花天酒地，不务正业了。"
他的声音不大不小，刚好够周围的人听到。
袁珂承受着众人的打量，默默吸了口气："哦，那大概是我误会了，那两个男的见我，二话不说就要抓着我往车里拽，我还以为遇上绑架了呢。幸好我从小别的不行，打架还有两把刷子，这才揍倒了那两人——原来，他们是哥你的下属啊。"
袁呈根本不把袁珂这种程度的反驳放在心上，漫不经心地掸了掸西服外套上根本不存在的灰尘，声音越发冷漠起来："你母亲本身就因为当初进我们家不光彩，在南城被人诟病，你还不争气，你让她怎么自处？"
袁珂不经意间露了一丝恨意，直到温九思借由摸鼻子看了他一眼，他才低下头掩饰，悄悄握紧了拳头，再抬头的时候已经换上了带着几分怯懦的神情。
"对不起哥，是我辜负了你的用心，我既然来京都了，今后你有什么需要我的事情，你就交给我办，我一定不让你和母亲失望的。"
两个人都对南城袁氏内部的变故丝毫不提，这是他们之间的战争，温九思并没有掺和的意思，只是他就那么插着兜站在袁珂身边，本身就是一种态度。
姜楚楚也看了袁珂一眼。看不出来，袁二公子还是个能屈能伸的人，看起来比袁呈顺眼不少。

突然，身后传来一阵刹车的声音。

墓园清静，一般车辆进不来，因而所有人的视线都被吸引过去。

车门开了，驾驶位上，一个穿着黑色便装的男人利落地走下来。

姜楚楚忍不住"咦"了一声，不自觉地问："白银来这里干什么？我怎么不知道他跟李博文还有交情？"

温九思低头，贴着她的耳朵轻轻说："你忘了，就连我们都怀疑李博文的死因，何况是白银。"

白银身边的同伴拨开人群，让他通过。

男人迈着长腿，几步就站定在袁呈跟前，他先是扫了一眼温九思和姜楚楚这边，不带感情地正回头，板起脸，从怀里掏出证件在袁呈眼前一晃。

"我们想就李博文死因一事，对你进行一些调查，希望你能配合，跟我走一趟。"

袁呈缓缓地笑了笑，眼底却阴沉得紧："白警官没着警服，没开警车，这是私下来的吧，那我想，我有权拒绝。"他又指了指自始至终在自己身后充当背景板的姜明珠，"更何况，我未婚妻父亲的葬礼还需要我来主持，恐怕也没这个时间。"

白银铁青着脸，刚要说什么，旁边的小警察连忙凑过来，苦着一张脸在他耳旁悄悄地劝："白队，局长都说了，李博文的事没证据，您私下调查可以，但是将人强制带回警局可不行，您可千万别冲动啊。"

白银听了他的话，面色更加阴沉了。

袁呈见状，一派自如地笑了笑："不如这样吧，白警官，既然您好奇，我们就到后面去坐着聊一下，聊完了，我再回来主持葬礼。"

白银浑身的肌肉紧绷，嘴唇狠狠地抿着，过了十几秒，才沉沉地点头："可以。"

临走前，袁呈还不忘跟温九思打了个招呼，又体贴地将姜明珠扶到一边的长椅上坐着，这才冲白银做了个邀请的手势。

"白警官，请吧。"

白银一言不发地跟在袁呈身后，因为袁呈的气定神闲，让白银在气势上落了下风。

看着姜楚楚饱含担忧的表情，温九思微妙地挑了挑眉，颇为危险地眯起眼问她："怎么，你很担心他？"

"瞎吃什么醋。"白了温九思一眼，姜楚楚又忧心忡忡地说，"白银不会被袁呈牵着鼻子走吧？"

温九思慢悠悠地回答："你以为他是怎么当上京都刑警大队队长的？"

"什么意思?"

"白银进刑警队五年多,打交道的罪犯都是难缠的角色,你以为他没见过袁呈这种滴水不漏型的?"

姜楚楚一想,也有道理,只是她见过白银这么多次,好像还真没见过他情绪像今天这般外露的时候。

"你的意思是……"

温九思望向两个人离开的方向,神情悠远:"白银曾经向我请教过心理学在审讯上的应用,我教给过他很多招,其中就包括这个……示敌以弱。"

姜楚楚"哦"了一声。

"九思。"

"嗯?"

"你真是我见过的,最最最——最有智慧的男人。"姜楚楚双手合十,崇拜地看着温九思。

温九思低声浅笑,伸手揉揉她的脑袋。

气氛瞬间暖意融融。

一个幽幽的声音在他们身侧响起:"我说,你们是不是忘了,我还在这儿……"

袁珂一脸被喂了苍蝇的表情,环顾四周。

"你们可别在人家坟头乐歪了,看看周围人看我的眼神。刚才袁呈那一番话,我但凡脸皮薄点早就扭头走了,说要合作,你们可不能不管我的死活。"

"这些人看你,不是因为你的出身。毕竟袁呈的棋下得太大了,这些人觉得袁呈想让你替他做事,在衡量你的能力。"

温九思又笑了笑,顺着袁珂的视线望出去,对上的皆是一副副热络的表情。

他面色不变,眼底深处带出一丝嘲讽。

"而且,你刚在京都露脸,名义上还是我的朋友,这些人哪怕在心里瞧不上你,面子上也会对你笑脸相迎。"

温九思一脸高贵冷艳,袁珂发现自己竟无法反驳。

袁珂捏了捏自己的西服一角,期期艾艾地说:"那袁呈那儿怎么办?"

袁呈行事诡异,让人摸不着头脑,先是不留情面地将袁家的私产悉数归于自己手里,再是派人去南城,想要强制将他绑走,现在又一副兄友弟恭的模样,难保不是憋着什么大招呢。

温九思缓缓摇了摇头,伸出手拍了拍袁珂的肩膀,笑得丰神俊朗:"放心吧,我猜,袁呈还想留着你,替他挡枪。"

袁珂并没有被安慰到,反而忧心忡忡起来:"我说温九思,你可不能不管我,在这京都，我可就只有你了……"

姜楚楚在一旁翻了个白眼，有些受不了这位能屈能伸的袁二公子了，所幸这里的空气还算清新，她深吸了口气。

"你俩先聊着，我四处溜达溜达。"

温九思扭过头看了她一眼，像对着幼儿园小朋友一样，给她正了正连衣裙上的蝴蝶结，殷殷叮嘱："好，别乱跑，逛一逛就回来。"

姜楚楚乖巧地点了点头。

"好，我就透透气。"

姜楚楚才离开，就有几个人盯上了她。

这个温九思的未婚妻，来京都之后不常交际，神秘得很，现在好不容易见到面了，都想过来搭讪，套套近乎。还有几个不知道身份的公子哥，哪怕知道这朵高岭之花已然有主，还忍不住频频望过来，神色之间已有神迷意动。

姜楚楚可不想跟这些人打招呼，眼看着三面都有人蠢蠢欲动，她脚下一转，往旁边长椅的方向走去。

不承想她还没走上两步，就跟长椅上的人对上了视线，并且长椅上的女人已经站了起来，朝着她走了过来。

比起那些心怀叵测的人，她更不想跟姜明珠说话。

姜明珠几步走到姜楚楚面前，她的脸上隐隐苍白，嘴唇却涂了一种深沉的红，似乎是想以此来掩饰不佳的状态，可是姜楚楚看她，却像是躺在台子上被殡葬师盛装打扮的玩偶，失了生机。

"我没想到，你也会来。"

姜楚楚皮笑肉不笑，扯了扯唇："我也没想到。"

姜明珠似嘲讽，似讥诮，更有一种隐秘的嫉妒一闪而过。

"你不想见到我，那就别来，难不成现在看到袁呈的身价比肩温九思了，你又动了别的心思？"

姜楚楚颇感无语："你有病吧。"

不但眼瞎看上袁呈那样的狠角色，还以为别人跟她一样眼瞎。

"姜明珠，你费了这么大力气挤入京都的上层圈子，现在满意了？"

跟姜福生恩断义绝，离开蒋淑媛的保护，失去才女的名声，现在连生父也死了，只有一个心机深沉的未婚夫，今后全要仰仗他活。

这样的生活，姜明珠满意了？

姜明珠的面色阴沉下来，想要反驳。

忽然，不远处传来了一阵骚动。

一个穿着黑色长裙的女人挽着一个中年女人走了进来，几个工作人员在边上似是在劝阻，但都被那个女人挥手赶走了。

那是李云佳和她的母亲。

姜楚楚很意外，上次见李云佳还是一派京都第一名媛的矜贵派头，短短几周，她仿佛迅速沧桑，面上擦了再多的粉底也掩盖不住眼底的青色。

姜楚楚很纳闷，一个正经的李家小姐怎么混成了这样？

姜明珠也没再继续跟姜楚楚说话，而是伸手唤来了一个穿着工作服的男人，皱了皱眉，指向李云佳，神色轻慢："她怎么进来了？"

那男人面上略有难色："姜小姐，李云佳毕竟是李博文先生的女儿，李先生的葬礼，不让李小姐进场，这于情于礼说不过去啊。"

姜明珠嗤笑一声："那就找人盯着她，别让她在葬礼上乱说话，什么身份就要有什么身份的自觉。"

这气势，俨然与掌握了李家的袁呈与有荣焉。

看着姜明珠不可一世的架势，姜楚楚觉得自己错了。

姜明珠显然对这样的境况十分满意，哪怕依附于人，可是她的男人能让她，将曾经瞧不起她的人踩在脚底下。哪怕是李云佳这样正牌的李家大小姐，如今也成了她可以随意驱赶的对象。

姜楚楚忍不住唱叹出声。

甲之砒霜，乙之蜜糖，她觉得无法忍受的事情，人家乐意至极，那她的讽刺也就成了无用。

天空中不知何时落下了零星小雪，姜楚楚伸出手，雪花还没来得及落到她的指尖，头顶立刻被一小片阴影遮住。

温九思举着伞，不知什么时候走到了她的身后。

男人眉目冷清如画，英伦样式的西装穿在他的身上，更衬得他身量修长，有一种青松般遒劲的气质。

姜楚楚立刻转过身，面对着他，微微仰起脸。

"咦？你不是跟袁珂说话呢？"

男人没有回答她的话，而是将伞往她那边又歪了歪，确保她不会被雪打湿。

他的声音温和："不是说，让你逛一逛就回来吗？"

那般珍之、重之，仿佛将她放在了自己的心尖尖上。

姜楚楚咬唇，不大乐意："我还没逛一逛呢，话都没说几句你就过来了，我又不是小孩子，离不开人。"

男人冷笑："要不然呢？我推个婴儿车？"

"呸。"

/ 469 /

听着两人的互动，姜明珠心底泛起冷意，这样充满了深沉爱意的目光，这样时时刻刻注意另一个人的状态，袁呈从来没有给过她。

她深吸一口气，握着拳，竭力摆出一副趾高气扬的姿态离开了。

过了一会儿，袁呈和白银一前一后地回来了。

袁呈还是一副云淡风轻的样子。

他身后的白银面色已经恢复了平静，跟温九思短暂地对视了片刻后，略一点头，带着下属匆匆离开了，连一句告别的话都没有说。

追悼会很快开始了，姜明珠首先奉献了一场声泪俱下的表演，然后袁呈扶起她，揽进怀里，柔声保证以后一定会好好待她，也会好好帮她经营李氏的基业。

这里面丝毫没有提到李云佳。不过，现场这些老狐狸关心的不是李云佳，而是自己的利益。

不过几分钟，在李博文的墓碑前，一些李家旁系就开始"逼宫"。

"袁公子，你这话说得没道理，哪怕博文去了，我们这些老家伙还在呢。"

"是啊，你连李家的女婿都还不是，凭什么掌控李家？"

"你别以为我们不知道，你想将李氏吞并！其心可诛！"

…………

吵吵嚷嚷，袁呈丝毫不慌。

他慢悠悠地说："谁说是将李家的企业并入袁氏企业了？"

袁呈是天生的商人，也是天生的上位者。

他眼神环顾的地方，许多提出反对意见的人都忍不住别开目光，不想直接对上他的眼神。

"我会将袁氏的企业全部打散，并入李家的企业版图，协助明珠，不辜负岳父的栽培。"

话音一落，嘈杂声更甚之前。

趁着没人再出头找麻烦的时候，袁呈拍拍手，立刻就有一帮工作人员走过来。

他神色冰冷："接下来是我们内部的私事了，诸位宾客为李博文先生悼念完毕就可以离开了，感谢诸位到来。"

温九思没有异议，俯身在姜楚楚耳边轻声说："我们走吧。"

袁珂极为自然地跟在两个人身后。

走出人多的地方，温九思脚下才一顿，转过身来看着他。

袁珂被看得发毛，拧起眉："你这么看着我干什么？"

温九思慢悠悠地反问："那你跟着我们干什么？"

"我——"袁珂才说了一个字就立刻顿住，不可思议地睁大眼睛，"不是吧，温九思,这么狠?你想就这么把我丢在袁呈的魔爪下?"

温九思还没回应,姜楚楚立刻叉着腰说道:"袁珂,你已经是个成熟的大人了,能不能别总是黏着别人的男朋友。

"再说了,该铺的路都给你铺好了,你也不能一直躲在我们背后吧。"

狐假虎威的女人只觉得教育人的感觉真是爽,越说越来劲。

"拿出你公子哥无所畏惧的气势来,拿出原来在南城你追我时的厚脸皮来,你可以的。"

话音一落,姜楚楚突然觉得有道凉飕飕的视线落在自己的身上,于是话语立刻转了一个弯,佯装无事地接上:"但是你也要知道,有些事不是你厚脸皮就能做到的,比如得到我,因为我的心里只有我们家温九思一个人。"

袁珂想怼她,可是他不敢。

于是他只能目送着两个人离开,临了前叫了一声:"姜楚楚。"

姜楚楚白眼一翻,贴近了温九思的身子,扭回头,表情不耐烦,仿佛是在问:你还有事?

袁珂沉默了一下,低着头,看不清眼中的神色,语调略低——

"我不回去了,方便的话,你帮我照看她一点……毕竟她是为了我才来京都的。"

说这话的袁珂令她有一种成熟男人的错觉。

姜楚楚愣怔了片刻。

袁珂口中的这个"她"指的自然是徐钰。

姜楚楚含糊地说道:"看情况吧。"

没拒绝也没答应,但袁珂似乎已经很满意了。他松了口气,像是终于卸下了一个担子,扭头就走,没再说一句话。

第二十四章
他的弱点

温九思下午不去九召,带着姜楚楚回了家。

刚回家,门铃便响了,不间断的,有些急促。

姜楚楚打开门,露出一张女人略显焦急的脸。

是徐钰。

她穿得很休闲,应该是刚从家里出来,看见姜楚楚,连寒暄也顾不上,张口就问:"楚楚,你和温医生看见袁珂了吗?你们不是一起去参加葬礼,可他怎么还没回来,我打他电话也打不通。"

姜楚楚双手抱着,仰天翻了个白眼:"我是他爸,还是他妈啊,他去哪儿我怎么知道?"

"楚楚……"徐钰只是叫她的名字,神色黯然中隐隐带着憔悴。

姜楚楚一看见徐钰的表情,就忍不住心烦起来,摆摆手,脸别向一边,不耐烦地说:"行了,你的男朋友没事,他只是跟他哥哥走了。"

徐钰的表情紧张起来:"他哥哥,袁呈?"

"你……算了,你进来吧。"

姜楚楚也不知道自己哪儿来的耐心,让徐钰进了家门还不算,竟然将下午的事情原原本本地给她讲了一遍。

末了,徐钰有些为难地问:"楚楚,你明天可不可以陪我去一趟银行?"

姜楚楚警惕地看着徐钰:"你要干吗?"

"袁珂手上没钱,也没卡,现在手机更是联系不上,我想取点现金,想办法给他备用。"

听了这话,姜楚楚心头陡然升起一股怒气,站起身,伸出的手指都快点到徐钰的脑门了。

"我说你是不是有毛病啊,你最开始难道不是为了钱才跟袁珂在一起的吗?现在倒好,不但没拿到几分钱,你现在还要倒贴?他给你灌了什么迷魂药啊!"

徐钰被骂了也不还嘴，只是抿着唇，神色落寞坚定。

姜楚楚见她这样，更气了："你说说你，当初糊弄我的机灵劲都哪儿去了？怎么就栽在一个男人身上了？"

"楚楚……我们之间的事，你——"

姜楚楚立刻摆手："你们的事情我不想听，更不想管！你找别人去吧。"

徐钰走之后，温九思才走了出来，刚刚她们的对话他都听见了，但此时他沉默着，明显在想别的事情。

姜楚楚倾身过去捏了捏他的俊脸："你在想什么啊？"

温九思回过神来，不免好笑："我只是在想……今天的情况，有点古怪。

"毕竟，李云佳是李博文的亲生女儿，她母亲的家族虽然不及李家，但也是可以跟袁呈一争的，怎么会这么轻易地就退了……"

姜楚楚琢磨着："会不会是袁呈的人说给李云佳和她母亲什么利益了？毕竟，哪怕袁呈手段再强硬，李云佳母女终究是李博文法律上的亲人，不可能一点好处分不到。"

温九思揉了揉她的脑袋，若有所思。

"你倒是越来越聪明。"

第二天一大早，姜楚楚就醒了，一出卧室的门，就对上温九思不出所料的表情。

嘴上说得绝情，还不是放心不下。

徐钰见到姜楚楚也很意外，但很快反应过来，露出了一个真心的微笑。

"楚楚，你来了。"

姜楚楚绷着脸："我是怕你在这里人生地不熟的，取那么多钱再招来什么祸患，到时候作为你的邻居才麻烦……"

姜楚楚陪着徐钰在银行待了一个多小时才办完事，刚要和徐钰分道扬镳，忽然看见一辆黑色的商务车在马路对面的一家餐厅前停了下来。车门打开的同时，姜楚楚霍地一拽徐钰，带着她往身边公交站牌的方向躲去。

"楚楚？"

"别往外看！"

姜楚楚霍地捂住徐钰的嘴，自己探出一个脑袋。

从车上下来的两个人她都见过，但是两个人凑在一起就有点意思了——袁呈跟李云佳。

他俩之间的关系不应该水火不容的吗？还是说，自己的猜测是真的，他们两个人之间有什么交易？

/473/

袁呈下车后，向四周略微望了望，很快就跟李云佳一前一后消失在大门内。

姜楚楚扭头，迅速跟徐钰说："我还有点事，你自己小心点，再见。"

话音未落，她就一头冲出去……又被徐钰拽了回来。

"那个人是袁呈吧，你是不是要跟踪他？我跟你一起去。"

姜楚楚一边盯着餐厅大门，一边不耐烦地说："快松开我，你跟着添什么乱。"

徐钰一脸正色："要么让我跟你一起去，要么我现在就打电话给温九思。你也知道，我最擅长跟他打你的小报告了。"

姜楚楚快要气炸了，可是私人恩怨暂且放到一边，生怕错过什么秘密，她只得妥协，两个女人手挽手过了马路，进了那家餐厅。

餐厅是标准的西式装修，光看装修就知道这里不是一般人能消费得起的地方，不过也多亏了上档次，绿植布置得很尽心，每桌之间掩映着，有效地保护了用餐客人不被旁人打扰。

姜楚楚一进来就拿了一本摆放在旁边的杂志遮住自己的脸，鬼鬼祟祟地四处张望，过来引座的服务生被她挥挥手打发了，如果不是她长得漂亮，看衣着也不是滋事的，大概早就被赶出去了。

姜楚楚拉了拉徐钰的衣摆，轻声示意："看，在那儿。"

两个人矮着身子，顺势坐在袁呈同李云佳的后桌。

姜楚楚直接蹲下来，耳朵都快伸到叶子里了。

徐钰负责放风，防止服务生贸然过来，引起袁呈的怀疑。

袁呈的声音不大，却清晰。

"你想吃点什么？"

李云佳回答："都可以。听说这里的牛排很正宗，都是法国的厨师烹饪呢。"

袁呈似乎是笑了一下："好，那我们就吃牛排。"

两个人之间的谈话没有姜楚楚预料之中的紧绷，反而有种微妙的气氛，那是一种——亲昵？

过了一会儿，那一桌的牛排上来了，两个人边吃边聊。

姜楚楚听见李云佳慢慢地说道："我上次去一家分公司，那边的负责人已经换了，是你的人吧？"

"对。"袁呈回答利落。

气氛陷入了短暂的沉默中。

没过一会儿，一阵刀叉放下的清脆声音后，逐渐传来了李云佳低低的啜泣声。女人的声音听起来哀婉，却在惹人怜惜的范围内，令人不至于厌烦。

"我父亲一向最疼我，现在他不在了，我从来没想过有一天……"李云佳像是说不下去了，声音几近哽咽。

姜楚楚不听还真不知道,一向眼比天高的李云佳,还有这么娇弱的时候。

袁呈的声音难得地温和:"你放心,我不会让你吃亏的,你还是李家的大小姐,这一点永远不会改变。"

"真的吗?"

"真的。"

"可是,你和姜明珠……唔——"

李云佳的声音断在了一半的地方。

姜楚楚觉得奇怪,透过绿植的缝隙看过去。就是这一眼,她的心重重地一敲,有一种醍醐灌顶的感觉!

袁呈从椅子上站了起来,倾身吻住了李云佳,将她口中剩下的半句话堵了回去。

原来是这样……

怪不得在李博文死后,袁呈几乎没有遇到来自李云佳母亲那边家族的阻力,怪不得骄傲如李云佳,竟然也没有因为经营权闹得沸沸扬扬。

袁呈跟李云佳之间岂止是有交易,根本就是有私情。

可李云佳不是一心爱慕着温九思的吗?

姜楚楚的脑中一瞬间千回百转。

忽然,袁呈冷不防抬起了眼帘,那双灼热的眼睛准确看向了姜楚楚的方向。

姜楚楚猛地后撤,一手按住自己剧烈跳动的心脏,站起来拉着徐钰就往大门口冲过去。

徐钰被她拉得一个趔趄,但知道情况有变,还是咬牙跟上。

两个人跌跌撞撞跑出餐厅,转过一个街角才停下来。徐钰一边喘着粗气,一边问:"你怎么了,见鬼了?"

徐钰刚才顾着望风,并没有听清那两个人的谈话。

简直比见鬼还可怕,袁呈不但手段强势,竟也还舍得牺牲自己的色相。想到这儿,姜楚楚忍不住打了个哆嗦。

"我要去九召。"

"怎么了?你又不去上班了?"

姜楚楚没答话,神色之间多了几分严肃,倘若袁呈已经收服了李云佳,对温九思和九召来说,绝对不是好兆头。

她看向徐钰:"你跟我一起去,你不是还要送钱给你的小白脸?温九思能办这事。"

听了姜楚楚的话,徐钰一时之间不知道是该高兴她的邀请,还是该辩解袁珂才不是什么小白脸。

从出租车上下来,姜楚楚拉着徐钰就飞奔进了九召。

现在九召上下没有不认识这位总裁夫人的,前台小姑娘还没来得及打招呼,就看见她像风一般地朝着电梯口奔去。

前台小姑娘只好打内线电话,向总裁办汇报老板娘上去了,并且着重阐述了看神色十分焦急。

于是,电梯门一开,姜楚楚就看见温九思站在电梯前,俊朗的眉目满是紧张。

"楚楚?发生什么事了?"

姜楚楚笑了笑,安抚草木皆兵的男人:"不是我的事,我们去你办公室说吧。"

办公室里,听完了姜楚楚的叙述,温九思虽然有些吃惊,却也有种恍然大悟的释然。

"这就没有什么疑问了,我本以为袁呈只在商场上不择手段,却没想到他……"

姜楚楚满脸不屑地替他补上了后半句话:"却没想到他还是个玩弄感情的人渣!"

说完,她看了一眼徐钰。

徐钰了解姜楚楚,瞬间从她的眼神中读懂了"看吧,我就说姓袁的两兄弟没一个好东西"的含义。

姜楚楚的眼神顺着徐钰,又看向身边的温九思。

一看到姜楚楚的眼神又往自己这边瞟过来,温九思心中突然一凛,坐姿也乖巧了许多,清了清嗓子,替自己申辩:"我跟他可不一样。"

姜楚楚斜眼:"怎么不一样?"

温九思的眼神仿佛盛满了秋水,望着她,一字一句地说:"我这一生,非楚楚不可。"

姜楚楚美眸中仅剩的气愤褪去,巧笑倩兮地依偎进温九思的怀里,仰着头伸手在他的鼻尖上画了个圈,声音甜腻腻的。

"我也非你不可。"

被迫吃了一嘴狗粮的徐钰扭了扭头,看到旁边站着的小赵一副习以为常的表情,深深地觉得还是自己修行不够。

这段戏过了之后,温九思像是才想起来还有徐钰这么一个人,他目光看向徐钰身侧鼓鼓囊囊的袋子,了然地说:"这些钱你带回去吧。"

徐钰立刻皱眉紧张起来:"怎么了?你也见不到袁珂?他的处境是不是很危险?"

温九思缓和了语气:"你放心,他没事。"

"袁珂在京城立足,的确需要钱财,但是这笔钱我会给他,你自己的积蓄,就自己收好。"

"可是……"徐钰还在犹豫。

温九思叹了口气:"袁呈今后会为我做事,这钱自然应该我来出,何况,你这些也是杯水车薪,不如自己留着傍身。"

徐钰也知道此时不是充阔气的时候,最终点了头:"谢谢温医生。"

"不必。"

温九思摸了摸身边女孩毛茸茸的头顶,若有所思。

姜楚楚昨天睡前在他耳边叨叨了许久,话题围绕"徐钰就是个为了爱情不顾一切的傻子",虽不是好听的话,可是她眼中淡淡的忧虑却瞒不过他。

姜楚楚气徐钰背着她,跟他"狼狈为奸",将她当猴耍,可是归根结底……徐钰不是个坏心的人。

京都的水深,只要是对他的楚楚怀有善意的人,他都不介意帮一帮。

下午姜楚楚就去了美术馆,白教授一见到她就拉着她说了很多接待的准备工作,搞得姜楚楚忍不住咋舌。

"白教授,上回哪怕是 M 国的艺术家考察团来,您都没有这么重视,这位教授什么来历啊?"

白教授横她一眼:"让你准备你就准备,这可是个难得的机会,你知道多少人求到我这儿来,想要揽下这个差事吗?"

"……哦。"

白教授放缓了语气:"这位古老教授在油画界虽然声名不显,但他是国际上声名斐然的心理学教授,很多研究获了许多大奖,造福了很多人,是个值得尊重的人。我这么说,你明白了吗?"

"明白了。"

姜楚楚乖乖点头,听到"心理学"三个字,心中一动,不由得想到了她家温先生也是心理学教授呢,不知道他会不会认识这位古老教授。

可是姜楚楚回到公寓,还没等她跟温九思问问一番,就被别的事情分散了精力。他们接到了温宅的电话,是孙婆婆打来的。

姜楚楚接起来的时候还很奇怪,将电话递给温九思之后,就看见他眉目沉静地听了一会儿,淡淡地应了一声。

"好,我知道了,那麻烦您先准备了。"

姜楚楚敏感地觉察到男人的情绪有些低落。

见他撂下电话,她忍不住问道:"出了什么事吗?"

温九思顿了一下,才垂下眼睛。

/477/

"没什么，只是下周，是我妈的生日……也是忌日。"他的表情没什么变化，可是浑身都透出一丝萧索的意味。

姜楚楚咬了咬唇："那……你要去探望伯母吗？"

姜楚楚问完这句话，突然发觉自己对温九思几乎是一无所知，除了听周边的人说起过，他八岁失怙，母亲也曾是心理学家，两人因为车祸去世，其他的，都不甚了解。

天色已经渐渐暗了下来，初冬，天边罕有地挂上了一片火烧云，映着整个世界都透出一种暖融融的橙色。

落地窗前，温九思从身后拥着姜楚楚，声音低沉悦耳。

"明天开始，我们一起回老宅住段时间吧，好好准备一下，我想，把你介绍给我妈。"

姜楚楚靠在他身上，感受着男人沉稳有力的心跳，点了点头："好啊，你的父母……他们是什么样的人？"

温九思淡淡地说着："我的父亲，有能力、有学识，他很爱我的母亲，工作再忙也会坚持回家跟我们一起吃饭。

"而我的母亲，聪明、美丽、优雅，能为了学术付出一切，却也能为了家庭放弃学术，这世界上一切形容女人美好的词汇都可以用在她身上。"

姜楚楚听着，目光忍不住流露出向往与痛惜。

能生出温九思这般优秀的儿子的女人，一定不同凡响。

在姜楚楚看不到的地方，温九思的脸上划过一丝短暂的痛楚。

他的母亲越好，他就越忘不了她下半生疯癫的样子，而将他母亲变成这样子的人、让他父亲死于车祸的人……哪怕全世界都认为这只是一场意外，但他不会，他一定会将那个人查出来！

可是现在，他手里的证据掌握得还是太少，少到不足以证明有那么一个人的存在，所以他并不打算告诉姜楚楚。

他紧紧地抱着她，看着窗外最后一丝红霞湮灭，仿佛怀中是这天地之间唯一的暖色，唯一一抹能温暖他的暖色。

而这一抹暖色突然回头，在他饱含深情的目光中，抽了抽鼻子，惊慌失措地说："温九思！厨房的汤是不是烧干了？我闻到一股煳味！"

温九思一愣，迅速反应过来，三两步就迈着长腿跑到厨房关火。

为了给心爱的姑娘加餐，温总裁抽出两个小时给她炖的爱心鸡汤干锅了，心情本来就不大好，而身后尾随而至的姑娘还在他身后一个劲地絮絮叨叨着。

"哎呀，全干了，真可惜啊。我说你怎么这么不小心呢？要不是我提醒你是不是都着火了，你这样不行啊……哎哎哎，先别倒，你看看鸡肉煳没煳，你这样太浪费了你知不知道……"

温九思面无表情地听着，甚至有点想堵住她的嘴。

第二天，姜楚楚从美术馆出来后，就被温九思直接接回了温宅。

孙婆婆对两人的回来表达了高度的喜悦，然后自然而然地，又有一间卧室的床品被孙婆婆洗了还没干。

"楚楚啊，真不好意思，都是婆婆不好。呵呵。"

看着老人家欲盖弥彰的笑容，姜楚楚很想发自内心地劝劝孙婆婆——您这么大一把年纪了，不想笑就别委屈自己了。

温九思倒是很满意，晚间洗澡的速度都比平常快了一倍。

黑夜里，姜楚楚一点睡意也没有，她睁着一双大眼睛望着黑黢黢的天花板，感受着身旁男人清浅的呼吸，竟然生出几分岁月静好的感觉。

她抑制不住内心些微波动，温柔地说："九思，你说我们这样像不像老夫老妻啊。"

旁边没有回应。

过了一会儿，姜楚楚以为温九思已经睡着了的时候，旁边的男人才淡淡地开口："不像。"

姜楚楚本来只是开个玩笑，可是男人的反驳让她不乐意了，她瞬间爬起来，撑着身子凑近男人。

"怎么就不像了？你是不是不爱我？"

小姑娘的语气还挺气愤。

温九思被她折腾得不知道该说什么好，片刻后干脆双肘撑着床，身子向上抬了抬，半坐起来，转身一手拧开了床头灯。

就着昏黄暗沉的灯光，姜楚楚手脚并用地撑在他跟前，那双闪着奇思妙想光芒的眼睛，在他跟前眨了眨。

温九思有点想笑，还有点气。

气自己哪怕她这样胡闹还是觉得她……太可爱了。

于是温九思先露了笑意，一脸宠溺地望着姜楚楚。

"你到底想干什么？你就仗着我疼你，还不敢拿你怎么样，就可劲折腾我是吧。"

哪怕灯光再暗，冷不防看清男人面容的姜楚楚，还是皱了皱眉，但又想到自己不能这么怂，只好往阴影里退了退，对着一脸莫名的温九思解释道："谁想要折腾你了？我只是想到了一个好主意。"

"洗耳恭听。"

阴影遮住了姜楚楚脸上的羞赧。

"你……你想不想……"

女孩儿红着脸，坐在床上——坐在有他的床上，说着含糊其词的话。

"你说什么？"他问得迟疑。

敌弱我强，姜楚楚又气盛了几分，干脆凑到他眼前："我知道你想，我们做个约定吧。"

温九思反应得很快，迅速地接话道："你说。"

"我们来列一个表。

"里面是一条一条你需要准备的，你准备好了，就可以赢得终极大奖。

"终极大奖就是我。"

温九思有些不可思议，犹疑地问道："现在的女孩喜欢玩这套？"

"怎么，怕了？"

姜楚楚抬抬下巴。

温九思声音不可避免地微微喑哑："我怕我一天就能刷满你的好感度。"

"那你就来试试看。"

第二天醒来的时候，温九思刚一睁开眼睛，冷不防眼前就凑上了一个人影，吓得他条件反射般地抬手一挡。

一张纸落在手中。

"你今天怎么起这么早？"

"昨天几点睡的你心里没数吗？我今天帮孙婆婆做早餐了。"

温九思看了看纸上熟悉的字体："顺便还写了你的伟大计划？"

"嗯哼。"

姜楚楚还挺得意。

温九思揉揉发胀的脑袋坐起来，略带无语地看着这张纸。

"你昨天说了那么多，落到纸上，就这一句话？"

在他修长指尖的映衬下，那行字显得格外潦草：要让姜楚楚感到惊喜。

姜楚楚点点头："对啊。拜托，你不是心理学教授吗？我说到这种程度就够了吧，其他的当然要你自己来想了。"

要是真让她说出个子丑寅卯，还有什么惊喜感呢？

"我知道了。"温九思几乎是咬着牙说出这句话，"现在、起来、去吃饭。"

吃过早餐，到美术馆的时候，一个人影迅速窜过来，朝着姜楚楚扑过来。

"楚楚！"

姜楚楚吓了一跳："思蓉？你怎么在这儿？"

宋思蓉蹦蹦跳跳地跑过来，一副心情极好的样子在姜楚楚身前转了个圈。

"这你还看不出来吗？我要做你的同事啦，之前只有来画画才能见你，现在我们可以天天在一起工作了，你开不开心？"

姜楚楚点了点头，可是内心毫无波澜地想着，应不应该告诉这个傻姑娘一下自己的出勤记录呢。

有了宋思蓉的帮忙，姜楚楚的工作的确轻松了很多。

快下班的时候，姜楚楚手机忽然响了，她看了一眼，皱皱眉头，终究是没回复拒绝的话，又把手机揣了回去。

宋思蓉的小脑袋凑了过来："楚楚，我们下班去逛街吧，我喜欢的牌子刚上了新款。"

姜楚楚摇摇头："不了，下班有人要来找我。"

宋思蓉的失落显而易见："谁啊，温先生还是你朋友？"

姜楚楚没回答。

不过宋思蓉很快就知道了。

徐钰掐着点走进来，见到宋思蓉，礼貌地打了声招呼。

"你好，我是徐钰，楚楚的朋友。"

宋思蓉的眼睛一瞬间瞪圆了。

她撇撇嘴："我是宋思蓉，楚楚来京都后，最好的朋友。你先在这儿坐一会儿吧，我们还有工作没做完呢。"

宋思蓉在"最好"两个字上加重了读音，徐钰听了忍不住莞尔一笑，看着她跑开的背影，又有几分羡慕。

姜楚楚的身上有光，总会不由自主地吸引着渴望光和炙热的人。

过了两三分钟，姜楚楚拎着包跟宋思蓉一起出来，一边走还一边叮嘱："明天上午八点半之前到机场，别迟到了。"

宋思蓉有些哀怨："知道了，你跟白教授一样啰唆。"

徐钰发短信来说要过来找她，却没说来找她有什么事，姜楚楚也没问。直到徐钰开车送她回了温宅就走了，似乎单单只是为了送她一程，还不顺路的那种。

姜楚楚看着她的车消失在视野范围内，心里有点不是滋味。

其实徐钰的心思也不难猜，无非就是想和她重归于好，可是哪有这么简单的事。除非……除非什么，她还没有想好。

晚饭的时候，姜楚楚告诉温九思明天不用送她了，她自己开车去机场，可没想到温九思附和了一声。

"我明天早上也要去机场接人，你是几点？"

/ 481 /

"八点半……但是不用了,我接了人还要开车带他去美术馆呢。"

温九思这才露出了一个惊讶的表情:"你要接的人是不是古教授?"

"咦?你怎么知道?"姜楚楚问完也反应过来了,"你也要去接古教授?"

温九思点点头,眉眼舒缓了一些。

想到古教授的身份,姜楚楚不免多了些好奇:"你们是什么关系啊?"

孙婆婆恰好从旁边经过,闻言笑着给姜楚楚解释:"古教授啊,他是夫人的老师,夫人当年就是在古教授的指点下,一路研究心理学,她可是古教授的得意门生呢。"

温九思点了点头,又补充道:"我小时候,古教授也帮了我很多,可以说,他是我最尊敬的长辈了。"

姜楚楚连连点头,帮过温九思那就是帮过她,她明天可要好好表现。

刚想到这里,她就听见温九思笑得如沐春风:"正好,我最近忙着一个跟袁呈竞标的大案子,有你陪着古教授,我也放心一些。"

姜楚楚瞬间就有了一种即将要见到男方长辈的感觉。

于是翌日早上,八点提前赶到机场的宋思蓉,大老远就看见手捧鲜花,穿着一件卡其色呢子风衣,蹬着五厘米马丁靴的姜楚楚,袅袅婷婷地站在接机口。

等走近了,宋思蓉才看到她身边的温九思,吓了一跳。宋思蓉悄悄拽了拽姜楚楚的衣袖,小声地说:"不是吧,楚楚,你把温先生都折腾来啦?"

"好好说话,别动手。"姜楚楚将自己的袖子从宋思蓉的手里拽出来,小心地拍了拍。

宋思蓉:"呃……"

古教授的航班正点到达,乘客们纷纷从出口走出来。

人群快散尽时,温九思终于低声说了一句:"古教授出来了。"

几乎不需要多加寻找,姜楚楚一眼就锁定了一位精神奕奕的老人,和旁边扶着他的一个年轻女子。

温九思跟姜楚楚的脸色同时沉了下来。

那个女人是付如玉,李博文原先聘请的心理医生。

相比姜楚楚的皱眉,温九思倒是很快就反应过来了。他不动声色地拍了拍姜楚楚的背,噙着笑,跟她一起迎了上去。

就像没有看到付如玉这么一个人,温九思拥抱了古教授,而后微笑着问:"老师,长途劳顿,您身体还好吗?"

古教授爽朗地笑了起来,伸手在温九思的肩上拍了几下,喜爱之情溢于言表。

"还好还好,我还能折腾几年,你不必担心。"

说完，他又看向旁边的姜楚楚。

姜楚楚连忙露出一个乖巧的笑容，将手上的花递了出去。

"古教授您好，欢迎您回国。"

古教授接了花，意味深长地看向温九思："九思啊，我在国外就听说你订婚了，你也不说给我发个请柬。"

温九思笑了笑："这不是怕您老折腾嘛。"

几个人寒暄的工夫，一直沉默的付如玉突然开口："教授，花给我拿着吧，您别累着。"

温九思顺势就将目光移了过去，礼貌地笑着问道："古教授……这位是？"

听到温九思的询问，古教授"啊"了一声，指了指付如玉。

"这位是付如玉付医生，你们叫她小付就行了。"说着，古教授扭头看向付如玉，"小付，这是我的一个孙辈，也算是我的得意门生，你们打个招呼吧。"

付如玉依言伸出手，礼貌地笑着："您好，我是付如玉。"

温九思神色不变，余光扫了一眼她伸出来的手，没有回应，只是说："付医生还真是业务繁忙，也不知李氏那边的工作是什么时候辞掉的，又是什么时候去了国外，怎么也不说一声，白队长可是找了你许久。"

付如玉没想到他会突然发难，脸上的笑淡了一些，缩回手："这个……我不太清楚，白队长是谁？"

古教授听出些不对劲，看看付如玉，又看看温九思和姜楚楚："你们之前认识啊？"

温九思没说话，好整以暇地看着付如玉，冰凉之色一闪而过。

付如玉轻咳一声："古老，我之前不是跟您讲过，我在国内工作过一段时间，后来雇主出了意外，我就离开了。幸亏遇见了您，我才能重新得到工作的机会。温先生和姜小姐，都认识我的雇主，可能对我有一些误会吧。如果影响您了，我可以辞去工作的。"

古教授摇摇头："说什么傻话，要不是你，我这把老骨头可能都熬不到回国了，还说什么走不走的，你这是打我的脸！"

说完，他又看向温九思："我不知道你们是怎么认识的，但是小付算是我的救命恩人。你知道我心脏不好，我有一次犯了病，幸好小付路过。她精通药剂，我才捡回一条命来。"

付如玉适时地低了低头："您过誉了，古教授您福缘深厚，我只是碰上了。"

人老了，都喜欢听这样的话，当下古教授就爽朗地笑了起来："你看看，这孩子真会说话……九思啊。"

温九思略微低下头，示意他在听。

古教授看着他，意味深长地说："小付现在是我身边的私人医生，你们若是有事找她，就来我这里，知道了吗？"

温九思刚想说什么，就感觉一直缩在他身边的姜楚楚偷偷地拉扯了他一下。两个人视线相对，姜楚楚连忙冲他摇了摇头，生怕他会跟古教授争执起来。

温九思的目光微暖，捏了捏她的手，示意她不用担心，然后才抬起头，看向古教授。

"好的，教授，这件事情以后再说吧。毕竟我相信，我们还会有机会再见的。"

付如玉也牵了牵嘴角，露出了一个不大真心的微笑："自然。"

仿佛没感受到两人之间汹涌的暗流，古教授笑眯眯地看向姜楚楚："你不光是陪着九思来接我的吧？"

姜楚楚想起自己的使命，连忙甩开男人的手，站直了身子，深深地鞠了一躬："您好古教授，重新自我介绍。我是京都美术馆的策展师，负责您这次的参观，今天也是专程来接您去美术馆的，白馆长早就盼着您来呢。"

娇娇俏俏的小姑娘，嘴还甜，一般的老人家都会喜欢，古教授也不例外，听了她的话当即就连连点头。

"那古教授，我们现在就去美术馆吗？"

古教授又点头："可以，咱们先去跟你馆长打个招呼，然后我和九思叙叙旧，参观的事情不急。"

流程就这么愉快地确定了，可是上车的时候又遇到了问题。

温九思和姜楚楚是分别开车来的，可是让付如玉单独跟谁坐，两个人心里都不是很乐意，于是他干脆把车扔在了机场，打电话让小赵过来拿，自己泰然自若地坐上了姜楚楚车的副驾驶位。

一车四个人，正正好好，但总觉得哪里不对。

姜楚楚把车开上了高速，才想起来缺了点什么。

手机适时响起，姜楚楚瞟了一眼，心虚地碰了碰温九思。

"哎，我在开车，你帮我接一下。"

来电显示是宋思蓉。

温九思看着来电显示也愣了愣，悄无声息地碰了碰自己的鼻尖，按下接听键，还不等电话对面的人反应过来，他就用沉稳而富有磁性的声音自然地说着："宋小姐，我们这边临时有点事，麻烦您自己打车回去了，再见。"

终于反应过来刚才发生了什么事的宋思蓉站在人潮川流不息的机场，一脸茫然。

电话挂断，姜楚楚连忙问："我们把她忘了，她没生气吧？"

温九思双手交叉靠在车椅上，一边掏出手机，给一个号码发出条短信，一边

/ 484 /

淡定地摇头:"没有。"

姜楚楚长舒一口气:"那就好。"

"因为她根本没反应过来发生了什么事,我就掐了电话。"

"干得漂亮。"

两个人互动自然,几乎忘了后座还坐着两个人。

从机场到京都国立美术馆大约四十分钟的车程,姜楚楚才停好车,就小跑下来给古教授开门,殷勤的模样令温九思都有点吃醋。

白馆长已经在门口等着了,看见一行人迎了上来,跟古教授寒暄了几句。

"古教授,咱们去我办公室里坐一会儿吧,我备了些好茶,正好请您品鉴品鉴。"

"哈哈哈,好,不胜荣幸。"

正准备往里走的时候,后面由远及近,传来了警笛的声音,不一会儿,一辆警车稳稳当当地在美术馆门口停了下来。

在众人的注视中,白银迈着大长腿,风风火火地走到众人面前,一伸手,利落地亮出了自己的警察证。

当然,是冲着付如玉的。

"付如玉是吧,找你很久了,跟我走一趟吧。"

付如玉面色不见慌乱,只是看了一眼古教授,一句话未说,就令人感受到她的委屈。

果不其然,古教授上前一步,将付如玉护在身后,看向白银的目光中多了一丝审视。

"这位警官同志,小付是我的医生,你有什么话不如先跟我这个老头子说?"

白银的视线仿佛会拐弯,极灵巧地绕过了古教授,直直地盯向付如玉:"付医生,希望你配合。"

看着付如玉拧着眉头坐进警车里,姜楚楚悄悄靠近温九思:"付如玉在这儿,是你告诉白银的啊?"

温九思理所当然地点点头,言之凿凿:"给警方提供嫌疑人的行踪,是每一个公民的基本义务。"

姜楚楚:"你就不怕古教授生气?"

温九思看了一眼跟着白馆长往里走的古教授,揉了揉姜楚楚的脑袋,意味深长地说:"你太小看古教授了,他的心理学造诣,连我都没有把握能胜过他,何况是一个付如玉?"

姜楚楚似懂非懂,却也听出来他在自卖自夸,撇撇嘴:"反正你就是想说,

/485/

付如玉的动机不良,古教授肯定能察觉呗?"

如果古教授明知道付如玉有问题,还能表现出一副极其爱护的慈祥样子,那么……姜楚楚倏尔脑洞大开。

"那假如古教授欺骗你,你能察觉到吗?"

温九思愣了一下,才恍然失笑:"古教授是我母亲信任的老师,也是我的半个师长,他怎么会欺骗我。"

姜楚楚不服气地还想说什么,却被温九思拉着走进了美术馆。

"好了,不说这个了,他们交流他们的,你带我四处转转。"

这个时间,来美术馆看展的人不多,姜楚楚攀着温九思的手臂,走一步晃悠一下。

"这是国外一个新锐画家的代表作,我们费了好大的劲才说服他把画卖给我们馆。

"这是我国著名的油画艺术家裴老前辈的画,他今年七十多岁了,拿笔还这么稳当。"

…………

姜楚楚一路走一路介绍,最终在一面展示墙前停了下来,她松开温九思的手臂,手握成拳放在嘴边轻咳两声,故作严肃地说:"这幅画就厉害了,它是——"

"我知道。"温九思截住了她的话头。

"作画者是今年Y国国际油画秋季大奖赛的冠军得主,我国著名的青年油画家,也是世界上最美丽的油画艺术家——姜楚楚,我说得对吗?"

在他温柔的注视下,姜楚楚几乎忘记了自己原本想说的话,脸蛋红成了熟透的蜜桃。

蓦然间,温九思迅速靠近她,弯下腰,目光灼灼。

"怎么样,这个回答加分吗?"

"什……什么?"

姜楚楚突然结巴了。

温九思"扑哧"一声笑了出来:"楚楚,你自己说过的话,你都忘记了,要不要我提醒你?昨天晚上……"

"停停停!"

温九思才起了个头,姜楚楚就知道他在说什么,忍着羞恼,不轻不重地捶了他一拳。

"我要的是准备充足的惊喜,你懂吗?惊喜!"

"都听你的。"

/ 486 /

这时候，两人身后传来了不轻不重的脚步声，似是故意想让他们发现一般，最后一下略重。

温九思和姜楚楚一回头，就看到古教授站在那里。

温九思略略点了一下头："古教授，你们聊完了？"

古教授"嗯"了一声："咱们先走吧，去九召，正好我还有点事情要跟你谈。"

温九思点头答应，刚想问姜楚楚要不要一起，就听见古教授又说："你的小未婚妻就不要一起了，我想跟你说点你母亲祭礼的事。"

"可是……"

看出了温九思的为难，姜楚楚露出一个甜美的笑："九思，你们去吧，馆里正好还有点事情。"

又劝了几句，温九思终是点了头，姜楚楚这才松了一口气。

虽然她也想参与伯母的祭礼准备，可是这时候，还是不要让温九思为了她跟古教授争执吧。

看着两人一前一后离开，姜楚楚咬咬唇，心里有种说不出的滋味。

古教授对她的态度很好，但是也好像在无形之中建了一堵墙，将她隔绝在他们的世界之外。

这种感觉很奇怪，简单来说，就是礼貌有余，亲昵不足。

她一个人站在原地，神色有些落寞。

晚上，温九思并没有像往常一般早早回家。

孙婆婆给姜楚楚煮了一碗面，她一个人孤独地在餐桌上从六点吃到了八点。

到了十点的时候，温九思还没回来，姜楚楚开始有些暴躁。她捞过自己的手机，给温九思拨了个电话，铃声响了十几声，对面的男人才接了起来。

"喂，楚楚。"

姜楚楚趴到床上，手指无意识地在床单上画着圈。

"十点了，你还回不回来了？"

温九思顿了一下，声音带上了三分歉意："我可能还要一段时间，你先睡吧，不用等我。"

"哦。"姜楚楚翻了个身，眼睛看向天花板，"你和古教授还没谈完？都这么晚了，老年人应该保持充足的睡眠吧……"

"放心吧，古教授已经回去了，我这边是九召的事情。"温九思犹豫了一下，还是据实相告，"是之前跟你提过的，我们跟李氏一起竞标的一个大案子，袁呈为了拿下来暗地里做了一些手脚，我不能放手不管。"

"你不用跟我解释这么多，我又不是不讲道理的人。那你忙完早点回来哦。"

/ 487 /

结果这一忙,第二天一整天姜楚楚都没有见到温九思,倒是下班的时候,徐钰又如常地出现在美术馆,等她一起下班。

对于徐钰这种执着地非要修复两个人友谊的行径,姜楚楚突然有些头疼。

走到外面的停车场,徐钰扭头自然地说:"我的车送去修了,你今天开车来了吧?"

为了掩饰自己的尴尬,姜楚楚翻了个白眼,佯装不乐意:"我的车也送修了。"

没想到,话音刚落,徐钰却紧张起来:"怎么回事?温九思知道了吗?"

姜楚楚一愣,旋即琢磨出不对来:"什么怎么回事?你的车为什么送修?不是普通事故?"

徐钰意识到自己说错话了,沉默地低下头。

姜楚楚抿了抿嘴,她早该想到的。

袁珂和徐钰是不得已才来的京都,袁珂已经被袁呈半胁迫地带走挡灾了,徐钰又怎么会一点事没有?

"你的车是被人故意砸了还是撞了?你之前来接我是不是也因为这个?你听到了风声,怕我有危险?"

虽然是好心,但是心思被姜楚楚大大咧咧地揭露出来,徐钰还是有些不自然。

"我是想着,两个人一起走,总会安全一些。"

姜楚楚也莫名扭捏了起来。

"这件事我会跟温九思说的,像他说过的,袁珂现在在帮我们的忙,我们也应该保护他的女朋友。"

徐钰轻轻地"嗯"了一声。

两个人相顾无言,你看我我看你地站了一会儿。

一阵寒风吹过停车场。

姜楚楚打了个哆嗦,抱了抱自己:"既然都没开车,就快点走吧。"

原本打算走到大马路上打车的,可是没想到天气一冷,街上的出租车也减少了许多,两个人哆哆嗦嗦走了两条街,也没看到一辆空车。

蓦地,姜楚楚拉了拉徐钰的衣袖,将她往人行道里面拽了拽。

姜楚楚皱了皱眉头:"有辆车,从刚才起就一直跟着我们。"

那辆车从她们走出停车场之后就一直跟着,她原本还想当作是巧合,可是她们走过两条街,车也跟着迂回,除非司机迷路,不然那就是在跟踪她们了。

姜楚楚拉着徐钰,故意又走了一段回头路,那辆车果不其然又跟了上来,两个人对视一眼,明白了对方的想法——先回到安全的地方再说。

两个人掉头快步朝美术馆走回去。

车上的人似乎察觉到两个人的用意，车速骤然提了上来。

姜楚楚余光瞥见，心里一凉。

还来不及做反应，那辆车经过她们身边，车还没停稳，车门就打开了，里面窜下来两个五大三粗的男人，直奔姜楚楚而来，电光石火之间，一个男人抓住了姜楚楚的手臂。

姜楚楚立即挣扎，可是一个女孩的力气怎么敌得过两个壮汉，姜楚楚被拖着往车的方向带去。

徐钰拼了命拉着她，被一个男人不耐烦地一挥，趔趄着倒在地上。可是她依旧咬紧了牙没有放手，膝盖着地，以跪着的姿势活生生被拖行了好几米。

"楚楚……"

姜楚楚不知道这两个男人是谁派来的，却也知道，一旦被拖走的后果绝对是她承担不起的，是以她发了狠地反抗，趁着一个男人对付徐钰，腿狠狠地抬起，踢中了男人的关键部位。

男人粗鄙地骂了一句："这两个女人怎么这么难搞！"

"有人来了，撤吧。"

姜楚楚觉得拽住自己的男人手上力度一松，她立刻随之跌了下来，倒在地上。

可徐钰就比较惨了，兴许是恨她多管闲事，最后一个男人匆匆离开之际，还不忘狠狠地朝她的小腹踹了一脚，徐钰当即面色一白，便仰头昏了过去。

路过这条街的是一对小情侣，见到这骇人的一幕，女生极有战斗力地尖叫起来，她男朋友则是随手从地上捡起几块石头，一边朝那两个男人砸，一边喝退对方。

两个男人迅速跳上了车，飞快地逃之夭夭。

男生跑过来询问姜楚楚的状况，女生在一旁打着电话似乎是在报警。

姜楚楚忍着身体的疼痛先查看了一下徐钰，从包里掏出手机，在想打给温九思的一瞬间顿了一下——

他已经忙了一整夜，现在也不知道是什么情况，还是等自己处理好了再告诉他吧。这样想着，她手指划了一下，拨通了另一个电话。

"白银，我是姜楚楚……"

…………

不到十分钟，两辆警车几乎在同一时间，从相反的方向驶来停在了街边，随之而来的还有一辆救护车。

一辆车上下来两个警察，刚一走近就扬声问："这里发生什么事了？刚才的报案人是谁？"

而另一辆警车上只走下来一个年轻警察，身量修长，神色焦急而又暴躁，一下车就直奔姜楚楚的身边,双手扶住她的肩膀,连声询问:"怎么样?你有没有哪里受伤?头晕不晕?"

姜楚楚摇着头没有回应他的问话,反手揪住他的衣襟。

"徐钰,徐钰昏倒了,快点送她去医院!"

她的神色带了丝惶急,白银觉得自己的心跳骤然一停。

警察帮忙,将徐钰抬上了救护车,姜楚楚刚要跟上去,忽然想到什么,又转身走向那对见义勇为的小情侣,从包里掏出钱包,看都没看,不由分说地塞进女孩子的手里。

"谢谢。"

女孩涨红了脸,急忙推拒,姜楚楚坚持:"拿着吧,我浑身上下最不值钱的就是这个钱包了。"

女孩看着手里明显鼓鼓囊囊的钱包,一时间蒙住了。

中心医院。

徐钰很快就被送进急诊室了,姜楚楚焦躁地在外面走来走去,冷不防忽然被人拽住。

白银拧着眉看向她:"你也受伤了。"

"我没——""事"字还没说出口,她就被白银以一个公主抱的姿势抱了起来,走向走廊边的椅子上。

白银虽然抱着她,可他的手离她的身体隔了一点距离,是一种保护却不暧昧的姿态。

他小心地将姜楚楚放在椅子上,然后沉默地卷起了她的袖子。

姜楚楚白皙的肌肤上一片瘀青。

紧张的情绪逐渐松缓,她这才感觉到疼。

白银站了起来,绷着脸:"我去找医生。"

"别。"姜楚楚立刻阻止,"我这连皮外伤都算不上,过两天就好了。"

她说得十分无所谓,可是话音刚落,走廊另一端就传来了一个冷冰冰的声音——

"那不算伤,那什么算?被拖到车上才算吗?"

姜楚楚立即瞪圆了眼睛看向白银,目光中满满的是控诉。

完了完了,比起被警察通知,还不如她自己告诉温九思呢!

白银跟姜楚楚身后的男人打了个招呼,便离开了。

姜楚楚缩着脖子坐在椅子上,恨不得将自己团成一个球,她似乎能感受到扎在自己后背上的冰冷目光,这对于她来说是一种无言的折磨。

她默不作声地盯着自己胳膊上的瘀青。

男人的脚步声渐渐逼近,高大的身影笼罩在她头顶,裹挟着一股迫人的气势。

"疼不疼?"

"还好。"她小声嘀咕。

一阵衣料摩擦声之后,温九思在她面前蹲了下来,手抚上她的手臂。他的手指冰凉,令她忍不住打了个哆嗦。

"你——"

姜楚楚话还没说完,男人的唇蓦然贴在了她的皮肤上。

瘀青带来的疼痛,很快就被他温热的呼吸所覆盖。

姜楚楚结结巴巴地说:"你……你在干什么啊?"

男人虔诚地蹲在她的面前,吻过那些伤痕,细细密密,极为认真,分寸拿捏得恰到好处,不会弄疼她,反而有些发痒……还带着颤抖。

他在颤抖。

姜楚楚有些呆愣。

看着男人的黑发,她另一只手忍不住顺从心意,在他的脑袋上摸了摸。

医院的走廊上人来人往,路过的人都十分好奇地看着这一对。

良久,他抬起头来,微微仰视她:"楚楚,我很后怕,万一你再柔弱一些,万一徐钰没拉住你,万一那两个路人没有碰巧出现,万一……你被从我身边带走,我没办法承担那种后果。"

他的眼神带着痛意。

姜楚楚心里泛起一阵酸涩,委屈从内心深处一点一点地泛上来,令她的话也含了哽咽:"我也很害怕……对不起,我是怕你不管不顾地来找我耽误了什么事,我当时已经脱离危险了,就想到了医院再告诉你,我没想瞒你的。"

姜楚楚不想他生气,解释起来也加快了语速。

温九思没回应,他站起来说:"走吧。"

没有预料之中的狂风暴雨,姜楚楚的目光中透着三分茫然:"去哪儿?我还要在这儿等着徐钰的情况。"

他叹了口气,伸手将姜楚楚抱了起来,低头看了看怀里的女孩:"放心吧,徐钰这边我让人盯着,一有动静我就告诉你。我先带你去外科,开点药酒之类的,回去我帮你揉。"

她点点头,尝试着靠近他的胸膛,见男人没有不虞,才放心地全然靠进他怀里。

温九思抱着她横穿了两条走廊。

行走过一扇透着夕阳余晖的窗户时,姜楚楚听见男人的声音环绕着她响起。

"是我应该说对不起。

"楚楚，我带你来了京都，却令你置于危险之中。"

"我保证，每一个企图伤害过你的人，我都一定会让他付出代价。"

做完检查，处理完伤口后，温九思陪着姜楚楚坐在休息区。

男人很沉默，姜楚楚担忧地看了他一眼，刚要说什么，他的手机就响了。

温九思站起来向窗边走了几步，侧对着姜楚楚站着。他认真地听着电话，时不时"嗯"一声，只余一个剪影落在姜楚楚眼中。

电话那端说了很多话，温九思的神色逐渐严肃起来。间或，只能听到他短暂而沉稳的回应。

"嗯。"

"我知道了。"

"我不过去了，你们先谈着吧，蓝子期不可靠，有什么事，你就找王自严商量。"

撂下电话，姜楚楚见温九思神色不佳，忍不住说道："九召那边有事，你就先过去吧，我自己可以的，而且人民警察还在这儿呢。"

温九思摇摇头："九召的事情没有那么重要，不过就是个竞标而已。"

见他打定了主意，姜楚楚也只得闭口不再劝了，闷闷地窝在他怀里。

大概又过了两个小时，当满天繁星初显，终于有医生过来通知他们，徐钰醒了。

温九思还要伸手把姜楚楚抱过去，她摇摇头拒绝了，在他的搀扶下，一瘸一拐地往徐钰的病房走去。

走了一半，姜楚楚突然停住脚步。

"对了，袁珂那边……"依照徐钰那个"恋爱脑"，如果她这个时候能看到袁珂，想必心情会好很多吧。

温九思知道她想说什么，不易察觉地摇摇头："袁珂现在处于袁呈的监视下，很难脱身。"

姜楚楚失望地"哦"了一声。

徐钰躺在病床上，面色苍白。

主治医生拿着检查报告站在旁边，看见进来的人，环顾一圈问道："谁是家属？"

姜楚楚上前一步："我是。医生，她怎么样了？"

医生点点头，翻开报告说了一堆专业名词，最后总结："多处软组织擦伤，肋骨骨折，至少需要卧床休养两个月，近期病人不能动，先去办住院手续吧。"

姜楚楚急忙点头："我记下了，现在去哪里办手续啊，两个月之后她就能好了吗？以后会不会受什么影响？"

姜楚楚有一堆问题想要问，忽然，手被一只大手握住。

温九思拉住她,又安慰般地拍了拍她的肩膀。

"别急,楚楚,医生说了,卧床休息就好。入院手续,我一会儿去办。"

姜楚楚被他安抚下来,一步一挪地走到病床边。徐钰偏头躺着,眼睛看着她,目光将她从头到脚看了一遍,似乎松了口气。

姜楚楚见不得她现在的样子,张张口,不知道该说什么,"谢谢"二字又似乎说不出口,半响,她才别扭地说道:"你干吗要拉我,你看,现在伤得起不来了吧。"

她嘴上说着不饶人的话,眼圈却渐渐红了。

徐钰扯了扯嘴角,语气虽然虚弱,却带着一股淡淡的欣然笑意,声音轻柔:"楚楚,你没事,真好。"

这句话一出,姜楚楚的眼泪顿时忍不住大滴大滴地砸下来。

徐钰吓了一跳,想要坐起来,但是用不上力,只能干着急。姜楚楚一面掉眼泪,一面怕徐钰伤势更重,连忙握着徐钰的手坐在她的床边。

徐钰抿了抿苍白的唇,也红了眼睛。

"楚楚,你别哭。"

姜楚楚觉得不好意思,立刻反驳:"你不也哭了吗?"

姜楚楚和徐钰都知道,今天的事只是个引子,她俩之间有过亲密无间的时光,也有过恶语相冲的时候,可是两个人之间的关系到底怎么样,可能只有危险来临之际才能窥见一二。

姜楚楚觉得,恐怕从今天开始,她再也狠不下心去怨恨徐钰了。

正这么想着,她又听到徐钰啜泣着,断断续续地说:"我当时拉着那个男人不让他拽走你,我心里就……就想着……如果今天以后,你还是……还是不原谅我,你才是狼心狗肺的那一个……"

在那么紧张的气氛之下,她还有心思想这个?

姜楚楚气得打了个嗝,可是握着徐钰的手还是没放开。

这和谐的气氛被几声刻意的咳嗽打破。

一个警察拿着记录本站在病房门口,白银站在他身后,双手抱肩靠着门框,长相帅气,身姿挺拔,惹得小护士纷纷脸红。

"现在当事人都在这儿了,我们有些问题要问。"

说话的人正是白银队里的小钱。

警察问话,医生、护士们叮嘱了一番就离开了。

姜楚楚和徐钰一言一语地还原了当时的情况,小钱一边问话一边做记录,但是关于那辆车和那两个男人的有用信息不多。

白银慢悠悠地踱步进来,朝小钱挥了挥手。

"行了，时间也不早了，你先回家吧，明天到了局里再说。"

小钱应了一声，收拾收拾就离开了，走前还贴心地带上了病房的门。

白银抬眼望向温九思，下巴朝门的方向抬了抬，示意他出去说话。

温九思摇摇头，扭头看了一眼正在殷勤地用湿纸巾给徐钰湿润嘴角的姜楚楚，声音带了几分暖意："不用出去了，就在这儿说吧。"

白银皱皱眉，犹豫了片刻才缓缓开口："我是想说，今天这件事你是怎么看的？"

温九思坐到了一旁的椅子上，双腿交叠："白警官不是已经有想法了吗？不如说出来听听。"

姜楚楚霍然转头看向两个男人，眼睛睁大。

"你们是说，你们知道是谁想要绑架我们俩？"

"不是你俩，"白银淡淡地纠正道，"是你。"

"我？我也不是什么罪大恶极，令人厌恶到要绑架的人吧，谁会想要——"话说了一半，姜楚楚也愣住了，脑海里有个人影模模糊糊地浮现出来。

温九思面色不佳，双手握成拳放在嘴边刻意咳嗽了几下，唤回了姜楚楚的注意力。

他伸了伸手，示意姜楚楚过来。

姜楚楚走过去，立刻被他拽住，拉到身边坐下，他伸手使劲揉了揉她的脑袋，温润如玉的面上带了股气恼。

"有时候我真想把你关起来，就不会惹事。"

白银看到这一幕，原本紧皱的眉头更是拧成了一个"八"字，声音降了几个音调。

"你心里知道，这回的事怪不到她身上，袁呈突然下手，多半还是因为你。"

温九思似笑非笑地看他一眼，似乎洞悉了他内心的想法。白银扭过头，烦闷地不再看他，目光落在窗外，凉凉地说道："你最近是否针对李氏企业做了很多动作？这八成是袁呈想给你的警告。"

"警告？"温九思懒懒地笑了起来。

"他有什么底气警告我，无非是想制造点麻烦，牵绊住我的心神罢了，不过……他成功了。"

的确，没有什么比楚楚还要重要。

回到温宅已是深夜，姜楚楚照旧洗漱睡觉，与平常并没有什么不同。

可睡到半夜，温九思突然惊醒。

身旁的姜楚楚紧紧闭着眼睛，梦魇似的说着含混不清的胡话，手还无意识地在空中胡乱地抓了两下。

"救我……救救我……"

温九思拍了拍她的肩膀,没有反应,见她满头大汗,他狠下了心,重重地推了她几下,嘴里也喊着:"楚楚,醒一醒。"

姜楚楚迷迷糊糊地睁开眼睛,温九思搂着她坐起来,端详着她的表情。

她眼角还有未干的泪痕,盯着温九思,半晌没有说话。

"我去给你倒杯水。"

说着,温九思翻身下地穿鞋,准备起身。

可姜楚楚还迷糊着,内心慌乱又茫然,她拉着他的手,忽然带着哭腔说:"我不想喝水,你别走。"

"别怕,我不走,楚楚,我在这儿。"

温九思赶紧坐了下来,见她头发胡乱地披散在肩上,眼睛没有完全睁开,带着噩梦初醒的茫然和后怕。

"九思,你抱抱我吧。"

姜楚楚朝温九思伸出手臂,一脸委屈,那眼神落进温九思眼底,叫他又心疼,又自责。

在医院的时候,姜楚楚一会儿怕他生气,一会儿又担忧徐钰的伤势,根本就没表现出丝毫的惧怕,他还当她天性胆大,想不到却是积攒了自己承受着。

他心里最柔软的地方被拧了又拧。

瞧着她脸上余惊未消的表情,温九思回身,伸手抱住她,轻轻地抚过她的长发、她的背,似是在安慰她不要害怕。

姜楚楚做了一个噩梦,梦到自己被拉上了那辆车,再也见不到温九思。她是真的被吓坏了,可一醒来就看见了温九思。这种又满足又委屈的心情,就像是将柠檬浸到糖里,让她嚼烂吃下,一时间分辨不出自己是想哭还是想笑。

"吓到了吧?"温九思轻声问她,却又不等她回答,将她抱得更紧。

"别去想了,我在这儿。"

怀中的小姑娘委屈地"嗯"了一声,乖顺地趴在他的怀里。

她其实好害怕自己会出事。

曾经她觉得这个世界上没有人爱她,甚至想要死掉,可是现在,她连一点伤都不想受,因为她知道,有一个人会比她还要心疼她。

第二天姜楚楚又是早早地赶到美术馆,生怕耽误了给古教授讲解。

结果到了美术馆,才知道古教授今天不会来了。

宋思蓉哈欠连天地碎碎念:"这个古教授真是的,都定好的行程,他一拖再拖,让我们天天都得为他更改计划。"

姜楚楚哭笑不得:"敢不敢把这话到白馆长面前说一说?"

宋思蓉瞬间就怂了。

古教授没有来,姜楚楚就安心地做自己的工作,不知不觉到了中午,温九思突然出现在了她的面前。

姜楚楚忍不住露出笑颜:"你怎么这时候来了?"

温九思自然地在她额头上亲了一口:"在附近开完会,正好接你去吃午饭。"

车上,姜楚楚忽而想到什么,扭头问道:"我听说姜明珠悔婚了?你知不知道内情?"

温九思点头,云淡风轻。

"我也是上午才刚刚得知,正想要跟你说这个事。悔婚不假,但姜明珠也是被逼迫的,估计袁呈给出了什么条件,让姜明珠主动提出悔婚,这样,对他的公众形象不会有影响。"

姜楚楚撇撇嘴:"我猜也是。虽然姜明珠不值得同情,但是袁呈还真不是个东西,利用完了就丢掉。"

温九思笑了笑,刚要说什么,忽然神色一顿,后面一辆跑车突然超速,强行并道,别在了温九思这辆车的前头。

怕姜楚楚会受伤,温九思铁青着脸踩下了刹车。

姜楚楚还以为是昨天企图绑架她的人又来了,心里一紧。

可还没来得及着急,前面那辆跑车的车门打开,一个男人气冲冲地从驾驶位上走下来。姜楚楚一瞬间就认出了来人,是有一段时间没有见面的蓝子期。

车窗被蓝子期砸得"哐哐"作响,隐约听见蓝子期在外面喊:"温九思,你下来。"

姜楚楚看了看温九思的侧脸。

男人的手指在方向盘上敲了敲,表情有些不耐烦,片刻后,他摇下了车窗。

"蓝子期,会议已经结束了,你不回九召,这是要干什么?"

隔着半开的车窗,蓝子期看见了副驾驶的姜楚楚,狠狠地瞪了她一眼之后,才冲着温九思质问般地开口:"温九思,你心里到底在想什么?

"你知不知道刚才在会议桌上你到底说了什么?这个标如果让给袁呈了,他就彻底在李氏站稳脚了你知不知道?

"何况,你心里知道,袁呈不只是想在京都站稳脚跟,他还有更大的野心,你现在不说阻拦他的发展,总有一天,他会跟九召正式对上的!"

连声责问,姜楚楚模模糊糊地明白了个大概。

温九思放弃了这次跟李氏的竞标?

/ 496 /

温九思并没有动怒，有条不紊地说："这次的甲方是国外企业，这是他们第一次涉足内地，我们尚且不知道能不能磨合出一个对双方都有益处的合作模式，光是新型能源，就是九召之前从未涉足的领域，合作的风险太大，九召需要承担的成本也不菲。我原本就存疑，只是想着可以借此探探路，现在既然袁呈势在必得，不如就让给他，让他替我们规避风险。"

蓝子期冷笑："到底是利用他规避风险，还是想退让，让袁呈不再找你未婚妻的麻烦？你俩之间的过节归根结底不过是个女人。温九思，你别以为我什么都不知道！"

温九思变了脸色。

"这个帽子太大，楚楚不能戴。袁呈是天生的商人，无论我们俩之间有没有过节，只要九召一天存在，我们之间的竞争关系就不会改变。

"蓝子期，只有懦夫才会将矛盾的根源归咎到女人身上。"

温九思再没有耐心跟蓝子期闲扯，按下按钮升起车窗，打好方向盘一脚油门，绕过蓝子期，绝尘而去。

姜楚楚透过后视镜，只能看到蓝子期气得跳脚。

她鼓了鼓腮帮子，刚要开口，就听见温九思的声音："别听他瞎说，弃标跟你没关系。"

姜楚楚气鼓鼓的脸蛋一下子就瘪了下来。

"你怎么知道我要说这个？"

温九思轻嗤一声："你满脸都写着'我是红颜祸水'这句话，我怎么不知道？"

"不过，袁呈为什么要在这个关口解除婚约啊？"

"怕是他要娶李云佳。"

姜楚楚瞪大眼睛："不是吧，这么嚣张？"

温九思解释道："袁呈利用姜明珠打入李氏内部，可是李氏并没有多少人认同姜明珠。所以他这个时候娶李云佳是最明智的选择，毕竟李云佳是李博文最名正言顺的继承人。"

听着温九思的分析，姜楚楚默默地打了个寒战。

她抱了抱自己，脸上浮现出一抹真真切切的厌恶。

"袁呈总是能不断刷新我的下限。"

第二十五章
不离不弃

时间很快到了温九思母亲的生日,也是忌日这一天。

裴安妮的墓离京都有些远,他们清早七点出门,快上午十点了才到。这里环境偏僻但清幽,不知道是巧合还是人为,这里面的墓十分稀少,再加上不是清明寒食,除了看守墓园的人,见不到几个祭拜的身影。

温九思沉默了许多:"古教授还没来,我先带你去看看我母亲。"

姜楚楚点头。

两个人顺着一条小路走上山坡,拐了两个弯,在一棵郁郁葱葱的松树下,看到了裴安妮的墓碑,一张黑白照片,照片上的女人美丽、优雅,微微笑着,下面书写着立碑人的名字——子:温九思。

旁边就是温九思父亲的墓碑,同样的规制、同样的立碑人,两张黑白照片并肩而立。

姜楚楚将带来的白菊轻轻放在墓碑前,看着裴安妮的照片,眼眶里有酸涩不自觉地上涌。

照片里他的父母多年轻啊,两个人走得那么早,温九思那么小,就没有了父母。

温九思在裴安妮的墓碑前蹲下来,伸手擦擦墓碑上的灰尘,声音低沉:"妈,今天是您的生日,我来看看您。"

姜楚楚也蹲在他旁边,神情虔诚,声音清亮坚定:"阿姨,我是姜楚楚,您未来的儿媳妇。"

她说得言之凿凿,温九思偏头看见她一脸认真的表情,忍不住微微扬了扬嘴角。

仿佛是真的面对着爱人的长辈,姜楚楚竟然还有点紧张,她捏了捏拳头:"伯母,您放心,我一定好好照顾温九思的。虽然我们俩在一起是他照顾我比较多,谁让您儿子优秀呢,能者多劳您听说过吧。不过您放心,我会对他很好很好的,逾重生命,不离不弃。"

姜楚楚心道:我一定会陪着他走到最后,永远不会让他孤身一人。

冬日的风呼啸,可能是因为周围的绿植依旧繁茂,那"呜呜"作响的风,来不及吹近,就被挡在了外层。姜楚楚听着风声,看着温九思认认真真地清理了一遍墓碑。

两个人有一搭没一搭地说着话。

"你父亲一定也很爱你母亲。"

"是,我记忆里,我父亲对我母亲宠溺入骨,我倒像是赠送的。"忆起往事,温九思的语调轻快了一些。

"真的假的?你小时候一定很可爱,你父亲竟然还会不喜欢你?"

"真的。"他笑了笑,"我相信,我父亲可以为了我母亲付出生命。"

姜楚楚刚要张口说什么,忽然,一个苍老的声音响起,带着愤怒:"哪里是可以为她付出生命,根本就是他欠了安妮一条性命!"

由于说话过于用力,来人甚至还咳嗽起来。

温九思回过头去,站起了身皱了皱眉头,最后还是垂下眼睛:"古教授,您来了。"

古教授被一个助理模样的年轻男子搀扶着,走了上来,面上还带着消不去的怒意。

"怎么,我说得不对吗?你低头干什么!"

温九思的睫毛上下颤动了一下,声音艰涩:"古教授,那是我的父亲,我知道您对我父亲一直有偏见——"

"偏见?"古教授打断了温九思,手杖往地上撑了好几下,似是在泄愤,"我对他能有什么偏见?他是大总裁,他要什么有什么,就觉得世界上什么都该围着他转了?他抢走了我最引以为傲的学生,逼迫她放弃心理学研究,还害得她送了性命,你觉得我不能骂一骂?"

古教授越说情绪越激动:"你知不知道,你母亲的死是我心头永远的痛啊。"

古教授看着裴安妮的墓碑,眼眸中流露出深深的痛色:"你父亲温桥初,跟你母亲就不是一种人。一个是满身铜臭味的商人,一个是正正经经搞学术实验的,当初我就不看好他们的婚姻,可是你母亲非要嫁给他,甚至为了他连自己的事业都不要了。"

温九思的表情有些冷漠,姜楚楚能感受到他僵直的脊背下,那颗被攥紧的心。

他硬着声音说:"教授,我相信我的母亲没有后悔。"

古教授对此嗤之以鼻:"她就算后悔了,现在也只能躺在冷冰冰的地下,变成一抔黄土了,难道还能跳出来跟你说,她后悔了?"

/499/

"古教授，您这么说话，未免有些不顾虑温九思的感受吧。"女孩的声音强势地介入了两个人的谈话。

姜楚楚明白自己不应该插话，可还是受不了古教授对温九思的咄咄相逼。

毕竟，裴安妮是他的亲生母亲，温桥初是他的亲生父亲，哪怕古教授跟温九思的关系再亲密，也不应该当着子女的面这么诋毁他的父母。

古教授看向姜楚楚的目光严厉起来，仿佛当初在机场用慈祥的目光看着她的那个老人，是另外一个人一样。姜楚楚有些懊恼，却不后悔。

温九思走上前一步，将姜楚楚挡在了身后："古教授，楚楚不是有意的。"

见他这样，古教授怔了怔，忽然重重地叹了一口气："罢了，每次提起这个，你也不愿听，现在连你的未婚妻都觉得我说得过分了。可我是个老人家了，人越老，越容易想起从前的那些事，越是忍不住在心里假想，若是安妮还在世……我何至于被逼得远走他乡啊！"

说到最后一句话，他几乎捶胸顿足。

古教授的情绪平复下来已经是大半个钟头后的事情了。

他祭了裴安妮后，助理扶着他准备下山。

临走前，古教授看向温九思："等你回市里，过来找我一下，我跟你说说研究实验的事情。"

温九思微微颔首。

看着古教授离开的背影，温九思似是松了一口气。而后他转向一旁闷闷不乐的姜楚楚，比起解释，更像在安慰她。

"古教授曾经有机会问鼎心理学的最高奖项，但是为了教导我母亲，放弃了去M国参赛的机会，转而希望我母亲日后能替他弥补缺憾……"

听着温九思淡淡的声调，姜楚楚不得不感慨，每一个性情古怪不讨喜的老人背后都有一段心酸的往事。

"他们在一起确立了一个心理学课题，关键阶段，我母亲嫁给了我父亲，生下了我。古教授原本就颇有微词，可是我父亲为了不令我母亲为难，付出了很多来支持他们的研究，金钱、人脉……可是再后来，我父亲生意上的敌人盯上了我母亲，我母亲只好中断了研究，在家里相夫教子。古教授半生心血，却始终得不到一个好的结果，他记恨到现在，完全在情理之中。

"何况，在我父母离世后，他帮了我很多，得知温仁的作为后，他找到了温仁，想要带我出国，但是我拒绝了。"

虽然知道是过去的事情了，但是姜楚楚还是忍不住揪心："那你就干脆跟他走吧。"

温九思揉揉姜楚楚的脑袋："那个时候我虽然小，却也知道，温仁一家所拥有的东西,都是通过不正当的手段,从我父母的身上抢夺过去的,我看着他们,暗暗告诉自己,我不能离开,我要留在他们身边,把我父母的一切再夺回来。"

姜楚楚抱住他:"你做到了。"

男人轻轻喟叹:"是啊,我做到了。因为一路走过来,遇到的敌人多,朋友少,所以我很尊重古教授,哪怕他有时候说话不好听。"

"我知道了。"姜楚楚埋头在他的怀里,闷闷地说,"那下次古教授再说你的话,我不还嘴,就把耳朵堵上。"

感受着身前的温热,温九思的目光转暖。

无论回忆是珍贵还是不堪,都随着时光被逐一封存。

过了一会儿,温九思也准备带着姜楚楚打道回府,可就在这时候,又有一个男人上来找他们。

白银身姿挺拔,抱着一束菊花。

温九思微微诧异:"白队?你怎么来了?"

白银颔首:"调查的过程中,得知今天是裴夫人的忌日,因而过来看看,希望没有打扰。"

"哪里,多谢你来看我母亲。"

白银穿着一身黑色西装,他似乎不常穿这类衣服,西装的桎梏感令他举手投足间略有些僵硬。

他往墓前放了一束白菊,鞠了三个躬,这才直起身子,看向温九思:"我有些事情想要跟你说。"

温九思的眼神一闪:"回去说吧,这里也不是说话的地方。"

姜楚楚想当然就以为是李博文的案子,自然地接了一句话:"回去的路上说呗,三个小时车程呢,还不够你们谈的?"

可两个男人都默契地没有回应。

姜楚楚突然意识到,温九思有事情瞒着她。

她张了张嘴,什么也没说。

车到美术馆前面停了下来。

姜楚楚冷着脸径直下了车,车门一关,便头也不回地往美术馆里面走去。

只有两个男人的车内弥漫着淡淡的压抑气息。

白银偏头看了看温九思,只见他神色淡淡,一心一意看着女孩是否安全进去,并没有留心她情绪的样子,白银忍不住伸手摸了一下自己的下颌,眨了一下眼。

"不要紧吗?她似乎生气了。"

这么明显的情绪,难道温九思没看出来?

温九思收回目光，重新发动了汽车。

他的声音带着点怡然自得。

"我就喜欢楚楚时不时的小脾气，况且这是我和楚楚的事，白队不用操心。"

这话一说出来，一个普通男人估计会因为尴尬而佯装无事发生，但是白银作为一个见惯了离奇事件、面对生死离别都能面不改色的刑警，显然不是普通男人。

他耸耸肩，一脸平和："我操心也是正常的吧，毕竟我喜欢过她。"

这话说得泰然自若，以至于温九思都顿了一下，眼角余光忍不住睨了他一眼，没吭声。

这一眼被感官灵敏的白银迅速捕捉到。

他嗤笑一声。

"你不用这么看着我，难道这不是你早就知道的事情吗？而且，我也没有做出什么逾越的举动，我知道你们之间是相爱的，可是我也没有犯什么错吧。"

很难得见白银除了办案子说出这么长的一串话。

温九思腾出一只手，拍了拍他的肩。

"白队，别紧张，我还什么也没说。"

白银的嘴角勾起一抹不羁，这个表情在他的脸上显得分外和谐，像是某个话题终于说开了，他因而更加肆无忌惮。

"不得不说，其实我们眼光还是挺一致的，你还记得当年我们为什么会认识吗？"

温九思言简意赅地说："不打不相识。"

他们之间的确是不打不相识，听起来还带着几分男人之间特有的浪漫。

但实际远非如此。

温九思是在白银第一次出任务的时候见到他的。

那时候，白银虽然是个初出茅庐的刑警，可是已经具备了一切优秀刑警的基本素质，一点都看不出来新人的影子。

那是一个拐卖儿童的案子，在警察的围捕中，那个嫌疑人慌不择路地冲进了商场，刚好遇上了正往外走的温九思，以及一个跟家长走散的小女孩。

男人身姿颀长，气势凛然，一看就不像好惹的样子，于是嫌疑人立刻冲向了那个小女孩。

却没想到男人推开小女孩，自己主动送上门来，甚至还提醒道："手别抖。"

还没等他反应过来，男人又配合着警方，不过两分钟就打落了他手中的枪，让他的逃亡梦就此破碎。

这个男人自然就是温九思。

可能是温九思太过镇定，令白银格外在意，以至于白银无意间碰到他的前胸，温九思条件反射般地伸手格挡之后，两个人顺理成章地打了起来。

可以说，两个人打得兴致勃勃。

出乎温九思的意料，这么年轻的警察出手却如此狠厉老到。

也出乎白银的意料，一个看起来弱不禁风的男人，竟然也有不逊色的拳脚功夫。

白银的队长匆匆上前阻拦，商场的经理生怕这位继承人在自己的地方出点什么岔子，场面一时间乱成了一锅粥。

反倒是两个关键当事人打量着对方很久。

这大概就叫作……一眼万年？

白银忽然说了一句："外套不错。"

温九思点点头，也回了一句："你也是。"

…………

思及往事，白银硬朗的五官轮廓都带了些怅然。

车已经渐渐驶离美术馆，他落下车窗，凉风一瞬间就灌了进来，令他的声音显得很小。

"你放心吧，我真的不会做什么，只要她……一直像现在这样生活。"

他终究还是用了一种含蓄内敛的表达。

温九思"嗯"了一声，突然发问："不过我很好奇，你的车要怎么开回来？"

白银扭头，由于太过用力，他忍不住皱了皱眉头："什么……我的车？"

"你开车去的墓园吧，为了跟我坐一辆车回来，让我送你去局里？白队不至于要省这点油费吧。"

白银紧抿着嘴，目光看向窗外，美术馆门口，已经没有了女人的身影。

良久，他才对温九思说："得了便宜，就闭嘴吧。"

两人一同回到局里，一前一后去了白银的办公室。

白银长腿一勾将门关上："有件事要跟你说。"

毕竟能让白银刻意避开姜楚楚说的，一定不只是李博文的案子。

白银说："原先，我们怀疑是付如玉利用李博文求子心切的心思，给他用了违禁药品导致李博文死亡，可是事后，我们并没有任何一条线索能指向这个推测，相反——"

他坐在温九思旁边的桌子上，面色严肃："法医在李博文生前最后一次体检的资料里面，找出了几处不正常的数据——人在极乐时死去，和在痛苦挣扎中死去，这个数据值会不同，结合我前几天对那个付如玉的审讯，我有一个大

/503/

胆的猜测——"

"李博文的死可能不是药物导致，而是有人让李博文笃定他会因药物而死，所以他就死了。"温九思若有所思地接话。

白银一拍手："对！有点像我曾经办过的一个精神催眠诱导自杀的案子。"

温九思并没有表露出过多的诧异，随口问："法医连这个都能检测出来？"

白银耸耸肩："我为了这个案子，特意找了温玉来验尸，那可是个厉害的女人。"

温九思点点头，并没有在这个话题上过多纠缠。

"尽管没有实际线索，但付如玉仍有重大嫌疑，你也找到了一点头绪，可喜可贺。"他顿了下，"所以，这个为什么要背着楚楚说？有这个必要？"

白银垂下眼，他的睫毛浓密而纤长，此刻微微颤抖着，似乎能遮住他所有的情绪。

空气安静极了，只有外面的寒风卷起细碎的砂石砸在玻璃上，发出窸窸窣窣的撞击声。

良久，白银开口。

"你让我调查你父母的车祸，我想如果真是人为，很有可能是蓄意，所以我顺着你父母的生平，一点一点查找，终于在你母亲那里，发现了一点李博文案子的线索——我找到一篇你母亲早年求学时发表的学术论文，她的研究命题是：在心理学上，深度催眠是否能达到对被催眠者从心理及身体上的全部控制……就跟我怀疑付如玉对李博文做的事情一样，很巧合，是不是？如果不是我同时在调查你母亲和付如玉两个案子，我可能永远也找不到这个切入点。"

温九思抿唇没有说话。

白银继续说："在你母亲第一次公布这篇论文之后，这篇论文就像是凭空消失了一样，原稿也被禁止查阅。可是更巧合的是，第二年，你母亲就在古教授的牵线下，跟法国的一个心理机构合作，开始了一个保密性质的课题研究，并且是由你母亲主导的。你试想一下，那个时候你母亲只是一个在学校表现优秀的学生，有什么值得一个机构倾力支持的研究？

"然后，保密课题研究的第二年，你母亲生下了你，第三年，她主动从项目组退出。

"前些日子我查到，你母亲退出这个项目组之后，由于没有领头人，项目被迫叫停了一段时间。直到七年前，项目重启，出现了一个新的领头人，我猜测，这个领头人继续了你母亲的研究，并且，颇有成果。"

白银的语调平静无波，只是在一五一十地叙述着他调查出的事情。

温九思："你怀疑付如玉身后有一个组织？"

"是，因为付如玉从南城纠缠你们到京都，一切计划都十分周详，姜楚楚也说过，她曾经在一个通讯器里面，听见一个男人向付如玉下命令。所以，我有充分的理由认为，他们是一个组织，并且你和姜楚楚身上，有他们想要得到的东西。"

温九思深深吸了口气："可是你现在怀疑，这个组织跟我母亲有关。"

白银想也不想地点头："是，我甚至可以推测，这个组织的领袖人物，就是那个法国心理研究所保密项目的领头人。"

"你有多大的把握？"

"七成。"

两个男人的目光在空中交汇。

见温九思的面色有些怔忪，白银提醒道："所以，我们需要查到，在你母亲过世之后，是谁顶替了她，得到了那个机构的支持。你回去仔细想一想，或者翻一翻你母亲留下的遗物，看看能不能找到一些线索。"

"你不用找了，"温九思缓慢地摇头，"我知道是谁。"

话音一落，白银愕然地望着温九思："是谁？"

温九思目光暗了下来，神色复杂。

那是一个他曾经欣赏过、厌恶过，将他逼走，却又如挥之不散的阴影一般肆意纠缠的男人，曾经的对手、朋友，但是再见面只能是敌人。

一个危险、病态、狂热地崇拜着心理学，并试图想主宰它的男人。

"他叫蒋原。"

"蒋原？"白银口中重复着这个名字，神色困惑。

温九思回过神来，看了看白银，有些好笑："他不是犯罪分子，白警官自然没听说过他。"

白银从桌子上蹦下来，拍了拍裤子："那你就跟我说说这个人，我去查他，如果真能有什么突破，我记你一功。"

温九思轻嗤了一声："记一功就不必了。他是个危险的人，你如果要查他，一定要小心。"

白银不知道从哪儿顺来了一个本子，一边听温九思说，一边记录，神色认真得很。

提起旧事，温九思的声音显得有些散，让人听不出他的情绪。

"蒋原……我们很早相识了，他是我的大学同学。

"我们俩都是跳级读的大学，在一个班，都选修心理学，都曾被教授老师们称作天才，再加上，我们对心理学都十分钟情。因此，难免不会注意到对方，有一段时间，我们走得很近，经常在一起讨论课题。"

温九思的叙述十分有故事性，白银听得津津有味。

"……可是后来，随着我对他越来越熟悉，我发现了他有些不对劲，不是指性格或者行为举止，而是指对待心理学的态度。

"你知道，心理学，归根结底是一门与人有关的学科，你学到的、领悟到的东西，迟早都要应用在人的身上，可是这种应用应该是良性的，是辅助性的，不具备攻击性的，可是蒋原不这样认为。

"在他眼中，心理学是一种可利用的工具，他参透了它，吃透了它，就能利用它达到自己的目的。并且他选择的研究方向越来越刁钻——如何让人相信一段不属于自己的记忆是自己身上真实发生的，如何令一个没有任何心理疾病的人忘记自己最重要的人或记忆……

"许多人试图劝过他，但是都没有用。直到有一次，他擅自利用了我们班一个女孩子做了一个心理实验，导致那个女孩子陷入思维混乱，最后跳楼自杀。"

"一个潜藏的危险分子。"白银总结道，随后不解地挑挑眉，"可是，这跟你有什么关系？"

温九思冷冷一笑："我从中周旋，把他弄出国了。如果不是没有证据叫他钻了漏洞，我甚至想把他送进监狱里去，他应该为自己的所作所为付出代价。"

白银露出一个"失敬失敬"的表情。

"难怪啊，你断了人家的前程，他不找你麻烦才怪。这么说，他如果就是我们猜测的那个人，现在应该还在国外？"

"不。"

温九思垂在身侧的手渐渐握了起来："我跟楚楚订婚的那天，有人送来了一束大丽花，还附上了一张卡片，大意是，他要回来了。"

白银不屑地笑了一声："死亡预告啊……用不用我们警方给予你人身保护？放心吧，你父母的车祸我已经申请立案调查了，鉴于你的身份有些特殊，为了避免被报刊网络知晓引发不必要的关注带来的麻烦，因此是保密性质的，跟李博文的案子并案调查，你可以相信我的能力。"

白银是玩笑般的口吻，可温九思却认真地看向他："如果真的是你想的这样，我不是最危险的……我希望你能保护楚楚。"

白银脸上的笑消失了。

"你什么意思？"

"我对蒋原一直有警惕心，可是那是在我知道他手下可能有一个组织之前，我自认为对付他一个，我能护好楚楚，就不想劳烦警方费心。可是现在，案情复杂，我不敢冒险，所以——"

"我不是问你这个！"白银打断了温九思的话，显得有几分烦躁，"我是在问你，你和蒋原的事怎么又牵扯上姜楚楚了？她身边怎么总是有那么多麻烦。"

温九思突然语塞了："这个事情要追溯到很多年前了，我跟楚楚，我们其实认识得很早，从前……"

第二十六章
疑窦丛生

远在十几千米外的美术馆里,姜楚楚不由自主地打了个喷嚏,然后有些不好意思地看向前面的人——

"抱歉这位先生,我可能是……有点感冒。"

从刚才开始,姜楚楚已经连续打了好几个喷嚏了,她知道不是感冒,心里嘀咕着,八成是谁在念叨她。

可是她面上却一副歉意的模样。

同时也忍不住在心底吐槽,她准备的专业十级解说还没有让古教授听过,就用来招待这一位陌生的客人了。

这是一个陌生男人,一副文质彬彬的长相,白皙、干净,高挺的鼻梁上架着一副银框眼镜,镜面微微反着光,令她无法看清他的眼神。

他摇摇头表示不在意,又微笑着说:"没关系的,我们先休息一下吧,喝点热水。"

姜楚楚摆摆手:"不要紧的,我们可以继续去看下一个场馆。"

她刚要走,突然,男人伸出手,手掌落在她的胳膊上,以一个阻止的姿态。在姜楚楚诧异的目光中,他微微笑道:"今年的冬天格外冷,我周围不少人都因为不注意保暖感冒了,人在没生病之前总觉得自己不会生病,姜小姐穿得也不多,还是小心点好。"

姜楚楚愣愣地看着他。

男人的语调不急不缓,声音很轻,甚至有时候需要她靠近一两厘米。

"我猜,你可能有点冷了……"

姜楚楚原本还不觉得冷,可是被这个男人一说,突然觉得一股冷意不知道从什么地方窜出来,细细密密地包裹住她。

她也不是什么遵守死规矩的人,白教授虽然叮嘱她好好介绍,可人家既然想要休息一下,她也不能强拉着人家参观。

她于是笑了笑，伸手引路："那您跟我来吧。"

让美术馆的工作人员泡了壶茶送到她的办公室里，姜楚楚手握着茶杯，看着从茶杯里袅袅升起的热气，刚才那股突如其来的冷意这才缓缓散开。

她抬起眼看向对面的男人。

他是两个小时前突然出现在美术馆的。

来的时候，男人还带了一幅画，姜楚楚从没见过来美术馆参观还自带画作的，忍不住好奇地过去看了看。这一看可就不得了，男人带的画作竟然是出自她最喜欢的画家亨特·达蒙之手，并且，他提出要把这幅画捐给京都美术馆。

这下，连白馆长都给惊动了。

先不说亨特·达蒙的画值多少钱，对于油画爱好者来说，光是这幅画本身的意义，就足够众人趋之若鹜的了。可是现在，突然冒出一个人来，拿着这幅珍贵的画，毫不在意地说出要捐赠的话来，这可真是太奇怪了。

白馆长自然要问个清楚。

男人十分有礼貌，在众人的打量中也不见局促。

他说自己姓"吴"，是海外归国的华侨，这幅画是他在国外的拍卖会竞拍夺得，这次回国打算长住自然要带回来。可是他在国内并没有什么亲戚，深觉得如果只自己欣赏会埋没了这幅画，因而才想要捐给京都国立美术馆，让更多的油画爱好者能够欣赏。

这一番话说出来，白馆长看他的眼神立刻就变了，那是大家都没见过的激赏。

虽然是捐赠，可是流程还是要走的，需要几个教授一起去鉴定一下这幅画的真伪。

白馆长许是觉得这种举动很不好意思，解释了好几遍——并非不信任他，而是检查是必要流程。这位吴先生表现出相当大的理解，只是提出，在这段时间里，可不可以有一个人带着他四处参观一下。

白馆长当然允允，视线瞟过姜楚楚，想也不想地就点了她。毕竟解说词都是现成的，正好实战一下。

于是就有了刚才的那一幕——

"姜小姐。"

沉浸在回忆中的姜楚楚冷不防被叫了名字，吓了一跳，掩饰性地喝了口茶水，露出一个职业化的微笑。

"吴先生，您说什么？"

男人低头笑了一声，显得十分儒雅："姜小姐不必这么……礼貌生疏，我们可以随便聊聊天。"

姜楚楚笑眯眯地说："吴先生说笑了，您对美术馆做出这么大的贡献，我理

/509/

应尊敬您。您有什么想知道的，尽管问我。"

她一边说，一边在心里给自己点赞。

既有礼貌，又跟别的男人保持了合适的距离，温九思真应该好好夸夸她。

这样想着，她忍不住悄悄笑了一下。

"姜小姐在笑什么？是不是有什么有趣的事情？"男人的声音再次响起，多了几分探寻。

姜楚楚立刻止住笑容，心里多了一丝尴尬。

这位吴先生看起来温文尔雅，十分好说话，又懂礼貌，可是，给她的感觉怎么就那么违和呢？他似乎时时刻刻都想掌握她的心思一般，这种超过了正常社交界限的举动，令姜楚楚忍不住皱了皱眉。

这一个动作很快就被男人捕捉到了，他略有些歉意地笑了笑。

"是不是我的问话令姜小姐感到不适了？真的很抱歉，我在国外待了许多年，身边一直没有什么能说得上话的朋友，因此回国之后，就很愿意找同胞聊天。如果我的话或者是举动让姜小姐感到不适，我向你道歉。"

听到他这么说，反倒是姜楚楚有些不好意思："哪有您说得这么严重……"

这位吴先生随后就沉默下来，不再试图挑起话题。

这回轮到姜楚楚坐立不安了，天知道，要是让白馆长看到这位客人闷闷不乐的样子，会不会抓着她开上几个小时的培训会议。

她轻咳一声："那个……吴先生回国还习惯吗？"

史诗级的尬聊开场白，可是男人显然很高兴听见姜楚楚的主动问话，面上露出一抹笑意。

"姜小姐叫我'吴辞'吧。"

如果是个会交际的人，就会知道，此刻是攀交情最好的时机，可以说是成为朋友的第一步。

可是姜楚楚只是点点头："哦，吴辞先生。"

不知为何，她对于这个吴辞，有一种天然的、说不清道不明的防备。

姜楚楚挑了一个最没营养、最浮于表面的寒暄问题。

"吴辞先生回国后，过得还适应吗？"

吴辞低头，这个浑身书卷气的男人看起来有些失落："老实说，不大适应，我在京都没有朋友，平日里连个说话的人都没有……"

姜楚楚一边干巴巴地回了一句"哦，是吗，那太可惜了"，一边在心底想着，白馆长怎么还不过来。

吴辞忽然抬起头："姜小姐也觉得很可惜是吗？那我以后能不能经常过来找

姜小姐聊天？"

　　姜楚楚不明白这个男人为什么突然跳转到了这个话题，并且，他明明长了一副书香门第出来的样貌，可是这话说得比金发碧眼的西方人还要直接。

　　吴辞继续说："我对美术也颇为爱好，相信能和姜小姐有共同的话题。"

　　姜楚楚急忙打断他："不不不，这不是关键……"关键是，谁要跟你有共同话题啊？

　　看到姜楚楚有拒绝的倾向，吴辞一瞬间手足无措起来。三秒前，他还是一个风度翩翩的成熟男人，此刻瞬间切换成不谙世事的少年。

　　姜楚楚无意识地皱了皱眉。

　　她大概已经知道这个男人的反常是因为什么了。那个嘛，她在南城经常遇到的啊。

　　"吴辞先生。"

　　姜楚楚交叠起双腿，手交叉置于膝上，嘴角勾勒出一个明艳的笑容。

　　"您是不是觉得，我长得很漂亮，第一眼就惊艳到了您？是不是我完完全全，超出预期的，就是您心目中梦中情人的样子。"

　　这番话要是换成一个姿色普通的女人来说，多半会引起听众的严重不适，但是姜楚楚是谁？

　　在冠上"温九思未婚妻"的名号之前，她可是艳冠南城，让无数名门公子富二代朝思暮想的人物，就凭她几年之间，一直屹立于南城名媛TOP1的资质，那副"男人，我看透你了"的架势，已经足够令人信服。更何况，她今天为了祭奠温九思的父母，还暗搓搓地化了妆，搭配了衣服，看起来比电视上的大明星也丝毫不逊色。

　　果不其然，吴辞呆了一瞬间之后，肉眼可见地脸红了。

　　这就是默认了姜楚楚的话——他对她，一见钟情了。

　　"姜……姜小姐，我……"

　　他刚支支吾吾地说了半句话，姜楚楚立刻就举起了手，摆出了一个"停止"的手势。

　　"好了，吴辞先生，您的心意我已经明白了，我十分感谢的同时要向您表示一百分的歉意——"

　　在吴辞问询的目光中，姜楚楚毫无心理压力地接上了一句："我已经订婚了，不好意思。"

　　吴辞的面容一瞬间就暗淡下来，气氛陷入了短暂的沉闷之中。

　　"你订婚了？"

　　"是的。"

"对不起,我不知道你有男朋友了。"

姜楚楚有耐心地纠正道:"是未婚夫。"

吴辞的表情更加尴尬,仿佛都快坐不住了:"对……未、未婚夫,我为刚才的无礼向你和你未婚夫道歉。"

该说的都说清楚了,姜楚楚也不想让他这么一直尴尬下去,于是起身给他空了的茶杯里添了水,同时,放柔了声音:"白馆长还没回来,要不然,我再陪您去参观参观?刚才我们还有好几个展厅没有去呢。"

吴辞似乎完全陷入了被动之中,无论姜楚楚说什么,他只是有些慌张地点头附和。

两个人站起来往外走去。

姜楚楚刚拉开门,忽然,背后传来了吴辞的声音:"那你能说说,你未婚夫是什么样的人吗?"

或许是两个人之间的距离远了,又或许是声源的方向改变了,总之,姜楚楚觉得,他的情绪,跟刚才有些不一样。

察觉到他情绪中微妙的不同,姜楚楚忍不住又回头看了吴辞一眼,他正满脸失落地看着她,表情还能看出三分好奇。

敢情还没死心?

她一边带着他往展馆走,一边斟酌着措辞。既能打消他的非分之想,又不至于让这位慷慨而脆弱的客人心灵受伤。

"我的未婚夫——很帅,当然了,因为我爱他嘛,所以他在我眼里没有人能比得上。"

姜楚楚捋了捋头发,眼角余光瞥到吴辞听得很认真。

她顿了一下,又补充道:"当然了,萝卜青菜各有所爱,平心而论,您也不差啊。您现在回国了,京都美丽的名媛很多,说不定里面就有人正在等您。"

吴辞似乎并没有感受到姜楚楚送来的温暖,他甚至没有失落或者苦涩之类的情绪,而是转而又问起:"那你的未婚夫是做什么工作的呢?"

从样貌问到工作,是非得要攀比一下吗?

姜楚楚觉得自己可能是过于敏感了,所以在吴辞的问询中心再一次偏移到温九思的时候,她停下了脚步,收起面上的微笑,似笑非笑地看着他:"我怎么听着吴辞先生对我未婚夫更好奇呢?"

吴辞似是被她的问话惊了一下,条件反射般地扶了扶眼镜:"姜小姐,你说什么?"

吴辞的面色有些尴尬。

姜楚楚正要说什么,这时候,一个同事路过,看到姜楚楚,笑着打招呼:"还没下班啊。"

姜楚楚懒懒地回答:"现在还有一个多小时呢。我上午就请假了,要是下午再早退,白馆长骂我,我可是要说这是你们怂恿的。"

这是同事之间的玩笑,另一个人自然也不会当真。

"我刚才在门口看到你男朋友的车了,他今天到得挺早啊,啧啧,真是羡慕啊,天天接送你,这是有多怕你被人抢走。"

姜楚楚一挑眉,温九思已经过来了?

她刚想说什么,却见吴辞正巧掏出手机看了两眼,而后面上挂上为难的表情:"姜小姐,我恐怕得走了,家里有些事情需要处理。"

"现在就走?"姜楚楚略带诧异,"可是您的画……"

吴辞摇摇头:"没关系的,先让白馆长好好看看吧,我之后还会来的。"

见吴辞的神色是真的很焦急,姜楚楚也不好阻拦,于是点了点头:"那好吧。哎,小刘,你先别走,帮我送吴辞先生出去吧。"

同事应了一声,吴辞笑着跟姜楚楚道了别,步履匆匆地离开了。

姜楚楚也没把这事放在心上,还没等她掏出手机联系温九思,就听见前面的男人叫了她一声。

"楚楚。"

她瞬间展露笑颜,小跑过去,抱住了男人,左摇右晃的。

"你来得也太早了吧,我还没下班呢。"

"我知道,不过就是从白银那儿出来没什么事,想着还不如过来等你下班。"

温九思不提白银还好,一提起他,姜楚楚忍不住傲娇地"哼"了一声。

"你没什么事,怎么不留在那里跟他多唠一会儿?"

温九思笑着打量着她,忽而伸手在周围扇了扇风,佯装不解地问:"哟,美术馆这么一个正经的地方,怎么会有奇怪的味道啊?"

姜楚楚白了他一眼,手指胡乱地抓向男人的头发搞着破坏:"我劝你别问,问就是酸味!"

温九思抓住她的手臂,顺势将人揽在怀里,诱哄般地摇了摇,含笑轻声说:"冤枉啊,夫人的醋劲真是越来越大了,这让为夫以后怎么招架得住啊。"

姜楚楚"哼"了他一声:"招架不住也要招架,毕竟夫人是你自己选的。"

他歪着头冲她笑,笑得荡漾:"我只记得我有未婚妻,怎么不记得我有夫人?还是说……"

他蜻蜓点水般地碰了一下她的唇:"还是说,我马上就要有了?"

姜楚楚捂着耳朵直跺脚:"我警告你哦,你休想套路我,当心我揍你。"

温九思的眸光比春水更温柔:"我怎么敢,还请夫人手下留情。"

这时,白馆长来了,她跟温九思打了个招呼,便看向姜楚楚:"吴先生呢?"

姜楚楚耸耸肩:"他说有急事,走了,不过他说过两天还要来的。"

白馆长这才放心下来,连连点头:"这就好,到时候我们可要好好感谢一下人家。"

姜楚楚毫不犹豫地从温九思身边离开,走到白馆长身边拉起她的衣袖摇啊摇:"馆长,老师,快给我看看那幅画吧!亨特·达蒙的画啊,我好久没看见新作了。"

白馆长使劲地点点她的额头:"就知道你憋不住,我锁在保险箱里了,密码你知道,自己过去看吧。不过,你可要小心些。"

"放心吧!"姜楚楚笑着跑开,还不忘回身嘱咐温九思,"你在底下等我就行,下班我就出来了。"

说完,她连电梯也没坐,"噌噌噌"地顺着大厅旋梯上楼去了。

目送着姜楚楚的身影消失在二楼,温九思看向白馆长:"亨特·达蒙的画?这是怎么回事?"

白馆长将事情从头到尾地复述了一遍,温九思听完之后也忍不住微微诧异:"亨特·达蒙的画现在这么常见?随便一个归国华侨手上都能有一幅?"

"只能说很巧了,是我们美术馆的福气。"

温九思闻言,看了一眼白馆长,露出一个令人如沐春风的微笑:"白馆长,您知道亨特·达蒙是楚楚最喜欢的画家了,不知道能不能——"

"不能,不能卖给你。"

白馆长不由分说地打断了他,扯开嘴角假笑:"先不说这是别人捐赠给馆里的,我没有资格,也没有道理把这画卖给你,我们馆里也需要这幅画,毕竟上一幅亨特·达蒙的名作已经被温总你高价购入了,你就让普通人也有一睹名作的机会吧。"说完,她转身也准备走。

"对了,白馆长。"

温九思叫住她:"那位捐赠者叫什么名字?"

"吴辞。"

回家的路上,温九思叮嘱道:"你近期留心一下,如果你周边突然出现了形迹可疑的人,尤其是年轻男人,马上告诉我。"

"为什么?"

"没什么大事,就是我曾经对付过的一个人回来了,我怕他会利用你威胁我。"

温九思的表情完全没有异样,可是依照姜楚楚对他的了解,他越是没有反常的表情,这个事情就越大。

"放心吧，我一定会乖乖替你保护我自己的。"

温九思轻笑，等红灯的间隙亲了亲她的耳垂，夸赞道："真乖。"

只是温九思和姜楚楚都没有预料到，这场变故会来得这么猝不及防。

第二天，温九思将姜楚楚送到美术馆之后，刚准备离开，忽然，一辆车从后面加速撞了过来。

那个时候姜楚楚已经下车往美术馆里面走了，车上只有温九思一个人，听见不对劲，回过头看见车朝着温九思撞过去的一瞬间，她的心都要跳出来了。

幸好温九思反应及时，一踩油门将车开上了绿化带。那辆车擦着他的车身飞驰而过。

温九思落下窗，冷着脸冲姜楚楚嘱咐了一句"你先进去"，便又倒车回到马路上，踩下油门追了上去。姜楚楚想要喊他，可是车没有几秒钟的工夫就消失在她的视野中。

她又急忙拨通了白银的电话。

电话一被接听，姜楚楚就急切地开口："白银——"

"楚楚，我已经知道了。"

那边风"呼呼"地吹，白银的声音急促，听起来正在跑动。

而说完这句话，电话立刻就被切断了。

白银已经去找温九思了，这个认知令她的心安了一半，可是另一半还没有落下——

姜楚楚抬起头，余光中闪过一个女人的脸。

当意识到那是谁的时候，姜楚楚的心一凉。

原来竟然不是冲着温九思，而是冲着她来的？

付如玉手上拿着一个包，里面露出了几条线，红的、黄的、蓝的……美术馆的门近在咫尺，可是她不敢赌付如玉包里的是什么东西。姜楚楚一咬牙，朝着相反的方向跑走，付如玉眼底闪过讥笑，紧紧跟住她。

光是论跑步速度，凭借她一双大长腿，姜楚楚自认不是没有逃脱之力的，可是对面两个黑衣大汉立刻堵了上来——

她无路可逃了。

付如玉已经到了她的跟前，低下头去动那个包。

这个时刻，姜楚楚的头脑却异常清晰。这些人怎么可能为了杀她冒这么大的风险，在青天白日之下引爆炸弹？这太疯狂了，也太不合情理了。

不对劲，哪里不对劲，可到底是哪里？

可是付如玉的动作又不似作假。

付如玉阴恻恻地笑了一下，将捆在一起密密麻麻的排线和圆筒状的东西朝她扔过来。

尚且没弄明白情况,可是疑似炸弹的东西袭来,姜楚楚还是忍不住闭上了眼睛。

忽然——

"姜小姐,快趴下!"

一个人飞快地奔过来,一下将她扑倒,身子压在她的身上,把她全然地保护起来。

一秒、两秒、三秒,整个世界都仿佛安静下来。

姜楚楚愤愤地拍了一下地面:什么炸弹,果然是假的!

她一动,随之而来的是沉重的压迫感,她几乎是从牙缝里挤出了一句话:"你……起来。"

"哦、哦,对不起。"

男人手忙脚乱地爬起来,怕压到她,手肘撑在地上,向旁边翻滚了一下,姿势看起来有些狼狈。

姜楚楚这才能站起来。

她木着脸看向付如玉,没有说话,眼角余光中,那个被格挡开的"炸弹",一落地就摔了个稀碎,估计连一个幼儿园的小孩子,拿着废弃的电子零件和一些胶带都能拼凑出来。

可是她偏偏就是被这个破东西弄得这么狼狈!

付如玉像是没感受到她身上冒出来的冷意,嘴角甚至还牵起和善的微笑。

"姜小姐你还好吗?我东西没拿住,砸到你了吗?嗨,当然没砸到了,毕竟有人英雄救美了。"

姜楚楚精致的眉眼因着冷笑的表情显出几分攻击性,她双手抱肩,面露嘲讽:"付医生这是准备破罐子破摔了是吧。"

如果付如玉及幕后主使有心,就不会不知道白银对李博文的调查进展,以及对付如玉的怀疑。

既然已经被白银认定是嫌疑人了,那么就可以肆无忌惮地做出这些昭然若揭的挑衅举动,反正没有证据,谁也不能拿她怎么样。

付如玉扬扬眉,姜楚楚轻易地就从中看出了她没怎么掩饰的得意,可是偏生语调里却装得无辜至极。

"姜小姐在说什么?我怎么没听懂啊,我刚才不过是跟姜小姐开个玩笑,姜小姐生气了吗?那可怎么好。哪怕你告诉警察为你打抱不平,他们也没办法啊。毕竟我这儿就是一堆破铜烂铁,他们能把我怎么样?"

有恃无恐,这是对自己的一种信心。

可是姜楚楚对她的这种自信嗤之以鼻。善泅者死于水，善战者死于兵，越是自视甚高的人，越容易露出破绽。

"付医生真是说笑了。"比起变脸的功夫，姜楚楚自认是鼻祖。顷刻之间，热络的笑意就挂上了她的脸庞。

"你都说了是在跟我开玩笑，我找警察干什么啊。其实呢……"为了显示亲热，姜楚楚甚至还往前走了几步靠近付如玉。

付如玉条件反射般地皱起眉头，后退了几步跟她保持距离。

"付医生也知道，古教授是我未婚夫尊敬的长辈，你又是古教授的救命恩人兼私人医生，我想跟你好好相处还来不及呢。以后咱们见面的时候还多得是，我觉得我们一定能处得来，毕竟，我也挺喜欢开玩笑的。"

没想到姜楚楚选择了绵里藏针的手段，付如玉冷笑了一声："当然。"

没什么好说的了，付如玉一挥手带着人离开。

耳边传来男人隐忍的痛呼，姜楚楚扭头，这才看见"救命恩人"还在旁边靠着栏杆，腿似乎骨折了。

毕竟他是好心，姜楚楚叹了口气走过去。

"吴辞，你没事吧！"

吴辞摇摇头："我没事，嗖——"

可能是一动弹，牵扯到了腿脚，吴辞的面色一瞬间难看得很，可饶是如此，他还是坚持着看向姜楚楚，关心地问："姜小姐有没有事？刚才是我不好，没看清情势，反而害了姜小姐。"

人家为了救自己受了伤，姜楚楚当然不好多说什么。

"你没事吧，要不要我送你去医院看看？"

"没事，我就是脚扭到了，姜小姐可以扶我去美术馆坐一下吗？"

姜楚楚点点头："当然可以，小心些啊。"

在看见付如玉的一瞬间，姜楚楚算是想明白了，刚才撞温九思的那辆车很可能就是一个幌子。她扶着吴辞一边往美术馆走，一边想着付如玉的目的，这么大费周折，总不可能就是为了要吓唬她一下吧？

那付如玉的目的到底是什么？

刚进美术馆，姜楚楚的手机就响了。

她一脸歉意地示意吴辞先坐一会儿，转身接起了电话。

"喂，九思，你怎么样了，没事吧？"

吴辞一边揉着脚，一边抬起头看了姜楚楚一眼。

察觉到她紧张的语气，温九思淡淡地笑了笑："没事，你放心，开车的那个人已经抓到了。"

"那就好,那就好。"姜楚楚松了一口气,"其余的事情等你回来再说吧。"

"其余的事情?你怎么了?"

温九思立刻就抓住了她话里的重点,瞬间语调比她还紧张。

姜楚楚连声安抚了他,并保证自己现在已经在美术馆里,十分安全。等撂下电话之后,她吐了一口气,扭过头,看见吴辞正在看着她。

他的表情颇有些令人捉摸不透,似乎是在看着她,但又似乎是在透过她看着什么,影影绰绰的,面上仿佛笼了一层雾气。

见她望过来,吴辞露出了一抹苦笑。

"姜小姐和男朋友关系真好。"

"是未婚夫。"姜楚楚干脆利落地纠正他,而后看了看四周,"你先在这儿坐一会儿,我去给你买药。"

说完,她冲他点了点头就转身离开。

吴辞的脚肿了一大块,贴了镇痛的膏药,他的表情稍微好了一点,姜楚楚略有歉意。

"今天你也算是被我连累的,后续如果要去医院什么的,你尽管打电话给我。"

吴辞点点头,神色中不禁露出了几分愉悦。

白馆长正好下来,看到两个人的样子忍不住吃了一惊,连声问怎么了。姜楚楚随口编了一个借口圆过去,吴辞知晓了她的意思也默契地没有提。

到了中午,吴辞走后,温九思来了,身后还跟着白银。

一见到姜楚楚,温九思疾走了几步,上来拉住她的胳膊,把她当成个洋娃娃似的,前后左右地摆弄着转了几圈,这才放开她。

"你在电话里说什么?"

姜楚楚皱着眉看向两人,委屈巴巴:"我看到付如玉了,她拿了个假炸药包吓唬我。"

白银嘴角不由得抽动了一下,温九思紧紧皱起眉头,两个男人目光炯炯地看向姜楚楚。

姜楚楚将事情重复了一遍,温九思陷入了沉思。

"你是说,付如玉仅仅是挑衅了你,然后就大摇大摆地走了?"

姜楚楚点点头,十分委屈:"我原本还替你担心着,结果没想到是冲我来的,我当时以为我要死了,再也见不到你了。"

温九思淡淡地说道:"瞎说。"

话虽如此,但他揽着她的手臂还是环得紧了一些。

姜楚楚从他怀里支起身子,问道:"对了,开车撞你的人呢?"

白银咳嗽了一声，插入谈话："开车企图冲撞温九思的男人已经抓到了。"

姜楚楚连忙问："是什么人？"

"是个醉鬼。"

姜楚楚撇撇嘴："我才不信，那个人明明就是跟付如玉一伙的！"

涉及温九思的安全，姜楚楚看起来就像一只小老虎，想要将一切威胁从自己的地盘上清除干净。

"但确实只是个醉鬼。"温九思握住她的手，温热的手心仿佛给她注入了力量。

"经过审讯，那个人只是一个平平无奇的群众，白天去参加同学会了，喝了几杯，原本想趁着交警不注意开车回家，结果路上不知道怎么困得厉害，再有意识的时候，就是被白银抓住的时候。"

姜楚楚似懂非懂："也就是说，这个人只是被利用的？"

"对，这大概是付如玉做的。"温九思目光悠远。

他抬起头，跟白银的目光撞了个正着。

白银的目光中盛着不赞同。

温九思从他的目光中读出了他的想法：你应该把真相告诉姜楚楚。

温九思默默地低下头去。

"楚楚。"他突然出声。

姜楚楚还沉浸在付如玉会催眠这件事情里不能自拔，冷不防听见男人用严肃的口吻唤她，不由得迷茫地抬起头："嗯？"

温九思仿佛好不容易下了决心，面上带了几分歉意。

"楚楚，我知道你很喜欢现在的生活，可是……"他看着姜楚楚雾蒙蒙的大眼睛，接下来的后半句话变得酸涩异常，"我怕你再出什么危险，美术馆的工作，你暂时不要做了，好不好？"

姜楚楚一愣，随后绽开一抹笑。

"好呀。"

"谢谢你，楚楚。"温九思将她揽过来，揉了揉她的头顶。

"有什么可谢的，你是为了我的安全着想嘛。再说了，休息一段时间也挺好的，回头我就跟白馆长请个长假。"

白银不动声色地看着相互依偎的两个人。

温九思面带无奈，似是不忍，又因着姜楚楚的顺从多了两分欣慰。

姜楚楚虽然表面欣然应允，可是在温九思看不清的地方，她的目光却黯淡下来，不知道在想些什么。

白银突然有些气闷，突然站起身。

"好了，没我什么事请了，我就先回局里了。"

/519/

"等一下。"

温九思出声喊住白银。

"白警官,你还记得你答应我的事情吗?"

白银颔首:"放心吧,我知道怎么做的,这两天让人过来把我的行李搬过去吧。"

白银走后,姜楚楚问他:"白银要搬行李去哪儿?"

温九思手指点了点她的鼻尖:"咱们家旁边的一个房子,白警官要跟咱们做邻居了,你开心吗?"

"我怎么觉得你这话里面有陷阱?"

温九思笑笑:"瞎想。"

"对了,你的朋友,在医院也不大安全……"所以,干脆在温宅附近找一处房产,给徐钰住。

他原本是想这么说的,可是话还没说出口,姜楚楚眼神一亮:"我知道该怎么做了,我们下午去看徐钰吧。"

中心医院里,护工扶着徐钰在地上转了一圈,又小心翼翼地把她送回床上。

姜楚楚走过去,坐在她的床边上:"你身体怎么样了?"

徐钰淡淡地笑了笑:"还好,你看,我现在都可以下床走动了。"

"我们刚才见过你的主治医生了,他说你不需要再待在医院了,我们收拾一下,回家养伤吧。"

徐钰神色微动,却缓缓摇了摇头,苦笑了一下:"算了,我还是在医院待着吧,我现在腿脚不利索,回家里会麻烦人的。再说,我也没什么人能麻烦的,还不如在医院里,有什么事可以随时找医生和护士。"

姜楚楚看到她面上的失落,猜想着,她大概是想起袁珂了。

姜楚楚十分有义气地一拍手:"你是为了我才受伤的,我怎么可能会让你一个人养病,当然是跟我一起回家了。"

姜楚楚回头看了一眼温九思,眨巴眨巴眼,一副理所应当的口吻:"温九思,你说是吧,你不是也是这个意思?"

还嫌不够,姜楚楚甚至伸手拐了拐温九思。

温九思有些无语。

他不是这个意思。

虽然两个人独处这么长时间,但他还没真正拿下他的楚楚呢,这要是再住进来一个闪闪发光的大灯泡,前路不是更加艰难。

"楚楚,要不然……"

"要不然咱们就这么定了！"姜楚楚一拍胸脯，根本就不给温九思插话的机会。

行吧，他还能拒绝什么呢。

温九思第一次觉得自己，弱小可怜又无助。

两个女孩子亲亲热热地牵上手了，没有一个人留心到温九思在后面自顾自地释放着低气压。

过了一会儿，眼见姜楚楚跟徐钰越聊越欢，被忽视的温九思终于忍不住站起身走过来，一只手搭在姜楚楚的肩上，柔声说道："好了，既然要接徐钰回家住，我们也得事先准备一下不是吗？"

姜楚楚头也没回："不着急吧，孙婆婆天天都洗我屋里的床品，到时候直接让徐钰住在我那里，也不用收拾客房了。"

温九思噎住。

正沉浸在修复了友谊愉悦中的徐钰，突然觉得有一道锐利的目光落在了自己的身上。

她无意识地抬起头，对上温九思的眼神。

徐钰——总觉得自己好像犯了什么错。

她轻咳了一下："楚楚，我想要休息了，你们就先回去吧。等你收拾好了，再来接我。"

见徐钰这么说，姜楚楚只好恋恋不舍地起身。

回温宅的路上，姜楚楚一直趴在窗边，看着窗外的风景。温九思偶尔瞥她一眼，都能看见她极安静的侧脸。

终于在一个红灯路口停下时，温九思开口问她："楚楚，你在想什么？"

姜楚楚意兴阑珊地看着车窗外走过人行横道的行人，半晌才慢悠悠地说："我只是想问问你，你怎么就那么肯定，会有危险的人是我？"

温九思表情不变，可是握在方向盘上的手却不由自主地攥紧。

"别瞎想。"

又是这句话。

姜楚楚叹了口气，目光从窗外收回来，看着男人英俊的侧脸，语调沉静："九思，我不问，不代表我不会思考，不会怀疑。我不问，只是因为我相信你，有些事情你不告诉我，一定是有你的理由。

"但我也想让你知道，也想让你相信我，我的承受能力，超出你的预料。九思，我很坚强的。"

温九思的神色有片刻的怔忪。

绿灯亮起，车后有喇叭声"嘀嘀"地响了起来。

他迅速回过神来，打了一下方向盘，车辆顺着转弯车道驶去。

姜楚楚偷偷看着温九思，目光里含着一点期待，可是温九思只是认认真真地开着车，没再说一句话。

她眸光里的期盼之色渐渐地熄灭下来。

又采买了一些日用品，温九思跟姜楚楚回到温宅的时候，天色已经渐渐地黑了下来。

孙婆婆听见声音迎了出来，想要接过温九思手上的东西，却被拒绝了。

他温和地看向孙婆婆："没事，我拎进去就行了，您晚上把原来楚楚那屋子收拾出来，她有个朋友明日会过来小住一段时间。"

说这句话的时候，姜楚楚跟孙婆婆打了招呼，头也不回地进去了，温九思的话顿了一下。

孙婆婆正有些奇怪于两人之间微妙的气氛，温九思调整好了神态，接着说完："还有西边那个房子，也收拾出来，我的朋友会搬过来。"

姜楚楚生了温九思的气，主要体现在不肯跟他睡在一个屋子里。

原本温九思已经用柳下惠似的作风，让姜楚楚相信了他的高尚品德，这下可好，一朝回到解放前。

孙婆婆见姜楚楚连被子都搬去客房了，忍不住在客厅急得直转圈圈，后来老人家受不住煎熬，去敲温九思的房间门："你和楚楚这是怎么了？"

相较孙婆婆的焦急，温九思却显得游刃有余，他放下手中的书，出声安慰："没事的，不过是一点小口角，明天就好了，时间不早了，您快去睡吧。"

"行吧……"孙婆婆叹了口气，正要出去，却又忍不住回过身子，开口劝他，"你从小就是个有主意的，先生和夫人去得早，那杀千刀的一家搬进来，看见我就想撵我走，还是你求情，给我说了好话，在他们面前伏低做小的，才给了我一笔遣散费，这些婆婆心里都记得清楚。

"温仁觉得你是因为小，不懂事，才会为了一个保姆去求他们。我甚至还记得那个人脸上的得意，每每想起来我都气得牙痒痒。但是我知道，你虽然小，但是你什么都懂。

"可是，感情的事情，我这个老年人都能明白，它不是一个能算计和计算的事，你心思这么缜密，肯定知道楚楚那丫头心里的想法，可是你不能像对待温仁那一家一样，对你的爱人，你得敞开心扉——"

"孙婆婆，"温九思冷静地打断了她，气质依旧温和，却带了点不容置喙，"您说的这些，我记住了。夜深了，快去休息吧。"

孙婆婆无奈，只好又长叹一声退了出去。

温九思手中的书长久地没有翻页。

他合上书，起身披了一件外套走到窗前，看向天空，只能看得到灰蒙蒙的一片，月亮的辉光也全然被隐藏在云层之后。

今晚是个阴天，一如他的心情。

他不是不想告诉姜楚楚一切真相，他只是怕，他的楚楚知道了所有的一切，有关他、有关她、有关他们的相识之后，她会离开他。

男人紧紧地闭了闭眼，神色之间有几分痛苦，几分挣扎。

姜楚楚很晚都没有睡着。

这还是她第一次睡在客房。

空调开着二十六摄氏度的温度，薄厚适宜的被子，身上毛茸茸的睡衣，明明一切都很舒服，可她就是失眠了。

翻了个身，她觉得有点冷，好像是缺一个温暖的怀抱。

温九思明知道她为什么生气，可就是能眼睁睁地看着她抱着被子出来。

想到这儿，她恨恨地又揪了揪毯子上的细毛。若是以这个频率揪下去，明天早上八成这条毯子就秃了。

也弄不清是几点，门忽然开了。

有一阵凉风窜了进来，拂到她的脸上。姜楚楚一僵，可是随之，她闻到了熟悉的味道——独属于温九思的那一股木香。

她缓缓地放松下来，察觉到男人摸上了床，她心里突然涌起一阵委屈。

——这样算什么嘛，他要是真心想哄自己，还能没有办法？而且，自己明明很好哄的啊！

心里吐槽着，姜楚楚一时间也没动。

温九思躺在她的身后，用她的被子同样裹住自己，亲密地贴着她。他身上的温度驱走了她心底的冷意。

他凑近了她，缓缓地在她耳边叹了一口气，声音很轻，像只是说给自己听的呓语。

"楚楚，我是真的很爱、很爱你。"

这几个字的威力是巨大的，尤其是她止不住地想着，他说这句话时候的神态，他的眼神一定盛满了深情。

姜楚楚抿了抿嘴唇，忍不住有点想笑。

可是短暂的沉默后，男人的声音轻了又轻："我原以为故事可以从我们相遇的那一刻开始，可是我现在却在想，是不是我，欠了你一段美好的年少时光。"

黑暗中，姜楚楚皱了皱眉头，不解其意，但心中又有一种隐秘的紧张感。

他在说什么？

他揽在她腰间的手逐渐收紧,仿佛想要将怀里的女人融入骨血,变成他身体的一部分。

她有心想转过身询问这句话是什么意思,可是——

他的呼吸喷洒在她的后脖颈。

这样"醒来"未免也太尴尬了吧。

姜楚楚真心觉得,自从跟温九思在一起之后,她装傻充愣的技能点在短时间内飞速点满,她甚至可以忽略那些属于他不安的躁动,然后迷迷糊糊地入眠。

第二天早上,在陌生的房间醒来,姜楚楚还蒙了一下,直到男人在她身后,用清晨特有的嗓音说:"楚楚……早啊。"

她迷糊着,也自然地回了一句:"早呀。"

这句话一说出来,她就知道,昨天晚上的小脾气,又被温九思兵不血刃地化解了。

两个人从客厅走出来的时候,正好对上孙婆婆打趣的目光,老人家耳朵不大好用,还执着地认为别人的耳朵跟她一样不大好用。她小声嘟囔着,以为只有自己才能听到。

"我就说嘛,夫妻哪有隔夜仇,小夫妻床头打架床尾和的……"

还嫌温九思不够尴尬一般,孙婆婆又笑着说:"还赶我这个老婆子去睡觉呢,原来是怕我看着他过去找媳妇,不好意思啊。"

瞟到温九思不自在的脸,姜楚楚意味深长地调笑:"所以,昨天我早早就睡着了,你跟谁打架了?"

正吃着早饭,姜楚楚和温九思的手机突然同时响了。

"喂,古教授。"

"喂,白馆长。"

姜楚楚刚接起电话,白馆长的声音立刻传出:"楚楚,今天你还是得过来一下……"

昨天她听温九思的话,立刻跟白馆长请了假。

可能是上天都看不过姜楚楚这三天打鱼,两天晒网的工作了,在她辞职的第一天,白教授就急召她回美术馆。

撂下电话,姜楚楚看向温九思:"白馆长让我去美术馆,说是古教授今天的行程突然改了,要来美术馆看展。"

温九思也一脸无语:"古教授让我跟他一起看展。"

"古教授真是什么都想着你。"姜楚楚一口气喝完了最后一口奶,将杯子往桌子上一搁,"反正你也要送我过去,快走吧。"

两人匆匆忙忙地收拾完,就往美术馆赶,好不容易在古教授到的前两分钟到了美术馆。

姜楚楚在温九思耳边嘀咕了一声:"付如玉也来了。你不是说古教授很厉害吗?我就不信他对付如玉一点怀疑都没有?再说了,你也能放心这么一个人在他身边?"

温九思轻叹一声:"我已经跟古教授讲过,可是他觉得……即便是付如玉有问题,把她留在他的身边,这样兴许能帮到我们。"

还真是对温九思关照有加啊,连自己的安危都能不顾。

因为古教授的知名度,这次参观是有电视台全程跟随的。

眼见电视台的设备铺开,温九思不动声色地退后了一步,离开了镜头可能会扫到的地方,在他们身后不远不近地跟着,目光淡淡地落在了付如玉的身上。

付如玉面上带着得体的微笑,宛如古教授最衷心的助手一般搀扶着他,表面上看不出任何疑点。

而姜楚楚更绝,她在古教授前面有条不紊地解说,还能兼顾摄像头来个走位。

她是负责人,正面镜头自然多。姜楚楚深谙怎么走位才能保证她能跟付如玉处在一个镜头里的同时,还能利用角度将付如玉衬托得格外丑。

洞悉了她的小心思,温九思无奈地摇了摇头。

中间休息的时候,付如玉扶着古教授去了休息室,姜楚楚想去洗手间,将包扔给温九思,自己扭头就走。

说来也巧,一楼的洗手间正在清扫,姜楚楚不耐烦等,干脆上了二楼——

刚转了一个弯,就听见两个人对话的声音。

走廊上空无一人,休息室的门半开着,付如玉和古教授的声音传了出来。

付如玉温柔地说:"古教授,喝点茶水吧。"

姜楚楚心念一动,停住了继续走的脚步,缓缓地站定在原地,连呼吸都放轻了。

古教授咳嗽了一下,声音失去了往日的慈祥:"不必了。"

姜楚楚暗自对比一下,发现古教授在裴安妮祭奠那天对自己的态度还算是好的。

"如果茶水您不喜欢,我再去换一杯。"

"真的不用。"

付如玉笑了起来:"古教授跟我客气什么呢,我们毕竟是一起回国的,我自然要将古教授照顾好,古教授才有心思去专心研究啊。"

付如玉的话乍听没什么问题,但又似乎别有深意,语调颇为慵懒。

还未等姜楚楚仔细揣摩,就听见古教授突然怒气冲冲地说:"我的研究什么时候做是我自己的事情!"

"这可不是您自己的事,您别忘了答应过我什么。"

"我会尽快进行实验的,但是进度由我自己控制,你不用管。"

"我怎么能不管呢,毕竟您知道,我在您身边就是为了……"付如玉的话刚说了一半,姜楚楚的心就开始剧烈地跳动起来,好像有什么了不得的事情即将发生。

可是就在这时,姜楚楚身后响起了一阵脚步声,同事小刘嘹亮的声音响彻走廊:"楚楚,你在这儿站着干什么呢?电视台的编导在下面找你呢。"

听到小刘的喊声,里面的谈话戛然而止。

不多时,付如玉缓缓走了出来,目光在一瞬间就钉在了姜楚楚的面上,含着冷笑。

"姜小姐从什么时候起站在这儿的,也不打声招呼,万一让人误会了你是在偷听,这可就不好了。"付如玉的语气带着试探,似乎是想知道姜楚楚到底听到了什么。

姜楚楚双手抱胸,精致的妆容使得她的美颇有攻击性,将原本还算大家闺秀长相的付如玉,一下子衬托成了颜色寡淡的配菜。

"你听到了,是编导让我帮忙上来看看古教授好了没有,谁知道我刚走到这儿,就听到有些人正在劝古教授工作。我说,助理就应该有个助理的样子,人家古教授雇你来是让你帮忙的,不是让你来当监工的。他想什么时候研究就什么时候研究,你要是再这样不懂礼貌,我就告诉温九思,他肯定有办法把你撵走。"

她故意模糊了付如玉的语气,将付如玉形容得嚣张跋扈一些。

果不其然,付如玉的神色稍缓,显得闲适了一些:"姜小姐说得是,是我的错,咱们这就下去吧。"

好歹她是心理医生的未婚妻,付如玉摆出一副妥协的样子,可是眼底的轻慢却骗不了姜楚楚。

姜楚楚看了一眼随后跟出来的古教授。

他的面色有些难看,跟姜楚楚对视了一眼之后,一言未发,跟在付如玉的身后也下楼了。

看着他们两个人的背影,姜楚楚的心头被巨大的疑云笼罩。她怎么觉得,古教授的状态,仿佛更像敢怒不敢言?

参观行程结束得很早,电视台又对古教授做了一个专门的采访,主持人挂着敬仰的笑容,先是寒暄了几句,而后询问古教授:"古教授,我们都知道,您在心理学领域可以称得上是国内的第一人,很多国家的心理实验室都争相邀请您去指导,请问您这次回国,是为什么呢?"

古教授的表情已经缓和过来,恢复了平日里慈祥的样子,笑呵呵地说:"我这次也是带了研究项目回来的,我的项目遇到了瓶颈,国内人才济济,我也是希望能在国内取得突破。"

主持人点点头:"我们也知道,您曾经两次跟心理学最高奖项擦肩而过,那么这一次的研究项目是否是您为了获奖发起的再一次冲击呢?还有方不方便透露一下,您新项目的方向?"

古教授还没说话,付如玉却插了嘴:"古教授这次的研究方向是保密的项目,不大方便跟大家说。还有,古教授今天有点累了,采访就到这里吧。"

古教授分明是还想说什么,可是看到付如玉微笑的表情,竟忍下了。

电视台的工作人员们散去,姜楚楚抬头看了看表情平淡的温九思:"不知道是不是我的错觉。"

她的话还没说完,温九思就像知道她想要说什么,笃定地接话:"不是,因为我也是这样想的。"

"你也觉得古教授有难言之隐?"她换了一个温和一点的形容词。

谁料,温九思的面色逐渐变得更加严峻了:"我看,不只是有难言之隐,古教授或许……被威胁了。"

说完,温九思忽然拽住姜楚楚:"楚楚,帮我一个忙。"

付如玉收拾好古教授的随身物品,正在跟美术馆的工作人员告别,忽然之间,一壶温热的红茶不分青红皂白地,从她脑袋上浇了下来——

"啊!"

付如玉没忍住喊出了声。

红茶整壶浇在她的头上,一滴也没浪费,红色的液体顺着她的脸流到她白色的衬衫裙上,显得十分狼狈。

付如玉抬头,眼睛里几乎冒出火来:"姜楚楚!你是不是有病!"

姜楚楚一手拿着空了的茶壶,另一只手惊讶地捂着嘴,表情很是无辜:"哎呀,对不起付小姐,我真不是故意的。"

她的动作堪称快准狠,一看就是瞄准了目标铆足了劲,说是不故意的概率大概比中巨额彩票还要小。

周围所有的人都惊呆了,不知道发生了什么。

小刘打了个哆嗦,连忙上前:"我说楚楚,你这是干什么啊?你俩在楼上有口角,你也不至于记这么久吧。"

白馆长皱着眉刚要开口,却被温九思拦下,声音很轻却不容置喙:"白馆长,您还有事处理吧,先上去吧,这里交给我。"

白馆长有些生气:"我不管你想干什么,你都给我小心些,这里是美术馆。"

/527/

温九思面色温和:"请您放心。"

白馆长虽然面色难看,但还是摇着头走了。

这边,姜楚楚瞪大眼睛,回应着小刘的质疑:"小刘,你说什么呢?付医生这样和善的人,怎么会跟我发生口角。"

小刘没想到姜楚楚不认账,十分耿直:"怎么没有,刚刚在楼上,我听见你说——"

"好了。"付如玉的笑容有几分僵硬,谁知道这两人这么一来一往,在大庭广众之下会说出什么来?她深吸了一口气,才算稳住了情绪,"我没事,我车里有备用衣服,就为了避免发生这种……意外情况。"

姜楚楚没什么诚意地鼓鼓掌:"付医生真的是准备充足,佩服,那就请去吧。"

付如玉看了一眼古教授,意味深长地说:"古教授,那就麻烦您在这儿等我一会儿了,我很快就回来。"

付如玉快步离开后,姜楚楚看向手中的茶壶,冲小刘招招手,示意他过来。

"小刘,我有点渴了。"姜楚楚把空茶壶往小刘怀里一塞,颇有几分颐指气使的架势,"去,再给我倒一壶水来。"

小刘大概没想到,怎么平日里看着还算和善的漂亮同事,一天之间就变成了性格刁蛮的大家小姐。可是看着姜楚楚不耐烦的表情,他还是面有戚戚之色地说:"那你等等啊……谁让你把水都倒人家身上了。"

小刘是个好孩子,不一会儿,就重新给姜楚楚沏了一壶茶,怕她渴,还特意沏得满满的。

于是,在付如玉面色冷凝,浑身冒着寒气,从洗手间里走出来的时候,就被躲在门后面的姜楚楚,第二次浇成了个落汤鸡。

"姜楚楚!"

周遭没有人,付如玉彻底撕去了面上的伪装,看向姜楚楚的目光似淬了毒液。

姜楚楚哼笑:"哎呀,真是对不起了,付医生,不知道你还有没有备用衣服了,要是没有,我出钱给你买啊,毕竟我别的没有,就是有钱。"

姜楚楚觉得自己总算找到了对付这种自认聪明冷静的"绿茶"的最佳方法了。

讲什么道理,耍什么心机,胡搅蛮缠就好啊,反正她的男人有钱有势,她凭什么不能欺负人?

大概是被气得狠了,付如玉眼中闪过毒辣,手抬起,咬着牙,不由分说地一巴掌就要扇过来——

"住手。"

白银沉着脸,一把抓住了付如玉的手。

姜楚楚连忙后怕地拍了拍胸脯,躲到了白银的身后。

付如玉怒极反笑:"白警官?你这是什么意思?包庇?"

白银甩开她的手,面容冷冽:"付医生,您这是什么意思?当着警察的面出手伤人?"

姜楚楚躲在他宽厚有劲的背后,附和着点头,小模样让人一见还以为受了委屈的是她。

付如玉揉揉自己的手腕,竭力控制着怒气:"你没看见姜楚楚都做了什么吗?!"

"抱歉,我刚到,我只看到了付医生想要抬手伤人。"

"你们——"付如玉讥笑道,"行啊,现在就连警察也学会无赖行事了?"

白银丝毫不受激将,将姜楚楚护得更紧了一些:"付医生言重了。"

他一板一眼地说着:"在您和姜小姐发生冲突的过程中,若是您受了伤,可以验伤之后提起诉讼;若是您的财物有什么损失,也可以要求赔偿……比如衣物。"

"对对对,没问题。"姜楚楚点头如小鸡啄米。

白银回头看姜楚楚一眼,她又立即住嘴,乖巧得很。

付如玉心知这一场自己占不到便宜,倒也能吃下这个亏:"不必了,你觉得,我稀罕这个?"

她走得姿态高傲,已经与一开始小心谨慎的作风有了明显差别。

姜楚楚看着她一边气急败坏地擦着头发,一边疾走的狼狈背影,嗤笑出声:"我看你也不用查她了,这样多来几遭,我一定能气死她。"

白银瞥了姜楚楚一眼,警告道:"哪怕她这个人再沉不住气,你也不能小瞧她的手段,知道了吗?"

他语气严厉,姜楚楚在他的威压下只得点头。

"话说,你跟温九思在搞什么鬼?"

姜楚楚耸耸肩,随后一巴掌拍在白银肩上:"多亏白警官了。"

"我觉得你在讽刺我。"

姜楚楚无辜地瞪圆了眼睛:"怎么会?"

"刚才在洗手间门后鬼鬼祟祟地躲着,在付如玉出来的时候一壶水泼过去的是谁?"

姜楚楚不尴不尬地摸摸鼻子:"你都看到啦,那你怎么没阻止我?"

白银没说话,只是看着她,目光说不上有什么不对劲,但就是无端令姜楚楚不敢直视。

在姜楚楚不自然地移开目光的时候,白银骤然转过身去:"我们走吧。"

这么一折腾,足足过去了一个多小时。

古教授从美术馆离开后，姜楚楚也找到了温九思，悄悄地问道："怎么样？我把付如玉支走这么长时间，古教授跟你说什么了？"

温九思看着空无一人的大门口，摇了摇头，神色多了几分严肃："没有。正是因为这样，我才觉得麻烦了。"

姜楚楚无意识地咬咬手指头："你不是说，古教授很厉害吗？而且他还是主动提出要帮你看看付如玉要做什么，怎么现在反而什么都不说了？"

温九思拽下她的手攥在手里。

"可能是古教授周围有什么变化……总之我有点担心。"

温九思叹了口气，却也知道这里不是说话的地方。

"我们先走吧。"

姜楚楚自然地提步跟上，却发现温九思还站在原地等着。

她一扭头，看着往这边慢悠悠地走过来的白银，这才发现温九思不是在跟自己说话。

温九思低头："白银今天就搬到我们家旁边了，你以后有事，可以求助他。"

第二十七章
狠心放手

　　白银的新居就在温宅的西边，依旧是一处四合院起的地基，但不同的是，这里改成了独立的复式公寓，一栋房子两户人家，白银占了一户，另一户暂时没有人住。

　　白银从车厢后面单手扛起了一个看起来十分沉重的大箱子，另一只手从裤兜里掏出钥匙打开门。

　　姜楚楚跟着走进去，四下打量着，不由得"啧啧"出声："不错嘛，还是双层，这房子很贵吧。"

　　白银将箱子往地上一扔，拍拍手："不知道。"

　　"不知道？"姜楚楚满脸惊异，显然已经想歪，"难不成你已经有钱到可以买房子都不看价位了吗？"

　　白银看了姜楚楚一眼，那一眼让姜楚楚觉得自己是个傻子。

　　"你觉得，我要是这么有钱，我可能开一辆不到十万块的车吗？"

　　"有道理。"

　　"这是你未婚夫的房子，让我住的。"

　　温九思坐在沙发上，闲适得紧："的确。"

　　姜楚楚噎住。

　　姜楚楚善于自我开解，很快又开心起来，她朝白银走过去。

　　"我帮你收拾吧，好歹我是个女孩子，心更细。"

　　说完，她蹲下来从他的箱子里往外拿东西——

　　她拿起来看清了才发现，这是一个相框，很普通，只是里面的相片似乎有些年头了，都已经微微褪色。

　　那是一张合照，中间是一个长相平凡的女人，温暖地微笑着，周围围着十几个小朋友。姜楚楚几乎第一眼就看到了角落那个长相格外萌的小朋友，童年的白银板着小脸，一脸严肃，五官虽然稚嫩，但紧皱的眉头跟现在如出一辙。

姜楚楚突然想起来，白银曾经说过，他没有父亲，也没有母亲。

她愣神的工夫，手中的相框突然被人夺走。

白银皱起眉，站起来将相框放到一边："不用你帮忙，你去旁边坐着就行，我自己来。"

她站起来，慢悠悠地"哦"了一声，歪着脑袋想了一会儿，忽然语出惊人："白银，你小时候是不是在南城生活啊？"

听到这个熟悉的地标名称，温九思抬起眼看向白银。

白银的动作顿了一下，站起了身，面色严肃地看向姜楚楚："你怎么知道的？"

姜楚楚指了指他方才搁到旁边的相框："那张照片的背景是秋明公园吧，雕塑女神像还是挺有名的，小时候我经常会去那儿玩。"

将他的沉默当成默认，姜楚楚又追问："既然你是南城人，怎么大老远跑京都工作了？"

"与你无关。"

说完，也不待姜楚楚面上不满，他径直对温九思说："温九思，管好你的女人。"

温九思失笑，站起身理了理衣服，冲着姜楚楚伸出手："走吧，我们回家，这里还没收拾好，都没地方让你好好休息。"

白银大力地将自己的一套杯具掏出，重重地往茶几上一搁，冷着脸说："温先生，还麻烦你分清楚，嫌弃这里的陈设主动要走和被主人出声赶走是有本质上的区别。"

温九思丝毫没有生气的意思，轻轻松松地接了一个"哦"字。

出了门，姜楚楚窃笑起来："看不出来，你毒舌的功力也不差。"

温九思抬手，屈起手指，在姜楚楚的脑门上轻轻地敲了一下，不轻不重地说："以后不要打听白银的往事。"

姜楚楚斜眼睨他："怎么？"

温九思摇头："每个人内心都有不欲被人知晓的事情，按照我对他的了解，他的童年是他最不想提及的事情。"

姜楚楚觉得自己生来就有点皮，因为听到温九思这么说，她对白银的好奇心反而愈加浓重了。但是她现在也只得压抑住自己的好奇心，要不然惹火了白银，那就是自找麻烦。

时间不急不缓地进了十二月，一场大雪下来，整个京都都陷入了银装素裹之中，颇有几分古意盎然的景致。

姜楚楚抱着暖手袋，靠着软垫，昏昏欲睡。

温九思正在办公桌前认真看着资料，仿佛全然忘了自己的办公室还有一个她。姜楚楚忍不住打了今天的第十二个哈欠。

天天对着这么一个人，哪怕是个世上难寻的大帅哥，她也会觉得无聊的啊。

这时门被敲响，一个穿着白大褂的医生进来，对温九思说："温医生，古教授的助理来了，说是来拿您准备好的资料。"

"资料我已经找出来了，你问前台的护士拿给他就好。"

那位医生又问了几句关于一个病例的解决方案，几分钟之后才退出去。

温九思目光一移就看见姜楚楚"哀怨"的注视。

仿佛她等了他千年、万年，而后他终于想起了她。

他揉揉额头，叹了口气："楚楚，你从辞职那天到现在不过才三天而已。"

"才三天？可是我觉得我再待下去就长蘑菇了。"

温九思丝毫不为所动："没有三天就能长出来的蘑菇。"

见姜楚楚噘了嘴，温九思走过去搂着她坐下："我不是帮你把画具都拿过来了，白馆长跟你约了两幅画，你正好利用这个时间创作两幅新的作品，不是挺好的？"

姜楚楚摇头，嗤之以鼻："创作是需要灵感的，一个没有人身自由的人，没有灵感。"

一谈到这个话题，温九思就变得不讲理且不容置喙。

"古教授让我帮他分析一些资料，等过几天，我就带你出去散心。"他亲了亲她的眼尾，"你知道的，古教授那儿我不放心，我总要弄明白古教授到底在做什么，而且，我陪着你呢。"

"我不是不理解你，也不是想给你制造麻烦，只是……非要这样？"她说着站起身来，打开大门，外头有两个明显不是患者也不是医生的壮汉坐在休息区，手上拿着对他们来说显得不合时宜的市场杂志。

一听见温九思的办公室有动静，他们立刻浑身紧绷地望过来，看见开门的姜楚楚，又相视一眼放松下来，欲盖弥彰地低下头，企图将他们自己藏在杂志后面。

温九思知道她在说什么，很自然地点头。

"我毕竟单枪匹马，还是多几个人保护你安心一些，这两个人是小赵高薪从保全公司聘请的，身手不比白银差，以一当十不成问题。"

"我想说的不是这个。"姜楚楚"啪"地关上门，快步走回到他身边。

"这种保护要持续到什么时候呢？付如玉的幕后黑手一天没查出来，就要持续一天吗？那要是一个月没查出来、一年没查出来、十年没查出来呢？温九思你知道的，我们总不能因为潜在的危险，就不好好生活了吧。这样，你不累吗？"

温九思抬起头,目光对上她的眼,认真得不能再认真了:"在我心里,没有什么比你的安全重要。"

说不通,跟这个死脑筋真的是说不通!

姜楚楚气闷地跌坐回沙发上,抱着抱枕,将自己的脸埋进去。

温九思叹了口气,将她从柔软的抱枕里挖出来,扶住她的双肩。

"这样吧,你想去哪儿?我安排一下,只要我确定能保证你的安全,我都带你去。"

根本就不是这个问题好不好!

在两个人的沉默中,姜楚楚的手机忽然响了。

电话是徐钰打来的,听着声音有些小心:"那个,楚楚,你和温医生现在能不能回来一趟?"

姜楚楚直起身子,有些担忧地问:"怎么了,徐钰,出什么事情了?"

徐钰昨天就从医院搬了进来,孙婆婆终日里都是一个人在家,这回住进来一个姑娘,看起来很和善,还是女主人的闺蜜,自然待徐钰亲热得很,又是鸡汤,又是当归,连着炖,姜楚楚也跟着沾光,今早一上体重秤都重了一斤多。

徐钰的话听起来很为难:"不不,不是我有事,是……家里来客人了。"

客人?

姜楚楚跟温九思对视一眼,两个人离得极近,温九思自然也听见了徐钰的话,干脆就着姜楚楚的手,问了一句:"徐钰,是谁来了?"

"是袁珂和袁呈。"

姜楚楚还没反应过来,温九思冲着话筒嘱咐了一句:"我们知道了,现在就回去,你先让孙婆婆招待他们。"

撂下电话,温九思立即起身穿上外套,带着姜楚楚一路驱车,终于在中午赶到了温宅。

进门的时候,孙婆婆正挂着热络的笑招待袁呈和袁珂吃水果,看见温九思和姜楚楚回来,目光落在了旁边茶几上的一张红色帖子上。

温九思冲着孙婆婆微微颔首,而后慢条斯理地解着外套纽扣,气质闲适。

"袁总大驾光临,怎么不提前招呼,我也好早做准备。"

他们一进来就将目光落在姜楚楚身上的袁呈,听见温九思的话,目光抽离出来,淡淡地笑了笑。

"就怕提前招呼,温总会不允许我上门。"

温九思竟点点头:"那是自然。"

两个男人的眼神火光被袁珂的咳嗽声打断。

月余不见，姜楚楚发现袁珂瘦了一些，他本来就属于清瘦的类型，这再一瘦，整个人的精神状态显得都有两分憔悴。

袁珂挂着不露破绽的礼貌笑容："这次同家兄过来，也是事出有因，还请温总见谅。"

"说说吧。"温九思在他们对面的沙发坐了下来，顺便看向姜楚楚，"楚楚，你先回去等我。"

姜楚楚乖巧地点点头，目不斜视地往卧室的方向走去。走出众人的视线，她立刻脚下拐了个弯，刚要躲在角落里偷听，就看见了同样躲在角落里"身残志坚"的徐钰。

两个人心照不宣地对视一眼，徐钰艰难地挪动，让出来一小块地方给姜楚楚坐，姜楚楚则将自己的大衣一卷，塞到徐钰背后，防止她被台阶硌到。

客厅里坐着的三个男人并不知道这边两个女孩子的互动，沏茶的声音过后，温九思率先开口。

"袁总最近拿下了一个前沿科技的项目，想必很忙碌吧。"

袁呈"嗯"了一声，声音听起来夹杂了几分愉悦："还要感谢温总承让，不然这个项目我们还拿不下来。"

"不必。"温九思顿了一下，又说，"人各有志，并不是我特意相让，更何况，我也正好腾出时间好好陪陪楚楚。"

"的确，有时候，美人也叫人沉溺。"袁呈的声音喑哑了几分，"温总和姜小姐感情甚笃，不知道何时我能喝到一杯喜酒？"

"任何一个楚楚喜欢的时间，只要她肯点头，我立刻就筹备。"

姜楚楚几乎以为温九思知道她在偷听，特意说给她听的。

袁呈也被温九思这直白的表述弄得怔了一下，毕竟，温九思天之骄子，让无数女人趋之若鹜，如果他不结婚，大概率是因为他自己不想结。可是他就是这么直白地说出来，他还没有结婚，是因为姜楚楚没有松口，全然不顾惜他天之骄子的颜面了。

良久，袁呈才又说："那真是遗憾。"

"温总，恐怕要先喝我的喜酒了。"

姜楚楚跟徐钰对视一眼，同时看到了对方张大的嘴。

姜楚楚偷偷探出一个头来。

袁呈拿起茶几上的请帖递给温九思，后者像是才看到似的，露出了个惊讶的表情。

"这是？"

"我和云佳的婚礼，就在下周末，还望温总携姜小姐赏光。"

"那是自然。"

袁呈笑了笑:"也是我多虑了,我跟楚楚是旧相识,温总跟云佳又称得上青梅竹马,自然会来。"

袁呈不经意之间变换了对姜楚楚的称呼,温九思的目光显而易见地冷了起来。

"袁总若是没有其他的事,我就不留您用餐了。"

袁呈没料到他会这么毫不留情面地赶人,他没办法,站了起来,目光往姜楚楚藏身的地方一扫,有个黑黑的脑袋瞬间就缩回去了。

"那就不打扰了……对了。"

袁呈这才想起来袁珂也在似的。

"袁珂,你不是有个朋友在温总这里做客吗?不如留下来叙叙旧,稍晚一点再回来找我就可以了。"

袁珂的表情淡淡的,看不出异常,顺从地点点头。

说完,袁呈又看向温九思,不大好意思的样子:"正好,有些事情,你们帮我劝劝他。我弟弟的感情问题啊,一直都让我操心。"

留下语焉不详的话,袁呈施施然地起身离开。

关门的声音响起,姜楚楚这才松了一口气。

"过来吧。"温九思冲着楼梯后面说。

姜楚楚摸了摸鼻头,闪身出来。

袁珂的目光扫过姜楚楚,停留了片刻,又移到她的身后,透过结实的墙壁,像是在看着什么。

姜楚楚受不了他这副假正经,忍不住伸手往后面指了指:"你过去扶一下啊,徐钰身上还有伤呢。"

袁珂这才像是反应过来,几步走过去,小心翼翼地搀起徐钰,在柔软的沙发上坐下。

孙婆婆重新上来,给几人添了茶水,温九思慢慢地喝了一口。

"说说吧,袁呈让你留下来,什么意思?"

温九思一句很正常的问话,却令袁珂沉默了一下。他看了一眼徐钰,嘴唇动了动,没有说话。

温九思等了一会儿,不见他回答,忽然启唇:"袁呈是不是让你娶姜明珠?"

袁珂的脸色难看起来。

徐钰也怔怔的,两个人仿佛一瞬间被按下了静止键。

姜楚楚左看看右看看,刚和徐钰恢复了密友关系,她自然要站在徐钰这边。

"袁珂,你脑子没坏吧,你都身无分文了徐钰还没抛弃你,反而倒贴救济你,你就这么回报她?"

她的手指快要戳到袁珂的眼睛上了,袁珂缩着脖子:"行了行了,你能不能听我解释一下啊。"

"那你说吧。"

袁珂烦躁地抓了抓自己的头发,卸去了伪装的男人,一脸沮丧:"你们都不知道,这几天我在袁呈身边过的都是什么日子……"

在袁珂的嘴里,袁呈从一个觊觎袁家全部产业的大公子,经历过一系列权力欲望的膨胀,已经顺利成长为一个有着吞天之志的野心家。

为了平息李氏企业内部对大权旁落的愤怒,袁呈刻意让他在李氏担了一个徒有虚名的高级职位,让人误会他要将李氏之前的老将全部赶走。这段时间以来,袁珂明里暗里替袁呈挡的灾可不仅仅是工作上那点排挤的手段。

袁呈倒是借此机会收拢了大权,马上就要跟李云佳结婚,婚后,便再也无人能撼动他在李氏的地位。

"他娶李云佳就娶李云佳呗,跟姜明珠解除婚约就好,干吗还要你娶她?"

温九思淡淡地说:"你别忘了,姜明珠身上还有姜福生转让给她的地产,那块地产如今正被袁氏和李氏联手开发中,这个关口,哪怕他要跟姜明珠解除婚约,也绝对不能让姜明珠脱离他的掌控。"

姜楚楚狠狠地皱起眉头:"真恶心。"

她的目光掠过神色放空的徐钰,直戳在袁珂身上:"那你呢?你怎么想?"

袁珂斟酌地说:"我现在如果跟袁呈翻脸,之前的努力就白做了,今后袁呈一定会对我有所防备,我想翻盘就更难。而且我妈还在南城,南城都是袁呈的人,我……"

"所以你就准备听他的?那徐钰怎么办?"

姜楚楚虎视眈眈地看着袁珂,袁珂颓唐地低下头,一眼都不敢看向徐钰。

"好了,楚楚,别气坏了身子。"温九思走上来拉住她,拍拍她的肩膀,"这件事情还需要从长计议。"

"他在金钱和徐钰之间做一个选择就够了,还需要什么从长计议。"姜楚楚不知为何,在这件事上显得特别轴。

在姜楚楚越发咄咄逼人的视线中,袁珂无奈地叹了口气。

"不是我贪恋什么权势才非要报复袁呈。楚楚,泥人尚且有三分脾气,何况是我?我从没想过要跟他争什么,可是他呢?步步相逼,如果我真的一无所有了,我妈怎么办?徐钰……我也给不了她任何东西。"

姜楚楚不可置信地看着他:"你跟徐钰在一起这么久了,你还以为她是为了钱?你知道她的家庭吗?"

姜楚楚冲动之下说出这句话，有些后悔，可是转眸对上徐钰的眼，她的眼睛里有种淡淡的释然、淡淡的无奈，唯独没有紧张。

徐钰冲姜楚楚摇了摇头。

"袁珂，"徐钰看向他，"我追着你这么久，我没后悔过，只是有点累了。"

温九思偷偷拉了一下姜楚楚的手："我们进去吧，让他们两个自己说。"

姜楚楚不情不愿地被温九思拉走。

而客厅里，沙发上的徐钰望向袁珂，失望到深处，面色却愈加淡然。

"袁珂，你不知道，我是用了多大的勇气才爱上你。恐怕你早就忘了……"

徐钰的目光有一瞬间的茫然，最后突然露出了笑容。

"也对，你从来都没有爱过我。"

夜幕降临，姜楚楚洗完澡吹干头发，坐在桌子前。

孙婆婆送来一杯牛奶，她小口小口地喝着，目光不住地往门口瞟去。

温九思半躺在床上，睨了她一眼："别担心了，让徐钰一个人好好静一静。"

"但我就是很想知道他们说了什么，结局又怎么样嘛。"

"你倒是对朋友很关心。"

"那当然了，对朋友自然要两肋插刀。"

又过了一会儿，姜楚楚又想起了一茬，她回头，有句话在她的心里憋了一晚上了。

"你觉不觉得，袁呈今天的举动很无聊？"

温九思从书中抬起头，目光淡淡地扫过姜楚楚："无聊？"

"对啊，你看他今天，不经邀请就自行上门，说了一大堆有的没的话，中心思想就一个——他要结婚了，这还不够无聊吗？"说着，姜楚楚忍不住翻了个白眼。

温九思将书往旁边一扔，双手环抱在胸前。

"我的秘书室还不知道。"

"啊？"姜楚楚一脸蒙，"你说什么？"

喝完牛奶，她将杯子放下，自然地朝着床边走过去。温九思一把拉住她，让她跌进柔软的被窝里，男人的脸随之低了下来。

"我的秘书室消息一向灵通，京都发生点事情，比记者知道得还要早，可是这一次，秘书室竟然一点信息都不知道……这说明什么？"

姜楚楚睁大双眼，格外惹人怜爱。

她摇摇头："我不知道。"

他的脸越来越近，姜楚楚忍不住闭上了眼睛，嘴巴自然地微微噘起。

可是预想之中的吻没有落下，男人骤然起身离开。

"这说明，袁呈的婚事一定下来，立刻就赶了过来——告诉了你。"

姜楚楚也跟着坐起来，不可置信地说："不是吧你，你这个醋吃得没道理，我什么也不知道，我多无辜啊。"

温九思依旧半个身子背对她，眼角斜过来，哼哼地说道："是啊，你什么都不需要做，光是一个眼神看过去，男人都为你折腰，从此以后再也忘不了你。"

包括袁呈，他甚至能够想象得出，袁呈是以一种什么心态，跟一个又一个女人在一起，却始终惦记着姜楚楚。

一想到这种桥段，温九思眼中寒冰更甚。

姜楚楚"啧啧"了两声，也就笑纳了。看着温九思依旧紧绷着的脸，她忽然一个"猛虎扑食"扑了过去，双手把住男人的双肩，窝在他身前，小狗似的摇啊摇。

"好啦好啦，我不是已经有多远就离他多远了吗，你要是还不放心——"

姜楚楚故意拉长了语调，惹得温九思低下头盯着她。

"我要是还不放心，你就怎么样？"

姜楚楚将双手搁在一起往他跟前一送，一脸诚挚地说："你就把我跟你绑在一起，这样咱们俩走到哪儿都连在一起，你就不担心我丢啦。"

温九思看了她一会儿，轻轻地将她拥入怀里。

他的大脑中迅速地过滤着近期发生的事情。他有一种直觉，近来这些麻烦事的幕后之人，马上就要站在他的面前了。

怀抱珍宝，必被猛兽觊觎。

第二天一早，姜楚楚打着哈欠跟着温九思下楼，就看见有个人影立在客厅。

温九思面无表情地开口："你吃过早饭了吗？"

白银点点头，背对着姜楚楚。

"那你去书房等我一会儿吧，我还没吃。"

"好。"

白银利落地迈开步子，头也不回地往里走去。

白银在书房等了一会儿，温九思姗姗来迟，手上捧了一杯姜楚楚同款牛奶，自然地递给他。

他皱着眉看着雕着花纹的水晶杯，没接。

"你干什么？"

温九思笑了笑："喝吧，我知道你没吃饭。"

"我吃过了。"

话音未落，一阵"咕噜"声适时从某个人的肚子里冒出来。

白银低头看了看自己的肚子，面无表情地抬起头，伸手接过了温九思手里的牛奶，三两口就喝完了一杯。

把杯子往桌面上一搁，白银用手背抹了一下嘴唇。

"谢谢，说正事吧。"

温九思坐下来，扬了一下手，示意白银请便。

外面，姜楚楚踮着脚，蹑手蹑脚地贴近书房，企图听到里面的只言片语。

白银沉声说："最近我一直在调查付如玉回国之后都跟谁有接触，但是一直也没有什么进展，我就改变了方向，从你和姜楚楚周围的环境着手。"

"所以呢？"

白银思忖着说："我觉得，我可能忽略了一个细节。"

"加上你在南城时，针对姜楚楚一共有三次绑架或者威胁，我一直追查的方向是付如玉和蒋原，但是我忘记了，姜楚楚出事会牵扯你的精力，所以，现在这种境况，其实还对一个人是有好处的。"

温九思："你是说袁呈。"

白银不语，点了点头。

"如果袁呈真的跟付如玉有关系，那这件事情就更复杂了，我有个主意，我想要你——"

徐钰在孙婆婆的搀扶下出门遛弯，看见姜楚楚以一个十分诡异的姿势贴在书房的门板上。

"楚楚，你干吗呢？"

姜楚楚连忙挥手给徐钰比了个噤声的手势，可还是来不及了。

听到声音，书房的门从里面忽地被拉开。

温九思居高临下地看着她，拧着眉头。

姜楚楚不好意思地笑了笑，随即低头，像个做错事的孩子。

里面白银跟了出来："你跟我去警局一趟，刚才跟你说的猜想……我有东西给你看。"

温九思点点头，嘱咐姜楚楚："那你待在家里不要乱跑，我出去——"

"去吧，回来的时候买几个橘子。"姜楚楚二话不说点头同意了。

温九思很快就收拾好跟白银出门，徐钰的医生过来给她复查，孙婆婆从旁协助，好像只有她无所事事。

她无聊地一低头，书房的飘窗下落着细微的灰尘。姜楚楚撸起袖子，准备清理一下他的书房。

她踮着脚一擦，一个盒子从台面上被扫落下来。

盒子上积满灰尘，上面的锁经过方才那一下摔歪了，露出了一个缝隙。

姜楚楚皱着眉头，打开了那个盒子。

里头装着一份病历。泛黄的病历上面，钢笔的痕迹已经洇染散开了，可是姜楚楚依旧辨认出了上面的字。

那是一份针对烧伤病人的诊断，医生写下了手术恢复的建议，底下同意手术的家属签名上面，写着龙飞凤舞的三个字：温九思。

同样是南城中心医院，落款日期就是她当年住院的日期。甚至，是她从三楼的病房窗口跳下去的那天。

姜楚楚拿着病历本的手微微颤抖。那些压在脑海深处，甚至快要随着最深的记忆被掩埋的最阴暗的一刻，此刻又突然疯长出来——

某个盛夏的午后，她从三楼跳下，剧痛唤醒了她的求生欲，有个人就站在不远处的灌木丛后，黑眸暗沉地注视着她，她向那人求救过。

可是最终只得到了一个毫不犹豫离开的背影。

而后，阳光明媚的午后突然天昏地暗，暴雨如注，有一个人举着伞站到她的面前，那是她陷入幻觉的起始画面，一切的源头。

她以为所有的事情，包括离开的那个男人，都只是她的一场幻觉而已。

可是此刻，姜楚楚心里突然有了一个很可怕的想法，如果，温九思那天正好就在南城中心医院，正好就……她的面前呢？

那个毫不留情转身离开的背影，就是他？

与此同时，警察局里，白银紧皱眉头。

"你是说，付如玉是受蒋原的指使，想在古教授身上得到你母亲的研究结果？"

温九思点头："现如今，这个解释最有迹可循了。"

正说着，忽然，他的手机响了起来。

"喂，孙婆婆，什么事？"

白银看见温九思的脸色在一瞬间变了，并且挂断电话后立刻站起身往外走，白银不由得询问："怎么了？"

"楚楚跑出温宅了。"

这下连白银也开始紧张起来："为什么？楚楚是不是遇到什么危险？"

温九思没设计较白银情急之下蹦出来的亲昵称呼，想到孙婆婆复述书房的样子，他的头开始剧烈地疼起来。

"她没有危险，只是，她发现了一个我一直都想瞒着的秘密。"

"这个秘密是她不能原谅的？"

温九思的动作顿了一下，思绪一瞬间不知道飘向了哪里。

"不是这个秘密本身不能原谅，而是这个秘密背后的那些往事，我现在还不能让她知道。比起真相，我宁可她误会我。"

马路上，车子川流不息，姜楚楚游魂一般，也不知道自己飘向了哪里。

南城初见，是温九思主动找上了她，缠着她，要给她治病。他当时搬出了"王叔叔"做借口，可是现在想来，这就是个巨大的谎言。

他可能是出于内疚？

内疚曾经对自己的见死不救，所以反省过后，想要弥补。

她心思烦乱，甚至一脚踏出去，忽然耳边响起了急促的喇叭声。

一只手拽住她，将她拖了回去，同时，一辆车贴着她的身体飞驰而去。

"楚楚，你没事吧！"

姜楚楚茫然地抬起头，吴辞满脸担忧地打量着她。

见姜楚楚没说话，他的掌心在她的肩上拍了拍，又顺势落在了她的背上没有移开。

"怎么一副魂不守舍的模样？"

姜楚楚没有在意，嘴角勾出了一抹勉强的笑："没什么，不用担心。"

说完她转身欲走，却被吴辞一把抓住手腕，男人眼底的忧心显而易见。

"你精神状态这么不好，让我怎么放心让你一个人离开啊。"

他状似苦恼地皱皱眉，又道："这样吧，马路对面就有一家咖啡店，我们先去那儿坐一会儿，你缓一缓，等到状态好些了再走。"

姜楚楚也没在意他指的方向到底是哪里，她现在脑海中乱成了一片，不想回到温九思那里，可是这偌大的京都，她一时竟不知道自己应该去哪里，只好胡乱地点了点头。

"也好，那就麻烦你了。"

"我的荣幸。"

吴辞贴在她背上的手温热，手指无意间在她背上抚摸了一下，带起一抹暧昧的氛围。姜楚楚这才发现两个人过于暧昧的姿势，她连忙站稳，不着痕迹地向后退了一步。

她其实已经不想跟他去了。

吴辞像是没发觉一般，引着她过了马路，两个人顺着一条小道往里走。

姜楚楚逐渐回过神来，茫然四顾。

"这附近有咖啡店吗？"

她来过这里几次了都没有见过。

吴辞不紧不慢地在她身旁走着，微笑着点点头："有的，新开的一家，之前觉得好喝来过几次。"

两人谈话间又拐向了一条人烟少的小径。

姜楚楚忽然停下脚步，皱着眉头："可你不是才回国不久吗？深巷里的咖啡店你怎么知道的？"

吴辞一脸莫名："怎么，你还担心我骗你啊，不就在你前面吗？"

他扬了扬下巴，指向一边。姜楚楚顺着他的视线看过去，除了封死的小路尽头那堵墙，什么也没有。

她心头一凉，来不及做出反应，突然后脖颈针扎般的一痛，似乎有什么冰凉的液体流进她的体内。

短短几秒钟之内，姜楚楚的神志开始模糊，视线里吴辞那张儒雅纯良的脸，忽然浮起了一丝冷笑。

"小姑娘这么敏感可不是好事。"

她挣扎着往外走去，可终究抵不过身体的沉重，闭眼栽倒下去。

吴辞伸手，将昏倒的女孩揽进了自己的怀里，打横抱了起来。

一辆车驶进小巷，一个女人从驾驶位上走下来，替他们开了后座的门，竟然是付如玉。

她看着吴辞怀里的女孩，脸上露出一抹嫉恨，却在男人警告的目光中压抑了下去。

"我们下一步要做什么？"

吴辞伸手，环住姜楚楚的一缕头发，在指尖绕了绕，饶有兴致地看向窗外。

"打电话给温九思，告诉他——我已经迫不及待地要跟他见面了。"

他曾经的对手、朋友，也是毫不顾惜同窗情谊，将他逼得远走异国的男人，再见面，他要将自己曾经受到过的一切屈辱，都加倍地还给对方。

姜楚楚在昏沉中醒来，恢复意识的一瞬间她就猛地晃悠了一下，悬空感袭来，她费力地睁开眼，打量着自己所处的环境。

一间装修精美的房间，看不出户型，对着的窗子外头绿树如茵，举目不见人影，像是坐落在荒郊野外的别墅。她动了动身子，腰间的束缚感使她皱起了眉头。

她被宽大的布条绑住了腰和双手，以一个半趴着的姿势，整个人被吊在了天花板上，稍微用力一些，人就忍不住在半空中晃悠起来，就像是坐秋千一样。

"醒了怎么也不出声？"

忽然，角落里传来了一个轻佻的声音。姜楚楚神经紧绷起来，吴辞竟然一直在这间房间里。他走过来，撕去了温和儒雅的伪装，换上了一副充满恶意调笑的表情。

她警惕地看着他："你到底是谁？"

"一会儿温九思来了你就知道了。"

吴辞仿佛是觉得好玩,伸手拨弄了一下缠住姜楚楚双手的绳结,她又不受控制地在空中晃悠了一下。

她尽可能地让自己看起来若无其事的样子,可是衣衫下,她感觉自己浑身的汗毛都要竖起来了。

"你乖一点,我就暂时不会伤害你。"

不想满足他的恶趣味,姜楚楚维持着面无表情的脸色:"你到底想干什么?"

"别着急,等一会儿你就知道了。你说,温九思会不会为了你孤身前来?"

这一等就等了几个小时。

晚上八点,天已经黑透了,在姜楚楚感觉自己快被吊成咸鱼的时候,外头忽然有了动静。

透过窗子,姜楚楚隐约看见有车灯闪过,越来越近。

她的心跳加快起来。

没过两分钟,门被有规律地敲响。

付如玉走进来,扫了一眼姜楚楚惊讶的表情,板着脸说:"温九思来了。"

"嗯,让他进来。"

姜楚楚的心"怦怦"跳了起来,但又见付如玉对吴辞毕恭毕敬的态度,千头万绪还没理清,这时,一个冷峻的身影走了进来,视线在姜楚楚狼狈的姿势上掠过,眼神暗下来。

"蒋原,好久不见。"

温九思身后,几个黑衣大汉谨慎地跟着,他们衣兜里鼓鼓囊囊的,想也知道不是什么好东西。

姜楚楚看得心惊肉跳,他为什么自己送上门来?

温九思第二句话便是:"你先把楚楚放下来,我们有话好说。"

蒋原摇摇头:"你看她这样很漂亮不是吗?要不我们玩个游戏,你赢了,就可以把人带走,要是输了……就只能送到我这儿做实验。"

"不,她是我心尖上的人,不是可以用来游戏的对象。"温九思的声音泛着凉,和他的神情一样,毫不顾忌将自己的弱点展露出来。

"你有什么要求尽管提,只要让我平安带走楚楚。"

蒋原的呼吸滞了一下,旋即笑了起来,一边笑一边摇头:"不愧是温九思,向来堂堂正正。哦不对,你也不是所有的时间都堂堂正正。我怎么听说,你俩吵架了,因为什么?"

他颇感兴趣地看着姜楚楚,姜楚楚抿起嘴唇,别过了头。

她一动,失去了平衡,绑在身上的绳子又缓缓地转悠了一下。

像个货物似的被吊在中央,女孩有些难堪。

温九思受不住似的上前一步想要把她解下来,可是他一动,那几个黑衣大汉立刻警惕地围了上来,虎视眈眈。

蒋原无趣地摇摇头。

"我来说吧。温九思,你和你的小未婚妻缘分不浅,多年前就见过,当时你怀疑你父母车祸另有隐情,不敢让你母亲露面,因此在南城中心医院你见到跳楼自杀的姜楚楚之后,为了不暴露行踪……你见死不救,离开了。"

看见两个人不约而同沉下的脸,蒋原舒服了,他又换了姿势交叠起双腿:"两个人不单相遇是个阴谋,小姑娘还爱上了漠视自己生死的人,啧啧,我都不忍心说了。"

温九思垂下的手攥起,脸上一副云淡风轻的模样:"这次回国,你果然准备得很充分。说吧,你想要什么?"

"很简单。"蒋原起身,走到姜楚楚的身旁,刚想伸手触碰她的脸,立刻就被温九思呵止住。

"我跟你保证,你要是敢碰她,不管你想要的是什么,都不会愉快地拿到。"

蒋原的手指一顿,忽然嗤笑一声,放了下来。

"看你恶狗护食似的,也挺不容易,那我就干脆地说了,我要你把你母亲遗物中所有的研究手稿,全都给我。"

温九思沉默片刻,在姜楚楚不安的目光中,忽然轻声笑了。

笑声爽快,毫不慌张。

"我当你想要什么呢,你大费周章,就为了我母亲的手稿?"

蒋原皱了皱眉。

温九思点点头:"好啊。"

态度礼貌又友好,一点也看不出勉强。

"现在我就可以打电话给蓝子期让他把东西给你整理出来,我可以带楚楚走了吗?"

温九思走向姜楚楚,而这次蒋原看着男人上前却没有制止。

温九思小心翼翼地将女孩身上的布条解开,将人横抱着,扶着她站稳。

蒋原没忍住,开口问他:"就这么给我了?那是你母亲的遗物,你不是一向厌恶我的研究方向,就不怕我拿了她的手稿,用来做坏事?"

"你这么聪明,即便没有手稿,也不过是多走些弯路,相反我要多谢你——"他扶着怀里的女孩,侧脸在白炽灯的冷光下显得凌厉异常。

"我想,我已经知道我父母的死因该往哪个方向追查了,不是吗?古教授。"

/545/

温九思话音落下，掩藏身形躲在门外的老人身形一滞。

一时间，众人都很安静。

就连蒋原也挑了挑眉，一副端看事态发展的样子。

门缓缓地开了，一个老人走了进来，正是古教授。他脸上失去了往日慈祥的微笑，看起来竟然还有几分狰狞。

"你是怎么知道我在这儿的？"

"付如玉都在这儿，您怎么就不能在这儿了？"

古教授手中的拐杖往地上一杵："我是问，你怎么会怀疑我？还是说，你根本就没信任过我？"

温九思摇了摇头："我原本是真心将您当成长辈尊敬的，只是在美术馆，我见付如玉拿着你的保温杯，起先没太在意，后来楚楚帮您添水的时候，我看见了里面的茶叶，黄金茶芽，好茶。"

温九思遗憾地叹了口气："茶是好茶，只不过我记得我三年前给您寄过这种茶叶，应该早就喝完了。这种茶叶产量极少，您去的那个国家也没有，除非是有人专门给您寻来。如果真的被控制，那您的待遇未免太好了点。"

古教授脸颊上的肉抽动了一下："仅仅是这一点原因你就认定我是坏人？我是你母亲的老师，也一直跟你保持着良好的联系。"

"我也很好奇，有什么值得您费尽心思，还做出被胁迫的样子。"温九思目光沉静，落在古教授身上，似单纯好奇。只有姜楚楚察觉到他身上的紧绷，和他偶尔不受控制，上下滚动的喉结。

她想起，温九思第一次对她提起古教授的样子。

他认为，古教授算得上他唯一的亲人、长辈。

可是古教授竟然也在算计他，利用他，欺骗他。

姜楚楚想握住他的手，可是脑海中男人冷漠的神情和绝情离开的背影，让她难受得想要攥紧自己的衣襟。

明明这个男人有一副放任她死去的冷硬心肠，可是她竟然还在心疼他！

既然已经撕破了脸皮，古教授也没有再隐瞒的意思，他甚至带着几分谴责开口："原本我是想让你误以为我被威胁，从而设计你跟我一起研究我的课题，可是我没想到你志不在此，竟然被一个女人牵绊住了心神。"

温九思抿唇："所以您就和蒋原狼狈为奸？"

"你辜负我，你母亲也辜负我。安妮本来应该一辈子跟我搞研究，可是她偏偏要嫁给你父亲，那个满身铜臭的商人……"古教授突然激动起来，手杖落地也不顾，脸色涨红。

"生了你不够,还生了第二个孩子。那个孩子,他两岁时被绑架溺亡,也是你父亲的报应!"

姜楚楚皱了皱眉,觉得古教授这态度有些不对劲,提起温九思母亲的态度更是耐人寻味,只是这个念头在她脑海中晃过一圈,被暂时按住。

她感到身旁的男人几乎屏住了呼吸。

他在竭力调整自己,不被古教授的话干扰心神。

姜楚楚还是伸出手,半包住他的手。

温九思睫毛轻颤,偏头看姜楚楚,她却避开了他的注视。

温九思深吸了一口气,恢复了矜贵优雅的形象。

"无所谓了,古教授,你们要的东西我给你们,只不过,一旦被我发现你们和我父母的死有关,不要怪我不顾念昔日师生、同窗情谊。"

车上,蓝子期恶狠狠地盯着姜楚楚,那目光就跟看红颜祸水没什么两样。

十分钟前,蓝子期将手稿交给古教授,并带人将温九思和姜楚楚护送出来,三人上了一辆车之后,他就一直是这个表情。

如果是以往,姜楚楚绝对会瞪回去,顺便用言语打击他别忘了跟她争宠的惨痛教训,可是现在她完全没有这个心思。

姜楚楚别开脸,看向窗外飞速掠过的城市霓虹,半响说道:"把我放在这里就行了。"

温九思的声音沉稳,听不出情绪:"别闹了,先回去。"

姜楚楚霍地看向他:"别闹了?你还想当什么事都没有发生过吗?如果不是我自己发现,你准备什么时候告诉我?你来南城治我的病,是因为愧疚,发现我没死,所以想要弥补。"

"停车!"

说话的人是蓝子期,他让司机靠边停下之后,讥诮地看向了姜楚楚。

"你这个女人不知好歹,如果不是温九思把你救出来,谁知道你会被蒋原怎么折磨?"

姜楚楚抿抿唇,没理会蓝子期,只扭头看着温九思。

"今天晚上,你只身前来救我,看似是不理智,其实你已经做好准备了吧?那些手稿,我之前在你办公室见过,你早就收拾好了,你是故意给他们的。"

她的声音冷静,蓝子期愣了一下,烦闷地皱起眉头。

"你俩的事情,自己解决。"

说完,他开门下了车,还顺便把司机揪了出去。

狭小的空间内,只剩两人。

/547/

温九思叹了口气,双眼深沉,有诉不尽的深情,是她最爱的模样。

他伸手想要触碰姜楚楚,她躲开,后背贴上冰冷的车门,那种寒意让她找回了自己的声音。

"温九思,我不想做你的未婚妻了。"

....

蓝子期一根烟还没抽完,车门就被从里打开。

姜楚楚头也不回地走了。

他愣了两秒,这才探头去看车内的温九思:"不是,就这么让她走了?"

"嗯。"

虽然蓝子期看不惯温九思对姜楚楚百依百顺的模样,可是此时心里头更不是滋味,温九思这算是被姜楚楚甩了?姜楚楚她凭什么!

过了很久温九思都没说话,手指在膝上敲了敲,转而说起其他的事:"楚楚被绑架前蒋原就联系我了,也是付如玉告诉我古教授有问题,要不然,你真以为几两茶叶就能看出来?"

每个字眼都能明白,可是组合在一起,蓝子期就觉得自己完全听不懂了。

"你这是什么意思?"

"意思就是,蒋原和古教授不是一路人,最起码,他们之间有矛盾。宋初一家里在 M 国的产业比较多,我让他查了一下,蒋原当初在 M 国能站稳脚跟,就是依靠着古教授。"

蓝子期更不懂了:"那蒋原不是更应感谢古教授吗?"

"不,蒋原这个人,就像一只狼狗,不会被驯服,有人压在他头上,他只会迫不及待地将那个人甩下去。"温九思遥遥地看向姜楚楚离开的方向,声音低了少许,"现在只有一种解释,蒋原搭上了别人,想要摆脱古教授的干预。"

"他能搭上谁?"

"袁呈。"

夜色浓郁,路灯昏黄,周遭不停有人和车从姜楚楚身边来往。

每个人都有自己的归宿,只有她漫无目的地在大街上游荡。

京都很大,竟然一时之间没有她的容身之处。

回去吗?家里至少还有徐钰,可以陪陪自己,可是那房子也是属于温九思的,失去了温九思的她……一无所有。

他的温柔和宠溺一遍遍在脑海中回放,像是一张密不透风的网将她整个人牢牢网住,再无法脱身。

可如今,她入了戏,而他,从始至终不过因为对她的愧疚?

她叹了口气，冷不防，迎面撞上一个硬朗的胸膛。

姜楚楚下意识想将人推开，那人却忽然紧紧抓住她的胳膊，并将她钳制在怀中。

是袁呈！

姜楚楚沉下脸，眸中蕴着不耐烦的神色："你怎么会在这儿？你松手！"

袁呈像是没看到她眼中的抗拒，声音带着毫不掩饰的关切和迷恋："我看见你的神色不对，担心你出了什么意外，我……"

话音未落，袁呈被姜楚楚用力推开，她后退两步，拉开两人距离，面上是一片冷意："袁呈，你跟踪我？"

她盯着男人的脸，像是要从那张脸上找到答案。

袁呈面上挂着温和的笑，也不再勉强，只是语气变得有点诡谲："我只是路过。楚楚，我早就说过，温九思这个男人接近你根本就心思不纯，他根本就不爱你。"

姜楚楚抬眸对上男人脸上近乎偏执的神情，在心底嗤笑了两声，却忽然走近他，凑近他耳边，似笑非笑。

"袁呈，你是不是还喜欢我啊？"

袁呈心脏蓦然剧烈跳动起来，他几乎是毫不犹豫地点头："当然，我的心意从来没有变过。"

他眼中的深情，隔着一段距离仿佛都能将人融化。

姜楚楚嘴角笑意更甚。

"如果我没记错的话，你似乎很快就要和李云佳结婚了吧？请帖还是你亲自送到我手里？一边说爱我，一边和别的女人结婚。怎么，有人跟你汇报我们之间出问题了？你就觉得你有机会了？可是在我眼里，你连温九思一根头发也比不上。"

可是温九思这么好，却也一样骗了她，姜楚楚的心忽然无比苦涩。

袁呈动作不自然地僵了片刻，很快便开口解释："楚楚，谁都可以误会，但是我以为你是知道的，我对李云佳根本没有丝毫感情，不过是场形式上的婚姻罢了。"

这一次，姜楚楚没忍住笑出声来。

"李云佳原先对温九思一往情深，你身边也有我那个好姐妹，现在倒是你和李云佳搅到一起去了，别告诉我，这里面没有你的心机。你主动诱惑李云佳，还口口声声说只是形式婚姻。虽然我不喜欢李云佳，但是你未免也太卑鄙了。"

"楚楚——"袁呈伸手去抓她的手，却被她甩开了。

袁呈神色一暗："给我些时间，楚楚，你总会明白的。"

他说完，又将话题移到了别处："我知道你今天不想回去，这附近有一家袁氏的酒店，我带你先去休息好吗？"

"是袁家的酒店,还是李家的酒店?"她有些讽刺地抬眸,一双澄澈漆黑的眸打量着他,不知在思索些什么。

半响后,她才似笑非笑地点了点头,语气透着漫不经心的随意:"好啊。"

这话,便是答应了。

袁呈把她送过来,开了最好的套房,没有马上离开。姜楚楚却不在意,任由他在耳边说了些有的没的,只当是没听见。

门铃忽然被人按响。

袁呈皱着眉打开门,姜楚楚见到来人,微微挑眉。

李云佳?

李云佳见到是姜楚楚,脸色十分难看,连一贯在她面前维持的体面都烟消云散。

她忽然伸手,对着姜楚楚那张脸便是狠狠一巴掌。

姜楚楚不躲不闪。

意料之中,那一巴掌却并未落下。

袁呈冷着脸将人拦下,任凭李云佳如何挣扎也无果。

她忽然发了狠地挣扎,挣脱了袁呈的手,一双眼睛狠狠瞪着他,带了几分质问之色:"袁呈,你对得起我吗?还有几天我们就结婚了,你、你竟然跟这个女人……"

李云佳死死咬着牙,他在外头有多少女人她是不管的,可这个女人,绝对不能是姜楚楚!

袁呈看也不看她,声音冷漠而疏离:"云佳,你听话一点,先回去。"

"凭什么!"

袁呈没说话,只是好整以暇地看着她。李云佳看了看他的脸,只感觉一股寒意从心底升起。现在的袁呈,几乎取代了之前李博文在李氏集团的地位,让人们都忘了李氏之前的主人是谁。

她的视线落在一旁看戏一般的姜楚楚身上,只觉得难堪,有一股难以言喻的愤怒和嫉恨。

她咬着唇,像是受了天大的委屈:"姜楚楚,我和你到底有什么仇怨?我最爱的男人被你抢走了,现在连我未来的丈夫也被你抢走,你只会抢别人的东西吗?"

这一副她罪大恶极的模样是怎么回事?她是不是应该说,不愧是和姜明珠流着一样的血,就连脑回路也出奇的相似。

这种没营养的问话姜楚楚当然不会回答。

姜楚楚没说话。

袁呈眼中酝酿着阴暗诡谲的风暴,像是下一秒便能将人吞噬:"云佳,我的耐心一向不好,你是知道的。"

李云佳的脸色难堪，当着她最厌恶的女人的面，被自己未来的丈夫以冷漠羞辱，这种感觉几乎让她羞愤得恨不得去死。凭什么，所有的男人都要围着姜楚楚转，温九思是，袁呈也是？

心底的怨毒和仇恨疯狂滋生，她恨不得冲上去狠狠撕碎那个女人。

可她不能！

"姜楚楚，你别得意，我就不信，你一直靠着男人会有什么好！我等着看！"放完狠话，李云佳摔门而去。

姜楚楚动了动唇，勾勒出一抹淡淡的笑意，看向袁呈："你的未婚妻似乎很生气，你不会有麻烦吧？"

她眼中分明有一抹看好戏的神色。

尽管，李云佳对上袁呈丝毫没有战斗力。不过，能让他添堵，她倒是乐见其成。

然而，落在头脑发热的袁呈眼中却变了味，他目光惊喜无比地望向她，动了动身子，像是要将人一口吞噬。

姜楚楚皱眉躲开他。

"楚楚，你在关心我吗？"

姜楚楚有些怀疑，那位心机深重的袁大公子真的是眼前这位吗？否则，怎么会听不出来，她这明显带着嘲讽的话？

不过，她也没再多说，只随口扯开话题，便下了逐客令。

"我累了，想休息。"

袁呈似乎也不想将她逼急了，很快也离开了。

房间里顿时只剩下姜楚楚一人，夜幕降临，她站在落地窗前，看着远处的九召亮起点点的光，一下子出了神。

好半天，她才拿起手机，上面仍然一条信息都没有。她的心口忽然抽痛了两下，好一会儿，才拨通了那个熟悉的电话。

电话一接通，便响起了男人沉稳的声音："楚楚，我很担心你。"

熟悉的声音让姜楚楚的心忽然酸涩得厉害，鼻间像是有什么东西堵住了，眼眶也微微发红。

她忍住内心翻滚的情绪，只冷漠地开口："担心我？从我离开到现在，一个电话，甚至一条短信也没有，这就是你关心我的方式吗？温九思。"

女孩的声音透着几分质问，几分失落。

尽管到了这种地步，她也仍然无法狠下心来，离开他。

那头的温九思沉默了。

"还是说，你不敢？怕我质问你，所以不敢面对，或是怕我拆穿你的谎言，你从头到尾,接近我都只不过是一场骗局?"

残忍的真相一点点被扒开,无异于在她的心上,狠狠地剜上一道口子。

那头的温九思沉默了一会儿,才沉声开口:"楚楚,你先冷静下,事情不是你想象的那样。"

"那是怎样?你告诉我啊,温九思,你说啊。"她在等他的解释,无论是什么,哪怕是谎言,只要他说了,她就信。

可有时候现实就是这样残忍。

"楚楚,抱歉,这件事我现在还不能告诉你,但是你信我,总有一天,你想知道的,我都告诉你。"温九思淡淡的声音传来。

一直抑制的眼泪终于忍不住地滑落,姜楚楚捂着嘴,无声地啜泣。他就是个骗子,用最温柔的样子,做最残忍的事。

电话里是一阵沉默,谁都没有挂断。

许久之后,姜楚楚才收拾好情绪:"温九思,我怀疑蒋原背后有人指使。"

蒋原是冲着温九思去的,如今在整个京都,有能力并且公然与温九思为敌的人,很显然,只有袁呈一个,再联系他今日的出现,她几乎可以肯定。

"我怀疑是袁呈——但我不确定,"她顿了顿,又接着说,"我现在在袁呈这儿,我可以帮你试探他。"

电话那头的男人呼吸都变得凝重起来,语气更是前所未有的冷漠,直接一口拒绝:"不行,楚楚,我不同意。"

袁呈此人心思深沉,哪里是她能对付的。

更何况,他不想让她待在一个随时觊觎她的男人身边。

"我很感激这些日子以来你对我的保护,所以,温九思,作为回报,这是我愿意做的。"姜楚楚的反应出乎意料的执拗,甚至,隐约有划清两人界限的意味。

有凛冽的寒气在男人身上蔓延,黑暗中,男人神色冰冷而慑人,甚至隔着屏幕,都让姜楚楚感觉到了那股压迫之气。

她顿了下,又觉得好笑。

他生什么气,难道愤怒的人不应该是她吗?

"温九思,等这件事结束之后,我们解除婚约吧,到时候我回南城,你想娶什么样的女人,都随你。"

说到后面的时候,她发声都十分艰难了。

这番话在她心里酝酿了许久,可没想到,真正说出来的时候这么难。

"楚楚——"男人开口,语气却透着危险和凝重,"还记得当初我说过,你可以怨我、怪我,甚至报复我,但是唯独不能离开我。楚楚,你这辈子都只能留在我身边。"

"我可以允许你暂时去做你想干的事,在你确保自己安全的条件下。但是,我的未婚妻的位置,永远为你保留,也只会是你的,明白吗?"

姜楚楚拿着手机一连张唇好几次,却终究没说任何话。她知道,温九思这个人,认真且执拗,他认定的事情,无人可以改变。

包括她。

白银收到温九思通知的时候,已是深夜。他推开门走进去,却看到房内一片漆黑,温九思坐在角落里,所有的神色掩映在黑暗之中。

他周身隐约缭绕着寒气。

"这么晚找我来,有什么事?"白银打开灯,奇怪地问。

温九思这才动了动僵硬的身子,站起身来走到白银身边,揉着有些酸痛的眉心,淡淡开口:"楚楚在袁呈那儿。"

"怎么回事?"

"因为蒋原。"

白银微不可察地皱起眉头,对于这个人,他显然是不陌生的。

关于当年蒋原的所作所为,他是清楚的,这个人就是个疯子,并且,蒋原和温九思之间的恩怨,可不小。

温九思将先前发生的事都告诉了白银。白银听完之后,眉头却皱得更紧了,眉宇间有股怒火:"所以,你就这样把楚楚交给了袁呈?"

温九思叹了口气,语气中满是无奈:"蒋原这个人不好对付,古教授更是难缠。

"我不怕他们对我做什么,可是我怕他们伤害楚楚,留在我身边,她会更危险。袁呈此人虽然心机重了些,可他不会伤害楚楚。"

没有人比此刻的温九思更难受,亲手把自己的女人推给情敌。

可他,没有选择。

第二十八章
一直都在

"你就不怕,姜楚楚因此误会你,从而投向袁呈的怀抱?"白银的口气忽然变得有些古怪。

"她不会。"温九思语气笃定,"我今天找你来,是有一个重要的线索。"

"什么?"

他眸中有浓烈的冷气扫过:"付如玉深受古教授重用,她杀害李博文,想来也是受了指使,或许,可以从这个人身上入手。"

姜楚楚几次险些出事,都和付如玉有关。

温九思的眼眸眯起,迸发出危险的目光,蒋原和古教授的事情一天不解决,他们一天都得不到安宁。

还有楚楚。

一想到姜楚楚,温九思的心脏就开始抽缩,他必须尽快解决这件事!

"我这边也会搜集证据的。"温九思委婉地说道。

白银略带深意地看了温九思几眼,温九思的渠道众多,他是知道的。

"我其实很害怕……"

温九思闭了闭眼眸,脸上出现一瞬的脆弱,但稍纵即逝,就好像是人的错觉一般。

这一夜,注定不平凡。

蒋原坐在客厅里,视线落在姜楚楚和温九思离开的方向,带着几分似笑非笑的古怪意味。

"教授,东西我已经帮你拿到手了,答应我的事,你准备什么时候兑现?"他低头看了眼手掌。

上面隐约残留着女孩的气息。

真可惜啊,差一点,他就能把她带走了。

温九思这人，还是一如既往地讨人厌。

坐在对面的古教授视线盯在那份手稿上，苍老的脸上隐约带着几分激动之色，开口时声音却冷漠。

"温九思对姜楚楚有多在意，你不是不知，想在京都抢走他的人，哪有那么容易？你先助我研究透这份手稿，届时，再好好对付这小子。"

闻言，蒋原嘴角微勾。

拿到了东西，便对自己说的话不认账了？

他蒋原想要的东西，无论如何也是要拿到手的。温九思又如何？他的东西，抢到手，才越发有趣。

翌日一早。

一辆警车停在别墅外。

古教授和蒋原都一夜未眠。

蒋原率先走出来，看到神色不佳的付如玉，眼中带着几分别有深意的笑容。

"没睡好？"

付如玉点点头："古教授需要我做记录。"

哪怕看到警察往这边来了，两个人也都没动，付如玉的心情莫名烦躁："警车为什么来你这儿？"

"不是来我这儿，是来我们这儿。"

付如玉皱了皱眉："你什么意思？"

他偏过头，在她耳边慢条斯理地说着什么。

时间一分一秒地过去，蒋原终于起身，拍了拍付如玉的肩："如玉，上去看看，别害怕，一切有我呢，别怕，去吧。"

声音温柔得像是情人之间的呢喃。

付如玉的神色出奇地平静下来，带着点奇异的神色，很快，她乖巧点头，转身朝楼梯方向去了。

没一会儿，古教授也下了楼。

他昨夜研究了一整夜的手稿，眸中满是猩红的血丝，整个人却兴奋不已。

"小付呢？"他奇怪地看向身后。

偌大的别墅空荡荡的，寂寥又有些阴冷。

蒋原只是勾唇一笑，视线落在大厅的监控上。门外，几辆警车将整个别墅团团围住。为首的年轻男人带着一队警察下了车，直接破门而入。

"这位警官一大早私闯民宅，恐怕有些不妥吧？就是不知道我犯了什么事儿，值得您如此兴师动众？"蒋原笑意吟吟地上前询问。

白银在周围扫了一眼，视线落在他身上，带着几分意味不明的深意。

他沉默片刻,冷声开口:"蒋原。"

蒋原脸上的笑意有片刻的僵硬,只是一瞬,很快恢复如常。蒋原轻笑两声,道:"早就听说过鼎鼎大名的白警官,今日一见,果然名不虚传。"他的眼眸深处,掩藏着一抹不屑和冷嘲。

"只是不知道我哪里得罪了白警官?"

白银却不再管他,而是走到古教授身边,冷着声音问:"请问付如玉在哪儿?她涉嫌一桩故意杀人案,我要将人带回去调查。"

古教授垂下的手微微攥了起来,脸上却皱起眉,状似不解地望向他:"什么杀人案,你们是不是弄错了?小付前阵子才随我回国,哪会杀什么人?"

"付如玉前阵子担任李博文的私人医生,李博文去世后,便立即出了国。昨日我们追踪到李家曾经的用人,据她口供,李先生死亡当日,付小姐也在场——因此我们有权怀疑,付如玉与之有关。"

古教授一怔,似乎有些疑惑:"竟有此事?"

古教授思索了片刻,才开口反驳:"可仅凭一个用人的供词便认定小付杀了人,未免过于草率了?如此说来,当日在场所有人,包括那名用人,都有杀人动机,为何偏偏认定是小付?"

"您说得对。"

哪怕知道眼前的老人并不像表面这般和善,白银依旧克制地点头,面上仍然平静:"每个在场的人,我们都进行了排查。您放心,警察不会冤枉一个好人,但也绝不会放过任何一个坏人!"

说到后半句的时候,白银加重了语气,不动声色地打量了一番古教授。

那视线,几分犀利,几分冷意,几分试探,莫名让人觉得心底某些阴暗的东西通通都无所遁形。

古教授心底忽然有种不祥的预感。

"昨天我很早就睡了,并不知道小付在哪儿。"古教授眉头紧锁,真的一副不知情的模样,眼神却若有似无地看向蒋原。

白银冷笑一声:"那您不介意我们自己找一找吧。"

"那不行——"古教授刚要阻止,就看到蒋原微笑着冲他点点头。

蒋原:"教授,既然白警官不信,就让他亲自找找吧。"

白银盯着他看了好一会儿,才收回视线,带着人上了二楼。

半个小时后,两队人马在大厅会合。

"老大,都找过了,没人。"

没人?

温九思过来的时候,白银已经带着人里里外外找了两遍了。蒋原安逸地坐在沙发上，古教授也逐渐平和下来。

"我昨天让人盯着了，付如玉从进来后就没出去过，因此她绝对还在别墅里。只是不知道，蒋原到底把人藏在哪儿。"

他们几乎是每个角落都翻了个遍。

温九思打量了这栋别墅一番，很快，似乎想到什么。

这栋别墅的设计很是巧妙，每个空间的构造都与一般的别墅不同，应该是出自名家之手。很快，他视线落在房顶的位置。通往天台的通道很特殊，若不仔细看的话，一般人根本发现不了。

偌大的天台，建造在一个山坡边上。若是有人一不小心掉下去，九成没有生还的可能，付如玉应该不会从那里逃走，可是，万一呢。

温九思猛地攥起手："上天台。"

一群人立即上了天台。

"你的意思是，蒋原要杀人灭口？"白银有些不可思议，同时心底那种不好的预感越来越浓重。

温九思没说话，率先上了天台。

一走上去，便看到一道身影一步步朝边缘靠近。

"付如玉！"

温九思大喊一声，而那头的女子却好似根本没听见一般，仍然一步步地、机械般地朝边缘走去。

随后，在几人的视线之下，她一跃而下。

付如玉死了。

白银带着她的尸体回了警局，一番折腾之后，已是下午。

蒋原和古教授被带到警局问话，但无论他们怎么问，两人都是一口咬定，不知道。

白银气得差点掀桌。

明明知道付如玉的死就是眼前这两人做的，可他什么都不能做。他没有证据，现在就连好不容易找到的突破口，也没了。

就算查明了付如玉当真与李博文的死有关，但她人已经死了。就算找到了关于蒋原和古教授的犯罪证据，他们只要把一切推到付如玉身上，仍然能将自己摘得干干净净。

白银一整天心情都十分暴躁，最后只能眼睁睁地看着古教授和蒋原从警察局离开，继续逍遥法外。

蒋原临走前，看了温九思一眼，眼神中是一片嘲讽的笑意："九思，为了感谢你的手稿，我送你的第一份礼物，喜欢吗？"

温九思不说话，蒋原却忽然凑近他耳边，用像是情人间呢喃的温柔语气道："听说你的未婚妻很生气，想和你断绝关系，你说我这个时候去追求她，怎么样？"

面前温和清隽的男人沉下了脸。

他的脸色阴沉恐怖，周身隐约有凛冽的寒气浮现，看蒋原的神情，仿佛是在看一具没有灵魂的躯体。

蒋原却似乎被逗乐了，拍拍他的肩，便走了。

而已经撕破脸的古教授，一句话也懒得和他说。

一直等人走了，白银才凑过来，看着蒋原离开的方向，皱眉："这个人太难对付了。"

温九思没说话，垂眸似乎在思考什么。

好一会儿，他才淡漠地开口："付如玉的死，不正常。"

白银忍不住想翻白眼。他当然知道不正常，哪里有那么巧的事儿，他们刚一上门，付如玉就自杀了，仿佛专门为了在他们眼皮底下死一样。

况且，以付如玉的性子，根本不像是会自杀的人。就算是蒋原胁迫，也绝对不可能的。所以，白银至今想不通她的死因。

温九思没回答他，只是申请去了一趟停尸间，看了看付如玉的尸体。很快，他出来后，便对白银道："是蒋原。"

见他不解，温九思道："还记得当年蒋原的案子吗？"

他说的是当年蒋原为了做研究，用一个女学生做研究，致使其精神错乱，最后跳楼自杀的那事，为了知己知彼，他早就把与蒋原有关的一切资料都详细地告诉了白银。

"你是说，她的死和当年那个女生的死一样？"白银隐约明白了。

温九思摇头："是，也不是。

"当年蒋原拿她做实验，经历了很长一段日子。而今天，蒋原应该是看到我们来了，知道我们的目标是付如玉，付如玉死的时候，精神是恍惚的，不是自愿死的。蒋原在此之前，对她实施了催眠。

"一个人若是自愿跳楼，临死前身体本能反应会产生一定应激措施，但我在付如玉的身上没有发现。只是我没想到，几年过去了，蒋原在心理研究方面的功力，比我想象中要深得多。"

不仅如此，蒋原也比过去要更难应付。

就算是国际上最著名的心理学家，想催眠一个人也绝非易事，蒋原应该早就料到了这一切，很久前就对付如玉进行了心理暗示。因此，等到这一天，只要一个契机，便能轻易地将其催眠。

温九思的脸色是前所未有的沉重。

蒋原表现出对楚楚的莫大兴趣，让他很是忧心。

蒋原若想对付他，他并不惧，可楚楚，又如何能招架？

白银好歹也是出色的刑警，对于心理方面的东西并不陌生，很快就消化了他话里的意思："也就是说，或许我可以以此来找到蒋原杀人的证据？"

有了方向，迟早会有结果。

白银神色缓和了不少，下一秒，便又被温九思一盆冷水泼了下来——

"你以为，蒋原会傻到留下证据给你找吗？你难道不知道，这么些年为何会有那么多无法破获的悬案吗？"温九思唇边带着几分讥讽的笑意。

白银沉了脸。

他说得没错，刑警办案，讲究的是人证物证。就算明知道对方的犯罪动机和手段，可没有人证物证，上面仍然不认。

这就是现实。

"我知道他为什么对楚楚感兴趣了。这么多年来，充当蒋原研究对象的人非死即伤。楚楚当年遭到了那么大的打击，却没有半丝疯狂的迹象，这样的自我控制能力看来令蒋原很感兴趣。"

温九思视线落在远方，眼底带着几分看不透的神色。

这一夜，姜楚楚睡得很不好。

她习惯了在温九思的怀抱里，枕着他的气息入睡，到了陌生的地方，没了他的温暖，便怎么都睡不着。

翻来覆去好几遍，她抓起手机好多次想给他打电话，最终都止住了。

她怕，一听到他的声音，就忍不住心软，忍不住原谅，忍不住再度沉沦深陷。

袁呈来的时候，姜楚楚刚迷迷糊糊地睡下。

隐约间，她感觉到有一股不舒服的气息，猛地睁开眼，便看见袁呈站在床边看着她。

"楚楚。"

见她醒了，袁呈轻轻笑了一下，熟络地坐在床边，将手里的袋子放在了一旁，温声细语道："我让人带了些南城的小吃，你先起来吃些再睡，好吗？"

姜楚楚忍不住抓紧了被子，内心虽然紧张，但仍做出一副无所谓的样子。

"这不是你的家，进来之前不知道敲门吗？你难道不知道趁人睡觉偷偷溜进来是很无耻的行为吗？"

"对不起，楚楚，我敲门了，只是你没应，我也是担心你，只好刷房卡进来。"袁呈并不觉得愤怒，看着她愤怒的小脸只觉得越发可爱。

就像是他圈养的小动物，有一天忽然对他龇了毛，但是无论如何她也是他的，在他的手掌心。这种感觉，只会让人觉得越发有趣。

"出去，我要换衣服！"

姜楚楚丝毫不客气地将人赶出去，很快换好衣服之后，视线落在床头柜的袋子上面。是南城一家知名的糕点，的确是从前她极喜欢的老字号。

似是想到了什么，她勾唇一笑。

袁呈在餐厅等她吃饭。

姜楚楚走出去，许是还未睡醒，脸上带着几分绯红。脂粉未施的脸蛋，白嫩又乖巧得不可思议，偶有几丝碎发飘散，却显得越发慵懒可人。

袁呈呼吸紧了紧。

姜楚楚坐在他对面，指着手里的东西道："味道不错，可我记得这家糕点并不外带，你是怎么让它从遥远的南城到我手里的？"

"你喜欢就好。"袁呈脸上带着几分得意和喜悦，紧接着又道，"知道你喜欢，让人一大早现做了送来的。"

不得不说，这顿早餐，可真够昂贵的。

费时费力还伤财。

"袁大公子倒是财大气粗，我记得先前在南城的时候，有一回你送来的那早餐，似乎是京都这边一家老字号吧，看来，你在京都这边也是很厉害呢。"姜楚楚丝毫不客气，总归是自己喜欢的，不吃也挺浪费。

她一边吃，一边状似不经意地开口。

见她接受了自己送去的东西，袁呈面露喜色。忽然他站起身来走到她面前坐下，凑到她身边，伸手想将人抱住。

姜楚楚灵巧地躲开。

"楚楚，留在我身边，温九思能做到的事，我一样可以做到。"

袁呈的手落在她胳膊上，盯着她白皙细嫩的皮肤，眼中是一片炙热的火光。

姜楚楚挑了挑眉，不置可否地托腮，似乎在思索些什么。

"你想和我在一起啊，倒也不是不可以。"

她顿了顿，看到男人眼中充斥着震惊和惊喜，忽然勾了勾唇，接着道："我不想待在京都了，放弃京都的一切，跟我回南城，我就考虑一下，怎么样？"

袁呈脸上的笑容渐渐消失。

气氛有片刻的沉默。

"你还是在耍我。"

袁呈忽然站起身来，走到姜楚楚面前，伸手一把环住她的腰身，强势将人禁锢在怀中，眼中透着毫不掩饰的野心和占有欲。

"楚楚,我如今好不容易在京都站稳脚,等一切安定下来,到时候,你想去哪儿,我都陪你去。"

恶心又黏腻的感觉瞬间席卷全身,看着手中的东西,姜楚楚忽然就没胃口了。

她猛地起身,躲避他的亲近。

她随手将手里的东西丢进垃圾桶,唇边勾起讥诮的弧度:"不是说什么都可以为我做?你所谓的爱,也不过如此吧。袁呈,你醒醒吧,在你心中,为了你所谓的商业帝国、婚姻、爱情,甚至女人,什么都可以牺牲,做你的枕边人,时时刻刻都要担心自己会不会有一天被你给卖了。在这一点上,你永远都比不上温九思。"

不,把袁呈这个伪君子和温九思比,简直就是一种亵渎。

"把我留在这儿,也是想利用我,牵制温九思吧?"姜楚楚冷哼一声,眼中是一片冰冷的寒意。

袁呈沉默了,脸色有些不好看,面上一片阴郁。

姜楚楚却已经知道了答案。

她被蒋原绑架,背后应该也有袁呈推波助澜,否则他怎么会如此了解她的行踪。明知她对温九思的感情,还把她带到这儿来。

她冷笑两声,不想再与他多言。

袁呈刚想说话,姜楚楚的手机响了。

她抬眸看向袁呈,眼中赶人的意味十分明显。

"我今晚来接你吃晚餐。"袁呈站起身来,说完这话,便转身走了。

关门前,姜楚楚毫不犹豫地拒绝:"不必。"

电话一接通,便传来徐钰焦急的声音:"楚楚,你上哪儿了,昨晚一夜没回来,听说你和温九思吵架了?"

酒店窗外的景色开阔,姜楚楚看着一座座摩天大楼,闷声开口:"没有。"

确实没有,是她单方面地吵,温九思一直在安抚。

可也正是这样,她才越发难受。

关于昨天那事,姜楚楚已经想明白了,就算当年他真的见死不救又如何,这段日子他为她做的那些事,哪一件不是加倍地还了。

"我只是跟他说,我不想做他的未婚妻了。"

她更气的是自己,留在他身边,不仅帮不上他的忙,还成了他的软肋。

"这还不算吵架?楚楚,我虽然不喜欢温九思这人,可他对你还是用心的,你再生气,也不能说这种话啊。"

姜楚楚心里更闷了,半天没说话。

那头徐钰忽然道:"你都跟温九思吵架了,我再住在他家不太好吧?要不,我还是搬出去吧。"

姜楚楚皱起眉头,很快摇头:"你还伤着呢,再说你也没地方去,先就这样吧。"

姜楚楚刚要挂电话,徐钰连忙出声拦住:"三天后,袁呈的婚礼,你还去吗?"

姜楚楚一下来了精神:"当然去!"

身为姜明珠的姐姐,这样的好戏,她怎么能不去看呢?

自从姜楚楚住进袁呈安排的酒店后,明显感觉到,她只要一出房间就会被盯住。她当然知道袁呈的控制欲,也知道他有多想在她面前维持自己的风度,所以她自然就没有拆穿。

时间很快,一下就到了袁呈的婚礼当天。

袁呈和李云佳的婚礼办得很是盛大,几乎邀请了整个京都的名流。

姜楚楚邀请了白银当男伴,毕竟白银是警察,要力气有力气,也不惧怕那些盯着她的眼线。再者,在这种正式场合里,没有男伴是要遭人耻笑的。

两人掐着点进场,一走进去,便成了全场的焦点。

姜楚楚本就生得美,今日特意打扮一番,一身火红的长裙,只在裙摆点缀几颗碎钻,低调又华丽。艳红色的颜色很是挑人,偏生穿在她身上衬得肤白胜雪。

大厅里正跟几人交谈的温九思似有所感,一抬眸,正好与姜楚楚视线对上。

四目相对,姜楚楚忍不住咬唇,率先移开视线。

温九思也只是沉默片刻,不动声色地移开眼,却再没有了谈生意的心思。他烦躁地端了杯酒,朝角落走去,视线却若有似无地落在她和白银虚虚环着的胳膊上。

白银寸步不离地跟在姜楚楚身侧,浑身散发着冷气,一张脸更是严肃得紧,俨然一副保镖的姿态。

这一度吓退了很多想搭讪姜楚楚的人,终于,姜楚楚忍不住笑了:"白警官一直板着一张脸,你累不累啊?来,吃点儿东西。"

姜楚楚余光瞥到朝温九思走过去的女人,气得别过头将一块蛋糕塞给白银。等他接过,她又伸手捏了捏他的脸,强行扯出一个弧度来。

像是满意自己的杰作,她勾唇笑笑:"你瞧瞧你长得这么好看,就应该多笑笑,老是板着脸,可不招小姑娘喜欢。"

白银的动作顿了顿,面上的表情隐隐有些古怪。

姜楚楚不论在什么场合,都是众人关注的焦点。

她和温九思的事,在这个圈子里并非什么秘密,从前温九思把人放在心尖上宠,不少想搭上九召这条线的都想尽了办法想接近姜楚楚。

不过现在传出她和温九思分手的消息,一时间众人议论纷纷。

/ 562 /

"那就是姜楚楚,倒是有几分姿色,难怪温九思也会动了凡心。"

"你没听过一句话吗?越是美女就越是危险,我听说这位姜小姐风评很差,名声很不好。"

"听说原先她家里的资产大半都在她名下,有钱又漂亮,你不想试试?"

"我当然想,难道你不想?"

周围的议论越来越难听。

姜楚楚神色如常,仿佛根本没听到一般。倒是身边的白银忍不住了,眼神阴鸷地望了眼方才说话的男人。

目光如刀。

姜楚楚伸手拽拽他的胳膊,对他点点头,示意他不要冲动。

这时,穿着婚纱的李云佳走过来,看到姜楚楚,眼神中迅速闪过怨恨之色。

"姜楚楚,你怎么会在这里?"

姜楚楚眨了眨眼,无辜道:"我来参加你和袁呈的婚礼啊,袁呈特意来邀请我的。"

她刻意加重了"袁呈"两个字,分明意有所指。

李云佳当然听出来了。

她今天这一切,都是拜姜楚楚所赐。如果不是因为姜楚楚,她早就嫁给了温九思,哪里会……

她强忍着想冲上去打姜楚楚的冲动,咬着唇,竭力让口吻平静:"姜楚楚,我过去是得罪过你,我向你道歉。可今天是我的婚礼,一个女人一生只有一次,不管我们之间有什么矛盾,我希望你不要破坏我的婚礼。"

顿时,周围那群看热闹不嫌事大的人又改变了八卦的风向。

"据说李大小姐和小温总青梅竹马,是姜楚楚横插一刀,硬生生将人给拆散了。如今李大小姐好不容易得来一门好姻缘,她还要来破坏,怎么会有这么恶毒的女人?"

"你们还不知道呢?李大小姐的新婚丈夫曾是姜楚楚妹妹的男朋友,说不定,她是替人来打抱不平呢?"

"这姜家姐妹真是恶心,自己留不住男人就跑来闹事,和市井泼妇有什么区别?李小姐真是太可怜了。"

"你们看,姜明珠也来了。"

姜明珠没想到,一走进来,便听到有人议论她。她的身份尴尬,前未婚夫眨眼就变成了别人的未婚夫,说不定以后还会被迫成为他的"弟媳"。

她原本是想悄悄寻个角落站着的,谁知道,一瞬间成为众矢之的。

姜明珠反应也快,几乎立刻就白着一张脸,有些不敢置信地看向姜楚楚。

/ 563 /

"楚楚，我分明告诉过你我和袁呈是和平分手的，你为何要这么做？你就算介意李云佳和温九思……可你们都已经分手了啊。"

她这话，分明是在说，一切都是姜楚楚一意孤行，与她无关，她什么都没说。同时，又再次强调了，她和温九思分手了。

所以现在的姜楚楚，什么都不是。

转了一圈，矛头便又指向姜楚楚。

姜楚楚环着胸，好整以暇地看着面前几人。今天真是来对了，好大的一出戏。姜明珠是想让她和李云佳斗啊。

就在众人的视线之下，姜楚楚忽然"扑哧"一声笑出声来，笑容明艳动人，这一笑，似乎连周遭的非议声都要压过去了。

"姜明珠，我跟你是什么关系啊，你怎么会以为我会为你出头？"

姜明珠的脸瞬间憋得通红，还想说什么，忽然瞥到不远处走过来的男人，整张脸瞬间一片惨白。

"姜明珠。"

袁呈走到她面前，站定，面色阴沉如水。

今日的新郎，西装笔挺，贵气逼人，完完全全一副京都世家养出来的贵公子派头，谁会想到，他是个鸠占鹊巢的枭雄呢。

对于袁呈，姜明珠从骨子里感到恐惧，她整个人僵在原地，一句话都说不出来。

袁呈的视线不动声色地扫过姜楚楚，再瞥到姜明珠时，已经是不动声色的嫌恶。

"看来，你是忘记了我曾经说过的话。"

阴冷的声音，像是来自地狱的宣判，让姜明珠整个人开始颤抖起来。她想走，脚下却像是生了根一般，无法动弹。

袁呈却看也没看她一眼，直接叫来侍者："送明珠小姐去休息。"

众目睽睽之下，姜明珠被侍者一左一右地拖了出去，前所未有的屈辱、不甘和怨恨都在这一刻疯狂汹涌。

一直到人离开之后，袁呈才缓缓开口："很抱歉，婚礼出现了一点小插曲，请诸位不要见怪。"

他说完，便领着李云佳走了。

在路过姜楚楚的时候，他的脚步停顿了两秒，向她致歉。

姜楚楚权当没听见。

婚礼才刚开始，姜楚楚就已经失去了兴趣，她勉强待到仪式走完便想着先行一步了。白银原本也是陪她来的，见她要走，便也跟着离开了。

全程，她都没有和温九思说一句话。

温九思的视线，一直等她离开之后，才缓缓收了回来。他紧握的掌心，缓缓松开，里头已是密密一层汗珠。

大概是姜明珠的事给了姜楚楚刺激，她越来越觉得自己离开温九思是对的。

她不能一直做一个人的附属品，她应该独立成长，创造她的天空。

一个伟大的想法在她脑中慢慢成型——没错，她要创业！

恰好徐钰从温九思家搬出去了。

虽然她这次来京都单纯是为了袁珂，但听到姜楚楚的想法后，她的心仿佛被牵住了。

她也不想总是依附于男人，或者说，她也想独立，靠自己。

没经过太多的思考，徐钰便加入了姜楚楚的创业大计，成了她的合伙人。

这件事很快就定了下来，姜楚楚先是去找了一趟白教授，告知了这个想法，毫无意外地得到了白教授的鼎力支持。白教授在这方面远比她的经验多，因此姜楚楚避免了许多的麻烦。

为了筹备画廊，她几乎是日日在忙，为了和徐钰交流方便，她干脆就住在了徐钰的住处。

一个月后，画廊顺利开张。

借着白教授的面子，美术馆的不少同学都来捧场了，十分热闹。除了自己的画，白教授从自己的珍藏里借给她一幅法国知名艺术家的获奖作，这幅画平日里连白教授自己都舍不得拿出来。

有着这个噱头，便有不少美术界的人慕名而来。

其他的展品也大都是姜楚楚这段日子好不容易弄来的珍品，姜楚楚对画的质量要求颇高，因此第一天，画廊的收益倒是不错。

快到中午休息的时间，画廊人流逐渐少了。姜楚楚正要去找徐钰准备吃饭，一个女孩忽然走到姜楚楚面前，微微垂着头，有些腼腆地冲着她笑了笑。

"您好，请问您是姜楚楚吗？"

姜楚楚转过头，冲她一笑："是啊，你找我有什么事吗？"

女孩一见她的脸，顿时激动地握着她的手，声音都因为激动而有些发颤："太太，我……我是您的粉丝，在微博上看到您说要开一家画廊，特意赶过来的，我超喜欢您的那幅《月夜》呢。"

听对方这么一说，姜楚楚才想起，自己的确是发了微博的。

只不过，这段时间她都忙糊涂了，根本没来得及看。一打开手机，才发现那条微博下面竟然有不少的评论。

甚至还有不少人私信说要买她的画。

"太太，我觉得您的画特别有意境，我想买一幅您的画，不知道能不能麻烦您为我讲解一下？"女孩不好意思地开口道。

"当然。"姜楚楚冲女孩一笑。

等到女孩心满意足地选好画，临走前，还对姜楚楚道："对了，太太，自从上次您得了冠军，我们不少粉丝都为您建了个粉丝群，我想邀请您进群，不知道可不可以？"

她既期待又忐忑地望着姜楚楚。

姜楚楚失笑，拿出手机加了女孩的微信。

中午吃饭的时候，姜楚楚和徐钰两人都是既疲惫又兴奋。

"楚楚，原本我都做好了今天一幅画都卖不出去的打算了，谁知道，生意竟然这么好。你知道吗，这其中有一幅我曾经画的画，也卖出去了！"没有什么比自己的创作得到肯定让人更欣喜的了。

姜楚楚淡淡一笑，低头看着手机里刷屏一般的群消息，和通讯录"99+"的小红点，有些头疼。

或许，这就是甜蜜的负担吧。

没有温九思帮忙的第一件事，她做得很好，看着阳光透过玻璃照进来，她甚至短暂地忘记了一切烦恼。

画廊隔壁的餐厅，白教授和温九思相对而坐。

白教授素来古板的脸上，也出奇地多了几分八卦："从前在南城，你就对那丫头百般护着，今天又为何要让我去送这人情？你们吵架了？"

有几幅藏品，是温九思的珍藏，白教授不过是代为保管罢了。

就连她这段时间帮着姜楚楚找地址，装修，通通都是温九思在背后助力。这些分明他就能做，偏偏要借她的手。

真是搞不懂这些年轻人。

白教授推了推眼镜，语重心长地开口："小女孩有几分脾气是很正常的，作为男人，你要多包容些。楚楚是个好姑娘，别到时候错过了，你才来后悔。"

温九思的视线透过窗户，看向对面的画廊，浅笑两声，温和地点点头："我知道了，教授，麻烦您了。"

画廊的生意渐渐忙碌，姜楚楚常常一忙就忙到了晚上。

晚上回去的路上，她总觉得身后有人跟踪。

等她回头一看，却什么人都没有。

可那种不安的感觉却越来越浓烈。

回酒店要穿过一条街，时间有些晚了，周围没什么人。

姜楚楚强忍住心底的慌张，加快了脚步，忽然拐进了一个巷子，身影隐匿在死角的地方。果然,没一会儿,便听到一道匆忙的脚步声。

脚步声越来越近,似乎不止一人。姜楚楚的心骤然缩紧,四处看了看,却发现自己竟然走进一条死胡同,连跑都没地方跑。

糟了!

就在她准备报警的时候,身后,忽然一双手伸了过来。姜楚楚吓得差点尖叫,那人一把捂住她的嘴,熟悉的声音在耳边响起:"别怕,是我。"

一转头,一张硬朗的俊脸在面前闪现。

"你吓死我了!"姜楚楚捂着胸口大喘气。

不过好歹松了一口气。

拐角处有三人走过去,经过巷子的时候看了一眼,见是个男人,便没再停留,很快走远了。

一直到人彻底消失了,姜楚楚才动了动身子,腿都软了。

"白银,有人跟踪我!你说,我要不要报警?"

面前的白警官嘴角抽了抽,难道他不是警察吗?

姜楚楚本来就是开玩笑的,不过有他在,倒是安心了不少。

她忽然抬头看了白银一眼,若有所思:"白银,我觉得我太危险了,要不然,我向你们警察局申请,让你贴身保护我?"

白银皱眉,认真思考了一番,面色有些严肃。

姜楚楚没忍住笑出声来:"那么严肃干吗?我就是开个玩笑,不过你能不能帮我找个房子啊?毕竟徐钰住的地方太远,来回都不是很方便。"

白银眉头皱得更紧了,他是警察,又不是中介,这个还真的触及了他的知识盲区。

不过,他还是点了点头:"好。"

末了,他又想到什么,道:"你先好好休息,明天一早我来接你上班,下班的时候给我打电话。

"我会尽快查到背后是谁指使。"

说完,白银将姜楚楚送回家后,立刻去找了趟温九思。

他淡漠地把晚上发生的一切告诉了温九思。

"我让人抓了那三人,据他们交代,跟踪楚楚的原因是为了劫财。三人都是附近一带的小混混,曾经有不少抢劫偷盗的案底,不像是作假。"白银面色有些严肃,他想了一晚上,都没想明白,这一切到底是不是巧合。

温九思的动作顿了顿,发出一声轻嗤,转头看向一脸严肃的白银,却勾唇笑了笑:"辛苦你了,留下来一块儿吃晚饭?"

虽是询问,可口气里,却没有半分让人拒绝的余地。

/567/

白银犹豫了一会儿，还是留下了。

吃饭的时候，温九思才道："不用查了，把人放了吧。"

白银手上动作顿了顿，一抬头，两人视线便在空中对上。莫名地，两人心中都有种怪异的感觉。

温九思率先收回视线，开口："是有人给我的警告罢了。"他轻笑两声，眼中却是深不见底的冰冷。

白银皱眉，抬头看他，欲言又止。

可温九思好像能猜出来白银想说什么。这样的感觉很奇怪，就好像两人天生有一种默契感。

他压下那荒唐的念头，道："既然敢这么做，就必然不会留下把柄，查下去也不会有结果，你把人放了，楚楚反而不会有事。"

不过是想拿楚楚来试探他的态度，出口怨气罢了。他这个时候越是在乎楚楚，便越是让那帮人狗急跳墙。

所以，不去管，反而才是对楚楚最好的。

白银不蠢，只稍微思索了一番，便想到了缘由。

"是李家？"白银眉头微微拧了拧。

温九思看了他一眼，眼中含着些许笑意，却没说话。

白银犹豫了一会儿，还是开口，问出了这几日心底一直存在的疑问："你不让我插手李家的事情，也是为了让他们以为，这一切都是你的主意，和她没关系？"

他还以为，是温九思小心眼，故意不让他在姜楚楚面前表现。

"我虽不畏惧李家，可明枪易躲，暗箭难防。"温九思沉声开口，这也是为什么，他暂时不把楚楚留在身边的原因。

白银已然明白了一切。

他没想到的，姜楚楚没想到的，温九思都想到了。温九思对姜楚楚的感情，真的比任何人所认为的都要深。

于是，他把姜楚楚准备找房子的消息告诉了温九思，可话一出口，却又有些后悔了。

这难道不是一个很好的机会吗？

他为什么要告诉温九思？

"我知道了，谢谢你，兄弟。"温九思伸手，夹了一筷子青菜给他。

白银看着碗里的一片绿色，眉头蹙得更深了。

他不喜欢吃这个。

不过，犹豫了片刻，他还是面无表情地吞咽了下去。

隔天，九召。

蓝子期正和温九思商量城东江氏的项目时，外头小赵忽然推门进来，神色有些难看："温总，城东江氏的竞标项目，被李氏拿下了。"

温九思还没说话，身旁的蓝子期已是瞪大了眼，有些诧异："城东那项目江氏和九召不是已先行约谈了吗？就差签合同，这算怎么回事，毁约？"

小赵也有些愤怒："据江氏负责人声称，李氏给出的条件最符合他们的预期，所以临时反悔了。"

为了这个合作，九召已经付出了大量的心血。临时被截和，经济损失巨大且不说，面子上的事，才更大。

就在此时，温九思的手机响了。

"小温总。"那头男人含笑的声音传来。

"袁总。"温九思也勾唇淡笑，眼中却没有半分笑意。

"冒昧打扰，就是想跟小温总知会一声，你送给我的大礼，我收到了。礼尚往来，我怎么也得回敬一份才是，不知道小温总是否满意我这份礼物？"

"如果我说不满意呢？"温九思淡淡开口。

那头袁呈沉默了一会儿，才浅笑着开口："这次便只能暂时委屈小温总了，下一回，我定然让你满意。"

这个电话本就是属于两个男人之间的宣战。

电话一挂断，蓝子期便忍不住怒声道："是袁呈在背后捣鬼？这个小人，一定是和江氏做了什么交易，我现在就去找江氏负责人要个说法。"

"不必了。"温九思出声将人拦住，"他想要，就给他吧。"

这个项目对九召本就是锦上添花，但对李氏却是关乎生死。袁呈想借机翻身，那他就让袁呈，再无翻身之日。

姜楚楚一整天都在画廊忙，便没工夫再去想昨晚那事。

刚得空，准备休息一会儿，画廊里又来人了。

"楚楚。"袁呈走到她身后，温柔地唤了一声。

姜楚楚的脸色顿时冷了下来，冷不防起身拉开两人的距离，冷冷地看着他："你来干什么？"

袁呈笑意不减，仍是温柔又宠溺："许久没见你了，你怎么从我那儿搬出来了，徐钰那里又小又破，一点都不适合你的身份。"

姜楚楚只觉得自己的鸡皮疙瘩掉了一地。

"适不适合我自己清楚，你可以走了。"她没好气地瞪他一眼，直接开始撵人。

他这样的人踏进她的画廊，她都觉得污染了这儿的空气。她在想，要不要让徐钰去买瓶空气清新剂回来?

袁呈上前两步,抓着她的手便一把将她拉进了里头的一间展厅,抵上门,反手将人压在墙上,眼神带着几分炙热。

"你不想见我,难不成是想见温九思?"袁呈神色一冷,"昨天我特意让人把你昨晚遇险的消息传给他,可他什么都没做,压根儿就不关心你的死活。楚楚,这样的男人,根本配不上你。"

姜楚楚心底一寒:"昨天那些人,是你派来的?"

袁呈摇头:"当然不是,我已经让人教训过那些人了,以后再也不会发生这种事了。"

姜楚楚后退两步,拉开两人距离,冷冷地看着他:"需不需要我提醒你,袁呈,你已经是结了婚的人了。"

袁呈上前拽住她的手,看着面前的小脸,眼神不禁暗了暗:"我和李云佳只不过是合作关系,我不会碰她的。"

"你碰不碰谁跟我有什么关系?别动手动脚的,你给我松手。"姜楚楚一边挣扎,一边怒喝道。

原本以为公共场合他不敢动她,但她怎么忘记了,这男人是个疯子。

袁呈在距离她的脸一厘米不到的地方停下,视线在她脸上打量了一番,喉结滚了滚,却没再动作了。

"楚楚,把画廊关了吧,去我那儿上班?你一个画廊能有什么前途,见你这么辛苦,我很心疼。"

这剧情有些诡异的熟悉。

她想了想,在南城的时候,他似乎也这么说过。

姜楚楚愣了片刻,被逗乐了:"袁公子这是准备偷你老婆的家产养我吗?且不说李氏再不济也是姓李,就如今这李氏,你凭什么以为,我姜楚楚能看得上?"

"我会证明给你看的,楚楚,我不比温九思差。迟早有一天,我会把京都的商界打下来,拱手送到你面前。"

姜楚楚已经听不下去了,她给徐钰发了信息。很快,便听到有脚步声在走廊响起。

徐钰在外头扯着嗓子喊:"楚楚,你在哪儿呢?"

姜楚楚看了眼面前的袁呈,冲他一笑:"我这小破画廊,容不下您这尊大佛,还请袁公子慢走,不送。"

说完,她转身要走。

袁呈忽然叫住她。

"楚楚,其实我这次来,是想通知你,我已经定下了袁珂和明珠的婚期。"

姜楚楚脚步瞬间僵在原地。

袁呈已经先一步推门出去了，经过徐钰的时候，还意味深长地看了她一眼。徐钰看到袁呈，突然浑身一抖。

她立即走到姜楚楚身边，却看姜楚楚一脸呆滞，不禁有些担心："楚楚，袁呈那浑蛋没对你做什么吧？你别吓我！"

姜楚楚一下子缓了神，看了看徐钰，忽然叹了口气。

"我找他去！"徐钰以为她受了什么委屈，当即便准备去追袁呈。

却被姜楚楚一把拽住："我没事。"

她想了想，还是不要把这事告诉徐钰了吧。

这段时间，徐钰和袁珂两人好不容易稳定了一点。可袁呈向来不会说谎，这事八成是真的。

徐钰还是不放心，自顾自地说了好一会儿，一回头，却看到姜楚楚正盯着她，眼神有些奇怪。

"楚楚，你是不是有什么话想跟我说？"徐钰奇怪地问。

姜楚楚摇摇头。

下午，画廊没什么人，姜楚楚趁着空闲在画室里面画画。

刚准备调色，手机忽然弹出来一条新闻。

是关于李氏和江氏合作案的消息，两家代表公开露面，签订合同。姜楚楚记得，这个项目，曾经似乎是九召的。

瞬间，她便没有画画的心思了。

"楚楚，一会儿我有事要先走一步，就辛苦你一下了。"徐钰忽然推门进来，有些不好意思地说。

姜楚楚这才抬头看了徐钰一眼，徐钰显然是精心打扮过了，化了妆，还换了身衣服。她皱眉思索了一番："和袁珂约会？"

不用想，能看到徐钰这模样，也只能是去见他了。

徐钰害羞地点了点头。

姜楚楚的神色一下子有些奇怪，她动了动唇，想说什么，最后还是什么都没说。总归，都是他们两人之间的事，她还是不便插手了。

快下班的时候，徐钰回来了，整个人魂不守舍，神情有点失落。

姜楚楚刚要问，忽然接到了白银的电话，说是房子找到了。

房子就在国立美术馆旁边那条街上，环境极好，周围都是独栋的小洋房。一共三层，带独立花园，二楼还有露天阳台。

里头的装修风格也是姜楚楚十分喜欢的，几乎是看了一遍，她便立马将地方定了下来。正好，三层是空出来的，可以改造成画室。

徐钰跟着她看了看，有些欲言又止，犹豫了一会儿，还是开口："楚楚，这房子挺大的，离画廊也近，要不然我搬过来和你一块儿住，房租对半？"

姜楚楚一愣："那袁珂那儿？徐钰，你老实告诉我，关于袁珂，你是怎么想的？"

"我……"徐钰表情有些纠结，"我暂时也不知道，走一步看一步吧。"

姜楚楚没应声，眼中却透着几抹担忧。

两人当晚便搬了进去，不知道是不是新家环境太好。

这一晚，姜楚楚做了个梦。

她好像，梦到了温九思……

温九思温柔地将她抱进怀里，哄她入睡，像是又回到了从前。她在他怀里，感受着他的气息，安然入睡。

等她醒来后，总觉得，昨夜的一切都真实得不像一场梦，并且，房间里好像也还残留着一股熟悉的气息。

第二十九章
无可取代

在搬到新家后的这段时间里,姜楚楚的生活除了画廊,便是家。

一周后的一个早上,白银忽然上门了。

"我来找你,是有一件事想让你帮忙。"

"是有什么案子吗?"她有些好奇,便忍不住问了一句。

白银点头:"这阵子我们一直暗中在调查古教授,发现了一些线索。"

提起古教授,姜楚楚便忽然想到了第一次见古教授时的场景,温九思是那么重视他,甚至把他当成了自己的亲人。

可他……

温九思一定很失望吧,应该也很难过。

"可我能帮上什么忙呢?"姜楚楚皱眉。

"我们的人发现古教授对几个女学生进行非法心理实验,那几个受害者对警察的反应很强烈,也很排斥,我们的人根本无法靠近,无法从她们身上获得任何线索。"

"你想让我去接近受害者?"姜楚楚有些犹豫,"可是警察都办不到的事,我怎么做得到?"

白银摇头:"你是最合适的人选,我相信你。"

被人这么一夸,姜楚楚一时头脑发热,竟然同意了。

她换了身休闲的运动装,将长发扎成高马尾,看着镜子里的那个人,恍惚间,有种回到大学时候的感觉。

然而,刚到了第一个受害人的家门口,她便吃了个闭门羹。别说见人了,连门都没能进。

难不成,她这是要出师未捷身先死?

随后,她又来到第二个受害人家附近。

第二个受害人叫江夏,在看她的资料的时候,姜楚楚心底有些唏嘘。

多可爱又优秀的小姑娘啊，原本有大好的前程。

面前是一个私人别苑，姜楚楚平复了好一会的心情，才礼貌地按了按门铃。

很快，有保安打开门，询问道："小姑娘，请问你有什么事吗？"

"叔叔，你好。"姜楚楚乖巧地对他笑了笑，"我是江夏的同学。"

保安很快进去通报了，没一会儿便回来了，面上带着歉意："抱歉啊小姑娘，我们家小姐身体不舒服，不方便见人，你还是改天再来吧。"

看来，第二个目标也要失败了。

姜楚楚难免有些挫败，正准备离开的时候，外头忽然有人走过来，视线落在姜楚楚身上，有些凌厉："你真是江夏的同学？"

姜楚楚条件反射般地转头，立马乖巧地点了点头："我是江夏最好的朋友，听说她生病了，就想来看看她，我还给她带了她最喜欢吃的蛋糕。"

那人打量了她一番后，犹豫了片刻，还是把姜楚楚带了进去。

不知是不是错觉，她似乎听到他微微叹了口气。

等见到江夏，姜楚楚才忽然明白，为什么他们不让她见江夏。漆黑的房子里，没有开灯，一个女孩蜷缩在角落，身形瘦弱得像是一阵风都能吹倒。

"江夏，你的朋友来看你了。"带姜楚楚进来的男人走过去，坐在床头，温柔地对着女孩道。

女孩却像是没有听到一般，根本没什么反应。

姜楚楚的心一下子凉了半截。

"从学校回来后，她便这样了，谁都不应，谁也不理。"男人无奈地叹息一声，声音有几分沉痛。

姜楚楚想好了许多说辞，在这一刻，却什么话都说不出来。

"你没想过，让她看看心理医生吗？"

男人面色沉了沉："看过，怎么没看。原本她是认得我的，可看过几次医生后，就这样了。"

"叔叔，我来陪她说说话吧。"姜楚楚开口道。

男人点点头，没说话，走了。

姜楚楚走过去，近距离打量了一遍女孩。

面前的女孩和照片上几乎是两个人，照片上的她活泼可爱，面前这个，整个人瘦得几乎只剩下了骨头。

她在心底咒骂了古教授一番，真是个畜生！

看到面前的江夏，不知道为何，姜楚楚忽然觉得有些熟悉，像是记忆深处，也隐约见过这样的一幕。

受过严重心理创伤的人往往会沉浸于自己编造的世界，要让她慢慢走出来，便只能用她熟悉的事物慢慢刺激。

"江夏,我来看你了。"姜楚楚开口。

江夏没反应,像是根本没听到。

"我带了你最喜欢吃的蛋糕,是草莓味的,你不想尝尝吗?"她放低了声音,语气中带了几分诱哄之意。

江夏呆滞了一会儿,缓缓抬头,空洞的眼神一眨不眨地落在蛋糕上。

有用!

姜楚楚又用类似的办法,看着她将蛋糕一点点地吃完,心中莫名地有一种奇异的成就感。

姜楚楚走的时候,江父递过来一张卡。

她疑惑地打量了一遍面前的男人,隐约觉得,他好像有些眼熟,不过一时之间,却没想起来到底在哪儿见过。

"楚楚,我很感激你,这是你应该得的报酬,收下吧。叔叔有个不情之请,不知道,你能不能答应?"江父顿了下,欲言又止。

"您说。"

"往后,你若是有空,能不能多来看看江夏。不管什么条件,你尽管开。"江父看着她,眼中含着殷切。

那是一个父亲对孩子无私又热烈的爱。

姜楚楚看着他,心中忽然有些羡慕。这样的感情,是她这辈子都可望而不可即的。不过,这时候,她想起了面前这个男人是谁。

她把卡塞回了江父的手中:"叔叔,钱就不必了,我日后会天天来的,我也希望江夏能快些好起来。"

顿了下,她又开口问:"只不过,我有个小小的问题想问您。"

江父抬头看她,像是在等她的问题。

"我没看错的话,叔叔是江氏的负责人吧?"

"先前江氏和九召有一个合作案,但叔叔您临时毁约,改签了李氏。我想问问您,是您自己的主意,还是不得已而为之?"姜楚楚没想到,江夏的父亲竟然就是江氏的负责人。

这世界还真是小。

江父的神色顿时有些冷,看着姜楚楚的眼神也带着几分冷淡:"你是九召派来的?"

姜楚楚摇头。

"我只是在新闻上看到的,有些好奇罢了。叔叔不想说也就罢了,我明天再来看江夏。"

/575/

说完，她转身就走了。

那头，江父忽然叫住她，低声在她耳边说了一句话。

回到家的时候，徐钰已经做好了饭，见姜楚楚回来，便开口道："楚楚，你今天到底去哪儿了，打了你好几个电话都没接，你要是再不回来，我都要报警了。"

"徐钰……"

姜楚楚看了徐钰一眼，忽然将她给抱住。

徐钰蒙了："楚楚，发生什么事了？"她浑身都有些僵硬，这还是这么久以来，姜楚楚第一次这么抱她。

"当初，面对这样的我，你一定很辛苦吧。"

姜楚楚甚至还怪罪过她的欺骗。但今天，她忽然才意识到，当年面对那样的她，徐钰是用了多大的勇气。

"我从来没有觉得你麻烦，楚楚，在我心里，你一直都是我最好的朋友。"徐钰拍了拍姜楚楚的后背，随后松开，"再不吃饭，菜都要凉了。"

姜楚楚看了看她，心底一片柔软。

之后，一连好几天，姜楚楚都会去看江夏，根据白银给的资料，每天都给她带一份她喜欢的东西，顺带着灌输些两人从前的事。

渐渐地，江夏开始吃东西了，也慢慢开始回应她。这期间，她没有再提起过任何自己的目的。

她隐约有种感觉，这一天，不会远了。

几天后的中午，姜楚楚接到来自姜明珠的电话。她和袁珂的婚期已经定下来了，就在一星期后。

那头的姜明珠很着急，她拜托姜楚楚帮助她离开，可又不能确定姜楚楚是否真的会帮她。

可在李家，她几乎被袁呈监视起来，根本没有人身自由，只能寄希望于姜楚楚。

"楚楚，为了那个秘密，你一定得帮我。"姜明珠再次提醒，语气很是紧张。

"我知道，你不用提醒我。"

挂断电话，姜楚楚便在思考这事。

姜明珠如何，她倒是不在意的。

但是徐钰的心情，她不能不照顾。尽管这几日徐钰表现得跟没事人一样，但她看得出来，徐钰是在强颜欢笑。

若只是把姜明珠弄走，事情倒是好办。可袁呈的请柬发出去了，这婚约已经算是成了。

就算真的把姜明珠带回南城，两人的婚约依然在。

治标不治本。

因此,她得想办法破坏两人的婚礼。只不过,应该怎么做呢?

就在姜楚楚思考对策的同时,一个坏消息闯了进来。

——白银要离开了。

按照白银说的,他们查到有个拐卖集团的老巢在南城,上级委派他前去南城调查。

任务很急,白银几乎是连夜就赶去了南城。

而姜楚楚依旧去看望江夏,希望她有一天可以恢复。

这天,到江夏房间的时候,姜楚楚愣了一下。

房间的窗帘不知何时打开了。躺在床上的少女依然苍白瘦弱,但比起第一次见她,已经好了不少。

江父在她身边小声道:"楚楚,多亏了你,夏夏现在已经慢慢能接受光亮了。"

姜楚楚面上也忍不住染上一丝笑意,当一个人开始正视光明的时候,便说明,她心中已经重新拥有了希望。

"江夏,你看我给你带什么了。"

姜楚楚走进房间,递给她一本书。

"你先前不是最喜欢心理学研究吗?这是我从学校里特意给你带来的。"

听到"心理学"三个字的时候,江夏那双空洞无神的眸子有一瞬间的变化。可也只是一瞬,很快便恢复如常。

姜楚楚却捕捉到了。

她没继续这个话题,而是聊了些关于心理学研究的内容。先前跟在温九思身边,她多少也是懂一些的。

江夏全程安静地听着,不置一词。不过,姜楚楚却知道,她听进去了。

"江夏,"姜楚楚忽然停下声音,望着她,小心翼翼地开口,"你还记得古教授吗?下星期他有一节心理学的课,我记得你从前最喜欢他,要不我替你去听,回来再跟你讲一遍。"

一直安静的女孩猛地抬头,一双空洞的双眸中慢慢染上惊恐、无措的光,整个人开始止不住地颤抖起来。

她死死抓着姜楚楚的手,摇头。

姜楚楚眼神一亮,面上却是一片疑惑:"你想跟我说什么吗?江夏。"

她一边伸手拍了拍江夏的后背,努力给予江夏温暖,一边诱导性地开口:"我在这儿呢,你想说什么就说出来,不要害怕。"

江夏的情绪似乎稳定了一些,缓缓抬起头来,看着她。那眼神像是黑暗中迷路的孩子，让人心疼。

"你是不是不想让我去？你不喜欢古教授吗，是不是你知道了什么？或者，他对你做了什么？"她一边轻轻哄，一边试探性地开口。

怀里的女孩忽然颤抖得更厉害了，姜楚楚似乎感觉到了来自于女孩骨子里的恐惧，那种无助和绝望，几乎要溢了出来。

她的心，都跟着疼了一下，决定不再问了。

许久之后，江夏的情绪才逐渐平缓下来。姜楚楚起身，对她笑了笑："我先走了，江夏，明天我再来看你。"

身后的女孩却忽然开口。

声音喑哑浅淡得像是一阵风吹过。

足足过了一个多小时，姜楚楚才从房间里走出来。

神色是前所未有地凛冽和悲愤。

就在姜楚楚要走出门的时候，江父忽然叫住了她："楚楚，你先等一等。"

江父将人带进书房里，亲自给她泡了一杯茶，随后，坐在姜楚楚的对面，面上有几分严肃。

"楚楚，你认识温九思吧？"江父的语气中带着几分谨慎的试探。

姜楚楚没回答，只是看着他，皱眉。

"你别误会，我没别的意思，更没有调查你，只是无意间知晓的。其实，不管你到底是不是江夏的同学，我都不在意，反而很感激你。要不是你，江夏她……"江父叹了一口气。

"先前你问的那个问题，我现在可以回答你。你猜得没错，我和李氏签约，是他们用江夏的命来胁迫。我已经亏欠了她很多了，不能眼睁睁看着她出事。如果可以的话，请代我向小温总道歉。"

姜楚楚挑眉，眼神中忽然多了几分嘲讽。

这手段，倒像是袁呈干得出来的。

不过，她看了眼面前的江父，摇摇头："叔叔，我理解您作为父亲的心情，但您这样，并不是在帮江夏，而是在害她。"

江父疑惑地皱起眉头。

这次轮到姜楚楚叹气："难道到现在，您都没调查过，江夏为何会变成这副模样吗？"

江父沉默了，他当然调查过，不仅没查出结果，反而让江夏的情绪越来越不好，后来便放弃了。

"叔叔，您背信弃义，却帮了害江夏的罪魁祸首，难道，您真的没有想过自己的责任吗？"

江父的神色猛然一变:"你的意思是……"

姜楚楚站起身来,冷声道:"我言尽于此,至于您如何打算,便是您的事了。"

说完,姜楚楚便转身离开,立刻去了警局。

白银走的时候,将古教授的案子移交给了一个可靠的手下。

姜楚楚去了警局,把在江夏那儿得到的情况都复述了一遍。

江夏原本是大二的学生,因为对心理学极度痴迷,听说了古教授开课的消息,便立马选了课。在上完那堂课后,江夏主动加了他的联系方式。后来,又在古教授的诱惑下加入了他的实验,起初她并不知道自己就是他的实验对象,后来发现的时候,已经晚了。

一个人的实验研究是远远不够的。因此,在古教授的胁迫之下,她又陆续哄骗了不少班上的女孩加入研究。

许是考虑到江夏还有些用,古教授对她还算温柔。但是另外几个女孩就不一样了,好几个人因为承受不了压力,都各自走向了不好的结局。

原本,应该有大好青春前程的她们,整个人生便全毁了。

听完了这个故事,周围的警察全都愤怒地握紧了拳头。

"江夏早就料到会有这么一天,因此曾趁古教授实验的时候偷偷留下了证据,或许,这些东西可以帮到你们。"姜楚楚把江夏交给她的文件以及一段音频交给了警察。

里面清晰地记载着古教授的犯罪过程。

有了这个,便足以将人立案定罪了。

从警察局出来的时候,姜楚楚的心情很复杂,既觉得解脱,同时也觉得更沉重了。尽管找到了他的罪证,但是,那几个女孩的青春和生命,却再也换不回来了。

刚到到小区门口的时候,姜楚楚忽然眼尖地发现徐钰的身影。

正准备下车,忽然,不远处一辆黑色的车飞速冲了过来,直直朝着徐钰撞了过去。

"徐钰,小心,快躲开!"

姜楚楚一边开门下车,一边冲着徐钰大喊。

徐钰听到姜楚楚声音的时候,也看到了这一幕。她下意识地想要躲,可脚下忽然没了力气,怎么都挪动不了。

就在那车子快要撞上来的时候,旁边的袁珂一把将她拉开。

黑车见到这一幕,也没再停留,直接扬长而去。

姜楚楚捂着心口,手心是密密一层汗。

"徐钰,你没事吧?"她走过去把地上的徐钰扶起来。

/ 579 /

徐钰摇头:"我没事。"

尽管车子并没撞到两人,但那股冲击力还是让两人跌倒在地。徐钰倒是没事,就是给她当了人肉垫子的袁珂,胳膊和大腿都有轻微的擦伤。

徐钰的眼眶当即就红了。

"袁珂,你疼不疼啊?对不起,是我连累你了。"

要不是她非要在大马路上无理取闹,袁珂也不至于受这个伤了,徐钰此刻很是内疚。

袁珂冲她笑了笑,不动声色地把伤口挡住:"就是擦破点皮,过两天也就好了,你别哭啊,本来没事,你一哭,我心疼。"

姜楚楚:这两人之间发生了什么她不知道的事?

她看向袁珂:"这些人是冲着徐钰来的吧?"

袁珂一怔。

"抱歉,是因为我。"

他垂头,没再说下去,姜楚楚大抵明白了。

徐钰担心袁珂的伤势,想陪着他去医院,却被袁珂拒绝了。

他向两人道别后,拦了辆车便离开了。

回到家,姜楚楚满脸严肃地看了眼徐钰,道:"徐钰,你和袁珂,又是怎么回事?"

徐钰看了看她,犹豫了一会儿,说道:"楚楚,袁珂今天来找我,他说……他不想娶姜明珠,并且愿意为了我和袁呈抗争。原本我都快动摇了,可是,刚才发生的那一幕,你说我该怎么办?"

要是那车子再往旁边开点,她和袁珂恐怕都……她不傻,哪有车子往人行道上开,差点撞了人又立马开走的。

不是冲她,就是冲袁珂来的。

要是她真的答应了袁珂,她和他真的能斗得过袁呈吗?

答案显而易见。

姜楚楚大抵是明白了。

"徐钰,这段时间你先在家好好冷静,画廊那边也暂时别去了,一切都交给我,我来想办法。"

既然袁珂能为徐钰做到这份上,她便要好好计划计划了。

…………

三天后,姜楚楚便听警方说,古教授落网了。

江家联合先前被害死的女大学生的家属一起对他提起了刑事诉讼。警方赶到的时候,他正在机场准备搭一趟即将飞往国外的航班出境。好在他们去得很及时,把他从飞机上抓了下来。

古教授的罪行罄竹难书，人证物证俱在，只等开庭。

听完后，姜楚楚忍不住在心底拍手称快。

不过——

按理说，这件事情，不是古教授一个人完成的，应该还有蒋原在背后做推手。但是，古教授都落网了，却没有供出蒋原。

温九思应该也知道这个消息了吧？她盯着手机上的一串数字看了好一会儿，随后才收回视线，拨通了蒋淑媛的电话。

收到消息的温九思，唇边缓缓勾出一抹笑容来。

到看守所的时候，古教授正在监狱里大吵大闹，他的衣服、头发都凌乱不堪，整个人更是宛如癫狂，全然没有当初那个和蔼的老人模样。

见到温九思，他的情绪忽然激动起来。他瞬间冲到电话旁边，拿起电话，冲着外头的温九思大喊："九思，你救我出去，快带我出去！你母亲是我最得意的学生啊，哪怕她背叛了我，我还是对你很好啊！"

显然他已经忘记了先前是如何和温九思撕破脸皮的，见了温九思，便理所应当地认为温九思是来救他的。

"九思，我的研究马上就要获得成功了，难道你不想看到你母亲的研究项目获得心理学的最高荣誉吗？"

古教授激动得红了眼，死死盯着温九思，像是盯上最后的救命稻草。

"我是你母亲的老师，也是我一手带你进入心理学领域，你不能忘恩负义！你不能学你的母亲。"

温九思不动声色地将听筒拿得远了些，目光平静，不起波澜。

"忘恩负义？"

"教授，你也配提起我母亲？你的确教了我母亲，所以后来她把自己所有的研究成果都给了你，让你获得了如今的地位。我母亲从小就告诉我，不管怎样，你们都有师生情谊，所以让我敬你，帮助你。"

"可舒服的日子过得太久了，你就忘记了这一切是如何得来的吗？"

温九思努力抑制胸腔里的怒气，可终究还是泄露了一丝，清冷的眸中，弥漫出铺天盖地的凛冽寒气，盯着古教授，像是要把人生生冻死。

"我最后再问你一遍，我母亲的死，到底和你有没有关系？"

"你……温九思！"

古教授忽然伸手，狠狠朝着温九思的方向捶。然而，隔着一道透明玻璃，他的攻击尽数落在了玻璃上。

可他却像是疯了一般,一遍一遍不停地重复。

"温九思,早知如此,当初我就不该留下你,应该让你给你妈妈和短命弟弟陪葬!"

"你到底做了什么!"温九思的眼睛通红,直直地盯着古教授。

古教授突然疯狂大笑:"要怪只能怪你母亲,我不是没劝过,可她太固执,生下你们就毅然决然抛弃研究,学术界有这样的人,简直是不负责任。"

温九思隐忍住自己的情绪,然而眼里却布满了血丝。

他的手慢慢放了下来。就当他准备离开时,古教授突然安静了下来,喊住了他:"九思,等等。"

没错,他不想死!

他很清楚,现在活命的唯一办法,就是把一切推到蒋原身上。

温九思猜得没错,这件丧心病狂的事是古教授和蒋原一起参与的。

据古教授说,当年裴安妮毅然决然为了家庭放弃研究。车祸前,古教授准备出国,两人打了一通电话,发生了激烈的争执,这也一度让古教授认为是造成她车祸的间接原因。

而后古教授去了 M 国,继续开展这个研究,却因为裴安妮偷藏了部分手稿,导致研究遭遇瓶颈。还好遇见蒋原,提供了这个方法。

虽然是歪门邪道,却让他们的研究有了很大的进展。于是之后他们便一直这样,不过,一直是他在出面,蒋原都在幕后。

一场研究,害死了那么多无辜的人。

始作俑者还是自己信任了这么久的教授,温九思自我平静了很久。

出了看守所后,温九思回了九召。

一进去,蓝子期便走上前道:"九思,江氏的江总来了。"

温九思和蓝子期到的时候,人早已等候多时。

见温九思过来,江总亲自沏了一杯茶递给了温九思:"小温总,我为我先前的行为向您和九召道歉。"

"江氏已经召开了记者会,终止和李氏的合作。若是小温总不嫌弃的话,我江氏还是按照原来的计划,继续和九召合作,不过,在原来的基础上,我愿意让出百分之五的基点。"

温九思接下茶,浅尝了一口,随后,又回敬了一杯:"江总,合作愉快。"

两人很快签下了合同。

临走前,江总忽然停下脚步,走到温九思身边;"冒昧问一句,小温总和楚楚是什么关系?"

温九思笑了笑:"楚楚是我的未婚妻。"

江总神色一怔，随即一笑："原来如此，小温总，楚楚是个好姑娘，你们很般配。希望我有幸喝到你们的喜酒。"

"自然。"温九思点头，"确定了日子，不会忘记江总您的。"

江总点点头，心满意足地离开了。

一旁的蓝子期有些疑惑，他怎么听不懂两人在说什么。

"九思，江总怎么会认识姜楚楚？"

温九思把手里那份合同递到他面前："这就是答案。"

"这不是江氏和九召的合作案吗，和姜楚楚有什么关系……等等，你不会是要告诉我，这个合作案，和姜楚楚有关？"蓝子期诧异得睁大了眼。

温九思看了他一眼，转身离开，轻飘飘的声音缓缓响起："答对了，可是，没有奖励。"

蓝子期连忙跟了出去。

他一定是听错了，要么，就是这个世界玄幻了。

第二天一早，姜楚楚便接到了从警局传来的消息。

古教授在狱中自杀了。

据说是吃饭的时候藏了用餐的叉子，割断了颈动脉，等狱警察觉的时候，人已经没气了。

他那么怕死的人会自杀？姜楚楚是不相信的。这里面肯定有隐情，但是警局那边调查过了，没有任何异常。

最后，只能判定为，是古教授畏罪自杀。

思来想去，姜楚楚只能想到一个可能——

蒋原。

如果她想得没错，古教授那边一定有蒋原的犯罪证据，为了避免被牵连，所以蒋原对他下手了。

那么，那些证据肯定也被一并销毁了。

她想了许久，还是拨通了温九思的电话，把她的猜想告诉了温九思。

温九思的嗓音隔着屏幕传来，一如既往地和煦温暖："楚楚，蒋原这个人比你想象的更危险，答应我，离他远些，别让我担心。"

姜楚楚忽然就沉默了。

良久之后，她淡淡地"嗯"了一声。

正要挂电话，温九思忽然出声："楚楚，我都知道了，谢谢你。"

他说的，是关于江氏和九召的合作案。

如果不是她，即便是古教授落网，江夏好转了，江氏也不会和李氏解约，更不可能让九召以这样的优势拿到案子。

"你应该感谢的是江叔叔而不是我,我也只是不希望让他被袁呈欺骗罢了。"

说完,姜楚楚立马挂了电话。

心口处却有微微的颤动,心底忽然有种奇怪的满足感。

现在的她,终于不是那么一无是处了。

江氏和李氏解约的消息再次引发了轰动,紧接着,便立马宣布和九召签约。不少人都敏锐地嗅到了这里头不同寻常的气息。

但很快,另一条消息便迅速掩盖了前者。

袁家二少爷宣布和姜明珠举行婚礼,并且就在一星期之后。姜明珠作为被李家认回去的小姐,不少人都是有所耳闻的。

袁呈和李云佳的婚礼,到现在还有人津津乐道。

但现在,袁呈的弟弟和姜明珠结婚,这也太劲爆了点?

有人不禁发出灵魂拷问,结婚后,姜明珠应该叫袁呈大哥还是妹夫?

生活处处皆狗血。

不管外头如何热议,姜明珠和袁珂的婚礼还是如期而至。并且,李家不仅没有低调的意思,反而广发请柬,办得十分隆重。

婚礼前一天,李家有人来找姜楚楚:"姜小姐,明珠小姐吩咐我过来接您。这是她让我交给您的请柬和伴娘服。"

姜楚楚接过来看了眼,忽然笑了。

姜明珠这是真的急了啊,甚至不惜邀请她当伴娘。

从楼上收拾好下楼的时候,徐钰正在客厅坐着发呆,见她下来,神色明显变了几分。不过,却什么都没说。

姜楚楚走过去,抱了抱她。

"徐钰,你乖乖在家待着,等我把袁珂给你抢回来!"

徐钰抬眸看了看她,好一会儿,才站起身来:"楚楚,我还是跟你一起去吧。"

徐钰是经过深思熟虑的,她想过了,就算楚楚的计划失败了。能在现场看到他的婚礼,也算是一场缘分,她和他就真当是,有缘无分吧。

姜楚楚没办法,便将姜明珠给的请柬转交给了徐钰。反正,明天她是伴娘,跟着新郎一块儿进场,也不需要什么请柬。

当伴娘要提前一天做准备,于是姜楚楚出发去李家。

到李家的时候,发现其他几个伴娘也都到了。

姜楚楚扫了一眼,倒还真有几个眼熟的。那几人看了看她,面上有显而易见的嫉恨和不屑。

但碍于姜明珠在场,没发作。

"我想和楚楚说几句话,先让用人带你们参观参观吧。"姜明珠笑着对周围的几个女孩道。

等她们走了,姜明珠一把抓着姜楚楚的手,有些激动:"你不是说过会帮我吗?明天我就要结婚了,你是真的不在乎你朋友的幸福了吗?"

她是真的慌了,她要是嫁给了袁珂,一切都完了。

"时间还没到,急什么?"姜楚楚挣开她的手,看着手腕的红印,笑了一声。

"总之,我今晚就要离开这儿。否则我就跳楼让你自己面对袁呈的怒火,反正我不要嫁给袁珂!"姜明珠怒声开口。

"淡定点,你怎么走?"

在来的时候,姜楚楚就发现了。

今晚李家别墅的守卫格外森严,周围好几处都有轮班的保安。可以说现在连一只苍蝇都别想悄无声息地飞出去。

很显然,就是防着她跑。

"那怎么办?姜楚楚,你不要忘记过你答应了我什么,你要是骗了我,你一定会后悔的。你这辈子都不会知道,关于你和温九思之间的那个秘密!"姜明珠掐着掌心,瞪着她。

姜楚楚挑了挑眉,眼中有清冷的寒气缓缓溢出。

"我姜楚楚说过的话,就一定会做到。你也给我记好了,要是被我知道你是骗我的话,后果……"她压低声音,幽幽道,"你也会后悔的。"

婚礼当天一大早,姜楚楚便被一通电话吵醒了。

一直等电话打到自动挂断,她才收回了视线,眼眸中有一抹讽刺的光芒一闪而逝。

婚礼就在别墅举行。

整个别墅很大,被布置得很是精致,空旷的花园里直接被搭建成了露天的观礼台,足足能容纳近千人。

姜楚楚站在姜明珠身侧给她牵着裙摆,两人一同走到礼堂的时候,引来了不少人的注目礼。

当然,这里头大部分人都是在看姜楚楚。哪怕是穿着统一的浅粉色伴娘服,她也仍然是人群中的焦点。

惊艳的五官和出挑的身材,即便没有仔细打扮,也仍然美得让人移不开眼。甚至,直接盖过了属于新娘的光芒。

/585/

"还有二十分钟婚礼就开始了,姜楚楚,你到底要做什么?"姜明珠的手都是颤抖的,她开始有些后悔,或许,从一开始姜楚楚就在骗她,借此报复!

"别那么紧张,那边镜头正在拍你呢。"

姜明珠攥紧了拳头,从牙缝里挤出一点难看的笑意。

姜楚楚的视线不动声色地在人群里打量,却一眼就看到了坐在蓝子期身边的温九思,她眼神顿了顿,正要移开,男人忽然察觉到了,也看了过来,目光中有她熟悉的宠溺和纵容。

姜楚楚费力地移开眼。

婚礼很快开始了,姜明珠在管家的带领下被交到了袁珂的手中。

牧师看向姜明珠:"姜明珠小姐,您是否愿意嫁与袁珂先生为妻,无论贫穷富贵,生老病死,都愿陪伴他,支持他,不离不弃吗?"

"我……"

姜明珠死死咬着唇,愤怒的视线几乎化为实质射向姜楚楚。

她果然不该信姜楚楚的。

台下的姜楚楚感受到了她的视线,却没管,视线在周围扫了一圈,看到不远处匆匆走来的身影,缓缓勾唇一笑。

"我反对!"

姜明珠还没说话,忽然,身后传来一道怒气冲冲的女声。

突然出现的声音,让现场的宾客皆是一愣。

这是什么情况?

袁呈也看到了来人,面色忽然变得十分不好看。他直接对着身旁的保安冷声道:"把人拦住!别让他们过来。"

保安应声走过去,还没靠近,就被旁边几人拦下。蒋淑媛直接冲到了礼堂上,把还处于蒙圈状态的姜明珠拽到了身后,抢过她手中的捧花扔在地上,恶狠狠地一脚踩得稀碎。

"妈!"

姜明珠反应过来后,立马扑进来人怀里大哭。

蒋淑媛心疼地拍了拍她的后背:"没事了,明珠,妈妈来了,妈妈不会让任何人欺负你的。"

蒋淑媛没有看姜楚楚一眼,姜楚楚的心里也再泛不起一丝波澜。

蒋淑媛直接抢过牧师手里的话筒,开口:"诸位,我是姜明珠的母亲,自古父母之命,媒妁之言,我女儿要结婚了,我这个做母亲的居然一无所知,简直是天大的笑话!"

蒋淑媛的视线在底下扫了一圈,落在袁呈身上:"袁呈,你难道不应该给我一个交代吗？为什么她要嫁的人从你变成了袁珂？"

一番话，顿时让在场的人纷纷来了精神。

早就听闻姜明珠原先是和袁呈有婚约的，后来袁呈和李云佳结婚，对外称的是两人早已没有感情，解除婚约了。

可现在看来，似乎并不是这么回事啊。

姜明珠整个人缩在蒋淑媛身后，低声啜泣，看起来很是让人怜惜，不禁让不少人生起了同情心来。

其实这事到底是怎么回事，不少人心里都是有谱的。比起姜明珠这个半路认回的女儿，李云佳这个真千金显然更有价值。

只是可怜了姜明珠，被迫成了牺牲品。

袁呈脸上十分平静，不见怒色，可放在身侧的手，早已紧紧地攥成拳。他一早便让人封锁了消息，尤其是蒋淑媛那边。

到底是谁？

他不说话，蒋淑媛已经拉着姜明珠走下礼堂："我绝对不会同意这门婚事，你袁呈我们蒋家高攀不上，我现在就带明珠离开！"

蒋淑媛气势汹汹，身边还跟着好几个蒋家人，周围的保安一时也不敢拿她怎么样，只为难地看向袁呈，在等他的指示。

今天若是姜明珠被带走了，就等于是在袁呈的脸上狠狠打了一巴掌。

他绝对不可能让这样的事情发生。

袁呈站起身来，伸手拦在蒋淑媛身边，努力挤出一抹还算平和的笑意："蒋伯母，您误会了。我并没有逼迫明珠的意思，这一切都是她的主意。"

"胡说八道！"蒋淑媛没好气地拍开他的手，根本就不相信他说的话。

"蒋伯母，原本我并不想把一切挑破的，如今……"袁呈像是无奈地叹息了一声，随后，视线不动声色地落在姜明珠身上，带着几分显而易见的警告之色。

"明珠对我弟弟袁珂情深义重，一个是未婚妻，一个是弟弟，手心手背都是肉，所以我才……蒋伯母，原先我并不想挑破的，很抱歉。"

袁呈看向她，面上带着几分歉疚之色，但这分歉疚却依旧是高高在上的。

蒋淑媛原先嚣张愤怒的脸瞬间僵硬了，她看向姜明珠："他说的是不是真的？"

只要姜明珠说一句不是，她今天就要闹个天翻地覆！

姜明珠猛地抬头，想开口，却再次接收到来自袁呈的阴郁视线。她脸色白了白，嘴唇嗫嚅了许久，却一个字都说不出来。

浑身冰凉。

今天，她要是敢说一个"不"字，袁呈的手段，没有人比她更清楚。

"是真的……"姜明珠咬着牙,只觉得又痛苦,又难堪。

台上站着的袁珂却是饶有兴味地勾了勾唇,他原先还以为,姜明珠起码是有几分骨气的。不过很显然,是他想多了。

在场的很多人都看得明明白白,姜明珠对袁珂情深义重?

这两人恐怕是史上最不像夫妻的新婚夫妇。从头到尾,两人几乎都没正眼瞧过对方,但没人会傻到在这个时候去提醒。

他们不敢,但不代表有人不会。

姜楚楚不知什么时候绕到了蒋淑媛的身边,忽然开口道:"我没记错的话,袁二公子来京都不到两个月,不知道姐姐是什么时候喜欢上他的呢?难不成,是在南城?"

在南城的时候,姜明珠还是袁呈的未婚妻,若说是,便是公然给袁呈戴上一顶绿帽子,若说不是,那先前袁呈说的为了他解除婚约那话,便不攻自破。

姜明珠咬着唇,一句话都说不出来。

蒋淑媛却听明白了。

她本就十分不满袁呈的做法,袁珂是个什么东西,纵使冠上袁姓,不过是个无权无势,被袁呈压得死死的纨绔公子,能有什么前途,哪里配得上她的女儿。

而袁呈,则更可恶!

"想不到,你袁呈就是这么个东西。我当初真是瞎了眼才会把女儿交给你!"

蒋淑媛是真的气急了,也没管姜明珠的感受,直接拽着人就朝外走。期间,姜明珠好几次被裙子绊到差点摔倒,她也不管不顾。

一直到人离开了现场,袁呈的视线才幽幽地收了回来,落在姜楚楚身上,也只是停留了一秒。

新娘子都走了,那这场婚礼怎么办?

众目睽睽下,袁呈不得不站出来主持大局。

"抱歉,诸位,婚礼临时出现了一些意外,暂时取消。"

今天来的不少人都是京都举足轻重的人物,作为东道主的袁呈脸上无光,可他依旧风度翩翩地送走客人们,只是眼底的神色愈加冰冷。

姜楚楚刚离开婚礼现场,便接到了姜明珠的电话。

她先是回了趟家,换了身衣裳,才慢悠悠地到了姜明珠给的地址。

那头的姜明珠显然已经等了许久,面上有些不耐烦。她此刻已经换下了婚纱,化了浓妆的脸也遮不住面上的白。

尽管蒋淑媛如愿地把她带走了,但以蒋淑媛的性子,今天丢了那么大的脸,又失去了袁家这条大鱼,自然不会有什么好脸色。

"我要回南城了,明天的飞机。"姜明珠率先开口。

"你要我做的事我做到了,所以,我想知道的东西呢?"姜楚楚直接开门见山,并不想跟她废话。

实际上,若不是为了徐钰,以及姜明珠口中那个所谓的秘密,就算是姜明珠给她跪下,她也绝对不会帮忙。

可她不说还好,此话一说,姜明珠犹豫了一会儿,用一种她看不懂的眼神打量了一遍她后,才开口:"姜楚楚,如果你还想和温九思在一起,就最好还是别知道了。"

姜楚楚眉心一蹙:"你说。"

她都这么说了,姜明珠便也没再隐瞒:"我隐约记得小时候听妈妈提起过,当年姜家并不是靠爷爷奋斗来的,而是他忽然得到了一大笔钱,才让姜氏从一家小公司一跃成为南城名流之一。并且每一次姜氏有难,总有人在背后扶持。"

姜明珠看了看面前陷入沉思的姜楚楚,继续说:"我在南城的时候,曾多次见爷爷偷偷见过一个人,那人你也认识的。"

"谁?"

"就是温仁。"

姜楚楚的脑中忽然有根神经猛然绷紧了。

从酒店出去的路上,忽然下雨了。姜楚楚没带伞,瞬间便湿透了。她抬头看了眼天,雾蒙蒙的,有些阴沉,像极了她此刻的心情。

风一吹,她的脑子,忽然无比清醒。

"温九思,我们见一面吧。"她忽然拿出手机,给温九思打了个电话。

咖啡厅里,两人面对面坐着。

姜楚楚抬眸看了眼温九思,许久后,忽然开口,声音又轻又淡:"温九思,你能不能告诉我,当年在医院,你为什么要见死不救?"

温九思一愣。

他没立即回答,而是要了杯滚烫的卡布奇诺递给姜楚楚:"先抱着这个暖暖手,这个天气很容易感冒。"

姜楚楚捧起杯子,眼睛却仍然一眨不眨地看着他。

"楚楚,这件事,总有一天我会跟你解释的。你要相信,我有我的身不由己。"温九思抚了抚眉心,有些无奈地开口。

早就知道结果会是这样的,姜楚楚倒也没太大的波澜。

只是姜明珠说温仁某一次去南城的时间,恰好就是她住院的时间,温九思私下来南城,不敢露面,也是情理之中。可是这个男人却不屑于给自己找借口。

"嗯，我知道了。"

她的语气异乎寻常的平静，温九思怔了下，没说话，只是看着她。

想到今天来的目的，姜楚楚便也没再追问，而是把姜明珠告诉她的那些事，都复述给了温九思。

"温仁是你的二叔，我不知道他到底和我们姜家有什么关系，但无论如何，我都会调查清楚。"

听完她的一番话，温九思的面色忽然有些严肃。他伸手拉了拉她的胳膊，开口道："这件事我早就知道了，楚楚，不是什么大事，你不必再查了。"

姜楚楚动了动手腕，不动声色地把手抽开，郑重其事地看着他："你过去帮了我的，我都会一一还给你，我今天来只是通知你，不是需要你的帮助，也不是征求你的意见。"

她说完，便起身离开了。

回去的路上，她忽然觉得温九思的神情有些奇怪，她太了解温九思了，若是真的不在意这件事，不可能露出那样的表情。

他越是阻止她查下去，她就越想弄清楚。

温仁找到姜老爷子，给了他一大笔钱，又帮他一手打下姜氏，究竟是有什么目的。

若是为了钱，也根本说不过去，尽管姜氏身家不菲，但和京都温家相比，还是远远不及的，那他到底又是为了什么呢？

晚上，姜楚楚躺在床上一直在思考姜家这件事，迷迷糊糊便睡着了。第二天醒来，她的脑子里忽然想到了一个人——姜福生。

那个时候她虽然小，但是姜福生刚刚跻身成大龄富二代，有些事肯定记得清楚。

她很久没有联系过姜福生，自然也不知道他在哪里。

隔天，姜楚楚去城东别苑看望了江夏。江夏已经接受了心理治疗，并且慢慢地从心理阴影里走出来了。看到姜楚楚的时候，她显然十分开心。

姜楚楚照旧给她带了蛋糕。

两人说了一会儿话，姜楚楚把古教授的事情告诉了江夏，她显然还不知道这事，听说他死了，忽然大笑了两声。

"死得好，死得好呀……"

紧接着，她抱着姜楚楚号啕大哭，像是要把这辈子全部的委屈都哭出来一般："他就是个人渣，早就该死了。"

姜楚楚任由她抱着，哭出来了，一切就都会好起来的。

从江夏的房间里出来，她又去找了趟江父："江叔叔，能不能麻烦您帮我找一个人，若是找到了，请您把他带到我那儿来。"

江父没任何犹豫便同意了。

很快，姜福生便被带到了姜楚楚面前。

"死丫头，我好歹也是你爸，你就让人这么对我？"这一路上姜福生很狼狈。

江父找他的时候顺带把人调查了一番，也查到了他对姜楚楚的所作所为，便下了命令，让人稍微惩罚了一番。

姜福生还以为自己得罪了什么人，一路上都提心吊胆的，却没想到看到的竟然是姜楚楚，当即便被气得够呛。

姜楚楚嘲讽地勾唇："看来你在那个便宜女儿那里，过得还不错。"

闻言，姜福生便立马想到了这阵子的憋屈日子。

姜家破产后，他便再也没有从前的富贵日子。姜福生本就好吃懒做，失去了姜氏这棵大树，又习惯了富贵日子，根本适应不了。

他很快便将手里的钱败光了，不得已，只好去求助姜夏樱。但姜夏樱的日子同样不好过，也只能勉强从牙缝里挤出一点钱来。

于是，他只能被迫过上了节衣缩食的日子。从前那些跟在他后面阿谀奉承的人，此刻见了他都是趾高气扬的，姜福生可以说是受够了这股子气。

"我让人把你接过来，是有一笔交易。我思前想后，好歹你和我也有点血缘关系，所以倒不如便宜了你。"

姜楚楚笑了笑，接着道："只要你告诉我一件事，我便把我名下的姜家一半家产转到你名下。"

曾经的姜家，最繁华的时候，甚至可以说是南城头一把交椅。即便是后来败落了，一半家产，也足以他挥霍一辈子。

姜福生顿时有些激动，眼神一亮："你想知道什么？"

"你认识温仁吧？当年，他和老爷子到底做了什么交易？这是一份财产转移书，只要你告诉我，我立马签字。"姜楚楚拿出了一份早已经准备好的合同，放在了姜福生的面前。

白纸黑字，写得十分清楚。

上面的条件，让姜福生的呼吸都跟着紧了紧。只要说一句话，他便可以回到从前呼风唤雨的生活。

他忍不住握紧了手上的那份协议书，艰难地开口："我不知道。"

姜楚楚一直在不动声色地观察他，自然也看出了他的反常，倒是不在意，只是笑了笑，道："不着急，给你一天时间，你好好想想，到底知不知道。"

她说完，便转身要走。

"等等。"

背对着姜福生的姜楚楚嘴角划过一瞬即逝的笑容,她面无表情地转身,看向姜福生。

"想好了?"她挑眉看向对面一脸疲惫的姜福生。

"这件事我的确知道,我也可以告诉你真相,但是在此之前,我还有一个条件。"姜福生想了想,用喑哑的声音开口道。

"我的耐心有限,你要是不想说,我大可以找别人,这世界上知道的人不止你一个。"姜楚楚冷声说完,就抬步欲走。

姜福生立马叫住她:"要是真如你所说,你根本就不会找上我。楚楚,你是我的女儿,你骗不了我的。"

姜福生见姜楚楚停下脚步,满意地笑了笑,才出口道:"我的条件对你来说很容易,你除了要给我姜家一半的家产,还要保证我的安全,并且不能把我们之间的聊天内容告诉别人,尤其是温九思。"

姜楚楚重新坐下,好整以暇地看着他,点了点头:"好啊。"

姜福生小心翼翼地查看了眼四周,把门关好,才缓缓开口:"当年老爷子创办了姜氏,尽管野心勃勃,但没有资金支持,公司几近破产。后来,一个叫温仁的男人找上门来,和他达成了合作。"

说到这儿,姜福生忽然停下来了,抬头看了眼姜楚楚。

好一会儿,他才继续道:"你知道温仁是谁吧?温九思的二叔,他一心想从温九思的父亲手里夺得继承权,一直没能成功。于是,他便伙同老爷子,制造了一场车祸。温九思没有告诉你吧,当年,他的父母就是在南城出了车祸。"

接下来的话,姜福生没再说下去了。

但是,姜楚楚显然已经明白了。

从酒店回去的路上,姜楚楚觉得脑子很沉,整个身子轻飘飘的,她怎么也没有想到,事实竟然是这样的。

姜老爷子是间接害死了温九思父母的凶手之一?

姜楚楚回去之后,徐钰看到她便忍不住皱眉:"楚楚,你的脸色怎么这么难看啊?"

"我没事。"她勉强笑了笑,刚转身准备上楼,一阵虚弱感袭来,她整个人晕了过去。

温九思到医院的时候,姜楚楚正躺在病床上休息,面色惨白。

徐钰见了他,总算松了一口气:"楚楚忽然晕过去了,吓死我了,医生说她发高烧差点烧到四十摄氏度,再晚一点就……"

温九思低头看着床上的女孩，垂下的手紧紧攥起，眼底已经隐隐有了血丝。

徐钰看他的模样，想了想，还是出声道："你在这里陪她吧，我先去买点吃的，一会儿楚楚醒来可能会饿。"

安静的病房里，只剩下两人。

温九思守在床边，伸手抚摸着她的长发，以往娇艳明媚的女人躺在病床上，此刻连发丝都有气无力。

睡梦中，姜楚楚觉得，好像听到了温九思的声音。

紧接着，她便感觉到了很渴。

心有灵犀般，便有人把水送到了她唇边。姜楚楚迷迷糊糊地喝了一口，随即，睁开了眼。

"九思？"

隐约中，她看到了温九思的脸。

一双温热的手覆上了她的额头，轻轻探了探，感觉到温度正常了，他才稍微放下心来。见她醒来了，温九思轻声开口道："楚楚，还有没有哪里不舒服？饿不饿，想不想吃东西？"

一连串的问题，让姜楚楚不禁有些蒙。

她这才发现，自己竟然在医院，手上还打着点滴。

"我这是怎么了？"姜楚楚坐起来，却感觉到阵阵无力。

温九思走过去，将她扶起来，又拿了个枕头垫在她的后背，做完这一切，并没有抽身，一双修长的胳膊撑在她的两侧，微微俯身，两人之间的距离便瞬间近得能感觉到彼此的呼吸。

"你发烧了，近四十摄氏度。"

温九思沉声开口，目光有些责怪："楚楚，离开我，你就是这样照顾自己的吗？我开始后悔了。"

他压低了身子，薄唇几乎要碰上她的唇瓣。姜楚楚视线中，皆是男人的脸。

"我……我身上有病菌，你离我远些。"

反应过来的时候，她才意识到这个姿势有多暧昧，便伸手推了他一把。

"如果传给我能让你好一些的话，我心甘情愿。"

温九思不但没有抽身，反而凑得更近了，视线落在她苍白的唇瓣上，忽然俯身亲上去。

病房的门忽然从外头打开。

站在门口的护士小姐姐满脸尴尬，走到床边，咳嗽了两声道："那个，我就是来取个针头，你们继续。"

护士一边取针，一边还忍不住在两人身上打量，面上有几分惊艳之色。离开

/593/

的路上,她还在心底感叹,现在的年轻人谈恋爱都这么腻歪的吗?不过这一对的颜值,也太高了吧。

被这一打断,房间里有些暧昧的气氛瞬间消散。

姜楚楚的脸不禁有些红,不过,这会儿倒是也清醒了。说什么都不再让温九思靠近了。

没一会儿,徐钰送来了饭。姜楚楚没什么胃口,只喝了两口粥便放下了。

"温九思,抱歉啊,我把你给忘了,你还没吃饭吧?我出去给你买。"徐钰说着,就转身朝外走。

"不用。"

温九思叫住她,在她疑惑的视线下,端起方才姜楚楚喝过的粥,小口小口地吃着,很快一碗粥便见了底。

徐钰忽然觉得,有些待不下去了。

事实上,她也的确没待一会儿,临时接到画廊打过来的电话,需要处理一些事情,她便先行离开了,让温九思好好照看姜楚楚。

徐钰走后,两人谁都没说话。温九思去找了赵医生,被告知姜楚楚已经没什么大碍了,才放下心来。

姜楚楚十分不喜欢医院的味道,一夜过去,怎么都不肯再住院了。

温九思没办法,最后只能把人送了回去。

早晨刚下过雨,有些凉。

姜楚楚原本是想自己上去的,但在温九思的坚持下,只能任由他去了。温九思把她送到了楼上的卧室,又熟稔地打开屋里的空调,调出暖风。

姜楚楚看了看他的动作,没忍住,问道:"你怎么知道这是我的卧室?"

"猜的。"温九思淡淡地回应。

姜楚楚显然不信,不过也没多想,只扭过头,一副不想理会他的模样。温九思无奈,也没再停留,转身要走。

他刚跨出了房门一步,后面便传来姜楚楚的声音:"温九思,你等等,我有话跟你说。"

在决定告诉温九思一切真相的时候,姜楚楚已经做好了心理准备。她想过很多种他可能会有的反应,但是唯独没料到的,便是面前这一种。

他神色平静,只淡淡地看着她,目光一如既往地温和。平静到,让姜楚楚觉得刚才她说的那番话,就像是一场梦。

如果一切都是一场梦,这该有多好。

姜楚楚从床上起来,打开了床边的一个保险柜,把里面所有的东西都取出来,交到了温九思的手中:"这些是我所有的东西,我知道,远不能弥补他犯下的错。但这一切,原本都应该是你的,所以,物归原主。"

里头的东西,不仅有先前和姜福生对半分的财产,还有这些年姜楚楚的全部积蓄。包括她卖画得来的收入,除掉了画廊那部分,全都在这里面。

温九思接过来,看也没看一眼,只是神色冷冽了许多。用了好长时间,他才压下了心底的情绪,轻声开口:"还记得在南城的时候签下的合约吗?我已经在律师处公证过了。这些东西,我可以代你保管,算作你的嫁妆或是你我共同财产。"

那份合约,与其说是一份协议,倒不如说是,温九思给予姜楚楚的一份安全感。代表他从一开始便认定了姜楚楚一人,并且,只能是她。

话音落下,姜楚楚有片刻的愣怔。她抬头看了看他,眸中有太多复杂的情绪。她张了张嘴,想说什么,却发不出声音。

温九思当着她的面把东西收起来了,随后,皱着眉将她赶到了床上。

暖风一吹,屋里渐渐有些燥热,他便起身,又调低了温度,顺带着还倒了杯水,把医生开的处方药递给她,细致得不像是一个男人的样子。

他一边给她详细地解释每种药应该怎么吃,一边嘱咐着从医生那儿得到的注意事项,说完后,发现女孩还是盯着她,像是整个人放空了一般。

他叹了口气,摸了摸她的脑袋:"楚楚,别想太多,你只需要知道,我对你说过的话,从无半句虚言,也都记在心里,其余的不必担心。"

说完,他便转身要走。

姜楚楚忽然不知道从哪里来的勇气,紧紧抓着他的胳膊,力道大得惊人:"温九思,你难道没有听明白我的话吗?我的爷爷是间接害死了你父母的凶手,你难道一点都不怨我吗?还是说,你打算这一走,就再也不回来了?"

一种从未有过的恐慌席卷而来,姜楚楚的手颤抖得厉害,身子有些酸软无力,却还是倔强地、用力地攥着他。

就好像是,他这一走,就从此从她的世界离开了。

温九思回头,看到她的表情,心也跟着有些揪得疼。

他走过去,将女孩轻轻揽在怀中,修长的手拍着她的后背,像是安抚小孩子一般,声音又轻又柔。

"我不走,以后都不走了,好吗?

"楚楚,你要清楚,你是你,是这个世界上任何人都无法取代的存在。无论是姜家,还是姜老爷子,都和你没有任何关系,明白吗?"

"可是,他毕竟在血缘上是我爷爷啊。"姜楚楚仍然攥紧了他的胳膊怎么都不肯松开,尽管她真的不想和那个姜家扯上任何关系,但是血缘上的东西,她无法改变。

温九思捏了捏她的小脸，眉头微微拧了拧："那你觉得，姜老爷子有把你当成孙女吗？"

姜楚楚一怔，很快摇摇头。

"上一代犯下的错误，不应该延续到下一代的身上。就算是，也不应该由你来承担。"

一番话，循循善诱，让姜楚楚心中的纠结和烦闷一下子豁然开朗，他说得没错，一切都是姜老爷子犯的错，他都不把她当亲人，那她又为何要为他承受这些？

就在她思索间，忽然感觉到男人的靠近。温九思紧了紧搂在她腰间的手，在她额上落下了浅浅的一吻。

"楚楚，你若是真的觉得亏欠我，便用往后余生来弥补吧。"

他的声音温柔，又出乎意料地坚韧郑重。让姜楚楚漂泊无依的心，像是瞬间找到了归宿。

可是下一秒，她却忽然伸手将人推开。

"不行！"

差一点，她就又溺死在了这个男人的温柔陷阱中！

"嗯？"男人微微挑眉，唇边发出的单音节，磁性又撩人。姜楚楚有些受不住，稍微离他远了一些，用了好一会儿的时间收拾好了情绪。

"在我告诉你姜家这件事之前，我想过你会恨我，怨我，甚至这辈子和我老死不相往来，但我还是说了。

"你说你对我从来没有半句虚言，可关于那件事，却一直不肯告诉我，你分明就是不信任我。"

温九思见她眼底流露出的受伤，下意识伸手去拉她，却被她赌气似的甩开了。

"你走吧，我也不是很想知道了，反正我欠你一次，你欠我一次，就当是扯平了。我们……就这样吧。"

不知道是最近发生的事情太多了，还是因为生病，姜楚楚忽然觉得很累。她拉下被子想捂住自己的脸。温九思却先一步地走过来，把人从床上挖出来。

"温九思，你干……唔……"

挣扎的话说到一半，她的嘴便直接被堵住了，双唇相贴，有熟悉又陌生的悸动从心口疯狂蔓延。

直到姜楚楚感觉到自己快要窒息了，男人才松开了她的唇，只最后，在上面不轻不重地咬了一口。

倒不疼，只是让人觉得分外羞耻。

她睁大眼瞪着温九思，自以为是恶狠狠的，实际上，却没有丝毫的威慑力，双唇红肿，脸颊微微泛红。

反倒是，一种别样的勾引。

温九思的眼神暗了暗，却没有再动作，而是将人抱在怀中，将她的掌心放在了心口之上，缓缓开口。

"楚楚，感觉到了吗？这里，是为你跳动的。

"我很抱歉，先前因为我，让你受到了伤害。我也不是有意隐瞒，只是在等一个合适的时机。"

如今，尽管不是最合适的时机。

不过，温九思还是决定告诉她了。当年那段记忆，便是现在回忆起来，也是痛苦的。

那年，父母出了车祸，对于当年的温九思而言无疑是一场晴天霹雳。他赶到南城的时候，却意外发现，母亲还活着。

于是，他偷偷避开了暗中的眼线，把她送到了南城一家医院。也就是在那家医院，他亲眼看到姜楚楚从楼上跳了下来。直到现在他还记得女孩看他的眼神，无助又绝望。

他想救她，但是他不能，所以，只能冷漠地转身走了。只是暗中叫来了医生护士，一直到确定她平安无事后，才算是放下心来。

当年在姜楚楚面前出现的那个人，的确是温九思，这也是为什么，她偶尔会把"王叔叔"的脸和他重合的原因。

听完他的一番话后，姜楚楚的眉头紧紧皱了起来："所以，你当初为什么不能露面？"她隐约觉得，这就是温九思一直不肯告诉她的原因。

温九思像是回忆起了什么不好的东西，周身隐隐有凛冽的寒意浮现。一双柔软的手伸过来，奇迹般地，将他躁动而阴郁的心缓缓抚平。

"当年姜家在南城风头很盛，车祸后，不知道哪里走漏了风声，有人借着姜老爷子的手满南城找我和我母亲。"

温九思摩挲着她的掌心，接着说："我不告诉你，一是怕你知道真相难过，二也是这件事牵扯极大，我不便多言。"

这样的真相，对于女孩来说有些残忍。温九思想保护她，却没有想到，还是藏不住了。

"所以你早就知道了一切，是吗？"

姜楚楚的声音有些颤抖，整个人也有些摇摇欲坠。

他早就知道，姜老爷子是间接害死了他父母的人。但在她面前，他从未吐露过半分，甚至，在面对她的质问和冷眼的时候，为了不让她受到伤害，把一切都独自承受。

这世界上，怎么会有温九思这么好的男人，还被她遇到了？

她忽然扑进温九思的怀中，用力地抱着他，眼眶有眼泪抑制不住地涌了出来，一边哭一边哽咽道："对不起，对不起，对不起。"

她不敢想象，对于当年的温九思而言，那样的处境该有多绝望。

"一切都过去了，更何况，我还得感谢姜老爷子，把你送到了我的身边。"

温九思回抱住她，温声开口。

他的女孩，回来了。

等徐钰回来的时候，看到穿着围裙正在厨房做饭的温九思，那眼神像是见了鬼一般。

"温、温九思，你这是？"

温九思心情显然极好，对她也是前所未有地温柔，把锅里的菜分装在了两个盘中，将其中一份留给了徐钰，道："我留下来照顾楚楚。"

说完，转身上了楼。

身后徐钰瞪大了眼，忍不住对着他的背影开口："可家里只有两间房，你住哪儿？"

温九思的脚步停顿了两秒，唇边的弧度却越来越大。

自然是，楚楚住哪儿他住哪儿。

晚饭后，姜楚楚躺在床上，看着面前站着的男人，忽然觉得有些头疼。她怎么就经受不了诱惑让他留下来了呢？

"要不，你睡床，我去睡沙发。"姜楚楚看了眼房间里的单人沙发，想象了一下温九思躺上去的场景，收回了这个念头。

温九思没说话，却掀开了被单一角，躺上了床，睡在她身侧。感受到他的动作，姜楚楚浑身一僵："九思……"

温九思伸手将她捞在怀里，柔和的嗓音在耳边响起："医生说，你需要多休息，睡吧。"

许久没习惯这样的亲昵，姜楚楚却发现，并没有想象中的不适。她怔了一会儿，闭上眼，情不自禁地环着他的腰。

没一会儿，便有浅浅的均匀呼吸声传来。

温九思看了看她的睡颜，在她唇上落下轻柔一吻。

这一觉睡得极好，姜楚楚醒来的时候，发现自己还在温九思怀中，并且，是以一种八爪鱼的姿势抱着他。

脸颊不禁染上殷红，她不动声色地收回手，看了眼面前的男人。他还睡着，眼下有淡淡的阴影。

看起来，有许久没睡好觉了。

姜楚楚没忍心叫醒他,便也跟着闭上眼睛,迷迷糊糊竟然睡着了。只不过,这一次却做了个梦。

她好像,梦到了当年的场景。

看到她穿着医院的病号服,站在窗户边,整个人摇摇欲坠。就在她即将要掉下去的时候,忽然,一双手伸了过来。

…………

"楚楚。"

温九思的声音,把她从睡梦中唤醒。姜楚楚睁开眼,额上还有细密的汗珠。

"做噩梦了?"温九思伸手为她擦了擦汗,亲昵地在她唇上吻了吻,"别怕,我在这儿。"

姜楚楚靠在他怀中,很快便驱散了那些不安。

好一会儿,她才想到了什么,忽然开口:"九思,我有一件事想不明白。当年那场车祸你父亲已经离开了,对温仁已经没有任何威胁了,他为什么偏偏要对你母亲穷追不舍呢?"

刚才睡梦中,她突然有了这个念头。

温九思把早就准备好的早餐递给姜楚楚,随后才道:"因为那场车祸并不是温仁主使的,即使他也有参与,但不是他。"

不是他?

姜楚楚又有些不解了。

温九思却没接着说下去,在她吃完了早饭之后,又细心地把药递给她。见她皱眉,他无奈地开口:"乖乖吃药,病才会好。"

姜楚楚抗拒无果,只得照做。

这时,温九思接到小赵的电话,说公司有些事情需要他前去处理。临走前,他对姜楚楚道:"无论是谁,我都会查出来。楚楚,我希望你暂时忘记这件事,尽管我暂时没查出来那人是谁,但毫无疑问,那人很强大,且很难对付。所以,我不希望你以身涉险。"

像是看出来她的打算,温九思提前叮嘱了一遍。

可姜楚楚这人,就是你越不让她做什么,便越要去做。

她拿出手机,翻出了姜福生的电话,然后拨了出去。

第三十章
和煦春光

和温九思和好的第三天,姜楚楚搬家了。

距离不远,也就是从这个别墅到隔壁那个别墅的距离。

这是姜楚楚多方考虑的结果,毕竟她现在和徐钰一块儿住,温九思一个大男人进出对徐钰也不方便。而且,她也不想回温九思那里。

只不过她没想到,这两个别墅,都是温九思的。

难怪一开始她就觉得,这屋子里的装修风格和她想象中的十分吻合,原来,从一开始,温九思就做好了打算。

温九思淡淡地笑道:"这个小区的楼盘是九召旗下的,开盘后,我特意让人留下来两套,楚楚喜欢吗?"

"所以之前,你趁我睡觉的时候,你……"姜楚楚忍不住有些气闷,从他怀里退出来,气鼓鼓地瞪着他,"温九思,你现在立刻从我的家里离开!"

在她心里,温九思一直是谦谦君子,但是此刻,这个君子形象很不幸地破灭了。

"原本只是想看看你就走的,只不过楚楚在梦中抱着我不撒手,还一直唤我的名字。我以为,楚楚也是喜欢的。"温九思浅浅笑着,嘴角有丝戏谑的意味。

姜楚楚的脸却已经红到快滴出血来。尽管,理智告诉她这不可能,但是,联想到她睡梦中本能的反应。

于是,她十分没骨气的,转头就跑了。转身的瞬间,她还隐约听到温九思发出的清浅笑声。

搬好家后,姜楚楚便精心打扮地去了画廊。

今天是他们先前定下画展的日子。

为了这次画展,原本她也准备了一幅画要展出的,不过因为诸多事情耽误了,所以没画完。

白教授来的时候,意味深长地看了她两眼。那眼神,让姜楚楚忍不住有些心虚。就像是没做作业,正好被班主任逮了个正着。

毕竟她先前答应了白教授,会坚持画画的。

尽管白教授没说什么,不过临走前,却给她布置了任务。要她一个月之内,画出三幅画来。

姜楚楚瞬间觉得头疼,别说是三幅,就是一幅也够呛。

她愁眉苦脸地等到画展结束,看了眼天色,还有些早,于是,便打了个车,到了九召楼下。

前台小姐认得她,没有阻拦,不过看她的眼神有些奇怪。姜楚楚没在意,一路上了楼,到了温九思的办公室外。

殊不知,在这短短几分钟的时间内,她来公司的这事,便在整个九召的内部传了个遍。

△姐妹们,劲爆消息,温总的前女友上门了!

前台小姐十分八卦地起了个头,瞬间内部群炸开了锅:

△整个京都对咱们温总有想法的都不知道要排到哪儿去,有胆子找上门来的,这还是头一遭,她不是来找我们温总求和的吧?

△我们温总这样的人间绝色,怎么能被女人玷污,保护我方温总!

△不可能,以温总的性子,你们猜,她几分钟会被赶出去。

△我猜十分钟!

△这还用猜,温总根本不会理她好吗?我猜她三分钟后就会被赶出来!

姜楚楚并不知道这样的一幕,只觉得一路上,遇到的人看她的眼神都很奇怪,等她望过去,那些人却装作不经意地移开了视线。

姜楚楚没告诉温九思她来了。姜楚楚走到门口,正要敲门,办公室的门忽然从里面被推开了。

面对面的两人眼神正好对了个正着,皆是一愣。

蓝子期率先反应过来,挡住了办公室的大门,没好气道:"你来这儿做什么,九召并不欢迎你。"

姜楚楚愣了一会儿,唇边勾出一个浅笑来:"到底是九召不欢迎我,还是你不欢迎我?还是说,你一个人,能代表整个九召?"

一句话,成功让蓝子期憋红了脸,看着她好半天,才咬牙挤出一句话来:"姜楚楚,你这女人至于这么小心眼吗?"

不过是当初算计了她一次,竟然记到现在。

"事情没发生在你身上,蓝大公子说些风凉话也是理所应当。我心眼小不小我不知道,不过蓝大公子屡次为难,比起我应该也好不到哪里去。"

蓝子期十分无语。

论起吵架,他说不过她。若是今天他强行把她拦下来不让她进去,好不容易和温九思缓和的关系,又要回到原点。

无论在哪一点上,他总是低她一头。蓝子期气冲冲地转身就要走,谁知,姜楚楚却先一步挡住了他的去路。

"你想干什么?"蓝子期皱眉,警惕地看着她。

姜楚楚戏谑地笑了笑:"放心,比起温九思,你对我没有任何的吸引力。我只是想跟你打听一些事。"

说到这儿,她忽然压低了声音,沉声道:"是关于温九思的。"

听到前半句,蓝子期几乎是毫不犹豫地要一口拒绝,话还没到嘴边,又硬生生咽了下去。

他倒是要看看这个女人又搞什么鬼。

茶水间,两人面对面坐着。

在听完姜楚楚的话之后,蓝子期皱起了眉头:"你要打听温九思的事,不去问他,问我做什么?"她要是能问温九思,还会在这儿跟他废话?

姜楚楚翻了个白眼:"我以为,你只是心眼小而已,没想到,你和温九思所谓的兄弟情也是装出来的。关于他的事,你一点都不关心。"

她叹息了一声,站起身来就要走。

妥妥的激将法。

可蓝子期很显然被激了,猛地站起身来,拦住了她的去路:"谁说我不知道的!这件事,除了温九思,没有人比我知道得更多!"

在这一点上,蓝子期十分自信。因为温九思不方便出面,所以很多事都是由他出面调查的。

接着,蓝子期便一股脑地将自己所知道的都告诉了姜楚楚。从温九思当年的南城行,到他后来特意为了姜楚楚又重新踏上故地。

也没管她到底有没有听明白,说完之后,他又补充了一句,道:"姜楚楚,你永远都不知道九思这些年承受的是什么,你要是真的想站在他身边——现在的你,真的很弱小。"

蓝子期第一次如此认真地和姜楚楚说话,说完后便转头离开了。在打开门的时候,姜楚楚喊住他,冲他明媚一笑。

"我们,联盟吧?"

蓝子期说的,和温九思告诉姜楚楚的八九不离十,多的是一些细节。

这也让她对温九思更加心疼。

许久后,她才平复好了心情,从茶水间里走出来,打开温九思的办公室门走了进去。

温九思正在处理文件,极为专注,似乎没有察觉到姜楚楚的到来。姜楚楚站了好一会儿,轻手轻脚地走到了他身后,随后伸出手,捂住他的眼。

"猜猜我是谁!"姜楚楚刻意改变了嗓音。

男人反手把她一把捞进怀里,放在大腿上,视线并没有从文件上移开,语气中带着几分宠溺道:"楚楚乖,别闹。"

姜楚楚怔了一下。

"温九思,你都不确认一下的吗?万一不是我,抱错人了怎么办?"

他是她的,也只能抱她一个人。

"不会抱错。"温九思说得笃定,说话间还抽出一双手摸了摸她的脑袋。

"万一呢?"姜楚楚甩了甩头,挣脱他的手,面上有几分较真。

"不会有万一,楚楚,从你进来那一刻我就已经知道是你了。你的脚步声,和别人不一样。"温九思浅浅道。

当然,还有一句话他没说出来,除了她,也不会有人有这个胆子,在他面前做出这样的动作来。

她的脚步声和别人不一样?这是什么解释。

温九思似乎很忙,桌上积累了厚厚一沓文件。姜楚楚从他怀里退出来,安静地坐在一旁。脑子里忽然有一闪而逝的灵感,姜楚楚立马掏出手机,把它记了下来。

等她弄完一切,温九思还在工作。

她有些无聊,趴在桌子上盯着他的脸,看了好一会儿,饶是看了这么久,她也在心里感慨,怎么会有这么好看的一张脸。

正愣神间,男人不知何时走到了她面前,弯下身子将脸凑到她面前:"楚楚,好看吗?"

姜楚楚下意识点点头,说了句:"好看。"

男人低低地笑了两声,姜楚楚这才反应过来,正要说话,唇却被人吻住。

他的吻又轻又柔,只是在唇上碰了碰,很快便移开了。只是,这样的浅尝辄止,反而勾得人心痒痒的。

温九思像是看出来她的想法,笑道:"回家再来。"

姜楚楚脸一红,瞬间退后离他好几米远。

一直到姜楚楚有些昏昏欲睡的时候,温九思才再次抬头,走到她身边,将人抱了起来。

"我可以自己走!"

温九思却没松手,而是把人抱出了办公室。

办公室门外,正站在不远处的秘书们集体石化,好一会儿,才齐齐开口:"温总好。"

温九思只冲他们点了点头，面上带着几分笑意。姜楚楚只觉得没脸见人了，把脸埋进温九思怀里，耳根子都是红的。

秘书们一直目送着两人离开，眼底的诧异都丝毫没有消散。正想着，温九思回过头来。

"我们公司的人，都这么八卦吗？"

他忽然开口问向几人。

秘书们抬起头，一脸茫然。

接着，温九思开口："我看到先前你们不少人立下了赌约，记得通知他们，履行承诺。"

说完，就转身走了。

身后，几人面面相觑，许久之后，才从对面眼中看到了一丝惊愕。

温总竟然有小号潜伏在公司群！

到了楼下，姜楚楚忍不住好奇地问："你方才在说什么赌约，什么承诺？"她隐约觉得，这好像与她有关。

温九思笑了笑，轻飘飘道："不重要。"

两人一同回了家，到家门口的时候，姜楚楚忽然停下脚步，朝温九思伸手。

温九思把手伸了过去。

姜楚楚十分无语。

"把你的钥匙交给我！以后不经过我的允许，你不能随便进入我的房间。"姜楚楚严肃道。

温九思怔了怔，还是把钥匙交给了她，含笑看着她："那楚楚现在允许了吗？"

姜楚楚抬头就撞见一双如星辰般深邃的眸，愣了愣，很快转头打开门走了进去，便道："看你表现！"

她不能再看他的眼睛，温九思这人，有毒。

为了证明自己的诚意，温九思晚上准备了很多姜楚楚喜欢吃的菜。酒足饭饱之后，姜楚楚看了看正在洗碗的温九思，偏头想了想，现在把他赶出去的话，是不是有点不厚道？

晚饭后，两人在客厅看了会儿电视，看着看着，姜楚楚突然看了眼旁边的男人，忽然开口："温九思，我有话和你说。"

温九思转头看她，眼中也是一片清明。

"前两天白教授找到我，要我这个月交三幅作品给她。你知道，最近发生的事情太多了，我没什么画画的心思。刚好宋思蓉找我，她说想出去散散心。"

"嗯？"温九思伸手把她额间一绺碎发撩起，好整以暇地看着她，像是在等她自己说下去。

姜楚楚压低了声音，带着几分撒娇的意味："我想去南城待一阵子，算一算，我来京都这么久了，我南城也还算有些朋友吧，我正好回去看看她们。"

话音一落，周围便瞬间安静了下来。

温九思没说话，只是看着她。姜楚楚没敢看他的眼睛，想了想，又佯装不在意地开口："你要是不同意也没关系，我们就在京都附近走走也——"

话还没说完，温九思已经先一步点头："好。"

"我明天走不开，让小赵送你们。"

第二天，小赵把宋思蓉和姜楚楚送到机场便回去交差了。办公室里，温九思正站在窗外盯着外头出神。

"温总，人已经平安送到机场，算算时间，应该差不多起飞了。"小赵回复道。

温九思"嗯"了一声，没再搭话。

临走前，小赵又忍不住插了一句："温总，您既然这么舍不得，又为什么要让姜小姐离开呢？"

小赵跟在温九思身边这么多年，从未见过他对哪个女人这般在意。小赵在心底叹息了一声，温九思和他的父亲一模一样，认定了一个女子，便是一生。

就在小赵以为得不到回答的时候，却听到温九思淡淡的声音在耳边响起。

"她回南城，也是好事。"

趁着这段时间，他会把京都这片天，彻底肃清。

"李氏现在情况如何？"

"江氏宣布和李氏解约后，李家的股价暴跌，董事会纷纷要求撤股。不过袁呈放出袁氏和李氏合并的消息后，不仅稳定了股价，还一跃成了李氏内部真正的掌权人。"说到这儿，小赵也是皱起眉头。

袁氏和李氏合并？

这个消息是他们刚刚得到的，媒体那边还没有传出消息来。但很显然，若真到那一刻，李氏很可能会东山再起。

不过，袁呈这也算是背水一战了。

若是败了，他便再也没有丝毫的退路了。

温九思冷冷勾唇，眼中有厉色的光涌动。

"继续让人暗中收购李氏的股份，另外，你让人偷偷把袁珂带来。"温九思很快想到了什么，又补充道，"我记得李博文有个兄弟吧，你去查查，把人一并带来。"

小赵点头离开，路上，心底隐约泛起了一股兴奋。

他隐约觉得，这京都的天，怕是要变了。

到南城的时候，正好是中午。南城和京都的天气差别很大，早上在京都还有些阴冷，南城却是一片艳阳天。

"楚楚，我听人说南城的小哥哥特别帅，以前我不信，但是现在，我信了！"宋思蓉一路上都激动地拉住姜楚楚的手，在她耳边嘀咕。

宋思蓉一遇到长得好看的小哥哥，便走不动路了。

"思蓉，你知不知道在你犹豫的那几分钟里，你的桃花已经离你而去了。"姜楚楚在她耳边语重心长道。

吃饭的时候，宋思蓉有些好奇地开口问："楚楚，你和温九思，也是你主动的吗？"

宋思蓉并没有见过温九思几次，但是仅有的几次，她都能清晰地感觉到温九思对姜楚楚的宠溺和爱意。所以，对这两人之间的恋爱，宋思蓉一直都十分好奇。

姜楚楚偏头想了想，好像一开始，的确是她追的温九思。

"当然是温九思追的我，我这样的仙女，怎么可能主动。"她是不可能主动承认的，这辈子都不可能，这是仙女的底线！

宋思蓉也没有怀疑，只是道："我也觉得以你和他的性格你主动的可能性更大，果然啊，这就是爱情的力量吧。"

那头姜楚楚低下头，没说话了。

吃完饭后，姜楚楚带着宋思蓉在一家酒店住下。休息了一会儿，姜楚楚便准备出门了。

"楚楚，我们不带画板吗？"宋思蓉以为她是要出门画画的，忍不住好奇地问了一句。

"不带，你乖乖待着，回来给你带好吃的。"说完，姜楚楚又交代了一番，便独自离开了。

姜楚楚打了辆车准备去城郊的一个地方。那地方有些偏远，路又不好走，她一连找了好几个司机才有人愿意去。

下了车，姜楚楚便朝着不远处那栋废弃的房子走过去。她是先前和姜福生打电话的时候，才忽然记起，姜家发达前，有一处旧房。

那时候，他们一家全都挤在一个小平房里，生活很拮据。姜楚楚想，既然那些人是通过姜氏来下手的，就一定会留下蛛丝马迹。

站在房子外，姜楚楚却皱起了眉头。按理说，多年没人居住，这房子应该是破旧不堪才对。

可如今看来，虽然依旧破败，但看起来很新，像是有人居住一般。

她正要开门进去，大门却忽然打开了。

那人一看到姜楚楚，明显一怔，随即，在姜楚楚的视线之下"啪"的一声，关上了房门。

姜楚楚的脸，也一下子冷了下来。

吴妈怎么会在这儿？

门上的锁被换过了，姜楚楚打不开，她也没管，拨通了吴妈的电话："我没记错的话，这是我姜家的房子，吴妈你私自占用，或者，你想让我通知警察来开门？"

没一会儿，门被从里面打开了。

吴妈脸色有些不好看，却还是垂眸叫了一声："大小姐。"

"所以你不应该解释解释，为什么会出现在这里吗？"

姜楚楚环胸，好整以暇地看着她。

听到这话，吴妈忽然伸手抓着姜楚楚的胳膊，一把鼻涕一把泪地道："大小姐，当初发生那件事后，我儿媳妇竟然把我赶出了家门，我年纪大了，又找不到工作，没地方去，就只能委屈在这里住了。"

言语中，还有几分对姜楚楚的责怪。

要不是姜楚楚，她也不会失业，她的孙子也不会被人抓起来威胁，她更不会因此和儿子儿媳妇闹僵。

姜楚楚没什么耐心和吴妈废话，直接进了屋。屋里很干净，显然是被打扫过了，吴妈的东西几乎占据了整个屋子。

她只扫了一圈，便知道，这里没有她想要的东西。

"原来这房子里面的东西呢？"她走出来，压迫性的视线直逼吴妈。

吴妈被吓了一跳，低着头开口道："都扔了。"

姜楚楚的脸色瞬间沉了下来。

好不容易得来的线索，如今竟然断了，这让她怎么甘心？

"既然你不肯说，那么今天之内就从这里搬出去，不然我就让警察请你出去。"

"姜大小姐，"吴妈怒视她，"你当真要这般绝情吗？"

姜楚楚没说话，心里却觉得好笑。她又不是什么圣母，对一个差点害了自己的人还能仁慈。

"好吧，其实我骗了你，那些东西我没有扔掉，我也知道，你在找什么。那些东西现在都在我手里。"吴妈看着姜楚楚，幽幽地开口。

姜楚楚停下脚步来，凌厉的视线将人扫了扫，好一会儿才开口："条件？"

"我要两百万！"吴妈直接狮子大开口。

"不可能。"

"可不可能你心里清楚，我收拾杂物的时候，发现了一个保险箱，这么破的房子里放着一个那么贵的保险箱,傻子也知道有重要的东西。我趁着姜家倒台没人顾得上,所以我偷拿了保险箱找地下开锁公司打开了——没有钱,但我猜,那是你想要的。"

"有意思,我给你。"

和她所猜想的差不多,在这间旧房里,的确隐藏了一份文件。吴妈拿到了却看不懂,不过本能地觉得很有用,便收了起来。

那是一份投资文件,上面看不出什么异样来。只在末尾的时候,引起了姜楚楚的注意——这个投资公司,来自江城。

而在姜楚楚的记忆里,姜家似乎并没有和江城的任何一家公司合作。本能告诉她,这家公司,和幕后那人有关。

以她的能力,暂时还查不到那里去。于是,姜楚楚把文件内容发给了蓝子期,条件是,让他向温九思保密。

随后姜楚楚就报了警——

偷拿雇主的财物还敲诈,怎么能轻易就这么放过她?

京都,李氏集团旗下的酒店正在举行一场宴会。

关于李氏的八卦,近些日子传遍了整个京都。

而现在,这场宴会的目的,是为了宣布李氏和袁氏集团正式合并。李云佳和袁呈作为集团股份所有人,又是夫妻,做出这样的举动,倒是情理之中,不过也足够让人意外。

两家公司的合并,可不仅仅是名义上的合并那么简单,包括股权的变更,董事会的变更,以及集团内部所有人员包括掌权人的改变。而早在先前,李云佳便主动让位,把掌权人的位置交给袁呈。

这场仪式一旦正式完成,意味着新的李氏将一跃成为京都最具威胁力的企业之一,直逼九召。

现场来的人很多,温九思就在其中。

蓝子期先前收到了姜楚楚发来的短信,正在让人调查江城的那家投资公司,对于温九思说的话,并没有听进去。

直到温九思沉声喊了他几句,他才回过神来,下意识地收起了手机,道:"九思,你刚叫我了吗?是好戏开始了吗?"

"你在看什么?"温九思皱眉,目光落在他的手机上,不过现在却什么都看不到了。

只隐约看到"江城"两个字。

蓝子期有些心虚,连忙低头不敢看他:"没什么啊,就是觉得江城这些年发展不错，在思考要不要扩充江城的市场。"

闻言，温九思沉思片刻，点头："的确，江城这些年的发展如日中天，甚至隐隐超过南城。不过江城的企业排外严重，野心勃勃，对于外来的，不那么友好。"

蓝子期怔了下："我也只是随便想想。"

温九思没说话，正想掏出手机给姜楚楚发消息，却发现没带手机。他皱眉，看向蓝子期："把你手机借我用用。"

蓝子期条件反射般地把手机藏了起来，警惕道："你要干什么？"

"打电话。"

温九思冷冷地吐出几个字，便直接伸手夺了过来。他拨通姜楚楚的电话，响到一半，忽然被迫中断。

他又打过去，那头却显示无法接通了。温九思的心中忽然有种不好的预感，像是有什么事情即将发生。

蓝子期看出来他的想法，道："可能只是没信号，或者手机不小心摔了。南城那地方，只有她欺负人的份，哪有人敢惹那姑奶奶么？"

温九思还是不放心，正要给小赵打电话，宴会厅里，李云佳正在宣布两家公司合并的消息，话刚说了一半，忽然外头传来一道男声——

"我反对！"

蓝子期立马把手机抢过来，碰了碰温九思的胳膊，道："一会儿再打，快看，好戏要开场了！"

一个中年男人忽然走进宴会厅，所有人都愣怔地看着这一幕，男人走到台上，抢过话筒。

"诸位，我是李博文的哥哥。当初我父亲去世时，曾把名下股份分成两份交给我和我的弟弟李博文，我无心经商，便把股权暂交给弟弟打理。前阵子我从国外回来，原本是想看望弟弟，谁知道，竟然被李家人赶出去了，更是绝口不提股份的事——滑稽！在自己的家里，我竟然被赶出去了！"

他又看向李云佳："你们要合并我李家的公司，是不是也应该征得我的同意？"男人一字一句的，话里的信息可就多了。

李博文霸占了哥哥的股份多年，李云佳女承父业，不仅把人赶出去了，还打算抵死不认账。

这可真是不是一家门，不进一家门。

周围嘲讽的眼神让李云佳的脸气得通红，她死死地瞪着来人，咬牙切齿道："你胡说，根本不是这样的。我父亲说过，当初是你自己放弃了股份继承，选择了所有的不动产和现金，是我爸让李氏有了今天。"

男人冷哼一声："这些都是你爸告诉你的吧？你们要是不信的话，我这里有一份财产继承书，孰是孰非，一看便知。"

说着，一份遗嘱直接在公屏上展示出来，白纸黑字，写得明明白白。李云佳的脸瞬间血色全无，整个人都傻了。

"不，这不可能，这是假的！"李云佳不停摇头，恨不得撕碎了那份协议，可当着这么多人的面，她不能。

倒是旁边的袁呈冷静地看向来人："众所周知，李氏旗下的大部分股份都在前任总裁李博文名下，后来由其女李云佳继承。且不说这份协议的真假，就算是真的，又如何？"

"现在我有权利怀疑你是被人派来闹事的，云佳，你把伯伯送回家里好好伺候着。"他冷冷地看了一眼身旁的李云佳，李云佳立即反应过来，朝来人走去。

还没碰到人，身后，忽然又响起一道清冷的男声。

"住手！"

袁珂扶着袁母的胳膊，缓缓出现在了众人的视线之中。台上的袁呈忽然面色一变，阴沉的视线扫向袁珂，带着几分威胁之色："你来做什么？"

袁珂并没有像从前那般被他威胁到，甚至收起了以往的吊儿郎当，格外郑重其事。

"哥你难道忘记了，我和母亲也是袁家的一份子，你想合并袁家的公司，我们自然应该在场的。"

袁呈盯着面前有些陌生的袁珂，没有出声。

"和李家合并对我袁氏有莫大的好处，是通过董事会决定的，并非我一人之意。"

这话分明就是在说袁珂无理取闹，而且情况不容更改。

"是对袁氏有莫大的好处，还是你自己？"

袁珂没有一丝一毫的慌乱，直接怼了回去，让袁呈的脸色瞬间又晦暗了一个度。趁着他愣怔的工夫，袁珂对袁母交代了几句，让人待在一边，自己便走上了台。到袁呈身边的时候，袁珂目光复杂地看了看他。

"董事会的决定，为何我不知道？还是说大哥你根本就忘记了，我也是董事会的一员。"

这些年袁呈一直死死把袁珂压在身下不得翻身，但实际上，属于他的股份，在袁父的包容下，还一直存在于他名下，只不过被袁呈以及袁氏所有人都渐渐遗忘了而已。

袁珂淡然地收回视线，看向台下，一字一句道："诸位，我今天来，是代表袁氏董事会，反对袁氏和李氏合并的决定。我袁氏虽比不上京都的企业，却也绝不会成为任何人的附属！"

一番话，让底下众人纷纷交头接耳地议论起来。

今天这宴会，倒是有趣。

先是来了个李氏的人表示原本属于李云佳的股份应该有一半属于他，接着又来了个袁氏的人公然反对并购。

无论事实如何，这一次，袁呈和李云佳两人的目的都已经达不到了。

果然，袁呈满脸阴沉，目光里像是淬了毒一般，阴恻恻地看着袁珂。

"好，你很好。"袁呈走近袁珂，用两人才能听到的声音道，"我倒是小看了你，从前以为你是个可有可无的角色，没想到也是有心机的。我这个做哥哥的倒是要教教你，有些时候，人不要锋芒太露。"

袁呈冷冷地说完，扫了眼站在下面的袁母，眼神中写满了阴霾，以及一闪而逝的狠绝。

袁珂自然没有错过，下意识地有些恐慌和担忧。不过，下一刻他便用力掐了掐掌心，眼底满是坚定之色。

他若是再退让下去，非但保不住母亲，反而会让袁呈那小人越发得志！

这场宴会被迫中止了，并且迅速地传遍了半个京都城，成了名流们茶余饭后的闲谈之乐。

也因为这一场突发意外，导致原本就在风雨飘摇中的李氏受了极大的打击，股东们见状不妙，纷纷开始抛售股份，导致李氏的股份一降再降。

九召旗下的酒店。

温九思把袁珂和袁母安顿下来后，正要离开，袁珂忽然叫住他："温九思。"

袁珂顿了顿，像是犹豫了一会儿，才开口："谢谢。"

他这辈子从出生开始便生活在袁呈的阴影下，从小到大，也不是没有反击过，但每一次，都输得很惨。

这是他第一次赢了袁呈，心底的那种喜悦，是没有人可以理解的。

温九思沉默了一会儿，才开口道："要不了多久袁呈便会自顾不暇，到时候你可以回南城一趟，拿回属于你的东西。

"至于能拿回来多少，就要看你自己的本事。"

谁都没想到，温九思说的这个时候，竟然来得那么快。

蓝子期等候在外头，温九思一上车，他便忍不住道："九思，你这招够狠的，短短两个小时李氏的股票就跌到了历史新低，目前我们已经收购了李氏百分之二十八的股票，照这架势，要不了多久，就能成为集团最大控股人了。"

"不必了。"

温九思淡淡开口，蓝子期还没弄明白是怎么回事，就听到温九思道："我已

/611/

经让人起诉李云佳，很快，她就会失去李氏掌权人的身份。"

这件事，也让温九思意外。

他让人调查的男人，的确是李云佳的伯伯，并且是当年最受李老爷子宠爱的儿子，后来被李博文陷害远走异国他乡，自然而然地霸占了他的那份东西。

所以，协议书和遗嘱，都是真的。不过这人自然也不是什么善茬，只是当年争权没有争过李博文罢了。

蓝子期没忍住啐了一口："竟然还有这么无耻的人？准确地说……无耻的家族。"他还以为那东西是温九思搞出来唬人的呢。

温九思没说话，而是伸手再次夺走了蓝子期的手机，给姜楚楚打了电话。

这一次，电话接通了。

姜楚楚接到了温九思打来的电话，只淡淡说了几句话，听了一会儿对方清浅的呼吸，这样仿佛也会让她很心安。

她没有跟温九思说吴妈的事，总觉得自己能解决，就不用让他后怕了。

忽然，温九思开口："等等我。"

说完，他就撂下了电话。

姜楚楚有些莫名，等什么？

姜楚楚回到京都的时候，已是下午。

在机场，温九思正想将她带回家去，却碰到了两个意想不到的人。

不顾身边男人的低气压，姜楚楚疾步走了过去："徐钰，袁珂，你们这是要去哪儿？"

姜楚楚看着两人手牵手，手里还提着不小的行李箱，有些奇怪。

徐钰有些不好意思地松开了袁珂的手，道："楚楚，我想回趟南城，画廊的事，可能就要麻烦你了。"

回南城？

姜楚楚皱起眉头，好不容易在京都稳定下来，怎么就要回去了？

"这么突然，怎么也不提前跟我说一声。"

徐钰的声音很小："我……我怕你生气，不能陪在你身边了。"

袁珂站出来解释："楚楚，你不要怪徐钰，是我向她求婚了，你放心，我以后一定会好好对她。"

他说着，看了眼徐钰，眼神很是温柔，继续道："我不能让徐钰跟着我受委屈了，我要去南城拿回属于我的东西！"

徐钰也一脸紧张地看着她，垂在身侧的手指不停地画着圈圈。

姜楚楚啼笑皆非："你们怎么搞得我像是要拆散你们似的。"

面前的袁珂，好像变了很多，和她记忆中那个吊儿郎当的公子哥，简直是判若两人。

看着他们，姜楚楚心里也十分欣慰。

"希望能听到你们的好消息。"

徐钰笑着看了看袁珂，随后对姜楚楚道："你也是！"

和两人告别，姜楚楚隐约感觉到了一丝不同寻常的味道，她看向正开车的温九思。

"最近，是有什么大事吗？"

"你一会儿就知道了。"

温九思答了一句，便没再多言了。

车子停在九召楼下，温九思带着姜楚楚一路直上顶楼，一路上遇到了不少九召的员工，一看到她，便纷纷低下了头。

姜楚楚不禁低头看了看自己，她脸上是有什么脏东西，还是她是洪水猛兽啊？为何这些人看她的眼神，这么诡异？

到顶楼的时候，几个秘书见了她，便齐刷刷恭敬地低头，道："姜小姐好，温总好。"

那架势，让姜楚楚甚至有点受宠若惊。

关上了门，姜楚楚没忍住道："上次来这儿的时候你这几个漂亮的秘书可不是这样的。"

"那是因为她们意识到了你早晚是这里的老板娘，认清了现实。"

温九思在她唇上轻轻吻了吻，很快便开始了工作："等我一会儿。"

漂亮话，是个女人都爱听，姜楚楚自然也不例外，她凑过去给了他一记响亮的吻，在男人愣神的时候，笑着跑开了。

温九思只无奈地笑了笑。

尽管温九思并没有离开多久，但公司积压的事情很多。办公室里时不时有人进出，气氛显而易见的凝重。

她在一旁，隐约听到了几个字眼。

关于李氏，以及袁呈。

快到下班时间的时候，蓝子期过来了一趟，带来了一份文件："九思，官司赢了，这是李云佳名下一半股权的转让协议书。"

对这个结果并不意外，温九思只淡淡地应了一声，便对蓝子期交代道："你去准备一下，看紧袁呈，别让人跑了。"

等蓝子期走了，姜楚楚才没忍住走过去。

"九思，蓝子期那话什么意思啊？你们和李云佳打官司了？"

温九思将人抱在大腿上，手指把玩着她的头发，轻飘飘地开口："可以这么理解,总之,你只需要好好睡一觉,明天事情完成后带你去吃饭。"

到了第二天,姜楚楚才明白了他那句话的意思。

温九思到李氏的时候,李氏集团所有的股东全都在场,包括李云佳,不过,袁呈却并不在。

如今的李氏,资金链完全断了,先前合作的企业纷纷解约,偌大的李氏,一夕之间分崩离析。

而因为李云佳那场官司,她手底下百分之五十二的股份被分走一半,如今,温九思以百分之六十的股份成了李氏最大的股东。

"九思,"李云佳眼角沁着泪意,旁若无人地唱起了悲情戏码,"我们从小一起长大,青梅竹马这么多年的感情,难道你都忘了吗?我为你做了那么多,你一定要这样对我吗?"

温九思不动声色地隔开她的触碰。

"李小姐,我很小的时候就离开了京都,你说的青梅竹马,我并不知情,我和你之间充其量不过个知道名字的陌生人,哪儿来的感情?

"我是个商人,收购李氏是九召内部一致的决定,我不过是执行这个决定而已,你要想求情,找错人了。

"更何况,你的丈夫袁呈背地里做的那些事,我想你是知情的。如果你是个聪明人,就知道现在应该离我远一点,否则你会知道,现在的情形已经是最好的一种结果了。"

一连几句话,直接让李云佳面如菜色,深受打击。

没有了袁呈,李氏的内部本就是一盘散沙,再加上如今他们死守李氏不放,吃力又不讨好,于是统一将名下全部股权全部卖给了温九思。

转瞬之间,温九思便拿到了除了李云佳手里,全部的股权。

偌大的会议室里,只剩下李云佳和温九思两个人。

温九思冷冷地看着面前的李云佳。

"李小姐,我一会儿还要去陪楚楚吃饭,再耗下去,我会失去耐心的。"

李云佳死死咬着唇,抬头不经意看到了温九思眼中一闪而逝的温情,恨得牙痒痒。

原本,这个优秀的男人应该是她的。

这样温柔的眼神应该是属于她的。

可现在,她什么都没有了!

"这些股份,我可以卖给你,并且一分钱都不要。"

李云佳咬着唇,眼底是浓浓的不甘心:"我要你和姜楚楚分手,这辈子都不

/ 614 /

再和她在一起,否则,我就是让那些东西变成废纸,也不会交给你。"

卖给温九思,她会得到一笔足够度过此生的巨款。

但若是死磕着不放,李氏破产后,她就真的什么都没有了。可李云佳不甘心啊,凭什么姜楚楚那样的女人就能得到他,她到底差在哪里呢?

一番话,让温九思的脸色瞬间沉了下来。

"李小姐,我想你搞错了,现在是你求我,而不是我在征求你的意见。"

话音刚落,他便收到了蓝子期发来的信息:九思,我们配合警方掌握了袁呈的犯罪证据,不过被他事先听到风声跑了。

温九思沉下脸,看了眼李云佳,冷声开口。

"你无非是在等袁呈,妄想做最后的抵抗,不过很可惜,他畏罪潜逃了。"

李云佳忽然瞪大了眼,猛地站起身来。

袁呈跑了?

他跑了,那她怎么办?

李云佳一下子慌了,无奈地签下了那份合同。这也就意味着李氏全部股份通通掌握在了温九思手中。

看着男人离开的背影,她跌坐在沙发上。

袁呈的逃跑引起了京都商业圈的震荡,他似乎早有准备,转移了账户上所有的钱。

可温九思却毫不慌忙,只是把李氏的股权证明交给了姜楚楚。

"送你的礼物。"

温九思说着,忽然单膝跪在地上,不知道从哪里掏出来一枚戒指,比那枚订婚戒指还要耀眼。

趁着姜楚楚还没反应过来的时候,他直接将戒指套在了她的手指上。

"楚楚,等这件事结束后,我们就结婚吧。"

姜楚楚鬼使神差地点了点头,脑子有点蒙。

她万万没想到,她期待已久的求婚,竟然如此迅速,快得她都没反应过来。

但谁让这个人是温九思呢。

几天过去,姜楚楚才逐渐从温九思口中听说了关于袁呈的事,也知道了他们暗中调查到李博文的死,是袁呈所为。

姜楚楚皱起眉头,忽然觉得浑身有些冷。

她以为袁呈只是卑鄙了些,没想到,为了得到想要的东西,不惜杀人,甚至还娶了李云佳。

难道面对李云佳的脸,他不会感觉到一丝丝愧疚吗?

这个男人远远比她想象中的更加可怕,可是偏偏,他现在隐藏在了暗处。

但很快，蓝子期便查到了袁呈的行踪。

那时，姜楚楚正和温九思商议画廊重新装修的事，忽然蓝子期的电话打了过来。

"九思，我们的人在南城发现了袁呈的踪迹，现在通知警方吗？"

温九思正要回答，忽然手机又一振，收到了一条陌生的短信。

短信上的内容，让温九思的目光猛然一变，他深沉地注视着手机屏幕，隔了好一会儿才说："暂时不要把东西交给警方，给我订最近一班飞往南城的机票。"

挂断电话，温九思垂眸看了眼站在身侧的姜楚楚，眼中有几分歉意，温声道："楚楚，你在京都等我，等我回来。"

他语气中有未尽之意，说完便转身要走，转身那一刻，他脸上的笑容瞬间消失了。

姜楚楚一把将他的手紧紧拽住，语气中多了几分紧张："是发生什么事了，对吗？"

温九思的表情尽管一如往常，但姜楚楚心底却觉得不安。

她总觉得，他这一去，会有不好的事情发生。

见温九思沉默，她皱眉，严肃道："九思，告诉我。"

温九思的脸色沉了沉，眼底深处是一片暗色。

他沉默片刻，才缓缓开口，道："袁呈逃到了南城，刚才我收到了他发来的短信，他手里有我弟弟的线索。"

"你弟弟不是早就已经溺亡了吗？九思，袁呈这个人什么手段都使得出来，我担心这是他骗你的。要不还是通知警察吧，我现在就给白银打电话。"

姜楚楚刚掏出手机电话还没拨出去，已经被温九思阻止了，他沉声道："他发来的一些证据很真实，不管是真是假，我都要一试，抱歉，楚楚。"

而且温九思笃定，袁呈没有骗他。

都到了这个时候了，袁呈要不是有十足的把握，不可能做这种自投罗网的事，他一定是想用这个线索交换些什么。

姜楚楚拽着他的掌心，心底有些气闷。可她知道，弟弟在温九思的心中有多重要，所以，她不能阻止他。

片刻后，她忽然抬头倔强地看着他："好，我陪你去！"

既然她无法阻止，那就陪他一起面对。

温九思拧眉看向她，像是早就知道他会拒绝，姜楚楚双手示威般地攀上他的手臂："我都已经退让一步了，九思，就让我陪着你。无论发生什么，我们都一起面对。否则，我就不嫁给你了！"

温九思的心口狠狠震动了两下，一时之间竟然不知道说什么，他看了眼站在身侧面容姣好的女孩，忽然弯了弯嘴角。

"好。"

她是他的不假,但是他也要考虑她的心情。

另一边,时间回到前一日。

白银根据从手上的拐卖的案子里获得的线索,一路锁定了京都大学的好几个教授,由于事情隔得太久远了,证据都被磨灭得差不多了,调查起来十分困难。

随着嫌疑目标一步步被排除,他的心也凉了半截。

直到,在警察局的时候,忽然听同事说起了前阵子入狱的古教授,引起了他的注意。

古教授?

于是,他调查了一番古教授的生平,十分巧合地发现,在十几年前,也就是他被拐卖的那阵子,古教授曾经在南城出现过。

他追着线索又找去了南城,找到一位当时和古教授有交集的人调查了一番,那人告诉他:"你说的那个人我确实有印象,当年他是和一对夫妻来的,那夫妻叫什么来着,女的我有点忘了,男的我倒是有点印象,好像是姓温什么的……这对夫妻长得都很好看。"

白银皱眉,这姓氏,好像并不常见。

紧接着,他的心猛然一怔。

过了良久,他如梦初醒,掏出手机给温九思打电话,然而却怎么也打不通。

无奈下,他只好乘坐最近的航班回了京都,好巧不巧,正好与温九思和姜楚楚的飞机擦肩而过。

下了飞机,几人的心情都有些沉重。

袁呈给的地址是袁氏旗下的一间酒店,酒店的经理是袁呈手下的亲信。一进入酒店,几人就明显感觉到了酒店里不同寻常的气氛。

温九思先把姜楚楚安排进了房间里休息,留下了人手保护她,随后独自一人上了顶楼。酒店顶楼是一间很大的会议室,一走进去,袁呈早已经在里面等待他。

见他进来,袁呈开口笑道:"温九思,你还真敢一个人过来,就不怕我把你怎么样?"

温九思直接无视他,冷声道:"你能把我怎么样吗?你今天之所以还能见到我,无非是捏着那一点可怜的筹码罢了。我按照你的要求做了,我弟弟的线索呢?"

袁呈看着他,忽然低低地笑了出来。

"温九思,我跟你无冤无仇,可你不仅抢了我最爱的女人,就连我最后的东西都不放过。你随随便便都可以得到的东西,我拼尽全力,却一无所有!"

袁呈忽然站起身来,目光死死瞪着温九思,眼底是再也掩饰不住的嫉恨和仇怨。

是的,他恨温九思!

要是没有温九思，楚楚是他的，李氏和袁氏都是他的！古人有句话，既生瑜何生亮，他从前不懂，可是温九思还是教会了他。

对于袁呈的恨意，温九思压根儿不放在眼里，只冷笑了两声："有些人和事原本就不是你的，又何来抢走？你沦落到今天这地步，也不过是一个'贪'字。"

以袁呈的能力，完全能好好经营袁氏，把袁氏发扬光大，可他偏偏不甘心，野心太大，妄图一口吃成胖子，觊觎不属于自己的东西。

得到今天的结果，都是他咎由自取。

一番话，让袁呈心底的厌恶和仇恨越发浓烈。

怒极，他却忽然笑了笑，笑容有几分诡谲："我想得到的东西，就没有得不到的！

"还记得古教授吧？可惜啊，那老家伙知道太多东西了，还威胁我，他该死！"

袁呈勾唇，看到温九思皱眉，道："我现在倒也不惧告诉你这些真相了，没错，是我做的。不过我倒是感谢他，我从他那儿得到了一个秘密，就是关于你弟弟的。"

提到了重点，温九思失去了耐心，冷下脸，凛冽的视线直逼他："他在哪儿？告诉我，我可以放你走。"

"放我走？"

袁呈忽然大笑了两声，失去了名誉和地位，只靠着一点钱财苟且偷生，这样的未来有什么意义？

有些人站惯了高处，骤然跌落，只会生不如死。

袁呈就是这样的人。

所以——

他止住笑容，忽然拿出手边早就准备好的一份文件："想知道吗？好啊，你签下这份文件，我就告诉你。"

温九思接过来看了一眼。

是一份财产转让书，一旦签下了这份协议，温九思名下的所有可转移财产，将通通转移到袁呈的手中。

这份协议很诡谲，仅转让了不动产和财产，不涉及股票期权，几乎是签字即可生效，根本无法撤销。

目的达成，他可以去国外东山再起。

这要求看似荒唐，可他偏偏就自持拿捏住了温九思的弱点。

"我可以告诉你，你弟弟还活着，这个世界上知道他在哪儿的人，只有我一个。那些东西，我全都毁了，只有我知道。"

他没有说的是，古教授意外发现了温九思的弟弟没死的消息后，便让人暗中查明了对方的身世，原本是想拿来威胁温九思就范的，谁知道竟便宜了他。

温九思面上表情十分淡定,他接过笔,看着上面签名处的空白地方,道:"我可以签字,但你如何保证,我签了字,你会翻脸不认人,或者说拿假消息骗我?"

袁呈皱眉:"我不可能骗你。"

温九思神色冷冽:"我凭什么信你?"

袁呈姿态闲适:"很简单,你签完字,我把消息告诉你后,真假由你来判断,之后你再把文件给我。"

"很合理。"

温九思说完,坐下来,提笔写上了自己的名字。他视线的余光,却看了眼左手边亮起的手机,嘴角弯了弯。

需要签字的地方很多,足足几十页,袁呈出奇地有耐心,也不催。许是以为这里都是自己的人,很安全。

再加上,他的亲信一直没有传过来什么消息,所以格外放心,同时,心里隐约有些激动。

温九思聪明一世,不也败在了他的手中吗?不也让他翻身了吗?

十几分钟的时间,短暂又漫长。

温九思签完最后一个字,视线若有似无地瞥了眼门外,眼底深处有几分若有似无的笑意。

他缓缓起身,整理了一下文件后,才缓缓开口:"字我签好了,你可以告诉我了。"

"其实这个人,你也是认识的。"袁呈顿了顿,眼底有几分嘲弄,"那个人,就是你的好友——白银。"

一瞬间,脑子里像是有什么东西瞬间炸裂了,饶是淡定如温九思,面部表情也有片刻的失控。

白银?

怎么会是白银?

可是……是啊,怎么就不能是白银呢?他欣赏的朋友,他的……弟弟。

趁着温九思愣怔的工夫,袁呈已经从他手中把那份文件夺了过去,拽着文件,双手都泄露了几分他内心的狂热。

"哈哈哈哈哈,温九思,今天我们新仇旧账一起算,既然来了,那就不要再走了!"袁呈忽然疯狂地大笑了两声,温润的面庞上,此刻满是扭曲的快意。

他对门外的位置喊了一声:"进来,把人都抓起来!"

"砰"的一声,房门从外头被一脚踹开。

然而,冲进来的人,却不是袁呈的人。

/ 619 /

白银冲在最前面,手里的枪正对着袁呈的脑门。他身后跟着姜楚楚、袁珂和徐钰。

袁呈的脑子瞬间炸裂开来,一脸的不敢置信:"怎么是你们?白银你不是回京都了吗?我的眼线分明在机场看到你了。"

白银冷笑一声:"不把戏做足了,怎么能在此见面。"

他打不通温九思的电话,不代表他联系不上姜楚楚,作为优秀刑警,身边有人在跟踪他怎么可能会发现不了,不过是做戏,就看谁比谁逼真。

袁珂带着徐钰走过来,瞧着袁呈脸上的震惊,忽然开口道:"你那些所谓的亲信,在你失去权势后,便轻易反水了。袁氏里你的那帮子拥护者,如今也彻底地臣服于我。哥,你想不到会有这么一天吧?"

别说袁呈想不到,连袁珂自己也没想过会有这么一天。

尽管他蛰伏多年,但袁呈锋芒毕露,袁珂以为他这辈子只会苟且一生了,却没想到还能有震慑住袁呈的一天。

袁呈冷冷地看着袁珂:"就凭你这个废物,还妄想接替我的位置,不可能的,只不过是凭借着别的势,你算不得真正打败我。你等着看吧,你也不会有什么好下场。"

到了这时候,袁呈还在垂死挣扎。

姜楚楚冷冷地开口道:"不用再等了,和你狼狈为奸的那伙人,也早就被白银逮捕了,用不了多久,你就会去监狱里陪他们。"

袁呈盯着姜楚楚,眼神忽然有些恍然,他迈着步子朝她走去,在白银皱起眉的阻隔中,遥遥地看着她:"楚楚,好歹你我曾经爱过,你怎么就对我这么无情?"

他人还没靠近姜楚楚,白银就挡在她面前,眼神冰冷,令人不敢再前进一步。

袁呈果然没再动了,面上暗光一闪而过。

他四下看了一圈,似是在思索着什么。

姜楚楚走到温九思身边,将人上下打量了一番,紧紧抱住他:"九思,你没事吧?"

刚才听说酒店里插了很多陌生的面孔,她的心都揪紧了,生怕袁呈对他不利。

温九思没说话,只是在他看不到的地方,深深看了眼白银,双手无意识地抓紧了姜楚楚的手,他的手指尖有些冰凉。

姜楚楚立马感觉到了,心一紧:"九思,你是不是受伤了?"她把人松开,担忧地看向他。

温九思摇头,视线却落在白银身上,十分复杂。

对白银的感觉,他一直都是不一样的,尽管前几次见面都不那么友好,但在他心里,哪怕白银是他的情敌,也仍旧讨厌不起来。

/ 620 /

却没想到，白银竟然是他的——

弟弟。

这是个奇妙的词汇。

白银也感受到了温九思的目光，眉头深深蹙起。两人视线在空中对上，白银忍不住浑身一抖。

这眼神，炙热又深情。

不知道的恐怕还以为，温九思眼睛到将他和姜楚楚看混了。

就在三人眼神对视间，旁边被忽略的袁呈忽然动了。他直接冲向姜楚楚，将人拽到了身边。

"楚楚。"众人惊呼。

袁呈用手中的枪抵着姜楚楚的脑袋。

白银回过头，手中的枪精准地指着袁呈的脑袋："你可以试试，是你的枪快，还是我的。"

袁呈冷笑："论枪法，我的确不如你，但我可以保证在我死之前，拉个垫背的！"

"把楚楚放了，我让你走。"温九思沉静地开口道。

袁呈摇摇头，依旧镇定，还带着破釜沉舟的笃定："你当我是傻子？温九思，把你手上的签约文件给我，让人给我准备一辆车。等我安全离开后，自然会放过她。"

"好，我答应你。"温九思没有丝毫犹豫地把手里的文件交给了袁呈，并且迅速让人把车备好。

一路下了楼，袁呈挟持着姜楚楚安全到了车门外，温九思才开口道："你想要的我已经给你了，现在可以放人了。"

"现在还不行，等我安全了，自然会放人。"

袁呈上了车，把姜楚楚绑在副驾驶座，一踩油门便冲了出去。

身后，几人面色齐刷刷地沉了下来。

温九思死死攥紧了拳头，眼睛都红了，他立马沉声吩咐道："追！"

温九思开了一辆车，袁珂和白银各开一辆朝着袁呈离开的方向追了上去。

袁呈自然知道身后他们在追自己，不过，在路上的时候，他早就通知了李云佳，算算时间，也快到了。

袁呈到底对南城的地形十分熟悉，好几次都险些甩掉他们，关键时刻，都是白银及时追了上去。

车子渐渐驶出城区，路上的车越来越少，袁呈车开得极快，副驾驶的姜楚楚吓得脸色惨白，胃里不停翻滚。

"袁呈，你疯了吗？"

这里可是山区，开这么快，不要命了吧！

袁呈皱起了眉："少废话，你最好老实点，不然我马上把你丢下车。"

姜楚楚的脸又白了白，没敢再说话招惹这个疯狂的男人，只是胃里那股翻江倒海的感觉却越发强烈了。

温九思在他们车后紧追不舍，还抄了条小道，这还是之前和楚楚约会时，她带着他走的路。

袁呈很快到了桥头，往后视镜看了眼，没看到人，唇边勾出一抹嘲讽的笑意来。

只要翻过了这座桥，他便彻底自由了。至于这些账，他早晚会回来跟他们算清楚。

桥很窄，只能勉强容纳两辆车通行。袁呈缓缓放慢车速，还没来得及松了一口气，面上笃定的笑意便凝固了。

一辆黑色的车子横亘在桥头，直接挡住了他的去路。

袁呈冷笑，他根本没有停车的打算，反而加大马力撞了上去。

在距离黑车几厘米的地方生生停住，一个漂亮的漂移，直接掉转了方向。

然而，一回头，另一辆车拦在身后。

他被包围了。

袁呈猛地冷笑一声，掏出枪指着姜楚楚的脑门："你们言而无信？"

温九思从车子里走下来，走到车边，面色冷静："你不就是想要人质吗？放了姜楚楚，挟持我。"

袁呈盯了他一眼，不屑地冷笑："你？你以为我会相信你吗？"

或许是被逼到了绝路上，袁呈终于失去了镇定，神色逐渐疯狂，口吻冰冷得可怕："你们都该死，温九思，你怎么不能消失呢……你为什么要出现在我的生活中？"

趁着这个时候，旁边的姜楚楚忽然摆脱了控制，狠狠在他手上咬了一口。袁呈吃痛，手里的枪掉在地上。

意识迷离间，姜楚楚被拉走，紧接着她跌入了一个熟悉又温暖的怀抱。

男人的身上带着她熟悉的味道，一闻，便觉得安全。

她抽了抽鼻子："九思？"

姜楚楚的声音十分沙哑，她努力撑着朦胧的意识，看向来人。映入眼帘的，是温九思俊美又焦急的脸。

她鼻子一酸，禁不住地发抖："九思，我……我以为我再也见不到你了。"

温九思摸了摸她的脖子，有些心疼："对不起，我来晚了。"

而这时，袁呈趁其不备，迅速捡起枪，扭曲地大笑出声："温九思，我要让你后半辈子都后悔！"

话音刚落，袁呈便举起了手中的枪对准了姜楚楚。

温九思浑身的血液都凝固了，几乎是下意识扑在了姜楚楚身上。

"砰"一声巨响，姜楚楚只来得及再看一眼身前男人好看的眉眼，就彻底昏迷了。

足足睡了好几天，醒来的时候，姜楚楚整个人都还有些蒙。

徐钰坐在床头，见她醒了，连忙摸了摸她的额头："可算退烧了，楚楚，你没事吧？你都不知道你可吓死我了。"

姜楚楚坐起身来，有些蒙。

几秒后，神志回炉，她一把拽住徐钰的手腕："温九思呢，他怎么样了？"

徐钰看了看她，沉默了。

姜楚楚被她这反应弄得心里一沉，拔掉针头就要下床。

徐钰赶紧拦住她："你先别激动啊，我跟你开玩笑的！"

"有两个消息，一个好的，一个更好的，听哪个？"

"好的。"

"袁呈落网了，还有蒋原，那个十恶不赦的坏蛋。袁呈这个人不愧是自己落水还要找个垫背的，直接供出了蒋原这个帮凶。"

姜楚楚听了后，沉默半晌后开口："坏的呢？"

"白银破获了这么大的案子，升官了。"

虽然都是好消息，可徐钰的表情有些不对劲，一接触到姜楚楚的视线，便有些闪躲。

"徐钰，你有事瞒着我，是不是温九思他——"

徐钰叹了口气，站起身："楚楚，你身子还没好，答应我不管看到什么，都先别激动。"

她带着姜楚楚去了间病房，重症监护室，隔着透明玻璃，正好能看到躺在病床上的男人。

"温九思替你挡了枪，命是保住了，不过什么时候能醒就不知道了。"

那一枪打中了要害，能保命已是万幸了。

姜楚楚腿一软，险些摔倒，好在徐钰及时扶了一把，她站在外头，愣愣的，有些没反应过来。徐钰刚刚松了一口气，就看到她朝里面冲："我要去看他。"

"楚楚，说好的别冲动呢！你进去了也没用啊……"

无论徐钰怎么说，姜楚楚还是在医生的指导下进去了。

徐钰有些着急，她真的担心，姜楚楚会做出什么傻事来，可是看过温九思后，姜楚楚竟然奇迹般地冷静了下来，配合医生的治疗，很快出了院。

出了院后她又在蓝子期等人的帮助下，让九召重新走上了正轨。她表现得十分正常，只是工作之余几乎住在了医院。

周末,她又去看温九思,她将一束兰花插在花瓶里,又照例打开窗户,让外头的阳光照进来,随后才来到床边,为温九思擦拭身体。这样的动作,她几乎每天都会做一遍,已经十分熟练了。

男人静静地躺在病床上,面容苍白,却无损眉眼间的英俊。

她埋在温九思胸前,眼角有泪缓缓流下。

她不想在任何人面前表现她的软弱,可在他面前却忍不住。

"九思,我答应你的都做到了,可是你呢,你这个骗子!"

"你要是再不醒来,我可是真的要把你的财产卷走了,说什么都不还!"

病床上的男人依旧闭着眼,一言不发。

房间里一片寂静,姜楚楚只能听到自己的声音,和窗外的风声。

一如既往地失落。

她抹了一把泪,从他身上起来,坐在床边看着他。他伸手一点点地描绘男人的眉眼和唇,眼底透着浓浓的依赖。

"算了,反正你都醒不过来了。我想了想,我还这么年轻,不如带着你的财产找个小白脸'娶'回家。"

还是没回应。

姜楚楚叹了口气,从床边站起身来。窗外,正好飞过一群雁。她忍不住看了两眼,再回过神时,便感觉到衣袖被什么东西拽住了。

"你想'娶'谁?"

沙哑虚弱的男声,带着几分幽怨,缓缓在耳边响起。

姜楚楚猛然一怔,浑身都止不住地颤抖起来。她死死掐住掌心,又欣喜,又后怕。

这些天来,她做了太多的梦。总是觉得下一秒他就会醒来,可醒了后希望又会再次破灭。

可这一次,太真实了,真实到让她反而不敢面对。

"除了我,你还想'娶'谁?"

男人的声音再次在耳边响起,熟悉到了骨子里。

姜楚楚猛然回头,就看到病床上的男人不知道什么时候睁开了眼,一双手紧紧拽着她的衣袖。待姜楚楚看过去时,他也正好在看她。

四目相对,她心中那块空缺了的地方,正在一点点被填满。

不管这命运的齿轮是善是恶,它终究把他带到了她的身边。

从此以后,皆是和煦春光。

番外
温伶日记

〇岁

我还在妈妈肚子里的时候,是爸爸最爱我的时候。

据说,妈妈确认怀孕那天,我爸爸表面淡定,但是连家门朝哪个口开都忘记了,一脸冷淡地打电话问她。临近家门,他还左脚绊右脚来了一个平地摔,向他未曾谋面的儿子我行了个大礼。

往后的几个月里,他像个陀螺,围着我妈妈团团转,妈妈都看不下去了,让他不要过于紧张,开解开解自己——我爸确实有这方面的专业技能,可是无论怎么开解,他都无法缓解这种紧张焦虑的心情,直到一个初秋的黄昏,我呱呱坠地。

孩子都平安出生了,总不会再紧张了吧。

不,他变得更加小心谨慎,时刻关注着我妈妈的精神状态,生怕她因为生产陷入情绪低谷。原来爸爸紧张的不是我,而是怀着我的妈妈,这真是一个令人悲伤的故事。

三岁

我的妈妈是一个画家,家里有画室,白天的时候,我一般都跟她待在一起,她的画室就是我的游乐场,偶尔我也会打翻颜料,妈妈就会就着我的手指,在她的画板上作画。妈妈有一幅画了一半的风景画就是因此报废,但是她一点也没有生气,还在那幅画上印下了我和妈妈的手印,这样看着也很好看嘛。

晚上爸爸回来之后,皱着眉头看着凌乱的画室,尤其看着印了一大一小两个手掌印的画更是沉默了良久,他一定是生气我在妈妈的画室捣乱!可是他什么都没说。

第二天我再去画室的时候,又看到了这幅画,手印却变成了三枚!我的在左边,妈妈的在中间,右边多了一枚更大的手掌印——是黑色的,谁的审美这么丑陋啊。

四岁

我们家里的房子很大,所以我不明白妈妈和爸爸为什么总睡在一间卧室里,那多挤啊,不像我,早早地就霸占了好几间卧室,每天可以换着睡,想怎么睡就怎么睡……就是有点莫名的心酸。

小区门口的一位爷爷有条小黑狗,它好乖,一看见我就摇尾巴,可是它更喜欢爷爷,每次跟在爷爷后面,像我跟着我妈。

我跟爸爸说我也想要养狗,爸爸婉拒,理由是妈妈画画已经够辛苦了,不想给她增加负担。我才不信,明明是他自己不喜欢,因为妈妈很受猫猫狗狗喜欢,每次出门,都有小猫蹭妈妈的腿,爸爸总是一脸阴沉,他就是嫉妒妈妈。

五岁

妈妈生日这一天,爸爸终于同意我养狗了,他抱回来一只纯白的萨摩耶,放在妈妈怀里,我踮着脚望,雪白的毛,黑豆似的眼睛,吐着舌头,好耶,是天使耶耶!

妈妈这天望着爸爸的眼神格外亮,问他:"你怎么同意伶伶养狗了?"

爸爸哼笑一声,只是看着妈妈:"你不是喜欢吗?"

在此之前,我不知道我妈妈竟然也喜欢狗狗,不愧是母子连心。虽然哪里听起来怪怪的,但是不重要,我有狗啦。之后但凡有我一口吃的,就一定有它一口零食,有我一个亲亲,就一定也有它一个抱抱。

我更喜欢跟妈妈待在一起了!

不过爸爸给它取名叫"滚滚"。

合理怀疑是在内涵我。

六岁

这一天跟往常不太一样。

秋风萧瑟,我上学了。

老师问我们,长大之后想做什么。

我不屑地说:"我不知道我要当什么,但是我知道我绝对不要成为什么,我不要当医生!我不要跟我爸爸一样,追老婆太难了。"

在老师揶揄着将我这些话复述给我爸爸后,有生以来我第一次挨了揍。

屁股疼,我哭了。

妈妈笑得前仰后合,可是我知道她也心疼我,因为妈妈虽然笑着,可是眼泪都飙出来了。

我爱我的妈妈,我讨厌我的爸爸。

七岁

妈妈的一幅画获奖了，要去一个什么艺术中心领奖。

妈妈本来只想带我去，还给我定做了小西装，那个黑色的蝴蝶结深得我心，可是爸爸非要跟着去，他一天到晚都跟妈妈在一起，这种时候还要来跟我抢妈妈，真是气死我了。

妈妈领奖的时候，我在下面拼命鼓掌，一扭头就看见，我爸爸哭了，我爸爸！哭了！灯光太暗了，别人都没发现，只有我看见他偷偷用袖口擦了擦。男儿有泪不轻弹，真丢人。等颁奖结束我就要告诉我妈妈，让她知道谁才是真正的男子汉。

可是颁奖典礼一结束，我就找不到他们了，我在后台到处流窜，领结勒得我都快要喘不上气来了，我恨不得大喊一声："温九思，快出来！你的儿子快要累死了！"

幸好路过化妆室的时候，我从没关严的门缝里看到他了，他背对着我，还俯着身体，我一下子就冲进去了，问道："爸爸你干吗呢？我妈呢？"

我爸一偏头，哦，原来妈妈在他后面。

很想问一下妈妈为什么要避开我偷偷跟爸爸来这里，但是爸爸瞪了我一眼，让我快点出去。

出去就出去！

想了想，我还帮忙关上了门。

八岁

爸爸给我请来了一位老师，是什么经济学的大咖……经济学是什么？

周末跟着老师上了一天课，我什么都听不懂，于是轻易地把老师气走了。

这一天妈妈第一次跟爸爸吵架了，我怕妈妈生气，趴在卧室门口偷听。

我爸说："让他从小就接受一下熏陶，打下基础，将来才好早点进入公司。"

我妈说："不是所有的小孩都是神童，比起继承人来说，他首先是个孩子，我更希望他有一个快乐的童年。"

我爸沉默了许久，我才听见他说："你说得有道理，他看着确实不太聪明，不如我小时候。"

他在说什么？

我的胜负欲燃起来了！

当即我就给老师打电话道歉，请求他再来教我。我要让妈妈知道，我才是最棒的！

十岁

正经人谁写日记啊。

十三岁

我上了一所寄宿初中,能想象吗?我还这么小就要出去饱受离家的苦。

家离学校其实不远,但是我爸义正词严地说,这都是为了我好,为了培养我独立自主的能力。离开家的那天,凄风苦雨,我爸甚至没等我完全离开,就移开了目光。

我回头,只能看见他给我妈妈披上了外套。远远地,风吹过来他贴心的叮嘱:"外面冷,我们快进去吧。"

我头也不回地上车离开,开玩笑,男儿有泪不轻弹。我就是在学校里饿死、困死、学到累死,也绝对不想整天在家里看到这糟心的画面。

十九岁

十九岁的天空,灰蒙蒙的,就像我的忧伤,少有人能理解。

我不想去国外上大学,跟我爸谈了一回后,他也选择尊重我的想法,我凭借出色的成绩考进了拥有国内最好的金融专业的大学,在那里我遇见了一个女孩子,很可爱,想把她领回家给妈妈看。

二十岁

一堂课上,讲师跟我们聊梦想的意义,我深受触动,放假回家的时候,我问我爸他的梦想是什么,我爸爸说:退休。说这两个字的时候,我看到了他英俊的脸上多了一抹愁苦,原来,撑起一个家这么难吗?

这给我的人生观造成了极大的冲击,明明我才上大学,就感觉身上背负了一个家庭的重担,我得更加努力,才能回报我的父母。

直到某一天,我回家的时候,看见爸妈在客厅里喝茶,妈妈的画架移到了客厅,她在画窗外的一棵樱桃树,爸爸在她身后的沙发上坐着,面前也像模像样地摊着素描画纸,指尖夹着一支铅笔。

我偷偷凑近了一看,他在画我妈的背影。

不过首先,那个背影很难看出来是我妈妈。

我爸忽然放下笔,叹了口气:"唉,你说温伶现在在干什么呢?"

我鼻子一酸,眼泪险些落下来,我爸爸心里有我!

还没等我走上前给他一个暖心的拥抱,就听见他悠悠地补充上后半句:"要不让他再努努力,早点毕业吧。"

妈妈画笔不停："怎么了？"

"总是要上班，下班的时候才能陪你，唉……什么时候能退休啊？"

还我眼泪！

二十三岁

这一年，我毕业了，我彻底失去了双亲的庇护——我的意思是，我爸把家里的产业都丢给我了。

我家好像比我想象的有钱。

只不过在我把这件事告诉我女朋友之后，她炸了，跟我分手并去逐梦演艺圈了，理由是怕她红了之后，传出傍大款上位的绯闻，她不能让我成为她的绊脚石。

一时之间不知道哪个消息更让我炸裂。

我妈再次边哭边笑，我爸悠悠路过，他的眼神仿佛在嘲笑六岁时候无知的我……人活着好难啊。

二十四岁

秘书就是我爸当年的秘书，震惊，一把年纪了，他竟然还不退休。从前我只听说过家族传承的基业，从来没听说过家族传承的秘书，我一直警惕着他拿我跟我爸对比，毕竟他管理公司这么多年，积威甚重，而我在大众眼中，大概只是个空降的毛头小子吧。

唉，富二代的悲哀。

可是渐渐地，我发现叔伯一辈的人都非常照顾我，对待我一半尊重，一半包容。

后来我才知道，尊重是：看，那就是我们总裁的儿子。

包容是：看，那就是那个恋爱脑的儿子。

二十九岁

我结婚了。

嘿嘿。

就是说高情商、高智商、高富帅的代表人物——我，怎么可能追不回女朋友？哪怕她是全娱乐圈最好看的女演员。

虽然我也不是很懂，为什么她到了我家，见过我爸妈相处的样子之后，态度就发生了360度的大转变。

三十三岁

我们的女儿出生了，我又在我爸脸上看到了笑容。当我还是个人类幼崽的时候，也没见过他这一面。

行吧,毕竟隔辈亲。

四十二岁
时间真的过了很久了。

不知道为什么,人越长大,越恋家,我想经常陪爸妈吃吃饭,可是他们都在国外。

我爸说,他们老了,想放下一切,到处去走走看看,一起看看那些没见过的风景。

那时候还是我送他们去的机场,看着他们相偕离开的背影,我说不上来内心是什么滋味。

他们很爱我,但也仅此而已,很多时候,我完全无法介入他们的生活。我曾经因此失落过,可是随着我建立自己的家庭,我渐渐领悟到,这个世界上,最爱彼此,是一件多么幸福的事。

六十二岁
天气一热,我就时常觉得乏力。

早上接到了爸爸的电话,他说想妈妈了。

看着墙上的日历,原来我妈已经走一年了。

六十三岁
除夕夜,我们一大家子人一起吃的饭,爸很早就休息了,第二天他醒得很早,突然想去看我妈,我们都不知道他什么时候让司机准备的车。

中午的时候他从陵园回来了,说有些累,睡了个午觉。

他再也没有起来。

从这一天开始,我没有父母了。

难受是肯定有的,但是我没哭,人活到这个岁数,能看开很多事。

而且我知道,他们这一生很幸福。我很爱我的爸爸妈妈,来世我还要当他们的孩子。

- 全文完 -